Rosie Clarke

Shop Girls – Zauber junger Liebe

Weitere Titel der Autorin:

Shop Girls – Aufbruch in ein neues Leben

Über die Autorin:
Rosie Clarke schreibt schon seit vielen Jahren. Sie lebt im englischen Cambridgeshire, ist glücklich verheiratet und genießt ihr Leben mit ihrem Ehemann. Sie liebt es, unter der spanischen Sonne spazieren zu gehen und in ihrem Lieblingsrestaurant in Marbella einzukehren. Ihre wahre Passion aber ist das Schreiben.

Rosie Clarke

Shop Girls

Zauber junger Liebe

Roman

Aus dem Englischen
von Ulrike Moreno

lübbe

Dieser Titel ist auch als E-Book erschienen.

Die Bastei Lübbe AG verfolgt eine nachhaltige Buchproduktion. Wir verwenden Papiere aus nachhaltiger Forstwirtschaft und verzichten darauf, Bücher einzeln in Folie zu verpacken. Wir stellen unsere Bücher in Deutschland und Europa (EU) her und arbeiten mit den Druckereien kontinuierlich an einer positiven Ökobilanz.

MIX
Papier | Fördert gute Waldnutzung
FSC® C014496
FSC www.fsc.org

Vollständige Taschenbuchausgabe

Deutsche Erstausgabe

Titel der englischen Originalausgabe: »Love and Marriage at Harpers«
Originalverlag: Boldwood Books Ltd.

Textredaktion: Anja Lademacher, Bonn
Einband-/Umschlagmotive: © iStock/Getty Images Plus: phokin | Roxy Sadoughi | blackdovfx | rimglow | kobeza; © Colin Thomas, London; © akg-images
Umschlaggestaltung: Guter Punkt, München | www.guter-punkt.de
Satz: Dörlemann Satz, Lemförde
Gesetzt aus der Garamond Stempel
Druck und Verarbeitung: GGP Media GmbH, Pößneck
Printed in Germany
ISBN 978-3-404-18858-1

2 4 5 3 1

Sie finden uns im Internet unter luebbe.de
Bitte beachten Sie auch: lesejury.de

Kapitel 1

Hast du schon die Neuigkeiten gehört?«, fragte Rachel Craven, als Sally Ross am Morgen des 21. Februar 1913 die Wohnung betrat, die sie sich mit Maggie Gibbs und Beth Grey teilten. Alle vier arbeiteten bei Harpers, dem neuen Kaufhaus in der Oxford Street, und die Idee, sich eine Wohnung zu teilen, hatte sich für die vier jungen Frauen, die sich bei ihrer Bewerbung um eine Stelle in dem renommierten Kaufhaus kennengelernt hatten, als geradezu perfekt erwiesen.

Sally zog ihren Mantel aus und warf ihn über die Rückenlehne eines Stuhls, nachdem sie die Küche betreten hatte.

»Ich glaube nicht, dass ich den Mut hätte, das zu tun, was Emmeline getan hat«, fuhr Rachel fort, während sie das Gas unter dem Kochtopf herunterdrehte, der vor ihr auf dem Herd stand.

Am 19. Februar hatte Emmeline Pankhurst mit einigen noch ungenannten Komplizen eine Villa in die Luft gesprengt, die in der Nähe des Walton Heath Golf Clubs für Lloyd George erbaut wurde. Dieser Vorfall hatte sogar die Nachricht von den Titelseiten verdrängt, dass es Kapitän Scott nicht gelungen war, den Nordpol zu erreichen.

»Und ich bin mir nicht sicher, ob ich so etwas überhaupt tun wollte«, erwiderte Sally, während sie sich ihr blondes Haar aus den Augen strich, das der Wind durcheinandergebracht hatte, da sie es länger trug als sonst. »Natürlich war es sehr mutig von Emmeline, weil sie statt Lloyd Georges neuer Villa auch sehr leicht sich selbst in die Luft hätte sprengen können – aber was hat sie mit dieser Aktion erreicht? Sie wird ins Gefängnis gehen, und ich glaube nicht, dass sie die Frauenbewegung damit auch nur einen Zentimeter vorangebracht hat. Stattdessen wird sie nur viele einflussreiche Männer dazu bringen, uns weiterhin für einen Haufen verrückter Frauenzimmer zu halten … und wenn sie es ein paar Minuten später getan hätte, wären vielleicht sogar unschuldige Bauarbeiter ums Leben gekommen.«

Rachel musste Sally recht geben, denn obwohl sie aus Loyalität gegenüber der Anführerin ihrer Bewegung nur ungern ihre Meinung dazu äußerte, war Emmeline in letzter Zeit doch definitiv zu militant geworden.

Rachel und Sally hatten sich beide im Jahr zuvor der Frauenrechtsbewegung angeschlossen und auch oft an deren Versammlungen teilgenommen. In letzter Zeit jedoch waren einige der Rednerinnen zu hitzig gewesen und waren von Männern ausgebuht worden, die nur erschienen waren, um die Veranstaltung zu stören. Bei einer der letzten Versammlungen war Sally auf die Bühne getreten und hatte klargestellt, dass sie gewaltlose Proteste für sinnvoller hielt. Man solle sich darauf beschränken, mit Spruchbändern zur Downing Street und zum Buckingham Palace zu marschieren, aber auf gar keinen Fall sollten Bomben oder dergleichen zum Einsatz kommen, wie es die Womens Social and Political Union zurzeit mache. Von einigen der lautstärkeren Mitglieder war sie jedoch mit Buhrufen bedacht und niedergeschrien worden.

»Meiner Meinung nach geht die WSPU zu weit, Rachel, und deshalb werde ich nicht mehr an ihren Versammlungen teilnehmen – oder nur noch an denen des weniger militanten Flügels der Frauenrechtsbewegung. Schließlich sind wir zu Anfang alle davon ausgegangen, dass die Frauenbewegung keine militante Vereinigung ist.«

»Ja, da hast du natürlich recht, Sally. Die WSPU ist viel zu militant geworden. Ich werde künftig auch nicht mehr zu ihren Versammlungen gehen.« Rachel lächelte Sally zu und wechselte dann das Thema, weil sie sich nicht in einer politischen Diskussion verlieren wollte. »Mir gefällt übrigens die Farbe deiner neuen Bluse – wie nennt man diesen Farbton eigentlich genau?«

»York Tan – zumindest bezeichnete der Lieferant sie so. Ich hatte diese Blusen für die Modeabteilung von Harpers bestellt, und als sie kamen, gefielen sie mir so gut, dass ich gleich eine für mich selbst gekauft habe.«

»Eine gute Entscheidung.« Rachel wandte sich wieder dem Gasherd zu, auf dem sie Kartoffeln für das Abendessen kochte, das sie sich mit Beth und Maggie teilen würden, sobald sie heimkamen. »Ich habe auch etwas gekochten Schinken gekauft, den wir zu dem Kartoffelpüree und den gedünsteten Karotten essen werden.«

»Ich bin nur froh, dass du heute mit dem Kochen an der Reihe bist und nicht ich«, bemerkte Sally seufzend.

»Wieso? Fühlst du dich nicht wohl, Sally?«, fragte Rachel, weil ihre Freundin ziemlich müde wirkte. »Es ist aber auch wirklich viel für dich. Erst sorgen Ben Harper und seine Schwester Jenni dafür, dass du Einkäuferin bei Harpers wirst, obwohl du doch gar nicht dafür ausgebildet bist, und dann kehren die beiden nach Amerika zurück und lassen dich einfach mit allem alleine.«

Ben Harper, der Besitzer des neuen Kaufhauses in der Londoner Oxford Street, war nun schon seit über fünf Monaten in Amerika, und Rachel fand das einfach unmöglich von ihm. Für sie war es, als ob der Kapitän sein Schiff im Stich lässt und Einkauf und Betrieb des Kaufhauses einfach Sally und seinen Managern überlässt.

»Ja, aber Jenni Harper schreibt mir lange Briefe, in denen sie mich berät, und wenn ich etwas Dringendes brauche, schicke ich ihr ein Telegramm, und ich kann mich immer darauf verlassen, dass sie mir hilft.« Sally schüttelte den Kopf. »Als Jenni kurz vor Weihnachten hier war, hat sie mir erklärt, dass ihr Bruder zwar gerne zurückkehren möchte, ihn aber im Moment wichtige Gründe daran hindern.«

»Und was könnte schon so wichtig sein, dass es ihn von dem Geschäft fernhält, an dem ihm doch angeblich so viel gelegen ist?«, murmelte Rachel.

Sally schüttelte den Kopf. »Jenni sagte, es sei etwas äußerst Wichtiges. Aber sie ist mit allem einverstanden, was wir hier tun, und meint, sie glaube nicht, dass Mr. Harper es besser machen könnte. Außerdem haben wir einen neuen Einkäufer für die Herrenkonfektion eingestellt, die sich jetzt viel besser zu verkaufen scheint.« Anfangs hatte diese Abteilung sich schwergetan, da die Ware nicht ideal für den britischen Markt gewesen war, doch das hatte sich gebessert, seit Sally um Rat gebeten und ihre Meinung beherzigt worden war.

»Ich nehme an, es war Miss Harpers Idee, den Ausverkauf nach Weihnachten stattfinden zu lassen«, sagte Rachel stirnrunzelnd. »Es war eine Riesenarbeit für das Personal, und eigentlich hatten wir gar nicht so viel beschädigte oder unverkäufliche Ware, die wir noch unbedingt loswerden mussten.«

»Nein, wir hatten Glück, dass unsere Sachen sich so gut verkaufen«, sagte Sally mit nachdenklicher Miene. »Ich habe für den Ausverkauf einige Artikel zweiter Wahl bei unseren Lieferanten bestellt, von denen die meisten nur einen winzig kleinen Fehler hatten …«

Rachel zögerte, bevor sie sagte: »Ich hoffe, du bist jetzt nicht beleidigt, Sally, aber ich persönlich fand die Idee nicht so gut. Einige meiner Kundinnen reagierten ein wenig verschnupft, als ich ihnen sagte, dass sie Waren zweiter Klasse kauften.«

Sally nickte zustimmend. »Jenni sagte, dass sie es in ihren

Kaufhäusern in New York so machen, aber ich glaube, du hast recht, Rachel. Bei unseren Kundinnen funktioniert das nicht. Ich werde es wohl nicht noch mal so machen …« Sie unterbrach sich, als die Tür geöffnet wurde und einen kalten Luftstrom von der Diele hereinließ. Maggie hatte eine rote Nase, und Beth sah ganz durchgefroren aus, als sie hereineilten.

»Oh, hier drinnen ist es wärmer!«, rief Maggie, die Jüngste von ihnen. »Tut mir leid, dass wir uns verspätet haben, Rachel. Wir haben nur schnell ein bisschen Dosenobst für den Nachtisch gekauft, aber dann haben wir den Bus verpasst und mussten zwanzig Minuten auf den nächsten warten.«

»Und der Wind geht einem durch Mark und Bein dort draußen«, fügte Beth hinzu. Sie und Sally waren beide Anfang zwanzig, während Rachel, die Leiterin der Hut-, Handtaschen- und Schmuck-Abteilung, Mitte dreißig und verwitwet war. Beth hatte aufgrund ihrer größeren Erfahrung eine höhere Position als Verkäuferin, und Sally war schon nach kurzer Zeit zur Einkäuferin aufgestiegen, weil Ben und Jenni Harper sehr schnell Gefallen an ihrer Arbeit gefunden hatten.

»Werdet ihr beide heute Abend zu dem Suffragetten-Treffen gehen?«, fragte Beth. »Ich wollte eigentlich auch hingehen, aber ich weiß nicht, ob ich diese Eiseskälte noch einmal ertrage …«

»Die Versammlungen wurden bis auf Weiteres abgesagt«, antwortete Rachel. »Wegen Emmeline Pankhursts Verhaftung und des bevorstehenden Gerichtsverfahrens gegen sie glauben die Genossinnen, dass sich Agitatoren unter die Menge mischen würden. Deshalb werden wir abwarten, bis sich die Aufregung ein bisschen gelegt hat – und im Übrigen haben Sally und ich beschlossen, auch in Zukunft nicht mehr zu den WSPU-Versammlungen zu gehen. Was Emmeline getan hat, war schlichtweg zu viel – und zu gewalttätig. Es hätten unschuldige Menschen dabei verletzt werden können.«

»Ja, ich habe in der Zeitung etwas darüber gelesen«, warf Maggie ein. »Ein Mann hatte seine Abendzeitung im Bus liegengelassen. Ich habe sie mitgebracht. Den ganzen Artikel habe ich noch nicht gelesen, aber dort stand, dass sie blass, aber ruhig war, als sie verhaftet wurde, und sich des Bombenangriffs und anderer Ausschreitungen schuldig bekannt hat.«

»Sie werden sie ins Gefängnis stecken«, sagte Sally. »Ich begreife einfach nicht, warum sie das getan hat – und ich denke, dass es Männer, die unsere Sache vielleicht sogar befürworteten, gegen uns aufbringen wird.«

»Das denke ich auch«, sagte Rachel. »Aber ihr wisst ja, dass Emmeline glaubt, wir müssten etwas Drastisches tun, um die Aufmerksamkeit der Männer zu erlangen, weil sie uns sonst wahrscheinlich einfach weiter ignorieren. Vor ein paar Wochen habe ich bei einer unserer Versammlungen mit ihr gesprochen, weil ich ihre Meinung hören wollte – und wie ihr wisst, ist sie ja auch immer sehr offen allen Mitgliedern gegenüber. Sie sagte, dass sogar die, die nicht gegen uns sind, uns wie Kinder oder Haustiere behandeln, die man bei Laune halten muss. Als ich sie fragte, ob ihr das persönliche Risiko angemessen erscheine, erwiderte sie, sie sei bereit, ihr Leben dafür hinzugeben, wenn es sein müsse … Ich bewundere und mag sie sehr, aber ich befürchte, dass sie die Unterstützung beider Flügel der Bewegung verlieren wird, wenn sie so weitermacht.«

Rachel schaute Beth flehend an, weil Sally ganz offensichtlich verärgert war und nicht weiter über Politik sprechen wollte. »Würdest du den Tee aufbrühen, während ich die Kartoffeln stampfe? Die Karotten habe ich schon mit brauner Butter übergossen …«

»Wunderbar, ich habe nämlich Hunger«, sagte Beth und ging zum Herd, um heißes Wasser in die Teekanne zu gießen. »Ich möchte mich auf jeden Fall der Frauenbewegung anschließen und nicht nur zu den Versammlungen gehen, wenn sie denn wieder beginnen, Rachel, aber nicht Emmelines WSPU, sie ist einfach zu radikal.«

»Ja, ich auch«, stimmte Maggie ihr zu. »Ich finde, es ist an der Zeit, dass uns Frauen endlich die gleichen Rechte zugestanden werden wie den Männern. Warum sollten wir hinter ihnen zurückstehen? Sie haben lange genug gemacht, was sie wollten!« Sie sah sehr zornig aus, auf ihren Wangen zeichneten sich rote Flecken ab. »Aber natürlich finde ich auch, dass keine unschuldigen Menschen verletzt werden dürfen …«

Rachel wusste, dass ein Teil des Zorns in der Stimme der jungen Frau immer noch daher rührte, dass sie sich im letzten Herbst von ihrem Freund Ralf getrennt hatte. Nach einer heftigen Auseinandersetzung über Maggies Besuch bei ihrer sterbenden Mutter, die Maggie zuvor übel mitgespielt hatte, schien Ralf von der Bildfläche verschwunden zu sein. Eigentlich jedoch war all das von Ralfs herrschsüchtiger Mutter ausgegangen, die glaubte, das junge Mädchen gefügig machen zu müssen, damit sie ihrem Sohn eine gehorsame Braut sein würde. Maggie hatte jedoch ihren eigenen Kopf, und die Einmischungen von Ralfs Mutter waren ihr schon bald zu viel geworden. Schließlich hatte sie ihre vorübergehende Unterkunft dort aufgegeben und war in die Wohnung ihrer Freundinnen gezogen. Ralf hatte versucht, sich bei ihr zu entschuldigen, doch sie hatte seine reumütigen Worte ignoriert und ihm gesagt, dass sie ihn nie wiedersehen wolle. Seitdem hatte er sich nach Feierabend nicht mehr bei Harpers gezeigt, wo er sonst immer auf Maggie gewartet hatte. Sie war immer noch empört darüber, dass er seiner Mutter gegenüber nicht Partei für sie ergriffen hatte, und diese Verärgerung äußerte sich hin und wieder auch in anderen Situationen.

Rachel dachte darüber nach, wie sehr sich das junge Mädchen verändert hatte, seit sie ihre Stelle bei Harpers angetreten hatte. Der Tod ihres Vaters und der Verdacht, dass ihre Mutter daran beteiligt gewesen sein könnte, hatten aus dem schüchternen Kind, das sie einst gewesen war, die selbstbewusste junge Frau gemacht, die sie jetzt vor sich sah – eine Frau, die sich zu wehren wusste.

Seit Maggie eingezogen war – und wenig später dann auch Beth –, war die Wohnung ein bisschen überfüllt, da sie nur über zwei Schlafzimmer, eine Küche, ein Bad und ein Wohnzimmer verfügte. Es gab zwar in jedem Schlafzimmer zwei Betten, aber nicht viel Platz für persönliche Dinge. Die Bemühungen der vier Freundinnen, eine größere Wohnung zu finden, waren bisher erfolglos geblieben, da die Vermieter Ehepaare oder Familien vorzogen und dazu neigten, zusammenlebenden Frauen mit Misstrauen zu begegnen.

Zum Glück durften sie einen Schuppen in der Ecke des Hofs benutzen, in dem Rachel einige ihrer Sachen untergebracht hatte, die aus ihrem früheren Zuhause stammten, wo sie mit ihrem Mann gelebt hatte, bevor er qualvoll und bitterlich gestorben war. Seine Krankheit hatte sich über mehrere Monate hinweg nach und nach verschlimmert und sie lange mit Kummer und Verzweiflung erfüllt. Was sie in dem Schuppen aufhob, waren nur ein paar Kartons mit Andenken, von denen sie sich nicht trennen wollte, und einige wenige Möbelstücke.

»Ich habe heute eine Anzeige für eine größere Wohnung gesehen«, bemerkte Sally, als sich alle zum Abendessen hinsetzten. »Ich glaube, zu viert hätten wir sie uns gerade so leisten können, aber als ich vom Büro aus dort anrief, hieß es, sie sei bereits vermietet …«

»Glaubst du, dass sie wirklich schon weg ist?«, fragte Rachel. Es hatte gedauert, jemanden zu finden, der ihnen überhaupt etwas vermietete, und Sally war sich ziemlich sicher, dass sie ihre derzeitige Wohnung nur bekommen hatten, weil Mr. Harper für sie gebürgt hatte und sie gleich um die Ecke von

Harpers in der Berwick Street lag, von wo es nur ein kleiner Fußweg bis zur Arbeit war.

»Ich bin mir nicht sicher«, erwiderte Sally und verzog den Mund. »Beim nächsten Mal werde ich einfach lügen und behaupten, ich wolle die Wohnung für meinen Mann und mich.«

»Aber dein nicht vorhandener Ehemann würde den Mietvertrag unterschreiben müssen«, stellte Rachel seufzend fest. »Auch wieder ein Grund, warum gesetzlich anerkannt werden muss, dass Frauen mehr sind als der Besitz ihres Ehemannes.«

»Ich werde an dem nächsten Protestmarsch für Frauenrechte teilnehmen«, erklärte Maggie. »Natürlich werde ich weder Bomben noch sonst etwas werfen, aber ich werde ein Spruchband tragen und laut rufen.«

»Ich denke, das würde schon genügen, um auf der Stelle verhaftet zu werden«, warnte Sally. »Die Polizei wird ganz schön hart mit uns allen verfahren, wenn wir ihnen die Chance dazu geben – deshalb finde ich ja auch, dass Emmeline mehr als töricht war.« Die anderen nickten. Es war nicht leicht, in diesen unruhigen Zeiten eine Frau zu sein. Aber sie war fest entschlossen, alles zu tun, um die Situation der Frauen zu verbessern.

Kapitel 2

Sally lag im Bett und las den neuesten Brief von Jenni Harper. Sie hatte sich schon früh zurückgezogen und die anderen plaudernd und lachend im Wohnzimmer zurückgelassen. Sie war bereits den ganzen Tag über sehr deprimiert gewesen. Seit Wochen erwartete sie die Rückkehr von Ben Harper, dem Eigentümer des Geschäfts. Sie war sich so sicher gewesen, dass er rechtzeitig in London sein würde, um die wundervollen weihnachtlich dekorierten Schaufenster zu sehen, die sie und Marco zusammen entworfen hatten. In einem war eine Schneelandschaft zu sehen, mit Bergen im Hintergrund und Schneemännern und spielenden Kindern im Vordergrund, während ein anderes Fenster mit Weihnachtsbäumen und Geschenkpäckchen geschmückt war sowie mit einer überdimensionalen Weihnachtstorte aus Pappkarton auf einem mit künstlichen Leckereien bedeckten Tisch.

Leider verkaufte Harpers bisher weder Spielzeug noch Kosmetik, und Sally fand es schade, dass ihnen dieses zusätzliche Weihnachtsgeschäft entging. Aber auch so hatte aufgrund von Mr. Marcos zauberhaften Schaufensterdekorationen tagelang ein sehr großer Andrang geherrscht, nur war Mr. Harper leider nicht da gewesen, um es mitzuerleben, und er hatte ihr auch seit Wochen schon nicht mehr geschrieben und es seiner Schwester Jenni überlassen, die Verbindung aufrechtzuerhalten. Auch diese Nachlässigkeit war etwas, was Sally zu denken gab, weil sie geglaubt hatte, dieses neue Kaufhaus sei derzeit das Allerwichtigste für ihn.

Sein Verhalten war wirklich eigenartig, genau wie es Rachel gesagt hatte. Was könnte schon so wichtig sein, dass Mr. Harper London und dem Unternehmen fernblieb, das ihm doch angeblich so sehr am Herzen lag? Oder war er seiner bereits müde geworden? Schließlich war er Amerikaner, und ein paar Monate gleichbleibend guter Verkaufszahlen würden vermutlich schon genügen, damit er Harpers zu einem guten Preis verkaufen konnte … aber das würde er doch bestimmt nicht tun? Sally konnte sich beim besten Willen nicht vorstellen, dass er sie alle dermaßen enttäuschen würde. Also musste es wirklich einen triftigen Grund dafür geben, dass er nicht wie geplant nach London zurückgekehrt war?

Sally gefiel ihre Stelle als Einkäuferin für die Mode-, Schmuck- und Handtaschenabteilung, und sie hatte auch schon mit Jenni darüber gesprochen, eine Kosmetik- und eine kleine Spielzeugabteilung einzurichten, aber manchmal fühlte sie sich sehr allein bei ihrer Arbeit. In einem Büro zu sitzen war nicht das Gleiche wie mit Maggie und Beth in ihrer früheren Abteilung zu arbeiten. Und die Tage, an denen sie keine Kundinnen zu Gesicht bekam und sich nur mit ihrer Buchführung befasste, erschienen ihr manchmal endlos lang. Früher, als sie noch in Rachels Abteilung beschäftigt gewesen war, hatte sie sich wie eins der anderen Mädchen gefühlt, während sie heute oft nur noch mit ihren Freundinnen sprach, wenn sie nach Hause kamen.

Im Grunde war es jedoch nicht wirklich ihre neue Aufgabe, die sie deprimierte, denn eigentlich liebte sie dies alles sehr. Nein, im Grunde ihres Herzens wusste sie sehr wohl, dass es an Mr. Harpers anhaltendem Schweigen lag. Bevor er nach Amerika zurückgekehrt war, war sie fasziniert von seiner dynamischen Persönlichkeit gewesen und hatte sich sogar zu ihm hingezogen gefühlt, obwohl sie wusste, wie dumm das von ihr war. Hin und wieder hatte sie das Gefühl gehabt, dass auch er an ihr interessiert war. Aber dann war er ihr wieder gleichgültig erschienen. Sie wusste, dass es eigentlich sogar besser für sie wäre, wenn er überhaupt nicht mehr zurückkehrte. Und falls das Kaufhaus verkauft wurde, konnte ihre Erfahrung bei Harpers ihr helfen, irgendwo anders eine gute Stelle zu finden, auch wenn sie nicht glaubte, dass viele andere Unternehmen ihr die Chance geben würden, als Einkäuferin zu arbeiten, wie Jenni und Ben Harper es getan hatten.

Manchmal wünschte Sally, sie könnte wieder mit ihren Freundinnen zusammenarbeiten, auch wenn das natürlich ein törichter Gedanke war. Schließlich verdiente sie mehr als je zuvor in ihrem Leben, und Jenni hatte ihr sogar eine baldige Gehaltserhöhung versprochen. Das Kaufhaus hatte gute Gewinne erzielt, auch wenn Sally die Verkaufszahlen des Januars noch nicht kannte. Einige der Artikel zweiter Wahl, die sie bestellt hatte, waren in den Regalen liegengeblieben, und sie wusste nicht, was sie mit ihnen anfangen sollte. Heute betrachtete sie es als schlechte Entscheidung und die geringe Gewinnspanne bei den Verkäufen als Versagen. Doch auch das war nicht der Anlass für ihre Niedergeschlagenheit.

In jäher Wut begann sie, auf ihr Kissen einzuschlagen. Sie wollte sich nicht über ihren Arbeitgeber ärgern – kein Mann war das wert! Sie zwang sich, positiv zu denken. Im nächsten Monat hatte sie einige Tage frei, und es wurde langsam Zeit, dass sie etwas für sich selbst tat. Vielleicht würde sie ein paar Freunde besuchen … es war schon eine Weile her, seit sie ihre Freundin Sylvia oder auch Mick gesehen hatte, der den Pub gegenüber der Pension leitete, in der sie gelebt hatte, bevor sie bei Rachel eingezogen war. Vor Weihnachten hatte Mick eines Abends draußen vor Harpers auf sie gewartet, um ihr eine Weihnachtskarte und eine Schachtel köstlicher Pralinen zu überreichen und ihr ein frohes Fest zu wünschen. Sally hatte nicht daran gedacht, ihm auch ein Geschenk zu kaufen. Aber sie hatte ihm eine Weihnachtskarte geschickt. Und da sie an jenem Abend schon mit Beth verabredet gewesen war, hatte sie auch noch Nein sagen müssen, als er fragte, ob sie Zeit für ein Abendessen oder einen Drink mit ihm hätte. Erst später war ihr bewusst geworden, dass er ihre Ablehnung möglicherweise falsch verstanden hatte, und wünschte, sie hätte ihm erzählt, dass sie mit einer Freundin ins Varieté ging. Wahrscheinlich dachte er, sie hätte einen Freund oder Verehrer, was jedoch ganz und gar nicht der Fall war. Es war Mick, der ein Freund für sie und ein bisschen wie der Bruder war, den sie nie gehabt hatte. Sie war gern mit ihm zusammen und wollte seine Gefühle nicht verletzen. Also sollte sie sich vielleicht mal wieder bei ihm melden …

Seufzend wälzte Sally sich im Bett herum und wünschte, sie könnte einfach einschlafen und am Morgen aufwachen, um festzustellen, dass all ihre persönlichen Probleme verschwunden waren – auch wenn das im wahren Leben natürlich nie geschah.

Als sie Beth' Stimme hörte, die den anderen eine gute Nacht wünschte, schloss Sally die Augen und umklammerte das silberne Kreuz, von dem die Nonnen ihr gesagt hatten, es gehöre ihrer Mutter. Sie trug es immer unter ihrem Kleid und legte es nur selten ab. Jetzt hoffte sie nur, dass Beth nicht mehr reden wollte, denn sie war an diesem Abend beim besten Willen nicht in der Stimmung dazu …

***

Beth schlich sich ins Schlafzimmer, weil Sally bereits fest zu schlafen schien. Sie selbst hatte bis spätabends an Rachels Nähmaschine gesessen, um einen neuen Rock für sich zu nähen. Da Rachel ihr erlaubt hatte, die Nähmaschine jederzeit zu benutzen, fertigte Beth damit auch hübsche Sachen für die anderen an. Gerade erst hatte sie ein sehr schönes Spitzen-Bettjäckchen für Rachels Schwiegermutter fertiggestellt.

»Meine Schwiegermutter hat Geburtstag«, hatte Rachel ihr erzählt, »und sie liebt schöne Dinge. Etwas Vergleichbares im Geschäft zu kaufen würde mehrere Guineen kosten, Beth. Es ist wunderschön geworden und viel besser, als ich es hätte nähen können.«

»Tante Helen hat es mir beigebracht«, hatte Beth lächelnd erwidert. »Wie du sicher weißt, hat sie jahrelang als Schneiderin gearbeitet und immer gut davon gelebt. Sie mochte es allerdings nicht, dass ich ihre Maschine benutzte, weil sie meinte, ich sei nicht gut genug, um es jemals zu meinem Beruf machen zu können. Ich habe mich immer mit ihr verglichen und festgestellt, dass ich tatsächlich noch nicht gut genug war – aber mit dem Bettjäckchen bin ich zufrieden.«

»Meiner Meinung nach bist du in vielen Dingen besser, als du glaubst«, hatte Rachel sie ermutigt. »Alle mögen, was du kochst, und ich habe auch bemerkt, dass unsere Kundinnen sich sehr gern von dir bedienen lassen.«

Beth hatte gelächelt. »Jack liebt meine Kuchen und mein anderes Gebäck. Fred sagt, ich sei eine bessere Köchin, als seine Frau es war, und ich koche mindestens einmal im Monat für sie alle – und sogar öfter, wenn Jack zu Hause ist.«

Ihr Freund Jack Burrows arbeitete als Steward auf den Schiffen, die die Amerika-England-Route fuhren. Er war auch während der verhängnisvollen Jungfernfahrt der *Titanic* an Bord gewesen und hatte nicht nur wie durch ein Wunder überlebt, sondern auch zwei Frauen und ein Kind gerettet, bevor er bewusstlos in ein halbleeres Rettungsboot gezogen worden war, als der Befehl erging, sich zu entfernen, bevor der Sog des sinkenden Schiffs die Boote unter Wasser ziehen konnte. Nach seiner Entlassung aus einem Krankenhaus in New York hatte er für die Hamburg-Amerika-Schifffahrtslinie zu arbeiten begonnen und befand sich derzeit wieder auf einer seiner häufigen Reisen. Seit er und Beth sich begegnet waren, sahen sie sich bei jedem seiner Heimaturlaube.

Jack war Fred Burrows' Sohn, der als Hausmeister bei Harpers arbeitete und die Verantwortung dafür trug, die neuen Waren an die richtigen Abteilungen auszuliefern. Keine leichte Aufgabe für einen einzelnen Mann, dem nur ein junger Lehrling zur Seite gestellt worden war. Beth verbrachte ihre Teepause meist noch immer bei dem alten Mann im Souterrain. Fred war stolz auf seine Söhne Jack und Tim, der inzwischen beim Royal Flying Corps, der Fliegertruppe des britischen Heeres, war. Aber Beth wusste, dass Jacks dramatische Erlebnisse auf der *Titanic* seinen Vater ganz besonders stolz gemacht hatten.

»Eines Tages werde ich die Schifffahrt aufgeben«, hatte Jack zu Beth gesagt, als er von der Zukunft sprach. »Bald werde ich genug gespart haben, um mich nach einem kleinen Hotel oder Pub umzusehen, das wir zusammen führen könnten – oder mir zumindest einen Job als Geschäftsführer suchen, bis ich mein eigenes Lokal besitze …«

Beth hatte nur gelächelt und ihn reden lassen. Das Zusammensein mit Jack machte sie glücklich und half ihr, die Enttäuschung mit ihrem vorherigen Freund zu vergessen. Er hatte sie verlassen, weil sie nicht bereit gewesen war, ihre kranke Mutter im Stich zu lassen, um ihn zu heiraten. Allerdings musste sie zugeben, dass es auch die Schuld ihrer Mutter gewesen war; sie hatte sie emotional sehr unter Druck gesetzt, seinen Antrag abzulehnen. Aber Mark Stewart hatte nicht auf sie gewartet, sondern war nach Übersee gegangen und verheiratet zurückgekehrt. Eine Zeitlang war Beth todunglücklich gewesen, aber schließlich war sie darüber hinweggekommen und genoss jetzt das Leben mit Jack, auch wenn es nicht das Wichtigste für Beth war zu heiraten. Sie liebte die Freiheit und die Unabhängigkeit, die ihr ihre Arbeit gab, nachdem sie jahrelang ihre Mutter gepflegt und nach deren Tod bei ihrer Tante Helen gelebt hatte. Sie war noch nicht bereit, ihre Arbeit aufzugeben, um Ehefrau und Mutter zu werden, auch wenn sie wusste, dass all das für Jack nicht schnell genug gehen konnte.

Ein Lächeln umspielte ihre Lippen, als sie zu Bett ging und sich unter ihre warmen Decken kuschelte. Moderne Mädchen konnten es sich leisten, ein bisschen unabhängiger zu sein als ihre Mütter, denen meist keine andere Zukunft offen gestanden hatte als die Ehe.

»Gute Nacht, Beth!«

»Gute Nacht, Sally. Entschuldige bitte, falls ich dich geweckt habe.«

»Das hast du nicht, Beth. Ich habe nachgedacht.«

»Geht es dir nicht gut? Kann ich irgendetwas für dich tun?«

»Nein, ich habe nur an die Arbeit gedacht – aber wie geht es dir?«

»Da Jack an diesem Wochenende heimkommt, bin ich natürlich bester Laune!«

»Du Glückliche«, sagte Sally. »Ich glaube, ich werde am Wochenende ein paar Freunde besuchen …«

»Na dann schlaf gut …«

»Du auch«, antwortete Sally.

Beth schloss die Augen. Jack war immer nur höchstens sechs Wochen auf See. Bei gutem Wetter war die Fahrt in nur vier Wochen zu schaffen, aber manchmal verzögerte sie sich auch aufgrund von schlechtem Wetter oder Reparaturen am Schiff. Doch selbst wenn er pünktlich heimkehrte, erschien es Beth wie eine Ewigkeit. Und diesmal hatte sie ihn seit Neujahr nicht mehr gesehen, vielleicht wegen der heftigen Stürme über dem Atlantik.

Er hatte ihr gesagt, dass sie von Amerika begeistert sein würde, aber Beth war zu beschäftigt mit ihrem eigenen Leben, um ans Reisen denken zu können. Außerdem konnte sie sich die Passage gar nicht leisten, und selbst wenn sie sich bei der Schifffahrtsgesellschaft als Bedienung oder dergleichen beworben hätte, gäbe es keine Garantie dafür, dass sie Jacks Schiff zugeteilt würde. Deshalb blieb sie lieber bei Harpers und freute sich auf seine Heimkehr. Auch diesmal würden sie sich so viel zu erzählen haben.

Kapitel 3

Maggie brachte ihr Haar in Ordnung, strich sich eine Strähne hinters Ohr und glättete ihr Kleid. Rachel Craven war zwar eine Freundin und Mitbewohnerin, aber bei der Arbeit war sie ihre Vorgesetzte und erwartete von ihrem Personal ein gepflegtes Äußeres, und Maggie bemühte sich, ihr alles recht zu machen. Mit gerade einmal sechzehn Jahren war ihr Leben aus den Fugen geraten. Eines Abends war sie von der Arbeit heimgekommen und hatte ihren schwerkranken Vater zusammengekrümmt auf dem Fußboden vor seinem Bett aufgefunden. Neben ihm hatte eine leere Flasche Laudanum gelegen, und ihre Mutter war verschwunden. Monate später hatte sie erfahren, dass ihre Mutter sterbend in einem Krankenhaus lag. Maggie hatte sich ein Herz gefasst, sie besucht und ihr schließlich verziehen, nachdem ihre Mutter bereit gewesen war, ihr alles zu gestehen, wie sie ihren Mann, Maggies Vater, einfach seinem Schicksal überlassen hatte, um das Geld aus seiner Lebensversicherung zu bekommen und es anschließend mit ihrem Geliebten durchbringen zu können.

Ihre Mutter war von ihrem Geliebten getäuscht und in die Irre geführt worden, und ihre Dummheit hatte sie und auch Maggies Vater das Leben gekostet. Maggie hatte ihre sterbende Mutter besuchen wollen, und Ralfs Mutter hatte es ihr verbieten wollen. Ralf hatte dem Mädchen, das er angeblich doch so liebte, seine Unterstützung verweigert und sich einfach aus allem herausgehalten. Maggie konnte ihm das einfach nicht verzeihen. Sie hatte sich derart verraten und verletzt gefühlt, dass sie ihre Beziehung zu ihm schließlich beendet hatte und mit ihren Freundinnen zusammengezogen war. Und sie war glücklich und zufrieden mit ihrer Entscheidung.

Ihr war allerdings durchaus bewusst, dass sie als Jüngste am wenigsten verdiente und daher nur wenig Geld zu ihren gemeinsamen Ausgaben beitragen konnte. Sie verdiente heute zwar ein bisschen mehr als zu Beginn ihrer Arbeit bei Harpers, aber immer noch nicht so viel wie Beth, die zu Weihnachten eine Gehaltserhöhung erhalten hatte, und nicht einmal annähernd so viel wie Rachel oder Sally. Als Einkäuferin war Sally die Höchstbezahlte und verdiente mehr als viele Männer. Sie steuerte den größten Beitrag zu Miete und Haushaltskasse bei und schien es auch sehr gern zu tun. Bei Beth hingegen spürte Maggie, dass sie manchmal das Gefühl hatte, nicht genügend aufbringen zu können, und Maggies Beitrag war noch geringer. Deshalb war sie der Meinung, dass sie den anderen von Nutzen sein und sich bei der Arbeit von ihrer besten Seite zeigen musste.

Rachel nickte ihr kurz zu, als sie ihren Platz hinter dem Ladentisch mit den Schals und Handschuhen einnahm. Maggie war froh, dass der Januar-Ausverkauf vorüber war und ihre Ware jetzt nur noch aus erstklassigen Seidenschals und sehr gut verarbeiteten Lederhandschuhen bestand, die hier auf ihre Käuferinnen warteten. Mit dem Ausverkauf hatte sie sich schwergetan, weil Rachel darauf bestanden hatte, den Kundinnen jeden noch so kleinen Fehler an der Ware zu zeigen, damit sie genau wussten, was sie kauften. Drei Frauen hatten sich nämlich beschwert, und es war Maggie sehr peinlich gewesen, ihnen erklären zu müssen, dass die Ausverkaufswaren nicht der regulären Ware entsprachen.

»Also das finde ich ja unmöglich«, hatte eine aufgebrachte Frau erklärt, als Maggie ihr gesagt hatte, dass die günstigeren Schals nur zweite Wahl waren.

Eine andere Kundin war schnurstracks und ohne ein weiteres Wort wieder gegangen, während eine dritte gesagt hatte, es sei ihrer Meinung nach Betrug, zweitklassige Waren zu Ausverkaufspreisen zu verkaufen, anstatt die reguläre Ware um einen gewissen Prozentsatz herabzusetzen. Maggie hatte sich auf die Zunge beißen müssen, um ihr nicht recht zu geben.

Eine Frau kam auf sie zu, und Maggie verkrampfte sich, weil sie diese Dame erst kürzlich bedient zu haben glaubte.

»Guten Morgen, Madam«, sagte sie höflich. »Was kann ich für Sie tun?«

»Wenn Sie mir bitte ein paar hochwertige Schals zeigen würden, Miss?«, antwortete die Frau. »Ich will nichts von dem Plunder, den Sie während des Ausverkaufs angeboten haben.«

»Nein, natürlich nicht«, sagte Maggie. »Sie sind aus dem Angebot genommen worden, sowie der Ausverkauf beendet war. Haben Sie irgendeine spezielle Farbe im Sinn?«

»Ja, ich bin an grünen oder türkisfarbenen Schals interessiert«, erwiderte die Kundin. »Ich möchte etwas Schönes, es soll ein Geschenk für meine Tochter sein.«

»Selbstverständlich.« Maggie öffnete die entsprechende Schublade und begann, die gewünschten Farben herauszusuchen. Doch plötzlich sah sie einen seegrünen Schal, der noch zur Ausverkaufsware gehörte, und schnappte erschrocken nach Luft. Wie hatte sie ihn übersehen können, als sie ihren Ladentisch ausgeräumt hatte?

»Der ist hübsch«, sagte die scharfäugige Kundin. »Darf ich ihn bitte sehen?«

»Dieser dürfte gar nicht mehr in der Schublade sein«, sagte Maggie. »Er hat einen kleinen Fehler …«

»Zeigen Sie ihn mir bitte …«

Maggie entfaltete den Schal nur widerstrebend und zeigte auf den winzigen Riss an einem Ende. »Dies ist ein Fabrikationsfehler, Madam. Ich muss mich entschuldigen, weil er gar nicht mehr in der Schublade sein dürfte, da ich gestern die neue Ware eingeräumt habe. Ich muss ihn versehentlich wieder hineingelegt haben.«

»Was kostet er?«

»Fünf Schilling«, sagte Maggie entschuldigend.

»Dann werde ich diesen für mich selbst mitnehmen. Und nun können Sie mir die hochwertigeren Schals für meine Tochter zeigen.«

Maggie war so verblüfft, dass sie ohne weitere Worte tat, worum die Kundin bat, und kaum aus dem Staunen gar nicht heraus, als die Kundin tatsächlich zwei Seidenschals in Blau und Türkis für jeweils fünfzehn Schilling sowie den beschädigten Schal für fünf Schilling kaufte.

Zufrieden schlug sie alle drei getrennt in Seidenpapier ein und legte die Päckchen in eine der schicken schwarzgoldenen Einkaufstüten, die Harpers verwendete.

»Vielen Dank, Miss«, sagte die Kundin lächelnd. »Ich konnte nicht zum Ausverkauf kommen, meine Freundinnen hätten hinter meinem Rücken über mich getuschelt – aber ich mache genauso gern ein Schnäppchen wie jeder andere auch. Es war also ein Glück für mich, dass der billige Schal noch in Ihrer Schublade lag!«

Maggie nickte sprachlos. Erst sehr viel später, als sie mit Rachel im Restaurant eine Tasse Kaffee trank, erzählte sie ihr von dem erstaunlichen Erlebnis.

»Das ist ja interessant«, meinte Rachel, als Maggie ihr alles erklärt hatte. »Ich frage mich … Du weißt ja, wie sehr Sally sich über sich selbst ärgert, weil sie zu viel von der Ausverkaufsware eingekauft hat. Aber vielleicht könnten wir ja ganz diskret ein paar reduzierte Artikel auf der Theke platzieren und schauen, was passiert. Ich werde es Sally heute Abend vorschlagen und sehen, was sie davon hält.«

»Vorausgesetzt, dass sie sehr billig sind und nicht allzu viel an ihnen auszusetzen ist, könnte es klappen. Wenn sie einen größeren Fehler haben sollten, kann ich mir das allerdings nicht vorstellen.« Maggie lächelte. »Ich wäre am liebsten im Erdboden versunken, als sie heute Morgen diesen Schal sehen wollte.«

»Ich verstehe ihre Argumentation«, sagte Rachel nachdenklich. »Wenn man sie beim Einkaufen während des Ausverkaufs beobachtet hätte, würden ihre Freundinnen vielleicht hinter ihrem Rücken über sie reden und behaupten, ihre gesamte Garderobe stamme aus dem Ausverkauf. Aber wenn sie zu einem anderen Zeitpunkt einkauft und dabei ein Schnäppchen macht, erfährt es niemand.«

»Stolz«, sagte Maggie. »Meine Mutter war auch immer zu sehr darauf bedacht, dass die Nachbarn nicht über sie redeten, bis sie –«

»Ja, ich weiß.« Rachel legte ihr mitfühlend eine Hand auf den Arm. »Aber jetzt lassen Sie uns wieder an die Arbeit gehen, Miss Gibbs, und vielen Dank, dass Sie die Information an mich weitergegeben haben.«

Dass ihre Chefin sie nun wieder siezte, half Maggie, ihre Tränen zurückzuhalten, und entlockte ihr sogar ein Lächeln. Bei der Arbeit war sie Mrs. Cravens Untergebene, doch daheim waren sie Freundinnen. Dieses Arrangement funktionierte gut. Und Maggie tat alles dafür, dass es so blieb, weil es ihre größte Furcht war, ihre Freundinnen zu verlieren und wieder allein zu sein.

»Danke, Mrs. Craven«, sagte sie auf dem Rückweg zu ihrer Abteilung. »Und ich denke, Ihre Idee ist gut …«

Als Rachel und Maggie wieder in der Abteilung ankamen, sahen sie, wie Miss Hart, die Etagenaufsicht, Beth finster anschaute. Sie war eine dünne, mittelgroße Frau mit mausgrauem Haar, das sie in einem festen Knoten trug. Sie hatte einen blassen Teint und einen schmalen Mund, der fast immer missbilligend verzogen war. »Sie haben eine Kundin zehn Minuten lang an der Handtaschentheke stehen lassen, und schließlich ist sie wieder gegangen, ohne bedient worden zu sein«, sagte sie gerade, als Rachel und Maggie hereinkamen.

»Die Kundin, die ich gerade bediente, hat einen Großeinkauf gemacht, sie hat sechs neue Hüte gekauft«, antwortete Beth. »Ich habe mich bei der wartenden Dame entschuldigt und ihr erklärt, dass meine Kolleginnen gerade Mittagspause haben, und sie sagte, sie verstehe. Dann ging sie, um eine Tasse Kaffee zu trinken und dann wiederzukommen.«

Miss Hart wandte sich an Rachel. »Hätten Sie nicht allein in die Pause gehen können? War es klug von Ihnen, die Abteilung unterbesetzt zu lassen?«

»Hier war vorhin alles ruhig, und uns fehlt nach wie vor ein Lehrmädchen«, antwortete Rachel ruhig. »Ich habe mit Ihnen, Mr. Stockbridge und Miss Ross über diese Angelegenheit gesprochen. Der Hochbetrieb hier beginnt etwa in einer halben Stunde, und dann sind die Verkäuferinnen in der Mittagspause. Ich finde, dass Miss Grey sich völlig korrekt verhalten hat.«

Miss Hart runzelte ärgerlich die Stirn, nickte dann aber und ging. Es stimmte zwar, dass sie ein Lehrmädchen zu wenig hatten, aber Rachel hätte die Pausen auch besser einteilen können. Sie war jedoch davon ausgegangen, dass der größte Betrieb gegen zwei Uhr nachmittags begann, und sie hatte darauf gesetzt, dass Beth für kurze Zeit auch allein zurechtkam. Es blieb ihr jedoch keine Zeit, über ihren Fehler nachzudenken, weil Mr. Marco, ihr extravaganter und talentierter Schaufensterdekorateur, gerade hereingekommen war.

»Ah, Mrs. Craven«, sagte er mit einem warmen Lächeln in seinen dunklen Augen. »Wie elegant Sie immer gekleidet sind! Und ich bin hergekommen, um Sie um einen Rat zu bitten …«

»Guten Tag, Mr. Marco«, begrüßte sie ihn freundlich. »Wie schön, Sie zu sehen. Ich hoffe, Sie haben sich mittlerweile von der Erkältung erholt, die Sie letzte Woche hatten?«

»Oh, mir geht es schon wieder ganz gut, meine Liebe … und deshalb wollte ich Sie bitten, mir zu sagen, welche Ihrer Handtaschen Sie gern in meinem neuen Fenster sehen würden. Ich konzipiere gerade meine letzte Winterszene, bevor wir in der nächsten Woche mit der Frühjahrskleidung beginnen. Miss Ross würde vorher jedoch gern noch einige der … nun ja, sagen wir, noch vorhandenen Wintersachen verkaufen. Ich habe einen kirschroten Mantel mit einem grauen Pelzkragen als zentrales Element – was meinen Sie, was für eine Handtasche mein Modell dazu tragen sollte?«

»Oh … nun ja, ich finde diese graue Schlangenhauttasche sehr schön, und sie würde auch gut zu dem Mantel passen, aber sie ist immer liegengeblieben, obwohl andere ähnliche Taschen buchstäblich im Nu verkauft waren.«

»Dann werde ich sie ausstellen, und binnen weniger Tage werden jede Menge Kundinnen danach fragen«, versprach Mr. Marco.

»Das hoffe ich«, sagte Rachel und reichte ihm die teure Tasche, bevor sie sie in ihrem Bestandsbuch als »für Schaufensterdekoration verwendet« vermerkte.

»Das mit vorhin tut mir leid, Mrs. Craven«, sagte Beth, als Mr. Marco gegangen war. »Was Mrs. Hart gerade zu Ihnen sagte, meine ich, aber ich hab es einfach nicht geschafft … Ah, da ist ja Ihre Kundin … Sie ist zurückgekommen, wie versprochen.« Sie lächelte, als eine gutaussehende Frau in die Abteilung kam.

Die hübsche Frau nickte Beth lächelnd zu. »Sie hatten ja leider sehr viel zu tun vorhin. Aber ich habe mir die Zeit mit einer schönen Tasse Kaffee und einem Stückchen Sahnetorte vertrieben, die ganz köstlich war, aber meiner Figur nicht gerade guttun wird.« Da sie jedoch gertenschlank und ausgesprochen attraktiv war, lachten alle.

»Vielleicht kann ich Ihnen jetzt ja helfen, Madam?«, fragte Rachel und nahm ihren Platz hinter der Verkaufstheke ein, als Beth sich einer neuen Kundin zuwandte und Maggie zu ihrer eigenen Theke zurückging. Als sie dort ein wenig aufräumte, bemerkte sie, dass Rachel zwei teure Lederhandtaschen und einen silbernen, mit Granaten und Perlen besetzten Armreif verkauft hatte. Es war ein Armreif, der Maggie so gut gefallen hatte, dass sie ihn am liebsten für sich selbst gekauft hätte, obwohl sie kaum zu hoffen wagte, ihn sich jemals leisten zu können.

»Meine Kundin erzählte mir, wie gern sie bei uns einkauft«, berichtete Rachel, als sie wenig später zu Maggie hinüberging. »Sie fragte mich sogar, ob ich mir vorstellen könnte, dass ihre Tochter Shirley ein paar Monate hier arbeitet. Sie muss ein Praktikum für ihr College-Projekt machen. Sie will anscheinend die Warenhäuser ihres Großvaters übernehmen, aber ihr Praktikum möchte sie lieber woanders machen. Ich habe der Kundin gesagt, dass wir hier ein Lehrmädchen brauchen und ihre Tochter sich bei Mr. Stockbridge bewerben solle.«

»Dann lasst uns hoffen, dass er sie einstellt«, sagte Maggie. »Ich bin froh, dass nicht ich es war, die Ärger mit der Etagenaufsicht hatte.« Miss Hart war neuerdings noch giftiger als sonst, und Maggie lebte in der ständigen Angst, sie zu verärgern und vielleicht schon wegen eines kleinen Missgeschicks entlassen zu werden. Als ihr Vater noch lebte, hatte sie das noch weit weniger beunruhigt. Er hätte sich niemals beklagt, selbst wenn sie nichts zu den Haushaltskosten hätte beitragen können. Aber jetzt hatte sie eben keine Familie mehr und konnte von ihren Freundinnen nicht erwarten, dass sie alle Kosten trugen.

Maggie fragte sich, warum Miss Hart wohl immer so griesgrämig und verbittert war. Sie kannte inzwischen die meisten Angestellten bei Harpers, denn sie sah sich gerne in den anderen Abteilungen um, wenn sie Zeit dazu hatte, und die meisten von ihnen waren nett und freundlich, sogar die Etageninspizientinnen – warum also sah Miss Hart immer so aus, als hätte sie gerade in eine Zitrone gebissen?

Doch Maggie verdrängte ihre Sorgen sofort und lächelte, als mehrere Kundinnen gleichzeitig die Abteilung betraten. Drei von ihnen gingen zu Beth' Verkaufstisch und begannen, nach Hüten zu fragen und sie anzuprobieren, eine andere ging zu Rachels Tisch, und die fünfte kam zu Maggie. Es war eine ältere, ein bisschen rundliche Frau, die nicht so aussah, als ob sie viel Geld für einen Schal ausgeben könnte.

»Ich möchte Ihre allerbesten Seidentücher sehen«, verkündete sie augenzwinkernd. »Meine Schwiegertochter hat gerade einen kleinen Jungen bekommen, und ich weiß, dass sie liebend gerne eines Ihrer Seidentücher hätte …«

Maggie überlegte schnell und erinnerte sich an eine hochschwangere junge Frau, die sich vor Kurzem ihre Waren angesehen hatte. »Hat sie dunkelblondes Haar, das sie zur Nackenrolle aufgesteckt trägt?«, fragte sie, und die Frau nickte. »Dann waren es diese beiden, die sie sich erst letzte Woche angeschaut hat, Madam.« Maggie legte zwei sehr hübsche Tücher in Marineblau, Rot und Weiß auf die Theke, die jeweils siebzehn Schilling und sechs Pence kosteten.

»Hat meine Daisy gesagt, welchen sie am schönsten fand?«, fragte die Frau.

»Sie konnte sich nicht recht entscheiden und sagte, sie würde es sich überlegen.«

»Dann sollte ich vielleicht beide nehmen«, sagte Maggies Kundin lächelnd. »Meine Daisy ist ein kluges Mädchen und hat mir gerade einen bildhübschen kleinen Enkelsohn geschenkt. Dafür gebührt ihr doch wohl ein Geschenk, nicht wahr?«

»Auf jeden Fall, Madam«, stimmte Maggie ihr zu und lächelte, als sie die beiden geschmackvollen Tücher in Seidenpapier einschlug. »Sie wird begeistert sein über ein solch wunderbares Geschenk.«

Maggie nahm den exakten Geldbetrag, gab ihrer Kundin eine Tüte und sah ihr nach, als sie die Abteilung verließ. Wie nett diese alte Dame war – so ganz anders, als Ralfs Mutter zu ihr gewesen war.

Kapitel 4

Beth' Unmut darüber, dass ihr zu Unrecht vorgeworfen worden war, eine Kundin warten gelassen zu haben, schwelte in ihr, bis sie in ihrer Teepause Sally traf. Sally lud sie zu einem Kaffee in ihr Büro ein, der dort mit Zuckerguss überzogenen Plätzchen und Früchtebrot serviert wurde, was natürlich sehr viel angenehmer war, als im Restaurant anstehen zu müssen. Doch Sally war so großzügig, ihre Privilegien mit ihren Freundinnen zu teilen, wann immer es ihr möglich war.

»Du hast Glück, dieses Büro und eine Sekretärin zu haben«, bemerkte Beth und genoss den Geschmack der gut gerösteten Bohnen, als sie an dem duftenden Getränk nippte.

»Eigentlich soll ich es ja teilen, aber im Moment gehört es mir allein«, antwortete Sally. »Und meine Arbeit macht mir auch Spaß, und die Vergünstigungen sind großartig – aber es ist keine leichte Aufgabe, Beth. Manchmal wünschte ich, ich wäre wieder in eurer Abteilung. Dort hätte ich weniger Verantwortung, während sich jetzt jeder Fehler, den ich mache, auf das Geschäft auswirken kann …«

»Ja, das verstehe ich«, sagte Beth, weil der Druck von so viel Verantwortung wirklich schwer auf Sally lasten musste. »Mir gefällt meine Arbeit auch – aber nicht, wenn Miss Hart herumschleicht und nach einem Grund zum Nörgeln sucht«, fügte sie hinzu und erzählte Sally von der Kundin, die an der Handtaschentheke gewartet hatte. Sally nickte.

»Ja, das ist das Problem, wenn man es mit teuren Waren zu tun hat. Man muss jede Kundin bedienen und kann sie nicht einfach stehen lassen. Bei Hüten und Kleidern können sie zumindest eine Weile herumspazieren, sich umschauen und etwas anprobieren – und die Verkäuferinnen begleiten sie dann zu den Umkleidekabinen. Bei Handtaschen und Silberschmuck dagegen müssen die Kunden entweder warten oder später wiederkommen.«

»Das hat sie getan und sogar zwei Taschen und einen Armreif gekauft – und zwar genau den, den Maggie sich so gewünscht hat und den wir drei ihr zum Geburtstag schenken wollten.«

»Dann ist es ja gut, dass ich noch einen davon eingekauft und in Reserve habe«, sagte Sally lächelnd. »Maggie denkt sicher schon bald nicht mehr daran, und dann wird es eine echte Überraschung werden.«

»Oh, das ist ja großartig!«, sagte Beth. »Ich werde meinen Anteil bezahlen, wenn Maggie nicht zu Hause ist. Auch wenn sie ja nicht oft ausgeht, höchstens mit einer von uns.«

»Ich habe sie schon ewig nicht mehr von ihrem Freund reden hören«, erwiderte Sally nachdenklich. »Da ist es doch ziemlich unwahrscheinlich, dass sie sich noch mit Ralf trifft, oder? Ich weiß, dass er bei Harpers war, um sie zu sehen, doch so, wie er sich benommen hat, glaubte ich eigentlich nicht, dass sie noch mal mit ihm ausgehen würde.«

»Im Moment sagt sie, dass sie ihn nicht wiedersehen will«, sagte Beth. »Er hat zwar seit Weihnachten ein paar Mal versucht, mit ihr zu sprechen, aber sie ist immer noch sehr erbost darüber, wie seine Mutter sich verhalten hat. Er hätte ihr die Stirn bieten und Maggie in einem solchen Augenblick beschützen müssen …«

Sally schüttelte den Kopf. »Er hat sich wirklich nicht gut benommen.«

»Ich mag ihn nicht und hoffe, dass sie sich nicht wieder mit ihm einlässt«, gab Beth zu. »Übrigens habe ich heute Morgen eine Postkarte aus Irland bekommen. Jacks Schiff liegt dort wegen eines Sturmschadens im Dock. Er selbst ist schon auf dem Heimweg und wird die ganze nächste Woche Urlaub haben.«

»Du Glückliche«, sagte Sally lächelnd, weil sie Beth' Freund mochte.

»Danke für den Kaffee«, sagte Beth, »aber ich gehe jetzt besser wieder. Miss Hart ist wohl mit dem falschen Fuß aufgestanden und heute auf dem Kriegspfad.«

»Wann ist sie das mal nicht?« Sally lachte. »Ich weiß, dass auch sie keine einfache Aufgabe hat, aber das gilt für Mr. Stockbridge auch, und er schafft es trotzdem immer, zu allen nett zu sein.«

Beth stimmte ihr zu und ging, wobei sie Miss Summers, Sallys Sekretärin, beim Durchqueren des Vorzimmers freundlich grüßte. Sie beneidete ihre Freundin jedoch nicht wirklich um diesen Job, auch wenn er gut bezahlt war und Extras wie den Morgenkaffee enthielt, der Sally auf einem Tablett hereingebracht wurde.

Als Beth zum Aufzug ging, verließ Mr. Stockbridge gerade sein Büro und sprach mit Mr. Marco und Mr. Brown, dem neuen Einkäufer, einem Mann im ähnlichen Alter, der klein und dunkelhaarig war und etwas ängstlich wirkte. Er kümmerte sich um den Einkauf für die Herrenabteilung, die bisher am wenigsten erfolgreich lief, was sich aber bereits zu ändern begann.

»Guten Morgen, die Herren«, sagte Beth im Vorbeigehen zu ihnen.

»*Guten Tag*, Miss Grey«, antwortete Mr. Marco mit einem schelmischen Blick, der sie daran erinnerte, dass es schon weit nach Mittag war.

»Richtig, Sir«, sagte sie lachend, als er ihr diskret zuzwinkerte.

Mr. Brown machte ein Gesicht, als ob er Zahnschmerzen hätte, und sie fragte sich, wie zwei Menschen derart unterschiedlich sein konnten – aber Mr. Marco hatte ja auch eine Aufgabe, die er liebte, und war sehr erfolgreich auf seinem Gebiet, während Mr. Brown wahrscheinlich nicht ganz so glücklich mit seiner Arbeit war. Ja, es ist wohl wirklich besser, wenn man Freude hat an dem, was man tut, dachte Beth.

Hüte zu verkaufen machte ihr Spaß. Es fiel ihr leicht, und sie war gut darin. Natürlich hätte sie auch nichts gegen Rachels Position als Abteilungsleiterin gehabt, aber sie neidete sie ihr nicht. Es war nur so, dass die Bezahlung für ihre Arbeit nicht immer ausreichte und sie gern einen höheren Posten gehabt hätte, um etwas mehr Geld zu verdienen und Jack helfen zu können, auf sein eigenes Geschäft zu sparen. Er war so begeistert von dem Hotel, das er sich wünschte, und sie wiederum liebte es, wenn er daheim und nicht auf See war. Sie würde sich sehr einsam fühlen, wenn er unterwegs war, hätte sie nicht ihre Freundinnen gehabt, mit denen sie zusammenlebte.

Beth kehrte gerade noch rechtzeitig zu ihrem Ladentisch zurück, als der Andrang begann. Sie verbrachte die nächsten drei Stunden damit, Kundinnen zu bedienen. Außerdem räumte sie ihre Auslage auf und holte neue Ware aus dem Lager. Sally hatte eine ganze Menge heller Strohhüte für das Frühjahr gekauft, die sich trotz des anhaltend kalten Wetters schon gut verkauften. Die Damen hatten genug von dem langen Winter, und ein neuer Hut wirkte immer ein wenig aufheiternd.

Beth dagegen hatte es nicht nötig, sich mit einem neuen Hut aufzumuntern, da Jack wieder auf Urlaub heimkam. Sie wusste, sie würden an mehreren Abenden zusammen ausgehen, und wenn auch nur auf einen Drink im Pub oder bei ihm zu Hause. Beth lächelte bei dem Gedanken. Sie würde bei Fred Burrows vorbeischauen, um ein wenig mit ihm zu plaudern, bevor sie nach Hause ging. Dann würde sie ihm auch erzählen, dass sie

Nachricht von seinem Sohn hatte und dass er am Wochenende oder vielleicht sogar noch vorher bei ihnen sein würde.

***

Fred grinste Beth breit an, als sie im Souterrain vorbeischaute, das sein Reich war. Er war einer der Letzten, die noch arbeiteten, und er vergewisserte sich, dass alles sicher war, bevor er für den Abend abschloss. Wie Mr. Stockbridge hatte auch er einen Schlüssel für den Personaleingang und kontrollierte jeden Abend zusammen mit dem Geschäftsführer sämtliche Türen und Fenster, bevor sie beide gingen. Er hatte inzwischen einen jungen Helfer namens Willie Jones, der ihm einen Teil der Arbeit abnahm. Willie war gerade einmal fünfzehn Jahre alt, und dies war sein erster Job. Beth mochte den sommersprossigen, aufgeschlossenen Jungen und war froh darüber, dass Fred nun endlich Unterstützung hatte.

»Das sind ja wunderbare Neuigkeiten, Beth«, sagte er, als sie ihm die Nachricht von Jacks Rückkehr überbrachte. »Du musst unbedingt mal abends zum Essen kommen, wenn er zu Hause ist. Wenn wir Glück haben, taucht sogar Tim auf, der seinen Bruder sicher auch sehen möchte.«

Beth lächelte. »Ich wette, dass Tim begeistert ist, dass das Royal Flying Corps jetzt endlich auch einen eigenen Militärflugplatz hat, dort oben in Schottland.«

»Ich bin gar nicht so erfreut darüber, dass er jetzt die Hälfte der Zeit dort oben stationiert ist«, erwiderte Fred seufzend. »Ich weiß, dass er ein erwachsener Mann ist, Beth, aber ich hätte ihn trotzdem gerne hier bei mir in der Nähe.«

»Na, dann wollen wir doch mal hoffen, dass er bald Urlaub bekommt«, sagte Beth aufmunternd. »Wir besorgen Fisch und Chips und ein paar von diesen eingelegten Zwiebeln, die deine Freundin Martha auf dem Markt verkauft.«

»Aye, Martha macht einfach das beste Essiggemüse«, stimmte Fred ihr zu. »Oder zumindest das beste, das ich je probiert habe.«

»Ja, das finde ich auch«, sagte Beth und lächelte ihn an. »Aber jetzt muss ich los, Fred. Ich gehe heute Abend zu einem Vortrag über Frauenrechte – es ist keine der großen Kundgebungen, sondern nur ein Treffen von Freunden. Wir wollen darüber reden, wie die Dinge laufen. Wir müssen im Moment ein bisschen vorsichtig sein nach dem, was Emmeline Pankhurst getan hat.«

»Ja, das arme Ding«, sagte Fred. »Sie werden diese Frau diesmal ins Gefängnis stecken, und wie sie Mädchen und Frauen dort behandeln, ist manchmal wirklich schrecklich. Wie die Zwangsernährung dort, die geradezu schändlich ist. Pass nur gut auf, dass du dich nicht auch in Schwierigkeiten bringst und hinter Gittern landest.«

»Heute Abend gehen nur Mrs. Craven und ich dorthin, aber nicht zur Veranstaltung von Mrs. Pankhursts Gruppierung, sondern nur zu unseren Leuten, die nicht so militant sind. Aber leider denken die Menschen, wir wären alle gleich«, gab Beth zu. »Aber gut, wir sehen uns dann morgen, Fred.«

»Gute Nacht, Beth«, antwortete der alte Mann. »Ich freue mich schon darauf, dich nächste Woche zum Abendessen bei uns zu sehen! Und sei morgen früh schön pünktlich, weil ich gleich als Erstes eine Ladung Waren in eure Abteilung bringen werde …«

Sie winkte ihm zu und verbarg ein Lächeln, als Willie ihr mit einem breiten Grinsen zuzwinkerte. Ihr Leben schien im Moment so viel erfüllter zu sein als damals, als sie noch zu Hause bei ihrer kranken Mutter gelebt hatte.

Kapitel 5

»Sehr zu meinem Bedauern muss ich Ihnen mitteilen, dass Christabel Pankhurst England verlassen wird, um eine Zeitlang in Paris zu leben«, sagte die Rednerin. Sie stand auf der Bühne eines kleinen, für die Versammlung angemieteten Saals, der randvoll war mit Damen, die jedes ihrer Worte gespannt verfolgten. »Wir werden ihre Anwesenheit sehr vermissen, aber wegen des unmenschlichen Cat and Mouse Act kann sie nicht in England bleiben ...«

Bei dem sogenannten Cat and Mouse Act handelte es sich um ein Gesetz, das von Mr. Asquiths liberaler Regierung eingeführt worden war, um den Widerstand derjenigen Suffragetten zu brechen, die in den Hungerstreik traten, wenn sie wegen ihres Einsatzes für die Rechte der Frauen verhaftet wurden. Aufgrund des zunehmenden Protests gegen die Zwangsernährung von Frauen, die in den Hungerstreik getreten waren, hatte das Parlament beschlossen, die Hungerstreikenden freizulassen, wenn sich ihr Zustand in der Haft zu sehr verschlechterte. Sobald sie wieder zu Kräften gekommen waren, konnten sie erneut verhaftet werden. Man glaubte, mit diesem Gesetz ihren Widerstand brechen zu können. In der gesamten Bewegung, im militanten wie im gemäßigten Flügel, war dieses Gesetz verhasst.

Christabel Pankhurst, eine attraktive, kluge und engagierte Frau, war die Tochter von Emmeline Pankhurst und ihres hingebungsvollen Vaters, der sie alle uneingeschränkt in ihrer Sache unterstützte. Christabel hatte eine hervorragende Ausbildung genossen und wurde zur Mitbegründerin der WSPU, der Women's Social Political Union, wodurch sie die Bewegung in zwei Flügel aufgespalten hatte, in einen militanten und einen, der sich für eher passive Formen des Protests aussprach. Aber es bestand Einigkeit darüber, dass ihre Abwesenheit für die Bewegung sehr schmerzlich sein würde. Doch da sie schon mehrfach inhaftiert worden war, musste sie Großbritannien eine Zeitlang fernbleiben, um ihre Kraft und Gesundheit wiederzuerlangen.

»Unsere Schwester wird selbstverständlich mit uns in Kontakt bleiben und uns von Paris aus führen«, erläuterte die Sprecherin. »Und auch die liebe Emmeline sieht sich wieder einmal der Brutalität des Gesetzes gegenüber, und deshalb bitte ich Sie, mit mir für sie zu beten, Schwestern.«

Alle standen auf und beteten gemeinsam dafür, dass Emmeline Pankhurst die Strapazen des Prozesses und der Inhaftierung wohlbehalten überstehen möge, und dann war die Versammlung auch schon beendet. Es war vorgeschlagen worden, sehr bald schon einen Protestmarsch durch London zu veranstalten und die gesamte Bewegung darüber zu informieren. Zum Zeichen der Unterstützung würden Spruchbänder und anderes Material zum Einsatz kommen, aber diesmal würde es ein friedlicher Protest sein.

»Wir sollten den Behörden keinen Anlass geben, uns so schlecht zu behandeln«, fügte die Sprecherin hinzu. »In anderen Ländern bringt man uns mehr Respekt entgegen, aber hier scheinen unsere Politiker blind und taub für unsere Forderung nach Gleichberechtigung zu sein.«

»Ja, ich glaube auch, dass es in Amerika für uns Frauen besser aussieht«, stimmte Rachel zu, als sie und Beth nach der Versammlung heimgingen. »Wie können unsere Politiker also so blind sein? Warum können sie nicht einsehen, dass es bloß eine Kleinigkeit für sie wäre, uns das Wahlrecht zuzugestehen?«

»Vielleicht fürchten sie, dass wir noch mehr verlangen,

wenn das erst einmal erreicht ist«, meinte Beth. »Frauen haben schon immer ihren Ehemännern gehorcht und für Herren gearbeitet, die sie wie Hausangestellte behandelt haben. Wenn wir wählen dürfen, können wir auch gleiche Rechte bei der Arbeit und beim Vergnügen einfordern …«

»Ich wüsste nicht, inwiefern es einem Mann schaden könnte, wenn eine Frau dieselben Rechte hat.«

»Und den gleichen Lohn«, fügte Beth hinzu. »Aber wer Frauen in seinen Fabriken beschäftigt, wäre nie bereit, ihnen genauso viel zu zahlen wie den Männern.«

»Und warum nicht, wenn sie genauso viel arbeiten wie die Männer?«

»Ein Mann würde jetzt behaupten, dass das gar nicht möglich wäre, und wahrscheinlich ist das bei einigen körperlichen Tätigkeiten auch tatsächlich so«, erwiderte Beth lächelnd. »Zumindest kann ich mir nicht vorstellen, dass eine von uns beiden gut darin wäre, Straßen aufzureißen oder Häuser zu bauen, meinst du nicht?«

»Nein, das glaube ich auch nicht«, sagte Rachel lachend. »Aber wir sind genauso gut darin wie sie, in einem Laden zu bedienen.«

»Vielleicht sogar noch besser«, meinte Beth. »Aber ich glaube nicht, dass unsere männlichen Kollegen bei Harpers sehr erfreut wären, wenn wir genauso viel verdienen würden wie sie.«

»Nein, das wären sie ganz sicher nicht«, stimmte Rachel zu, als sie gerade die Bushaltestelle erreichten. Heute Abend hatte es draußen vor dem Versammlungsraum ausnahmsweise keinen Ärger gegeben, weil das Treffen nicht öffentlich angekündigt worden war. Gemeinsam fühlten sie sich aber auch einigermaßen sicher, auch wenn keine von ihnen bei Nacht gern allein unterwegs gewesen wäre.

Als sie in den Bus einstiegen, der sie nach Hause bringen

würde, schwiegen sie nachdenklich. Sie hatten beide entschieden, an dem friedlichen Protestzug teilzunehmen. Aber sie wussten genauso gut wie alle Frauen bei der Versammlung, dass es bei solchen Protestmärschen nicht immer möglich war, den Frieden aufrechtzuerhalten. Provokateure würden versuchen, die Veranstaltung zu sprengen, und wenn es zu Gewalttätigkeiten kam, würde die Polizei diese zum Vorwand nehmen, um die Versammlung aufzulösen und die teilnehmenden Frauen zu verhaften ... wobei es keinen Unterschied machen würde, ob sie zu der pazifistischen Seite der Bewegung oder zur militanten gehörten.

* * *

»Ich bin so froh, dass du wohlbehalten wieder daheim bist!«, begrüßte Beth Jack, als er am nächsten Abend draußen vor Harpers auf sie wartete. Sie warf sich ihm in die Arme und drückte ihn an sich, weil sie so unendlich glücklich war, ihm wieder nahe sein zu können. Und jedes Mal, wenn sie ihn wiedersah, verliebte sie sich mehr und mehr in ihn.

»Ich konnte es auch kaum noch erwarten, dich zu sehen«, antwortete er. »Ich habe mein Auto dabei – sollen wir eine kleine Spazierfahrt machen, bevor ich dich nach Hause bringe?«

»Oh ja, bitte!«

Jack öffnete ihr die Autotür, und sie stieg ein. Er lächelte ihr zu, bevor er den Wagen von der Bordsteinkante auf die Straße lenkte.

»Du fehlst mir sehr, wenn du nicht da bist, Jack«, sagte sie leise.

Auch diesmal antwortete er nicht, sondern lächelte sie nur an, bis er auf den Parkplatz eines Gasthofs einbog, der für sein gutes Essen bekannt war.

»Und du fehlst mir auch«, sagte er dann, zog sie in seine Arme und küsste sie zärtlich und mit zunehmendem Verlangen. »Ich lese deine Briefe immer wieder, damit es für die ganze Reise vorhält, aber auf der Heimfahrt muss ich dann doch wieder von vorne beginnen.«

»Ich liebe dich, Jack, und bin froh, dass du wieder zu Hause bist.«

»Komm, lass uns etwas trinken und etwas Warmes essen«, sagte Jack, bevor er ausstieg und um den Wagen herumging, um ihr die Tür zu öffnen. »Ich habe nur eine Woche Urlaub und will keine Minute davon vergeuden.«

»Ich habe heute Morgen einen Brief von Tante Helen erhalten«, erzählte Beth ihm, als sie das Gasthaus betraten. »Sie möchte, dass ich am Samstag nach Feierabend zum Tee zu ihr komme. Ich habe diese Woche gegen vier Uhr Feierabend und kann mit dem Bus zu ihr fahren, aber wenn du willst, kannst du mich auch gegen sechs Uhr abholen und mitkommen, um sie kennenzulernen.«

»Klar, warum nicht?«, antwortete Jack. »Ich habe am Samstag sowieso noch einiges zu erledigen und werde möglicherweise sogar gute Neuigkeiten mitbringen, wenn ich dich abhole.«

»Neuigkeiten?«, fragte Beth. »Was für Neuigkeiten?«

»Damit möchte ich dich überraschen, wenn alles klappt«, antwortete er geheimnisvoll.

Beth lachte, weil Jack sie immer gerne überraschte.

An diesem Abend lud er sie zu einem einfachen, aber guten Abendessen mit Schinken, Eiern und Pommes frites ein und fuhr sie dann zu der Wohnung, die sie sich mit ihren Freundinnen teilte.

»Dann bis morgen also«, sagte er, als er vor dem Gebäude parkte. »Ich werde auf dich warten, wenn du von der Arbeit kommst, und zum Abendessen fahren wir zu mir nach Hause.«

»Wunderbar!« Beth beugte sich vor, um ihn erneut zu küssen, und er umarmte sie und drückte sie fest an sich. Sein warmer Atem streifte ihr Gesicht, und nicht nur sie erschauderte vor Verlangen. »Ich liebe dich, Jack ...«

»Und ich liebe und begehre dich«, murmelte er, während er mit seinen Lippen über ihren Nacken strich. »Es ist furchtbar, dich hier zurücklassen zu müssen, Beth. Ich möchte mit dir zusammen sein ... dich neben mir im Bett spüren und dich lieben ...«

Sie umarmte ihn und küsste ihn spielerisch auf die Nase. »Darauf müssen wir noch eine Weile warten, Jack. Noch können wir uns kein eigenes Geschäft leisten, wenn wir nicht sparen, werden wir es niemals schaffen. Und wenn wir erst mal Kinder haben, werden wir überhaupt keine Möglichkeit mehr dazu haben.«

»Ja, das weiß ich auch«, stimmte er ihr seufzend zu und ließ sie widerstrebend los. Für einen Moment sah er sie noch voller Sehnsucht an, doch dann stieg er aus und öffnete ihr die Wagentür. »Wenn ich dir nahe bin, vergesse ich manchmal, vernünftig zu sein«, murmelte er bedauernd.

»Das könnte ich auch sehr leicht vergessen«, flüsterte Beth. »Aber ich weiß, wie viel dir daran liegt, ein eigenes Geschäft zu haben, Jack.«

»Nicht so viel wie an dir«, erwiderte er und seufzte. »Aber du hast recht damit, dass ich zu ungeduldig bin. Wir sehen uns dann morgen, Beth.«

»Bis dann, Jack.« Damit wandte sie sich ab und ging ins Haus. Als sie die Wohnungstür aufschloss, konnte sie Lachen aus dem Wohnzimmer hören, und als sie eintrat, sah sie, dass Sally den anderen verschiedene Modezeitschriften zeigte. Sie hatten Becher mit Kakao auf dem Tisch stehen und schienen sich alle sehr zufrieden und behaglich zu fühlen. Beth setzte sich in den noch leeren Sessel und griff nach einer der Zeitschriften, um die Fotos der neuesten Sommermode zu betrachten. Wenn man mit Sally zusammenlebte, wusste man immer schon weit im Voraus, was in der nächsten Saison in den Geschäften zu finden sein würde.

»Hattet ihr einen schönen Abend?«, fragte Rachel, und Beth nickte. »Hoffentlich interessanter als unsere Versammlung neulich abends.«

»Oh ja, es war sehr schön«, antwortete Beth. »Und morgen werde ich bei Jack zu Abend essen und am Samstag zum Tee zu Tante Helen fahren. Jack wird mich danach abholen, um den Abend mit mir zu verbringen. Es wird für eine Weile sein letzter Tag an Land sein.« Beth seufzte, weil seine Landurlaube immer viel zu kurz waren.

»Ich würde dich fast als Herumtreiberin bezeichnen, wenn Jacks Besuche nicht immer so kurz wären«, scherzte Sally lächelnd. »Aber ehrlich gesagt bin ich nur neidisch. Ich habe Maggie gerade von einem Theaterstück erzählt, das ich letztes Jahr gesehen habe. Und jetzt versuche ich, sie und Rachel dazu zu überreden, am Samstag mit mir ins Theater zu gehen.«

»Ja, warum geht ihr nicht alle zusammen hin?«, fragte Beth. »Das wäre doch wirklich etwas Besonderes. Gibt es nicht irgendein gutes Theaterstück oder ein Musical?«

»Es stand etwas von Irving Berlin in der Zeitung«, sagte Rachel. »Ich glaube, sein Schlager *Everybody's doing it!* ist immer noch sehr beliebt, und im Lyceum findet ein Konzert mit seinen und anderen Liedern statt, glaube ich …«

Beth hörte, wie ihre Freundinnen darüber diskutierten, ob sie das Konzert besuchen sollten, während sie ins Badezimmer ging.

Als sie sich im Spiegel ansah, bemerkte sie, dass ihre Lippen von Jacks Küssen leicht geschwollen waren. Ob die anderen es bemerkt hatten? Jedenfalls hatte keine von ihnen etwas dazu gesagt. Sie konnte spüren, wie ihr die Hitze in die Wangen stieg, als sie sich daran erinnerte, wie nahe sie daran gewesen war, Jacks drängendem Verlangen in seinen Küssen nachzugeben.

»Stimmt etwas nicht?« Beth fuhr zusammen, als sie Sallys Stimme hörte. »Du siehst ein bisschen traurig aus.«

»Nicht traurig, nur nachdenklich«, sagte Beth und drehte sich lächelnd zu ihr um. »Hast du schon mal mehr tun wollen, als einen Mann zu küssen, Sally?«

Sally nickte. »Ein- oder zweimal habe ich mich gefragt, wie das wohl wäre, aber nicht lange genug, um mich zu vergessen. Wird Jack ein bisschen ungeduldig?«

»Nur ein bisschen. Er würde nicht ... du weißt schon ... aber er will heiraten.«

»Und du nicht?«

»Ja, natürlich, denn schließlich liebe ich ihn. »Aber trotz allem bin ich mir nicht sicher, ob ich schon bereit bin, Kinder zu bekommen und nur noch Hausfrau zu sein. Mir gefällt mein Leben hier bei euch ...«

»Ja, wir haben viel Spaß miteinander«, stimmte Sally ihr zu. »Es war nicht schön für mich, allein zu leben, und ich war deshalb früher oft sehr unglücklich, mit dir und den anderen zusammenzuleben ist unvergleichbar besser. Wenn du gern zu dem Konzert mitgehen würdest, könnten wir auch an einem anderen Abend gehen ...«

»Oh nein, ihr solltet alle am Samstag hingehen. Es wird euch Spaß machen.«

»Du kannst froh sein, deinen Jack zu haben«, sagte Sally zu Beth' Überraschung. »Zögere also nicht zu lange und verlier ihn nicht, Beth. Mit Freundinnen zusammenzuleben macht Spaß, aber ein Ehemann, Liebe und eine Familie sind sehr viel mehr wert. Was mich angeht, so wünsche ich mir das mehr als alles andere.«

»Mit dem richtigen Mann ... Du würdest doch wohl nicht bloß um des Heiratens willen heiraten?«

»Natürlich nicht, und im Moment genieße ich mein Leben so, wie es ist. Ich meinte nur, dass du mehr als das haben könntest, Beth. Also vertue die Chance nicht.«

»Ich frage mich nur ...« Beth schaute ihre Freundin an, und plötzlich kam ihr ein Gedanke. »Ist es Mr. Harper, Sally? Warst du seinetwegen oft so deprimiert?«

Sally zögerte und sagte dann: »Es ist dumm von mir, das weiß ich selbst, weil ich mir nichts erhoffen kann, aber ich fühlte mich sehr zu ihm hingezogen, als er noch hier war.«

»Es hat mir den Atem verschlagen, wie er bei uns hereingerauscht ist und dich mir nichts, dir nichts in den obersten Stock versetzt hat«, sagte Beth. »Ich dachte, er würde dich verführen wollen ...«

»Das hat er aber nicht getan – und obwohl ich ein- oder zweimal dachte, er sei interessiert, hat er nie etwas gesagt. Manchmal denke ich, er wird einfach in Amerika bleiben und das Kaufhaus seinen Geschäftsführern überlassen.«

»Aber du musst doch irgendetwas von ihm gehört haben?«, sagte Beth. »Er hat Mr. Stockbridge einen Brief geschrieben und sich darin bei uns allen dafür bedankt, dass das Geschäft so erfolgreich läuft. Mr. Stockbridge hat den Brief bei der weihnachtlichen Belegschaftsversammlung vorgelesen, und dort wurde uns auch der nachweihnachtliche Ausverkauf angekündigt.«

»Es war Jenni Harper, die mir riet, einen Ausverkauf zu veranstalten«, erzählte Sally ihr traurig. »Mr. Harper wendet sich in geschäftlichen Angelegenheiten an Mr. Stockbridge, und ich stehe regelmäßig mit Jenni in Kontakt. Ich kann nicht verstehen, warum er nicht zurückkommt.« Die Stimme versagte ihr.

Beth war fassungslos. »Das verstehe ich nicht, Sally. Ihm schien doch so viel daran gelegen, Harpers zu einem Erfolg zu machen?«

»Nun ja, das hat er ja auch geschafft«, sagte Sally. »Ich denke zwar, dass wir hier und da noch etwas ändern könnten, aber insgesamt läuft das Kaufhaus gut.« Plötzlich schüttelte sie den Kopf. »Ich bin eine verdammte Närrin! Ich weiß selbst nicht, warum ich ihn so mochte. Es war wohl bloß eine lächerliche Schwärmerei von mir ...«

»Es tut mir sehr leid, dass es dich so getroffen hat. Ich weiß, wie weh es tut, wenn man von jemandem enttäuscht wird ...«

»Das hat er ja nicht getan, oder jedenfalls nicht wirklich. Es war ja alles nichts als Einbildung.« Sally zuckte mit den Schultern und hob den Kopf. »Ich habe beschlossen, keine Zeit mehr mit Gedanken an ihn zu vergeuden! Am Sonntag werde ich ein paar Freunde besuchen – und da du nach Jacks Abreise sicher auch ein wenig Trost suchst, könntest du mich doch begleiten, oder? Wir würden zusammen zu Mittag essen und einen schönen Spaziergang machen, bevor wir heimfahren.«

»Ja, genau das werde ich tun«, sagte Beth und zog Sally spontan in ihre Arme. »Wir werden uns einen schönen Tag machen, nur wir beide, und unsere Sorgen für eine Weile vergessen.«

Kapitel 6

»Was hast du, Tante Helen?« Beth ergriff die Hand ihrer Tante und konnte ihr leichtes Zittern spüren, als sie sie hielt. Schon beim Betreten des gepflegten Wohnzimmers hatte sie ein ungutes Gefühl gehabt, und nun war sie sich sicher, dass Tante Helen beunruhigt war. Als sie sich umsah, erkannte Beth einige der Möbel ihrer Tante wieder, aber es standen auch viele andere Dinge hier, die ihrem Ehemann Gerald gehören mussten. »Ich kann dir ansehen, dass dich etwas belastet – willst du mir davon erzählen?« Tante Helen hatte diesen Gerald, von dem Beth sich nie ganz sicher gewesen war, ob sie ihn mochte, überraschend schnell geheiratet. Aber der Mann hatte etwas an sich, das Beth Unbehagen verursachte, obwohl sie selbst nicht hätte sagen können, was es war.

»Ach was, es ist alles in Ordnung«, sagte Tante Helen unwirsch. »Mach dir keine Sorgen um mich, sondern erzähl mir lieber etwas von dir – macht dieser junge Mann dir immer noch den Hof?«

»Ja, ich treffe mich nachher mit Jack«, antwortete Beth. »Er wird mich später abholen – und morgen sticht er schon wieder in See …«

»Solange du glücklich bist …« Ihre Tante klang niedergeschlagen. Beth wusste sofort, dass irgendetwas nicht in Ordnung war, denn Helen war sonst eine starke und selbstbewusste Frau.

»Ich spüre doch, wie unruhig du bist – kann ich irgendetwas für dich tun?«

Ihre Tante schüttelte den Kopf.

»Es muss doch etwas geben.«

»Ich habe einen großen Fehler gemacht, Beth«, antwortete Helen, und jetzt sprudelten die Worte nur so aus ihr heraus. Sie hatte Tränen in den Augen, und ihre Hand zitterte in der Hand ihrer Nichte. »Ich hätte ihn nie heiraten dürfen.«

»Was hat Gerald getan?«, fragte Beth, als sie den Schmerz und die Gekränktheit sah, die Tante Helen so tapfer zu verbergen versuchte. »Ich dachte, er liebt dich – und auch du schienst ihn doch gernzuhaben.«

»Und ich bildete mir ein, sein Werben um mich bedeutete Liebe, aber da hatte ich mich geirrt.« Tante Helen sah Beth einen langen Moment an. »Gerald war nur auf der Suche nach einer reichen Witwe. Aber ich habe nicht so viel Geld, wie er dachte. Ich nehme an, er glaubte, das Haus gehörte mir. Als er entdeckte, dass ich nicht mehr als zweihundertfünfzig Pfund auf der Bank hatte und von den Zinsen eines Treuhandfonds lebte, der bei meinem Tod erlischt, veränderte sich sein Verhalten mir gegenüber. Er wurde äußerst … widerwärtig zu mir.« Ihre Stimme klang, als ob sie jeden Moment brechen würde, und Beth griff wieder nach ihrer Hand und drückte sie beruhigend. Sie waren nicht immer die besten Freunde gewesen, als Beth bei ihr gelebt hatte, aber sie konnte es dennoch nicht ertragen, ihre Tante in solcher Not zu sehen.

»Wirst du ihn verlassen?«, fragte sie, weil das die beste Lösung zu sein schien.

»Oh nein, das kann ich nicht!«, entgegnete Tante Helen entsetzt. »Was würden die Leute sagen, wenn ich ihn so kurz nach unserer Hochzeit schon verließe? Außerdem würde er dann wie ein Narr dastehen oder schlimmer noch, und das würde er niemals zulassen.«

»Hat er dir mit Gewalt gedroht?«

»Nein!« Tante Helen bestritt es, aber Beth konnte die Unsicherheit in ihrer Stimme hören. »Nicht direkt. Für den Moment begnügt er sich mit Spott und Hohn.«

»Das bedaure ich wirklich sehr, Tante«, sagte Beth. Die Hochzeit war gerade erst ein paar Monate her, und ihre Tante war immer eine stolze, selbstständige Frau gewesen. Beth von der schlechten Behandlung durch ihren Mann zu erzählen, musste ihr sehr schwerfallen. »Kann ich nicht irgendetwas tun? Soll ich mit ihm sprechen oder –«

»Nein! Das wäre das Schlimmste, was du tun könntest!«, fiel Tante Helen ihr ins Wort, bevor ihre Stimme brach. »Ich wollte nur, dass du es weißt, falls …« Wieder zögerte sie und schüttelte dann den Kopf. »Nein, nein, das ist dumm von mir, das würde er nicht tun.«

»Du meinst, er würde dir nicht wehtun?«, fragte Beth leise und berührte behutsam ihren Arm. Tante Helen zuckte zusammen, und als sie ihren Arm bewegte, verrutschte der Ärmel, und Beth konnte den dunklen Bluterguss erkennen, der sich dort abzeichnete. »Hat Gerald dir das angetan?«

Beth erwartete, dass ihre Tante es leugnen würde, aber dann nickte sie, und eine Träne lief ihr dabei über die Wange. »Ich habe noch eine weitere Lebensversicherung abgeschlossen. Ich hatte schon vor unserer Heirat eine, aber er sagte, die genügte nicht … und verlangte von mir, einen neuen Vertrag abzuschließen, und diesmal über eine große Summe.

Als ich ihn nach den Gründen fragte, sagte er mir, es sei eine Entschädigung für seine Enttäuschung, und ich solle froh sein, dass ich so unser beider Zukunft absichern könne. Und da er auch für sich selbst eine Lebensversicherung abschloss und mich als Begünstigte einsetzte, konnte ich natürlich kaum ablehnen.« Helen blinzelte heftig und sagte dann: »Stell dir vor, Beth, er hat mich beschuldigt, ihn getäuscht zu haben, indem ich den Anschein erweckte, ich hätte mehr Ersparnisse als tatsächlich vorhanden …« Tante Helen unterdrückte ein

Aufschluchzen. »Weißt du, ich glaube, er wäre froh, wenn ich sterben würde.«

»Oh nein, Tante!«, sagte Beth erschrocken und legte ihr einen Arm um die Schultern. Bildete sie sich das nur ein, oder hatte ihre Tante tatsächlich abgenommen? »Er würde doch nicht irgendwas Schreckliches tun, oder?«

»Nein, denn wenn ich ermordet würde, bekäme er keinen Penny von der Lebensversicherung.« Tante Helen hielt inne, dann sagte sie: »Er wird aber so oder so nichts davon bekommen, dafür habe ich gesorgt. Gerald hat mir viel von meinem Besitz genommen und meine besten Sachen verkauft, und auch meine Ersparnisse sind weg. Nur ein paar gut versteckte Dinge sind noch übriggeblieben.« Sie blinzelte heftig, denn diesmal füllten ihre Augen sich mit Tränen. Trotzdem zeigte sich in diesem Moment wieder mehr die Frau, die sie früher gewesen war – entschlossen und ein bisschen zornig.

Beth hörte ihr in wütendem Schweigen zu. Gerald hatte Tante Helen offensichtlich unter Druck gesetzt, ihr Geld und ihre wertvollsten Dinge aufzugeben. Aber viel mehr beschäftigte Beth, wie sehr ihre Tante litt.

Am liebsten hätte sie all ihre Sachen eingepackt und sie weggebracht, bevor etwas Furchtbares passieren konnte. Aber während sie noch überlegte, wie sie Tante Helen überreden könnte, den Rohling, den sie geheiratet hatte, zu verlassen, hörten sie die Hintertür, und dann betrat Gerald das Wohnzimmer. Einen Moment lang verengten sich seine Augen vor Missfallen, und dann lächelte er ein Lächeln, das seine Augen nicht erreichte.

»Beth! Wie nett von dir, dass du Helen besuchst«, sagte er. »Wenn ich gewusst hätte, dass du kommst, wäre ich zu Hause geblieben und hätte meinen Geschäftstermin verschoben.«

Beth' Verstand arbeitete schnell. »Ich bin in der Hoffnung vorbeigekommen, euch beide zu Hause anzutreffen«, log sie und sah die Dankbarkeit in den Augen ihrer Tante. »Ich wollte gerade gehen, aber ich freue mich, Sie noch gesehen zu haben, Mr. Greene.«

»Oh, aber du wirst mich jetzt doch sicher Gerald nennen«, sagte er jovial, und Beth hätte fast mit den Zähnen geknirscht, als sie den Blick in seinen Augen sah. Sie erinnerte sich nur allzu gut daran, wie ausgeschlossen sie sich bei Tante Helens und seiner Hochzeit gefühlt hatte, und auch an die Kälte in seinen Augen, mit er sie angeschaut hatte. Warum hatte sie ihre Tante damals nicht gewarnt? Aber bei der Hochzeit war es natürlich schon zu spät gewesen, und damals hatte sie noch geglaubt, sich seine offensichtliche Kälte nur einzubilden.

»Natürlich, Gerald, wenn du möchtest«, sagte sie. »Aber jetzt muss ich leider gehen.«

»Ach, bleib doch noch ein bisschen, um auch mir all deine Neuigkeiten zu erzählen«, sagte er und lächelte seine Frau auf eine Art und Weise an, in der weder Wärme noch Liebe lag. »Mach uns bitte eine frische Kanne Tee, Helen, und ich nehme auch ein Stück von diesem wunderbaren Kuchen. Wie gut, dass du heute einen von Beth' Lieblingskuchen gebacken hast – ich glaube mich zu erinnern, dass du mir einmal gesagt hast, du würdest Ingwerkuchen ganz besonders lieben, Beth?«

»Das ist sehr gut möglich«, antwortete Beth. Jack würde sie erst in einer halben Stunde abholen, um sechs Uhr, hatten sie gesagt. Sie dachte, dass Geralds Spielchen sich auch gut zu zweit spielen ließen. »Ich habe Tante Helen erzählt, dass ich der Frauenrechtsbewegung beigetreten bin, allerdings nicht dem militanten Flügel …« Es war nicht schwer zu erraten, dass Gerald das nicht gutheißen würde und es ihm die Gelegenheit gab, ihr einen Vortrag darüber zu halten, wie töricht es doch sei, Frauen ein Mitspracherecht in der Politik des Landes einzuräumen. Und tatsächlich erklärte er ihr, dass Frauen nicht die richtige Art von Verstand besäßen, um erfolgreiche

Unternehmen zu führen, und er hielt ihr einen längeren Vortrag über die Überlegenheit der männlichen Spezies in allen Dingen.

Beth ließ ihn gewähren und versuchte nicht einmal, ihm zu widersprechen, obwohl sie ihn mit seiner engstirnigen Gesinnung für voreingenommen und beschränkt hielt. Es schien ihm zu gefallen, dass sie ihm erlaubte, sie zu belehren, worüber er seine ursprünglichen Verdachtsmomente zu vergessen schien.

Als Jack pünktlich um sechs erschien und klingelte, konnte Beth sich von ihrer Tante verabschieden, und obwohl sie kaum etwas sagen konnte, verriet ihr ein Händedruck, dass Tante Helen den Grund für ihre sanftmütige Zustimmung zu Geralds Vortrag verstanden hatte und ihr dafür dankbar war.

Doch als Beth sie auf die Wange küsste und flüsterte: »Verlass ihn doch bitte, ich flehe dich an ...«, sagte Tante Helen nichts, lächelte nur und winkte, als Beth ging.

Entgegen ihrer ursprünglichen Absicht bat Beth Jack nicht einzutreten, und er warf ihr einen fragenden Blick zu, als sie ihm einen kleinen Schubs in Richtung Einfahrt gab.

»Was ist?«, fragte er, sowie sie im Auto saßen. »Ich kenne diesen Blick, Beth – irgendetwas hat dich wütend gemacht.«

»Dieser unerträgliche Kerl!«, stieß sie zwischen zusammengebissenen Zähnen hervor, als sie losfuhren.

»Du meinst den neuen Ehemann deiner Tante?«

»Bedauerlicherweise ja. Sie hat einen schrecklichen Fehler gemacht, Jack. Er dachte, sie hätte Geld – viel mehr, als sie tatsächlich hatte – und erst kürzlich hat er eine hohe Lebensversicherung für sie abgeschlossen!«

»Viele Eheleute schließen hohe Lebensversicherungen ab.«

»Ha! Du hast nicht gesehen, wie er mich ansah, als er hereinkam, Jack. Tante Helen hatte ihm nicht gesagt, dass ich zu Besuch kommen würde, und der Ausdruck in seinen Augen war mörderisch. Ich ließ ihn in dem Glauben, ich wäre nur aufs Geratewohl vorbeigekommen, aber er hat die Wahrheit erraten. Weil Tante Helen Kuchen und Sandwiches vorbereitet hatte, die ich gerne mag.«

Jack schwieg für einen Moment. »Alle Ehen haben ihre Höhen und Tiefen, Beth.«

Beth nickte. »Das weiß ich. Aber sie hatte einen blauen Fleck am Handgelenk, den sie vor mir zu verbergen versuchte, und sie ist furchtbar unglücklich. Ich wünschte, ich könnte ihr helfen, aber sie will ihn nicht verlassen. Sie scheint regelrecht gebrochen zu sein und sich mit ihrem Schicksal abgefunden zu haben.«

»Es wäre ja auch schwierig für sie, ein neues Zuhause zu finden.« Jack runzelte die Stirn. »Es tut mir leid, Beth. Ich weiß, dass es solche Männer gibt – Männer, die es auf reiche Frauen abgesehen haben, die allein leben und unverheiratet sind.«

Beth nickte nachdenklich. »Wenn ich doch nur irgendetwas für sie finden könnte – irgendwo außerhalb von London, wo sie ein neues Leben anfangen könnte.«

»Dazu müsste sie aber bereit sein«, erinnerte Jack sie. »Deine Tante Helen ist eine sehr eigensinnige Frau, Beth. Ich kann mir nicht vorstellen, dass sie alles, was sie mit in die Ehe gebracht hat, zurücklassen würde – aber genau das würde es bedeuten, weil er sie daran hindern würde, ihre Möbel mitzunehmen. Vielleicht hat er sogar die Kontrolle über das Geld, das sie noch hat.«

Beth sah ihn besorgt an. »Ich mache mir Sorgen um sie, Jack. Und wenn er sie nun wegen der Lebensversicherung ermorden will?«

»Das ist aber ein bisschen sehr dramatisch«, sagte Jack und runzelte die Stirn. »Er müsste sehr vorsichtig vorgehen, denn wenn er unter Verdacht geriete, bekäme er keinen Penny von dem Geld und könnte wegen Mordes hängen.«

»Ja, das weiß ich«, seufzte Beth. »Gerald hält Frauen jedoch für minderwertige Geschöpfe und glaubt, wir besäßen nicht genug Verstand, um ein erfolgreiches Unternehmen zu führen – und ein solcher Mann glaubt vermutlich auch, dass er einen Mord begehen und damit davonkommen kann!«

»Ja, die Möglichkeit besteht natürlich«, sagte Jack, und ein Anflug von Wut blitzte in seinen Augen auf. »Das nächste Mal, wenn du deine Tante besuchst, werde ich dich begleiten. Ich glaube zwar nicht, dass ich ihn an seinen Plänen hindern könnte, wie immer sie auch aussehen mögen, aber ich könnte dir zumindest dabei helfen, deine Tante zu überreden, ihn zu verlassen, wenn sie wirklich so unglücklich ist. Dad würde sie bei sich aufnehmen, bis sie die Dinge wieder selbst in die Hand nehmen kann …«

»Oh Jack, was für ein wunderbarer Mensch du bist!«, sagte Beth und küsste ihn auf die Wange. »Danke, dass du mir zugehört und Verständnis gezeigt hast. Das alles beschäftigt mich schon eine ganze Weile, aber wahrscheinlich ist dieser Gerald in Wirklichkeit nur ein Tyrann. Er wird Tante Helen weiterhin das Leben zur Hölle machen, aber für einen Mörder halte ich ihn eigentlich nicht. Er müsste schon sehr schlau sein, um damit durchzukommen …«

»Dann wird er es bestimmt nicht tun«, sagte Jack. »Er hat sowohl dich als auch deine Tante unterschätzt, was ihn in meinen Augen zu einem Dummkopf macht – zu einem Tyrannen und einem Narren.«

»Ja, vielleicht hast du ja Recht. Ich rede Unsinn, Jack, und ich halte ihn ja auch nicht für einen kaltblütigen, berechnenden Mörder«, sagte Beth und fühlte sich gleich besser. »Ich bin froh, dass ich mit dir geredet habe – und jetzt sollten wir den Abend genießen, weil er für eine ganze Weile unser letzter gemeinsamer sein wird.«

»Eigentlich dürfte ich nicht viel länger als vier Wochen unterwegs sein, aber falls du dir Sorgen machst, kannst du immer mit meinem Vater sprechen«, sagte Jack.

»Ja, das weiß ich«, antwortete Beth und küsste ihn. »Ich werde meine Tante im Auge behalten, denn mehr kann ich im Augenblick ohnehin nicht tun.«

Kapitel 7

Rachel und Maggie waren an diesem Sonntagmorgen gemeinsam in die Kirche gegangen und wollten danach Blumen zu den Gräbern von Maggies Eltern und Rachels Mann bringen. Sie waren auf verschiedenen Friedhöfen begraben, die aber nur eine Busfahrt voneinander entfernt lagen.

Beth und Sally dagegen hatten sich dazu entschieden, Sallys alte Freunde zu besuchen, und nahmen schon um kurz nach zehn den Bus nach Pimlico.

Als kleine Aufmerksamkeit für ihre Freunde hatte Sally eine Schachtel feinster Pralinen gekauft. »Ich habe sie schon so lange nicht mehr besucht«, bemerkte sie zu Beth. »Und ich bin froh, dass du mitgekommen bist, weil das viel schöner ist, als alleine hinzufahren.«

»Andernfalls würde ich ja doch nur zu Hause Trübsal blasen und mir Sorgen machen«, antwortete Beth. »Ich bin froh, etwas mit dir unternehmen zu können.«

»Ist es Jack, um den du dir Sorgen machst?«

Beth schüttelte den Kopf und erzählte Sally, was ihre Tante ihr über ihre Ehe anvertraut hatte.

»Wahrscheinlich hatten sie sich vorher gestritten«, gab Sally zu bedenken. »Die meisten Ehen erleben auch mal schlechte Zeiten, soviel ich weiß.«

»Ja, das kann ich mir vorstellen«, stimmte Beth ihr zu. »Ich kann mich zwar nicht erinnern, dass meine Eltern je eine ernsthafte Auseinandersetzung hatten, aber Dad war ja auch sehr geduldig und liebevoll mit Mom. Er war derjenige, der alles für uns tat … deshalb war es ja auch ein solcher Schock für mich, als er so krank wurde und starb …«

Sally nickte. »Ich wünschte, ich hätte auch ein paar Erinnerungen, die ich mit dir teilen könnte, Beth, aber meine sind alles andere als gut. Bei uns im Heim gab es nur Maßregelungen seitens der Nonnen und Strafpredigten von den Priestern. Es sei denn, sie versuchten gerade, uns zu begrabschen. Ich weiß, dass einige der Mädchen weinten, nachdem sie ins Büro des Priesters geschickt worden waren. Auch mich wollte einer von ihnen einmal anfassen, aber ich habe ihn gebissen, so fest, dass er blutete und wegrannte, um die Hand zu desinfizieren. Er nannte mich ein Biest, hat danach aber nie wieder versucht, mich anzufassen.«

»Was für ein widerlicher Kerl!«

Sally lachte, als Beth sie entsetzt ansah. »Das geschieht andauernd in diesen Waisenhäusern, Beth. Ich glaube auch, dass das der Grund ist, warum die Kinder es kaum erwarten können, dort zu verschwinden, auch wenn es schwer ist, allein zurechtzukommen.«

Beth nickte. Sally sprach nicht oft von der Vergangenheit, und wenn sie es einmal tat, machte es Beth nur noch bewusster, warum sie ihre Freundinnen so schätzte. Sally hatte ein hartes Leben gehabt, das sicher oft sehr einsam gewesen war.

Dann wechselten sie das Thema und sprachen über Emmeline Pankhurst, die wegen vorsätzlicher Brandstiftung zu einer dreijährigen Gefängnisstrafe verurteilt worden war. Früher wäre Emmeline in den Hungerstreik getreten, weil sie wusste, dass die Gefängnisbehörden sie eher freilassen würden, als zu riskieren, dass sie verhungerte. Doch der Cat and Mouse Act machte es möglich, sie trotz allem sofort wieder zu inhaftieren, sobald sie sich ausreichend erholt hatte. Auf diese Weise sollten die Suffragetten dazu gebracht werden, sich dem Willen des Parlaments zu beugen.

»Es schreit zum Himmel, wie die Suffragetten behandelt werden!«, sagte Sally zornig.

»Ja, das stimmt, aber Emmelines Vorgehensweise kann ich trotzdem nicht billigen«, sagte Beth und beschloss, das Thema zu wechseln. »Sag mal, Sally, woher kennst du Sylvia eigentlich? War sie auch in einem Waisenhaus?«

»Nein, wir haben uns in der Pension kennengelernt, in der ich später lebte. Sie war vom Land in die Stadt gezogen, um Arbeit zu suchen«, erklärte Sally. »Eine Zeitlang waren wir Freundinnen – ich kannte sie nicht gut, aber durch Mick fand sie Arbeit in dem Gasthaus seiner Bekannten Marlene. Er führte den Pub gegenüber der Pension und erwies sich als guter Freund, wenn wir ihn brauchten – und dann sagte Marlene, ich könne auch für sie arbeiten, wenn ich wollte ...«

»Du denkst doch wohl hoffentlich nicht daran, Harpers zu verlassen?«

»Im Augenblick nicht«, antwortete Sally. »Es hängt ganz davon ab, wie die Dinge in der Zukunft laufen – aber es könnte sein, dass ich eine neue Stelle brauchen werde, wenn Mr. Harper wieder da ist ... und es zu schwierig für mich wäre, mit ihm zusammenzuarbeiten.«

Beth nickte nur. Sally ließ sich ihre Unruhe nicht oft anmerken. Trotz ihres beruflichen Erfolgs war sie nicht so glücklich und zufrieden, wie sie es eigentlich sein müsste. Beth fragte sich, ob sie ihre Freunde vielleicht nur besuchte, um zu sehen, ob sie gern für sie arbeiten würde, falls sie eine neue Stelle brauchte. Beth war durchaus bewusst, dass Sally Gefühle für Ben Harper hegte, auch wenn sie so tat, als seien sie nicht mehr als eine absurde kleine Schwärmerei.

Der alte Pub in Pimlico lag nicht weit vom Fluss entfernt und verfügte über ein Restaurant mit einem fabelhaften Ausblick auf das Flussufer. Auch das alte Gebäude sah trotz des trüben Morgens sehr schön aus mit seinen grauen, halb von

Kletterrosen überwachsenen Mauern, die im Sommer wunderbar aussehen würden. Der Anblick überraschte Beth, die so etwas Beeindruckendes nicht erwartet hatte.

»Wie schön!«, flüsterte Beth. »Als du von einem Pub sprachst, hätte ich nie an so etwas gedacht.«

»Ich auch nicht. Wahrscheinlich hätte ich schon früher mal herkommen sollen, aber irgendwie habe ich nie die Zeit dazu gefunden«, antwortete Sally. »Und jetzt habe ich ein schlechtes Gewissen.«

Die öffentliche Bar war geschlossen, denn es war Sonntag, und im Restaurant konnte man nur etwas trinken, wenn man auch ein Essen bestellte. Ein Aushang an der Glastür informierte die Kunden darüber, welches Essen heute zur Auswahl stand.

»Kann ich Ihnen helfen?«, fragte ein Mädchen, als sie das Restaurant betraten. »Haben Sie einen Tisch reserviert?«

»Nein«, antwortete Sally. »Ich wusste nicht, dass das nötig ist.«

»Wir haben sonntags immer viel zu tun«, sagte das Mädchen. »Aber vielleicht können wir Sie noch irgendwo unterbringen – ich werde Marlene fragen.«

»Offenbar sind sie sogar sonntags ausgebucht!«, bemerkte Sally überrascht.

»Vielleicht ist es so, weil sie Alkohol ausschenken«, sagte Beth. »Nicht jedes Lokal hat eine Lizenz dazu.«

Eine gutgekleidete Frau mit blondiertem Haar kam aus dem Büro. Sie sah sich die Reservierungen an, und Beth zweifelte daran, dass sie ihnen einen Tisch anbieten würde – bis sie Sally erblickte und ein erfreutes Lächeln auf ihrem Gesicht erschien.

»Sally! Ich wage meinen Augen kaum zu trauen, aber du bist es wirklich, Darling! Sylvia ist heute leider nicht da – aber ich werde einen Tisch für dich und deine Freundin finden, und dann kannst du dich hinsetzen und mir alles erzählen. Kommt mit in mein Büro, während Jean euren Tisch deckt!«

Sie folgten ihr in einen gemütlichen Raum, der mit antiken Tischchen, Stühlen und einem prächtigen doppelseitigen Schreibtisch eingerichtet war. An den Wänden hingen Gemälde von Flusslandschaften und Vögeln, und zwei große Vasen mit frischen Blumen verbreiteten einen wunderbaren Duft.

»Nehmt Platz, ihr zwei«, sagte Marlene und strahlte die beiden an. »Und sag mir doch bitte, wie deine Freundin heißt, Sally.«

»Ich bin Beth Grey und arbeite bei Harpers in der Hutabteilung«, sagte Beth.

»Wie schön, meine Liebe«, antwortete Marlene lächelnd und wandte sich wieder Sally zu. »Mick hat mir erzählt, dass du dort eine wichtige Position bekleidest, Sally. Du seist ganz schön die Karriereleiter hochgeklettert, sagte er.« Ihr Blick glitt suchend zu Sallys linker Hand. »Er dachte, du wärst inzwischen vielleicht schon verheiratet …«

»Oh nein. Ich bin weder verlobt noch verheiratet«, sagte Sally und lachte. »Und Mick ist also immer noch der Alte, was?«

»Mick wird sich niemals ändern«, sagte Marlene und verdrehte ihre Augen. »Eines Tages wird er irgendeinem glücklichen Mädchen ein fabelhafter Ehemann sein, doch leider bin *ich* alt genug, um seine Mutter zu sein«, sagte Marlene lachend, als hätte sie einen großartigen Witz gemacht.

»Ach was, das bist du nicht«, widersprach Sally ihr lächelnd. »Ich weigere mich zu glauben, dass du auch nur einen Tag älter als fünfunddreißig bist, Marlene, und Mick müsste etwa dreißig oder sogar noch ein wenig älter sein …«

»Er ist etwas über neunundzwanzig«, antwortete Marlene mit vor Übermut funkelnden Augen. »Und ich bin nicht zu alt für ihn, aber das spielt auch keine Rolle, weil dieser Junge nämlich nur Augen für ein einziges Mädchen hat.«

Beth sah, wie Sally errötete. Marlene scherzte zwar, doch

offensichtlich schien ein Körnchen Wahrheit in ihren Worten zu liegen. Beth hatte immer gedacht, Sallys Herz würde nur für Mr. Harper schlagen, aber sie hatte ja bisher auch nichts von diesem anderen Mann gewusst.

»Na ja, du kannst ihn ja selbst fragen, meine Liebe. Er hat für heute einen Tisch für vier reserviert, er kommt mit seinen Freunden hierher. Da kannst du kurz Hallo sagen. Er wird überrascht sein, dich hier zu sehen.«

»Ich wollte nur einen Ausflug machen«, antwortete Sally seltsam abwehrend. »Wie kommt übrigens Sylvia hier zurecht?«, wechselte sie dann rasch das Thema.

»Sie ist eine sehr beliebte junge Frau«, sagte Marlene und runzelte dann die Stirn. »Einer unserer Gäste hat darauf bestanden, sie heute aufs Land mitzunehmen. Er wollte sie in ein fabelhaftes Restaurant einladen, und Sylvia ist sehr interessiert daran, das Essen dort zu probieren. Wir sind hier immer auf der Suche nach neuen Ideen.«

Das junge Mädchen, das sie empfangen hatte, klopfte an, um ihnen mitzuteilen, dass ihr Tisch bereit sei, und Marlene begleitete sie selbst dorthin. Sowie sie Platz genommen hatten, machte sie eine Runde durch das Lokal, sprach mit allen Gästen und fragte, ob das Essen in Ordnung sei. Alle schienen zufrieden zu sein, und als sie zurückkam, sah Beth sich gerade die Speisekarte an. Sie und Sally entschieden sich für Entenbraten mit Bratkartoffeln und Rotkohl in Rotweinsoße. Beim Nachtisch waren sie hin- und hergerissen zwischen einem Sherry-Trifle mit einer Kirsche als Topping oder einem Brandy-Snap, der aus einem knusprigen Gebäck-Körbchen gefüllt mit selbstgemachtem Eis und Pfirsichen bestand.

Als der Kaffee gebracht wurde, trat ein auffallend attraktiver Mann an ihren Tisch.

»Entschuldigen Sie bitte die Störung«, sprach er sie an. »Ich will nicht unhöflich sein, aber ich möchte gerne Sally begrüßen.« Er sprach mit einem leicht singenden Tonfall, aber nicht so auffallend, dass man ihn sofort als Iren erkennen würde, dachte sie.

»Mick! Wie schön, dich zu sehen«, sagte Sally und blickte lächelnd zu ihm auf. »Diese junge Dame ist meine Freundin Beth. Beth Grey, um genau zu sein.«

»Freut mich, Sie kennenzulernen, Miss Grey«, sagte Mick mit einem Lächeln. »Hat Ihnen beiden das Essen geschmeckt?«

»Es war sehr gut«, antwortete Beth. »Ich kann mich nicht erinnern, je etwas so Köstliches gegessen zu haben.«

»Dann müssen Sie unbedingt wieder herkommen«, sagte Mick. »Für Freunde findet Marlene immer einen Tisch – und wenn Sie erlauben, möchte ich, dass Sie dieses Mittagessen als kleine Aufmerksamkeit von mir annehmen.«

»Nein, das kommt nicht infrage«, sagte Sally schnell. »Es ist sehr nett von dir, Mick, aber ich bezahle. Ich habe Beth eingeladen.«

»Na, dann werde ich euch nicht länger aufhalten«, sagte Mick, der Sallys Antwort zu akzeptieren schien. »Einen schönen Tag noch, meine Damen.« Er nickte ihnen zu und ging. Beth, die ihm nachschaute, sah, dass er Marlenes Büro betrat.

»Dieser Mick scheint ein netter Mann zu sein«, meinte Beth, als Sally schwieg. »Es war sehr großzügig von ihm, die Rechnung übernehmen zu wollen … aber wir werden sie uns teilen, Sally. Ich hatte nicht vor, dich alles bezahlen zu lassen.«

»Nein, nein, ich hatte dich eingeladen mitzukommen«, entgegnete Sally und runzelte die Stirn. »Mick übertreibt mal wieder. Wenn man ihm den kleinen Finger reicht, ergreift er gleich die ganze Hand.«

»So kam er mir aber gar nicht vor«, widersprach Beth.

»Er erlaubt sich immer zu viele Freiheiten«, fuhr Sally fort. »Ich mag ihn, und er kann auch ein guter Freund sein – aber er will einfach zu viel.«

»Du meinst, er schätzt dich sehr, aber du willst nichts mit ihm anfangen«, sagte Beth. »Er ist nicht die Art von Mann, mit dem du dich einlassen willst, oder?«

»Nein, das ist er wirklich nicht«, gab Sally zu. »Ich mag ihn, da hast du recht, aber das ist auch schon alles.« Sie runzelte die Stirn. »Ich hatte nicht damit gerechnet, ihn hier zu sehen.«

»Ich glaube, er kennt Marlene sehr gut«, sagte Beth, die die beiden beobachtet hatte. »Glaubst du, dass er ihr Geschäftspartner sein könnte?«

»Wie kommst du denn darauf?«

»Ach, weißt du, es war nur die Art, wie sie mit ihm sprach und er ihr ins Büro folgte. Ich habe keine Ahnung, Sally, ich frage mich nur …«

»Vielleicht hast du ja recht.« Sally war nachdenklich geworden. »Ich dachte, er führt nur den Pub in der Nähe der Pension, in der ich früher lebte, aber wer weiß.« Sie zuckte mit den Schultern. »Doch das ändert nichts für mich.«

»Nein, wahrscheinlich nicht.«

Beth schwieg, als zwei Männer zusammen das Restaurant betraten und zu Sally hinüberblickten. Sie blickte Sally fragend an, um zu sehen, ob sie Mr. Marco bemerkt hatte. Sally schien jedoch keine Notiz von ihnen genommen zu haben. Die beiden wurden zu einem diskreten Tisch in einer Nische geführt, in der sie weitgehend vor den Blicken der anderen Gäste verborgen waren. Beth beschloss, ihre Beobachtung nicht zu erwähnen, da Sally tief in Gedanken versunken zu sein schien.

Stattdessen trank sie ihren Kaffee aus und dachte, dass Sally mehr an dem Iren interessiert war, als sie zugab. Sally bewahrte ihre Geheimnisse, aber sie mochte Mick, was immer sie auch sagte.

* * *

Es war schön, an diesem Nachmittag am Fluss entlang zu spazieren, denn eine schwache Sonne brach durch die Wolken. Obschon es bereits März war, konnte man noch nicht wirklich von Frühling reden, aber es war zumindest nicht mehr so kalt, wie es in letzter Zeit gewesen war, und Beth und Sally hielten sogar kurz an, um die auf dem dunklen Wasser der Themse vorbeigleitenden Schwäne und Enten zu beobachten.

Als sie so weit waren, fuhren sie mit dem Bus nach Hause und setzten sich dort zu Rachel und Maggie zum Tee an den Kamin. Rachel hatte am Vortag Hefeküchlein gekauft, die sie über dem Feuer rösteten und mit viel Butter und Honig bestrichen.

»Das sind die Momente, die ich nie vergessen werde«, sagte Sally, als sie ein Tablett mit frisch aufgebrühtem Tee aus der Küche hereinbrachte. »Es war ein wunderbarer Tag«, sagte sie, »aber leider auch ein bittersüßer für dich und Maggie, Rachel.«

»Ich bin inzwischen über den Verlust meines Mannes hinweg«, sagte Rachel und schaute Maggie an. »Bei ihr wird es noch etwas länger dauern – aber ich glaube, es hat ihr ein bisschen geholfen, die Gräber zu besuchen.«

»Ja, das hat es«, stimmte Maggie ihr zu und lächelte. »Und ich finde, ich kann mich wirklich sehr, sehr glücklich schätzen, so gute Freundinnen zu haben.« Sie schaute Rachel an, die nickte. »Wir haben uns nach der Kirche noch mit ein paar anderen Freundinnen getroffen und mit ihnen vereinbart, am nächsten Sonntagmorgen mit der Frauenbewegung an einem Protestmarsch teilzunehmen. Rachel hat schon eine Schärpe, die sie tragen wird, und mir wurde eine versprochen – werdet ihr beide auch mitkommen?«

»Ja, ich auf jeden Fall«, sagte Sally. »Ich finde, es wird höchste Zeit, dass wir wieder friedlich demonstrieren. Ich halte Bomben und Gewalt für nicht sehr sinnvoll, bin aber gern bereit, mitzumarschieren oder mich an ein Geländer im Hyde Park zu ketten.«

»Ich denke, wir werden uns auf einen Marsch mit unseren Spruchbändern beschränken«, sagte Rachel und lachte leise. »Schließlich will keine von uns im Gefängnis landen. Außerdem bin ich der gleichen Meinung wie Sally, dass ein friedlicher Protest das beste Vorgehen ist.«

Kapitel 8

Fred brachte am Montagmorgen einige Kartons mit neuen Hüten für die Frühjahrskollektion hinauf, die er dann freundlicherweise für Beth in den Lagerraum hinübertrug. Als sie ihm folgte, sagte er: »Mein Tim fand es übrigens sehr schön, dass du zum Abendessen bei uns warst, Beth. Und nun dachten wir, vielleicht würdest du ja auch gern am Sonntag zum Mittagessen kommen?«

»Sehr gerne sogar, Fred – aber das hängt ganz davon ab, wie lange unser Protestmarsch dauern wird. Ich komme vorbei, wenn ich kann – aber wartet bitte nicht mit dem Essen, wenn ihr hungrig seid. Ich kann ja immer noch zum Tee bleiben.«

»Richtig«, sagte er und zögerte ein bisschen, bevor er hinzufügte: »Aber pass auf dich auf, Beth, denn ich befürchte, dass die Polizei und die Frauenrechtsgegner es diesmal gemeinsam auf euch abgesehen haben. Und es wird ihnen egal sein, dass ihr nicht dem militanten Flügel eurer Bewegung angehört. Wenn ihr ihre Farben tragt, werden sie euch alle in einen Topf werfen. Pass also auf, dass du nicht in Teufels Küche gerätst, Beth.«

»Ja natürlich, Fred. Ich werde sowieso nur hinter den Spruchbändern mitmarschieren. Ich werde weder Steine werfen noch irgendwelche Fenster einschlagen.«

»Das ist sehr vernünftig«, erwiderte Fred lächelnd. »Wenn auch alle anderen so vernünftig wären, würde das Parlament sich vielleicht sogar anhören, was ihr zu sagen habt.«

»Im Prinzip haben wir alle die gleichen Ziele, aber die Mitglieder der WSPU sind einfach militanter«, bestätigte Beth und nickte Fred zu, als er sich aufmachte, um weitere Ware für die anderen Abteilungen zu holen. Sein Gehilfe Willie kümmerte sich derweil um die Entsorgung der leeren Kartons. Er belud einen schon bereitstehenden Lieferwagen damit, weil der Keller wegen des ständigen Zustroms von Verpackungen sonst bald mit Pappe überfüllt gewesen wäre.

Nachdem Fred gegangen war, erschien Miss Hart in der Abteilung und spazierte dort herum, um alles genauestens in Augenschein zu nehmen. Sie fuhr sogar mit einem Finger über Beth' und Maggies Verkaufstheke, doch da dort kein einziges Staubkorn zu sehen war, hatte sie nichts zu beanstanden.

Mr. Marco war der nächste Besucher in der Abteilung. Beth bediente gerade Kunden und bekam daher nur mit, dass er ein langes Gespräch mit Rachel führte, doch als er ging, blickte er zu ihr hinüber und zwinkerte ihr zu. Später kam Rachel zu ihr und erzählte, dass Mr. Marco in dieser Woche in einem der Schaufenster Frühjahrshüte ausstellen würde – ein komplettes Schaufenster mit nichts anderem als Hüten dekoriert, hatte er angedeutet.

»Er sagte, er hätte gern etwas von Ihrer neuen Ware und etwas von der alten, Beth«, sagte Rachel und siezte Beth, wie sie es im Geschäft immer taten. »Er will etwas mit Blumen machen – aber mehr wollte er mir nicht verraten, weil die Fenster eine Überraschung werden sollen.«

Beth nickte, während sie in Gedanken schon die vorhandenen Hüte durchging. Sie hatte einige hübsche Modelle aus Strohgeflecht und einige helle Filzhüte, die auch sehr hübsch waren. Mr. Marco hatte ihr wegen des von ihm geplanten Schaufensters zugezwinkert, und da sie wusste, dass alles, was er verwendete, die Kundinnen anlocken würde, musste sie Hüte auswählen, von denen sie mehr als ein Exemplar vorrätig hatte. Denn sie wollte diesen Hut nicht jedes Mal aus der Auslage holen lassen, wenn eine Kundin ihn anprobieren wollte.

In der Mittagspause begann sie, die Kartons mit ihren neuen Waren auszupacken. Sie hatte eine Flasche Limonade und ein Brötchen dabei, das sie etwas später essen würde, wenn sie ein paar Minuten Zeit dafür erübrigen konnte.

Rachel betrat den Lagerraum, als Beth bereits mit dem Auspacken des ersten Kartons fertig war. Einige sehr schicke Strohhüte mit viel Schleier und Seidenrosen lagen zwischen dem Seidenpapier, in dem sie verpackt waren.

»Oh, diese Hüte sind ja wirklich wunderschön!«, sagte sie.

»Ja, und sie sind alle unterschiedlich«, stimmte Beth Rachel begeistert zu. »Ich kann den Kundinnen also ruhig sagen, dass wir von jedem Modell nur eins auf Lager haben!«

»Miss Ross hat in der Tat einen ausgezeichneten Geschmack«, sagte Rachel anerkennend. »Ich glaube, sie bezaubert die Hersteller mit ihrem Charme, ihr etwas ganz Besonderes anzubieten.« Dann schaute sie sich um. »Sie hätten zum Auspacken aber nicht Ihre Mittagspause opfern sollen, Miss Grey.«

»Das macht mir nichts aus. Ich werde später etwas trinken und ein Brötchen essen.«

»Ich gebe Ihnen zehn Minuten extra, um es wiedergutzumachen«, sagte Rachel und lächelte. »Am besten vertrete ich Sie jetzt gleich ein Weilchen, und Sie gehen eine Tasse Tee trinken.«

»Ja, gut – und vielen Dank«, antwortete Beth und ging mit ihrem Mittagessen in den Keller, wo Willie gerade die Stellung hielt. Er hatte eine Kanne Tee gekocht und reichte ihr grinsend eine Tasse, um ihr dann zu sagen, dass Fred oben in der Männerabteilung war.

Beth blieb nicht länger als eine Viertelstunde, und als sie zurückkam, hatte Rachel schon die zweite Kiste mit Hüten ausgepackt und war damit beschäftigt, die Lagerliste der neuen Waren zu erstellen.

»Sie werden gebraucht, Miss Grey – und Sie auch, Mrs. Craven«, machte Maggie sie auf Kundinnen aufmerksam, und in der nächsten Stunde waren alle sehr beschäftigt.

Es wurde später Nachmittag, bis sie alle drei Dutzend Hüte ausgepackt hatten und Beth den gesamten neuen Bestand in ihre Unterlagen eingetragen hatte. Die Modelle waren frisch und farbenfroh, und einige davon gefielen Beth viel besser als die bisherigen Frühjahrsmodelle.

Aufgrund dessen änderte sie zwei ihrer wichtigsten Arrangements und war immer noch damit beschäftigt, als es Zeit wurde, die Abteilung zu schließen.

Rachel kam zu ihr hinüber, schaute ihr einen Moment zu und nickte dann.

»Sehr schön, aber das genügt für heute, Beth«, sagte sie, und dass sie jetzt ihren Vornamen benutzte, bedeutete, dass für heute Feierabend war. »Es war für uns alle ein anstrengender Tag, aber du hast besonders hart gearbeitet.«

»Ich sehe mir nur schrecklich gern die neuen Modelle an«, antwortete Beth wahrheitsgemäß. »Sally hat einige fantastische Modelle eingekauft. Ich glaube, sie hat dabei an Hochzeiten gedacht, weil sie für den Alltag nämlich viel zu fein sind. Schau dir nur diese wundervolle Kreation aus rosa Tüll, Stroh und Seidenrosen an!«

»Ja, mir ist schon aufgefallen, dass sie diesmal wirklich mehr elegante und extravagante Ware eingekauft hat«, sagte Rachel mit zweifelndem Gesicht. »Ich weiß, der Sommer wird kommen, aber hoffentlich hat sie diesmal nicht ein wenig zu viel gewagt.«

»Mehrere Frauen haben die Hüte schon bewundert«, berichtete Beth, »aber bisher hat noch niemand etwas von der neuen Ware gekauft.«

»Sag nichts davon zu Sally«, warnte Rachel, als sie die Abteilung verließen. »Sie hat genug Sorgen mit all den Einkäufen für die verschiedenen Abteilungen, und morgen wirst du vielleicht schon eine ganze Menge der neuen Sachen verkaufen.«

»Das hoffe ich«, stimmte Beth ihr zu und seufzte. »Ich weiß, wie gut Mr. Harper Sally bezahlt, aber ich würde um nichts in der Welt ihre Stelle haben wollen.«

***

Am nächsten Tag verkaufte Beth zehn Hüte, von denen jedoch nur einer aus dem neuen Bestand stammte. Mehrere junge Frauen probierten die schicken Hüte an, kauften dann aber etwas Vernünftigeres als »diese spleenigen Dinger«, wie eine matronenhafte Frau die hübschen Strohkreationen nannte.

»Wenn ich eine Einladung in den Buckingham Palace hätte, würde ich diesen Hut hier kaufen«, sagte eine andere Kundin zu Beth, »aber ich wüsste nicht, wo ich ihn sonst tragen könnte.«

Beth lächelte und erwiderte, der Hut sei perfekt für eine Hochzeit, und die Kundin stimmte ihr zu, ging dann aber mit einem Glockenhut aus rotem Filz, den nur eine einzelne Rose zierte.

Am Donnerstag kamen jedoch eine Mutter und ihre Tochter herein und stürzten schnurstracks auf die ausgestellten Strohmodelle zu. Beide baten darum, sie anprobieren zu dürfen, und überschlugen sich nahezu vor Begeisterung über jedes Teil. Am Ende kaufte die Mutter zwei Hüte für sich selbst und ihre Tochter sechs.

»Wir müssen zu zwei Hochzeiten im nächsten Monat«, sagte die Mutter, »und auch Jilly wird Ende des Monats heiraten. Diese Hüte sind genau das Richtige für ihre Flitterwochen – sie und ihr Mann werden eine Reise nach Paris und dann nach Rom und Griechenland machen.«

»Wie aufregend!«, sagte Beth ein bisschen neidisch. »Es muss wunderbar sein, reisen zu können.«

»Jilly heiratet ja auch einen Baron«, erklärte die Mutter stolz, während ihre Tochter heiß errötete. »Natürlich ist er kein Engländer, sondern Preuße, aber ein ganz reizender Mann …«

»Mutti! Arnulfo würde nicht wollen, dass du es Gott und aller Welt erzählst.«

»Ach was. Er hätte selbstverständlich nichts dagegen!«, widersprach ihre Mutter. »Er ist stolz auf seine Herkunft – und auf dich.«

Und so plauderten sie munter weiter, während Beth ihre Hüte in hübschen Schachteln verpackte und dann ihr Geld mit dem Flaschenzugsystem zum Büro hinaufschickte. Nachdem sie das Wechselgeld herausgegeben und ihre Auslage aufgeräumt hatte, kam Rachel auf sie zu.

»Wie es scheint, hatte ich mich bezüglich dieser Hüte doch geirrt.«

»Eine Mutter und ihre Tochter haben gleich mehrere für eine Hochzeit gekauft. Ich glaube aber, dass sie normalerweise nicht hier einkaufen. Sie müssen von der Schaufensterdekoration hereingelockt worden sein.« Mr. Marco hatte fünf der neuen Hüte für die Dekoration benutzt. Sie standen auf Ständern zwischen blühenden Pflanzen und Sträuchern und sahen selbst so aus, als ob sie Blüten wären – und von der Decke hingen mit Glitzersteinen verzierte Bienen und hübsche blaue Vögel, die er in seinem Raum im vierten Stock hergestellt hatte. Alle waren sich einig, dass es wieder einmal ein zauberhaftes Fenster geworden war.

»Ja, das Schaufenster sieht wirklich ganz entzückend aus«, sagte Rachel. »Ich war nur überrascht, als ich sah, dass die Damen gleich so viele Hüte kauften.«

»Und ich bin einfach nur froh darüber, weil ich schon befürchtet hatte, dass sie ewig im Regal stehen würden.«

In den nächsten Tagen schien jedoch die Sonne, und mit den Gedanken an Hochzeiten und Gartenpartys stieg der Verkauf der hübschen Hüte sprunghaft an, und bald schon sagte Beth zu Sally, sie benötigten mehr Ware.

»Ich war mir nicht sicher, ob diese neuen Hüte sich verkaufen würden«, gestand Sally. »Ich werde noch einige mehr von ihnen bestellen, aber auch wieder mehr von unserer normalen Ware kaufen. Es ist nicht gut, alles auf eine Karte zu setzen.«

»Nein.« Beth sah sie nachdenklich an. »Haben Sie schon etwas von Mr. Harper gehört?«

Sally schüttelte den Kopf, aber sie lächelte dabei. »Nein, aber die gute Nachricht ist, dass Jenni sich auf dem Weg zu uns befindet. Sie hat mir eine telegrafische Mitteilung geschickt, dass sie Ende nächster Woche hier sein wird. Ich freue mich darauf, sie wiederzusehen – und ich werde erleichtert sein, wenn sie sich die Konten angesehen und einige der neuen Waren abgesegnet hat.«

»Ja, das kann ich gut verstehen. Ich freue mich auch, dass sie herkommt – obwohl ich es nicht fair fand, wie sie Sie damals ins kalte Wasser geworfen und Ihrem Schicksal überlassen haben. Es wäre ihnen nur recht geschehen, wenn Sie gegangen wären und den Laden vor die Hunde hätten gehen lassen!«

»Beth!« Sally lachte über die Heftigkeit ihrer Freundin. »So schlimm war es nun auch nicht, meine Liebe. Jenni ist die ganze Zeit über in Verbindung mit mir geblieben und hat mich immer nur ermutigt. Aber sie fühlte sich für den Tod ihrer Freundin verantwortlich, der sie ihr Ticket für die *Titanic* überlassen hatte, sodass sie bei dem schrecklichen Unglück ums Leben gekommen war. Der kleine Sohn ihrer Freundin brauchte jemanden, der ihm half, über den Schock hinwegzukommen, seine Mutter verloren zu haben und selbst nur knapp dem sicheren Tod im Meer entrissen worden zu sein. Zum Glück hat Jenni den Eindruck, dass er sich an den Schiffsuntergang überhaupt nicht mehr erinnert, wenn er wach ist, obwohl er dann um seine Mutter weint … aber er hat schlimme Träume, was Jennis Empfinden nach mit dem Untergang des Schiffs zusammenhängt.«

Sally unterbrach sich kurz. »Ich habe mit Mr. Stockbridge gesprochen, und er und Mr. Marco sind der Meinung, dass wir am nächsten Dienstag, dem Jahrestag des Untergangs der *Titanic*, als Zeichen des Respekts im Laden eine Schweigeminute einlegen sollten.«

»Ja, das würde Miss Harper sicher sehr begrüßen – auch wenn sie dann noch nicht hier sein wird, oder?«

»Nein, aber da Mr. Marco vorhat, für ein, zwei Wochen etwas in einem der Schaufenster zu arrangieren, was an das Unglück erinnert, wird auch Jenni es noch sehen können.«

Beth nickte. Sie konnte verstehen, dass Jenni Harper nach Amerika zurückgekehrt war, aber ihrem Bruder verzieh sie es nicht. Mr. Harper hatte Sally als Einkäuferin für sein Kaufhaus eingesetzt. Er hatte erst viel Trara um sie gemacht und sie dann einfach im Stich gelassen. Wenn es nach Beth gegangen wäre, hätte er dafür bestraft werden müssen, dass er ihrer Freundin Kummer bereitet hatte. Doch so funktionierten diese Dinge nun mal nicht. Die Ben Harpers dieser Welt bekamen normalerweise, was sie wollten. Und so lächelte Beth nur, umarmte Sally und verzichtete auf einen Kommentar. Schließlich war es Sallys Leben, und nur sie selbst konnte es verändern.

Kapitel 9

Sally erwachte aus einem angenehmen, aber auch konfusen Traum. Mit einem der todschicken Hüte auf dem Kopf, die sie für Harpers eingekauft hatte, war sie den Mittelgang einer ländlichen Kirche zur Tür hinabgeschritten. Als sie nach draußen in den Sonnenschein getreten war, hatte sie sich lächelnd zu ihrem frischgebackenen Ehemann umgedreht – und war jählings aus dem Schlaf aufgeschreckt, als sie sah, dass dieser Mann Mick war.

Was um Himmels willen hatte sie bloß auf diese Idee gebracht? Sally lachte. Was für ein vollkommener Unsinn! Es war die Begegnung mit Mick in Marlenes Pub gewesen und Beth' Bemerkung, dass er vielleicht sogar Marlenes Geschäftspartner sein könnte. Sally fragte sich, ob sie den Iren möglicherweise unterschätzt hatte? Aber sie war doch wohl nicht so geldgierig, dass sie einen Mann plötzlich als Ehemann in Betracht zog, nur weil ihm die Hälfte eines Restaurants gehörte? Nein, nein, das war nur ein dummer Traum gewesen. Sie schätzte Mick inzwischen mehr als früher, aber ihr Herz schlug schneller, wenn sie an Ben Harper dachte.

Wo steckte dieser elende Kerl nur?

Sally schüttelte den unangenehmen Gedanken ab, als sie sich wusch und für die Arbeit anzog. Es spielte für sie keine Rolle, ob Mick ein halbes Dutzend Geschäfte besaß oder nicht. Es war nun mal Ben Harper, zu dem sie sich hingezogen fühlte und der ihr nicht mehr aus dem Kopf ging, obwohl ihr durchaus bewusst war, dass er ihr noch nie Anlass zu der Hoffnung gegeben hatte, er könnte sich jemals ernsthaft für sie interessieren. Sie mochte von ihm träumen, aber ihr gesunder Menschenverstand sagte ihr, dass sie sich keine Illusionen machen sollte. Sie hatte eine gute Stelle, Freunde und Freundinnen, die sie mochte und denen sie vertraute, und ihr Leben verlief besser als je zuvor. Es wäre also ausgesprochen dumm von ihr, all das eines Mannes wegen aufzugeben, der nie ein ernsthaftes persönliches Interesse an ihr gezeigt hatte.

In ihrem Büro sah sie die Post auf ihrem Schreibtisch durch und nahm sich dann die Tageszeitung vor, in der sie nach einer Anzeige für den neuen Morris Oxford suchte. Wie hilfreich es doch wäre, wenn sie einen solchen Wagen hätte und selbst fahren könnte, anstatt auf Taxis oder Busse angewiesen zu sein! Die konnte sie von ihrem Spesenkonto als Einkäuferin für Harpers bezahlen, während sie das Auto selbst kaufen und finanzieren müsste, und das war mehr, als sie sich derzeit leisten konnte.

Der Tag darauf war arbeitsreich. Sally hatte drei Termine mit Vertretern von Textilfabriken. Und im Laufe der Zeit hatte sie die Erfahrung gemacht, dass es am besten war, die Vertreter ins Kaufhaus zu bitten und sie dort an ihren einstigen Arbeitsplatz zu führen. Wenn sie ihre neuen Modelle dort der Abteilungsleiterin und den Verkäuferinnen zeigten und sie ihnen gefielen, half es Sally einzuschätzen, ob sie sich verkaufen würden oder nicht. Sie folgte nicht immer dem Rat der Frauen, aber oft hatten sie im Großen und Ganzen Recht.

Heute suchte sie sechs Abendkleider aus, zwei Dutzend Frühlings- und Sommerkleider und eine Auswahl an Röcken und einigen kurzen, taillenlangen Jäckchen. Hinzu kam eine ganze Reihe feiner Seidenblusen in den Größen 36 bis 42, da darüberhinausgehende Größen einen anderen Stil und Schnitt erforderten und bei einer Firma gekauft wurden, die auf solche Größen spezialisiert war.

Die Vertreter, die sie regelmäßig aufsuchten, wussten, wie hart sie verhandelte, und deshalb gewährten die Klügeren von ihnen ihr stets ohne langes Feilschen den bestmöglichen Preis. Während des Streiks der Beschäftigten in der Bekleidungsindustrie hatte Sally gelernt, dass es in diesem Geschäft viele Zwischenhändler gab, und ging daher nach Möglichkeit immer zu den Firmen, die ihre Ware selbst herstellten, statt bei Großhändlern zu kaufen. Die meisten machten gern Geschäfte mit Harpers, doch einige wenige beharrten immer noch darauf, dass sie über die von ihnen gewählten Grossisten einkaufte. Doch diese boten vor allem die bekannten Marken an und waren teurer, und obwohl sie auch diese im Sortiment haben mussten, besonders in den größeren Größen, hatte Sally festgestellt, dass eine gute Auswahl an Waren mittlerer Preislage sich viel schneller verkaufte und vor allem ihren jüngeren Kundinnen gefiel.

Heute war ein guter Tag, auch wenn Sally viel mit Zahlen und Verkaufsberichten zu tun hatte und ziemlich müde war, als sie endlich Feierabend machen konnte. Sie erschrak, als sie draußen einen Mann sah, der aus einem Auto ausstieg und auf sie zukam, aber dann sah sie, dass es Mick war, und entspannte sich.

Mit seinem jungenhaften Lächeln begrüßte er sie und sagte: »Ich bin hergekommen, weil ich dachte, du würdest dich vielleicht zu einem ungezwungenen kleinen Abendessen einladen lassen?«

Sally war ein wenig überrascht von der Frage und zögerte zunächst, aber dann nickte sie. »Ja, warum nicht?«, erwiderte sie lächelnd. »Um ehrlich zu sein, bin ich ziemlich müde und würde mich sehr gern bei einem Gläschen Wein entspannen …«

»Recht hast du, meine Liebste«, sagte Mick und grinste von einem Ohr zum anderen. »Und ich kenne auch genau den richtigen Ort. Ich wollte das Restaurant gern ausprobieren, und ich glaube, dass es genau das ist, was du jetzt brauchst, Sally.«

Sie ließ sich von ihm die Tür seines De Dions aufhalten und setzte sich in den schicken Wagen. Die in Frankreich hergestellten Sitze waren mit glattem Leder bezogen, das so angenehm roch, als wäre es mit nach Lavendel duftendem Bienenwachs poliert worden.

»Wie bist du darauf gekommen, mich heute Abend zum Essen einzuladen?«, fragte Sally, als er sich in den Verkehr einreihte.

»Sylvia möchte dich gern sehen. Sie bat mich, es dir auszurichten, und hier bin ich«, antwortete Mick, ohne sie anzuschauen. »Es tat ihr sehr leid, dich bei deinem Besuch verpasst zu haben, und da sie nächsten Sonntag frei hat, dachte sie, ihr könntet euch vielleicht treffen, irgendwo zu Mittag essen und euch einen schönen Tag machen.«

»Ja, das klingt wie eine gute Idee«, antwortete Sally und lächelte, als sie ihn ansah. »Du hättest mich aber nicht zum Essen einladen müssen, um mich das zu fragen, Mick.«

»Natürlich nicht. Aber ich kann dich doch einfach bitten, mich mit deiner Gesellschaft zu erfreuen, Sally?«

»Wenn das der Wahrheit entspricht, natürlich«, sagte Sally. »Ich hatte einen anstrengenden Tag und werde mich sehr gern von einem Freund verwöhnen lassen.«

»An was hätte ich denn sonst dabei denken sollen?«, scherzte Mick. »Wenn dir etwas Romantischeres vorschwebt, meine Liebe, suchen wir uns besser einen anderen Tag aus, an dem keiner von uns beiden sich kaputt gearbeitet hat.«

Seine Worte weckten ihr Interesse, und sie sah ihn prüfend an. »Ich weiß eigentlich gar nicht wirklich, was du machst, Mick.«

»Klar weißt du das, Sally. Ich bin der Geschäftsführer der Bar gegenüber deiner früheren Pension.«

»Ja, aber das ist noch nicht alles, oder? Bist du nicht auch an Marlenes Pub beteiligt, Mick?«

»Wie kommst du denn darauf?«, entgegnete er, lachte dann aber leise und warf ihr einen anerkennenden Blick zu. »Dir konnte ich noch nie lange etwas vormachen, was?«

»Und warum gehen wir dann heute Abend essen?« Sally war amüsiert, als sie sah, wie es um seinen Mund zuckte. »Weil du meine Meinung über eine Gaststätte hören willst, für die du ein Angebot machen willst?«

Mick lachte laut. »Du bringst mich noch um, Sally Ross! Vielleicht habe ich es ja sogar schon gekauft und will, dass du es dir anschaust und überlegst, ob du dort vielleicht gern arbeiten würdest …«

»Ich habe eine gute Stelle, Mick.«

»Ja, die hast du«, stimmte er ihr zu. »Aber du bist im Augenblick nicht glücklich, und ich würde alles dafür geben, das Lächeln in deine schönen Augen zurückzuzaubern …«

»Ach, Mick! Du bist ein Charmeur und Casanova«, sagte Sally und lachte ihn an. Die Belastungen des Tages schienen von ihr abzufallen, und plötzlich fühlte sie sich sehr entspannt. Mick war also Geschäftsmann und Unternehmer, es war für Sally eine völlig neue Seite an ihm.

»Ich war mir sicher, dass ich für dich nichts weiter als ein nichtsnutziger Hallodri bin – und vielleicht liegst du damit ja auch gar nicht mal so falsch.«

»Nein, nein, da hatte ich mich in dir geirrt«, entgegnete Sally. »Du bist ein guter Freund, Mick. Ich werde nie vergessen, was du und Bridget an jenem Abend für uns getan habt. Wenn du sie nicht geholt hättest, hätte Sylvia ins Krankenhaus gemusst, als ihre Blutungen nicht aufhörten – und wir hätten beide Ärger wegen der illegalen Abtreibung bekommen.«

»Ich wünschte nur, du hättest mir gleich gesagt, was du brauchtest«, sagte Mick. »Sylvia geht es inzwischen schon viel besser, aber sie wird vielleicht nie ein Kind bekommen können wegen dem, was diese Metzgerin ihr angetan hat, und das ist etwas sehr Trauriges für eine Frau.« Er sah dabei so ernst aus, dass Sally von heftigen Gewissensbissen ergriffen wurde. Warum war sie auch nach Soho gegangen, um eine Frau zu finden, die wusste, wo man eine Abtreibung vornehmen lassen konnte?

»Ich wusste nicht, was ich tun sollte. Oder was das Beste war. Sylvia war in Tränen aufgelöst und vollkommen verzweifelt. Ich riet ihr, das Baby zu bekommen und es über die Heilsarmee von einem anständigen Ehepaar adoptieren zu lassen, aber sie wollte es einfach nur loswerden – also erkundigte ich mich und erfuhr von dieser Frau ...«

»Sylvia hätte sterben können«, sagte Mick. »Es ist eine Versündigung gegen Gott, ein Baby einfach so zu töten, aber wenn es sein muss, kann Bridget es ohne Gefahr für die Mutter tun. Sie ist ebenso geschickt und erfahren wie die meisten Ärzte und tut es nur, wenn es völlig ungefährlich ist – aber wenn möglich, versucht sie vorher immer, die Mütter dazu zu überreden, ihre Babys zu bekommen.«

»Wenn die Gesellschaft nicht immer der Frau die Schuld geben würde, wenn ein unverheiratetes Mädchen schwanger wird, würden mehr von ihnen ihre Babys unehelich zur Welt bringen und behalten.« Sally seufzte. »Ich habe Mädchen gekannt, die sich lieber umgebracht hätten, als jemandem von ihren Problemen zu erzählen ...«

»In dem Waisenhaus?«, fragte Mick und betrachtete sie aufmerksam.

»Ja. Ich hatte dort eine Freundin namens Janet, die gerade mal fünfzehn war und sich auf dem Jahrmarkt in einen Jungen aus dem fahrenden Volk verliebt hatte. Erst als sie weiterzogen, bemerkte sie, dass sie schwanger war. Es gab keine Möglichkeit zu heiraten. Janet hatte solch große Angst davor, es den

Nonnen zu gestehen, dass sie versucht hat, sich im Bad die Pulsadern aufzuschneiden.« Sally holte tief Luft. »Sie wurde jedoch noch rechtzeitig gefunden und in ein Krankenhaus und später nach Irland gebracht. Ich habe nie erfahren, wie es ihr dort erging, aber sie war Katholikin und hatte unverzeihliche Sünden begangen. Ich weiß nur, dass man sie bestraft hatte und ihr Kind einer anständigen Frau zum Aufziehen übergeben worden war.«

»Du hattest eine schwere Kindheit«, sagte Mick und sah sie traurig an. »Meine Mutter war auch eine gläubige Katholikin, und ich weiß, wie unversöhnlich die Kirche sein kann, besonders Frauen gegenüber, die ihrer Meinung nach gesündigt haben. Eva hat so manches zu verantworten«, fügte er in einem etwas leichteren Ton hinzu. »Zum Beispiel, dass Adam aus dem Paradies vertrieben wurde, nicht wahr?«

Mick lenkte den Wagen in eine Parklücke. Das von ihm gewählte Restaurant lag in Putney und sah von außen ziemlich alt aus. Die Mauern waren mit Efeu bewachsen, und es hatte eine Aura von Beständigkeit und Harmonie, die von Qualität zeugten. In einiger Entfernung konnte Sally das Rauschen des Wassers hören, und irgendwo in der Dunkelheit ertönte das Horn eines Flussschiffes.

Drinnen duftete es nach gutem Essen und Kaffee, und über den Tischen hingen Laternen, die ein weiches Licht verbreiteten. Die Tische waren mit schlichten, rot-weiß karierten Tischtüchern eingedeckt und mit kleinen Lampen und Sträußchen aus Frühlingsblumen geschmückt, welche die einladende Atmosphäre und den köstlichen Duft von gutem Essen noch verstärkten.

»Wie schön, Mick!«, sagte Sally anerkennend. »Was für eine angenehme und gemütliche Atmosphäre!«

»Dann lass uns hoffen, dass das Essen genauso gut ist«, antwortete er mit einem schelmischen Lächeln in den Augen. »Ich habe einen Tisch für uns reservieren lassen, aber sie haben hier keine Ahnung, wer ich bin.«

Sally lachte, weil sie sich wirklich amüsierte und froh war, Micks Einladung angenommen zu haben. Früher hätte sie ihn sofort abgewiesen, aber für all das, was er damals für Sylvia und sie getan hatte, war sie ihm zumindest diesen Abend schuldig.

Ein gut gekleideter Kellner führte sie zu ihrem Tisch und half Sally mit ihrem Stuhl. Dann wurde ihnen die Speisekarte vorgelegt, und sie nahmen sich Zeit, sie zu studieren. Sie war recht vielseitig und reichte von Steaks, Pommes frites und Champignons über Kalbfleisch in einer ganz speziellen Sauce bis hin zu Hummercremesuppe mit hausgemachten Brötchen und Butter.

»Ich hätte gern den hausgemachten Schinken mit Salat und Pellkartoffeln«, sagte Sally zu Mick. »Es gefällt mir, dass sie neben den ausgefalleneren Gerichten auch einfache Speisen anbieten.«

Mick studierte die Speisekarte noch ein wenig länger und nickte dann. »Sie könnten einige etwas ausgefallenere Gerichte anbieten, aber die Qualität des Essens hängt natürlich auch sehr von seiner Zubereitung ab.«

»Warum hast du das Lokal gekauft, ohne die Küche vorher auszuprobieren?«, fragte Sally.

»Weil ich weiß, dass die Atmosphäre gut ist, und ich etwas daraus machen kann, das Erfolg haben wird«, antwortete Mick sehr zuversichtlich. »Ich habe es bei Marlenes Restaurant geschafft, und es wird mir auch bei diesem gelingen – es braucht nur die richtigen Leute, um das Lokal zu führen.«

Sally nickte und lächelte, als der Kellner zurückkam, um ihre Bestellung aufzunehmen. Mick ließ eine Flasche von dem Weißwein kommen, den Sally mochte, und bestellte das Essen ihrer Wahl, während er selbst ein Kalbsschnitzel mit Bratkartoffeln und Erbsen nahm. Sally hatte ihn eigentlich für den

Steak-und-Pommes-frites-Typen gehalten und musste wieder einmal feststellen, dass sie ihn überhaupt nicht kannte. So wie sie ihn auch ursprünglich für den Geschäftsführer eines East-End-Pubs gehalten hatte, er in Wirklichkeit aber ein Geschäftsmann war.

Als die Vorspeise kam, war sie genauso, wie Sally erwartet hatte, wunderbar zubereitet und präsentiert. Das Essen schmeckte ihr bestens – und sie musste lächeln, als Mick ihr Geschichten über seine fromme katholische Mutter erzählte, die jeden Tag ihres Lebens in die Kirche ging, und über seinen alles andere als frommen Vater, der einmal im Monat zur Beichte gezwungen werden musste.

»Mein Vater verbrachte seine Nächte mit Trinken und meine Mutter ihre Tage mit Beten, damit ihm seine Sünden vergeben wurden«, scherzte er. »Bei den beiden hatten wir Kinder keine große Chance, aber es hat uns zumindest Selbstständigkeit gelehrt.«

»Und wenigstens hattest du eine gute Mutter, während ich meine nicht einmal gekannt habe«, sagte Sally.

»Mein Vater war mir lieber, weil er eine echte Frohnatur war – auch wenn ich mir damals schwor, niemals in seine Fußstapfen zu treten, und Irland verließ, sobald ich konnte.« Mick lachte leise. »Meine Schwester wurde zu einem zänkischen Geschöpf, aber ich schickte ihr trotzdem Geld, damit sie sich um Mom kümmerte, was sie auch bis zum Tod meiner Mutter getan hat.«

»Du hattest wenigstens eine Familie, und ich beneide dich darum, weil sie trotz all ihrer Fehler die deine war«, sagte Sally.

»Das ist wahr«, stimmte Mick ihr zu. »Irgendwann möchte ich auch Kinder bekommen, und sie werden ein liebevolles Zuhause haben und eine Mutter, die ihre Zeit damit verbringen wird, sich um sie kümmern, statt sie betend auf ihren Knien zu vergeuden.«

»Dann wirst du eine kluge Wahl treffen müssen«, bemerkte Sally und lächelte ihn an.

»Worauf du dich verlassen kannst«, antwortete er und betrachtete sie mit einem langen, nachdenklichen Blick. »Aber jetzt wollen wir doch mal sehen, ob das Essen wirklich so gut ist, wie es aussieht ...« Er beobachtete, wie der Kellner ihre Hauptmahlzeiten servierte, und nickte, als Sally probierte und lächelte.

»Köstlich«, sagte sie und blickte auf, als zwei Männer zur Tür hereinkamen und zu einem Tisch geführt wurden. Sally erkannte sie sofort. Es waren Mr. Marco und derselbe junge Mann, mit dem sie ihn schon in Marlenes Pub gesehen hatte. Als die beiden Platz nahmen und sich über die Weinkarte hinweg ansahen, wusste Sally instinktiv, dass sie sich liebten.

»Ist was?«, fragte Mick, aber Sally schüttelte nur den Kopf. Sie wollte seine Aufmerksamkeit nicht auf die beiden Männer lenken, genauso wenig wie sie gewollt hatte, dass Beth sie bemerkte. Doch die beiden Männer saßen zum Glück ohnehin ein wenig verborgen.

»Nein, nein, es ist alles perfekt«, antwortete Sally und lächelte ihn an, um nicht zufällig zu Mr. Marco hinüberzuschauen und ihn in Verlegenheit zu bringen.

Nachdem sie gegessen hatten, bezahlte Mick die Rechnung und gab dem Kellner ein großzügiges Trinkgeld, ohne sich dem Personal gegenüber jedoch etwas davon anmerken zu lassen, dass er der neue Eigentümer des Lokals war. Er sagte Sally, für alles gäbe es einen richtigen Moment, und er würde sich für die Änderungen die nötige Zeit nehmen.

»Wie hat es dir gefallen?«, fragte er, als er sie später nach Hause fuhr.

»Sehr gut«, sagte Sally. »Ich finde nur, dass das Lokal ein bisschen besser besucht sein könnte, und kann mir nicht erklären, woran das liegt.«

»Im Moment lässt sich das Lokal einfach noch nicht in eine bestimmte Kategorie einordnen«, erklärte Mick. »Das Essen ist gut zubereitet, aber nicht raffiniert genug, um Gäste zu binden. Es ist also eher etwas für Leute, die abends schnell etwas essen wollen, aber dafür sind die Preise etwas zu hoch. So können sie nicht sicherstellen, dass jeden Abend alle Tische ausgebucht sind. Deshalb werden wir entweder die hohen Preise beibehalten und uns mehr Mühe mit der Speisekarte geben und die Weinkarte vergrößern, oder aber wir machen ein nettes, preiswertes Lokal daraus.«

»Und was würdest du am liebsten tun?«, fragte Sally.

»Was würdest du denn tun?«

Sie dachte einen Moment nach. »Ich finde, für nett und preiswert ist es hier viel zu schön. Ich würde die karierten Tischtücher durch weiße ersetzen und größere Blumenarrangements einführen, dann die Speise- und die Weinkarte vergrößern und verbessern und die Preise mehr oder weniger beibehalten ... oder sie für Gerichte der Spitzenklasse sogar leicht erhöhen.«

»Einverstanden«, sagte Mick und sah sie an, als er vor ihrem Wohnblock anhielt. »Wann übernimmst du also das Lokal?«

Sally lachte und schüttelte den Kopf. »Meinen Rat kannst du gern haben«, sagte sie, »aber ich bin noch nicht bereit, meine Stelle bei Harpers aufzugeben.«

»Dann danke ich dir für deinen Rat und den schönen Abend«, antwortete Mick und lächelte, als er ausstieg und ihr die Beifahrertür öffnete. »Und falls du deine Meinung ändern solltest, weißt du ja, wo du mich erreichen kannst.«

»Ja – und auch dir vielen Dank für diesen schönen Abend«, sagte Sally und zögerte ein wenig, bevor sie sich vorbeugte und ihn auf die Wange küsste. »Und danke auch, dass du an mich gedacht hast, Mick. Du bist ein guter Freund, und das werde ich nicht vergessen.«

Und damit ging sie in dem Wissen, dass er warten würde, bis sie sicher im Haus angekommen war.

Mit Mick auszugehen hatte ihr über die Müdigkeit hinweggeholfen, die sie nach der heutigen Arbeit so deprimiert hatte. Er war ein guter Begleiter, und es steckte weitaus mehr in ihm, als sie je gedacht hätte.

Kapitel 10

»Miss Gibbs, würden Sie bitte diese Bestandslisten zu Miss Ross hinaufbringen?«, bat Mrs. Craven Maggie am Freitagmorgen. »Sie wollte sie so früh wie möglich haben, weil sie später noch einen Termin mit einem Vertreter hat.«

»Natürlich, Mrs. Craven«, sagte Maggie und lächelte die Frau an, die ihre Freundin, Abteilungsleiterin und manchmal auch eine Art Ersatzmutter war. »Ich werde mich beeilen.«

»Das brauchen Sie nicht«, sagte Mrs. Craven. »Sie können gern eine Teepause machen, bevor Sie zurückkommen, wenn Sie möchten …«

Maggie bedankte sich bei ihr und ging durch die Abteilung zum Aufzug hinüber. Er kam fast augenblicklich, und schon bald wurde sie von der freundlichen Fahrstuhlführerin Emmie Jones, einer Frau in den Dreißigern, zum obersten Stock hinaufgefahren. Sie lächelte Maggie an, sagte aber nichts, und auch Maggie schwieg während der Fahrt. Als sie das Büro von Sally Ross erreichte, ließ die Sekretärin sie sogleich hinein. Sally telefonierte gerade und gab ihr ein Zeichen, die Listen auf den Schreibtisch zu legen, lächelte sie an, bedankte sich und setzte ihr Telefonat fort.

Etwas enttäuscht, weil sie gehofft hatte, zum Kaffee eingeladen zu werden, machte Maggie sich gleich wieder auf den Weg und ging den Flur entlang, vorbei an Mr. Marcos geschlossener Bürotür und dann an Mr. Stockbridges Zimmer. Seine Tür war leicht geöffnet, und als sie auch an ihr vorbeigehen wollte, hörte sie ein leises, schluchzendes Geräusch. Wie gelähmt von dem darin liegenden Schmerz hielt sie inne, weil ihr diese Art von Kummer nur zu gut bekannt war. Mr. Stockbridge war verzweifelt.

Maggie zögerte nur einen Moment, bevor sie das Büro betrat. Den Kopf in die Hände gestützt und mit hängenden Schultern saß Mr. Stockbridge an seinem Schreibtisch, und Maggie fühlte sich so unerbittlich zu ihm hingezogen, dass sie darüber vergaß, dass er der Geschäftsführer und sie nur eine kleine Angestellte war. Ohne zu überlegen, legte sie behutsam eine Hand auf seine Schulter.

»Kann ich irgendetwas für Sie tun, Sir?«, fragte sie sanft. »Sind Sie krank? Brauchen Sie einen Arzt, Mr. Stockbridge?«

Zuerst verkrampfte er sich nur noch mehr, doch dann blickte er auf. In seinen rotgeränderten Augen lag ein Ausdruck von solch tiefer Verzweiflung, dass sie für einen Moment befürchtete, dass er sie anschreien und hinauswerfen würde.

»Es ist wegen meiner Tochter Becky«, antwortete er dann jedoch mit einem langen, zittrigen Atemzug. »Wir haben sie gestern Abend mit einer Blinddarmentzündung ins Krankenhaus gebracht … und die Ärzte wissen nicht, ob sie die Operation überleben wird.«

»Oh, das tut mir schrecklich leid, Sir«, sagte Maggie, weil sie wusste, wie gefährlich es sein konnte, wenn der Blinddarm platzte, und wie viele Menschen daran starben. »Möchten Sie eine Tasse Tee? Ich kann Ihnen gerne eine holen.«

»Das ist sehr lieb von Ihnen«, sagte er und lächelte einen Moment lang traurig. »Sie sind meiner Becky sehr ähnlich, Miss Gibbs. Das war auch der Grund, warum ich Ihnen letztes Jahr sofort die Stelle gegeben habe. Becky ist meine einzige Tochter und alles, was ich habe, seit meine Frau verstorben ist.«

Maggie empfand großes Mitgefühl für ihn. Er musste vollkommen verzweifelt sein. »Wären Sie jetzt nicht besser im Krankenhaus bei ihr?«, schlug sie schüchtern vor.

»Ich war die ganze Nacht dort, bis die Oberschwester mich bat zu gehen. Sie meinte, ich solle nach Hause oder zur Arbeit gehen, aber ich konnte das leere Haus ohne Becky nicht ertragen.«

»Ich weiß, wie schrecklich es ist, allein in einem Haus zu sein, wenn die Menschen, die man liebt, nicht mehr dort sind …« Auch Maggie hatte diese völlige Einsamkeit am eigenen Leib erfahren, nachdem ihr Vater verstorben und ihre Mutter verschwunden war.

»Ja, Sie werden das wahrscheinlich verstehen«, sagte Mr. Stockbridge traurig. »Schließlich haben Sie letztes Jahr Ihre Eltern verloren, soweit ich weiß.«

»Ja, Sir, das ist leider wahr«, gab Maggie zu. »Aber sind Sie sicher, dass ich Ihnen nichts bringen oder jemand hierherholen kann?«

»Nein, nein, ich komme schon zurecht«, versicherte er ihr, und sie sah, wie er die Schultern straffte. »Trotzdem vielen Dank, Miss Gibbs. Sie haben mir mehr geholfen, als Sie glauben – aber jetzt gehen Sie bitte zu Ihrer Abteilung zurück.«

»Ja, Sir.« Maggie ging zur Tür, zögerte dann jedoch und schaute sich noch einmal um. »Ich werde für Becky beten, Mr. Stockbridge – und ich glaube, Gott wird unsere Gebete erhören.«

Dann ging sie schnell hinaus, bevor er etwas erwidern konnte. Ihr Herz pochte jetzt wie wild, und sie war schockiert über sich selbst, weil sie so forsch gewesen war. Mr. Stockbridge war ihr Vorgesetzter, und sie hatte kein Recht, so mit ihm zu reden, wie sie es getan hatte. Aber er hatte Hilfe gebraucht, und sie war zu ihm gegangen, um für ihn da zu sein.

Mrs. Craven hatte viel zu tun, als Maggie in die Abteilung zurückkehrte, und auch Beth hatte zwei Kundinnen. Maggie stellte sich ebenfalls hinter ihre Verkaufstheke, und bereits ein paar Minuten später hatte sie eine Kundin, die Handschuhe suchte, und dann zwei weitere, die Schals benötigten. Doch obwohl sie so beschäftigt war, vergaß sie nicht Mr. Stockbridge und ihr Versprechen, für seine Tochter zu beten.

Sie hoffte nur, dass die Ärzte das Mädchen retten würden, das seines Vaters Ein und Alles war ... genau wie sie es für ihren eigenen Vater gewesen war, bevor er starb.

Es war kurz vor Geschäftsschluss, als Mr. Stockbridge in die Abteilung kam. Als er geradewegs auf Maggies Theke zuging, war ihr sofort klar, dass er Neuigkeiten hatte.

»Wie geht es Ihrer Tochter, Sir?«, fragte sie, und er lächelte. »Hat sie die Operation überstanden?«

»Ja, Miss Gibbs«, antwortete er. »Ich freue mich, Ihnen mitteilen zu können, dass die Ärzte zufrieden sind und glauben, dass wir Glück hatten und sie sich wieder vollständig erholen wird.«

»Das sind ja wundervolle Neuigkeiten!«, sagte Maggie und bemerkte, dass Beth und Rachel sie verwundert ansahen. »Ich bin so froh für Sie beide.«

»Ich wusste, dass Sie es sein würden.« Ein vielsagendes Lächeln huschte über sein Gesicht. »Und jetzt möchte ich ein Geschenk für meine Becky – was würden Sie mir vorschlagen, meine Damen?«

»Ein Schmuckstück oder einen hübschen Schal«, sagte Maggie. »Wir haben diese Woche ein paar ganz reizende emaillierte Anhänger bekommen ... Mrs. Craven, würden Sie Mr. Stockbridge bitte das rosa Herz zeigen?«

»Aber ja, natürlich.« Rachel nahm den Anhänger heraus. Mr. Stockbridge betrachtete ihn lächelnd und nickte. »Ja, das ist genau das, was meiner Becky gefallen würde. Ich wusste ja, dass Sie mir eine Hilfe sein würden, meine Damen.« Dann sah er Rachel an. »Meine Tochter wurde gerade wegen einer Blinddarmentzündung operiert, und Miss Gibbs hat sofort gemerkt, wie besorgt ich vorhin war.«

Rachel reichte ihm den Anhänger, und er bezahlte ihn, bevor er sehr behutsam die kleine Tasche entgegennahm und ging.

Maggie konnte die neugierigen Blicke ihrer Freundinnen spüren, als sich alle auf den Ladenschluss vorbereiteten. »Ich bin ihm zufällig begegnet, nachdem ich Sally die Lagerlisten hinaufgebracht hatte«, sagte sie, beschloss aber, für sich zu behalten, dass sie ihren Vorgesetzten in Tränen aufgelöst gesehen hatte. »Ich konnte ihm ansehen, dass er sehr besorgt war, und dann erzählte er mir von seiner Tochter … Anscheinend erinnere ich ihn an Miss Stockbridge.«

»Na ja, es scheint ja alles gut ausgegangen zu sein«, sagte Rachel und runzelte leicht die Stirn. »Jedenfalls schien er mit dem Anhänger zufrieden zu sein, den du ihm empfohlen hast.«

Maggie nickte. »Er ist ja auch sehr hübsch, und wenn sie mir tatsächlich ähnelt, wird er ihr gut stehen. Außerdem brauchte er ja bloß ein bisschen Hilfe.«

»Ja, natürlich«, sagte Rachel trocken. »Im Übrigen glaube ich mich erinnern zu können, dass er Witwer ist, Miss Gibbs. Seien Sie also lieber vorsichtig.«

»Es war nur ein bisschen christliche Nächstenliebe, Mrs. Craven«, antwortete Maggie errötend und schüttelte den Kopf. »Denken Sie also bitte nicht schlecht von ihm … Er war immer nett zu mir, aber das ist er ja zu uns allen. Im Übrigen ist er alt genug, um mein Vater zu sein.«

»Das ist er in der Tat«, sagte Rachel. »Also vergessen Sie das lieber nicht.«

»Natürlich nicht«, beruhigte Maggie sie. »Ich habe keinerlei Interesse an derlei Dingen«, betonte sie, als sie das Gebäude verließen. »Unser Protestmarsch an diesem Wochenende interessiert mich dagegen sehr!«

***

Die Sonne hatte beschlossen, den Frauen schönes Wetter zu bescheren, die an jenem Sonntagmorgen ihren Protestmarsch antraten. Es war ein großartiger Anblick, die Transparente flattern und die Farben der Bewegung im Sonnenschein aufleuchten zu sehen. Eine große Menge von Frauen hatte sich im Hyde Park versammelt und hörte gebannt den drei Rednerinnen zu. Sie alle trugen grüne, weiße und lilafarbene Schärpen sowie große Hüte mit kleinen Blumensträußchen an den Bändern. All diese Frauen gehörten dem friedlichen Flügel der Suffragettenbewegung an, und der Jubel war spontan und laut, bevor sie sich aufmachten, singend und Protestparolen skandierend durch die Straßen zu marschieren, um schließlich vor dem Parlamentsgebäude Halt zu machen, wo sie Mr. Asquith ihre Petition übergeben wollten.

Doch nachdem die Frauen einige Minuten marschiert waren, wurde die Menge unruhig, es wurde höhnisch gejohlt und Gegenstände flogen durch die Luft. Ein Stein traf Maggie im Gesicht, sodass sie vor Schmerz aufschrie. Beth sah sie besorgt an und zog ein sauberes Taschentuch hervor.

»Hier«, sagte sie, als sie es Maggie anreichte. »Wir sollten einen ruhigeren Ort aufsuchen, um deine Wunde zu säubern.«

Bevor Maggie jedoch etwas erwidern konnte, ertönte ein Aufschrei aus der Menge, als einige Männer mit Knüppeln auf die Frauen losgingen und sie schreiend vor ihnen davonliefen, um den schweren Schlägen auszuweichen. Maggie versuchte, bei ihren Freundinnen zu bleiben, die unmittelbar vor ihr liefen, wurde aber von den verängstigten Frauen und Schaulustigen eingeholt, die in wilde Panik versetzt wurden und aus Angst vor einer Verhaftung flohen. Plötzlich ergriff jemand Maggies Arm, und sie wurde durch die Menge weinender und schreiender Menschen aus dem allgemeinen Chaos heraus in eine ruhige Gasse gezerrt.

Maggie wusste sofort, wer ihr da zu Hilfe geeilt war und ihren Arm ergriffen hatte, und so ließ sie zu, dass er sich einen Weg bahnte, und unterdrückte den Wunsch, zu weinen oder zu schreien, während er sie in Sicherheit brachte.

Schließlich blieben sie stehen, und sie sah ihren ehemaligen Verlobten an und atmete tief durch. »Danke, Ralf«, sagte sie, als sie wieder sprechen konnte. »Das war äußerst übel.«

»Du blutest«, sagte er und drückte behutsam ihren Kopf zur Seite, um die Schnittwunde mit seinem eigenen sauberen Taschentuch abtupfen zu können. »Aber die Wunde ist nicht tief. Lass uns einen Platz suchen, wo wir uns hinsetzen können, und ich werde jemanden um etwas Wasser bitten, um die Verletzung reinigen zu können.«

»Meine Freundinnen werden sich Sorgen machen. Ich sollte sie besser suchen.« Maggie schaute unsicher zu ihm auf. Sie war ihm dankbar für seine Hilfe, aber andererseits auch gar nicht sicher, ob sie ihn überhaupt wiedersehen wollte.

»Die wirst du nicht mehr finden«, sagte Ralf. »Bitte lass mich dir helfen. Ich bin nicht dein Feind, Maggie, sondern hier, um eure Bewegung zu unterstützen.«

Maggie hielt es für klüger, nicht zu protestieren. Die Stimmung auf den Straßen war noch immer bedrohlich, und sie wollte nichts weiter, als sich mit einer beruhigenden Tasse Tee hinzusetzen und den Schock über diesen ungerechtfertigten Angriff zu überwinden.

»Wir haben nichts Illegales getan«, sagte sie, als Ralf sie wieder am Arm nahm und zu einer kleinen Teestube am Ende der Straße führte. »Warum haben diese Männer uns so heftig attackiert?«

»Weil ihr Freiwild seid mit diesen Schärpen, die ihr tragt«, antwortete er. »Komm, ich nehme sie dir ab, Maggie. Sie könnte irgendeinen Idioten dazu provozieren, dir noch einmal etwas anzutun. Die Stimmung ist im Moment gegen die

Suffragetten. Das mag unfair sein, weil ihr nicht alle militant seid, aber nach dem, was Emmeline Pankhurst getan hat, kam es wahrscheinlich auch nicht überraschend.«

Maggie schwieg und erlaubte ihm, die kleine silberne Anstecknadel zu lösen, mit der ihre Schärpe befestigt war. Er rollte den Stoff auf und steckte ihn in seine Tasche, bevor er Maggie in das kleine Café führte. Es hatte nur sechs Tische, von denen fünf besetzt waren. Die gelben Tischdecken waren hell, und es gab sogar einen gläsernen Tortenständer mit köstlichen Sahnetorten. Ralf zog einen Stuhl für Maggie heraus, und als sie sich gesetzt hatte, bestellte er Tee und eine Kuchenplatte. Sie schüttelte abwehrend den Kopf, aber er ignorierte den stummen Protest.

»Du hast einen Schock erlitten, und etwas Süßes wird dir guttun.«

Die Bedienung brachte ihnen auch eine kleine Schale mit warmem Wasser und ein sauberes Tuch. »Danke«, sagte Ralf und lächelte sie an. »Meine Freundin hatte einen kleinen Unfall und ist noch ganz erschüttert.«

Maggie bedankte sich bei dem Mädchen und wusch ihre Wunde aus. Ralf sah zu, und als er nickte, tupfte sie sie mit seinem Taschentuch ab.

»Ja, jetzt hat sie aufgehört zu bluten. Die Wunde tut bestimmt noch weh, aber zumindest ist sie nicht sehr tief. Du wirst keine Narbe davon zurückbehalten.«

Maggie nickte.

Als die Bedienung mit ihrer Bestellung zurückkam, nahm sie die Wasserschale und das Tuch gleich wieder mit. Ralf schenkte ihnen Tee ein und wählte für Maggie ein Erdbeertörtchen mit Sahne aus.

»Iss das«, forderte er sie auf. »Du wirst dich besser fühlen, wenn du etwas im Magen hast.«

Maggie probierte einen Bissen, merkte, dass es ihr

schmeckte, und aß das ganze Törtchen auf. Komischerweise fühlte sie sich danach tatsächlich besser und lächelte Ralf dankbar an.

»Danke, Ralf. Es war sehr nett von dir, mich aus diesem Chaos zu retten und hierher zu bringen. Das alles hat mich tatsächlich ziemlich aufgewühlt.«

»Das war nicht anders zu erwarten«, sagte er. »Ich konnte nicht tatenlos dastehen und zusehen, wie du verletzt wurdest, Maggie. Ich hatte Angst, dass diese Menschenmenge dich erdrücken könnte. Du hast Glück gehabt, dass ich dich zufällig sah, als der Tumult begann.«

»Das waren bezahlte Schläger«, sagte Maggie. »Sie werden versuchen, uns die Schuld zu geben, aber unser Protestzug war komplett friedlich.«

»Und dennoch bin ich mir sicher, dass das Ganze eurer Bewegung eine Menge schlechter Presse einbringen wird«, sagte Ralf und sah sie traurig an. »Ich hatte gehofft, dich wiederzusehen, Maggie, um mich für das unmögliche Verhalten meiner Mutter zu entschuldigen. Es war völlig falsch und rücksichtslos von ihr. Außerdem wollte ich dir sagen, dass ich es dir nicht verübelt habe, dass du zu deiner Mutter gegangen bist, als sie im Sterben lag. Es spielt keine Rolle, was sie getan oder nicht getan hat – sie war deine Mutter, und es spricht für dich, dass du ihr beigestanden hast, obwohl sie dich und deinen Vater im Stich gelassen hat.«

»Ich war sehr wütend auf sie, als ich meinen Vater damals tot aufgefunden habe«, sagte Maggie, und ihre Stimme brach. »Aber nicht lange danach lag auch sie im Sterben, und ich musste einfach zu ihr gehen und ihr verzeihen. Es war keine Respektlosigkeit deiner Mutter gegenüber, auch wenn sie das glaubte.«

»Meine Mutter stellt hohe Ansprüche«, antwortete Ralf. »Aber manchmal erwartet sie zu viel, und ich bin der Meinung, dass es falsch von ihr war, so mit dir zu sprechen. Aber sie ist immer noch meine Mutter, und ich konnte mich nicht vor dir mit ihr streiten und sie vor dir beschämen, aber später habe ich unter vier Augen mit ihr gesprochen, und sie hat sich bei mir entschuldigt. Sie weiß, dass sie im Unrecht war, Maggie – und ich bedaure wirklich sehr, was zwischen euch passiert ist.«

Maggie schwieg einen Moment. Es hatte ihr wochenlang das Herz zerrissen wegen dieses Mannes, aber jetzt empfand sie überhaupt nichts mehr. »Du hast mich allein ins Krankenhaus gehen lassen«, sagte sie leise. »Meine Mutter war gestorben, und ich habe trotz allem, was geschehen war, um sie getrauert … Und du hast nichts getan, um mir zu helfen. Es tut mir leid, Ralf, aber wenn dir wirklich etwas an mir läge, hättest du mir beigestanden, wie meine Freundinnen es getan haben. Sie waren vielleicht nicht damit einverstanden, dass ich meiner Mutter verziehen habe, aber sie waren wenigstens für mich da, um mich in meiner Trauer zu begleiten. Und wo warst du, als ich dich brauchte?«

»Ja, das war sehr dumm von mir. Bitte verachte mich deswegen nicht. Ich habe dich immer noch sehr gern«, sagte Ralf. »Ich wäre sowieso gekommen, um es dir zu sagen. Ich habe meine Stelle gekündigt und werde zur Luftwaffe gehen – ich möchte mein Leben ändern, und ich glaube außerdem, dass es bald zu einem Krieg kommen wird.«

»Zu einem Krieg?« Maggie starrte ihn an, als wäre er verrückt geworden. »Was um Himmels willen willst du damit sagen? Warum sollte es zu einem Krieg kommen?«

»Du liest wohl nicht sehr oft die Zeitungen?«, sagte er.

Maggie runzelte die Stirn. Bildete sie es sich nur ein, oder klang er wirklich irgendwie herablassend? Glaubte er, sie wäre ein Kind, das man bei Laune halten musste? »Manchmal schon – wenn die Zeitungen etwas über unsere Bewegung oder den König und die Königin bringen.«

»Dann hast du also nichts über die Unruhen auf dem Balkan oder in Serbien gelesen?«

Maggie schüttelte den Kopf. Rachel sprach oft über das Weltgeschehen, aber Maggie hatte nichts über den Balkan oder Serbien und schon gar nichts von einem drohenden Krieg gehört. »Wenn es irgendwo in Europa zu einem Konflikt kommt, kann das dann auch uns betreffen?«, fragte sie verwirrt.

»Bisher ist das noch alles unklar«, erklärte Ralf ihr. »Aber ich habe beschlossen, etwas an meinem Leben zu ändern, weil ich nicht mehr zu Hause leben möchte. Meine Schwester wird bald heiraten, wie du weißt, und ich will etwas anderes ...« Er runzelte die Stirn. »Was ich damit meine ist, dass meine Mutter nicht länger über mein Leben bestimmen wird – oder über deins, wenn wir zusammen wären. Ich weiß, dass ich dich verletzt habe, Maggie, aber glaub mir, ich war hin- und hergerissen zwischen der Loyalität meiner Mutter gegenüber und dir gegenüber. Das habe ich tausendmal bereut, und ich bitte – ja, flehe dich an, mir noch einmal eine Chance zu geben!«

»Bitte nicht, Ralf«, sagte sie, bestürzt über seine Worte und die Tatsache, dass er schon früher versucht hatte, mit ihr zu sprechen, sie es aber abgelehnt hatte, ihn zu treffen. »Ich bin mir nicht sicher, was ich empfinde, und ich weiß auch nicht mehr, was ich will. Ich dachte einmal, ich wollte deine Frau werden ... aber ich könnte nie und nimmer im Haus deiner Mutter leben.«

»Das müsstest du auch nicht.« Er sah sie erwartungsvoll an. »Wenn du mir wenigstens gestatten würdest, dich manchmal zum Tee oder Abendessen auszuführen, könnten wir uns vielleicht wieder versöhnen.« Er holte eine Schachtel aus seiner Tasche, die sie sofort erkannte. »Möchtest du deinen Ring zurückhaben?«

Maggie schüttelte den Kopf. »Nein, Ralf. Aber ich muss

über dies alles nachdenken – und obwohl ich dir dankbar bin für deine Hilfe heute Morgen, kann ich nicht einfach zu dem zurückkehren, was wir einmal hatten.«

Ralf wirkte enttäuscht und steckte die Schachtel wieder ein. »Würdest du dann wenigstens in Betracht ziehen, dich manchmal mit mir zu treffen?«

»Ich werde es mir überlegen«, stimmte Maggie nur widerstrebend zu, weil sein Verhalten ihr gezeigt hatte, dass es richtig gewesen war, die Verlobung zu lösen. Ralf behauptete, er würde sie lieben, aber er hielt sie immer noch für ein kleines Mädchen und nicht für eine erwachsene, vernünftige Frau. »Verlang jetzt bitte nicht mehr von mir, Ralf. Ich war sehr verletzt und bin mir immer noch nicht sicher, ob ich dir inzwischen vertrauen kann.«

Er wirkte so enttäuscht, dass sie dem Drang widerstehen musste, seine Hand zu berühren und ihm zu sagen, dass sie es nicht so gemeint hatte – aber sie beherrschte sich, weil sie sich wirklich nicht sicher war, wie sie heute für ihn empfand. Ein Teil von ihr reagierte auf sein Lächeln und seine liebevollen Worte, aber sie war nicht mehr die unschuldige, naive junge Frau, die sie bei ihrer ersten Begegnung gewesen war.

»Nächste Woche findet ein Konzert im Park statt«, sagte sie. »Wir werden alle dort sein und ein Picknick machen. Wenn du kommst, kannst du uns vielleicht auf ein Eis einladen – aber mehr kann ich dir im Moment nicht versprechen, Ralf.«

»Und mehr verdiene ich wohl auch nicht«, räumte er ein und ließ sich die Rechnung bringen.

Nachdem er sie bezahlt hatte, verließen sie gemeinsam das Café. Auf den Straßen herrschte wieder Ruhe, aber Ralf bestand trotzdem darauf, sie im Bus nach Hause zu begleiten. Sie trennten sich vor dem Haus, in dem sie mit ihren Freundinnen wohnte, und sie reichte ihm die Hand.

»Es war sehr mutig von dir, mich aus der aufgebrachten

Menge zu retten«, sagte sie. »Vielleicht sehen wir uns ja am nächsten Sonntag wieder?«

»Sehr gern, danke«, sagte er. »Ich bin froh, dass ich da war, als du Hilfe brauchtest, Maggie. Ich könnte es nicht ertragen, wenn dir etwas zustieße …« Sie schüttelte den Kopf, ließ ihn stehen und eilte die Treppe hinauf, weil sie sich Sorgen um ihre Freundinnen machte, die sie bei der Auflösung des Marsches aus den Augen verloren hatte. Sally und Rachel warteten schon, als Maggie hereinkam, und Beth war zu Jacks Familie gegangen.

»Gott sei Dank ist dir nichts passiert!«, sagte Rachel und umarmte sie erleichtert. »Wir haben uns solche Sorgen gemacht und versucht, dich irgendwo im Gewühl zu finden. Beth meinte übrigens, dich mit Ralf gesehen zu haben?«

»Ja – er hat mich aus der Menge herausgeholt, als wir getrennt wurden, und mich zu einer Tasse Tee eingeladen, und danach ging es mir tatsächlich besser.« Maggie sah Sally an. »Es tut mir leid, wenn ihr euch Sorgen gemacht habt, aber Ralf sagte, wir würden euch sowieso nicht finden.«

»Damit hatte er ganz recht. Wir haben uns alle in Sicherheit gebracht und sind direkt hierhergekommen. Gut, dass er dich gesehen hat«, sagte Sally. »Ich weiß, dass er dich im Stich ließ, als deine Mutter im Sterben lag, Liebes, aber heute hat er sich um dich gekümmert.«

»Ja, er war sehr nett zu mir«, sagte Maggie, ohne ihren Freundinnen jedoch zu erzählen, dass Ralf sie gebeten hatte, wieder mit ihm auszugehen. »Es war so schade, dass der Marsch solch ein Ende gefunden hat – und das Konzert haben wir auch verpasst.«

»Das Ganze war so unnötig«, bemerkte Rachel verärgert. »Wir hatten nie vor, Unruhe zu stiften, aber diese Rüpel haben alles ruiniert … und wäre Ralf nicht gewesen, wärst du jetzt vielleicht sogar schwer verletzt.«

»Ja«, antwortete Maggie nachdenklich. »Ralf ist übrigens zur Luftwaffe gegangen … Er sagt, es könnte Krieg in Europa geben, und glaubt, dass wir vielleicht auch hineingezogen werden. Hat er recht damit, Rachel?«

»Ach, das bezweifle ich«, sagte Rachel leichthin. »Auf dem Balkan gibt es schon seit Ewigkeiten Unruhen, die sich nach einer Weile aber immer wieder zu legen scheinen. Allerdings wurde der König von Griechenland erst letzte Woche ermordet, und so etwas kann natürlich jederzeit zu Konflikten führen – aber ich gehe lieber davon aus, dass das nicht passieren wird.«

»Aber es würde uns doch nicht betreffen, wenn es in Europa Krieg gäbe«, sagte Sally stirnrunzelnd, während sie nach einem Katalog mit der neuesten Mode griff und dann schnell das Thema wechselte. »Ich habe versucht, mich zwischen diesen beiden neuen Richtungen zu entscheiden, Maggie – welche gefällt dir besser?«

»Dieses Kleid hier«, sagte Maggie und zeigte auf ein Abendkleid mit diamantbesetzten Trägern. Es war sehr figurbetont und ließ das Fotomodell sehr schlank und glamourös aussehen.

»Wir haben Verträge mit Russland«, warf Rachel ein, um Sallys ursprüngliche Frage zu beantworten. »Ich nehme an, das war es, was Ralf gemeint hat. Wir könnten vielleicht in einen kleinen militärischen Konflikt hineingezogen werden, wenn es zu einem solchen käme, doch das ist eher unwahrscheinlich.« Dann nahm sie Sally den Katalog ab und lobte ebenfalls das Kleid, das Maggie so gut gefallen hatte. »Ja, das ist das beste – aber das andere ist auch nicht schlecht. Ich denke, das elegantere ist für eine Frau in den Dreißigern, während das andere eher für eine reifere Frau um die fünfzig geeignet wäre.«

»Ja – dann sollte ich vielleicht beide bestellen«, sagte Sally, und schon waren militärische Konflikte und Kriege vergessen. »Unsere Abendkleiderkollektion müsste ein bisschen umgekrempelt werden. Jenni war eher konservativ, und ich glaube, inzwischen sind einige Frauen durchaus bereit für etwas Gewagteres.«

»Der Meinung bin ich auch«, stimmte Maggie ihr zu. »Es war kein guter Tag heute mit der Randale und all den Wurfgeschossen – ich bin nur froh, dass ich Freundinnen habe, auf die ich mich verlassen kann. Mit euch dreien hier zu sein und über Mode zu plaudern ist alles, was ich im Moment möchte.«

Kapitel 11

Du hast wahre Wunder bewirkt, meine Liebe!«, rief Jenni Harper, als sie ein paar Tage später in einer Wolke von Parfüm in Sallys Büro stürmte. »Ich *liebe* die fabelhafte Präsentation unserer neuen Sommerhüte in den Schaufenstern. Unten im Parterre war viel los, als ich hinaufkam. Ich kann kaum glauben, wie gut du dich gemacht hast – und das, obwohl Ben und ich dich einfach so im Stich gelassen haben!« Sie kam auf Sally zu und schloss sie in die Arme. »Das war wirklich unmöglich von uns!«

»Aber dafür ist es umso schöner, dich wiederzusehen!«, sagte Sally lachend. Es war immer noch ungewohnt, das vertrauliche Du aus ihrem Mund zu hören, auf das Jenny bestanden hatte, da sie während ihres Aufenthalts in Amerika so häufig in schriftlichem Kontakt gestanden hatten. »Du hast mir gefehlt, und ich hätte manchmal deinen Rat gebraucht, aber ich habe versucht, mich an alles zu erinnern, was du mir gesagt hast, und wenn etwas einmal dringend war, konnte ich dir ja ein Telegramm schicken.«

»Ben ist übrigens sehr zufrieden damit, wie der Laden läuft«, berichtete Jenni, während sie ihren teuren Wollmantel mit Persianerkragen ablegte und ihn zusammen mit ihrer Tasche, ihren Handschuhen und ihrem eleganten Seidenhut auf einen Stuhl warf. Dann fuhr sie sich mit den Händen durchs Haar. »So – das ist schon besser. Ich wusste nicht, dass es hier so warm sein würde. Zu Hause hatten wir eine regelrechte Kältewelle.«

»Hier ist es auch gerade erst ein bisschen wärmer geworden«, sagte Sally.

»Bei meiner Ankunft ist mir übrigens das Fenster aufgefallen, das Mr. Marco zum Gedenken an die *Titanic* gestaltet hat«, bemerkte Jenni. »Ich hätte eigentlich schon letzte Woche hier sein können, aber ich wollte zu Hause unbedingt noch an einem Gedenkgottesdienst für all die Opfer der Katastrophe teilnehmen …« Sie blinzelte, um ihre Tränen zurückzudrängen, und wechselte das Thema. »Auch mein Bruder hat es sehr bedauert, dass er nicht vor Weihnachten hier sein konnte, aber er hofft, sich schon sehr bald auf die Reise machen zu können.«

»Ich nehme an, das bedeutet, dass du und dein Bruder das Geschäft weiterführen wollt?« Sally gelang es, ihre Stimme trotz ihrer inneren Unruhe ruhig klingen zu lassen. »Ich weiß, dass viele der Angestellten sich wegen Mr. Harpers langer Abwesenheit schon Sorgen darüber gemacht haben.«

»Aber selbstverständlich werden wir Harpers weiterführen!«, bestätigte Jenni. »Daran bestand nie auch nur der kleinste Zweifel, Sally. Ich weiß, dass die Dinge von unserer Seite aus ein bisschen hektisch waren, aber ich kann dir versichern, dass Harpers uns nach wie vor am Herzen liegt. Ben hat unsere Tante schon gefragt, ob sie uns etwas Geld vorstrecken würde, falls wir es brauchen sollten, um das Geschäft weiterzuführen – obwohl die Einkünfte im Moment ja recht ordentlich zu sein scheinen! Jedenfalls hat sie versprochen, uns zu helfen, wenn es Probleme geben sollte. Mein Bruder kann es auch kaum erwarten, nach London zurückzukommen. Ich bin gewissermaßen nur die Vorhut – und versichere dir, dass er kommen wird, sobald er kann«, schloss sie lächelnd.

Sally seufzte erleichtert. »Dann wird die ganze Belegschaft sicher sehr froh sein zu erfahren, dass ihre Arbeitsplätze sicher sind.«

»Im Geschäftsleben ist nichts völlig sicher«, meinte Jenni.

»Wir sind immer nur so gut wie unsere letzten Umsätze – und die sind momentan zum Glück sehr gut.« Dann runzelte sie die Stirn. »Zu Hause sieht es derzeit leider nicht so gut aus. Das staatliche Verbot von Herstellung und Verkauf von Alkohol hat viele Unternehmen schwer getroffen, was unter anderem zur Folge hat, dass die Kriminalität gestiegen ist. Die Regierung sollte endlich begreifen, dass die Leute auch dann noch trinken werden, wenn es verboten ist!«

»Natürlich werden sie das auch weiterhin tun«, stimmte Sally ihr zu, die aus den britischen Zeitungen schon sehr viel über die Probleme erfahren hatte, die durch die Prohibition in Amerika verursacht worden waren.

»Dieses neue Gesetz wird die Wirtschaft Unsummen kosten«, fuhr Jenni fort, »und niemand kann mit Bestimmtheit sagen, was sonst noch alles geschehen wird. Die Kriminellen haben bei uns zu viel Einfluss. England ist einfach ein zivilisierteres Land als Amerika, und ich wünschte, ich könnte hier mehr Zeit verbringen«, schloss sie seufzend. »Ihr habt alle phantastische Arbeit geleistet und Harpers auf einen guten Kurs gebracht.«

»Na ja, im Januar hat der Umsatz leider doch ein bisschen gelitten«, gab Sally zu. »Die Frühjahrs- und Sommersaison dagegen scheint hervorragend zu werden – zumindest hat sie so begonnen. Auch das letzte Weihnachtsgeschäft ist gut gelaufen. Die Bilanzen habt ihr ja bekommen.«

Jenni nickte. »Ja, das haben wir. Und ich wünschte, ich hätte herkommen können, um euren Erfolg mit euch zu feiern, Sally, aber Toms Vater hatte mich gebeten, das Fest mit ihnen zu verbringen.«

»Wie geht es denn dem General und seinem Sohn?«, erkundigte Sally sich nach dem Jungen und seinem Vater, die bei dem tragischen Untergang der *Titanic* Mutter und Ehefrau verloren hatten.

»Der kleine Tom schläft jetzt endlich etwas besser«, antwortete Jenni, und ihr hübsches Gesicht verdüsterte sich. »Er wurde monatelang von Albträumen aus dem Schlaf gerissen, aber wenn er dann wach war, erinnerte er sich an nichts. Seine Träume waren sehr verworren, und er wusste nicht, was darin eigentlich geschah, nur dass es dunkel und kalt war und er seine Mutter verloren hatte, doch zum Glück hat das alles ein wenig nachgelassen, und er kann die Nacht wieder durchschlafen. Von Henry dagegen kann ich dir nicht viel sagen, weil er sich vollkommen in seiner Arbeit vergräbt und ich daher keine Ahnung habe, wie er sich fühlt.«

Sally nickte nur verständnisvoll, weil sie wusste, dass Jenni mehr als nur Freundschaft für den Mann ihrer verstorbenen Freundin empfand, und sie ihr keine allzu persönlichen Fragen stellen wollte. Es war Jennis Sache, das Thema anzuschneiden.

Jenni nahm die letzte Tabelle mit den Einnahmen des vierzehntägigen Winterschlussverkaufs zur Hand. »Ja, ich verstehe jetzt, warum du besorgt warst, Sally. Aber wir alle lernen aus unseren Fehlern, und was in Amerika gut läuft, muss hier nicht unbedingt ein Erfolg werden. Vielleicht hätten wir mehr Preisnachlässe auf Restposten oder reguläre Ware geben sollen.«

»Zumindest glaube ich nicht, dass ich noch einmal zweitklassige Ware für einen Ausverkauf besorgen würde«, sagte Sally. »Rachel Craven kam auf die Idee, einen Teil unserer noch unverkauften Ware herabzusetzen, was half, Dinge loszuwerden, deren Kauf ich sowieso bereut habe … auch wenn sich einiges davon wahrscheinlich nie verkaufen wird.«

Jenni fuhr mit dem Finger über die Zahlenreihen und addierte sie im Kopf. »Es hat uns höchstens ein paar Hunderter gekostet«, sagte sie dann und nickte. »Ich glaube nicht, dass das viel ausmacht, Sally. Ich könnte die restlichen Waren auch für einen sehr niedrigen Preis an einen Billigladen verkaufen und die so erzielte Summe mit unserem Gewinn verrechnen. Das würde für einen steuerlichen Ausgleich sorgen.«

»Und ich dachte, du würdest vielleicht annehmen, ich hätte nicht vernünftig eingekauft.«

»Aber ganz und gar nicht!«, widersprach Jenni. »Du hast auf meinen Rat hin gehandelt, und niemand wird dir diesen kleinen Verlust beim Ausverkauf vorwerfen, Sally.«

Eine Weile sprachen sie noch über die Gewinne und die Schaufensterdekorationen, für die Sally eigentlich nicht zuständig war, auch wenn sie einmal in der Woche mit Mr. Marco besprach, was sie dort ausstellen wollten.

»Ich würde gern mal wieder ein paar thematische Fenster sehen«, bemerkte Jenni. »Leider war ich nicht rechtzeitig hier, um die Weihnachtsschaufenster zu sehen, aber eine Freundin von mir, die zu dieser Zeit in London war, hat Fotos gemacht und sie mir gezeigt, als sie nach Hause kam, und was ich darauf gesehen habe, hat mir sehr gut gefallen.«

»Das freut mich«, sagte Sally erleichtert. »Ich habe einen Teil der Waren für den nächsten Winter schon bestellt, stecke aber immer noch mitten in der Auswahl unserer Damenmäntel – falls du also bei den für heute angesetzten Besprechungen dabei sein willst, würde ich mich freuen. Außerdem hat Mr. Marco eine Menge Ideen, die du vielleicht mit ihm besprechen möchtest, solange du noch hier bist.«

»Das würde ich sehr gerne tun, Sally – auch wenn das eigentlich nicht nötig ist.«

»Aber dein Rat ist mir viel wert.«

»Nur wenn du meinst, dass du mich wirklich brauchst«, entgegnete Jenni lächelnd. »Ich bin direkt vom Bahnhof hergekommen, und jetzt werde ich zu Bens Apartment fahren, um mich umzuziehen und mich einzurichten. Er hat mich gebeten, die Wohnung bezugsbereit zu machen und dort zu bleiben, bis er kommt.«

»Natürlich.«

»Aber später komme ich wieder her und werde ein paar Besprechungen für die nächste Woche ansetzen – obwohl ich auch so sicher bin, dass Ben hocherfreut sein wird, wenn er sieht, was du alles geschafft hast!«

»Wird er denn bald kommen?«, fragte Sally in bewusst gleichmütigem Ton.

»Sobald er erledigt hat, was ihn in New York aufhält«, sagte Jenni und zögerte ein wenig, bevor sie fortfuhr: »Ben hat unlängst erst mit mir gesprochen, und wie sich dabei herausstellte, gibt es da einige Dinge, von denen ich nichts wusste, Sally. Ich hatte dir schon einmal geraten, dich vor meinem Bruder in Acht zu nehmen, aber mir war nicht bewusst –« Sie unterbrach sich seufzend. »Ich habe ihm versprechen müssen, dir nichts davon zu erzählen, also werde ich das auch nicht tun – aber denk bitte nicht allzu schlecht von ihm, weil er dich so lange im Stich gelassen hat. Ich weiß, wie sehr er dich beruflich und persönlich schätzt.«

»Ich habe nur getan, was ihr mir aufgetragen habt.« Sally hielt den Blick auf die Bilanzen gerichtet, weil sie ihre Gefühle nicht verraten wollte. »Ich bin ja nur eine Angestellte …«

»Oh nein, das bist du nicht.« Jenni lachte. »Er hat an dich geglaubt, Sally, und –« Sie unterbrach sich und schüttelte den Kopf. »Ben wird es dir selbst sagen, wenn er kommt. Aber jetzt kann ich es kaum erwarten, ein Bad zu nehmen und meine Füße hochzulegen. Soll ich dich heute Abend um sieben abholen, damit wir zusammen zu Abend essen können – falls du nicht schon eine andere Verpflichtung hast?«

»Nein, nein, ich würde sehr gerne mit dir essen gehen, Jenni«, sagte Sally. »Ich fahre nur kurz nach Hause, ziehe mich um und treffe dich dann wieder hier …«

»Und ich freue mich schon darauf, dich heute Abend wiederzusehen.« Impulsiv küsste Jenni sie auf die Wange. »Wir haben von Anfang an etwas Besonderes in dir gesehen und an dich geglaubt, Sally, und du hast all unsere Erwartungen erfüllt!« Jenni war ein Wirbelwind und daran gewöhnt, alles und jeden mitzureißen.

Sally sammelte die Tabellen und Arbeitsblätter ein und schloss sie im Tresor ein. Sie hatte in Kürze einen Termin bei einem Schmuckhändler in Hatton Garden und musste sich beeilen, um nicht zu spät zu kommen.

Die von Rachel Craven geleitete Abteilung florierte und wurde immer größer. Inzwischen verkauften sie dort auch sehr sorgfältig ausgewählte Schmuckstücke aus Gold und Silber, von denen einige mit Halbedelsteinen besetzt waren. Eine der Entscheidungen, die sie heute treffen musste, war die Frage, ob sie nicht auch Ringe zur Ergänzung des Schmucksortiments einkaufen sollte. Natürlich würde das von der Auswahl an Ringen abhängen, die ihr heute präsentiert wurden, und der Frage, ob die Preise innerhalb eines Rahmens lagen, der ihr erlaubte, mit anderen Juwelieren in der Umgebung konkurrieren zu können.

Am Ende entschied Sally sich für ein Sortiment an Goldringen, die mit Edelsteinen und Halbedelsteinen besetzt waren. Diese schweren Ringe waren entweder mit drei oder fünf Steinen verziert, etwa mit Granaten, Perlen, Saphiren und Diamanten, die ohne eigene Fassung direkt in das breite Goldband des Ringes eingebettet waren. Das Design passte gut zu Eheringen, und sie wurden deshalb oft auch als Verlobungsringe gekauft, die auch von Männern getragen werden konnten. Dann war allerdings meist nur ein einzelner Diamant in das Goldband eingelassen. Viele Frauen trugen diese Ringe gern am Mittelfinger oder an der rechten Hand.

Sally kaufte ein Ringpolster mit achtzehn Ringen und dazu sechs weitere als Reserve. Insgesamt gab sie fast zweihundert Pfund für die neue Ware aus und hoffte, dass die Ringe sich verkaufen würden – auch wenn der Juwelier ihr freundlicherweise angeboten hatte, sie gegen Armreife oder Broschen umzutauschen, falls sie nicht in ausreichender Zahl nachgefragt würden. Auch wenn die Ausstellungsfläche in der Abteilung leider sehr begrenzt war, war es wichtig, für alle Ringe einen Platz zu finden, wenn sie einen guten Umsatz garantieren wollten.

Den größten Teil des Nachmittags verbrachte Sally damit, die Preise für die Ringe festzulegen und sie auszuzeichnen, und als das erledigt war, brachte sie das Polster zu Rachel hinunter und bat sie, es in der Vitrine einzuschließen.

»Sie sind wirklich wunderschön, Sally. Ich werde sie gemeinsam mit den Reserveringen nachts in unserem Tresor einschließen«, versprach Rachel ihr lächelnd. »Und du wirst dich freuen zu hören, dass diese Woche schon zweimal nach Ringen für Männern gefragt wurde, von Frauen, die auf der Suche nach einem Geschenk waren. Und beide haben Armreife und Ledertaschen bei mir und Maggie gekauft – aber ich glaube, sie hätten auch einen der Ringe genommen, wenn wir schon welche dagehabt hätten.«

»Die Ringe sind in den gängigsten Größen gefertigt«, warf Sally ein. »Sie können natürlich auch noch angepasst werden, und wir haben einen Goldschmied, der diese Arbeit für ein kleines Entgelt übernehmen würde. Oder ich kann denselben Ring in der richtigen Größe nachbestellen …«

»Das ist wunderbar«, antwortete Rachel. »Wir werden ja sehen, wie es läuft. Ganz ehrlich gesagt bin ich erstaunt, wie dieser Bereich unserer Abteilung expandiert hat. Ich meine, warum kommen die Leute zu uns, um Schmuck zu kaufen, anstatt zu einem Juwelier zu gehen?«

»Ich glaube, das liegt daran, dass wir günstiger und leichter zugänglich sind«, meinte Sally. »Ich habe mich bei einigen der Juweliere in der Bond Street umgesehen, und bei vier von ihnen musste ich sogar erst klingeln, um eingelassen zu werden. Und dann musste ich darum bitten, sehen zu dürfen, was mich interessierte, und man zeigte mir immer nur ein Schmuckstück nach dem anderen, ganz abgesehen davon, dass ich die ganze Zeit das Gefühl hatte, beobachtet zu werden. Hier achten wir zwar auch darauf, den Kunden nicht mehr als zwei Schmuckstücke auf einmal vorzulegen, aber unsere Auslagen sind sehr gut einsehbar, und die Leute können die Abteilung nach Belieben betreten und verlassen. Reiche Männer möchten vielleicht gebeten werden, es sich bequem zu machen, um sich teuren Schmuck vorführen zu lassen, aber der Durchschnittsmann ist wohl eher auf einen schnellen Kauf in seiner Mittagspause aus.«

»Ja, das glaube ich auch – und außerdem scheinen Sie ein Händchen dafür zu haben, genau die richtigen Dinge auszuwählen, die den Kunden gefallen«, sagte Rachel, wobei sie zum Sie zurückkehrte, so wie es in der Abteilung üblich war. »Ich fühle mich immer ein bisschen eingeschüchtert, wenn ich ein teures Juweliergeschäft betrete und nicht einmal die Hälfte von dem zu sehen bekomme, was ich gerne sehen würde – und dann ist die Ware so teuer, dass ich sie nicht einmal anzufassen wage.«

Sally nickte zustimmend. »Und da ich immer auch versuche, etwas Neues, Ungewöhnliches einzuführen, habe ich Jenni gebeten, einige Schmuckstücke aus amerikanischem Silber für uns einzukaufen. Hoffentlich hat sie uns etwas richtig Extravagantes und Ausgefallenes mitgebracht.«

Nachdem Sally die Abteilung verlassen hatte, machte sie sich auf den Heimweg, um dort ihren schlichten Rock mit Bluse gegen ein hübsches Kleid zu tauschen. Es war aus hellgrauer Seide und hatte dreiviertellange Ärmel, einen weißen Kragen und einen breiten Gürtel, der ihre schmale Taille betonte. Der neuesten Mode entsprechend waren ihre Knöchel unter dem Rocksaum sichtbar, und auch wenn es sich nicht um einen dieser hochmodischen Humpelröcke handelte, war er doch recht eng. Darüber trug sie ein kurzes rotes Jäckchen und dazu einen schicken roten Glockenhut mit einer weißen Rose auf der Vorderseite.

Es wartete jedoch noch einiges an Arbeit auf sie, als sie in ihr Büro zurückkehrte. Sie war gerade in einen Bericht aus der Herrenbekleidungs-Abteilung vertieft, als ihre Chefin schließlich anklopfte und eintrat. Wie immer sah sie todschick aus in ihrem schwarzen Seidenkleid mit einem dazu passenden Mantel, der an den Ärmeln und am Saum mit weißem Pelz besetzt war. Dazu trug sie einen kleinen weißen Glockenhut, der mit einer schwarzen Rose verziert war. Als sie Sallys bereitliegenden Hut sah, lachte Jenni entzückt.

»Ich wusste doch, dass wir den gleichen Geschmack haben!«, rief sie. »Dieses Kleid ist einfach perfekt für dich, Sally. Bist du so weit – du hast doch sicher schon genug getan für heute?«

»Ja, ich hab mir nur noch schnell die Ausverkaufszahlen aus der Herrenabteilung angesehen. Die neuen Jacketts, die Mr. Brown eingekauft hat, scheinen sich gut zu verkaufen – besonders die aus Tweed –«

»Ich habe unseren neuen Einkäufer noch gar nicht kennengelernt«, warf Jenni ein. »Mr. Stockbridge meinte, er habe zwar gute Empfehlungen gehabt, besäße aber nicht dein Gespür, Sally.«

»Das finde ich aber ein bisschen unfair«, widersprach Sally. »Die Umsätze sind seit seiner Ankunft unentwegt gestiegen – zwar nicht gewaltig, aber dennoch deutlich.«

»Und jetzt ist Schluss mit der Arbeit für heute!«, befahl Jenni und legte die restlichen Papiere in den Tresor. »Wir gehen jetzt aus, um uns zu amüsieren, Kindchen. Die Arbeit kann bis morgen warten.«

Aber auch beim Essen wandte sich das Gespräch unweigerlich wieder dem Thema Kaufhaus zu. Sally erzählte Jenni von den Veränderungen in der Schmuckabteilung, und Jenni lächelte.

»Zufälligerweise habe ich ein paar Ringe mitgebracht, um zu sehen, ob sie dir gefallen«, sagte sie. »Sie sind mit Amethysten, Onyx, blauen Topasen und Mondsteinen besetzt, und alle sind in Silber gefasst. Es wird interessant sein, die Preise mit den von dir eingekauften zu vergleichen.« Sie holte einen Ring aus ihrer Tasche und zeigte ihn Sally. Es war ein schwerer Silberring mit einem großen, viereckigen Stein, der insgesamt gesehen fast zu schwer wirkte, um von einer Frau getragen zu werden. »Was meinst du?«

»Er ist ein bisschen klobig«, antwortete Sally ehrlich. »Ich glaube, unsere Kundinnen würden etwas Kleineres vorziehen.«

»Wie diesen hier?« Diesmal holte Jenni einen schmaleren, mit einem hübschen, ovalen Mondstein besetzten Ring aus der Tasche, der mit ungewöhnlichen Ziselierarbeiten versehen war, und Sally war so begeistert, dass sie ihn an ihrer eigenen Hand probieren wollte.

»Oh ja, der ist sehr schön, Jenni.«

»Dann ist es ja gut, dass ich mehr von diesen gekauft habe als von denen mit dem großen Stein«, antwortete Jenni lächelnd. »Daheim verkaufen sie sich gut, aber mir ist inzwischen klar geworden, dass Amerika und England zwei verschiedene Märkte sind. Die Anzüge, die sich hier nicht verkaufen ließen, waren zu Hause binnen weniger Tage ausverkauft. Ich habe sogar ihren Preis ein wenig heraufgesetzt und hätte trotzdem doppelt so viele verkaufen können.« Jenni steckte die Ringe wieder in ihre Tasche. »Die anderen habe ich im Tresor in Bens Wohnung deponiert und werde sie morgen mitbringen – aber jetzt haben wir wirklich genug gefachsimpelt, Sally. Ich möchte lieber hören, was du aus deinem Privatleben zu erzählen hast.

Neben all der Arbeit wirst du doch hoffentlich noch etwas Zeit für ein bisschen Vergnügen gehabt haben?«

»Ja, die hatte ich«, sagte Sally und lächelte Jenni an. »Ich war mit Freundinnen aus und habe in einem netten Landgasthof zu Abend gegessen, an dem ein Freund von mir Anteile gekauft hat. Und ich bin der Frauenbewegung beigetreten … allerdings nicht der radikalen WSPU, sondern dem pazifistischen Flügel der Suffragetten … obwohl die Polizei diesen Unterschied nicht zu kennen scheint.«

»So!«, sagte Jenni. »Das ist ja interessant. Ich bin daheim nämlich auch in der Frauenbewegung und glaube, dass wir langsam Fortschritte machen. Wie sieht es damit hier drüben aus, Sally?«

»Ach, hier gibt es jetzt diesen schrecklichen Cat and Mouse Act, der viele Mitglieder aus Angst vor Verhaftung und Gefängnis davon abhält, an den Versammlungen oder Protestmärschen teilzunehmen.« Sally runzelte die Stirn. »Manchmal frage ich mich, ob König Georg V. überhaupt weiß, was seine Minister in seinem Namen tun.« Dass dieses neue Gesetz dem Gefängnisdirektor erlaubte, die Frauen während ihrer Hungerstreiks zunächst beinahe verhungern zu lassen, um sie dann auf freien Fuß zu setzen und sie nur wenige Wochen später erneut zu verhaften, war mehr als grausam.

»Ja, das ist wirklich niederträchtig und gemein!«, sagte Jenni empört. »Ich glaube zwar, dass unsere Mitglieder daheim ein bisschen zivilisierter sind und weniger zu Gewalttaten neigen, aber auch sie organisieren sich, und auch wir haben Protestmärsche geplant und wollen mehr Einfluss auf unsere Regierung nehmen.«

Die beiden jungen Frauen unterhielten sich angeregt, tauschten Meinungen und Erfahrungen aus und stellten fest, wie sehr sie in allen möglichen Fragen einer Meinung waren. Ein Jammer, dachte Sally, dass Jennis Leben in Amerika stattfand, weil sie sie wirklich gerne öfter gesehen hätte. Sie arbeiteten gut zusammen und waren darüber hinaus auch noch befreundet, was sicherlich keine Selbstverständlichkeit war.

***

Doch Jenni blieb auch dieses Mal nur kurz in England. Eine Woche lang besuchte sie mit Sally neue Lieferanten, nahm den Lunch mit ihr ein oder ging abends mit ihr zum Dinner aus, um dabei die Warenbestände zu besprechen. Und sie fanden noch Zeit, an einem Abend gemeinsam ins Theater und an einem anderen ins Ballett zu gehen. Es war eine ganz neue Welt für Sally, in der sie sich immer begeisterter bewegte.

Aus dem Schmuck und den Taschen, die Jenni mitgebracht hatte, durfte Sally die Dinge heraussuchen, die ihr am besten gefielen. Jenni verließ sich ganz auf ihr Urteilsvermögen, und wenn Sally der Ansicht war, dass sich irgendetwas nicht verkaufen würde, verschwand der Artikel gleich wieder in Jennis Koffer, um mit ihr nach New York zurückzukehren. Wenn er dagegen gut ankam, bestellte Jenni größere Mengen nach, die gleich nach ihrer Rückkehr aus Amerika verschickt werden würden.

»Ich schaue mir wirklich gerne an, was du mitbringst, es ist alles so erfrischend anders«, sagte Sally zu ihr, als sie ihre endgültige Auswahl getroffen hatten. Drei Viertel der neuen Kollektionen schien ihnen für das Londoner Kaufhaus geeignet zu sein. »Aber es besteht kein Zweifel, dass Amerikaner und Engländer nicht den gleichen Geschmack haben.«

»Und das ist auch gut so«, meinte Jenni. »Ich werde drei der neuen Kollektionen, die du ausfindig gemacht hast, mit nach Hause nehmen, und falls du noch mehr davon in der gleichen Qualität findest, kannst du mir ein paar Muster schicken.«

Der Austausch von Ideen und Bezugsquellen erwies sich

für beide Einkäuferinnen als hilfreich, und da sie sich inzwischen auch besser kannten, konnten sie dabei miteinander lachen und plaudern, ohne dass die Situation für eine von ihnen unangenehm geworden wäre.

Ein Ereignis beunruhigte sie jedoch beide gleichermaßen, und das war das Verbot von öffentlichen Versammlungen für die Suffragetten, das der englische Innenminister Reginald McKenna per Gesetz erlassen hatte.

»Was für eine Unverschämtheit! Wie können sie es wagen, so etwas zu tun?«, fragte Jenni entrüstet, nachdem sie davon in der Zeitung gelesen hatte.

»Wahrscheinlich ist das die Vergeltung dafür, dass der Cricket-Pavillon in Royal Tunbridge Wells Anfang dieses Monats niedergebrannt wurde …«

Jenni runzelte die Stirn. »Ich weiß nicht, ob Gewalt der richtige Weg ist.«

»Doch selbst wenn wir friedlich protestieren wollen, wird uns das nicht erlaubt. Ein wütender Mob hat kurz vor deiner Ankunft eine unserer Versammlungen aufgelöst, und ich nehme an, dass das wahrscheinlich der Vorwand war, um dieses neuerliche Gesetz durchzubringen.«

»Also so was würden wir in New York nicht dulden«, sagte Jenni mit entschiedenem Blick. »Wir Frauen müssen zusammenhalten, Sally. Wir müssen das Recht haben, unsere Meinung zu äußern und unser Leben selbst in die Hand zu nehmen!«

Sally stimmte ihr zu, dennoch hatte sich die öffentliche Meinung in England im Moment gegen die Suffragetten gewandt, was wohl auf die militanteren Aktionen einiger Mitglieder zurückzuführen war. Sally war jedoch klar, dass sie sich trotz allem auch weiterhin versammeln würden, und sei es im Geheimen.

Die Woche schien wie im Flug zu vergehen, und Sally wünschte, sie hätten mehr Zeit gehabt, zusammen auszugehen, aber für Jenni, die auch daheim Verpflichtungen hatte, war es natürlich eine Arbeitsreise.

»Vielleicht kann ich dieses Jahr zu Weihnachten länger bleiben«, sagte sie am Abend vor der Abfahrt ihres Schiffs zu Sally. »Ich würde gern einmal meine Ferien mit dir verbringen, um richtig Zeit füreinander zu haben. Und im Winter könnten wir sogar zusammen Skifahren gehen.« Sie lächelte. »Aber heute bin ich erst mal auf der *Aquitania* der Cunard Line gebucht …«

»Und ich habe sowieso keine Ahnung vom Skifahren«, gab Sally zurück und lachte.

»Das kann ich dir beibringen.« Jenni umarmte sie. »Mein Aufenthalt hier hat mir großen Spaß gemacht, und ich lerne jedes Mal etwas dazu, wenn ich hier bin, Sally. Ich werde dir schreiben und dir die Waren schicken lassen, die du ausgesucht hast – und wir bleiben in Kontakt …« Jenni sah plötzlich so wehmütig aus, als ob sie wirklich gerne länger geblieben wäre.

»Ich hoffe sehr, dass du zu Weihnachten oder im nächsten Sommer für ein paar Wochen zu uns kommst. Dann würde ich dich nämlich gern zu einem englischen Strandurlaub mitnehmen«, scherzte Sally. »Wir würden barfuß durch den Sand laufen und in den Strandbuden Bratfisch mit Pommes frites oder Zuckerwatte essen …«

»Du wirst mir fehlen«, sagte Jenni. »Also gib uns bitte nicht auf, Sally. Ich verspreche dir, dass es sich am Ende lohnen wird …«

Sally versprach, sich gut um das Kaufhaus zu kümmern, und schließlich trennten sie sich spät in der Nacht, bevor Jenni ihre Reise antrat. Jenni bestand darauf, ein Taxi zu rufen, das Sally nach Hause bringen würde, denn es war schon spät. Als sie um kurz nach elf nach Hause kam, saß Beth noch aufrecht im Bett und schrieb Briefe.

»Ich dachte, du schläfst schon«, sagte Sally, aber Beth schüttelte den Kopf.

»Ich konnte nicht schlafen, bevor ich nicht sicher wusste, dass du wieder zu Hause bist«, sagte sie. »Hattest du einen schönen Abend?« Sally nickte, und Beth lächelte. »Wirst du Jenni vor ihrer Abreise noch einmal sehen?«

»Nein, sie reist morgen in aller Frühe nach Southampton«, antwortete Sally. »Ihr Schiff legt erst am nächsten Tag ab, aber sie will rechtzeitig am Hafen sein, da der Zug einige Stunden braucht und das Einchecken immer sehr hektisch ist, wie sie sagte.«

»Du hattest ganz schön viel zu tun, während sie hier war, Sally.«

»Ja, das stimmt, aber es hat Spaß gemacht – und Jenni unterstützt alles, was ich veranlasst habe, Beth. Das hat mir neues Selbstvertrauen gegeben, mir ist eine echte Last von den Schultern gefallen. Ich bin monatelang im Dunkeln getappt, was meine Arbeit anging, aber Jennis Zustimmung zeigt mir, dass ich meinem Urteilsvermögen vertrauen und so weitermachen kann wie bisher.«

Beth nickte und blickte dabei unverwandt in Sallys ausdrucksvolles Gesicht. »Und Mr. Harper – wann kommt er?«

»Jenni wusste es nicht, aber sie nimmt an, dass es schon bald sein wird.«

Beth nickte und gähnte. »Du bist bestimmt froh, wenn er wieder hier ist. Er kann dir zumindest einen Teil der Arbeit abnehmen«, sagte sie, legte sich hin und knipste ihre Nachttischlampe aus.

Sally zog sich aus, stieg müde in ihr eigenes Bett und schaltete dann auch das Licht aus. Es war unterhaltsam mit Jenni, aber sie war auch voller Energie, und es war nicht immer leicht, mit ihr Schritt zu halten …

Bevor sie einschlief, dachte Sally an Ben und daran, dass sie tatsächlich froh sein würde, wenn er zurückkam.

Kapitel 12

Es war Wochenende, und Sally machte sich für ihren freien Tag zurecht, den sie mit ihrer Freundin Sylvia verbringen wollte. Sie entschied sich für einen schlichten Rock. Unter ihrer roten Jacke würde sie eine Bluse tragen und dazu den Glockenhut, der Jenni so gut gefallen hatte. Sie war mit Sylvia im Lyons Corner House in der Shaftesbury Avenue verabredet. Sally war zuerst dort, musste dann aber zehn Minuten draußen im kalten Wind warten, bis Sylvia endlich eintraf. Wann würde es nur Frühling werden? Es war schon Ende April und oft noch immer ziemlich kühl.

»Tut mir leid!«, rief Sylvia. »Bist du schon lange hier? Mein Bus hatte Verspätung.«

»Ich wollte gerade reingehen«, sagte Sally. »Ich habe jetzt wirklich Lust auf eine heiße Tasse Tee und ein süßes Brötchen!«

»Ja, es wird Zeit, dass wir etwas essen«, antwortete Sylvia lächelnd. »Und danke, dass du gekommen bist, Sally – ich wollte dir ein paar Neuigkeiten erzählen und dich um einen Gefallen bitten.«

»Lass uns erst mal reingehen«, gab Sally zurück. »Die Sonne scheint zwar, aber es ist trotzdem ganz schön kalt hier draußen im Wind.«

»Ja, ich weiß. Es ist schon fast Mai und eigentlich Frühling«, stimmte Sylvia ihr zu. »Aber im Moment fühlt es sich ganz und gar nicht so an.«

Drinnen wurden sie gleich von einem der freundlichen Mädchen, die das beliebte Restaurant am Laufen hielten, an einen Tisch geführt. Das erste *Lyons* war vor vier Jahren eröffnet worden, und seither waren noch mehr dieser Lokale hinzugekommen. Dort herrschte eine heitere, angenehme Atmosphäre, und die Gäste wurden höflich und schnell bedient. Nachdem sie bestellt hatten, dauerte es nur wenige Augenblicke, bis eine Kanne Tee für zwei Personen, einige getoastete Rosinenbrötchen und ein Teller mit kleinen Küchlein auf dem Tisch standen.

»Das sieht wunderbar aus«, bemerkte Sylvia. »Gut, dass ich diese Woche eine Lohnerhöhung bekommen habe …«

»Das geht auf meine Rechnung«, entgegnete Sally entschieden. »Sag mal, warst du eigentlich schon auf der Blumenschau in Chelsea?«

»Nein, aber ich würde gern hingehen.«

»Ja, ich auch. Aber erzähl mir erst mal deine Neuigkeiten.«

»Jemand hat mir einen Heiratsantrag gemacht«, sagte Sylvia leise kichernd, »und deshalb wollte ich dich fragen, ob du mir neun Pfund leihen kannst?«

Sally starrte sie einen Moment lang schweigend an. Sie hatte Sylvia schon früher Geld geliehen und keinen einzigen Penny davon wiedergesehen. »Herzlichen Glückwunsch erst einmal«, sagte sie. »Wirst du den Antrag annehmen?«

Sylvia nickte »Na klar! Frank ist Handelsvertreter und sagt, er sei verrückt nach mir. Er will uns in London eine Wohnung suchen, in der ich leben werde, während er kommen und gehen wird. Er hat es satt, immer nur in Hotels zu wohnen.«

»Hast du ihn gern?«

»Er ist in Ordnung – und ich hab ihn gern«, antwortete Sylvia. »Außerdem ist er großzügig und erwartet nicht zu viel – und ich wäre abgesichert. Er hat eine hohe Lebensversicherung abgeschlossen, und falls er stirbt, bekomme ich das Geld.«

»Aber du liebst ihn nicht?« Sally war sich nicht sicher, was sie von Sylvias Ankündigung halten sollte. Ihre oberflächliche

Art schockierte Sally. Ihr wurde mit einem Mal bewusst, dass sie Sylvia eigentlich nie richtig gekannt hatte und das Zusammenleben mit Beth, Rachel und Maggie sie gelehrt hatte, sehr viel höhere Ansprüche an sich selbst und andere zu stellen. Sylvia schien Sallys Missbilligung zu bemerken und errötete ein wenig.

»Ich würde mich um ihn kümmern, wenn er krank wäre, und ich bin nicht hinter seinem Geld her, aber ich habe es satt, allein zu sein. Marlene ist in Ordnung, aber sie kann eine echte Zicke sein, wenn ihr irgendwas nicht passt – und bei Frank hätte ich ein richtiges Zuhause.«

Sie wusste nicht, wie sie Sylvias Worte interpretieren sollte, daher nickte Sally nur. Vielleicht war sie auch einfach nur zu schnell bereit, sie zu verurteilen, weil sie selbst einen guten Job und wahre Freunde hatte. »Und warum soll ich dir neun Pfund leihen?«

Sylvia schien sich etwas unwohl in ihrer Haut zu fühlen. »Ich weiß, dass ich dir nie zurückgezahlt habe, was ich dir schulde – aber du hast immer gesagt, das mache dir nichts aus.«

»So ist es auch, aber ich bin mir nicht sicher, ob ich es mir leisten kann, dir neun Pfund zu leihen – das ist eine Menge Geld, Sylvia. Ich arbeite hart für das, was ich verdiene, und habe nicht vor, es wegzuwerfen.«

»Ich werde es dir zurückzahlen, sobald ich verheiratet bin«, sagte Sylvia mit einem mürrischen Gesichtsausdruck. »Aber ich muss Frank ein Hochzeitsgeschenk kaufen, und der Ring, den ich für ihn ausgewählt habe, kostet sechs Pfund – und ich brauche auch etwas Neues zum Anziehen.«

»Tut mir leid«, sagte Sally. »Wenn es dir bei unserer Verabredung nur darum ging, mich um Geld zu bitten, dann wünschte ich, du hättest das gleich klargestellt. Meine Antwort ist Nein, Sylvia, ich werde dir keine neun Pfund leihen.« Sally zögerte, griff dann aber in ihre Tasche und zog drei Pfundnoten heraus. »Ich habe genug Geld dabei, um unser Essen zu bezahlen und dir das hier zu geben – aber mehr bekommst du nicht. Ich will das Geld auch nicht zurück. Du kannst es ein Hochzeitsgeschenk nennen und damit machen, was du willst, aber mehr kann ich dir nicht geben.«

Sylvia wirkte enttäuscht, nahm die drei Pfund aber an. »Ich dachte, ich könnte mich auf dich verlassen – denn immerhin wissen wir so einiges übereinander.«

»Soll das eine Drohung sein?«, fragte Sally scharf. »Meine Arbeitgeber wissen alles, was es über mich zu wissen gibt, also tu, was du nicht lassen kannst. Ich glaube, ich sollte jetzt gehen.« Sie winkte der Bedienung und bat sie um die Rechnung. »Und frag mich nicht noch mal, ob wir uns sehen können, denn ich bin absolut nicht mehr daran interessiert.«

»Und du brauchst nicht gleich in die Luft zu gehen wegen mickriger neun Pfund«, murmelte Sylvia. »Setz dich wieder hin und trink deinen Tee …«

»Nein, danke«, sagte Sally, bezahlte die Rechnung, ging hinaus und ließ Sylvia zurück. Sie war wütend und verletzt. Sie hatte geglaubt, sie seien Freundinnen, aber wie es schien, hatte Sylvia nur jemanden in ihr gesehen, den sie benutzen konnte wie eine Essensmarke, wenn sie knapp bei Kasse war. Sie hatte Sylvia schon oft geholfen, während diese vermutlich nur gehofft hatte, unter dem Deckmäntelchen der Freundschaft noch mehr von ihr zu bekommen.

Angewidert schüttelte Sally den Kopf und nahm den nächsten Bus, um heimzufahren. Da ihr jedoch ganz übel vor Enttäuschung war, stieg sie ein paar Haltestellen früher aus, um ihre schlechte Laune loszuwerden, bevor sie zu ihren wahren Freundinnen ging. Als sie sich der Wohnung näherte, die sie mit Beth und den anderen teilte, sah sie dort ein Auto vorfahren, aus dem Mick ausstieg, um mit grimmiger Miene auf sie zuzukommen.

»Ich nehme an, du kommst gerade von einem Treffen mit Sylvia zurück?«, fragte er.

»Ja. Aber ich bin nicht lange geblieben.«

»Marlene hat mir gerade erzählt, warum sie sie entlassen hat«, sagte Mick mit angewidertem Gesicht. »Es tut mir leid, Sally. Ich hätte dir ihre Nachricht nicht überbracht, wenn ich gewusst hätte, was sie im Schilde führte. Marlene sagt, sie hätte Geld und Getränke gestohlen. Sie hat sie zur Rede gestellt, als Sylvia ihr erzählte, dass sie heiraten will und um Geld für Kleidung bat.«

»Sie hat mich auch um Geld gebeten«, sagte Sally. »Ich war jedoch nicht bereit, ihr noch einmal etwas zu geben.«

»Marlene auch nicht.« Mick schüttelte angewidert den Kopf. »Wir haben beide versucht, ihr zu helfen, Sally. Sie wird keine fünf Minuten lang einen Job behalten, egal, wo sie auch hingeht. Marlene war großzügig und hat sich bemüht, ihr trotz allem zu vertrauen, aber diese Woche fehlten zehn Pfund in der Kasse, und da sagte sie, das Maß ist voll.«

»Ich will und werde Sylvia nicht mehr sehen.«

»Gut, denn das will ich auch hoffen. Sie hat jedes Recht auf deine Freundschaft verwirkt.« Er zögerte kurz und fragte dann: »Möchtest du mit mir essen gehen?«

»Warum nicht?«, antwortete Sally. Sie war immer noch wütend auf Sylvia, und die Aussicht auf ein schönes Essen in Micks Gesellschaft war verlockend. »Ich habe allerdings keinen Penny mehr bei mir. Ich muss kurz hinaufgehen und mir Geld holen.«

»Das brauchst du nicht, ich lade dich zum Mittagessen ein.« Mick runzelte die Stirn und hob dann die Augenbrauen. »Hast du Sylvia Geld gegeben?«

»Ja – ich habe ihr drei Pfund als Hochzeitsgeschenk gegeben, was erheblich weniger war, als sie wollte.«

»Wenn du mich fragst, hat sie nicht mal das verdient«, sagte er. »Es tut mir leid, dass dieses kleine Miststück dich um Geld gebeten hat. Anscheinend haben wir ihr alle viel zu sehr vertraut!«

»Ich dachte, sie sei eine Freundin, aber als sie sogar versuchte, mich zu erpressen, bin ich gegangen und hab sie sitzen gelassen. Ich werde mich nicht noch einmal so an der Nase herumführen lassen!«

»Vergiss sie, Sally. Lass uns ausgehen und uns amüsieren. Wir gehen zu einem anderen Lokal – und du kannst mir sagen, was du davon hältst.«

»Noch eins, das du gerne kaufen würdest?«, fragte sie mit einem neckenden Blick.

Mick lächelte geheimnisvoll. »Na ja, man kann nie wissen«, antwortete er und öffnete ihr die Autotür. »Das hängt davon ab, wie gut das Essen ist.«

***

Das Essen war außergewöhnlich gut. Sie probierten beide die panierte Seezunge mit einer köstlichen Krabbensauce, weichen, cremigen Kartoffelbällchen, feinen Erbsen und Spargelspitzen. Sally genoss jeden Bissen, nippte an dem kühlen, prickelnden Weißwein und aß dann ebenso genüsslich ihren Brandy-Snap – ein mit Sahne und dunklen in Kirschwasser eingelegten Kirschen gefülltes Gebäckkörbchen.

»Das war ein wirklich köstliches Essen«, sagte Sally beim Kaffee danach. »Wie entdeckst du nur all diese wunderbaren Lokale, Mick?«

»Ich frage meine Gäste, wo sie gerne essen, und probiere dann selbst die Speisekarte aus«, antwortete Mick, und Sally wusste, dass er die Kunden des Pubs meinte, den er führte.

»Erst neulich abends wurde ich auf dieses Lokal aufmerksam gemacht. Das Essen ist ausgezeichnet, aber der Geschäftsführer war ein gewissenloser Lump, der seinen Chef in große Schwierigkeiten brachte, als er mit dessen Frau und fast dem gesamten Geld durchbrannte.«

»Oh Gott, wie schrecklich! Der arme Mann muss ja völlig verzweifelt sein«, sagte Sally voller Mitgefühl.

»Das kann ich mir auch vorstellen«, stimmte Mick ihr zu. »Wahrscheinlich war er sehr erleichtert, als er das Angebot eines möglichen Teilhabers und etwas Geld erhielt, mit dem er sich über Wasser halten konnte.«

Sally schaute ihm prüfend in die Augen. »Willst du mir damit zeigen, wie wenig ich über dich weiß?«

»Ich versuche dich nur zum Lächeln zu bringen«, sagte Mick. »Ich bin kein heimlicher Millionär, Sally. Ich hatte nur Glück, als mein Onkel, der im Mai 1912 in Irland starb, mir seinen gesamten Besitz hinterließ, der hauptsächlich aus zwei Feldern und einem Rennpferd bestand. Und dann muss ich wieder geradezu teuflisches Glück gehabt haben, als ausgerechnet dieses Pferd im Juni letzten Jahres das Irische Derby gewann. Das brachte mir einiges an Preisgeld ein, und schließlich konnte ich das Pferd auch noch für ein kleines Vermögen verkaufen.« Seine Augen funkelten vor Übermut. »Und seitdem hat es kein einziges Rennen mehr gewonnen.«

»Hattest du es gedopt oder so was?«, wollte Sally lachend wissen.

»Nein, ich hatte es nur dazu überredet, zu gewinnen und mir ein Vermögen einzubringen …«

»Ach Mick, du Spinner!« Sally vergaß ihre Sorgen, so sehr musste sie über seine Späße lachen. »Aber mal im Ernst: Hat es wirklich nur dieses eine Rennen gewonnen?«

»Nur dieses eine«, bestätigte Mick mit einem breiten Grinsen. »Ehrlich gesagt habe ich keine Ahnung, wieso – vielleicht hatte Onkel Sean ihn ja nur für dieses eine Rennen trainiert. Und da er es schon seit Monaten dazu angemeldet hatte, habe ich es mitlaufen lassen«, schloss er achselzuckend. »Alle sagten, es sei ein Wunder. Für mich war es das auf jeden Fall. Ich habe das Geld gut investiert und besitze nun den halben Anteil von drei Restaurants ... na ja, Marlenes Lokal ist zwar nur ein Pub, aber im Grunde ist das doch dasselbe.«

»Dann darf ich also mit weiteren Überraschungsmahlzeiten wie dieser rechnen?«, fragte Sally, doch Mick schüttelte den Kopf.

»Ich habe meinen unerwarteten Geldregen gut angelegt, und jetzt werde ich nur noch den Pub weiterführen und mal schauen, was passiert.«

»Du hast eine kluge Entscheidung getroffen«, sagte Sally. »Da jeder zum Feiern gern mal auswärts essen geht, müsstest du mit deinen Geldanlagen ein kleines Vermögen machen.«

»Ich warte jetzt einfach nur noch ab und sehe den Lokalen beim Gedeihen zu.« Mick lachte leise. »Oder vielleicht investiere ich auch weiter, wenn ich kann. Das ist mir schon zur Gewohnheit geworden, auch wenn ich mein Geld nicht in jedes Lokal stecke, das gutes Essen anbietet.« Er machte ein nachdenkliches Gesicht. »In der Nacht, in der du angegriffen wurdest, hatte ich mir einen Pub in Soho angesehen, der mich dann aber doch nicht interessierte. Und trotzdem war ich froh, dass ich dort war, Sally.«

Sie nickte nur und dachte an die Nacht zurück, in der sie zum Soho Square gegangen war, um dort vielleicht eine Prostituierte zu finden, die ihr jemanden nennen konnte, der eine Abtreibung bei Sylvia vornehmen würde. Damals hatte sie sich gefragt, warum Mick sich in einer solch zwielichtigen Gegend aufhielt, und vielleicht hatte das ihre Meinung über ihn beeinflusst, ohne dass es ihr bewusst gewesen war.

»Ich hätte gar nicht erst dorthin gehen sollen«, gestand sie jetzt. »Wenn ich gewusst hätte ... Ich hätte mich gar nicht erst auf Sylvias Problem einlassen sollen.«

»Du wolltest ihr nur helfen, aber sie hat dich schamlos ausgenutzt«, sagte Mick. »An deiner Stelle würde ich mich in Zukunft von ihr fernhalten.«

»Das werde ich.« Sally seufzte. »Das Leben ist schon komisch, nicht?«

Mick zog fragend die Augenbrauen hoch, aber Sally schüttelte den Kopf. »Gut, dann werde ich dich jetzt nach Hause bringen, da es schon wieder sehr nach Regen aussieht.«

»Aprilregen bringt Maiblumensegen«, zitierte Sally und lächelte. »Du bist ein guter Freund, Mick. Ich war traurig und verärgert, als ich Sylvia den Rücken kehrte, aber du hast es geschafft, mich aufzumuntern.«

»Genau das hatte ich gehofft«, sagte er. »Aber jetzt lass mich dich nach Hause bringen, bevor das Unwetter beginnt.«

Der Himmel wurde von Minute zu Minute dunkler, als sie heimfuhren. Dann zuckte plötzlich ein Blitz über den Himmel, und Donner grollte. Es regnete wie aus Kübeln, die Straßen wurden rutschig, und überall bildeten sich Pfützen.

Draußen vor Sallys Wohnung blieb Mick stehen und wandte sich ihr zu. »Danke, dass du mit mir essen warst«, sagte er und beugte sich dann vor. Für einen flüchtigen Moment streiften seine Lippen die ihren, dann trat er wieder zurück. »Geh schnell rein, bevor du pitschnass wirst«, sagte er.

»Mick …« Sally zögerte, aber er schüttelte den Kopf.

»Nun mach schon, Sally … Es gibt nichts weiter zu sagen.«

Sally nickte, öffnete die Tür seines Wagens und stieg aus. Dann lief sie zu dem kleinen Häuserblock hinüber, steckte den Schlüssel ins Schloss und verschwand im Haus, ohne sich noch einmal umzusehen. Sie bemerkte weder, dass Mick stehen blieb, bis sie wohlbehalten eingetreten war, noch bemerkte sie den Mann, der sie im Schutz eines Ladeneinganges beobachtete. Sie sah weder sein Stirnrunzeln noch seine verletzte Miene, als er ging.

Kapitel 13

Am Montagmorgen saß Sally schon früh in ihrem Büro, um mit der Inventur fortzufahren, die sie während Jennis Besuch vernachlässigt hatte. Eigentlich war es gar nicht nötig, die Listen so oft zu überprüfen, wie sie es tat, aber Sally wollte den Überblick behalten. Wenn sich irgendetwas nicht verkaufte, musste sie es wissen, und wenn ein Produkt schnell ausverkauft war, lohnte es sich manchmal, den gleichen Artikel noch einmal nachzubestellen.

Sally saß über ihre Arbeit gebeugt, als die Bürotür aufging.

»Ja bitte, ich könnte tatsächlich gut einen Kaffee vertragen«, sagte Sally in der Annahme, dass es die Sekretärin war, und blickte lächelnd auf. Aber sofort lief ihr ein Schauer über den Rücken, und ihr Lächeln gefror, als sie sah, wer in der Tür stand. Sie sprang auf und starrte ihn an. »Mr. Harper … Willkommen zurück!« Ihre Worte waren kaum mehr als ein Flüstern. »Sie hatten uns gar nicht angekündigt, dass Sie kommen …«

»Das stimmt, Miss Ross. Aber ich habe früher als erwartet eine Passage bekommen und dachte, ich überrasche Sie – es ist doch hoffentlich eine erfreuliche Überraschung?«

»Aber ja, natürlich«, antwortete Sally schnell und konnte die Hitze spüren, die ihr in die Wangen stieg. Ihr Brustkorb fühlte sich so eng an, dass ihr das Atmen schwerfiel. Mr. Harper lächelte, doch das Lächeln erreichte seine Augen nicht, und Sally hatte das Gefühl, dass er verärgert war. »Ist irgendetwas nicht in Ordnung, Mr. Harper?«

»Warum sollte etwas nicht in Ordnung sein?«, gab er in

frostigem Ton zurück. »Ich weiß, dass ich den Erfolg von Harpers Ihnen zu verdanken habe – zumindest hat Jenni mir das gesagt, und ich glaube meiner Schwester immer.«

Warum reagierte er so unterkühlt? Er hatte sie weder gefragt, wie es ihr ging, noch irgendwie zu erkennen gegeben, dass er sich freute, sie wiederzusehen. Und sie konnte seine Missbilligung spüren, sah sie in seinen Augen ... Was hatte sie nur verkehrt gemacht?

»Ich hätte dieses Geschäft wohl kaum allein führen können«, sagte sie errötend und voller Unbehagen, da er sie mit einem durchdringenden Blick musterte. »Ich glaube, ich habe die Dinge auf den Weg gebracht, indem ich die richtige Ware für meine Abteilungen ausgewählt habe, aber Sie haben auch eine Menge anderer guter Leute hier, Mr. Harper.«

»Ja, das weiß ich«, sagte er mit einem Lächeln, das nun fast eisig wirkte. »Und ich habe mir auch vorgenommen, alle hier bei Harpers für ihre Loyalität zu belohnen – besonders da sich die Zukunft doch ein wenig unsicher darstellt.«

»Aber Jenni sagte doch, Sie hätten das Problem gelöst?«

»Ja. Meine Tante hat sich bereiterklärt, mir ein Darlehen von hunderttausend Dollar zu gewähren, falls ich es brauchen sollte, aber ich hoffe, dass wir es nicht in Anspruch nehmen müssen.«

»Im Moment haben wir doch sogar schon einen kleinen Gewinn erwirtschaftet, nicht wahr?«, wagte Sally zu fragen, als ihr Puls sich wieder zu beruhigen begann. Was auch immer Mr. Harper zu schaffen machte, es ging ganz offensichtlich nicht um das Kaufhaus.

»Ja, so ist es«, stimmte Ben ihr zu und klang jetzt ein wenig freundlicher. »Deshalb möchte ich mich erkenntlich zeigen – und ich hätte dazu gerne Ihren Rat, Miss Ross. Würden sich die Mitarbeiter mehr über eine kleine Lohnerhöhung oder über ein Betriebsfest freuen?«

»Da bin ich mir nicht ganz sicher«, antwortete Sally stirnrunzelnd. »Die meisten wären sicher froh über eine Gehaltserhöhung, aber einige würden sich vielleicht auch über ein Betriebsfest freuen … irgendetwas, das ihnen zeigt, wie fleißig sie gearbeitet haben.«

»Also eine kleine Gehaltserhöhung und ein paar Drinks und Häppchen hier nach der Arbeit statt einer aufwändigen Feier in einem Hotel?«

»Ja, das klingt gut«, stimmte Sally zu und runzelte die Stirn. Sein geschäftsmäßiges Verhalten beruhigte ihren Herzschlag. »Es ist schön, Sie wiederzusehen, Sir, und ich bin froh, dass in Amerika alles gut für Sie gelaufen ist.«

»Was hat Jenni Ihnen erzählt?«, fragte er und runzelte misstrauisch die Stirn.

»Jenni sagte nur, Sie hätten dort drüben viel zu tun – und dass Ihre Tante Ihnen ein Darlehen versprochen hat, falls Sie es brauchen sollten. Was hätte sie mir denn sonst erzählen sollen?«

»Nichts.« Er wandte sich von ihr ab, und sie konnte die Anspannung in seinen breiten Schultern sehen. Irgendetwas machte ihm zu schaffen, aber er beherrschte sich.

»Aber sagen Sie mir doch, Miss Ross, wie es Ihnen ergangen ist? Und was Sie mit Ihrem neuen Leben angefangen haben?«

Sally zögerte zunächst, weil sie nicht wusste, was sie sagen sollte, entschied sich dann aber, sich auf die Arbeit zu beschränken. »Nicht viel, außer dass ich hier ziemlich beschäftigt war. Wir hatten im Januar während des Ausverkaufs einen Umsatzrückgang«, berichtete sie. »Ich glaube, das lag daran, dass wir Ware zweiter Wahl eingekauft hatten. Ich glaube, es wäre besser, wenn wir in Zukunft die Restposten zu reduzierten Preisen verkaufen und vielleicht auch die reguläre Ware um einen gewissen Prozentsatz herabsetzen.«

»Und ist das alles?« Als er sich ihr wieder zuwandte, schien sein Blick sie zu durchbohren, sodass Sally sich augenblicklich fragte, was sie falsch gemacht hatte.

»Habe ich einen Fehler gemacht?«, fragte sie deshalb. »Wenn ja, weiß ich nicht, worum es sich handeln könnte.«

»Sie haben nichts getan, wozu Sie nicht berechtigt wären«, sagte er mit einem Funkeln in den Augen. »Ich hätte jedoch gern bis heute Abend eine Kopie aller Berichte und aktuellen Bestandslisten. Bitte sorgen Sie dafür, dass sie bis heute Abend auf meinem Schreibtisch liegen.«

»Selbstverständlich, Sir.«

Seine Augen blitzten. »Mein Name ist Ben – oder Mr. Harper, wenn es sein muss, aber bitte nennen Sie mich nicht Sir! Das klingt ja, als sei ich alt genug, um Ihr Großvater zu sein.«

»Tut mir leid«, begann Sally, aber sie sprach ins Leere. Mr. Harper war schon gegangen. Mit einem scharfen Klicken zog er die Tür hinter sich zu. Sally hatte das Gefühl, dass er sich alle Mühe gegeben hatte, seine schlechte Laune im Zaum zu halten, aber sie hatte keine Ahnung, woher sie rühren könnte.

Sie hatte sich so gefreut, ihn wiederzusehen, doch sein Verhalten ärgerte sie. Wenn sie ihn so förmlich angesprochen hatte, war es seine Schuld. Schließlich war er es, der ihr gegenüber so unnahbar gewesen war. Seit er ohne ein Wort nach Amerika zurückgekehrt war, hatte sie nichts mehr von ihm gehört, und jetzt beschwerte er sich, weil sie ihn mit Sir ansprach. Wie sollte sie sich ihm gegenüber denn verhalten? In einem Moment wollte er ihr Freund sein, und im nächsten starrte er sie an, als wäre sie ein Feind.

* * *

Ben ging drei Blocks weit, danach hatte er sich so weit beruhigt, um wieder klar denken zu können. Er war ein verdammter Idiot gewesen, seine Gefühle angesichts Sallys Schönheit und Haltung in ungerechtfertigte Wut münden zu lassen. Er konnte noch nicht einmal sagen, warum er die Beherrschung verloren hatte – außer vielleicht der Tatsache wegen, dass er Sally in der Nacht zuvor in den Armen eines anderen Mannes gesehen hatte, dem er am liebsten das Genick gebrochen hätte. Und sie hatte er schütteln wollen, um sie zur Vernunft zu bringen. Er tastete nach dem Gegenstand in seiner Tasche, und sein Gesicht verfinsterte sich noch mehr. Er war durch die Hölle gegangen und hatte es kaum erwarten können, Sally mit seiner Ankunft zu überraschen, als er in das Land zurückgekehrt war, das er jetzt schon als sein Zuhause ansah. Aber dann war er so dumm gewesen, vor ihrer Wohnung zu warten, bis sie heimkam, weil er erfahren hatte, dass sie mit einem Freund unterwegs war … und als er gesehen hatte, wie sie diesen verdammten Kerl küsste, hatte ihn ein unbändiger Zorn erfasst.

Vielleicht war es ja seine eigene Schuld, dass er Sally verloren hatte. Er hätte ihr sagen müssen, wie bezaubernd er sie fand, dass er im Begriff war, sich in sie zu verlieben … Aber wie hätte er das tun sollen. Ben war nicht frei gewesen, die Dinge zu sagen, die er gerne gesagt hätte, und Sally hatte deutlich gemacht, dass sie die Art von Mädchen war, das entweder heiraten oder gar keine Verbindung wollte. War es das, was ihr Begleiter ihr angeboten hatte? Sie hatte gelächelt, als der Mann sie im Auto küsste, und glücklich ausgesehen, als sie im Regen über die Straße lief – aber Ben war fast das Herz stehengeblieben, weil der Anblick ihn an ein anderes Mädchen, eine andere Zeit und einen tragischen Ausgang erinnerte.

Gestern Abend war er zu nervös und enttäuscht gewesen, um Sally anzusprechen, und heute Morgen hatte er sich kühl und unaufgeregt geben wollen, aber das hatte sich in ihrer Gegenwart als unmöglich erwiesen.

Er hatte all seine Chancen vertan, mit ihr darüber zu sprechen. Und jetzt würde er damit klarkommen müssen, sie Tag für Tag zu sehen, denn sie war verdammt gut in ihrem Job, und er wollte sie auf keinen Fall verlieren. Sally hatte ihre Wahl getroffen, und er wäre ein Narr, sich davon verrückt machen zu lassen. Stattdessen sollte er ihr dankbar sein für alles, was sie für die Firma getan hatte. Nicht Sally war im Unrecht, sondern er. Er hätte Kontakt zu ihr halten, ihr hin und wieder ein Telegramm schicken oder ihr schreiben sollen, anstatt sie im Ungewissen zu lassen. Er war der Dummkopf, Sally hatte nichts verkehrt gemacht – und trotzdem machte es ihn wütend, sie mit einem anderen Mann zu sehen.

Wenn sie es zuließ, dass dieser Kerl sie küsste, was mochte sie ihm sonst noch alles erlaubt haben? Ben hatte erwartet, heute Morgen einen Verlobungsring an ihrer Hand zu sehen, und es ärgerte ihn, dass sie keinen trug. Er erinnerte sich daran, wie reserviert sie damals auf seinen Vorschlag reagiert hatte, einen Teil ihrer Miete zu bezahlen – war das nur eine Zurschaustellung von Tugendhaftigkeit gewesen, weil sie auf einen Heiratsantrag aus gewesen war? Weil sie ihn für eine gute Partie und genau den richtigen Heiratskandidaten hielt? Aber vielleicht war der Mann, den er mit ihr gesehen hatte, ja tatsächlich nur ein Freund, und er schätzte sie falsch ein – aber wenn das so war, warum hatte sie sich dann von dem Kerl küssen lassen und so glücklich dabei ausgesehen?

Vielleicht bist du ja nur eifersüchtig, dachte Ben. Er wusste, dass er dazu neigte, und er war nicht stolz darauf, und dennoch konnte er den Neid, der an ihm fraß, nicht stoppen. In seinem Kopf gehörte Sally ihm. Er hatte gedacht, genau wie er müsste auch sie dieses unsichtbare Band zwischen ihnen vom ersten Moment an gespürt haben – aber falls sie sich jemand anderem hingegeben hatte ... Übelkeit stieg in ihm auf, und am liebsten hätte er den Mann, der sie missbraucht hatte, in Stücke gerissen. Sie hätte warten sollen – sie musste doch gewusst haben, dass er zurückkommen würde, sobald es ihm möglich war.

Nein, verdammt! Wie sollte sie das gewusst haben, wo er doch niemals auch nur die kleinste Andeutung gemacht oder ihr zu verstehen gegeben hatte, dass er sie mehr bewunderte als alle anderen Frauen, die er je kennengelernt hatte? All das hatte er für sich behalten, obwohl es manchmal schwer gewesen war. Aber er hatte kein Recht dazu, diese Gefühle zu hegen – und wenn er sie geküsst hätte, wären sie wahrscheinlich auch im Bett gelandet, und das hätte ihr Leben zerstört. Also war er auf Distanz geblieben. Selber schuld! Er hätte sie für sich gewinnen sollen, als er noch die Chance dazu gehabt hatte …

Ben wusste nicht, ob er sich mehr über Sally ärgern sollte, weil sie nicht geduldig genug gewesen war, oder über sich selbst, weil er ihr nicht die Wahrheit gesagt hatte. Aber er war nicht frei gewesen, und seine bittere Verzweiflung hatte ihn zurückgehalten, ihr seine Geheimnisse zu offenbaren. Sally hatte keine Ahnung, was er für sie empfand. Er hätte ihr von Maribel erzählen sollen … aber das war zu schmerzlich, und er fühlte sich zu schuldig, um über das zu sprechen, was er getan hatte – über die Tragödie, die sein Leben und auch das von Maribel zerstört hatte.

Seine junge Frau war hübsch, lebensfroh und überglücklich gewesen, einen Mann zu heiraten, der sie aus ihren ärmlichen Verhältnissen befreien konnte. Doch Bens Vater hatte ihn verstoßen, weil er sich für die Tochter eines Hinterwäldlers entschieden hatte, wie sein Vater sie verächtlich nannte. Und so hatte Ben ihr längst nicht mehr alles geben können, was sie sich gewünscht hatte.

Ben spürte die Feuchtigkeit auf seinen Wangen und wischte sie verärgert weg. Er hatte keine Tränen mehr, sie waren schon vor langer Zeit vergossen worden, als er Maribel in jenem Krankenhaus zurückgelassen hatte, wohl wissend, dass sie nie wieder laufen, lachen oder lieben, sondern nur noch stumpfsinnig dort liegen und ihn anklagend anstarren konnte, wenn er sie besuchte. Sie war noch immer irgendwo anwesend in diesem nutzlosen, entstellten Stück Fleisch. Ben wusste, dass sie noch da war und ihm die Schuld an der Verschwendung ihres jungen Lebens gab. Und auch Ben wusste, dass es seine Schuld war und dass er ihr deswegen beistehen und dafür bezahlen musste, dass sie gewaschen, gefüttert und am Leben erhalten wurde, so trostlos ihr Dasein auch war. Und er musste mit dem Wissen leben, dass Maribel und alles, was sie einmal gewesen war, nur noch dort lag, um auf den Tod zu warten.

Ben hatte sich eine sehr lange Zeit dafür gehasst. Er hatte nach Maribel mit anderen Frauen das Bett geteilt, aber nur, weil er körperliche Erleichterung gesucht hatte. Er hatte die Frauen, mit denen er schlief, mit Sorgfalt ausgewählt, und nichts von ihnen verlangt, was sie nicht zu geben oder zu verkaufen bereit waren. Er hatte ihnen weder Liebe geschenkt noch von ihnen verlangt, und er wusste, dass man ihn deshalb für einen Schuft hielt. Onkel Gerald hatte es jedenfalls sehr missfallen, und eben das war der Grund dafür, dass er ihm nicht die volle Aufsicht über Harpers übertragen hatte.

»Ich mag dich, Ben«, hatte er einmal zu ihm gesagt, »aber du bist ein herzloser Schuft, und ich bin mir nicht sicher, ob ich mich darauf verlassen kann, dass du dich um mein Baby kümmerst.«

Die Kaufhäuser waren wie Kinder für seinen Onkel, und Ben hatte gelacht und versprochen, dass er das neue Geschäft in London wie ein Liebender behandeln würde.

»Das ist ja gerade das Problem«, hatte sein Onkel gesagt. »Ich weiß nicht, ob du überhaupt lieben kannst!«

Aber das konnte Ben sehr wohl. Er hatte das süße, schüchterne, aber auch verwöhnte Mädchen geliebt, das Maribel gewesen war. Doch sie waren beide auch sehr eigensinnig, sie hatten sich gestritten, und sie hatte einen Wutanfall bekommen. Wegen einer lächerlichen Bagatelle war sie wütend davongerannt und im dichten Regen direkt vor einen Lkw gelaufen, der sie überfahren hatte …

Ben hatte nie jemandem die Wahrheit über das junge Mädchen erzählt, das er geheiratet hatte. Nicht einmal seiner geliebten Schwester. Es tat zu weh, und er wurde zu sehr von Gewissensbissen und Reue gequält, um sich zu erlauben, von irgendjemandem Verständnis oder Mitgefühl zu erwarten. Er nahm sich vom Leben, was er brauchte, besuchte die leere Hülle seiner Frau und erzählte niemandem etwas und bat auch um niemandes Hilfe. Die Kosten für das Krankenhaus verschlangen jeden Dollar seines Vermögens, das er jahrelang angespart hatte. Alle glaubten, er wäre entweder ein Narr oder ein Spieler, da er kein Geld für neue Autos oder neue Häuser erübrigen konnte, und erst als er für seinen Onkel zu arbeiten begann, gelang es ihm wieder, ein wenig Geld zu sparen und an die Zukunft zu denken.

Außer körperlicher Erleichterung hatte er jahrelang nichts mehr bei einer Frau empfunden – und dann lächelte ihn eine junge Engländerin an, als sie zusammen ein Schaufenster betrachteten, und zum ersten Mal bekam das Eis in seinem Herzen Risse. Es taute jedes Mal ein bisschen mehr auf, wenn er das Mädchen sah, und ein schmerzliches Verlangen ergriff Besitz von ihm, aber Sally Ross wollte heiraten, und Ben Harper war bereits mit einer jungen Frau verheiratet, mit der er im Alter von neunzehn Jahren durchgebrannt war.

Wie hatte er nur so dumm sein können, Sally nichts davon zu sagen! Vielleicht hätte sie ihn verstanden, wenn er ihr seine Geschichte erzählt hätte. Aber so war es nun zu spät, und obwohl Ben endlich frei war, hatte das jetzt keinerlei Bedeutung mehr. Die einzige Frau, die er begehrte, hatte er in den Armen eines anderen Mannes gesehen … aber dafür konnte er nur sich selbst die Schuld geben, und er würde irgendwie damit leben müssen.

Kapitel 14

Rachel verkaufte ihrem Kunden einen silbernen Armreif und einen der schweren mit Granaten und Perlen besetzten Goldringe. Der Mann war nun schon zum dritten Mal in den letzten vierzehn Tagen gekommen, um sich umzusehen, und hatte auch tatsächlich jedes Mal etwas gekauft.

»Da wird sich aber jemand freuen«, bemerkte Rachel, während sie die Schmuckstücke in eine der schwarz-goldenen Schachteln verpackte und mit einer Schleife versah. »Sind sie alle für dieselbe Dame?«

Er lächelte und schüttelte den Kopf. »Letzte Woche habe ich ein Geschenk für meine Schwägerin gekauft, dann eine besonders schöne Tasche für meine Tante in Hampstead und in der Woche zuvor eine silberne Brosche für meine Schwester – und der Armreif und der Ring hier sind für meine Nichten.«

»Na, da haben Sie ja wirklich viele Damen zu beschenken«, sagte Rachel und überreichte ihm die kleine Einkaufstasche.

»Das einzige Problem ist, dass ich jetzt keine weiblichen Verwandten mehr habe, für die ich noch Geschenke kaufen könnte«, sagte er mit zerknirschter Miene. »Ich weiß also nicht, unter welchem Vorwand ich jetzt noch herkommen könnte.«

Rachel verspürte ein leises Kribbeln im Nacken und sah ihn an. Was sie in seinem Gesicht erblickte, überraschte sie, weil es etwas Unmissverständliches war. Es war zwar nicht etwa so, dass sie noch nie Bewunderung in den Augen eines Mannes gesehen hatte, aber das war Jahre her … oder sie hatte einfach nur aufgehört, darauf zu achten.

»Ich bin mir nicht ganz sicher, was Sie meinen, Sir«, erwiderte sie ein bisschen nervös.

»Ich weiß, dass Ihr Name Rachel Craven ist«, entgegnete er, »und eine der Verkäuferinnen hat Sie mit Mrs. Craven angesprochen, aber ich sehe keinen Ehering an Ihrer Hand.«

Rachel verschlug es den Atem, aber es gelang ihr dennoch, ruhig zu antworten: »Ich bin verwitwet, Sir. Mein Mann ist vor fast drei Jahre verstorben.«

»Mein herzlichstes Beileid, Mrs. Craven. Ich weiß, wie schwer das sein kann, da auch meine Frau vor fünf Jahren verstorben ist. Zum Glück habe ich sehr nette Verwandte, die alle sehr bemüht sind, sich um mich zu kümmern. Meine Schwägerin zum Beispiel stellt mich immer wieder jungen Damen vor – obwohl ich mir meine Freundinnen wirklich lieber selbst aussuchen würde.« Er zögerte einen Moment und sagte dann sehr förmlich: »Würden Sie mir gestatten, Mrs. Craven, Sie am kommenden Sonntag an einen netten Ort zum Mittagessen auszuführen? Ich versichere Ihnen auch, dass ich harmlos, zahlungsfähig, reinlich und nicht vorbestraft bin.«

Rachel konnte sich das Lachen, das in ihr aufstieg, nicht verkneifen. Sie hatte jedes Mal mit ihm geplaudert, wenn er kam, um ein Geschenk zu kaufen, und dabei gemerkt, dass sie ihn sympathisch fand, doch da sie keine gemeinsamen Bekannten hatten, gab es auch keine formellere Möglichkeit, miteinander bekanntgemacht zu werden.

»Würde es Ihnen etwas ausmachen, mir Ihren Namen zu nennen?«

»Aber ja, natürlich, den kennen Sie ja noch nicht!« Er lachte und schüttelte den Kopf. »Ich bin William Bailey und arbeite als Rechtsanwalt – der eine Freundin und vielleicht sogar eine Ehefrau sucht.«

»Na, das war aber weitaus mehr Information, als ich haben wollte!« Rachel hätte lauthals loslachen können, gab sich aber Mühe, es zu unterdrücken. »Und wo sollen wir uns treffen?«

»Sie meinen, Sie werden meine Einladung annehmen?« Er strahlte über das ganze Gesicht, und Rachel war froh, dass sie ihrem Instinkt vertraut hatte. »Ich kenne ein sehr schönes Restaurant in der Nähe des Parks, das sich Cherry Pie nennt.«

»Ja, das kenne ich«, sagte Rachel. »Ich war neulich mit ein paar Freundinnen zum Mittagessen dort. Sollen wir uns dann um viertel vor eins dort treffen?« Sie war erleichtert, dass er ein Lokal gewählt hatte, das sie kannte, weil es sehr nett, aber nicht so vornehm war, dass sie sich dort unwohl fühlen würde.

»Ja – und vielen Dank, dass Sie meine Einladung angenommen haben.« Er tippte sich grüßend an den Hut. »Ich freue mich sehr darüber und fühle mich geehrt. Ihnen einen wunderschönen Tag noch, Rachel Craven. Ich freue mich derweil auf Sonntag.«

Rachel sah ihm nach, als er die Abteilung verließ, und spürte dann ganz plötzlich, wie ihr die Schamesröte ins Gesicht stieg. Was um Himmels willen hatte sie sich dabei gedacht, die Einladung eines Mannes anzunehmen, von dem sie so gut wie gar nichts wusste? Es war dumm und frivol von ihr, und natürlich würde sie nicht hingehen ... denn das war ja schließlich auch kaum möglich, oder? Dieser Mann könnte weiß Gott wer sein – ein Krimineller oder sogar ein Mörder ... Aber dieser Gedanke war eigentlich sogar noch dümmer. Sie hatte noch nie jemanden gesehen, der weniger wie ein Krimineller wirkte, und ihre Bedenken waren nichts als eine Reaktion darauf, nach so langer Zeit von einem Mann umworben zu werden.

Andererseits hatte sie beschlossen, die Vergangenheit hinter sich zu lassen. Der Schatten der Krankheit ihres Mannes hatte sie lange Zeit verfolgt, doch nun war sie bereit, dies alles hinter sich zu lassen und ein neues Glück zu finden. Es war ihr ein bisschen unangenehm, sich von einem Fremden einladen zu lassen, aber heutzutage begegnete sie nur noch selten einem Gentleman, und Mr. Bailey war ein solcher. Er war dreimal in ihrer Abteilung gewesen, um sie um eine Verabredung zu bitten, und sie war nun froh, dass sie zugestimmt hatte, auch wenn es gegen alles verstieß, was man sie als junge Frau gelehrt hatte, zu einer Zeit, da es noch undenkbar gewesen wäre, mit einem Mann zu sprechen, der ihr nicht vorgestellt worden war, wie es sich gehörte.

Ein Lächeln umspielte ihre Lippen. Ein sonntägliches Mittagessen war wohl kaum etwas Dekadentes, und sie konnte sich danach immer noch bei ihm bedanken und gehen. Aber während ihr Geist noch mit besorgten Gedanken rang, war ihr doch auch bewusst, dass sie sich auf die Verabredung freute. Es war so lange her, dass ein Gentleman sie zum Essen ausgeführt hatte.

Die Grübeleien über ihren hartnäckigen Kavalier verflüchtigten sich jedoch jäh, als sie ihren Arbeitgeber in Begleitung von Mr. Stockbridge und Mr. Marco in ihre Abteilung kommen sah. Mr. Harper kam zu ihr, lächelte sie an und reichte ihr die Hand.

»Guten Morgen, Mrs. Craven«, sagte er. »Ihre Abteilung sieht strahlend schön und vielversprechend aus. Außerdem scheint sie gewachsen zu sein, seit ich das letzte Mal hier war, nicht?«

»Ja, Mr. Harper«, stimmte Rachel lächelnd zu. »Miss Ross war mit den Schmuckverkäufen so zufrieden, dass sie noch mehr Vitrinen aufstellen ließ und wir jetzt doppelt so viel Ware haben wie letztes Jahr bei der Eröffnung.«

»Das ist großartig«, erwiderte er mit einem Nicken. »Und der Rest Ihrer Abteilung?«

»Die Hüte verkaufen sich immer gut«, informierte Rachel ihn. »Die Handschuhe sind etwas saisonabhängiger, während die Schals eigentlich zu jeder Zeit als Geschenke gefragt sind.«

»Ich bin mit Ihren Verkäufen mehr als zufrieden, Mrs. Craven. Deshalb möchte ich Ihnen und Ihren Mitarbeiterinnen für Ihre Bemühungen danken und Ihnen allen versichern, dass Ihre Loyalität bei der Betreuung meines Geschäfts mit einer zehnprozentigen Gehaltserhöhung belohnt werden wird – und mit einem Bonus von zehn Schilling diese Woche …«

»Ich bin sicher, dass sich alle sehr darüber freuen werden«, sagte Rachel. Nach kurzem Zögern fragte sie: »Sind Sie jetzt für längere Zeit wieder in London, Sir?«

»Ich habe sogar vor, mich hier niederzulassen, weil das Harpers mir sehr wichtig ist. Ich möchte, dass es ein dauerhafter Erfolg wird«, antwortete er, wobei ein kleiner Nerv an seiner Schläfe zuckte. »Ich werde mich nach einem neuen Wohnsitz umsehen, nachdem ich ihn in New York aufgegeben habe.«

»Ah, unsere schöne Mrs. Craven«, sagte Mr. Marco, der auf sie zukam, nachdem er einen Moment mit Beth geplaudert hatte. »Ich hoffe, Sie erlauben mir, einige Ihrer besten Stücke für meine Schaufensterdekoration zu verwenden. Ich möchte Aladins Höhle nachbilden, mit Schmuckstücken und farbenfrohen Tüchern, aber auch mit Silber aus dem Erdgeschoss … die Idee ist mir letzte Nacht in einem Traum gekommen. Sie werden es mir doch erlauben, nicht?« Seine Augen funkelten, als er sie anblickte. »Und dieses Geheimnis unter allen Umständen für sich behalten?«

»Selbstverständlich, Mr. Marco, solange Sie mir versprechen, alles in tadellosem Zustand zurückzubringen. Ich will weder Risse in den Seidentüchern noch andere Schäden sehen.«

»Oh, seien Sie nicht so streng mit mir, schöne Frau«, sagte er lachend. »Ich versichere Ihnen, dass nicht ich das letzte Mal die grüne Seide beschädigt habe, sondern ein törichtes junges Mädchen, das man mir zur Unterstützung schickte.«

Rachel nickte. »Das war Miss Brown, glaube ich. Aber

trotzdem erwarte ich, dass Sie für alles eine Quittung unterschreiben.«

»Für Sie würde ich sogar mit Blut unterschreiben«, sagte er, und aus seinem Lächeln sprach der reinste Schalk.

Rachel schüttelte den Kopf, als die drei Männer die Abteilung verließen. Mr. Marco flirtete immer mit ihr, aber sie wusste, dass es nur sein Sinn für Humor und angeborener Charme war. Sie hatte ihn in dem Restaurant, das sie am liebsten mochte, mit einem Mann gesehen, der einige Jahre jünger war als er, und so, wie sie sich angesehen hatten, vermutete Rachel, dass sie mehr als Freunde waren. Sie war darüber nicht schockiert, wie manche Damen es vielleicht wären, weil derartige Liaisons in der guten Gesellschaft nicht akzeptiert wurden, aber ihrer Meinung nach ging sein Privatleben nur ihn etwas an.

Ihre Gedanken kehrten zu dem Herrn zurück, mit dem sie sich zum Mittagessen verabredet hatte. War sie völlig verrückt gewesen? Vielleicht sollte sie doch besser absagen – nur hatte sie natürlich keine Ahnung, wo sie ihn erreichen konnte, und es wäre auch äußerst unhöflich, ihn vor dem Restaurant stehen zu lassen.

* * *

»Was wirst du anziehen?«, fragte Sally abends, als Rachel den anderen erzählte, was geschehen war. Sie hatten sie einen Moment lang ungläubig angeschaut, aber dann hatte Beth gelächelt, Maggie hatte sie umarmt und Sally versprach, sich um die richtige Kleidung für sie zu kümmern. »Wenn das Wetter schön ist, solltest du deinen blauen Anzug tragen«, sagte sie. »Deine marineblauen Schuhe sind schick, und ich habe einen süßen kleinen Hut, den ich dir leihen kann, Rachel. Ich habe ihn diese Woche gekauft und noch nicht getragen, aber ich weiß, dass er dir stehen wird!«

»Das ist wirklich außerordentlich großzügig von dir, Sally, aber ich habe bestimmt auch selbst etwas, das ich tragen kann.«

»Nichts so Hübsches wie meinen Hut«, entgegnete Sally, tänzelte um sie herum und zupfte an ihrem Haar. »Ich freue mich ja so für dich, liebste Rachel. Wir alle lieben dich, und ich weiß, wie einsam du warst, bevor wir alle zusammengezogen sind.«

»Es ist doch nur ein Mittagessen!«, protestierte Rachel.

»Und immerhin schon mal ein Anfang – ein neuer Anfang für dich«, sagte Sally. »Wenn er nett ist – und ich denke, dass er das wohl sein muss –, dann wirst du einen Freund und vielleicht sogar noch mehr haben.«

»Es ist auf jeden Fall romantisch«, sagte Maggie mit wehmütiger Miene. »Ralf hat nämlich genau das Gleiche getan. Er kam auch immer wieder an meine Theke, bis er endlich den Mut aufbrachte, mich um eine Verabredung zu bitten.«

»Ja, daran erinnere ich mich noch.« Rachel sah sie mitfühlend an. »Fehlt er dir, Maggie?«

»Manchmal – er kam eines Sonntags in den Park, wo ich mit Freunden war, und setzte sich ein Weilchen zu uns, aber das war nicht dasselbe. Ich kann ihn wiedersehen, wenn ich will …« Maggie schüttelte den Kopf. »Aber ich weiß nicht, ob ich ihm verzeihen will.«

»Na ja, das hier ist nur ein gemeinsames Mittagessen von zwei Menschen, die sich mögen und einen Freund brauchen«, sagte Rachel. »Ich glaube, er hat einfach genug von den Versuchen seiner Familie, eine neue Frau für ihn zu finden.«

»Oder er hat sich am Schmuckstand in dich verliebt«, fügte Beth hinzu. »Manchmal passiert das einfach so, Rachel. Jack sagt, er hätte mich vom ersten Moment an geliebt, als er mich sah. Ich weiß nicht, ob das stimmt, aber es war auf jeden Fall kurz danach, das steht fest.« Sie lächelte fröhlich. »Ich freue mich wirklich sehr für dich, Rachel.« Dann nickte sie. »Ich habe übrigens eine hübsche Seidenbluse, die du dir ausleihen kannst, wenn du willst, meine Tante hat sie noch für mich genäht.«

»Das ist lieb von dir«, sagte Rachel. »Wie geht es Helen eigentlich?« Sie wusste, dass Beth ihre Tante nicht oft sah, und musste plötzlich daran denken, dass auch sie ihre alten Freundinnen, die beiden unverheirateten Schneiderinnen Mildred und Minnie, in letzter Zeit vernachlässigte. Sie nahm sich vor, sie bald wieder einmal zu besuchen.

»Ach, nicht allzu schlecht«, antwortete Beth. »Ich werde sie bald wieder besuchen.« Für einen Moment sah sie traurig und nervös aus, und Rachel erinnerte sich daran, dass sie einmal gesagt hatte, ihre Tante sei in ihrer Ehe nicht so glücklich, wie sie es erhofft hatte.

»Lass uns jetzt nicht darüber nachdenken, sondern uns auf dich konzentrieren, Rachel. Auf all die hübschen Sachen, die du zu deiner Verabredung zum Mittagessen anziehen wirst.«

»Ihr denkt doch hoffentlich nicht, dass es vulgär oder billig von mir war, eine Einladung von einem Fremden anzunehmen?«

»Aber natürlich nicht!«, sagte Sally. »Wir sind schließlich alle Fremde, bis wir uns begegnen, nicht?«

»Das nehme ich an«, sagte Rachel lachend.

***

Rachel schaute sich in dem Restaurant um. Es war nicht das erste Mal, dass sie dort zum Essen war, aber die ruhige Atmosphäre von Eleganz und Qualität bezauberte sie jedes Mal, wenn sie mit Freunden dorthin kam. Jetzt, als sie hier mit William saß, schien es ihr noch besonderer zu sein, und sie war plötzlich froh, dass sie sich von Sally hatte überreden lassen, sich für das Essen schick zu kleiden.

»Was möchten Sie?«, fragte William mit einem Blick auf die recht umfangreiche Speisekarte. »Oder wäre es Ihnen lieber, wenn ich etwas für Sie bestelle?«

»Ich hätte gern die Melonen-Vorspeise«, antwortete Rachel. »Und dann Fisch bitte – gebratene Seezunge, falls sie welche haben, mit Bratkartoffeln und Erbsen.«

»Klingt köstlich«, stimmte William ihr zu. »Ich denke, ich nehme das Gleiche – und dann könnte ich noch etwas von dieser köstlichen Torte essen, die ich auf dem Dessertwagen sehe.« Er klopfte sich schmunzelnd auf den Bauch. »Ich versuche zwar, auf mein Gewicht zu achten, aber ausnahmsweise …«

»Ich glaube kaum, dass Sie Diät halten müssen«, sagte Rachel mit einem Blick auf seine schlanke Gestalt. »Sie scheinen zu den Glücklichen zu gehören, was das betrifft.«

»Meine Tante glaubt, ich ernähre mich nicht richtig«, sagte er mit einem verschmitzten Lächeln. »Sie sagt, ich bräuchte eine Ehefrau, die mich wieder aufpäppelt – glauben Sie das auch, Rachel?«

Rachel lächelte. Er zog sie auf, und sie genoss es. Sie hatte in ihrem Leben wenig zu lachen gehabt, bevor sie bei Harpers zu arbeiten begonnen hatte. Von einem Mann geneckt zu werden war etwas, was sie für immer verloren geglaubt hatte.

»Vielleicht«, antwortete sie. »Aber ich sollte Sie warnen, denn ich bin keine besonders gute Köchin.«

»Und ich esse gerne Hausmannskost«, sagte er. »Außerdem ist es schön, mal auszugehen und die Arbeit anderen zu überlassen, nicht?«

»Oh ja«, stimmte sie zu, »das ist es. Und ich freue mich schon auf mein heutiges Mittagessen.«

William lachte und winkte dem Kellner. Rachel nippte an dem Wein, den er mitbrachte, und sah sich um. Das Leben war plötzlich so viel strahlender geworden.

Kapitel 15

Sally lag im Bett und dachte darüber nach, wie der Tag verlaufen war. Er hatte nicht sonderlich gut begonnen, Ben Harpers Verhalten war wirklich zu sonderbar gewesen – doch abgesehen davon war ihr Tag gar nicht so schlecht gewesen. Mehrere Verkäuferinnen hatten ihr gesagt, wie sehr sie die neuen Waren begeisterten – und später waren es Rachels Neuigkeiten gewesen, die sie alle sehr erfreut hatten. Sally war froh darüber, dass ihre Freundin die Gelegenheit gehabt hatte, mit einem offenbar sehr gut erzogenen Herrn auszugehen. Vielleicht ging sie ein Risiko ein, weil sie ihn noch nicht richtig kannte, und manche Leute würden sogar sagen, dass ihr Verhalten kein sehr damenhaftes war, und auch Sally wusste nur zu gut, wie leicht es war, Menschen beim ersten Kennenlernen falsch zu beurteilen. Wie zum Beispiel Mick.

Mick, der ihr anfangs wie ein impertinenter Barmann erschienen war, der nicht viel hatte, was für ihn sprach, hatte sich dann als guter Freund erwiesen. Ben Harper dagegen war ihr vom ersten Moment an sympathisch gewesen, und jetzt wusste sie nicht mehr, was sie von ihm halten sollte. Vielleicht war sie ja eine schlechte Menschenkennerin, aber sie hoffte jedenfalls sehr, dass Rachel nicht das Herz gebrochen wurde, wenn sich zwischen ihr und ihrem neuen Freund etwas Ernsteres anbahnte.

Sally kehrte Rachels Bett den Rücken zu, vergrub ihr Gesicht im Kissen und ließ die Tränen lautlos in die weichen Federn fließen. Dieser verdammte Ben Harper und seine Launen!

Sie würde ihn aus ihren Gedanken verbannen und sich auf ihre Arbeit konzentrieren, und wenn sie nicht mehr im selben Büro mit ihm arbeiten konnte, würde sie Mick bitten, ihr eine andere Beschäftigung zu suchen.

***

Am nächsten Morgen saß Ben an seinem Schreibtisch, als Sally das Büro betrat. Er las gerade die Berichte, die sie für ihn zurechtgelegt hatte. Er schaute zu ihr auf, zögerte und schenkte ihr dann ein entschuldigendes Lächeln. »Es tut mir leid, wenn ich gestern ein bisschen schroff zu Ihnen war«, sagte er. »Ich werde mir Mühe geben, dass so etwas nicht mehr vorkommt – Sie haben es schließlich ganz sicher nicht verdient. Ich habe Ihre Verkaufsberichte gelesen, und sie sind sogar noch besser, als ich erwartet hatte.«

Sally nickte und akzeptierte, dass dies vermutlich die einzige Entschuldigung war, die sie von ihm bekommen würde. Ihr war klar, dass sie sich, wenn sie weiter für ihn arbeiten wollte, damit abfinden musste, dass er ihr Chef war und nicht mehr. Es tat weh, aber es wäre sehr unklug von ihr, eine Stelle aufzugeben, die ihr solche Freude bereitete, nur weil sie dumm genug gewesen war, Gefühle für Ben Harper zu entwickeln.

Sally saß an ihrem Schreibtisch, nahm eine Liste mit Terminen zur Hand und sah sie durch. Da sie an diesem Morgen nichts vorhatte, beschloss sie, einen Rundgang durch die verschiedenen Abteilungen zu machen. So konnte sie am besten feststellen, ob sich die Ware verkaufte oder in den Regalen liegen blieb. Zahlen erzählten nur die halbe Geschichte, da sie einem nicht verrieten, ob ein bestimmtes Kleid schon in der ersten Woche ausverkauft war und ein anderes noch ungeliebt auf seinem Bügel hing.

Und so stand sie auf, griff nach ihrem Stift und Buch und machte sich bereit zu gehen.

»Wohin gehen Sie?«, fragte Ben. »Ich hatte gehofft, einige Dinge mit Ihnen besprechen zu können, Sally.«

»Aber natürlich«, antwortete sie. »Ich wollte nur einen Rundgang durch die verschiedenen Abteilungen machen und den Bestand persönlich überprüfen. Das mache ich gern regelmäßig, damit ich weiß, was sich gut verkauft und nachbestellt werden muss und was noch ein paar Monate hängenbleiben wird. Mr. Stockbridge hört gern meine Ansichten dazu.«

»Das klingt nach einer guten Idee«, stimmte Ben Harper ihr zu und erhob sich ebenfalls. »Sollen wir gehen? Wo möchten Sie beginnen?«

»Da die Kunden das Kaufhaus über das Parterre betreten und sich dort auch zuerst umsehen«, antwortete Sally, »glaube ich, dass die Auslagen dort recht oft gewechselt werden sollten. Manche Waren bleiben immer gleich. Die Leute kommen regelmäßig wegen der gleichen Teekanne, Tasse und Untertasse oder dem gleichen Teller. Unser blau-weißes Sortiment ist sehr beliebt, denn wenn etwas kaputtgeht, haben wir es stets auf Lager und können es jederzeit ersetzen.«

»Ja, das leuchtet mir ein«, sagte Ben und nickte zustimmend. »Ich habe schon bemerkt, dass bei diesen Dingen ein ziemlich regelmäßiger Absatz zu verzeichnen ist. Die silbernen Tee- und Kaffeekannen dagegen verkaufen sich auch gut als Einzelstücke. Ich erinnere mich, dass wir das letztes Jahr bereits besprochen hatten.«

»Ja, und wir hatten beschlossen, ein Sortiment anzubieten, das sich von der Kundschaft mit der Zeit durch Einzelstücke erweitern lässt. Das hat sehr gut funktioniert. Mir wurde berichtet, dass die Kunden immer wieder zurückkommen, um zusätzliche Artikel zu erwerben, und froh sind, dass wir sie auf Lager haben und nicht erst bestellen müssen.«

»Jenni hat auch Glaswaren aus den Staaten kommen lassen, nicht?«

»Ja, das war zu Weihnachten, und sie haben sich gut als Geschenke verkauft«, berichtete Sally. »Ich glaube, das meiste davon verkaufte sich im Dezember – und Jenni meinte, sie würde für das diesjährige Weihnachtsgeschäft etwas Ähnliches besorgen.«

Ben nickte. Es gehörte zum Geschäftsablauf, schon im Frühjahr und Frühsommer mit der Planung für die Weihnachtswaren zu beginnen, um sie zum richtigen Zeitpunkt in den Regalen zu haben. Die Frühjahrsware wurde im Herbst bestellt, die Herbst- und Winterware im Frühjahr oder Sommer. Sally gefiel es, schon im Voraus zu sehen, was in der nächsten Saison auf den Markt kommen würde.

Das Erdgeschoss war ein einziger großer Raum, und obwohl es auch dort mehrere Abteilungen gab, merkte der Kunde nichts davon, weil er bequem von einer Theke und Auslage zur nächsten weitergehen konnte. Der Bereich mit Aktentaschen, Leder- und Kosmetikkoffern lag gleich neben der Eingangstür. Daneben befand sich ein Stand mit Spazierstöcken mit silbernen Griffen sowie Regen- und Sonnenschirmen. Im hinteren Teil des Parterres standen drei Theken mit Glas-, Porzellan- und Silberwaren, an denen jeweils eine Verkäuferin bediente. Auf der einen Seite befand sich noch eine Theke mit Federhaltern, Kugelschreibern und Schreibpapier, einiges davon sogar in Ledermappen. In der Mitte des Raumes stand eine lange Theke mit einer großen Auswahl an Tischlampen. Am anderen Ende lagen die Aufzüge, die die Kunden in die oberen Stockwerke beförderten, und in einer Ecke fand sich noch ein kleiner Stand mit Gesichtscremes, Seifen und Lavendelwasser.

»Verkaufen wir eigentlich viel in der Schreibwarenabteilung?«, fragte Ben, als sie daran vorbeikamen.

»Nicht besonders viel«, antwortete Sally nachdenklich.

»Mr. Benson ist für diese und die Beleuchtungsabteilung zuständig. Ich habe mich schon gefragt, ob wir den Platz nicht für etwas anderes nutzen könnten.«

»Haben Sie an etwas Bestimmtes gedacht?«

»Das habe ich, ja – aber da Jenni nichts mehr in dieser Richtung erwähnt hat, bin ich mir nicht sicher, ob wir eine Parfümerieabteilung eröffnen werden oder nicht. Jenni meinte, wir könnten vielleicht eine kleine Abteilung mit Parfüms und Kosmetika von Elizabeth Arden eröffnen – sofern diese Firma überhaupt schon produziert. Ich glaube, sie befand sich noch in der Entwicklungsphase, als Jenni davon sprach. Aber es gibt ja auch noch die englischen Firmen, die man in Betracht ziehen könnte.«

»Dann werde ich Jenni nach Elizabeth Arden fragen, und Sie informieren sich über die englischen Firmen«, sagte Ben und machte sich eine Notiz in seinem Buch. »Glauben Sie, dass Seifen, Parfüms und andere Dinge besser laufen würden als die Schreibwaren, wenn man sie an einer attraktiveren Stelle platzieren würde?«

»Wir könnten die Fläche aufteilen«, schlug Sally vor. »Weder die Kosmetik noch die Schreibwaren benötigen viel Platz. Ich schlage vor, dass wir Mr. Benson bitten, sich um die Beleuchtung zu kümmern und eine Frau an die Theke zu stellen, die parfümierte Seifen, Eau de Cologne und Lavendelwasser verkauft, was ich alles hier in England einkaufen kann, und dazu noch alles andere, was Jenni in Amerika auftreiben kann.«

Ben schenkte ihr ein etwas seltsames Lächeln. »Würden Sie hier auch gern Make-up verkaufen?«

»Ich weiß, dass einige der älteren Damen das nicht gutheißen würden«, sagte Sally, »aber die jüngeren kaufen billiges Lippenrouge und Puder in Kaufhäusern wie Woolworth – warum sollten sie also nicht auch eine bessere Marke bei uns kaufen? Wir könnten zunächst ein paar hübsche Puderdosen,

Lavendelwasser und parfümierte Seifen anbieten und dann die teureren Gesichtscremes einführen, wenn sich unsere Kundinnen an die Idee gewöhnt haben …«

»Das klingt großartig!«, antwortete Ben und lächelte. »Wir sind ein gutes Team – es war eine sehr gute Idee, unsere Köpfe zusammenzustecken«, fügte er schmunzelnd hinzu. »Wenn ich Platz hätte, würde ich gern auch eine Spielzeugabteilung für die Kinder einrichten.«

Sally nickte, erlaubte sich aber nicht, sein Lächeln zu erwidern. Ben gab hier nur den freundlichen Chef. Sich deswegen wieder Illusionen zu machen, hieße nur, sich selbst erneut Schmerzen zuzufügen. Zum Glück blieb ihr eine Antwort erspart, denn Mr. Marco erschien und bat seinen Chef, sich etwas anzusehen, das er für seine neueste Schaufensterdekoration plante. Sally lächelte im Stillen und ging zurück an ihre Arbeit. Sie war ganz offensichtlich nicht die Einzige, die sich freute, Ben Harper wiederzusehen.

***

Später fragte Ben Harper Sally, ob sie am Abend Zeit habe, mit ihm essen zu gehen, worauf sie erwiderte, dass sie beschäftigt sei. Er runzelte zwar die Stirn über ihre Antwort, erhob aber keinen Anspruch auf ihre Zeit. In Wirklichkeit hatte Sally nichts anderes zu tun, als sich die Haare zu waschen. Dann ging sie früh mit einem Buch ins Bett und versuchte, die Erinnerung an Bens Lächeln aus ihrem Kopf zu vertreiben. Zum Teufel mit dem Mann! Warum musste er sie auch so vorwurfsvoll ansehen, obwohl sie doch wusste, dass sie für ihn nur eine Angestellte war?

Beth hatte mit Fred und seinem jüngeren Sohn Tim zu Abend gegessen. Als sie gegen zehn Uhr abends heimkam, entschuldigte sie sich bei Sally, weil sie sie wachgehalten hatte.

»Ich war sowieso noch wach«, sagte Sally. »Hattest du einen schönen Abend?«

»Ja und nein«, sagte Beth und verzog das Gesicht. »Mit Fred verstehe ich mich gut – aber der arme Tim ist ein bisschen deprimiert, weil er sich von seiner Freundin getrennt hat. Auch wenn das nicht die schlimmste Nachricht ist. Fred meinte sowieso, dass sie nicht gut genug für seinen Sohn wäre – aber jetzt ist Tim entschlossen, zur Luftwaffe zu gehen, was seinen Vater sehr verärgert hat. Er sagt, diese Flugmaschinen, wie er sie nennt, seien zu schwach, um sicher zu sein, und er wünsche sich eine gute, sichere Anstellung für seinen jüngeren Sohn … Jack ist auch schon immer so lange weg, und jetzt wird auch noch Tim sein Zuhause verlassen.«

»Ja, ich kann verstehen, dass Fred das aufregt«, sagte Sally. »Aber junge Männer werden nun mal erwachsen und wollen nicht für immer zu Hause bleiben.«

»Sie haben sich darüber gestritten, und der Haussegen hing heute ganz schön schief«, sagte Beth und seufzte. »Fred meinte, es sei schlimm genug, dass Tim überhaupt fliegen lernen will, weil es ja an sich schon sehr gefährlich ist – aber er glaubt auch, dass wir in Europa schon bald Probleme kriegen werden und dass die Luftwaffe, falls es zu einem Krieg kommen sollte, eine Todesfalle für die jungen Piloten sein wird.«

»Ja, damit könnte er recht haben, glaube ich.« Sally runzelte die Stirn. »Ich habe in letzter Zeit einige Leute über einen möglichen Krieg reden hören, aber ich verstehe nicht, was wir mit diesen Konflikten auf dem Kontinent zu schaffen haben.«

»Ich auch nicht«, stimmte Beth ihr zu. »Ich finde es verrückt, aber Fred, der seine Zeitung jeden Tag von vorn bis hinten liest, sagt, das sei eine Frage von Staatsverträgen. Wir haben uns verpflichtet, bestimmte Länder zu verteidigen, und wenn andere Länder mit ihnen in Konflikt geraten, bedeutet das für uns, dass wir auch kämpfen müssen.«

»Die Politiker, die so etwas unterschreiben, sollten erschossen werden«, sagte Sally und lachte dann. »Hör am besten gar nicht auf mich, Beth. Ich bin ein bisschen schlecht gelaunt.«

Beth setzte sich auf ihre Bettkante. »Ist es wegen Mr. Harper? Hast du dich mit ihm gestritten?«

»Nein, nicht wirklich … oder in gewisser Weise vielleicht doch.« Sally schüttelte den Kopf. »Heute war er netter, aber gestern war er gereizt wie ein Bär mit Kopfweh. Ich dachte schon, er würde mir irgendetwas Schlimmes vorwerfen, aber dann ist er einfach ohne Grund wütend geworden. Heute Morgen hat er sich dafür entschuldigt, aber er scheint mich andauernd zu beobachten, Beth. Ich komme mir vor, als hätte ich etwas falsch gemacht, aber ich weiß absolut nicht, was es sein könnte.«

Beth nickte, und dann fiel ihr etwas ein. »Er ist am Sonntag, als du mit Sylvia unterwegs warst, hier vorbeigekommen. Ich habe nicht selbst mit ihm gesprochen, aber ich glaube, Rachel hat ihm gesagt, dass du mit einer Freundin zum Mittagessen ausgegangen bist. Du hast ihn an diesem Tag also gar nicht mehr gesehen?«

»Nein – und er hat mir gegenüber auch nichts davon erwähnt.« Sally runzelte die Stirn. »Ich wüsste nur zu gern …«

Beth zog fragend eine Augenbraue hoch, aber Sally schüttelte den Kopf.

»Ich glaube, ich werde mir einen Kakao machen«, sagte sie. »Möchtest du auch einen?«

»Ja, sehr gern«, antwortete Beth und gähnte. »Wir hatten heute den ganzen Tag sehr viel zu tun. Ich habe fast alle meine grünen Seidenschals verkauft, Sally. Es scheint im Moment die beliebteste Farbe zu sein.«

»Ich werde sehen, was ich noch für dich finden kann«, versprach Sally und ging in die Küche. Ihre Gedanken drehten sich im Kreis, aber nichts ergab einen Sinn. Warum sollte Ben

Harper sie am Sonntag zu Hause aufsuchen und sich dann am Montagmorgen so danebenbenehmen? Es sei denn …

Sally fiel plötzlich wieder ein, wie jäh das Wetter umgeschlagen war, als sie mit Mick beim Mittagessen gesessen hatte. Er hatte sie nach Hause gebracht, sie geküsst, und sie hatte sich bei ihm für das wunderbare Essen bedankt, bevor sie aus dem Auto gestiegen und zu ihrem Wohnhaus hinübergelaufen war. Der Regen war so stark gewesen, dass sie sich nicht mehr umgedreht hatte. War es möglich, dass Ben in einem Eingang gestanden und auf sie gewartet hatte? War ihm kalt und langweilig geworden, und hatte er dann etwas gesehen, was er für einen intimen Moment zwischen Liebenden gehalten hatte? War das der Grund für seine Wut?

Plötzlich prickelte ihr ganzer Körper. Wenn ihr Kuss Ben dermaßen verärgert hatte, interessierte er sich ja vielleicht doch für sie?

Aber dann schüttelte sie den Kopf, denn sie wusste nicht, ob sie das nur hoffte. Und vielleicht machte sie sich damit erneut zum Narren. Wie sollte sie Ben Harper sagen, dass Mick nur ein Freund war, wenn er sie nicht danach fragte? Sie war in letzter Zeit ein paar Mal mit Mick ausgegangen und wusste, dass er mehr – viel mehr – wollte als nur das. Sally war verwirrt. Hatte sie Mick Anlass zu der Annahme gegeben, dass ihre Beziehung mehr sein könnte, als sie es war? Hätte sie ihn wegstoßen oder ihm eine Ohrfeige geben sollen, als er sie küsste? Nein, denn er war sehr nett zu ihr gewesen und der Kuss war rein freundschaftlich gewesen. Sie hatte ihn nicht ohrfeigen wollen, weil sie ihn wirklich mochte – es war einfach nur so, dass sie für Ben Harper mehr empfand.

Sie war ja so ein Idiot!

Es war ein schreckliches Durcheinander, und Sally hatte keine Ahnung, wie sie sich am besten verhalten sollte. Sie wusste ja nicht einmal, warum Ben Harper bei ihr vorbeigekommen war oder ob er überhaupt gesehen hatte, wie sie mit Mick nach Hause gekommen war. Außerdem hatte er sich monatelang nicht bei ihr gemeldet und konnte sich daher auch nicht beschweren, wenn sie mit anderen Freunden ausging – denn trotz des Kusses war das alles, was Mick für sie war: ein guter Freund.

Nachdem sie eingesehen hatte, dass sie das Rätsel nicht lösen konnte, machte sie zwei Tassen Kakao und nahm sie mit in das Zimmer, das sie sich mit Beth teilte. Ihre Freundin hatte sich bereits umgezogen und war zu Bett gegangen. Sally stellte die Tassen auf den kleinen Nachtschrank zwischen den beiden Betten, legte sich in das ihre und nippte an dem heißen, cremigen Getränk.

»Männer sind eine Plage, nicht wahr?«, sagte sie, und Beth lachte.

»Ja, das können sie sein«, antwortete Beth. »Wenn sie nett sind, würdest du alles für sie tun, und wenn sie es nicht sind …«

»Würde man sie am liebsten mal richtig durchschütteln«, schloss Sally lachend. Sie war inzwischen zu dem Schluss gekommen, dass sie nichts mehr tun konnte. Wenn Ben ihr etwas zu sagen hatte, lag es ganz und gar bei ihm.

* * *

Ben Harper erschien am nächsten Morgen nicht im Büro. Sally bat die Sekretärin, die Notizen, die sie sich am Vortag gemacht hatte, abzutippen und in einer Akte abzuheften, die sie dann für Ben auf seinen Schreibtisch legte. Da sie heute mehrere Termine mit verschiedenen Vertretern hatte und den größten Teil des Tages unterwegs sein würde, sollten ihre Notizen für ihn bereitliegen, wenn er ins Büro kam.

Es war ermüdend, eine Firma nach der anderen auszusuchen, und sie hatte wahrlich genug davon, als sie um halb fünf ins Büro zurückkam. Miss Summers kam dann auch gleich herein und fragte Sally, ob sie Tee und einen kleinen Imbiss dazu haben wolle.

»Oh ja, liebend gern«, sagte Sally. »Ich habe im Taxi zwar eine Hefeschnecke gegessen, aber das war alles, wofür ich heute Zeit hatte.«

»Mr. Harper hat Sie vorhin gesucht«, berichtete Miss Summers. »Er ist zweimal zu mir hereingekommen, um zu fragen, wo Sie waren. Ich habe ihm gesagt, dass Sie Termine hatten. Er hat etwas verärgert dreingeschaut und ist wieder gegangen.«

»Oje!« Sally verzog das Gesicht. Sie hatte nicht daran gedacht, ihm Bescheid zu geben, dass sie den ganzen Tag über Termine hatte, und fragte sich, ob sie bei ihm wieder schlecht angeschrieben sein würde, wenn er zurückkam.

Sie hatte all ihre Notizen des Tages ins Reine geschrieben und wollte gerade Feierabend machen, als Ben Harper das Büro betrat. Wie nicht anders zu erwarten, bedachte er sie mit einem verärgerten Blick.

»Sie sind also endlich wieder da.«

»Ich bin schon seit etwa einer Stunde wieder da und habe meine Notizen für Miss Summers ins Reine geschrieben, damit sie sie für Ihre Akten abtippen kann. Ich habe mir heute zwei Herbst- und Winterkollektionen zeigen lassen und dann ziemlich viel Zeit damit verbracht, mir die Ledertaschen für die Herbstkollektion anzusehen. Das alles braucht Zeit, wenn man es richtig macht. Ich habe nicht irgendwo herumgesessen und Tee getrunken …«

»Und ich habe nicht bezweifelt, dass Sie Ihre Arbeit machen«, erwiderte er und sah sie mit einem seltsamen Blick an. »Ich glaube, wir hatten einen schlechten Start nach meiner Rückkehr. Könnten wir noch einmal von vorn beginnen?«

»Ja, natürlich«, antwortete sie. »Wenn ich Sie irgendwie beleidigt habe, dann sagen Sie es mir bitte, Mr. Harper.«

»Für Sie bin ich Ben, und das wissen Sie«, sagte er. »Ich bin so unleidlich gewesen wie ein Bär mit Kopfweh, und das tut mir leid, Sally. Ich weiß, dass Sie hier verdammt gute Arbeit geleistet haben, und bin Ihnen dafür dankbar.«

»Und ich bin froh, dass Sie mit meiner Arbeit zufrieden sind«, antwortete sie und seufzte dann ein wenig. »Ich will keinen Streit mit Ihnen … Ben. Ich wünschte nur, ich wüsste, was ich falsch gemacht habe.«

»Sie haben gar nichts falsch gemacht«, gab er mit einem schiefen Lächeln zu. »Der Narr bin ich – und deswegen entschuldige ich mich. Ich möchte, dass wir wieder Freunde werden, Sally.«

»Einverstanden«, sagte sie. »Wir sind Freunde und Kollegen. Ich habe mir notiert, was ich für den Herbst gekauft habe und was ich gesehen und nicht bestellt habe. Sie können sich meine Aufzeichnungen gleich ansehen, falls Sie meine Schrift lesen können, oder warten, bis Miss Summers sie für Sie abtippt …«

»Warum lassen Sie sich nicht von mir zum Abendessen einladen und erzählen es mir dann?«

Sally zögerte, aber dann schüttelte sie den Kopf. »Ich denke, wir sollten unsere Freundschaft auf die Arbeitszeiten beschränken, Ben. Ich trinke gern eine Tasse Kaffee mit Ihnen, wenn Sie wollen, aber ich werde nicht mit Ihnen essen gehen.«

»Wie Sie wollen.« Er entfernte sich einen Schritt von ihr, und sein Stirnrunzeln war wieder da. »Ich werde Ihre Zeit nicht länger in Anspruch nehmen, Sally. Sie haben einen anstrengenden Tag gehabt – gehen Sie also ruhig nach Hause oder wohin auch immer sonst Sie gehen wollen.«

»Ich werde zum Essen nach Hause gehen und den Abend mit meinen Freundinnen Beth und Rachel verbringen«, sagte Sally. »Sie sehen also, dass es mir nicht an Gesellschaft mangelt … Gute Nacht, Mr. Harper.«

Sie ging hinaus, bevor er sich eine Antwort überlegen konnte. Auch wenn sie am liebsten wieder zurückgegangen wäre, um ihm zu sagen, dass sie liebend gern mit ihm zu Abend essen würde, aber so konnte es nicht weitergehen. Er hatte Momente, in denen er sehr zugänglich zu sein schien, doch im nächsten Augenblick schon konnte er wieder schroff und wütend sein. Er sollte sich endlich entscheiden, wie er ihre Beziehung gestalten wollte, und sich daran halten …

Es bedurfte ihrer ganzen Willenskraft, einfach zu gehen, aber sie wollte nicht riskieren, dass er ihr erneut das Herz brach.

Kapitel 16

Am Sonntagnachmittag ging Maggie mit Beth, Jack und Fred in den Park. Sie und Beth hatten Sandwiches und süße Brötchen für ein kleines Picknick vorbereitet, das sie sich schmecken ließen, bevor sie sich das Konzert anhörten. Später, nachdem die Blaskapelle schon zusammengepackt hatte und sie gerade überlegten, wohin sie zum Tee gehen sollten, erschien Freds jüngerer Sohn Tim. Er trug die Uniform des Royal Flying Corps und sah sehr zufrieden mit sich aus.

»Na, du siehst aber fesch aus!«, bemerkte Maggie lächelnd. Inzwischen war auch die Sonne herausgekommen und das Wetter ein bisschen frühlingshafter geworden. Der junge Tim sah so stolz und glücklich aus, dass auch Maggie sich gleich besser fühlte. Sie hatte sich die ganze Zeit gefragt, ob Ralf wohl zu dem Konzert kommen würde, da er gesagt hatte, er werde es auf die Chance hin, sie dort anzutreffen, eines Tages vielleicht tun … Aber er war nicht erschienen, und Maggie war sich nicht einmal sicher, ob sie froh oder enttäuscht darüber war.

»Bin ich noch rechtzeitig genug da, um mit euch zum Tee zu gehen?«, fragte Tim. »Ich wäre schon früher hier gewesen, aber dann bekamen wir ein paar neue Maschinen herein, und ich musste am Stützpunkt bleiben, obwohl ich eigentlich dienstfrei habe.«

»Natürlich kannst du mitkommen, Tim«, sagte Maggie lächelnd, und nachdem sie beschlossen hatten, in das kleine Café in der Ecke des Parks zu gehen, machten sie sich auf den Weg dorthin.

»Gefällt es dir beim Royal Flying Corps?«, fragte Maggie.

»Ich kann mir nichts Besseres vorstellen!«, antwortete er begeistert. »Ich habe schon fünf Ausbildungsstunden dort oben hinter mir, und jetzt fehlen mir nur noch ein paar, um die Erlaubnis zu meinem ersten Alleinflug zu bekommen.«

»Das ist ja wunderbar«, sagte Maggie und hakte sich mit einem kameradschaftlichen Lächeln bei ihm unter, da sie ihn ja schon von den zahlreichen Wochenenden kannte, die er mit ihnen verbracht hatte, als er noch mit seiner Freundin Dottie zusammen war. »Sag mir, wie es sich anfühlt, dort oben über den Wolken zu sein. Ist es so aufregend, wie es klingt?«

»Es ist das Aufregendste, was ich je getan habe.«

»Dann überrascht es mich nicht, dass so viele junge Männer Soldat werden wollen«, antwortete sie. »Aber nicht alle von ihnen werden zu Piloten ausgebildet, oder?«

»Nein, denn natürlich brauchen wir auch Navigatoren, Schützen und Bodenpersonal«, erklärte Tim ihr enthusiastisch. »Wir machen ja auch Tiefflüge und Luftaufnahmen, und *das* macht wirklich Spaß, kann ich dir versichern!«

»Ich wünschte, ich wäre ein Mann, dann könnte ich auch zum Militär gehen …«

Tim lachte und schüttelte den Kopf. »Das kann ich nicht gutheißen, weil du dazu viel zu hübsch bist. Mir wäre es lieber, du wärst eine junge Dame, die ich hin und wieder zum Tee einladen könnte.«

Maggie blickte lächelnd zu ihm auf, weil seine Begeisterung ansteckend war. Sie mochte diesen jungen Mann, dem so vieles Spaß zu machen schien. Früher hatte sie Freds jüngeren Sohn nicht allzu sehr beachtet, weil er immer mit seiner Freundin zusammen gewesen war, aber von Beth wusste sie, dass er sich inzwischen von ihr getrennt hatte, was bedeutete, dass Maggie durchaus mit ihm befreundet sein konnte, ohne eine andere junge Frau zu verärgern.

»Das finde ich sehr nett von Ihnen«, sagte sie leicht errötend.

»Dad hat mir erzählt, dass du dich von deinem Freund getrennt hast«, sagte Tim. »Dottie hatte wohl auch die Nase voll von mir, und deshalb bin ich jetzt manchmal ein bisschen einsam – ich weiß, dass es noch zu früh ist, mich auf eine neue Beziehung einzulassen, aber wir könnten doch zumindest Freunde sein, oder?« Plötzlich grinste er. »Vor ein paar Wochen habe ich beim Grand National auf Covercoat gesetzt und fünfzig Pfund gewonnen – und deshalb werde ich euch heute alle einladen.«

»Du Glückspilz«, sagte Maggie. »Fünfzig Pfund sind eine Menge Geld – aber du musst uns nicht alle einladen, hörst du?«

»Das würde ich aber gern – und wir können doch befreundet sein, nicht wahr?«

»Ja, natürlich können wir das«, sagte Maggie, als sie den anderen in das Café folgten. »Ich würde mich freuen, und da ich dich schon kenne, wäre es auch nichts Unschickliches.«

Tim grinste sie an. »Wir sind doch praktisch schon alte Freunde«, scherzte er, und in gewisser Weise stimmte das sogar. Sie hatten sich schon sehr häufig getroffen, jedoch immer nur in Anwesenheit anderer. So war das Zusammensein entspannt, da nicht das Gefühl aufkam, sie würden eine neue Beziehung eingehen. Sie kannten sich einfach gut von den vielen Wochenenden mit Beth, seinem Vater und seinem Bruder.

»Darf ich dich etwas fragen«, sagte sie. »Manche Leute sagen, dass es in Europa Krieg geben könnte – glaubst du das auch?«

»Nein, ehrlich gesagt glaube ich nicht, dass wir da hineingezogen werden, auch wenn die da draußen auf dem Balkan sich andauernd bekämpfen«, erwiderte Tim leichthin, aber ohne Maggie dabei anzusehen.

***

»Ich habe morgen früh einen Vorstellungstermin im Halcyon Hotel«, sagte Jack, als er und Beth ein Stück entfernt von den anderen durch den Park spazierten. »Wenn sie mir die Stelle anbieten, werde ich noch einmal nach Amerika reisen und danach für immer hierbleiben.«

Dann schaute er ihr forschend in die Augen. »Das heißt, dass wir schon bald heiraten könnten, Beth. Ich kann bestimmt eine eigene kleine Wohnung für uns finden, oder wir könnten noch eine Zeitlang bei Papa wohnen …«

»Glaubst du, dass es dich glücklich machen würde, für jemand anderen in diesem Hotel zu arbeiten?« Beth sah ihn zweifelnd an. »Ich dachte, du hättest immer etwas Eigenes gewollt?«

»Ja, das stimmt, und wenn in dieser Richtung etwas möglich gewesen wäre, hätte ich es auch genommen«, antwortete Jack. »Aber eine Zeitlang in diesem Halcyon Hotel zu arbeiten, wäre eine gute Erfahrung für mich, Beth. Wenn ich dieses Hotel ein paar Jahre für seine Eigentümer führen könnte, wäre ich danach bereit, mich selbstständig zu machen, und würde mich in aller Ruhe umsehen, damit ich das Richtige für uns finde.«

Das klang vernünftig, und Beth konnte ihm nur zustimmen, auch wenn die Aussicht auf eine Heirat damit alarmierend nahe rückte. Sie liebte Jack und wollte ihn auch heiraten, aber er schien es sehr eilig damit zu haben, während Beth lieber noch etwas gewartet hätte. Sie hatte eigentlich an Weihnachten oder das darauffolgende Frühjahr gedacht, aber Jack sprach von diesem Sommer, und das erschien ihr viel zu schnell. Eine Ehe und Kinder waren definitiv das, was sie sich für ihre Zukunft wünschte, aber noch genoss sie ihr Leben und ihre Arbeit bei Harpers – meistens jedenfalls. Ihre Beförderung an die Theke mit den Hüten hatte ihr mehr Spielraum für ihre Kreativität eröffnet, und es war sehr aufregend, all die neuen Modelle zu sehen, die Sally einkaufte. Beth war sich nicht sicher, ob sie das alles aufgeben wollte. Es wäre etwas anderes gewesen, wenn sie schon ein eigenes kleines Hotel besessen hätten, in dem sie mit Jack zusammenarbeiten könnte. Sie hätte Kuchen und Torten backen und das Hotel über seine gute Hausmannskost bekannt machen können.

Dennoch lächelte sie Jack an, weil sie nicht wollte, dass er ihre Zweifel spürte. Auf gar keinen Fall wollte sie riskieren, ihn zu verlieren. Aber es hätte sie weitaus glücklicher gemacht, wenn er bei seinem ursprünglichen Plan geblieben wäre.

»Wenn dir die Idee gefällt«, sagte sie, worauf er sie begeistert küsste. Beth erwiderte den Kuss, und eine Woge machtvoller Gefühle überkam sie. Natürlich wollte sie ihn heiraten, und vielleicht hatte er ja recht und es war besser, erst einmal Erfahrungen mit der Leitung eines Hotels zu sammeln, bevor sie ein eigenes übernahmen.

***

»Tim hat mich gefragt, ob ich am Samstagabend mit ihm ins Varieté gehen möchte«, sagte Maggie später am Abend zu Beth, als sie sich in der kleinen Küche ihrer gemeinsamen Wohnung Kakao machten. »Du denkst doch nicht, dass es falsch von mir war, zuzusagen?«

»Warum sollte es falsch sein?«, entgegnete Beth mit einem Lächeln. »Tim ist Freds Sohn, absolut anständig, und wir sind alle Freunde. Ich weiß, du hast geglaubt, du wärst in Ralf verliebt, aber er hat dich enttäuscht, Maggie. Wenn du ihm also keine weitere Chance geben willst, sehe ich keinen Grund, warum du nicht mit anderen Freunden ausgehen solltest.«

»Genau das habe ich mir auch gedacht«, Maggie lächelte Beth zufrieden an. »Weder Tim noch ich möchten im Moment eine ernstere Beziehung eingehen, aber wir verstehen uns gut und würden gerne ab und zu miteinander ausgehen. Ich weiß, Ralf würde es nicht gefallen – aber ich gehöre ihm nicht.«

»Du bist noch nicht mal achtzehn«, erinnerte Beth sie lächelnd. »Es besteht kein Grund, warum du dich nicht mit mehreren jungen Männern anfreunden solltest, bevor du zu heiraten beschließt. Du solltest das Beste aus der Situation machen, Maggie. Da du mit Rachel, Sally und mir zusammenlebst, hast du mehr Freiheiten, als ich es damals hatte, als ich völlig damit beschäftigt war, mich um meine Mutter zu kümmern.«

Maggie nickte. »Es war ein Glückstag für mich, als ich die Stelle bei Harpers bekam. Ich hätte dich, Sally und Rachel nie kennengelernt, wenn ich an jenem Tag nicht zu dem Vorstellungsgespräch gekommen wäre.«

»Ich lebe auch sehr gern mit euch allen zusammen.«

»Aber Jack will dich heiraten. Und du bist verliebt in ihn, nicht wahr?«

»Ja, ich liebe ihn«, sagte Beth und unterdrückte einen Seufzer. Wahrscheinlich hatten die meisten Frauen Zweifel vor ihrer Hochzeit? »Ich möchte schon gern heiraten, mit dir und Sally als Brautjungfern …«

»Und ich kann es kaum erwarten, deine Brautjungfer zu sein«, erwiderte Maggie. »Suchst du schon bald die Kleider aus? Ich kann ein wenig Geld beisteuern, wenn es nicht zu viel ist.«

»Sally hat gesagt, sie würde für mich danach Ausschau halten«, antwortete Beth. »Sie meint, ich könnte sie direkt vom Großhändler vielleicht billiger bekommen und sie könnte das veranlassen – aber es wäre natürlich auch eine Möglichkeit, sie anfertigen zu lassen.«

»Deine Tante könnte das doch übernehmen«, stimmte Maggie ihr zu. »Sie näht doch wunderschöne Kleider, Beth. Warum fragst du sie nicht?«

»Das könnte ich natürlich tun«, erwiderte Beth, aber ein

Zweifel lag in ihrer Stimme. »Ich bin mir nur nicht sicher, ob ihr Mann das gutheißen würde. Aber vielleicht sollte ich wirklich an meinem freien Nachmittag bei ihr vorbeischauen und sie fragen ...« Es wäre ohnehin besser, bald einmal nach ihr zu sehen, da ihre Tante beim letzten Mal sehr aufgewühlt gewesen war und Beth sich Sorgen um sie machte.

»Habt ihr schon einen Hochzeitstermin festgelegt?«, fragte Maggie interessiert.

»Noch nicht. Das hängt ganz davon ab, ob Jack die Stelle bekommt, die er sich wünscht – und dann müssten wir uns eine Wohnung suchen –, aber wir wissen beide, dass wir nicht mehr allzu lange mit der Hochzeit warten werden. Ich denke, im Sommer wäre es gut. Vielleicht im Juli oder August ...«

»Das ist gar nicht mehr so lange hin«, sagte Maggie. »Vor allem, wenn du die Kleider für uns alle nähen lassen willst.«

Beth stimmte ihr zu, denn der Mai war schon weit fortgeschritten, und zwei Monate waren nicht viel Zeit, um drei Brautjungfernkleider und ein Brautkleid anzufertigen. Falls Sally allerdings einen Preisnachlass bei einem Großhändler für Brautkleider heraushandeln würde, konnte Beth sich natürlich aussuchen, was sie haben wollte, und sich die Suche nach einer Schneiderin für die Anfertigung ersparen. Früher hätte sie, ohne zu zögern, Tante Helen gefragt, aber da sie sich an die Unzufriedenheit ihrer Tante erinnerte, wollte sie ihr nicht noch mehr Umstände machen ...

Jedenfalls würde sie Tante Helen besuchen, um ihr die baldige Heirat anzukündigen. Dann konnte sie vielleicht besser beurteilen, ob ihre Tante unter ihrem Mann litt oder nicht. Wenn sie doch nur etwas tun könnte, um ihr zu helfen! Beth wünschte, sie könnte sie überreden, diesen Tyrannen von einem Ehemann zu verlassen. Aber Tante Helen war nicht die Art von Frau, die öffentlich zugeben würde, einen Fehler gemacht zu haben, indem sie ihren Mann verließ. Ganz im Gegenteil. Sie würde es sogar als ihre Pflicht betrachten, zu ihm zu stehen, egal wie schlecht er sie behandelte.

»Du hast recht. Am Dienstag ist mein freier Nachmittag, und dann werde ich bei ihr vorbeischauen und sie fragen, ob sie die Kleider für uns nähen kann.«

Kapitel 17

Diesmal war es Gerald, der Beth öffnete, als sie an jenem Dienstagnachmittag vor der Tür stand. Er wirkte verärgert, als er sie sah, setzte dann aber schnell sein falsches Lächeln auf. Sie spürte nur allzu gut, dass sie keineswegs willkommen war, obwohl er die Tür noch weiter öffnete und sie hereinbat. Sie kamen jedoch nicht weiter als bis zur Diele, die nach dem Potpourri aus Rosen- und Lavendelblättern duftete, das Tante Helen stets im Eingang stehen hatte.

»Ich fürchte, du hast eine unnötige Fahrt auf dich genommen«, sagte Gerald, ohne zu lächeln. »Wenn du mir gesagt hättest, dass du uns besuchen wolltest, hätte ich dich vorwarnen können, dass Helen nicht daheim sein würde.«

»Sie ist nicht hier?« Beth glaubte, eine kalte Hand in ihrem Nacken zu spüren. »Wo ist sie denn?«

»Sie ist vor drei Tagen zu einer alten Freundin gefahren. Ich erwarte sie übermorgen zurück.«

»Oh – wen hat sie denn besucht?« Beth wusste nicht, warum sie so beharrlich blieb, aber irgendetwas sagte ihr, dass er sie belog.

»Eine Frau namens Muriel, die offenbar ihren Beistand braucht, weil ihr Enkel erst kürzlich verstorben ist«, antwortete Gerald, aber da er Beth dabei nicht ansah, wusste sie, dass er sich die Geschichte nur ausdachte. Wo auch immer ihre Tante sein mochte, zu einer Frau namens Muriel war sie jedenfalls ganz sicher nicht gefahren!

»Dann werde ich versuchen, nächste Woche an meinem

freien Nachmittag wiederzukommen. Das wäre dann am Donnerstag.«

»Na schön, dann werde ich ihr ausrichten, dass du hier warst«, sagte Gerald. Und schon hielt er ihr wieder die Tür auf, und Beth hatte das Gefühl, dass er es kaum erwarten konnte, sie loszuwerden. Als sie ging, glaubte sie, in der Etage über ihnen ein Geräusch zu hören ... Es klang wie das Knarren einer Bodendiele oder Tür, und so blickte Beth ganz instinktiv zur Decke hinauf.

»Das ist die Katze.« Geralds Erklärung alarmierte Beth noch mehr, denn sie hätte schwören können, dass ihre Tante niemals erwähnt hatte, eine Katze zu besitzen.

»Gut, dann komme ich nächste Woche wieder«, sagte Beth und zog die Tür hinter sich zu.

Draußen in der kühlen Brise blieb Beth jedoch sofort stehen und blickte zu dem Fenster im Obergeschoss auf. Es war das Flurfenster, und sie hätte schwören können, dass die Gardine sich bewegte – als stünde dort oben jemand und beobachtete sie.

Aber das konnte doch wohl nicht ihre Tante sein? Tante Helen wäre doch sofort heruntergekommen, wenn sie die Stimme ihrer Nichte gehört hätte. Niemals hätte sie zugelassen, dass Gerald sie verleugnete – es sei denn, er hätte sie mit Gewalt bedroht? Aber so schlimm stand es doch bestimmt noch nicht zwischen ihnen?

Beth wandte sich nur zögernd ab. Sie hatte ein ungutes Gefühl und wollte eigentlich nicht gehen, ohne diesem kleinen Geheimnis auf den Grund zu gehen. Aber sie hatte keinen Vorwand, Zutritt zum Haus zu verlangen, und sie wollte den Mann ihrer Tante auch nicht grundlos als Lügner bezeichnen. Vielleicht hatte Gerald ja eine Katze, obwohl er ihr nicht wie jemand erschien, der Haustiere besaß. Er war zu kalt, zu egoistisch, um einem Tier die Aufmerksamkeit und Liebe zu geben, die es brauchte. Außerdem mochte ihre Tante Katzen nicht besonders …

Als Beth schließlich ging, beschloss sie, Jack zu bitten, sie das nächste Mal zu begleiten. Er würde für zwei weitere Wochen auf sein Schiff zurückkehren, und wenn er die Stelle bekam, die er gerne hätte, würde diese Reise seine letzte nach New York sein. Danach würde er hier in der Nähe arbeiten, was bedeutete, dass sie ihn öfter sehen konnte. Und wenn sie Jack von ihrem Verdacht erzählte, würde er ihr helfen, die Wahrheit herauszufinden.

* * *

An diesem Freitagmorgen erhielt Beth einen Brief, in dem sich Tante Helen dafür entschuldigte, dass sie nicht zu Hause gewesen war, als Beth sie besuchen wollte.

Es wäre besser, wenn du dich in Zukunft eine Woche vorher ankündigen würdest, falls du mich besuchen möchtest. Ich freue mich immer, dich zu sehen, Beth, aber nur, wenn ich vorher weiß, dass du kommen wirst. Gerald mag keine Überraschungsbesuche, und deshalb ist es besser, mir rechtzeitig Bescheid zu geben.
Deine dir dankbare Tante Helen

Beth las die kurze Nachricht mehrmals. Die Handschrift war die ihrer Tante, aber sie würde sich niemals so ausdrücken. Tante Helen hätte sich nie so kurzgefasst. Ihre Briefe waren immer weitschweifig und voller Neuigkeiten gewesen. Beth hatte noch einige aus der Zeit nach dem Tod ihrer Mutter, als ihre Tante sie eingeladen hatte, zu ihr zu ziehen und bei ihr zu leben. Beth fand sie zwischen ihren Sachen und verglich sie stirnrunzelnd mit Tante Helens letztem Brief, dessen Stil und Ausdrucksweise so ganz anders waren. Es war ihre Schrift und dann doch wieder nicht – und Beth spürte, dass ihre Tante entweder gezwungen worden war, den Brief zu schreiben, oder dass es ihr schwergefallen war, ihn zu schreiben.

Der Gedanke, dass Tante Helen bedroht wurde, drängte sich ihr immer stärker auf. Also erzählte sie an diesem Abend Jack, was ihr durch den Kopf ging, und er hörte ihr mit ernster Miene zu und nickte zustimmend, als er den neuesten Brief betrachtete und ihn mit anderen von Tante Helen verglich.

»Ich bin mir sicher, dass jemand oben im Haus war, als ich sie besuchen wollte, Jack … und ich glaube auch nicht, dass sie eine Katze hat, und dieser Brief sieht gar nicht nach ihr aus.«

»Nicht genauso, obschon er den älteren ähnlich ist«, stimmte er ihr zu. »Ich glaube, dass du recht haben könntest, Beth. Ich mochte diesen Kerl schon bei unserer ersten und einzigen Begegnung nicht. Ich habe genug Männer seines Schlages auf den Schiffen angetroffen. Sie scheinen sich einzubilden, das Recht zu haben, alle anderen mit Füßen zu treten … Sie geben sich charmant und höflich, bis jemand sie verärgert, und dann reagieren sie wie knurrende Wölfe. Einer von ihnen war ein Adliger, aber ich habe gesehen, wie er seine Frau brutal verprügelte, als in seiner Wut anscheinend nicht zu ihm durchdrang, dass ich in ihrer Kabine war und die Betten für die Nacht aufschlug.«

»Was könnte ich tun, um ihr zu helfen?«, fragte Beth, aber Jack schüttelte den Kopf.

»Ich habe Lady Treverne damals gefragt, ob ich als Zeuge gegen ihren Mann aussagen solle. Sie hat abgestritten, dass er sie geschlagen hatte – sie sagte, ich hätte mich geirrt und gab mir fünf Pfund Trinkgeld für meine Bemühungen.«

»Es ist Stolz, glaube ich«, sagte Beth. »Tante Helen hätte mir auch nichts gesagt, wenn ich nicht die blauen Flecken an ihrem Handgelenk gesehen hätte. Ich wünschte nur, ich könnte ihr helfen.«

»Das kannst du nicht, falls sie dich nicht selbst um Hilfe bittet«, sagte Jack. »Wir können nur vermuten, dass dort etwas vor sich geht – es sei denn, wir könnten Beweise finden.«

»Kannst du nächste Woche bitte mit mir kommen?«

»Am Donnerstag?« Jack zögerte kurz und nickte. »Ja, natürlich werde ich dich begleiten, Beth. Ich bin mir allerdings nicht sicher, was wir tun könnten, selbst wenn er sie schlägt … aber wir könnten ihm zumindest zu verstehen geben, dass wir Bescheid wissen. Vielleicht hält er sich ja zurück, wenn er glaubt, dass wir ihn im Auge behalten.«

»Ja.« Beth war nachdenklich geworden. »Ich bin mir beinahe sicher, dass sie an jenem Tag dort oben war, Jack. Vielleicht hatte sie ja blaue Flecken, die sich nicht verbergen ließen, und deshalb hat er sie dazu gezwungen, sich nicht zu zeigen?«

»Solche Männer sind abscheulich!«, erwiderte Jack. »Ich würde ihm zu gern eine Tracht Prügel verpassen und sehen, wie er sich fühlt, wenn er mal derjenige wäre, der einstecken muss!«

»Nein, tu das bitte nicht, Jack!«, sagte Beth. »Tante Helen würde es dir nicht danken – und Gerald ist der Typ, der Anzeige erstatten würde. Und am Ende wärst du es, der Ärger bekäme, Jack.«

»Ich weiß.« Er verzog bedauernd das Gesicht. »Aber eines Tages wird er erwischt werden, und dann kann ihn nichts mehr retten.«

***

Beth konnte ihren nächsten freien Nachmittag kaum erwarten, und als er endlich kam, fuhren sie und Jack in seinem kleinen Auto zu Tante Helen. Diesmal öffnete sie selbst die Tür, lächelte und bat sie ins Wohnzimmer, wo sie Tee mit Sandwiches und Kuchen vorbereitet hatte.

»Es tut mir leid, dass du letzte Woche umsonst gekommen bist«, sagte sie zu Beth. »Und Gerald war nicht gerade gut gelaunt, befürchte ich. Er hat nicht eingesehen, warum ich meine Freundin besuchen sollte, aber ich konnte sie doch nicht mit ihrem Kummer alleinlassen, Beth. Sie war so verzweifelt ...«

»Es tut mir leid, dass es ihr nicht gut ging, und ich hoffe, es geht ihr inzwischen besser, Tante Helen«, sagte Beth. »Und wie geht es deiner Katze?«

»Welcher Katze? Also wirklich, Beth, du weißt doch, dass ich keine Katzen mag!« Tante Helen runzelte die Stirn. »Und meiner Freundin geht es wieder besser, danke.«

Die Ausrede ihrer Tante klang plausibel, und ihr Lächeln schien echt zu sein, aber Beth fiel auf, wie fest die Rüschen an einem ihrer Handgelenke anlagen, und sie glaubte sogar einen weißen Verband darunter erkennen zu können. Sie hatte angenommen, dass die besagte Katze Geralds Haustier war, aber jetzt war sie sich fast sicher, dass es hier nie eine Katze gegeben hatte. Und das bedeutete, dass tatsächlich jemand oben gewesen war und Gerald sie belogen hatte. Aber warum vertraute Tante Helen sich ihr nicht an und sagte ihr, was er getan hatte? War sie einfach nur zu verwirrt oder verlegen, um offen zu reden, und hatte Beth das Recht, sie dazu zu zwingen? Tante Helen würde es ihr doch sicher sagen, wenn sie wirklich Angst hätte?

»Ich wollte dich fragen, ob du Lust hast, meine Brautjungfernkleider zu nähen«, sagte Beth nach kurzer Überlegung. »Ich benötige drei Kleider, für Maggie, Sally und Rachel, und ihre Maße würde ich dir mitbringen. Zur Anprobe könnten sie herkommen, oder du könntest zu uns kommen.«

»Ich denke, es ist das Beste, wenn ich zu euch komme«, sagte Tante Helen. »Gerald macht alle paar Wochen eine kleine

Reise. Aus geschäftlichen Gründen, glaube ich …« Sie zögerte kurz und sagte dann: »Es wäre besser, wenn ich zu euch käme, während er unterwegs ist … er mag es nicht, wenn ich Leute zu Besuch habe, die er nicht kennt, aber er wird mich nicht daran hindern, zu dir zu kommen.«

Der nervöse Blick in ihren Augen veranlasste Beth zu der Frage: »Ist alles in Ordnung, Tante Helen? Ich weiß, dass du nicht so glücklich bist, wie du es dir bei deiner Heirat erhofftest – aber wenn du Angst haben solltest oder dir in irgendeiner Weise wehgetan wird, würde ich dir helfen.«

»Sei bitte nicht albern, Liebes«, sagte Tante Helen. Dann warf sie Jack einen nervösen Blick zu, als fragte sie sich, ob er ihr wohl glauben würde. »Ich war offenbar eine egoistische, in ihren Gewohnheiten festgefahrene Frau. Ich musste erst lernen, dass ich jetzt verheiratet bin und ein Gentleman von seiner Frau erwartet, das zu tun, was er verlangt, dass sie sich um ihn kümmert. Wenn ich bei deinem letzten Besuch etwas Dummes gesagt habe, dann war ich nur verärgert, du solltest es einfach vergessen.«

Tante Helen beugte sich über die Teekanne und füllte sie mit heißem Wasser aus dem versilberten Kessel auf dem Ständer, der sich neben ihrem Stuhl befand. Beth warf Jack einen Blick zu, aber er schüttelte den Kopf. Deshalb ließ sie die Worte, die ihr in den Sinn kamen, unausgesprochen. Wenn ihre Tante ihr nicht die Wahrheit sagen wollte, wäre es sinnlos, sie zu bedrängen.

»Ich habe dich sehr gern, Beth«, sagte Tante Helen und drückte ihre Hand, als sie sich verabschiedeten. »Eines Tages wirst du entdecken, wie gern ich dich wirklich habe. Ich bedaure, dass ich es dir nicht besser zeigen konnte, als wir noch zusammenlebten, aber mir war nicht bewusst, wie glücklich ich mich schätzen konnte, eine so liebevolle Nichte zu haben. Ich hoffe, dass du und Jack uns besuchen werdet, wann immer ihr könnt – und dass ihr ein langes und glückliches Leben miteinander haben werdet.«

»Ach, Tante Helen, pass du nur gut auf dich auf«, sagte Beth mit einem kleinen Schluchzen in der Stimme. »Ich hab dich sehr lieb, und wenn du mich brauchst, lass es mich einfach wissen, ja?«

Jack sah sie an, als sie das Haus verlassen hatten und in seinem kleinen Roadster saßen. »Sie ist nervös, Beth«, sagte er, »aber sie wird dir nicht sagen, was los ist – vor allem nicht, wenn ich dabei bin. Ich glaube, dass er sie geschlagen hat. Ich habe sie versehentlich mit der Hand berührt, als sie nach einem Stück Kuchen griff, und sie ist zusammengezuckt.«

»Ach, Jack!« Beth blickte verzweifelt zu dem Haus zurück. »Was kann ich nur tun?«

»Nur das, was du sowieso schon tust«, antwortete er. »Du wirst deine Tante wegen der Brautjungfernkleider öfter sehen müssen, und das wird ihr mehr Gelegenheit geben, dir zu sagen, was sie auf dem Herzen hat.«

»Glaubst du, dass sie aus Stolz schweigt oder aus Angst?«

»Wahrscheinlich ist es eine Mischung aus beidem«, antwortete Jack. »Gerald ist nicht der einzige Ehemann, der seine Frau einschüchtert. Ganz und gar nicht. Einige von ihnen wenden Gewalt an, andere verachten und demütigen ihre Frauen einfach nur. Auf den Schiffen haben wir Stewards das immer wieder erlebt. Ich würde sagen, dass Gerald sowohl Verachtung als auch körperliche Gewalt angewendet hat, damit deine Tante ihn fürchten lernt.«

»Dann bilde ich mir das also nicht nur ein?«

»Meiner Meinung nach hat Gerald deine Tante gefügig gemacht, indem er sie bedroht hat. Wahrscheinlich befürchtet er, dass du zur Polizei gehen könntest. Also hat er ihr erlaubt, dich heute zu empfangen. Sie hat zwar gesagt, er sei nicht zu Hause, aber ich glaube schon, dass er im Haus war. Er hat sich nur von uns ferngehalten. Vielleicht war er ja sogar im Nebenzimmer und hat uns belauscht.«

»Dann wäre es kein Wunder, dass sie gelogen hat! Er ist ein furchtbarer Mensch«, sagte Beth und wurde noch besorgter. »Ich habe Angst um sie, Jack, aber wenn sie es nicht zulässt, kann ich nichts für sie tun.«

»Was sollte das auch sein?«, fragte Jack. »Wenn er so ein Mann ist, wie ich ihn mir vorstelle, würde er sie zurückholen, wenn sie ihn verließe ...«

»Dann muss sie also bleiben und den Kerl ertragen?« Beth sah Jack an, aber der konzentrierte sich auf die Straße und den Verkehr, in den er sich gerade einreihte.

»Ich glaube, sie hat sich damit abgefunden«, sagte Jack und zeigte mit einer schwungvollen Handbewegung an, dass er links abbiegen wollte. Mit aus dem Fenster gestreckter Hand bog er an der nächsten Ecke in eine ruhigere Straße ein. Jack riskierte einen kurzen Blick zu Beth. »Ich glaube, es gibt viele Frauen, die in der gleichen Situation wie deine Tante sind, Beth. Manche Männer sind eben leider kontrollsüchtige Bestien.«

Beth nickte, denn er hatte recht damit. »Auch manche Frauen kontrollieren gern«, sagte sie, »aber sie setzen dabei eher auf emotionale Erpressung als auf rohe Gewalt.«

»Was genauso falsch ist wie der andere Weg«, sagte Jack. Dann trat er auf die Bremse, hielt den Wagen an und wandte sich Beth zu. »Eine Ehe sollte aus Liebe und als gleichberechtigte Partnerschaft geschlossen werden, Beth. Ich liebe dich und möchte dich bald heiraten, aber du musst es auch wollen, und manchmal denke ich, dass ich dich zu sehr bedränge.« Sein Blick war ernst, als er sie ansah, und plötzlich merkte sie, dass sie weinte, weil er so ein liebenswerter Mann war, und warf sich ihm an die Brust.

»Ich liebe dich so sehr, Jack, und ich möchte dich heiraten«, sagte sie voller Emotion. »Ich mag zwar meine Arbeit, aber wenn wir unser eigenes Hotel hätten, würde ich dir gern zur Seite stehen, Jack.«

Er lächelte, berührte ihre Wange und wischte ihr die Tränen ab. »Du kannst so lange bei Harpers arbeiten, bis du bereit bist aufzuhören«, sagte er. »Vielleicht habe ich bis dahin ja etwas gefunden, das wir entweder kaufen oder mieten könnten. Das ist es, was ich will, Beth, ein kleines Hotel oder auch einen Pub mit dir führen und eine Familie gründen.«

»Das will ich auch«, sagte sie und küsste ihn auf die Wange, weil sie sich in diesem Augenblick so wohl in seinen starken Armen fühlte und das alles war, wonach sie verlangte.

Später, als sie in ihrem Bett lag, dachte Beth wieder über Tante Helen nach. Es war so traurig, dass sie so viele Jahre damit gewartet hatte zu heiraten, weil sie sich um ihren herrschsüchtigen Vater kümmern und, nachdem er gestorben war, ihren eigenen Lebensunterhalt verdienen musste. Warum hatte sie sich nur für einen Mann entschieden, der sie zu beherrschen versuchte? Lag es etwa in ihrem Charakter, sich einen Mann zu suchen, der in seiner Art und Haltung ihrem Vater ähnelte?

Beth wälzte sich noch eine Weile unruhig hin und her, bevor sie Schlaf fand. Jack hatte ganz recht: Tante Helen war nicht die einzige Frau, die unter den Schikanen ihres Ehemanns zu leiden hatte. Solange sie sich nicht offen über ihn aussprach, konnte niemand etwas tun, um ihr zu helfen.

Kapitel 18

Sally saß an ihrem Schreibtisch, als Ben Harper an jenem Morgen gegen Ende Mai hereinkam. Draußen schien die Sonne, und sie war sehr zufrieden mit sich, weil die neue Sommerware nicht nur pünktlich eingetroffen, sondern auch schon geprüft und für vollständig und in Ordnung befunden war. Es war erstaunlich, wie oft Artikel entweder ganz fehlten oder beschädigt waren und wie viel Zeit sie damit verbringen musste, die Hersteller dazu anzuhalten, sie zu ersetzen. Aber zum Glück war heute alles ganz so, wie es sein sollte.

»Was für ein schöner Frühlingsmorgen«, bemerkte ihr Arbeitgeber. »Oder haben wir schon Sommer?«

»Ich glaube, offiziell ist es noch Frühling«, antwortete Sally. »Aber das Wetter ist sich selbst vorausgeeilt. Es würde mich nicht wundern, wenn es sich selbst begegnete, sobald es wieder Sommer ist …«

Ben Harper legte den Kopf in den Nacken und lachte laut. »Ihr Engländer habt wirklich ein paar kuriose Sprüche auf Lager!«

Sally sah ihn mit einem schelmischen Funkeln in den Augen an. »Wissen Sie, Mr. Harper, einige von uns hier finden, dass die Amerikaner sich manchmal auch ziemlich komisch ausdrücken.«

Ihre Blicke trafen sich, und sie sah das Funkeln in seinen Augen, das ihr Herz gleich schneller schlagen ließ. »Ich glaube, das war das erste Mal, dass Sie mich wegen irgendetwas aufgezogen haben, Sally«, sagte er und lächelte. »Ich hoffe, das bedeutet, dass wir langsam Freunde werden – und Sie den Mr. Harper weglassen und mich bitte Ben nennen, ja?«

»Das erscheint mir aber nicht respektvoll bei der Arbeit«, entgegnete Sally. »Ich möchte nicht, dass unsere Mitarbeiter einen falschen Eindruck bekommen …«

»Und wenn es nun gar kein falscher Eindruck wäre?«, fragte er mit spöttisch funkelnden Augen. »Aber ich befürchte, wir werden dieses Gespräch auf ein anderes Mal verschieben müssen, Sally, so reizvoll es auch ist, denn leider habe ich einen wichtigen Termin bei meiner Bank.«

»Oje, das klingt aber beunruhigend!«

»Es ist nichts Geschäftliches, nur eine private Angelegenheit. Ich möchte ein Haus oder eine größere Wohnung kaufen und bräuchte dazu vielleicht einen Überbrückungskredit, bis ich mein jetziges Haus verkaufen kann.«

»Na dann wünsche ich Ihnen viel Glück«, sagte Sally und warf einen Blick auf die kleine Uhr, die an ihrem schicken schwarzen Kleid befestigt war. »Ich habe gleich auch einen Termin mit Mr. Marco. Wir wollen eine Reihe von Schaufensterdekorationen für den Sommer besprechen, und er hatte mich gebeten, ein paar Rudersportartikel aufzutreiben, die er für sein Regatta-Fenster braucht.«

»Das klingt interessant«, sagte Ben. »Ich wünschte, ich könnte bleiben, aber was muss, das muss, wenn Sie verstehen, was ich meine.« Seine Augen verengten sich, als Sally lachte.

»Oh ja«, stimmte Sally zu. »Eine der Nonnen im Waisenhaus hat das immer gesagt, wenn sie uns die Latrinen scheuern ließ.«

Seine Augenbrauen fuhren in die Höhe, und er schüttelte den Kopf.

Sally beobachtete belustigt, wie er in sich hineinlachte, als er ging. Zumindest schien er jetzt besser gelaunt zu sein.

***

»Sie sind wirklich sehr gescheit, Miss Ross«, sagte Mr. Marco, als Sally ihm die Liste mit den Kontaktadressen für Rudersportartikel übergab, die sie auf seinen Wunsch für ihn erstellt hatte. »Ich glaube, der Laden würde ohne Sie zum Erliegen kommen …«

»Sie sind ein Schmeichler, Sir«, erwiderte Sally, aber sie lächelte dabei. Alle mochten Mr. Marco, weil er nie Launen zu haben schien und immer fröhlich, hilfsbereit und freundlich war. Nur einige der boshafteren Mitarbeiter tuschelten hinter seinem Rücken, aber Sally konnte solches Geschwätz nicht ausstehen.

»Ich glaube, es wäre eine gute Idee, die Schaufenster auch anlässlich anderer wichtiger sportlicher Ereignisse des Sommers zu dekorieren«, sagte sie.

»Ja, die Engländer lieben ihr Kricket, die Ruderregatten und Pferderennen, aber sie mögen auch Tennis und Gartenpartys«, erwiderte Mr. Marco. »Es macht mir große Freude, die Fenster für den Sommer zu schmücken, aber wir müssen auch schon an Herbst und Winter denken – und das ist gar nicht so leicht, glaube ich …«

»Ich hätte eine Idee für ein orientalisches Motiv«, sagte Sally. »Etwas, das einem türkischen Basar oder einer Szene aus Ali Baba ähnelt …«

Mr. Marcos Augen funkelten vor Interesse, und ein strahlendes Lächeln breitete sich auf seinem Gesicht aus. »Ich glaube, Ben Harper hatte mehr Glück, als ihm bewusst war, Sie gefunden zu haben. Und Sie zu befördern, Miss Ross, war eine ausgezeichnete Idee. Ich danke Ihnen für Ihre Hilfe – so viele originelle Schaufensterdekorationen zu planen, ist nicht einfach, aber gemeinsam sind wir richtig gut, nicht wahr?«

»Ja, wir denken in die gleiche Richtung«, räumte Sally lachend ein. »Und nun genießen Sie Ihr Wochenende, Mr. Marco.«

»Ja, das möchte ich wirklich«, antwortete er, aber ein Schatten legte sich über sein Gesicht, und für einen Moment wirkte er fast traurig. »Wir werden sehen.«

Sally nickte und ließ ihn mit seiner Arbeit allein. Mr. Marco war allen ein Rätsel. Niemand schien zu wissen, woher er kam oder wer er wirklich war. Aber dass er ein vielseitiger Künstler war, konnte niemand bestreiten. Sein Atelier war immer voller Rollen Seide, Papier und all den anderen Dingen, die er brauchte, um seine fantastischen Dekorationen in Szene zu setzen. Sally fand, dass es in dem Raum fast wie hinter einer Theaterbühne aussah, wo sich all die Utensilien des Bühnenmalers befanden. Mr. Marcos wunderbare und originelle Kulissen für die Fenster lockten oft große Menschenmengen an, und Sally hatte sogar Mr. Harry Selfridge ein paar Mal davorstehen sehen, und sie wusste, wie stolz er auf die Fenster seiner eigenen Kaufhäuser war. Es war ein Wunder, dass er noch nicht versucht hatte, Mr. Marco abzuwerben.

***

»Was hast du morgen vor?«, fragte Rachel Sally, als sie an diesem Samstag Feierabend machten. »Ich werde mit Freundinnen ausgehen, Beth besucht Freds Familie, und Maggie trifft sich mit einer Freundin zum Tee – du wirst also ganz auf dich allein gestellt sein.«

»Ach, das macht nichts, Rachel. Ich habe mir ein bisschen Arbeit mitgenommen, wollte mir die Haare waschen und dann einen Spaziergang durch den Park machen.«

Doch Rachel sah besorgt aus. »Du solltest dir noch etwas anderes neben deiner Arbeit suchen, Sally. Ich weiß, dass du sie liebst – aber du solltest auch endlich einen netten jungen Mann kennenlernen.«

»Mir geht es bestens«, sagte Sally, »also mach dir bitte keine

Sorgen um mich, Rachel. Ich kann mich auch allein vergnügen.«

Nachdem ihre Freundinnen am Sonntagmorgen abgereist waren, merkte Sally jedoch, dass sie zu rastlos war, um daheimzubleiben. Die Sonne schien, und sie wollte draußen in der Wärme sein, auch wenn sie keine Gesellschaft hatte. Und so zog sie schließlich eine leichte Jacke über, verließ die Wohnung und ging durch die Straßen, die von Menschen in Urlaubsstimmung bevölkert waren, in Richtung Park.

Sally hatte sich nicht die Mühe gemacht, etwas zu essen mitzunehmen, also kaufte sie sich in einem kleinen Café ein Sandwich und eine Tasse Tee und ging damit in den Hyde Park, wo sie am See entlang und durch die Gärten schlenderte, die schon voller bunter Frühlingsblumen standen. Die Sonne hatte buchstäblich jedermann hinausgelockt. Sie blieb stehen und beobachtete lächelnd einen kleinen Jungen, der mit einem Reifen spielte, als sie auf eine Auseinandersetzung aufmerksam und so Zeugin einer hässlichen Szene wurde. Zwei Männer waren dem Spott einer Gruppe anderer Männer ausgesetzt, die grobe Kleidung und Stoffmützen trugen, wie es für die Arbeiterklasse typisch war. Während sie noch zusah, schleuderte einer von ihnen einen Erdklumpen aus den Blumenbeeten auf die beiden Männer. Erst da erkannte Sally Mr. Marco. Der andere Mann war jünger und hatte sanfte, weiche Gesichtszüge, und sie erinnerte sich plötzlich wieder, dass sie die beiden schon einmal zusammen gesehen hatte.

»Verdammte Schwuchteln!«, hörte sie die Rüpel brüllen und sah, wie der junge Mann vor Angst zusammenzuckte. Auch Mr. Marco wirkte ängstlich, sein Blick huschte umher, als befürchtete er, dass sie jeden Moment angegriffen werden könnten. »Ihr dreckigen Mistkerle …«

Ohne zu überlegen, marschierte Sally auf Mr. Marco und seinen Freund zu, schlang ihre Arme um Mr. Marco und küsste ihn auf die Wange. »Ich bin so froh, dass du hier bist, Schatz«, sagte sie laut. »Und dein Cousin – ich wollte Sie schon lange kennenlernen und Ihnen zu Ihrer Verlobung mit Maria gratulieren.«

Dann hakte sich Sally bei Mr. Marco und seinem Freund unter und wandte sich den anderen Männern zu. Ihre Augen glühten vor Zorn und forderten sie heraus, sich ihr zu nähern.

Einen Moment lang starrten sie sie böse an und murmelten leise etwas vor sich hin, aber dann wandte sich ihr Anführer ab, und sie schlichen ohne ein weiteres Wort davon.

Mr. Marco wirkte tief erschüttert, und sein Freund zitterte am ganzen Leib. »Danke, Miss Ross«, sagte Mr. Marco. »Julien hatte schreckliche Angst. Sein Vater hat ihm gedroht, ihn aus der Familie zu verstoßen, falls er in einen Skandal verwickelt wird … Und dies war nicht das erste Mal, dass wir angegriffen wurden.«

»Es tut mir sehr leid«, sagte Sally. »Ich hätte nicht einfach so dazwischengehen sollen, aber ich konnte nicht mitansehen, wie Sie beleidigt wurden.«

»Sie sind eine sehr tapfere und liebenswerte junge Frau«, antwortete Mr. Marco. »Wir sind an Beleidigungen gewöhnt, aber diese Typen sahen so aus, als hätten sie uns gerne mehr antun wollen …«

»Danke«, sagte Julien, der endlich seine Stimme wiederfand. »Das war sehr freundlich von Ihnen.«

»Ich bin nur froh, dass ich hier war.« Sally wollte sich schon abwenden, aber Mr. Marco hielt sie am Arm zurück.

»Sie haben uns einen großen Gefallen getan, Miss Ross – dürfen wir Sie dafür wenigstens zum Mittagessen einladen?«

»Ja, warum nicht?«, antwortete Sally und lächelte die beiden Männer an. Ihre Anwesenheit würde es ihnen leichter machen, irgendwo nett zu essen, und sie hatte nichts dagegen, mit ihren Freunden gesehen zu werden. Ganz im Gegenteil sogar. »Ich würde sehr gern mit Ihnen zu Mittag essen.«

* * *

Am Montagmorgen kam Mr. Marco in Sallys Büro und überreichte ihr eine große Schachtel Pralinen, die mit einer hübschen Schleife verziert war.

»Die sind von Julien«, sagte er. »Ich war der Meinung, das sei nicht nötig, aber er wollte sich angemessen bei Ihnen bedanken, denn wenn die Polizei gerufen worden wäre, hätte das großen Ärger für ihn bedeuten können.«

»Es tut mir schrecklich leid, was diese widerlichen Kerle zu Ihnen gesagt haben.« Sie lächelte ihn an, weil sie ihn mochte und sie ihr Mittagessen mit den beiden sehr genossen hatte. »Es war gemein und völlig fehl am Platz …«

»Aber leider zu erwarten«, warf Mr. Marco traurig ein. »Wir sind eben anders, und die Gesellschaft meint, dass eine Liebe wie die unsere etwas Schlechtes ist.«

Seine Ehrlichkeit traf Sally direkt ins Herz, und sie konnte spüren, wie ihr die Tränen in die Augen stiegen.

»Die Gesellschaft ist im Irrtum und äußerst ungerecht«, widersprach Sally. »Das muss für Sie beide sehr schwer sein.«

»Julien wollte sich nur von mir verabschieden«, antwortete Mr. Marco mit zitternder Stimme. »Sein Vater schickt ihn in ein paar Wochen auf die Grand Tour, wie man es wohl nennt, und wenn er zurückkommt, soll er verheiratet werden …«

Sally sah, wie verzweifelt er war, und ihr Herz schlug ihm entgegen. Kein Wunder, dass er in letzter Zeit so bedrückt gewirkt hatte. »Das tut mir leid für Sie«, murmelte Sally, aber er zuckte nur mit den Schultern.

»Es tut weh zu lieben«, sagte er, »aber das Leben geht weiter. Und nun habe ich Arbeit zu erledigen, Miss Ross …«

Im nächsten Moment war er verschwunden, und Sally saß da und starrte die Tür an, die er hinter sich geschlossen hatte. Er hatte recht. Es tat weh zu lieben, vor allem, wenn diese Liebe nicht erwidert oder einem weggenommen wurde.

Kapitel 19

Sally warf im Büro einen letzten Blick auf die Abendzeitung und runzelte die Stirn. Das ganze Frühjahr über und bis in den Frühsommer hinein hatte es Berichte über Unruhen gegeben, die von Suffragetten ausgegangen waren, und nun hatte auch noch eine junge Frau für die Sache ihr Leben gelassen. Beim Epsom Derby hatte Emily Davison sich aus den Zuschauerreihen heraus vor das Pferd des Königs geworfen, um Seine Majestät bei diesem vielbesuchten und berühmten Derby auf ihre Sache aufmerksam zu machen. Doch Anmer – so der Name des Pferdes – scheute, stürzte und begrub Emily unter sich. Sie starb einige Tage später an ihren Verletzungen. Zuvor war Miss Davison schon mehrfach wegen gewaltsamer Proteste verhaftet und im Gefängnis zwangsernährt worden, um dann, wie es der Cat and Mouse Act vorschrieb, wieder freigelassen zu werden. Und nun hatte sie den ultimativen Preis für ihren Widerstand zahlen müssen.

Es war eine mutige, aber schockierende und vielleicht auch törichte Aktion gewesen. Und viele Menschen würden sich jetzt fragen, was ihre Absicht gewesen war: Hatte Emily ihrem Leben ein Ende setzen wollen, oder war es nur eine unbedachte Tat gewesen, die zu einer Tragödie geführt hatte?

Die Männer im Parlament mussten doch jetzt endlich begreifen, dass diese Frauen nicht so einfach von den Straßen verschwinden würden, auch wenn sie in ihren Augen nur nutzlose Kreaturen waren, die das Stimmrecht nicht verdienten. Aber in Wahrheit handelte es sich um intelligente, gebildete und engagierte Frauen, die leidenschaftlich für ihre Sache eintraten. Ihre Proteste würden so lange weitergehen, bis alle Frauen die Möglichkeit bekamen, sich an den Wahlen zu beteiligen.

Eine winzige Notiz etwas weiter unten auf der Seite erregte Sallys Aufmerksamkeit und entrang ihr ein Lächeln: Eine Miss Emily Dawson war zur Richterin ernannt worden. Vielleicht würden einige Frauen mit der Zeit ja doch als die vernünftigen und tüchtigen Menschen anerkannt werden, die sie waren.

Sally faltete die Zeitung zusammen und machte sich schnell auf den Heimweg. Beth' Tante kam diese Woche zu einer Anprobe für die Kleider der Brautjungfern bei ihnen vorbei, und sie wollte nicht zu spät zu Hause sein. Beth selbst hatte ein hübsches weißes Spitzenkleid für ihre Hochzeit im August gefunden, dazu wollte sie den Brautschleier, der ihrer Mutter gehört hatte, mit einem Myrten-Kranz tragen.

»Ich finde den Schleier wunderschön«, hatte Sally gesagt, als Beth ihn kurz vor der Ankunft ihrer Tante hervorgeholt und ihr gezeigt hatte. »Deine Mutter hat ihn für dich aufbewahrt – aber was ist aus ihrem Hochzeitskleid geworden?«

»Ich glaube, sie hat es ändern lassen, um es als Abendkleid tragen zu können«, sagte Beth. »Soviel ich weiß, haben viele Frauen das damals gemacht. Es war vermutlich die einzige Möglichkeit, noch ein weiteres Mal in ihrem Leben ein solch schönes Kleid zu tragen.«

Sally nickte. »Ich hatte ja selber nie eine Familie, Beth, aber ich habe immer angenommen, dass Mütter ihre Sachen am Hochzeitstag an ihre Töchter weitergeben.«

»Es gibt nur den Schleier«, sagte Beth, »das Kleid habe ich nie gesehen. Mein Vater sagte, dass sie wunderschön darin aussah, und ich denke, dass sie das Kleid vielleicht noch eine Zeitlang getragen hatte und es dann zu einem Taufkleid für mich umgearbeitet wurde. Leider wurde darin dann schließlich mein jüngerer Bruder beerdigt … er war damals gerade einmal neun Monate alt. Mein Vater hat mir später davon erzählt. Meine Mutter hat nie über ihn gesprochen, aber ich glaube nicht, dass sie je über seinen Tod hinweggekommen ist. Ich habe oft gedacht, dass ihre Krankheit damals begonnen hat. Wir hatten ein Dienstmädchen, bis mein Vater starb und wir es uns nicht mehr leisten konnten.«

Sally nickte. »Dann warst du also nicht viel besser dran als ich. Ich habe immer die Mädchen beneidet, die ihre Mütter kannten, Beth. Aber du scheinst es auch nicht gerade leicht gehabt zu haben.«

»Es war sicher immer noch besser, als von Nonnen in einem kirchlichen Waisenhaus aufgezogen zu werden«, entgegnete Beth lächelnd. Dann hörten sie die Türklingel. »Das wird meine Tante sein. Ich lasse sie besser schnell herein.«

Sie ging zur Tür, begrüßte ihre Tante und umarmte sie. Helen hatte ein wenig abgenommen, doch ansonsten wirkte sie kaum verändert.

»Geht es dir gut, meine Liebe?«, fragte Beth und betrachtete Helen besorgt, obwohl ihr äußerlich nichts anzumerken war. »Ich bin so froh, dass du gekommen bist!«

»Und ich freue mich, hier zu sein, Beth.« War da ein Flackern in ihren Augen? Falls es Angst war, überspielte Helen sie schnell. »Und mach nicht so ein besorgtes Gesicht! Gerald ist weg, und mir geht's gut …«

Beth lächelte sie an. Vielleicht hatte sie an jenem Tag mehr aus dem Kummer ihrer Tante gemacht, als gerechtfertigt gewesen war. Schließlich hatte auch Jack gemeint, es sei vielleicht nur ein Streit zwischen Eheleuten gewesen.

Tante Helen hatte nach den Angaben von Beth für jede der Brautjungfern ein Kleid zugeschnitten und die Teile zusammengeheftet. Jetzt nahm sie bei allen noch die notwendigen Anpassungen vor.

»Du hast wirklich die perfekte Sanduhrfigur«, bemerkte sie an Maggie gewandt. »Und Sally, du hast ein wenig abgenommen, seit ich dich das letzte Mal gesehen habe.«

»Bist du auch sicher, dass das alles nicht zu viel Arbeit für dich ist?«, fragte Rachel, als sie mit ihrer Anprobe an der Reihe war. »Drei Kleider sind ziemlich viel, Helen. Ich könnte meins auch selbst nähen, wenn du möchtest ...«

»Ach, nicht doch, Rachel. Ich habe an manchen Tagen wirklich kaum etwas zu tun«, sagte Tante Helen zu ihr. »Gerald war in den letzten zehn Tagen geschäftlich unterwegs, und ich erwarte ihn erst in einer Woche zurück. Wenn ich allein bin, lebe ich sehr einfach, und das Nähen macht mir Spaß.«

»Nun gut, solange es wirklich nicht zu viel Arbeit für dich ist«, antwortete Rachel und lächelte sie an. »Ich glaube übrigens nicht, dass ich zugenommen habe, obwohl William mich an den letzten drei Sonntagen zum Mittagessen und zweimal abends zum Essen ausgeführt hat.«

»Ist er dein Freund?«, fragte Tante Helen interessiert.

»Ja, wir sind gute Freunde«, sagte Rachel. »Er heißt William Bailey und ist Anwalt. Wir haben ein paarmal zusammen zu Mittag gegessen, und am Sonntag sind wir nach dem Tee im Regent's Park spazieren gegangen ... William ist ein sehr unterhaltsamer Begleiter.«

»Was für ein Zufall!«, sagte Tante Helen. »Gerald hat vor zwei Wochen einen Freund zum Abendessen mitgebracht. Er hieß William Bailey und war Anwalt – er kandidiert für das Parlament und möchte sich zur nächsten Wahl aufstellen lassen. Rein zufällig bekam ich mit, wie er erklärte, dass er sich in einer ganzen Reihe von Reden gegen die Suffragetten-Bewegung aussprechen will ...«

»Ach du liebe Güte«, sagte Rachel und runzelte die Stirn. »Das wundert mich aber, obwohl der Name vermutlich recht geläufig ist.«

»Da hast du wahrscheinlich recht«, antwortete Tante Helen und lächelte, als sie eine letzte Stecknadel befestigte. »Oh ja, dieses Kleid wird dir sehr gut stehen, Rachel. Ich freue mich schon darauf, euch alle für die Hochzeit angekleidet zu sehen. Hast du den Termin schon festgelegt, Beth?«

»Ja, Jack hat das gemacht«, antwortete Beth. »Er tritt im nächsten Monat seine neue Stelle an und sagt, er habe seinen Chef bereits gebeten, ihm die Woche nach dem zehnten August freizugeben. Und da der Neunte ein Samstag ist, werden wir an diesem Tag heiraten. Am Sonntag nach dem Morgengottesdienst suchen wir den Vikar von St. Martin auf, um alles mit ihm zu besprechen.«

»Dann werde ich alles dafür tun, bei der Hochzeit anwesend sein zu können«, versprach Tante Helen. »Ich bin mir nicht sicher, ob Gerald mitkommen wird – aber du wirst ihn doch einladen, Beth?«

»Aber natürlich tue ich das!« Beth sah sie ängstlich an. »Ich würde nicht mal im Traum daran denken, ihn zu beleidigen, indem ich ihn ausschließe.«

»Wird es eine große Hochzeit werden?«, fragte Sally, die sich nach der Anprobe wieder angezogen und Tee für alle gekocht hatte, den sie nun zusammen mit einer Dose Kekse ins Wohnzimmer brachte. Die Dose war von Huntley and Palmer und der Deckel hatte ein hübsches Muster.

»Außer der Familie werden wir etwa zwanzig Gäste einladen«, erklärte Beth. »Jack hat einige Freunde, die er gern dabeihätte, und drei Cousins mit ihren Frauen und Kindern. Da ich selbst nur euch drei und Tante Helen und Onkel Gerald habe, kann jeder von euch gerne noch einen Freund mitbringen. Du zum Beispiel könntest Ralf einladen, Maggie.«

»Oh nein, denn Tim wird da sein, und ich will jede freie Minute mit ihm verbringen«, entgegnete sie strahlend.

Rachel sagte: »Ich könnte William einladen – aber nicht,

wenn er sich in seinen Reden gegen unsere Bewegung aussprechen will!«

»Oje, das hätte ich dir nicht erzählen sollen.« Tante Helen wirkte bestürzt. »Ich bin mir sicher, dass es nicht derselbe Mann sein kann. Wenn er dein Freund ist, würde er so etwas doch nicht hinter deinem Rücken tun?«

»Ich weiß nicht.« Rachel runzelte die Stirn. »Ich dachte, er sei ehrlich und vertrauenswürdig. Aber falls er mir etwas vorgemacht hat …« Sie ging in ihr Schlafzimmer, um das Brautjungfernkleid auszuziehen, und Tante Helen sah die anderen an.

»Ich wollte nicht für Unruhe sorgen. Es war nur so ein merkwürdiger Zufall. Gerald findet die Frauenbewegung auch lächerlich. Er sagt, Frauen besäßen nicht den Verstand, um zu entscheiden, wer regieren soll, und ist sehr dagegen, dass wir jemals das Stimmrecht erhalten – und dieser Mann, William Bailey, hat genau das Gleiche gesagt. Er sagte sogar, er hielte es für ein gutes Thema, um bei der nächsten Wahl Popularität zu erlangen.«

»Das ist nicht deine Schuld«, warf Sally ein. »Du darfst dir keine Vorwürfe machen, Helen. Wenn er solch ein abscheulicher Lügner ist, dann ist es nur gut, wenn Rachel es frühzeitig erfährt!«

»Oh ja!«, sagte Tante Helen sichtlich aufgebracht. »Es ist viel besser, die Wahrheit rechtzeitig zu kennen.« Für Beth war es offensichtlich, dass sie dabei an ihre eigene Ehe dachte und vielleicht wünschte, sie hätte gründlicher nachgedacht, bevor sie Geralds Antrag angenommen hatte.

Es war schon recht spät, als Beth nach unten ging und den Portier bat, ein Taxi für ihre Tante zu bestellen. Sally bestand darauf, den Fahrpreis zu bezahlen.

»Du bist zu uns gekommen, und wir sind dir alle dankbar«, sagte sie, als Tante Helen protestierte. »Ich weiß, dass die Kleider perfekt sein werden. Ich wünsche dir eine gute Heimfahrt, Helen.«

»Pass auf dich auf, Tante. Es war schön, dich zu sehen«, sagte Beth. »Wann möchtest du zu einer weiteren Anprobe kommen?«

»Wahrscheinlich in der übernächsten Woche«, schlug ihre Tante vor. »Ich werde dir schreiben und dir rechtzeitig Bescheid geben, Beth.«

»Ja. Gib gut acht auf dich, meine Liebe.« Beth küsste Helen auf die Wange. Dabei spürte sie, wie ihre Tante zitterte, und schaute ihr prüfend in die Augen. »Ist alles in Ordnung?«

»Ja, sicher, Kind. Gute Nacht, Beth – und auch dir eine gute Nacht, Sally. Danke, dass ihr beide so gut zu mir seid.«

Sally sah Beth fragend an, als sie in ihre Wohnung zurückkehrten. »Deine Tante hat sich sehr verändert, nicht?«

»Ja – ich glaube, sie ist nicht sehr glücklich mit ihrem Ehemann.«

»Das ist wirklich sehr bedauerlich«, antwortete Sally. »Warum verlässt sie ihn nicht einfach?«

»Weil Frauen ihrer Generation so etwas nicht tun«, antwortete Beth. »Ich glaube, man muss schon sehr mutig sein, um sich scheiden zu lassen, Sally.«

»Darüber musst du ja zum Glück nicht nachdenken, du hast einen guten Mann gefunden.« Sally lächelte und schlang einen Arm um ihre Taille. »Du wirst wahnsinnig glücklich sein und viele süße Kinder haben.«

»Nicht zu bald, hoffe ich«, erwiderte Beth. »Ich möchte meine Arbeit noch nicht aufgeben, Sally. Ich liebe Jack, aber ich will nicht zu früh Kinder bekommen. Schließlich war ich jahrelang ans Haus gebunden und musste mich um meine Mutter kümmern.«

Sally nickte nachdenklich. »Ich verstehe, was du meinst, weil auch ich meine Arbeit liebe. Aber ich möchte trotzdem eine Familie haben und beneide dich, Beth, weil ich noch nie wirkliche Liebe erfahren habe.«

Unwillkürlich dachte sie an Mick und den Blick, mit dem er sie angesehen hatte, als er sie das letzte Mal nach Hause gefahren hatte. Damals hatte sie gedacht, er empfände etwas für sie, aber seit jener regnerischen Nacht hatte sie ihn nicht mehr gesehen und fragte sich nun, ob sein Kuss nur ein spontaner Impuls gewesen war. Und Ben? Von ihm wusste sie jetzt, dass er in ihr nicht mehr als eine Angestellte sah. Was mochte nur der Grund dafür sein, dass sie die wahre Liebe in ihrem Leben noch nicht gefunden hatte?

»Wirst du dieses Jahr Urlaub machen?«, fragte Beth, als sie in die Küche gingen, um das Teegeschirr zu spülen. »Letztes Jahr hast du gesagt, du könntest dir nicht freinehmen, weil du zu viel zu tun hattest. Ich habe meinen Urlaub damals genommen, bin aber nirgendwo hingefahren …«

»Es wäre schön, ans Meer zu fahren, wenn auch nur für ein paar Tage«, antwortete Sally. »Wenn es möglich wäre, die Belegschaft ein bisschen umzuorganisieren, könnten wir vielleicht zusammen fahren – vielleicht am Freitagabend früh losfahren und am Montagabend zurückkommen?« Doch dann schüttelte sie den Kopf. »Aber du musst dir ja schon freinehmen, wenn du heiratest.«

»Für so eine kleine Reise würde ich nur zwei Tage meines Jahresurlaubes benötigen«, überlegte Beth. »Warum tun wir es also nicht einfach, Sally? Jack ist dieses und das nächste Wochenende weg, und danach wird er endgültig zu Hause bleiben, um seine neue Stelle anzutreten. Es spricht also nichts dagegen, dass wir ein paar Tage ans Meer fahren, was meinst du?«

»Ich werde mit Mr. Stockbridge über eine Vertretung für deine Abteilung sprechen«, schlug Sally vor. »Wir haben gerade ein neues Mädchen eingestellt. Sie hat einige Erfahrung mit Bekleidung, also könnte ich sie bitten, deinen Platz in der

Abteilung einzunehmen – und Mr. Harper kann sich während meiner Abwesenheit mit den Vertretern befassen.«

Beth sah sie neugierig an. »Wie läuft es zwischen euch beiden?«

»Wir sind ein gutes Team für Harpers«, antwortete Sally und seufzte dann. »Er hat mich nicht mehr zum Essen eingeladen, seit ich Nein gesagt habe – und ich glaube, er trifft sich inzwischen mit jemandem.« Sie verzog das Gesicht. »Letztes Jahr war er jede Woche mit einer anderen Frau zusammen, aber neuerdings habe ich ihn schon einige Male immer mit derselben hübschen jungen Frau gesehen.«

»Nein!« Beth schnappte verblüfft nach Luft.

Sally nickte betrübt. »Gestern rief eine Frau im Büro an, als wir uns gerade unterhielten, und fragte nach ihm, und dann hörte ich ihn sagen, dass sie sich zum Mittagessen treffen würden. Wahrscheinlich ist es meine Schuld, dass er mich nicht mehr einlädt.«

»Und warum hast du Nein gesagt, obwohl du doch eigentlich gerne mit ihm ausgehen würdest?«, fragte Beth.

»Weil ich verärgert war.« Sally zuckte mit den Schultern. »Ach, Beth, ich weiß nicht, was ich tun soll – manchmal denke ich, dass er mir etwas Wichtiges sagen will, und dann geht er einfach. Wenn er etwas für mich empfindet, müsste er es mir doch sagen, oder?«

»Ja, das müsste er«, stimmte Beth ihr zu. »Aber du könntest ihn auch ein bisschen ermutigen, Sally.«

»Ich glaube, dazu ist es zu spät.« Sally schüttelte den Kopf. »Zerbrich dir also nicht den Kopf über mich, Beth. Ich wüsste nicht einmal, was Liebe ist, wenn sie mich anspringen und beißen würde.« Doch in Wahrheit wusste sie das natürlich ganz genau, denn sie hatte sich längst verliebt – und jetzt litt sie darunter.

* * *

Ihr Urlaub war schnell organisiert. Sally fand für die beiden Tage eine Vertretung für Beth und teilte Ben Harper mit, dass sie am nächsten Morgen für ein paar Tage verreisen würde.

»Oh – und haben Sie ein schönes Urlaubsziel?«, fragte er.

»Beth und ich hatten Lust auf einen Ausflug ans Meer«, sagte Sally. »Aber im Grunde ist es nur ein langes Wochenende. Ich habe etwas in einem kleinen Hotel in Southend reserviert.«

»Sie wissen, dass Sie Anspruch auf einen längeren Urlaub haben?«

»Ja, aber Beth heiratet im August und will dann den größten Teil ihres Urlaubs nehmen.«

»Ach so, ich verstehe.« Seine dunklen Augen verengten sich, als er sie ansah. »Dann wird es also nur eine kleine Auszeit für Sie beide.«

»Ja.« Sally erhob ihren Blick zu ihm. »Sie können meine Termine auch gern absagen, falls Sie schon andere Verpflichtungen haben.«

»Nein, nein, nichts Wichtiges«, antwortete er, ohne sie anzusehen. »Vielleicht werde ich im nächsten Monat nach Paris fahren. Ich dachte, wir könnten ein paar französische Modelle einkaufen … Was meinen Sie?«

»Ein paar Abendkleider würden sich vielleicht gut verkaufen«, antwortete Sally. »Sie könnten dann auch gleich einige Parfümerien aufsuchen und sich überlegen, ob Sie Parfüms und Eau de Colognes in unser Angebot aufnehmen möchten.«

»Ich dachte, Sie würden vielleicht gerne mitkommen«, bemerkte er beiläufig. »Die Herbst- und Winterkollektionen dort müssten doch eigentlich schon verfügbar sein …«

»Ja …« Sally schnappte nach Luft, weil sein Vorschlag sie völlig aus der Fassung gebracht hatte. »Ja, das würde ich sehr gerne tun. Jenni sagte mir einmal, ich müsse Paris sehen, und natürlich würde ich mir gern die neuen Winterkollektionen dort ansehen, bevor ich hier zu viel einkaufe.«

»Gut, dann werde ich zwei Kabinen und die Hotelzimmer buchen«, sagte Ben. »Ich gebe Ihnen die Daten durch, damit Sie allen, die es wissen müssen, sagen können, dass Sie auf Geschäftsreise sein werden und keinen Urlaub machen.«

»Ich kann tun und lassen, was ich will, und muss niemandem etwas erklären.« Sally hob den Kopf. »Und apropos Urlaub: Maggie, Beth, Rachel und ich werden an dem Samstagnachmittag von Beth' Hochzeit nicht da sein, aber wir gehen nicht vor ein Uhr mittags, die Trauung findet erst um drei Uhr statt.«

»Wenn Sie gern den ganzen Tag frei hätten, Sally, ist das kein Problem«, bot Ben ihr darauf an, und die Wärme in seinen Augen ließ ihr Herz gleich wieder höherschlagen. »Sie wissen doch wohl, dass ich alles, was Sie hier leisten, sehr zu schätzen weiß?«

»Ja. Danke«, sagte sie und lächelte ihn an. »Miss Hart war übrigens sehr entrüstet, als ich ihr sagte, dass wir an diesem Samstag eine Vertretung für die gesamte Abteilung brauchen. Aber Mr. Stockbridge war so freundlich, uns anzubieten, für ein paar Stunden einige andere Mitarbeiter hinüberzuschicken. Schließlich ist eine Hochzeit etwas Besonderes, nicht wahr?«

»Ja, das ist sie. Etwas ganz Besonderes«, stimmte Ben ihr zu, und Sally bemerkte verwundert, dass sich Schmerz in seinen Augen spiegelte. »Ich wünsche Ihnen ein schönes Wochenende mit Ihrer Freundin – aber nun muss ich gehen, weil ich mit dem Freund eines Freundes zum Mittagessen verabredet bin.«

Sally sah ihm nach und dachte, dass Paris im Juli wunderbar sein würde. Nie im Leben hätte sie damit gerechnet, einmal in diese großartige Stadt mitgenommen zu werden, um sich die neuen Herbst- und Winterkollektionen anzusehen – aber sie hätte auch nie gedacht, dass sie sich jemals ein paar Tage am Meer würde leisten können. Sie hatte damals schon Mühe gehabt, ihr Zimmer in der Pension zu bezahlen, und nie gehofft, einmal eine Stelle zu bekommen, die ihr so viel einbrachte wie die jetzige. Vielleicht sollte sie für das, was sie hatte, dankbar sein und sich nicht nach mehr sehnen?

***

Das Wochenende kam schnell, und eine Welle der Aufregung erfasste die beiden Mädchen, als sie an diesem Freitagmorgen ihre gepackten Koffer zur Arbeit mitbrachten und sie bei Fred abstellten.

»Ich freue mich, dass ihr einen kleinen Urlaub macht«, sagte Fred mit einem Lächeln. »Das Wetter ist herrlich, aber es wird bestimmt nicht ewig so bleiben. Schwimmt eine Runde für mich, wenn ihr schon mal da seid, Mädels!«

»Aber natürlich, Fred, und wir werden dir auch eine Zuckerstange mitbringen«, neckte Sally ihn.

»Ich hätte aber lieber Bonbons«, scherzte Fred. »Die Zuckerstange ist nicht gut für meine Zähne, und es würde ein Vermögen kosten, sie in Ordnung bringen zu lassen.«

Beth kicherte und küsste ihn auf die Wange. Sie wusste, dass Fred eine Teilprothese hatte, die ihm Probleme bereitete, wenn er etwas Hartes aß.

»Wir bringen dir ein paar schöne weiche Toffees mit«, versprach sie. »Es ist Jahre her, seit ich am Meer war, Fred. Als ich das letzte Mal dort war, lebte mein Vater noch.«

»Nun, dann wünsche ich euch viel Spaß«, sagte Fred. »Ich wünschte, ich könnte mit euch fahren.«

Rachel und Maggie freuten sich auch sehr für die beiden, als Sally Beth am Nachmittag in der Abteilung abholte. »Ihr solltet euch nächste Woche ein paar Tage freinehmen«, sagte Beth. »Sally kann eine Vertretung für euch beide organisieren. Schließlich habt auch ihr ein Recht auf Urlaub.«

»Das wäre schön«, sagte Maggie wehmütig und sah Rachel an, die lächelte.

»Warum eigentlich nicht?«, sagte sie. »Ich weiß, dass Miss Hart darüber nicht gerade begeistert sein wird, aber wir sollten zusammen wegfahren können, wenn wir das wollen.«

Normalerweise wurden die Urlaubszeiten des Personals aufeinander abgestimmt, aber Beth wusste, dass es auch einige Abteilungen gab, die einfach für ein paar Tage mit weniger Personal arbeiteten. Als Rachel einmal für eine Weile weg gewesen war, hatte sie ein Mann aus der Porzellanabteilung vertreten, der auch einige Taschen und Schmuckstücke verkauft hatte, während er an ihrer Theke bediente. Offenbar hatten die weiblichen Kunden also nichts dagegen, von einem Mann bedient zu werden.

Sally hatte ein Taxi bestellt, das sie zum Bahnhof bringen sollte. Sie hatte ihre Zugfahrscheine im Voraus gekauft, sodass sie nun direkt zum entsprechenden Bahnsteig gehen konnten, wo der Zug bereits wartete.

»Ich bezahle dir meinen Anteil an den Fahrtkosten«, sagte Beth, als sie im Zug saßen. »Wage nicht, es abzulehnen, Sally, denn ich werde dich nicht das ganze Wochenende ausnehmen!«

»Als ob du das tun würdest«, sagte Sally lachend. »Aber keine Bange, ich schreibe alles auf, und wir rechnen es am Ende ab. Ich freue mich wirklich sehr auf unseren kleinen Urlaub, Beth. Ich bezweifle, dass ich auf die Idee gekommen wäre, mir freizunehmen, wenn du nicht gesagt hättest, dass du gern ein paar Tage am Meer verbringen würdest.«

»Und es sieht auch ganz so aus, als würde sich das schöne Wetter halten.«

»Das wollen wir doch hoffen!« Sally lächelte sie an und reichte ihr eine Zeitschrift. »Ich hoffe, dass das Hotel in Ordnung ist. Ich habe es einfach aus der Zeitung herausgesucht, aber es hat einen guten Ruf …«

»Ich bin mir ganz sicher, dass es richtig schön werden wird.«

Kapitel 20

Beth hatte recht, denn das Hotel lag direkt am Meer und war komfortabel und sauber, wenn auch vielleicht nicht so modern, wie Sally gehofft hatte.

»Mich stört es nicht, dass es ein bisschen altmodisch ist«, sagte Beth, als sie sich in ihrem Zimmer einrichteten. Es hatte zwei Einzelbetten und war billiger als zwei Einzelzimmer, und zudem besaß es den Vorteil eines angrenzenden Bads. »Das ist ein echter Luxus – so müssen wir nicht den Flur hinuntergehen.«

»Ja, genau deswegen habe ich dafür gesorgt, dass wir ein eigenes Bad bekommen«, antwortete Sally. »Ich habe genug davon, vor dem Badezimmer Schlange stehen zu müssen, seit ich in dieser Pension gewohnt habe.«

Zu Hause in ihrer gemeinsamen Wohnung ging es natürlich zivilisierter zu, und sie fragten einander zuerst, ob jemand das Bad benutzen wollte. Glücklicherweise gab es unten im Eingangsbereich jedoch auch eine öffentliche Toilette, sodass sie, wenn es dringend war, auch schnell hinunterlaufen und diese benutzen konnten.

»Wir haben einen schönen Ausblick auf das Meer und den Pier«, sagte Beth, die aus dem Fenster schaute. »Was sollen wir heute Abend tun? Hier im Hotel zu Abend essen – oder ausgehen und uns ein nettes Lokal suchen?«

»Ich glaube, es gibt mehrere Theater hier«, sagte Sally. »Warum essen wir also nicht gemütlich zu Abend und machen dann einen Spaziergang, um zu schauen, was dort gespielt wird?«

Sie nahmen ein einfaches, aber gut zubereitetes Abendessen mit gefülltem Brathähnchen, Kartoffeln und Gemüse zu sich. Dann zogen sie ihre Jacken an und machten sich auf den Weg zu einem Spaziergang an der Promenade. Der Pier war beleuchtet, und sie konnten sehen, dass dort eine Varietéshow stattfand. Beth kannte keinen der Künstler, aber es wurde eine Marie-Lloyd-Imitatorin angekündigt, und das Plakat pries sie als »wahrlich lebensecht« an.

»Wir könnten dort für morgen Plätze reservieren«, schlug Sally vor und hakte sich bei ihrer Freundin unter. »Ist das nicht ein wunderbarer Duft, Beth? Es gibt nichts Schöneres, nicht wahr?«

Es war der mit Küchendüften vermischte salzige Geruch des Meeres. Eine kleine Brise hatte die Hitze des Tages vertrieben, und es war wunderbar, am Pier und all den Pubs, Restaurants und Vergnügungseinrichtungen vorbeizulaufen, die Southend zu einem solch beliebten Ferienort machten.

»Es ist nicht ganz so viel los, wie ich dachte«, bemerkte Sally.

»Ich denke, wenn Ende Juli die Schulferien beginnen, werden mehr Leute hier sein«, antwortete Beth. »Deshalb hast du unser Zimmer wahrscheinlich auch so leicht bekommen.«

Direkt vor ihnen wurde plötzlich die Tür einer Kneipe aufgestoßen, und eine Gruppe lärmender junger Männer stürmte auf die Straße hinaus. Sie trugen alle Armeeuniformen und hatten offensichtlich viel getrunken. Einer von ihnen stieß mit Beth zusammen und trat ihr auf den Fuß. Und dann wurde sie auch noch von zwei der betrunkenen, aber gutmütigen Soldaten angerempelt. Sie schrie erschrocken auf und merkte dann, wie jemand sie aus dem Getümmel zog.

»Alles in Ordnung?«, fragte eine männliche Stimme, und als sie sich erstaunt umschaute, blickte sie in das besorgte Gesicht von Mark Stewart – der Mann, den sie einst zu lieben geglaubt und der ihr dann das Herz gebrochen hatte. »Hat er dir wehgetan?«, fragte Mark und musterte sie besorgt.

»Es war nur der Schreck«, antwortete Beth. »Keine Bange, Sally, dieser Herr ist nur ein alter Freund von mir.«

»Wir waren mehr als das, Beth.« Marks sanfte Augen schauten sie tadelnd an. Dann kam er auf sie zu, als ob er sie berühren wollte, aber sie wich zurück, bis sie sich außer Reichweite von ihm befand.

»Danke für deine Hilfe, aber ich glaube, du weißt schon, was ich meinte«, sagte Beth höflich. »Wir sind heute definitiv nicht mehr als Freunde. Und jetzt entschuldige mich bitte, denn Sally und ich wollen weiter.«

Mark zögerte und setzte eine verdrossene Miene auf, aber dann nickte er und ging.

Sally warf Beth einen Blick zu, bemerkte ihr gerötetes Gesicht und berührte sie am Arm. »Du magst ihn nicht besonders … Warum nicht?«

»Das war Mark – ich habe dir doch erzählt, dass er mich im Stich gelassen hat, als meine Mutter so krank war und ich sie pflegen musste.«

»Ah ja, jetzt erinnere ich mich wieder«, sagte Sally. »Er hat dich sitzengelassen, weil deine Mutter gegen eure Heirat war.«

»Ich dachte immer, er würde nach ihrem Tod zu mir zurückkehren«, sagte Beth, »aber als er wiederkam, war er verheiratet. Leider starb seine Frau schon kurz nach unserem Wiedersehen – bei der Geburt, soweit ich weiß, und er schien zu glauben, dass ich zu ihm zurückkehren würde, nachdem er mir geschrieben und mir das alles erzählt hatte. Aber ich habe ihm nicht geantwortet.«

Sally nickte. »Es war ein bisschen komisch, dass er gerade in der Nähe war, als dieser Soldat dich angerempelt hat, nicht wahr?«

»Glaubst du, dass er uns gefolgt ist?«, fragte Beth nach kurzer Überlegung. »Es war wirklich ein bisschen merkwürdig, ihm hier zu begegnen.«

»Würde er so etwas denn tun?« Sally schaute sie fragend an, und Beth nickte.

»Möglich wäre es. Mark kann manchmal ziemlich aufdringlich sein. Jedenfalls passte es ihm gar nicht, als ich ihm voriges Jahr sagte, ich hätte kein Interesse mehr an ihm.«

»Vielleicht war die Begegnung ja auch nur ein Zufall«, sagte Sally und hakte sich wieder bei Beth unter. »Er hätte doch gar nicht wissen können, dass wir hierherkommen, nicht?«

»Nein«, antwortete Beth und atmete tief durch. »Natürlich nicht – es war einfach nur ein Schock für mich, als ich ihn so plötzlich sah.«

»Ja, das war es sicherlich – aber eigentlich hat er doch nur versucht, dir zu helfen, Beth. Und vielleicht warst du ein bisschen zu schroff zu ihm.«

Beth sah sie einen langen Moment an und nickte dann. »Ja, vielleicht hast du recht. Ich hätte mich ordentlich bei ihm bedanken sollen … aber ich fühle mich nicht wohl in seiner Nähe.«

***

Als die beiden Freundinnen am nächsten Morgen zum Frühstück in den Speisesaal hinuntergingen, bemerkte Beth zu ihrer Überraschung als Erstes Mark, der mit einer älteren Frau an einem Tisch saß. Als er Beth erblickte, kniff er die Augen zusammen, dann bemerkte er offenbar ihren Verlobungsring, denn auf seinem Gesicht zeigte sich ein schiefes Lächeln. Was für ein Zufall, dass sie dasselbe Hotel gewählt hatten – aber es war natürlich auch eines der besten am Ort …

Beth und Sally bestellten sich ein üppiges Frühstück aus Eiern mit Speck, Tomaten, Pilzen und einer Scheibe in Butter geröstetem Brot, gefolgt von Toast und Marmelade und Kaffee oder Tee. Sie entschieden sich beide für Kaffee, weil er so gut roch und auch wirklich sehr gut schmeckte.

Mark und seine Begleitung erhoben sich noch vor Beth und Sally, aber als auch sie den Speisesaal schließlich verließen, sahen sie ihn an dem Tisch im Foyer stehen, auf dem sämtliche Tageszeitungen für die Gäste bereitlagen.

»Guten Morgen, Beth – und Sie müssen Sally Ross sein, nehme ich an«, sagte Mark. »Hat Ihnen das Frühstück geschmeckt? Es ist hier wirklich ausgezeichnet – meiner Tante hat es jedenfalls geschmeckt. Und sie wohnt schon seit Jahren hier.«

»Oh«, sagte Sally. »Wollen Sie damit sagen, dass Ihre Tante ein ständiger Gast hier ist – oder meinten Sie, dass sie einmal im Jahr herkommt?«

»Nein, nein, sie lebt das ganze Jahr über hier«, erwiderte er schmunzelnd. »Tante Jane hat von ihrem verstorbenen Mann ein Vermögen geerbt, und nachdem sie von einer Reihe von Hausmädchen im Stich gelassen wurde, beschloss sie, sich hier eine Suite zu nehmen, und es gefiel ihr so gut, dass sie nie wieder ausgezogen ist.«

»Aha, ich verstehe«, bemerkte Sally. »Es hat mich gefreut, Sie kennenzulernen, Mr. Stewart, aber ich werde mich jetzt auf unser Zimmer zurückziehen. Beth – kommst du mit?«

»Ja natürlich. Ich möchte mir noch eine Jacke holen, bevor wir hinausgehen …« Sie zögerte und nickte Mark dann zu. »Es war sehr nett von dir, mir gestern Abend beizustehen. Und es tut mir leid, falls ich unhöflich war – es war der Schreck.«

»Das kann ich verstehen«, antwortete er. »Habt ihr schon Plätze für die Shows gebucht? Die besten Plätze sind immer schnell weg.«

»Ja, danke – das werden wir, Mark«, sagte Beth und ging weiter, um Sally in den Aufzug zu folgen.

»Das erklärt, warum er im Hotel ist«, sagte Sally. »Aber glaubst du trotzdem, dass er uns gestern beim Abendessen gesehen hat und uns gefolgt ist?«

»Vielleicht – oder vielmehr sehr gut möglich«, sagte Beth. »Ich bin mir zwar nicht sicher, warum er das tun sollte, aber …« Sie zuckte mit den Schultern.

»Wusstest du, dass er eine reiche Tante hat?«

»Mir gegenüber hat er sie jedenfalls nie erwähnt.« Beth verzog das Gesicht. »Aber was für ein Mensch lebt schon dauerhaft in einem Hotel?«

»Ein einsamer Mensch vielleicht«, sagte Sally. »Hier hat sie zumindest Gesellschaft und Menschen, die sich um sie kümmern und den Arzt rufen, wenn sie krank ist.«

»Ja, so wird es wohl sein …«

Beth schob den Gedanken an Mark und seine Tante beiseite, als sie und Sally hinausgingen, um das geschäftige Southend bei Tageslicht zu erkunden. Es gab so viel mehr in dieser Stadt zu entdecken als nur die Piers und Gärten, Pensionen, Restaurants und Vergnügungsbuden. Es gab hier auch viele schicke Geschäfte, ein Kino, in dem ein Stummfilm lief, und mehrere Theater. In einem von ihnen hatten sie für diesen Abend Plätze reserviert, allerdings hatten sie nur noch Karten ganz hinten im zweiten Rang bekommen.

»Ich hätte mir am Montag gern noch eine andere Vorstellung angesehen, aber wir müssen ja schon nachmittags zurückfahren«, bemerkte Sally mit einem Blick auf das Plakat, das eine weitere Varietévorstellung in der Stadt ankündigte.

»Wir könnten ja auch in eine Vormittagsvorstellung gehen«, schlug Beth vor, »und dann am Montagabend den letzten Zug nach Hause nehmen.«

»Ja, genau das machen wir«, sagte Sally und lachte. »Warum sehen wir uns nicht diesen Film mit Mary Pickford an?«

Er war im Jahr zuvor unter dem Titel *The Mender of Nets*

herausgekommen. Er erzählte die Geschichte eines jungen Mädchens, das Netze am Strand flickt und sich verliebt. Doch der Mann ihrer Träume hat noch eine Beziehung mit einer früheren Freundin.

»Gute Idee«, sagte Beth. »Sollen wir jetzt einkaufen gehen oder zu Mittag essen?«

Sie beschlossen, eine Weile einzukaufen, und Beth kaufte ein Paar neue Schuhe, die perfekt für ihre Hochzeit waren. Sie hatte eigentlich ein Paar Lederschuhe in einem hellen Beige gesucht, war aber bis jetzt nicht fündig geworden. Die Schuhe, die sie schließlich kaufte, waren aus cremefarbenem Wildleder und hatten eine schicke Schleife.

»Die gefallen mir«, sagte Sally, die selbst mehrere Paar Schuhe anprobiert, aber keins gekauft hatte. »Harpers hat keine gute Schuhabteilung«, bemerkte sie nachdenklich.

Beth gab ihr einen Schubs. »Du bist im Urlaub, Sally. Vergiss Harpers mal für ein paar Tage.«

»Ja, da hast du recht«, stimmte Sally ihr zu. »Außerdem habe ich Hunger – wollen wir etwas essen gehen?«

Sie fanden ein kleines Café an der Strandpromenade, wo sie getoastete süße Rosinenbrötchen aßen und Kaffee tranken, und danach gingen sie bis zum Ende des Piers, wo sie sich eisgekühlte Getränke kauften, sich in die Sonne setzten und die Passanten beobachteten. Die Sonne war angenehm warm, und so saßen sie eine ganze Weile da und sahen schließlich auch Mark, der dort mit seiner Tante am Arm spazieren ging. Sie lachte über irgendetwas, was er sagte, und obwohl er Beth und Sally sah, sprach er sie weder an, noch nickte er ihnen zu, als er vorbeiging.

»Da ist was faul«, sagte Sally, als sie rechtzeitig zu Gebäck und Tee ins Hotel zurückkehrten. »Bist du sicher, dass sie seine Tante ist? Sie könnte auch eine reiche Freundin sein.«

»Es interessiert mich absolut nicht, wer sie ist«, antwortete Beth. »Genauso wenig, wie Mark mich interessiert.«

»Das will ich aber auch hoffen«, sagte Sally mit einem Blick auf Beth' linke Hand. »Jack wäre bestimmt nicht erfreut, wenn es anders wäre …«

***

Am Sonntag gingen die beiden Freundinnen nach dem Frühstück in die Kirche. Sally sagte, sie habe dort Marks Tante gesehen, aber Beth hatte sie nicht bemerkt. Danach kauften sie einen Stapel Sonntagszeitungen und lasen sie in der Hotellounge bei einer Kanne köstlichen Kaffees und knusprigen Mandelkeksen.

Die Zeitungen schienen voller schlimmer Nachrichten zu sein. Auf dem Balkan hatte es mehrere Tote gegeben, als bulgarische und serbische Truppen aufeinandertrafen, und Russland hatte seinen Unmut darüber kundgetan, aber es war zu keiner Kriegserklärung gekommen. Beth erinnerte sich, dass Fred gesagt hatte, ein Krieg in Europa könnte Großbritannien in die Lage bringen, ihren Verbündeten beistehen zu müssen. Doch obwohl die Unruhen bereits verschiedene Länder erfasst hatten, war bisher noch nicht von einem Krieg die Rede gewesen. Beunruhigend war nur, dass Deutschland beschlossen hatte, seine Truppen zu verstärken. Der Kaiser besuchte noch immer verschiedene europäische Staatsoberhäupter und sprach von immerwährender Freundschaft zu seinen Cousins in England.

Als sie zum Mittagessen gingen, sah Sally Mark erneut mit seiner Tante. Er war zwar nicht mit ihr in der Kirche gewesen, aber nun saßen sie zusammen beim Mittagessen und feierten irgendetwas mit einer Flasche Wein. Nach dem Mittagessen brachen einige Gäste zu einem erfrischenden Spaziergang an der Strandpromenade auf – erfrischend vor allem deshalb, weil der Wind an diesem Nachmittag recht kühl war.

»Sollen wir uns in dieses Wetter hinauswagen?«, fragte

Sally nach einem Blick aus dem Fenster in der Hotelhalle. »Ich glaube nicht, dass es regnen wird.«

»Ja, lass uns noch einmal zum Pier gehen«, sagte Beth. »Die Vorstellung gestern Abend hat mir so gut gefallen, dass ich wünschte, wir wären länger hier.«

»Ja, es ist so wunderbar entspannend hier«, stimmte Sally ihr zu.

Als sie ins Foyer hinausgingen, sahen sie, dass Mark gerade mit seinem Koffer aus dem Aufzug kam. Er blieb stehen, kam auf sie zu und reichte ihnen die Hand.

»Zurück nach Hause?«, fragte Sally.

»Ja, ich bin nur für ein paar Tage hergekommen, und morgen habe ich Termine in London. Es war schön, Sie kennenzulernen, Miss Ross – und dich wiederzusehen, Beth.«

Beth nickte, antwortete aber nicht und lächelte auch nicht.

Sally sah zu, wie Mark seinen Koffer nahm und das Hotel verließ.

»Ich kann verstehen, warum du ihn zu lieben glaubtest«, sagte sie zu Beth, als sie hinausgingen und in der kühlen Brise ein bisschen fröstelten. Der Himmel war wolkenverhangen, das Meer grau und mit gelblichen Schaumkronen bedeckt. »Aber ich würde ihm nicht über den Weg trauen – mit Jack bist du viel besser dran.«

»Ich weiß.« Beth lächelte. »Und ich glaube auch nicht, dass ich gern seine Frau gewesen wäre.«

»Er wirkt ziemlich kontrollsüchtig«, meinte Sally. »Er erinnert mich an den Ehemann deiner Tante.«

»Ja.« Beth runzelte die Stirn. »Sollen wir an dem Stand am Ende des Piers noch ein paar Ansichtskarten kaufen? Ich möchte Fred eine schicken, auch wenn ich schon wieder zuhause bin, wenn er sie bekommt – und eine weitere an meine Tante.«

»Das ist eine gute Idee«, sagte Sally. »Ich möchte auch noch ein paar kleine Geschenke für Rachel und Maggie kaufen. Sie sind die Einzigen, denen ich etwas mitbringen möchte.«

»Und was ist mit deinen anderen Freunden?«

»Mick würde bestimmt keine Schachtel Toffee wollen, und ich bezweifle auch, dass Marlene gerne eine hätte«, sagte Sally leichthin. »Und andere echte Freunde habe ich nicht, außer dir und Jenni.«

Beth hakte sich bei ihr unter. »Dann lass uns gemeinsam etwas aussuchen. Ich habe ein paar hübsche Ohrringe gesehen, und ich denke, sie könnten Maggie gefallen – sie kosten zwar mehr als eine Schachtel Toffee, aber wenn wir sie zusammen kaufen …«

»Gute Idee«, sagte Sally. »Ich habe eine Muschelbrosche gesehen, die Rachel bestimmt gefallen würde. Ich finde, die sollten wir für sie kaufen. Wir werden so schnell nicht wieder die Möglichkeit dazu haben … und wir kaufen Toffee für Fred, und vielleicht bringe ich Mr. Harper eine Zuckerstange mit.«

»Ach komm schon, das traust du dich ja doch nicht«, sagte Beth, und beide lachten.

* * *

Zu guter Letzt beschlossen Beth und Sally, auf die Nachmittagsvorstellung am Montag zu verzichten und stattdessen einen Morgenspaziergang zu machen. Unterwegs aßen sie Fisch und Chips am Strand und nahmen danach im Hotel ihren Tee ein, bevor sie den Zug zurück nach London bestiegen.

»Es wäre zu hektisch gewesen«, meinten beide, »und wir können uns den Film ja immer noch in London ansehen, wenn er wieder läuft.«

Die kleine Auszeit am Meer hatte ihnen beiden sehr gutgetan. Beth fühlte sich erholt, freute sich aber auch, wieder zu Hause zu sein, wie sie Fred am nächsten Tag erzählte, als sie ihn daheim besuchte: »Schließlich habe ich die ganze Aufregung um meine Hochzeit noch vor mir.«

»Du kannst alles zu mir herüberbringen, wenn du so weit bist«, sagte Fred zu ihr. Sie hatten immer noch keine Wohnung gefunden, die sie sich leisten konnten. »Ihr könnt auch einfach die Sachen hier aufbewahren, bis ihr etwas Passendes gefunden habt.«

»Danke«, sagte Beth und küsste ihn auf die Wange. »Aber bis zur Hochzeit ist es noch fast einen Monat, und wenn Jack sich erst einmal zu Hause eingelebt hat, wird er viel Zeit haben, sich nach einer Wohnung umzusehen.«

»Nicht, wenn er erst einmal seine neue Stellung angetreten hat«, sagte Fred und warf einen Blick auf seine Zeitung. »Ich hab dir doch gesagt, dass es da draußen Krieg geben wird, nicht wahr?

»Ich habe gelesen, dass es Konflikte gab, aber das betrifft doch nicht uns, oder?«

»Noch nicht«, stimmte Fred ihr zu. »Im Moment beschränkt es sich noch auf die Balkanstaaten, wo Griechenland und Serbien gegen Bulgarien kämpfen – und wir wollen hoffen, Beth, dass es dabei bleibt.«

Beth nickte. Die Unruhen im Ausland machten ihr ein wenig Angst, aber all das schien sehr weit entfernt, und es gab so viel, worauf sie sich freuen konnte.

***

Die Zeitungen schrieben, es sei ein Rätsel. Sylvia Pankhurst, die Tochter von Emmeline, war seit einiger Zeit nicht mehr in der Öffentlichkeit gesehen worden, und niemand wusste, wo sie war, bis sie auf einer öffentlichen Kundgebung einen dramatischen Auftritt hatte und die Polizei sie festzunehmen versuchte. Die Frauen setzten sich jedoch mit Regenschirmen und Hutnadeln gegen die Polizei zur Wehr, was zu Verletzten auf beiden Seiten führte. Sylvia aber blieb wie weggezaubert. Die Polizei verhaftete eine Person in ihrem Haus, aber es handelte sich nicht um Sylvia. Eine Woche lang war es ein einziges Versteckspiel, dann konnte die Polizei sie am darauffolgenden Montag aufspüren. Sie wurde verhaftet und ins Holloway-Gefängnis zurückgebracht, wo sie sofort wieder in den Hungerstreik trat. Der Cat and Mouse Act entfaltete wieder einmal seine ganze Grausamkeit.

»Jetzt sind sie voller Schadenfreude!«, sagte Sally aufgebracht, als sie den Bericht in der Zeitung las. »Und seht euch das mal an!« Direkt unter dem Bericht über Sylvia Pankhursts Verhaftung fand sich eine Anzeige für ein neues Brettspiel mit dem Titel *Suffragetten. Rein ins Gefängnis und wieder raus.* »Sie verhöhnen uns mit diesem verdammten Spiel! Wer auch immer es erfunden hat, sollte in eine dunkle Zelle gesperrt und der Schlüssel in den Fluss geworfen werden!«

»Oh ja, ich habe es schon in einem Geschäft gesehen«, sagte Rachel. »Es ist einfach empörend – ich bin richtig aufgebracht. Und übrigens habe ich auch William gesagt, dass ich ihn verabscheuungswürdig finde und ihn nicht mehr wiedersehen will.«

»Oh nein, Rachel!«, sagte Beth und blickte ihre Freundin überrascht an. »Ich dachte, du würdest ihm einen Vertrauensvorschuss geben?«

»Das habe ich auch getan, bis ich das hier sah …«

Rachel zeigte ihnen einen Artikel in einer Zeitschrift, in dem William Bailey als neuer Kandidat der Konservativen vorgestellt wurde. Er äußerte sich darin über die Torheit der Suffragetten-Bewegung. »Lies, was da steht, Beth – das ist so herabsetzend!«

Beth las den Artikel und schnappte nach Luft. »Als wären wir dumme Kinder! Ach Rachel, du Arme, wie verletzt und wütend du sein musst – du hast ihm schließlich vertraut!«

»Ich habe ihm geschrieben und unsere nächste Verabredung abgesagt, und ich habe ihm auch klargemacht, was ich von seiner Falschheit halte.«

»Ja, das kann ich mir vorstellen«, sagte Beth. »Aber es tut mir trotzdem leid für dich.«

»Ich hätte niemals mit ihm essen gehen sollen!«, sagte Rachel wütend, aber Beth wusste, dass sie nur eine tapfere Miene aufsetzte. Offensichtlich hatte sie Gefühle für ihn entwickelt, und jetzt war sie verletzt, weil er ihr Vertrauen missbraucht hatte.

»Warum bucht ihr nicht euren Urlaub, du und Maggie?«, fragte sie und sah, wie Rachel sich entspannte und ihre Wut allmählich von ihr wich.

»Das haben wir schon getan. Wir fahren nach Skegness, wo ich ein paar alte Freunde habe, die eine Pension betreiben. Aber wir fahren nur für eine Woche hin. Sie haben uns sehr günstige Konditionen eingeräumt. Maggie weiß es zwar noch nicht, aber ich werde für sie mitbezahlen.«

»Das wird schön werden«, sagte Beth. »Wann fahrt ihr los?«

»Übernächste Woche – um rechtzeitig für die letzte Anprobe unserer Brautjungfernkleider zurück zu sein.«

Kapitel 21

Miss Hart begleitete die beiden neuen Mitarbeiterinnen in die Abteilung, um ihnen zu zeigen, wo sie als Vertretung arbeiten würden. Eine von ihnen war ein Lehrmädchen ohne jegliche Erfahrung im Verkauf, die andere eine junge Frau, die schon in einem anderen Kaufhaus beschäftigt gewesen war.

»Ich habe mich auf die Stellenanzeige hin beworben, in der Harpers eine erfahrene Verkäuferin suchte«, sagte Janice Browning zu Rachel, während diese sie in ihre Tätigkeiten einwies. »Und da die Bezahlung besser war als mein Verdienst im Augenblick, dachte ich, es ist Zeit für eine Veränderung.«

»Wir freuen uns, Sie hier bei Harpers zu haben«, antwortete Rachel und wandte sich dann Beth zu. »Während meiner Abwesenheit, Miss Grey«, sagte sie zu ihr, weil sie sich bei der Arbeit immer siezten, »wird Janice Ihre Theke übernehmen und Sie die meine. Marion hier wird sich derweil um die Schals und Handschuhe kümmern.«

Nach einer Weile kam Miss Hart zurück, um Janice wieder abzuholen. Sie würde erst einmal im Erdgeschoss arbeiten, während Marion Kaye schon jetzt bei ihnen eingesetzt wurde.

»Ich verlasse mich darauf, dass Sie Miss Kaye zumindest eine Vorstellung davon geben werden, was sie zu tun hat, bevor Sie in Urlaub fahren, Mrs. Craven«, sagte Miss Hart, wobei ihre Stimme so klang, als bezweifelte sie es.

»Selbstverständlich, Miss Hart – aber Miss Grey ist mittlerweile schon sehr erfahren, wissen Sie, und ich bin sicher, dass sie eine Woche lang sehr gut allein zurechtkommen wird.«

Miss Hart rümpfte nur ungläubig die Nase und ging.

Marion stand verloren und eingeschüchtert da und schaute sich um, bis Rachel sich ihrer annahm. Sie behielt das Mädchen bei sich an der Schmucktheke und zeigte ihr, wo alles aufbewahrt wurde und wie die Warenbestandsbücher zu führen waren. Sie erklärte ihr auch, dass die besten Schmuckstücke zuerst in Seidenpapier eingeschlagen wurden, bevor sie in die exklusiven schwarzgoldenen Tüten kamen, und sie brachte ihr auch bei, wie man den Geldautomaten bediente, um das Geld hinauf in die Buchhaltung zu schicken.

Nach und nach entspannte sich Marions verwirrte Miene, und abends war sie bereits in der Lage, die Waren richtig einzuräumen und ihren Arbeitsplatz in Ordnung zu halten. Maggie hatte sie einen Blick auf die Schals und Handschuhe werfen lassen, und Beth zeigte ihr die Hüte. Marion schien sich darauf zu freuen, mit diesen Artikeln arbeiten zu dürfen.

»Bis zur Beförderung von Miss Ross hatten wir immer eine Auszubildende«, erklärte Beth dem Mädchen. »Sie werden uns allen eine große Hilfe sein, Miss Kaye, und ich bin froh, dass Sie gekommen sind.«

»Ich wünschte, Sie würden mich Marion nennen …«, entgegnete sie schüchtern.

»Nun, das werden wir, wenn wir nicht gerade bei der Arbeit sind«, erklärte Beth. »Aber gemäß unserer Firmenpolitik sollen wir jeden mit Miss oder Mister ansprechen, ungeachtet seines offiziellen Titels.«

Marion nickte und lächelte. »Ja, das hat Miss Hart mir schon gesagt – sie ist ziemlich streng, nicht wahr?«

»Manchmal ist sie ein regelrechter Drachen«, stimmte Beth ihr zu. »Früher war sie noch schlimmer, aber ich habe bemerkt, dass sie in letzter Zeit nicht mehr ganz so giftig ist …« Sie runzelte die Stirn. »Es ist komisch, aber ich glaube, ich habe sie noch nie lächeln gesehen. Vielleicht ist sie ja nicht glücklich in ihrem Privatleben. Sie spricht allerdings nie mit uns darüber, und ich weiß im Grunde gar nichts über sie. Das ist ein bisschen traurig, nicht wahr?«

Marion nickte, wirkte aber nach wie vor nervös. Man hatte ihr erlaubt, mit Maggie zu Mittag zu essen, und gegen Abend waren die beiden Frauen schon gute Freundinnen geworden. Sie verstanden sich sogar so gut, dass Maggie den anderen abends zu Hause bereits alles über ihre neue Mitarbeiterin erzählen konnte.

»Ihre Mutter ist oft krank, und ihr Vater arbeitet auf den Schiffen und ist die meiste Zeit nicht da«, sagte Maggie, während sie Beth beim Zubereiten ihres Abendessens half. »Marion hat einen älteren Bruder, der auch auf den Schiffen arbeitet, zwei jüngere Schwestern und noch zwei weitere Brüder. Marion holt ihre jüngste Schwester morgens aus dem Bett und macht für alle Frühstück. Harpers ist Marions erste Arbeitsstelle.«

»Und sie bekommt anfangs nicht einmal viel Geld«, warf Beth ein. »Wahrscheinlich versucht sie, ihre Mutter zu unterstützen. Sie scheint ein intelligentes Mädchen zu sein. Unsere Methode der Lagerbestandshaltung hat sie jedenfalls sehr schnell begriffen.«

»Marion hat mir erzählt, dass sie gehofft hatte, auf der Schule bleiben zu können und Sekretärin zu werden.« Maggie machte ein trauriges Gesicht. »Sie hat die Schule nur abgebrochen, weil ihre Mutter es sich nicht leisten konnte, dass sie Schreibmaschine lernt. Ich glaube, ihre Mutter scheint damit nur schwer zurechtzukommen …«

»Das ist ja auch wirklich traurig«, sagte Beth kopfschüttelnd. Marion Kaye war nicht die Einzige, die Opfer für ihre Familie hatte bringen müssen. Wenn der Ernährer nicht mehr da war, gab es oft keine andere Möglichkeit, als Kinder zur Arbeit zu schicken, die ansonsten vielleicht eine Ausbildung gemacht hätten.

»Wir werden ihr alle helfen, sich hier einzuleben«, sagte Maggie. »Sie ist ein nettes Mädchen und wird gut in unsere Abteilung passen.«

Beth nickte, denn sie mochte das neue Lehrmädchen, und sie schien ihr viel besser geeignet als die Vertretungen, die ihnen in der Vergangenheit zugewiesen worden waren.

* * *

Als Rachel und Maggie im Urlaub waren, zeigte sich, wie wertvoll Marion für die Abteilung war. Janice kam von der Glasabteilung hoch, um mitzuhelfen, und Marion übernahm die Verkaufstheke mit den Schals und Handschuhen. Janice machte ihre Sache in der Hutabteilung gut, auch wenn Beth der Meinung war, dass es ihr an gestalterischen Fähigkeiten mangelte und die Auslage noch nie so dürftig ausgesehen hatte. Sie notierte sich, dass sie die Hüte neu arrangieren wollte, sobald sie allein in der Abteilung war.

Als sie am nächsten Morgen jedoch zur Arbeit kam, stellte sie verwundert fest, dass Marion schon vor ihr da gewesen war und alles neugestaltet war. Marion hatte die Hüte atemberaubend zusammengestellt, in kontrastierenden Farben, so wie sie es selbst nie gemacht hätte.

»War das Ihre Idee?«, fragte sie, und Marion lächelte.

»Ich hoffe, Sie haben nichts dagegen, Miss Grey. Kunst war eines meiner Lieblingsfächer in der Schule, und ich wollte es auch auf dem College belegen – und da ich fand, dass die Hüte irgendwie nicht sehr ansprechend aussahen …«

»Ja, da haben Sie recht, ich wollte sie ebenfalls neu dekorieren«, sagte Beth. »Sie haben das sehr gut gemacht, Miss Kaye, aber es ist vielleicht besser, wenn Sie Miss Browning gegenüber nicht erwähnen, dass Sie es waren …«

»Ja, Miss Grey«, sagte Marion mit einem strahlenden Lächeln. »Ich würde gern auch etwas von dem Schmuck neu anordnen – falls Ihnen das eine Hilfe wäre?«

»Wir werden das heute Morgen zusammen machen«, versprach Beth, doch dann wurde ihr ganzer Morgen plötzlich auf den Kopf gestellt.

Es war gegen elf, als Miss Hart in die Abteilung kam. Beth hatte Marion gerade in die Pause schicken wollen, doch dann hatte ihre Intuition ihr gesagt, dass irgendetwas nicht in Ordnung war, auch wenn sie nicht genau wusste, was es war. Sie sah nur, dass Miss Harts Haut ganz ungewöhnlich grau war.

Die Etageninspizientin sah sich um. »Ihre Abteilung sieht sehr ordentlich aus … richtig schick.« Dann blinzelte sie ein paarmal. »Ich kam, um Ihnen zu sagen …« Sichtlich betroffen schüttelte sie den Kopf. »Ich weiß es nicht mehr.«

»Geht es Ihnen nicht gut?«, fragte Beth, als die ältere Frau einen Seufzer ausstieß und vor ihren Füßen zusammenbrach.

»Miss Hart?« Beth wollte sich neben sie knien, aber Marion kam ihr zuvor. Das Mädchen beugte sich über die Etagenaufsicht, öffnete den hohen Kragen ihres Kleids und ergriff ihr Handgelenk.

»Ihr Puls ist schwach, aber sie lebt«, sagte Marion, bevor sie Miss Harts Augenlid hinaufzog und sie ansah. »Sie ist nicht bewusstlos. Ich glaube, dass sie irgendeinen Anfall hatte, aber sie atmet noch. Wir sollten so schnell wie möglich einen Krankenwagen kommen lassen.«

Beth nickte und ging ins Büro, wo ein Telefon auf dem Schreibtisch stand. Sie nahm den Hörer ab und erklärte der Telefonistin, dass sie eine Amtsleitung benötigte.

»Brauchen Sie einen Arzt?«, fragte die Telefonistin.

»Es handelt sich um einen Notfall«, sagte Beth eindringlich. »Wir glauben, dass Miss Hart einen Herzinfarkt oder einen Schlaganfall erlitten hat. Wir brauchen also schnellstens Hilfe.«

»Gut, überlassen Sie das mir.«

Drei Damen hatten mittlerweile die Abteilung betreten und starrten neugierig auf Marion herab, die neben der Etagenaufsicht kniete, ihr den Kopf streichelte und leise mit ihr sprach.

»Vielleicht sollten wir besser später wiederkommen«, sagte eine der drei Kundinnen.

»Ja, das wäre sehr freundlich.« Beth winkte Janice zu sich herüber. »Könnten Sie sich bitte an die Tür stellen und den Kunden sagen, dass diese Abteilung eine halbe Stunde lang geschlossen sein wird?«

»Aber natürlich, Miss Grey.«

Janice tat, worum sie gebeten worden war, und Beth kniete sich auch wieder neben Miss Hart und schaute Marion an. »Sind Sie sicher, dass sie noch atmet?«

»Ja, sehr flach zwar nur, aber sie atmet.«

»Woher wussten Sie, was zu tun war?«

»Ich wusste es nicht, ich habe einfach getan, was ich für richtig hielt.«

Beth nickte anerkennend, wobei ihre ganze Aufmerksamkeit jedoch Miss Hart galt. »Sie ist bewusstlos, nicht wahr? Ich dachte mir, dass irgendetwas nicht mit ihr stimmt – sie war schon seit ein paar Tagen nicht mehr ganz sie selbst ...«

»Dann hat es wahrscheinlich schon vor Tagen begonnen«, sagte Marion und streichelte weiter behutsam über Miss Harts Kopf, während sie der reglos daliegenden Frau mit ruhiger und sanfter Stimme versicherte, es werde alles wieder gut.

Miss Harts Augenlider flackerten ein- oder zweimal, und Beth dachte, dass sie sie vermutlich hören konnte, aber nicht in der Lage war zu antworten.

Fast eine Viertelstunde musste vergangen sein, als endlich zwei Männer mit einem Arztkoffer und einer Bahre in der Abteilung erschienen. Sie kamen von einem privaten Rettungsdienst, den Harpers für solche Notfälle beschäftigte.

»Sie können sie jetzt uns überlassen«, sagten die Männer zu Marion, und sie stand auf und entfernte sich ein wenig. Miss Hart stöhnte auf, und ihre Finger zuckten. »Ja, es sieht ganz nach einem Herzinfarkt oder Schlaganfall aus«, sagte einer der Männer, nachdem er sich über sie gebeugt hatte.

»Sie werden sie ins Krankenhaus bringen?«

»Ja, natürlich«, sagte er. »Kennen Sie den Namen ihrer nächsten Angehörigen?

»Nein. Sie selbst heißt Glynis Hart – aber unser Geschäftsführer Mr. Stockbridge weiß vielleicht mehr.«

»Sehr gut«, sagte der Sanitäter und blickte Marion an. »Das war gute Arbeit, Miss …«

Marion erwiderte nichts und nickte nur.

»Ich werde Mr. Stockbridge informieren«, sagte Beth. »Bitten Sie Janice, die Kundinnen wieder hereinzulassen.« Beth war noch sehr aufgewühlt, als sie sich schnell auf den Weg zum Büro des Geschäftsführers machte. Miss Hart war zwar ein Drachen, aber auch sie verdiente es nicht, so krank zu sein!

Ihr Besuch bei Mr. Stockbridge war nur kurz. Er versprach ihr, dem Fahrer des Krankenwagens Miss Harts Kontaktdaten zu übermitteln, und Beth kehrte in ihre Abteilung zurück.

»Sie sollten eine Pause machen«, sagte sie zu Marion. »Sie haben sie sicher nötig – das hier war wirklich sehr erschütternd.«

»Die arme Frau«, antwortete Marion. »Ich frage mich, ob sie wohl jemanden hat, der sich um sie kümmern wird?«

»Ich weiß nicht, ob sie allein ist oder mit jemandem zusammenlebt …«

Marion ging in ihre Pause, und Beth beschäftigte sich in der Abteilung. Sie verkaufte drei Lederhandtaschen und ein Silberarmband, Janice zwei Hüte. Beth bediente auch an der Theke mit den Schals und verkaufte einen hübschen rot-weiß karierten Seidenschal. Als Marion zurückkam, schickte Beth Janice in die Pause. Sie selbst bediente gerade eine Kundin mit einer Silberbrosche, als Sally in die Abteilung kam.

»Was war los mit Miss Hart?«, fragte sie, nachdem die Kundin gegangen war.

»Sie ist einfach so vor meinen Füßen zusammengebrochen«, sagte Beth ganz aufgebracht. »Ich glaube, es war das, was man einen Schlaganfall nennt.«

»Aber dafür ist sie doch sicher noch zu jung, oder?«

»Ja, das dachte ich auch, aber die Sanitäter meinten, so etwas könnte in jedem Alter passieren, wenn jemand unter extremem Stress steht.«

»Die arme Frau«, sagte Sally. »Was soll sie nur tun, wenn sie nicht mehr arbeiten kann? Sie lebt ganz allein und hat keine Angehörigen – zumindest hat sie keine erwähnt, als sie bei Mr. Stockbridge ihre Personalien angegeben hat.«

»Dann wird es schwierig für sie«, bestätigte Beth. »In welches Krankenhaus wurde sie gebracht?«

»Mr. Stockbridge sagte, sie dächten an das London – aber ich werde später anrufen und herausfinden, ob sie dort ist und wie es ihr geht.«

»Sie wird Hilfe brauchen«, sagte Beth.

Sally nickte. »Ja, das wird sie – und wir werden tun, was wir können. Sie war zwar manchmal ein Drachen, aber sie tut mir leid. Ich weiß, dass es nicht schön ist, allein zu leben.« Sie runzelte die Stirn. »Schon komisch, nicht, dass wir jeden Tag mit ihr zusammenarbeiten und doch nichts über ihr Leben wissen.«

»Sie hat ja auch nie jemanden ermutigt, sie danach zu fragen.«

»Miss Hart hat uns immer nur herumkommandiert«, gab Sally zu, »aber wir können sie trotzdem nicht im Stich lassen. Ich werde sehen, was ich für sie tun kann.«

»Mit dir ist sie noch schlimmer umgegangen als mit allen

anderen.« Beth berührte Sallys Arm. »Wir werden sie abwechselnd besuchen – und für sie tun, was wir können.«

»Ich werde einen Blumenstrauß besorgen«, sagte Sally. »Mr. Harper hat mir fünf Pfund gegeben, die werde ich in einen Umschlag für sie stecken, weil ich glaube, dass sie eine Zeitlang nicht arbeiten können wird.«

»Oh Gott, die Arme«, sagte Beth und seufzte. »Jack wird später am Abend zurück sein. Sein Schiff kommt wegen Reparaturen mit ein paar Tagen Verspätung an, und am Montag muss er direkt zu seiner neuen Arbeitsstelle. Er ist der neue Geschäftsführer des Hotels Maddison. Wir sind alle so glücklich, und die arme Miss Hart liegt im Krankenhaus …«

»Es ist nicht deine Schuld«, erwiderte Sally. »Wir werden ihr helfen, wo wir nur können, aber wir dürfen nicht zulassen, dass deine Hochzeitspläne davon beeinträchtigt werden!« Sie lächelte. »Du hast doch sicher schon Schmetterlinge im Bauch beim Gedanken an die Hochzeit?«

»Ja, ein bisschen schon.« Beth lachte. »Ich liebe Jack und möchte seine Frau werden … aber manchmal habe ich auch Angst davor.«

»Warum denn das? Jack ist nicht der Typ Mann, der seine Frau herumkommandieren oder schlagen würde!«

»Ich weiß.« Beth erschauderte. »Vielleicht ist es ja auch nicht meine Hochzeit, die mir zu schaffen macht, sondern meine Tante und jetzt auch noch Miss Hart …« Beth seufzte. »Tante Helen schien es gut zu gehen, als ich ihr die Schachtel Karamell brachte, aber da Gerald da war, hat sie auch nicht viel gesagt.«

»Besuche sie doch noch mal mit Jack«, schlug Sally vor. »Ich werde dir heute Abend sagen, was ich über Miss Hart herausgefunden habe.« Damit verließ Sally die beiden, um sich wieder an die Arbeit zu machen.

Beth war zu beschäftigt, um über die Ereignisse des Morgens nachzudenken, doch sowohl Marion als auch Janice sahen bedrückt aus, da der Vorfall sie offenbar sehr aufgewühlt hatte.

»Sie müssen sich keine Sorgen machen«, sagte sie zu den beiden, als sie am Abend die Abteilung schlossen. »Ich bin sicher, dass es Miss Hart schon bald besser gehen wird.«

»Meinen Sie?«, fragte Janice. »Meine Tante Sheila lebt allein. Ihr Mann ist auf See gestorben, und sie hat nie wieder geheiratet, obwohl sie die Möglichkeit gehabt hätte. Letztes Jahr war sie krank, und wir hatten sie bei uns zu Hause, um uns ein wenig um sie zu kümmern. Tante Sheila hat mir erzählt, dass sie ohne uns gestorben wäre, weil sie weder arbeiten noch für sich selbst kochen konnte.«

»Ich glaube, es gibt ziemlich viele Frauen, die allein leben müssen«, sagte Beth. »Ich nehme an, dass es dafür das Arbeitshaus gibt, auch wenn es kein schöner Ort ist und heutzutage nicht mehr viele Frauen dorthin gehen. Aber es gibt inzwischen auch nicht mehr so viele Frauen, die darauf angewiesen sind.«

»Es ist ein grässlicher Ort!«, sagte Janice prompt. »Mein Großvater wurde ins Arbeitshaus gebracht, als er zu alt war, um sich selbst zu versorgen. Meine Mutter hatte zu viel zu tun, um sich um ihn zu kümmern, und ihre Kinder waren alle unter fünf Jahren, aber sie bereute es, ihn danach nicht aufgenommen zu haben. Er war nur eine Woche dort, bevor er starb.«

»Der arme Mann«, sagte Beth. Sie wusste, wie viele alte Menschen ihren Lebenswillen verloren, wenn sie dazu gezwungen waren, im Arbeitshaus zu leben. Sie schämten sich dafür. »Aber Miss Hart ist noch jung genug, um wieder gesund zu werden. Wenn sie Glück hat, wird sie zu Harpers zurückkehren, wenn es ihr besser geht.«

Die Mädchen nickten, aber Beth konnte sehen, dass keine von ihnen wirklich davon überzeugt war, und auch sie wusste nicht, ob das geschehen würde. Ein Schlaganfall konnte Bewegung und Sprache beeinträchtigen, und es würde nicht leicht für Miss Hart werden, darüber hinwegzukommen – falls sie überlebte.

***

Sally verließ das Büro erst spät, und Beth war allein zu Hause, als sie heimkam. Sie hatte eingekauft und einen Schinkensalat mit frischem Brot und Butter für das Abendessen zubereitet. Das Gesicht ihrer Freundin hellte sich auf, als sie das Abendbrot sah.

»Heute Nachmittag ging es drunter und drüber«, berichtete Sally, ließ sich nieder und nahm die Tasse mit dem süßen, heißen Tee mit einem Seufzer der Erleichterung von Beth entgegen. Es gab eine Verwechslung bei einer Bestellung, und ich habe stundenlang gebraucht, um das zu klären.«

»Hattest du trotzdem Zeit, das Krankenhaus anzurufen?«

»Ja, das habe ich gerade noch geschafft«, antwortete Sally. »Miss Hart ist immer noch bewusstlos, aber die Ärzte glauben, dass sie gute Chancen hat, sich zu erholen, auch wenn gewisse Beeinträchtigungen zurückbleiben könnten – eine Lähmung auf der linken Seite oder Sprachprobleme …«

»Sie kann nicht viel älter als vierzig sein.«

»Irgendwo um die fünfundvierzig«, stimmte Sally zu. »Ich frage mich, woher der Anfall kam. Ihr Job ist zwar verantwortungsvoll, aber nicht wirklich mit viel Stress verbunden. Sie ist eigentlich nur eine Art Wachhund, sie bellt zwar laut, aber beißt nicht.«

»Also Sally!«

»Na, ist doch wahr!« Sally trank begierig ihren Tee. »Gott, den brauchte ich, und Hunger habe ich auch. Es hat noch keinen Sinn, Miss Hart zu besuchen, aber ich werde am Wochenende hingehen – hoffentlich ist sie bis dahin wieder bei Bewusstsein.«

»Hoffen wir es«, stimmte Beth ihr zu. »Wird Harpers für sie da sein, wenn sie für längere Zeit krankgeschrieben wird?«

»Ich habe mit Mr. Harper darüber gesprochen«, sagte Sally. »Er hat sich bereiterklärt, ihr einen Monat lang den vollen Lohn zu zahlen und dann sechs Monate lang die Hälfte.«

»Das ist sehr großzügig von ihm«, erwiderte Beth. »Ich bezweifle, dass es viele Arbeitgeber gibt, die sich so verhalten würden.«

»Ich hätte ihn vielleicht noch ein bisschen mehr um den Finger wickeln können«, sagte Sally und grinste schelmisch. »Er nimmt mich nächste Woche mit nach Paris – und ich habe angedeutet, dass ich vielleicht nicht mitkomme, wenn er nicht ein bisschen Mitgefühl beweist.«

»Du wickelst ihn also jetzt schon um den kleinen Finger«, erwiderte Beth lachend. »Dann pass nur auf, dass du in Paris nicht über die Stränge schlägst … von wegen Mondschein, Romantik und alldem.«

»Ach Beth!« Sally blickte mit einem schiefen Lächeln auf. »Manchmal glaube ich, dass ihm wirklich etwas an mir liegt, aber in anderen Momenten wiederum …« Sie schüttelte den Kopf. »Ich habe versucht, mir nichts daraus zu machen, Beth, aber es will mir einfach nicht gelingen, denn ich mag ihn wirklich sehr.«

»Hältst du es unter diesen Umständen für klug, mit ihm nach Paris zu fahren?«

»Wahrscheinlich ist es wirklich nicht sehr klug, aber ich tue es trotzdem.« Sally zog die Augenbrauen hoch. »Was kann er denn schon tun – mich verführen? Dann würde ich vielleicht sogar Ja sagen«, meinte sie augenzwinkernd. »Außerdem reden wir von Paris. Er hat schon alle Reisedokumente für uns besorgt, und ich bekomme vielleicht nie wieder eine Chance, diese Stadt zu sehen, wenn ich jetzt nicht mitfahre.«

»Sally! Du würdest aber doch nicht mit ihm schlafen?«

»Warum nicht? Vielleicht würde es mit Tränen enden, aber wenn das alles ist, was ich haben kann …« Sie lachte wieder. »Wir müssen ein bisschen gefährlich leben, Beth. Ich will nicht so enden wie Miss Hart, die allein in einer kleinen Wohnung lebt und niemanden hat, der sich um sie kümmert, wenn sie krank ist. Ich kann nicht meiner Wege gehen, solange die Sache mit Ben Harper nicht geklärt ist – vielleicht würde eine leidenschaftliche Affäre das alles ja bereinigen …«

Beth sah sie zweifelnd an. »Eine Affäre, bei der du verletzt werden könntest.«

»Ich bin schon einmal verletzt worden«, sagte Sally. »Vielleicht, weil ich übervorsichtig war – das nächste Mal werde ich jedenfalls alle Vorsicht in den Wind schlagen und einfach schauen, was passiert.«

»Ich kann es dir nicht verdenken. Auch ich würde gerne nach Paris reisen …« Beth nickte. »Und jetzt komm und iss etwas. Dieser Schinkensalat ist köstlich. Ich habe vorhin schon ein bisschen davon probiert.«

Die beiden Mädchen sahen sich an und setzten sich zum Essen. Sie verstanden sich so gut und genossen ihr Zusammenleben, aber beide wussten, dass die Zeit zum Weiterziehen nahte.

»Wir werden immer Freundinnen bleiben, nicht wahr, Beth? Selbst wenn du verheiratet bist und ich – na ja, was auch geschehen mag, du wirst doch immer meine Freundin bleiben?«

»Aber natürlich, Sally«, sagte Beth und lächelte. »Und Rachels und auch Maggies. Wir haben uns zusammengetan, als wir noch zu den ersten Mädchen bei Harpers gehörten, und das wird sich niemals ändern. Das Leben geht weiter, und es wird uns verändern, aber wir werden einander nie vergessen.«

Kapitel 22

Am Sonntag nach Rachels und Maggies Rückkehr aus Skegness kam Tante Helen zu einer letzten Anprobe für die Brautjungfernkleider vorbei. Die beiden jungen Frauen hatten im Urlaub ein wenig Farbe bekommen, und die rosafarbene Seide stand Maggie und Sally ganz besonders gut, während für Rachel ein etwas gedeckterer Ton besser gewesen wäre. Alle drei trugen Strohhüte mit einer dunkelroten Rose an der Krempe, die Sally billig bei einem ihrer Großhändler eingekauft hatte, und als die drei angekleidet waren, sahen sie wie die blühende Schönheit selbst aus.

»Ihr seht wirklich alle sehr hübsch aus«, sagte Tante Helen. »Ich habe gute Arbeit geleistet, wenn ich das über mich selbst sagen darf.«

»Ja, die Kleider sind entzückend«, stimmte Beth ihr zu und dachte, dass ihre Tante beinahe schon wieder die Alte zu sein schien. »Und sie sind viel billiger, als wenn ich sie hätte kaufen müssen. Ich werde dir Zeit und Arbeit bezahlen, Tante, das Material selbst hat ja kein Vermögen gekostet.«

»Nein, nein, ich werde kein Geld von dir annehmen – es ist ein kleines Geschenk von mir«, antwortete Tante Helen. »Zur Hochzeit möchte ich dir mein silbernes Tee- und Kaffeeservice schenken, Beth. Gerald hat sein eigenes und möchte, dass ich es benutze – deswegen will ich, dass du meins bekommst, die Kleider sind nur ein kleines Extra.«

»Du bist zu gut zu mir.« Beth küsste sie auf die Wange. Hatte sie sich umsonst Sorgen gemacht, oder ließ ihre Tante sich nur nichts anmerken? Sie hatte auf jeden Fall ein wunderbares Hochzeitsgeschenk für sie ausgewählt. Beth hatte bereits ein paar Kleinigkeiten für ihr zukünftiges Heim gekauft, aber ein silbernes Tee- und Kaffeeservice war ein höchst willkommenes Geschenk. Sie besaß einige Wäschestücke, die ihrer Mutter gehört hatten, doch alles Wertvolle war damals verkauft worden, als Mama so krank gewesen war und sie die Rechnungen nicht mehr hatte bezahlen können. Da Beth nur wenige Verwandte hatte, rechnete sie auch nicht mit üppigen Geschenken zu ihrer Hochzeit. Ihre Freundinnen hatten sich zusammengetan, um ihr etwas Schönes zu kaufen, und sie wusste, dass sie auch von Harpers etwas Geld bekommen würde, weil Sally Geld bei den Mitarbeitern eingesammelt hatte, aber das Silberservice ihrer Tante war etwas ganz Besonderes.

»Dein Verlobter hat bestimmt noch keine passende Wohnung für euch gefunden, nehme ich an?«, fragte Tante Helen.

»Jack sagt, er würde lieber abwarten und eine Wohnung kaufen«, antwortete Beth. »Deshalb werden wir zunächst einmal bei Fred wohnen – aber nur, bis wir uns einig sind …« Es war nicht ganz das, was sie gewollt hatte, aber sie wusste auch, dass Jack recht hatte. Es wäre absurd, für ein paar muffige Zimmer Miete zu bezahlen, wenn sie in Freds gemütlichem Häuschen leben konnten – den sie im Übrigen eher als Vater und nicht so sehr als Arbeitskollegen betrachtete.

»Na ja, ich denke, ihr werdet schon zurechtkommen«, sagte Tante Helen und nickte. »Schließlich seid ihr nicht das einzige junge Paar, das bei den Schwiegereltern lebt.«

»So ist es«, stimmte Beth ihr zu. »Es wird schon gutgehen.« Sie unterbrach sich und schaute ihre Tante prüfend an. »Ist dir nicht gut, Tante?«

»Ach was, ich bin nur ein bisschen müde – und das hat nichts mit der Arbeit an deinen Kleidern zu tun, Beth. Aber

Gerald war einen Monat weg, und ich schlafe in letzter Zeit nicht immer gut. Ich bilde mir ein, Geräusche im Haus zu hören … was sehr töricht von mir ist. Gerald sagt, es sei das Haus, das knarrt.«

»Ja, das tut es. An dem Tag, an dem ich dich besuchen wollte und du nicht da warst, habe ich oben auch ein Knarren gehört«, sagte Beth. »Wahrscheinlich sind die Dielen locker.«

»Ja, vielleicht ist es das«, stimmte Tante Helen ihr zu, aber sie wandte dabei ihren Blick ab, was Beth stutzig machte. »Ich gehe dann mal – wir sehen uns am Tag deiner Hochzeit, oder vielleicht auch schon vorher.«

Beth nickte und küsste sie noch einmal auf die Wange. »Pass gut auf dich auf, Tante.«

Dann ging sie mit ihr ins Erdgeschoss hinunter, um Helen ein Taxi zu besorgen, und war ihr beim Einsteigen behilflich. Als ihre Tante gefahren war, erstarb das Lächeln auf Beth' Gesicht. Es war noch jemand anderes an jenem Tag bei Gerald im Haus gewesen, und Beth vermutete, dass es ihre Tante gewesen war – hatte sie sich dort versteckt, weil sich die Beweise für die Brutalität ihres Mannes nicht mehr verbergen ließen? Es war ein sehr beunruhigender Gedanke, doch solange Tante Helen sie nicht um Hilfe bat, konnte sie nicht viel mehr tun, als Gerald zu zeigen, dass sie für Tante Helen da war und ihn im Auge behalten würde.

Rachel räumte gerade das Wohnzimmer auf, als sie zurückkam. Sie lächelte Beth an.

»Deine Tante ist eine hervorragende Schneiderin. Diese Kleider sind wirklich gut gemacht.«

»Ja, das ist sie«, stimmte Beth ihr seufzend zu. »Ich fand jedoch, dass sie müde und niedergeschlagen aussah, Rachel – und glaub mir, ich wünsche mir nichts mehr, als dass sie diesen brutalen Mann niemals geheiratet hätte!«

»Es ist wirklich eine Schande, dass er sie nicht anständig behandelt«, gab Rachel ihr recht. »Manchmal frage ich mich, ob man Männern überhaupt vertrauen kann.«

»Hast du diesen William Bailey noch mal wiedergesehen?«

Rachel schüttelte den Kopf. »Nein, und das macht mich schrecklich wütend. Er könnte sich wenigstens entschuldigen.«

Beth sah Rachel eindringlich an. »Du hast ihn wirklich gemocht, nicht wahr?«

»Es ist meine Schuld«, sagte Rachel seufzend. »Er war ein solch angenehmer Begleiter und so freundlich und großzügig, Beth, dass ich wirklich dachte, es könnte der Beginn einer Beziehung sein.«

»Vielleicht bin ich ja ungerecht, aber ich traue ihm nicht – vor allem, wenn ich bedenke, wie Gerald meine Tante behandelt.«

»Ich weiß.« Rachel berührte ihre Hand. »Lass dir von der Enttäuschung deiner Tante aber nicht dein Glück mit Jack verderben. Ich war jahrelang glücklich mit meinem Mann, bevor er krank wurde. Dann änderten sich die Dinge, und es tat sehr weh … aber ich kam langsam darüber hinweg, bis –«

»Bis du diesen verdammten William Bailey kennenlerntest!«, fiel Beth ihr ins Wort. »Warte nur, bis ich ihn sehe! Ich werde ihm einiges zu sagen haben … und er wird mich ganz sicher nicht für eine dumme Maus oder ein Kind halten, wenn ich mit ihm fertig bin!«

»Wie leidenschaftlich du sein kannst!«, bemerkte Rachel lächelnd. »Auch William hat ein Recht auf seine Ansichten, schätze ich mal, aber jetzt muss ich mich doch fragen, ob er mich nicht nur eingeladen hat, um mehr über unsere Bewegung zu erfahren.«

Kapitel 23

Noch am Montag und Dienstag war das Wetter schön gewesen, aber am Mittwoch wurde es trüb und für August zu kühl, fast war es ein Herbsttag mitten im Sommer. Rachel war froh über ihre warme Wolljacke, als sie an jenem Abend Harpers verließ. Die Jacke war rot, passend zu dem flotten Filzhut, den sie trug, und passend auch zu ihrer entschlossenen Stimmung. Sie wollte noch etwas einkaufen, bevor sie heimging, und hatte sich gerade auf den Weg durch die Oxford Street gemacht, die immer noch von Menschen bevölkert war und in der die Lichter in den Fenstern der Cafés und den hell erleuchteten Schaufenstern der Kaufhäuser funkelten, als sie plötzlich eine Berührung an der Schulter spürte.

»Rachel? Lassen Sie mich bitte mit Ihnen reden!« Als sie sich umdrehte, sah sie den Mann, der sie so erbost hatte. Sie holte tief Luft und überlegte, ob sie ihn mit ihrem Einkaufskorb schlagen oder ihm mit ihrer langen Hutnadel in die Hand stechen sollte, entschied sich dann aber gegen beides, weil er es sowieso nur kindisch finden würde. »Ich weiß, dass ich Ihnen eine Erklärung schulde. Ich habe schon länger versucht, mit Ihnen zu sprechen – aber ich glaube, Sie waren verreist.« William Bailey sah sie an und wirkte kleinlaut und schuldbewusst.

»Ich war mit einer Freundin ans Meer gefahren, um Urlaub zu machen«, erwiderte sie mit einem herablassenden Nicken. »Und ich stimme Ihnen zu – ich erwarte in der Tat eine Entschuldigung, Sir. Sie können sie vorbringen und dann wieder gehen.«

»Sie sind sehr zornig, nicht?« William sah sie zögernd an.

»Ich glaube, das wären Sie auch, wenn ich Ihre Ansichten und Handlungen als dumm oder kindisch bezeichnet hätte!«

»So etwas habe ich nie behauptet«, gab William mit ernstem Blick zurück. »Ich mag zwar gesagt haben, dass gewisse Aktionen im Namen der Frauenbewegung töricht und kindisch sind – und seien Sie ehrlich, sind Sie nicht derselben Meinung, Rachel? Ist es etwa vernünftig, sich vor ein galoppierendes Rennpferd zu werfen oder Bomben an Orten zu platzieren, an denen unschuldige Menschen verletzt werden können?«

»Selbstverständlich bin ich mit einigen Aktionen der militanten Mitglieder unserer Gruppe nicht einverstanden«, räumte Rachel ein. »Dennoch bewundere ich Emilys Mut und ihr Engagement für unsere Sache.«

»Mutig war es sicherlich, was sie getan hat, aber auch töricht. Ich wusste, dass Sie es weder für klug noch nützlich halten würden«, sagte er und fuhr voller Eifer fort: »Ich wollte nur mehr über Ihre Bewegung erfahren, Rachel, weil ich Sie und Ihre Freundinnen beim Verlassen der Versammlungen gesehen hatte und Sie kennenlernen wollte. Aber nachdem ich ein paarmal mit Ihnen gesprochen hatte, wurde mir bewusst, dass Sie intelligent und liebenswert sind, und es war nie meine Absicht, Sie zu verletzen. Ich habe bei jener Versammlung gesprochen, aber meine Rede wurde von anderen für mich geschrieben, weil ich zu beschäftigt war, es selbst zu tun, und deshalb hatte ich mich gar nicht so genau damit auseinandergesetzt, bis ich sie dann gedruckt in der Zeitung las.«

»Sie haben mich getäuscht«, sagte sie noch immer sehr empört. »Sie haben mich dazu gebracht, über die Bewegung und meine diesbezüglichen Gefühle zu sprechen, und dann haben Sie diese erbärmliche Rede gehalten.«

William besaß zumindest den Anstand, eine beschämte Miene aufzusetzen. »Ja, und ich wünschte, ich hätte mir vorher die Zunge herausgeschnitten!«, sagte er. »Man hatte mir gesagt, es sei eine populäre Haltung und ich hätte mehr Chancen bei der nächsten Nachwahl, wenn ich eine Anti-Suffragetten-Haltung einnähme.«

»Na dann viel Glück für Ihre Kampagne«, versetzte Rachel kalt. »Und jetzt lassen Sie mich bitte gehen, Mr. Bailey. Ich bin müde und habe noch einiges zu tun.«

»Sie werden mir also nicht verzeihen?« Er wirkte so bestürzt, dass ihr das Herz wehtat.

»Natürlich verzeihe ich Ihnen«, antwortete sie in einem freundlicheren Ton. »Ich bin eine rationale, vernünftige Person – aber das bedeutet nicht, dass ich Sie wiedersehen möchte. Also guten Abend, Sir.«

Er trat zurück und ließ sie weitergehen, worauf Rachel augenblicklich einen Anflug von Bedauern verspürte. Es hatte ihr Freude gemacht, mit ihm zu Mittag zu essen, aber er hatte sie enttäuscht.

Nun tat sie ihr Bestes, um Mr. Bailey und seine Ansichten aus ihrem Bewusstsein zu verbannen. Einige Geschäfte hatten noch nicht geschlossen, und so kaufte sie einige Lebensmittel ein. Ihr Korb war mit Brot, Obst, frischem Salat und Käse gefüllt, als sie nach Hause kam. Neben der Wohnungstür stand ein kleiner Tisch, auf dem die gesamte Post lag, sodass alle sie leicht finden konnten. Als sie einen an sie adressierten Brief in die Hand nahm, stellte sie fest, dass er von Minnie kam, einer der beiden unverheirateten älteren Schwestern, die in Mrs. Malones Pension gelebt hatten, als auch Rachel dort noch wohnte. Minnie schrieb ihr nur selten, oder höchstens einmal eine Karte, und Rachel spürte instinktiv, dass irgendetwas nicht in Ordnung war. Dabei war es den Schwestern noch recht gut gegangen, als sie sie kurz vor ihrem Urlaub mit Maggie besucht hatte.

Rachel nahm den Brief mit in die Küche, schlitzte den

Umschlag auf, las das einzelne Blatt und erschrak, als ihr klar wurde, warum Minnie ihr geschrieben hatte.

»Was ist los?«, fragte Beth, als sie sie mit dem Brief in der Hand dastehen sah. »Du bist ganz blass geworden …«

Rachel blickte auf. »Minnies Schwester ist plötzlich gestorben. Ich habe dir ja schon von ihnen erzählt, nicht wahr? Die beiden haben nie geheiratet und lebten von ihrem kargen Einkommen, das sie mit ihren Näharbeiten verdienten.«

»Dann muss sie ja völlig verzweifelt sein«, sagte Beth und blickte auf, als Sally hereinkam. »Rachel hat schlechte Nachrichten erhalten.«

»Es tut mir leid, dass ich so spät komme«, sagte Sally. »Aber ich habe heute Nachmittag Miss Hart besucht. Da wir morgen früh nach Paris fahren, war es die letzte Gelegenheit – aber sagtest du nicht, Rachel habe schlechte Nachrichten bekommen?«

»Eine Freundin von mir ist gestorben«, sagte Rachel. »Ich glaube, ich verzichte auf mein Abendessen und fahre sofort zu Minnie, ihrer Schwester. Ich werde mir ein Taxi nehmen, das geht schneller.«

»Es tut mir schrecklich leid.« Sally berührte mitfühlend Rachels Hand. »Dafür habe ich heute eine gute Nachricht für euch – Miss Hart ist wieder bei Bewusstsein und hat mich erkannt. Ihr Sprechvermögen ist ein bisschen beeinträchtigt und ihre linke Hand ist gelähmt, aber die Krankenschwestern sagten, es sei ein kleines Wunder, dass sie überhaupt noch lebt.«

»Das freut mich sehr«, sagte Rachel. »Alle anderen Neuigkeiten könnt ihr mir erzählen, wenn ich zurückkomme, denn ich muss jetzt wirklich gehen. Die arme Minnie weiß bestimmt nicht, was sie jetzt tun soll.«

»Wenn ich irgendwie helfen kann, wenn ich aus Paris zurückkomme …«, begann Sally, aber Rachel war schon gegangen. Minnie war solch ein lieber Mensch, und Rachel wusste, dass sie sich nach dem Tod ihrer Schwester sehr verletzlich und einsam fühlen würde.

* * *

»Ich bin so froh, dass du gekommen bist«, sagte Minnie und klammerte sich an Rachels Hände. Ihre Augen waren gerötet, und sie war sichtlich erschüttert. Sie hatten schon zwei Stunden damit verbracht, die praktischen Dinge zu besprechen. Mildreds Leichnam war zu einer genaueren Untersuchung abgeholt worden, weil ihr Tod sehr plötzlich eingetreten war. »Sie werden Tests machen, um herauszufinden, warum sie gestorben ist …« Ein Schluchzen entwich ihr, und ihre Hände zitterten. »Was soll ich ohne sie nur tun, Rachel?«

»Ich werde dich unterstützen, wo ich kann«, versprach Rachel. »Ich kann dir helfen, die Beerdigung zu arrangieren, sobald der Coroner ihre sterblichen Überreste freigibt. Ich habe ein bisschen Geld gespart und …«

»Aber nein«, murmelte Minnie und schüttelte den Kopf. »Mildred hat in eine Versicherung für ihre Beerdigung eingezahlt – wir beide haben diesbezüglich vorgesorgt, weil es ja sonst niemanden gibt, der es tun könnte, wie du weißt. Geld ist also derzeit noch nicht das Problem, obwohl sie es war, die sich immer um unsere Kundinnen gekümmert hat. Ich komme schon zurecht – es ist nur schrecklich, sie so plötzlich zu verlieren.«

»Ja, natürlich ist es das«, stimmte Rachel ihr zu. »Gib mir einfach nur Bescheid, wenn du so weit bist. Was ist mit Mrs. Malone? Macht sie dir das Leben schwer?«

»Nein, sie war nett zu mir – alle sind nett«, sagte Minnie. »Aber du bist unsere Freundin, Rachel, und Mildred hätte gewollt, dass du es erfährst.«

»Und vergiss nicht, dass du die beste Freundin deiner Schwester warst und sie gewollt hätte, dass du weitermachst, so gut du kannst«, sagte Rachel.

»Ja, das werde ich versuchen«, sagte Minnie. »Es geht jetzt auch schon wieder – es war nur so ein furchtbarer Schock für mich.«

Als Rachel sie schließlich verließ, war sie sehr traurig. Minnie machte das Beste aus der Situation, aber ohne Mildred, die ihr immer den Weg gewiesen hatte, würde sie völlig verloren sein. Rachel wünschte, sie könnte mehr tun, aber der Tod war etwas Endgültiges, und sie konnte Mildred nicht zurückholen. Wäre ihre Wohnung größer gewesen, hätte sie Minnie an diesem Abend mit nach Hause nehmen können, doch das war keine Option. Sie würde sehen müssen, was sie nach der Beerdigung für sie tun konnte.

***

Beth machte Rachel nach ihrer Rückkehr eine Tasse Kakao und ein Tomatenbrot zum Abendessen, während sie sich die traurige Geschichte der Schwester anhörte, die nach ihrem Verlust ganz sich selbst überlassen war.

»Wenn ich irgendwie helfen kann …«, sagte Beth und lächelte dann. »Mal angenommen, ich würde noch vor der Hochzeit bei Fred und seinen Söhnen einziehen, Rachel. Wenn Maggie sich dann ein Zimmer mit Sally teilen würde, könntest du Minnie bei dir aufnehmen.«

»Ach Beth, das ist schrecklich nett von dir, aber ich weiß nicht, was die anderen dazu sagen würden.«

»Mir würde es nichts ausmachen«, versicherte ihr Sally. »Oder hast du etwas dagegen Maggie?«

Doch Maggie schüttelte nur den Kopf. »Sag deiner Freundin, dass sie zu uns kommen kann, wenn sie möchte, Rachel.«

»Aber nicht vor der Hochzeit«, sagte Rachel schließlich. »Wir alle wollen am Abend vor der Hochzeit bei dir sein und dir morgens beim Ankleiden und all den anderen Dingen helfen, Beth. Minnie wird vorerst bleiben, wo sie ist, und dann werde ich mit ihr reden und sehen, wie sie zurechtkommt.«

***

Vor ihrer Abreise nach Paris bestand Sally darauf, dass Maggie das Bett in ihrem Zimmer benutzen sollte. So konnte Rachel Minnie das freigewordene Bett in ihrem Zimmer anbieten.

Rachel erzählte Minnie von Sallys großzügigem Angebot, als sie sie abends besuchte, aber die alte Dame lehnte ab.

»Das ist ganz reizend von dir und deinen Freundinnen, Rachel«, sagte Minnie so gerührt, dass ihr eine Träne über die Wange rann. »Aber ich glaube nicht, dass es im Moment das Richtige wäre. Wenn meine Schwester beerdigt ist und deine Freundin, Miss Ross, verheiratet … vielleicht dann …« Sie stockte, außerstande, weiterzusprechen. »Ich bin dabei, meinen Verlust zu verarbeiten. Ich weiß, dass mein Leben nie wieder dasselbe sein wird, aber ich bin mir noch nicht sicher, was ich will.« Minnie seufzte. »Es gab mal eine Zeit, in der ich hätte heiraten können.« Sie schüttelte den Kopf. »Aber das ist alles schon so lange her, und ich konnte meine Schwester einfach nicht im Stich lassen.«

Rachel war überrascht, weil Minnies Worte darauf hinzudeuten schienen, dass sie auch ein anderes Leben hätte führen können, es ihrer Schwester zuliebe aber ausgeschlagen hatte. Rachel hatte immer den Eindruck gehabt, dass Mildred die Stärkere der beiden Schwestern war, aber jetzt war sie sich nicht mehr so sicher. »Wie ich bereits sagte, wenn ich irgendetwas für dich tun kann, Minnie …«

»Ach, Rachel, Liebste, dich hier bei mir zu haben, hat mir

schon sehr geholfen«, sagte Minnie lächelnd. »Ich erinnere mich noch gut an das schöne Restaurant, in das du uns letztes Jahr an meinem Geburtstag eingeladen hast. Es war ein so schöner Abend, und ich dachte …« Sie unterbrach sich und schüttelte den Kopf. »Damals wünschte ich, wir wären öfter ausgegangen, aber Mildred ist immer so sparsam gewesen. Sie hatte Angst vor dem Alter, weißt du. Und vermutlich wird auch irgendwann die Zeit kommen, in der ich nicht mehr nähen kann. Mildred hat sich davor gefürchtet, und jetzt ist sie noch vor mir von uns gegangen.«

»Das war mir nicht bewusst.«

»Unser Vater hat uns nie erlaubt, ein eigenes Leben zu führen, solange er selbst noch lebte, aber er hatte ja auch den größten Teil seines Geldes verloren, wie du sicher weißt. Ich hätte heiraten können, nachdem Papa gestorben war, aber Mildred brauchte mich. Sie konnte gut nähen und die Muster zuschneiden, aber sie sagte, eigentlich würden sich unsere Arbeiten nur wegen meiner Stickereien so gut verkaufen. Sie wusste, dass sie nie heiraten würde, und befürchtete, entweder im Armenhaus zu landen oder zu verhungern.«

»Die arme Mildred«, sagte Rachel, und ein kalter Schauder erfasste sie. Wie viele unverheiratete Frauen starben einen einsamen Tod, oft an der Kälte und einem Mangel an anständigem Essen? Ohne Ehemann oder Kinder hatten sie niemanden, der sich um sie kümmerte, und der einzige Ort, an dem sie Schutz finden konnten, war das Arbeitshaus. »Sie muss sich ja schrecklich unsicher gefühlt haben!«

»Ja, das hat sie«, sagte Minnie und lächelte traurig. »Zusammen konnten wir es schaffen, aber allein wäre sie wahrscheinlich nicht zurechtgekommen, und deshalb blieb mir keine andere Wahl.«

»Wolltest du denn heiraten?«, fragte Rachel.

»Ja, das war mein größter Wunsch. Ich habe Jonathan sehr

geliebt, und ich glaube, dass er mich auch geliebt hat. Er hat ein Jahr lang nicht geheiratet, nachdem ich ihm gesagt hatte, dass es aus war. Danach ist er weggegangen, und ich habe gehört, er hätte ein hübsches junges Mädchen geheiratet.«

»Das muss sehr schmerzlich gewesen sein?«

»Oh nein, ich war froh, dass er sein Glück gefunden hatte. Ich wollte nicht, dass er meinetwegen allein blieb. Es war schlimm für mich, ihm wehzutun, und ich war froh, dass er jemanden hatte, der sich um ihn kümmerte.«

Wie wenig wir doch vom Leben anderer Menschen wissen, dachte Rachel. Sie hatte gewusst, dass die Schwestern in vornehmer Armut lebten, aber sie hatte nicht geahnt, was Minnie ihrer Schwester zuliebe aufgegeben hatte.

»Wenn du also gern mein Zimmer in unserer Wohnung mit mir teilen würdest, Minnie, bist du dort herzlich willkommen«, sagte sie. »Gibt es abgesehen davon noch irgendetwas, was ich für dich tun kann?«

»Das meiste ist schon arrangiert«, erklärte Minnie ihr. »Mrs. Malone hat gesagt, ich könnte nach der Beerdigung ein paar Leute zum Tee hierher einladen, und die Blumen in der Kirche habe ich schon bezahlt – ich bin mir nur nicht sicher bei der Todesanzeige, die ich für Mildred in die Zeitung setzen möchte. Könntest du das vielleicht für mich regeln, Rachel? Inzwischen habe ich auch Nachricht vom Coroner, der mir sagte, es sei ihr Herz gewesen. Er hat sie zur Bestattung freigegeben, sie wird am nächsten Freitag um drei Uhr stattfinden.«

»Ja, ich kümmere mich gerne um die Anzeige, und ich werde am Freitag bei dir sein«, versprach Rachel. Es war wenig genug, und sie hätte gerne mehr getan, aber nachdem sich Minnie vom ersten Schock erholt hatte, schien sie ganz gut zurechtzukommen.

Und genau das erzählte sie Beth später: »Ich dachte, sie würde nicht damit fertigwerden, aber sie ist viel stärker, als ich dachte. Ich habe ihr angeboten, zu uns zu kommen, aber sie will mit ihrer Entscheidung bis nach der Beerdigung warten, und das ist ja vielleicht auch das Beste. Schließlich wollen wir alle Freude an den Vorbereitungen für deine Hochzeit haben.«

Beth lächelte, und sie sprachen über die Blumen, die Jack besorgt hatte, und die Autos, die sie zur Kirche fahren sollten. Es sollte eine weiße Hochzeit werden, und er wollte, dass alles perfekt war, auch wenn sie nach ihren Flitterwochen in Devon zunächst bei seinem Vater wohnen würden.

»Es macht mir wirklich nichts aus«, sagte Beth zu Rachel, als sie später Kaffee tranken und sich einige Geschenke ansahen, die heute für sie gekommen waren. »Da Tim jetzt nicht mehr zu Hause lebt, sind nur Fred und ich dort, und er würde sich niemals in unsere Angelegenheiten einmischen. Es wird fast so schön sein, als hätten wir ein eigenes Haus.«

»Oh, ich bin mir sicher, dass Jack das auch so schnell wie möglich arrangieren wird«, sagte Rachel. »Aber viele jungverheiratete Paare leben zu Anfang ja noch bei ihren Familien.«

»Ja, aber ich weiß, dass es nicht das ist, was Jack wollte.«

»Was genau sucht ihr denn?«

»Jack möchte einen Pub oder ein kleines Hotel übernehmen, das er entweder mit einem Kredit von der Bank kaufen oder pachten kann«, sagte sie. »Er hat eine ganz hübsche Summe gespart und hat auch schon mit seiner Bank gesprochen. Sie sagten ihm dort, er könne einen Kredit von bis zu zweihundert Pfund bekommen.«

»Das ist eine Menge Geld, Beth«, sagte Rachel stirnrunzelnd. »Ich glaube nicht, dass ich mich gern so hoch verschulden würde.«

»Nein, deshalb würde Jack den Pub oder das Hotel ja auch lieber pachten als kaufen, aber die einzige Immobilie, die er sich bisher ansehen konnte, war zu heruntergekommen. Die Eigentümer wollten einen sogenannten Restaurierungspachtvertrag. Jack wäre dann für die Instandsetzung verantwortlich, ohne dass ihm die Immobilie gehören würde.«

»Das wäre keine gute Idee«, meinte Rachel. »Hat er denn nichts gesehen, was er gerne kaufen würde?«

Beth machte ein nachdenkliches Gesicht. »Es gab ein Objekt, aber er hätte fünfzehnhundert Pfund zusätzlich gebraucht, und das war einfach zu viel. Selbst mit seinen Ersparnissen könnte er das nicht aufbringen.«

»Ja, das kann ich mir vorstellen.« Rachel nickte verständnisvoll. Für junge Leute war es schwierig, sich selbstständig zu machen, und nur die wenigsten hatten das Glück, jemals etwas Eigenes zu besitzen. Selbst Rachels Mann hatte ihr damaliges Haus gemietet, und er hatte eine gute Anstellung gehabt, als er noch gesund gewesen war. Ihre beträchtlichen Ersparnisse hatten ihnen geholfen, seine lange Krankheit zu überstehen, doch nach seinem Tod war ihr nicht viel geblieben. »Es ist ein wunderbarer Traum, und vielleicht wird er ja auch eines Tages wahr«, sagte sie ermunternd.

»Und solange werden wir eben weiter sparen und weitersuchen müssen«, sagte Beth. »Jack denkt, dass er in seiner neuen Stellung Erfahrungen in der Führung eines kleinen Hotels sammeln kann. Und so ist er zumindest die ganze Zeit über hier in London. Nicht, dass er dann viel Freizeit hätte, weil eine solche Stelle natürlich auch lange Arbeitszeiten mit sich bringt. Aber er ist fest davon überzeugt, dass seine derzeitige Arbeit ihm später sehr zugutekommen wird.«

»Ja, als Geschäftsführer eines Hotels wird er in der Tat viele Überstunden machen müssen, denke ich. Ich erinnere mich, dass ich, als ich einmal ein kleines Unternehmen führte, Tag für Tag auch noch nach Feierabend gearbeitet habe«, sagte Rachel. »Mir hat es nichts ausgemacht, aber mein Chef wusste meinen Einsatz nicht zu schätzen. Kaum war er wieder gesund, wollte er mich auch schon loswerden.«

»Und dann bist du zu Harpers gegangen.« Beth lächelte sie an. »Ich denke, es war gut, dass er so undankbar war, Rachel, denn bei Harpers bist du sehr viel besser aufgehoben.«

»Ja, auch wenn ich gerade daran denken musste, was Minnie mir über die Existenzangst ihrer Schwester erzählt hat«, sagte Rachel. »Für Frauen, die allein leben, gibt es kaum andere Zukunftsaussichten als ein einsames Alter in Armut.«

Beth erschauderte. »Bitte sag nicht so etwas, Rachel! In deinem Fall glaube ich das nämlich nicht. Du wirst immer Freundinnen haben, mit denen du dir ein Zuhause teilen kannst – oder wenn du willst, auch mit einem Ehemann –«

»Ich weiß nicht, ob ich noch einmal heiraten möchte.«

»Nur weil dieser William Bailey dich enttäuscht hat, solltest du dich nicht von einer Heirat abhalten lassen«, sagte Beth. »Er hat sich unpassend ausgedrückt, aber glaubst du, dass er dich wirklich verletzen wollte, Rachel?«

»Nein, vielleicht hast du recht«, stimmte sie zu. »Er hat versucht, sich bei mir zu entschuldigen, aber ich habe es nicht zugelassen.«

»Na siehst du!« Beth lächelte sie an. »Ich bin sicher, dass du jemanden finden wirst, den du lieben kannst, wenn du es willst.«

Rachel nickte. Noch wusste sie nicht, was sie wollte, aber Miss Harts plötzliche Krankheit und das, was Minnie ihr über die Existenzängste ihrer Schwester erzählt hatte, machten sie nachdenklich, was ihre eigene Zukunft anging. Ein solch einsames Leben würde ihr ganz sicher nicht gefallen. Im Moment hatte sie noch ihre Freundinnen, aber Beth würde schon bald nach Sallys Rückkehr heiraten. Und da Rachel sich ziemlich sicher war, dass Maggie und auch Sally eines Tages heiraten wollten, fragte sie sich, was dann aus ihr werden würde. Müsste sie sich eine Wohnung suchen oder neue Mitbewohnerinnen aufnehmen, um die Miete bezahlen zu können?

Warum mussten Männer aber auch so rücksichtslos mit den Gefühlen anderer Menschen umgehen? Rachel ärgerte sich über sich selbst, weil William Baileys Vertrauensbruch sie derart verletzt hatte. Es war dumm, sich davon aus der Fassung bringen zu lassen, und sie nahm sich vor, beim nächsten Mal freundlicher zu ihm zu sein, falls er sich noch einmal bei ihr entschuldigen wollte.

Kapitel 24

Ein Wagen mit Chauffeur, den Ben Harper gemietet hatte, brachte sie zum Hafen von Southampton, wo augenblicklich weiß uniformierte Männer erschienen, als der Fahrer ihre Koffer und Reisetaschen auszuladen begann. Sally brauchte nichts anderes zu tun, als sich das geschäftige Treiben um sie herum anzusehen.

Auf der *SS Imperator* der Cunard-Line herrschte hektische Betriebsamkeit, während ein anderer großer Dampfer, der ganz in der Nähe lag, bis auf einen träge das Deck schrubbenden Matrosen ganz und gar verlassen zu sein schien. Sally fand es schrecklich laut am Kai, es war ein Geschnatter und Gelächter, Warnrufe waren zu hören, wenn Autos an- und abfuhren. Überall stapelten sich Gepäckstücke, gutgekleidete Männer und Frauen liefen umher und riefen mit schrillen Stimmen nach einem Steward, und eine Menschenmenge, die sich von Freunden und Verwandten verabschiedete, versperrte den Zugang zur Gangway. Aber Ben Harper schien sich mit Leichtigkeit seinen Weg durch die Menge zu bahnen. Sally beeilte sich, um mit seinen großen Schritten mitzuhalten, und war froh, dass sie keinen dieser modernen engen Humpelröcke trug.

Ben drehte sich zu ihr um, als sie den Gang zum Deck hinaufliefen. »Alles in Ordnung?«, fragte er, und Sally nickte nur, weil eine Mischung aus Begeisterung und Nervosität sie am Sprechen hinderte.

Auch an Deck herrschte ein reges Treiben, vor allem an der Reling, wo die meisten Passagiere sich drängten, um den

Menschenmengen am Kai zuzuwinken. Die weißgekleideten Stewards waren mittlerweile irgendwo verschwunden und hatten ihre Gepäckstücke mitgenommen, und Sally wusste nicht recht, was sie jetzt tun sollte. Es war das erste Mal, dass sie ein Dampfschiff betrat, und das damit verbundene Drumherum verunsicherte sie ein wenig.

»Sollen wir uns unsere Kabinen ansehen und dann wieder an Deck gehen?«, schlug Ben vor, und Sally lächelte und stimmte ihm erleichtert zu. Während sie ihm folgte, bemerkte sie, wie gut er sich an Bord auskannte. Er hatte es nicht nötig, ihrem Gepäck zu folgen … Als er vor einer Tür stehen blieb, blickte er sich zu ihr um und lächelte sie an. »Wir haben nebeneinanderliegende Kabinen. Ich hielt das für das Beste, weil ich so leicht erreichbar sein werde, falls Sie irgendetwas brauchen. Schließlich sind Sie ja zum ersten Mal an Bord eines Schiffes.«

Sally tat einen etwas unsicheren Atemzug und fragte sich, ob dies der wahre Grund sein mochte, der Ben Harper dazu veranlasst hatte, nebeneinanderliegende Kabinen zu buchen. »Es ist alles ein bisschen überwältigend für mich«, antwortete sie. »Allein hätte ich mich hier niemals zurechtgefunden.« Als sie sich umschaute, sah sie, dass selbst der Gang Bullaugen hatte, und begriff, dass er eine der besten Kabinen für sie gebucht hatte.

»Wir werden ja nicht sehr lange an Bord bleiben, nur heute Nacht und ein paar Stunden morgen früh, bevor wir das Schiff wieder verlassen, also packen Sie nicht mehr als das Nötigste aus, Sally. Sie müssten ja doch nur alles wieder einpacken, bevor wir von Bord gehen. Ich weiß nicht, warum, aber ich bekomme mein Gepäck nie wieder so in den Koffer, wie es vorher war.«

Sally lachte.

Die Stewards hatten ihre Koffer am Ende der Betten abgestellt, die bequem aussahen und von annehmbarer Größe waren. Sally hatte erwartet, dass sie sehr schmal sein würden, aber so war es nicht, und vielleicht erklärte das ja auch die enorme Größe dieses Schiffs. Es war wie ein schwimmendes Hotel mit Dienstbotenquartieren, Küchen und Gästezimmern.

In der Abgeschiedenheit ihrer Kabine betupfte Sally ihr Gesicht mit einem Hauch von Puder, um ihm den Glanz zu nehmen. Sie glühte förmlich – was nichts weiter als eine höfliche Umschreibung dafür war, dass sie schwitzte. Nachdem sie ihre Handschuhe und ihren Hut abgelegt hatte, richtete sie ihr Haar und schminkte gerade ihre Lippen, als Ben Harper auch schon an ihre Tür klopfte.

»Möchten Sie noch einmal an Deck gehen, Sally? Wir werden in ein paar Minuten ablegen, und die meisten Leute sehen gern dabei zu, wie sich das Schiff vom Ufer entfernt.«

Sally hob ihren Strohhut auf, ließ ihre Handschuhe und ihren langen Mantel aber auf dem Bett zurück. Alle Passagiere drängten sich wieder an den Relings, doch da sie niemanden hatte, dem sie zuwinken konnte, begnügte sie sich damit, sich auf einen höher gelegenen Absatz zu stellen und zum Hafen hinüberzuschauen. Die Leute warfen Luftschlangen, eine Kapelle spielte, und Sally kam sich vor wie auf einem Jahrmarkt.

»Du liebe Güte – wir überqueren doch nur den Kanal«, bemerkte sie.

»Ja, aber für einige der Passagiere ist es der Beginn einer längeren Reise. Viele von ihnen werden das Mittelmeer überqueren und zum Beispiel in Häfen in Italien und Spanien anlegen. Wir allerdings gehen bereits im ersten Hafen in Frankreich von Bord.«

Sally nickte. Die allgemeine Aufregung war ansteckend, und so lachte sie ihn an, während sie sich an seinem Ellbogen festhielt. »Ja, jetzt verstehe ich den ganzen Wirbel auch ... ist das jedes Mal so, wenn Sie nach Amerika zurückkehren?«

»Noch viel schlimmer«, antwortete Ben. »Ich habe gehört, der Abschied von der *Titanic* soll doppelt so grandios wie dieser hier gewesen sein.«

»Ja, und das war schrecklich.« Sally war sehr nachdenklich geworden. Wenn Jenni nicht geblieben wäre, um ihr zu helfen, sich als Harpers Einkäuferin einzuleben, wäre sie vielleicht auch auf diesem verhängnisvollen Schiff gewesen. In ihrem letzten Brief hatte sie vom General und seinem kleinen Jungen gesprochen und ihr erzählt, was sie im New Yorker Kaufhaus tat. Wie Jenni selbst waren auch ihre Briefe bunt und voller Leben, während ihre Telegramme immer kurz und bündig waren.

»Sollen wir uns irgendwo hinsetzen und etwas Kühles trinken?«, fragte Ben, und Sally stimmte dankbar zu.

»Wo werden wir absteigen, wenn wir in Paris sind?«

»Das habe ich schon mit einer Freundin arrangiert«, antwortete Ben. »Madame Clairmont führt eine kleine Pension – oder ein Hotel. Es ist jedenfalls ein gemütliches, anheimelndes Etablissement, ganz anders als die großen Hotels, und ich habe schon des Öfteren bei ihr gewohnt. Ich denke, es wird Ihnen gefallen, Sally. Es liegt zwar etwas außerhalb von Paris, aber dennoch nicht allzu weit von den Produktionsbetrieben entfernt, die ich aufsuchen möchte.«

Sally war ein bisschen enttäuscht. Sie wäre gern in der belebteren Stadtmitte gewesen, weil sie dort alles sehen wollte.

»Keine Bange, ich werde Sie in einem dieser lustigen kleinen Boote mitnehmen, die die Seine hinauf und hinunter fahren. Ich glaube, das ist der beste Weg, um die Sehenswürdigkeiten von Paris zu genießen, wenn Sie sich nicht in den Straßen verirren wollen – was in Paris nur allzu leicht möglich ist.«

Sally nickte und lächelte. Sie hatte sich einen Reiseführer gekauft und eine Liste gemacht von Dingen, die sie sehen wollte, wie Notre-Dame und den Eiffelturm. Sie hatte gedacht, dass es schön sein müsste, durch die Straßen und kleinen Gassen zu schlendern, um sie zu erkunden, wie sie es in London getan hatte, nachdem sie das Waisenhaus verlassen hatte.

»Vielleicht kann ich das ja eines Tages nachholen«, sagte sie und warf ihm einen neckenden Blick zu. »Ich glaube, es würde mir sogar gefallen, mich an einem warmen Nachmittag in den Pariser Gassen zu verirren, denn irgendwann findet doch jeder den Weg zurück zum Fluss, und dann ist es doch ganz einfach, nicht? Jedenfalls in London, und ich wüsste nicht, warum es in Paris anders sein sollte.«

Ben schaute sie fragend an. »Haben Sie eigentlich vor gar nichts Angst, Sally?«

Sie wandte ihren Blick ab, bevor sie antwortete. »Oh doch, vor vielen Dingen, aber ich versuche, diese Angst zu überwinden.«

Schließlich fanden sie einen Tisch an einem schattigen Platz an Deck, und wie von Geisterhand erschien ein Steward und fragte sie nach ihren Wünschen. Bald standen eiskalte Getränke mit Eis und Früchten und einem kleinen Fächer in hohen Gläsern auf ihrem Tisch. Sally trank ein Schlückchen und lächelte, als sie die Mischung aus Fruchtsaft und Wein probierte.

»Wunderbar! Ich finde, Sie verwöhnen mich.«

»Ich würde Sie sehr gern verwöhnen, wenn Sie es zuließen.«

»Die ganze Reise ist ein Geschenk«, antwortete Sally. »Ich weiß, dass es eine Geschäftsreise ist, aber es ist ein sehr schönes Geschäft.«

»Und ich finde, Sie haben sie sich verdient«, sagte Ben, und sein Lächeln fühlte sich beinahe wie eine sanfte Berührung an. »Ich habe Ihnen noch nicht genug dafür gedankt, dass Sie die Stellung gehalten haben, als ich in den Staaten war …«

»Das war nicht nur ich«, sagte Sally errötend. »Alle haben hart gearbeitet, von den Lehrlingen bis hin zu Ihrem Geschäftsführer.«

»Ja, aber Sie haben das Geschäft zusammengehalten. Stockbridge hat mir erzählt, dass ein Teil der Ware, die Jenni eingekauft hatte, für London ungeeignet war. Sie haben neue Ware eingekauft und den Preis für die alte Ware leicht gesenkt und damit die Verluste ausgeglichen, und plötzlich waren sämtliche Abteilungen ausgelastet.«

»Wenn ich nicht einen Teil der Ware reduziert hätte, hätten wir mehr bei dem Ausverkauf im Januar eingenommen – das war unser einziger Umsatzrückgang, und eigentlich hätte der Ausverkauf uns ein Plus bringen sollen ...«

»Das war kein Fehler, sondern nur ein Lernprozess«, sagte Ben. »Ich freue mich jedenfalls auf ein großes Weihnachtsfest in diesem Jahr, Sally. Ich hätte gern eine Weihnachtsecke mit dem Weihnachtsmann, der die Kinder empfängt – und falls wir es organisieren können, auch ein Rentier mit einem Schlitten voller Geschenke ...«

»Letztes Jahr hatten wir zur Weihnachtszeit ein paar sehr schöne Schaufenster«, bemerkte Sally, »aber nichts Vergleichbares zu dem, was Sie vorhaben, Ben.« Sie reckte ihre Schultern und hielt ihr Gesicht in die grelle, auf dem Meer glitzernde Sonne. Sein Vorname war ihr wie von selbst herausgerutscht, doch an diesem Ort erschien ihr das auch ganz natürlich. »Eigentlich ist es absurd, schon im Sommer über Weihnachten zu reden, nicht?«

»Im Einzelhandel ist das unumgänglich«, sagte Ben. »Die Pariser Läden werden voller Sommerkleider sein, wahrscheinlich sogar schon zu Schnäppchenpreisen, aber wir werden nach Wintermode und vielleicht auch nach Ideen für das nächste Frühjahr suchen.«

»Ich weiß.« Sally blickte lächelnd zu ihm auf. »Ich habe bereits Wintermäntel und Herrenanzüge bestellt, aber für einige ganz spezielle Artikel hätten wir noch Platz – obwohl die französischen Modelle vermutlich erst im nächsten Frühjahr wirklich voll zur Geltung kommen werden.«

Sie sprachen noch eine Weile über das Geschäft, und dann sagte Sally, sie wolle sich zum Tee umziehen, und Ben ging los, um über Deck zu spazieren.

Sally kehrte zu ihrer Kabine zurück und zog ihr Kleid aus, das sich nach einem ganzen Tag in der Hitze zerknittert und verschmutzt anfühlte. Zwischen ihren Sachen fand sie ein anderes hübsches Kleid aus Voile, das für den Tee und das Abendessen genügen würde, denn Ben hatte ihr schon angekündigt, sie bräuchten sich zum Abendessen nicht umzuziehen, da sie nicht im großen Speisesaal dinieren würden.

»Da wir schon morgen von Bord gehen werden, hatte ich eher an eine leichte Mahlzeit in dem zwangloseren kleinen Restaurant gedacht.«

Sally stimmte ihm gerne zu. Sie hatte einen knöchellangen schwarzen Samtrock und zwei seidene Oberteile mitgenommen, aber sie besaß nur ein einziges wirklich elegantes Abendkleid, das sie an Bord dieses Schiffs ohnehin nicht auspacken wollte.

Der Tee war üppig – es gab Sandwiches, Kuchen, viele Süßspeisen und Obsttorten mit Sahne. Sally konnte sich nicht vorstellen, dass sie noch zu Abend essen wollte, wenn sie all das probiert hatte.

Ben aß zwei kleine Lachsschnittchen und eine Scheibe eines sehr kalorienreichen Früchtebrots. Sally beschränkte sich auf Hähnchensandwiches und ein Stück Erdbeertorte mit Sahne. Danach spazierten sie zwei Stunden lang über das Deck und begaben sich dann unter Deck, um sich in den Geschäften umzusehen, die für die Passagiere noch geöffnet waren. Sally sah Schmuckstücke, die sie bei einem ihrer Großhändler gesehen zu haben glaubte, aber die Preise auf dem Schiff waren völlig überteuert. Entweder wurden hier die Ladenbesitzer übermäßig zur Kasse gebeten oder aber die Passagiere.

»Kein Wunder, dass wir bei Harpers so viel Schmuck verkaufen – schauen Sie sich nur den Preis dieser schottischen Brosche an! Verstehen Sie, was ich meine? Sie ist zwar aus Silber und der Stein von einem wirklich schönen Grün – aber sie ist viel zu teuer.«

»Dann stellen Sie sich einmal vor, Sie wären ein Geschäftsmann auf der Heimreise und hätten noch keine Zeit gehabt, Geschenke für Ihre Tanten oder Ihre Mutter einzukaufen«, entgegnete Ben. »Was sind dann schon ein oder zwei Pfund mehr für etwas so Elegantes wie dieses Set aus Brosche, Anhänger und Ohrringen?«

»Es wäre viel sinnvoller, sich die Zeit zu nehmen, bei Harpers einzukaufen, wo sie etwas viel Schöneres für weniger Geld bekommen könnten«, wandte Sally ein.

»Deshalb haben wir ja auch so viel zu tun, weil Sie einen solch hervorragenden Geschäftssinn haben …« Bens Blick war voller Wärme. »Ich hatte Angst, der Laden würde sich nicht halten können, als ich so lange weg war. Aber ich konnte wirklich nicht früher zurückkommen.«

»Hatten Sie in Amerika so viel zu regeln?«, fragte Sally mit einem neugierigen Blick. »Ich dachte schon, Sie würden überhaupt nicht mehr zurückkehren.«

»Es war immer meine Absicht zurückzukommen, Sally – das hätte Ihnen eigentlich klar sein müssen.« Jetzt lag ein etwas vorwurfsvoller Ton in seiner Stimme.

»Und woher hätte ich das wissen sollen? Sie haben nicht einmal geschrieben – und Sie schienen sowohl vor Ihrer Abreise wie auch bei Ihrer Rückkehr verärgert zu sein. Ich dachte, Sie wollten Harpers vielleicht sogar verkaufen …«

»Es gab eine Zeit, in der ich dachte, ich müsste es vielleicht tun – aber dann änderten sich die Umstände … Es gibt gute Gründe dafür, dass mir nicht nach Feiern zumute ist, auch wenn ich mit dem Geschäftlichen sehr zufrieden bin.«

Etwas in seinem Ton verriet ihr, dass er noch nicht bereit

war, ihr dies alles zu erklären, und deshalb drängte sie ihn nicht weiter.

»Solange Sie mit dem Geschäftlichen zufrieden sind …«

»Was das angeht, läuft alles so, wie ich es mir gewünscht habe«, murmelte Ben, und Sally empfand die Wärme in seiner Stimme wie eine Liebkosung.

»Das freut mich für Sie«, sagte sie jedoch nur und drehte sich um, um einige der ausgefallenen Handtaschen aus Krokodil- und Schlangenleder zu betrachten, die an einem anderen Stand ausgestellt waren. Auch die Preise hierfür fand sie maßlos überhöht, doch während sie noch zu den Taschen hinübersah, kaufte eine Dame in einem eleganten schwarzen Abendkleid und einem weißen Pelzmantel eine Tasche aus hellgrauem Schlangenleder.

»Ich bin nicht nur meinetwegen so lange in den Staaten geblieben«, sagte hinter ihr Ben. »Natürlich gab es Sitzungen, an denen ich teilnehmen musste, aber ich hatte auch noch andere, viel persönlichere Gründe …«

»Sie müssen mir das nicht erklären«, sagte Sally schnell.

»Und warum nicht, Sally?«, fragte Ben. »Wollen Sie mir zu verstehen geben, dass Sie schon jemanden in Ihrem Leben haben und Sie es daher, ganz gleich, was ich sage, nicht betrifft?«

»Nein, natürlich nicht!«, erwiderte Sally schnell und errötete. »Ich meinte damit nur, dass es Ihre Sache ist, ob Sie mir etwas Privates erzählen wollen.«

»Aber mir liegt sehr daran, dass Sie es verstehen, Sally …«

Was immer Ben sagen wollte, wurde von einer Glocke unterbrochen, auf deren Klang hin die kleinen Läden zu schließen begannen.

»Es ist Zeit zum Abendessen, glaube ich«, sagte Sally nervös und plötzlich voller Angst vor dem, was er zu sagen hatte. »Ich hätte eigentlich nicht gedacht, dass ich nach diesem köstlichen Tee noch einmal Appetit bekommen würde, aber so ist es – das muss die Seeluft sein, meinen Sie nicht auch?«

»Ja, denn sie macht auch mich sehr hungrig«, stimmte Ben ihr zu. »Wir reden ein andermal darüber, Sally – schließlich haben wir die ganze Woche Zeit dazu. Und ich bin mir sicher, dass wir dann irgendwann die Zeit finden werden, über wichtigere Dinge zu reden.«

»Über wichtigere Dinge?« Sally schluckte, als sie ihm in die Augen schaute und die Wärme darin sah. Er empfand also wirklich etwas für sie! Diesmal konnte sie sich nicht irren. Ihr Instinkt hatte ihr von Anfang an gesagt, dass sich zwischen ihnen etwas anbahnte, aber er hatte sich immer wieder in sein Schneckenhaus zurückgezogen ... »Ja, ich denke, das sollten wir, Ben.«

»Und das sehr bald.«

»Wie wäre es nach dem Abendessen? Wir könnten einen Spaziergang an Deck machen – es sei denn, Sie würden sich lieber die abendliche Show ansehen?«

»Nein, ein Spaziergang wäre mir lieber«, sagte sie mit wild klopfendem Herzen. »Außerdem finde ich, dass wir einmal ganz offen miteinander reden müssen. Meinen Sie nicht?«

***

Das Abendessen war köstlich. Sally fragte sich, wie die Köche es schafften, an Bord eines Schiffs eine solche Vielfalt an Speisen so gut zuzubereiten. Sie hatte noch nie eine Schiffsküche gesehen, konnte sich aber nicht vorstellen, dass sie besonders groß sein konnte – auf jeden Fall nicht so groß wie in einigen Hotels in London, aber die Vorspeise aus Meeresfrüchten, die Suppe, das Steak und die Kaffeemousse danach waren einfach köstlich. Selbst das fingerförmige Mandelplätzchen, das zum Kaffee gereicht wurde, war knusprig und delikat, und Sally dachte anerkennend, dass sie kaum je etwas Schmackhafteres gegessen hatte.

Danach machten sie einen Spaziergang auf Deck, lauschten dem Rauschen der Wellen, die sich am Bug brachen, und schauten in den dunklen Himmel, der nur von wenigen Sternen erhellt wurde. Irgendwo zwischen den Decks ertönte romantische Musik, ein Tenor sang von unerwiderter Liebe.

»Es fühlt sich irgendwie einsam an hier draußen auf dem Meer«, flüsterte Sally. »Glauben Sie nicht auch, dass es beängstigend gewesen sein muss für die Männer, die zum ersten Mal den Ozean überquerten?«

»Ich glaube, Seeleute sind ziemlich robuste Menschen, die gut mit sich selbst klarkommen«, sagte Ben. »Sie haben oft stundenlang kaum etwas zu tun, vor allem in der Zeit, als es nur Segelschiffe gab. Zumindest hat sich diese Reise, die früher so lange gedauert hat, inzwischen doch sehr verkürzt. Die Überfahrt nach Amerika war damals ein wahrer Kraftakt für die frühen Siedler.«

»Ja, das muss es wohl gewesen sein.«

Sally konnte spüren, wie angespannt Ben war, als sie auf das Heck zugingen und an der hohen Reling stehen blieben, um das schäumende Kielwasser des Schiffs im Licht der Sterne zu betrachten.

»Was wollten Sie mir denn nun erzählen, Ben?«, fragte sie, und plötzlich erschien es ihr ganz natürlich, ihn mit seinem Vornamen anzusprechen. »Ich weiß doch, dass Sie etwas auf dem Herzen haben.«

»Es fällt mir nicht leicht, darüber zu sprechen«, antwortete er, und sie konnte sein Unbehagen spüren. Irgendetwas veranlasste sie aufzublicken, und sie sah die Mischung von Trauer und Bedauern in seinem Gesicht.

»Als ich neunzehn war«, begann er leise, »riss ich von zu Hause aus, um ein junges Mädchen zu heiraten, das ich kaum kannte. Maribel war hübsch, ein Jahr jünger als ich, eigensinnig und töricht und hatte gerade die Schule abgeschlossen. Ich selbst war auch nicht viel besser. Ihr Vater arbeitete in dem Holzlager, das meinem Vater gehörte – es war nur einer unserer Betriebe, ihre Familie dagegen war völlig unbedeutend, weswegen mir sofort klar war, dass unsere Familien einer Heirat niemals zustimmen würden. Doch so verliebt, wie wir waren, gingen wir einfach fort und heirateten in einer Kapelle in einer Stadt, die so klein war, dass sie auf der Landkarte kaum zu entdecken ist – und am Anfang waren wir auch glücklich miteinander …«

Sally schnappte nach Luft, als ein scharfer Schmerz sie überfiel. Er war also verheiratet … aber dann sah sie sein Gesicht und wusste instinktiv, dass die Geschichte hier noch nicht zu Ende war.

Bens Hände lagen auf der Reling, die er so fest umklammerte, dass seine Knöchel weiß hervortraten. Sally wartete schweigend darauf, dass er weitersprach, weil sie spürte, wie schwer es ihm fiel.

»Maribel war ein sehr eigenwilliges Mädchen. Ich war nicht der einzige Mann, der sie begehrte, aber sie hatte sich für mich entschieden. Als wir dann jedoch nach Hause zurückkehrten, standen wir vor verschlossenen Türen, und mein Vater enterbte mich. An sich spielte das für mich keine Rolle, aber damals wusste ich noch nicht, dass sein Imperium zusammenzubrechen drohte. Er trank zu viel, und da ich jetzt nicht mehr zu Hause war, wurde es noch schlimmer. Er änderte sein Testament noch einmal zu meinen Gunsten, als er wusste, dass er sterben würde, doch von seinem Vermögen war nicht mehr viel übrig. Hätte mein Onkel mir damals keine Arbeit gegeben, ich hätte keinen Penny mehr besessen.«

Sally wartete regungslos, aber innerlich ganz unruhig vor Aufregung. Sie wusste, dass er noch nicht bei dem wichtigsten

Teil seiner Geschichte angelangt war, und spürte, dass er ihr auch den Rest erzählen wollte.

»Maribel und ich begannen uns schon wenige Tage nach der Hochzeit zu streiten. Sie fand es furchtbar, in dem Holzhäuschen leben zu müssen, das alles war, was ich mir damals leisten konnte. Es war nicht besser als das ihres Vaters, was sie ungemein erboste. Sie hielt mir vor, wie viele andere Männer sie hätte heiraten können, Männer, die immerhin kleine Geschäfte besaßen. Sie hatte sich für mich entschieden, weil mein Vater damals reich war und sie glaubte, er würde seine Meinung ändern, wenn wir erst einmal verheiratet waren. Aber als er dann starb, besaß er nicht viel mehr als seine persönlichen Sachen.« Ben holte tief Luft, und wieder spürte Sally, wie schmerzlich es für ihn war fortzufahren.

»An dem Tag, an dem es passierte, regnete es«, fuhr er schließlich in einem angespannten Tonfall fort. »Wir stritten uns wie an den meisten Tagen. Ich fuhr mit ihr in die Stadt, weil sie ein neues Kleid für das Sommerpicknick haben wollte. Ich gab ihr zehn Dollar – was alles war, was ich hatte, aber es reichte nicht für das Kleid, das sie sich wünschte. Ich war es leid, mich mit ihr zu streiten, und ärgerte mich, dass ich ihr nicht alles geben konnte, was sie wollte, und so schrie ich sie an und sagte ihr, sie werde sich mit den zehn Dollar begnügen müssen …« Er holte tief Luft. »Daraufhin stieg sie aus dem Wagen und rannte über die Straße. Es regnete … und deshalb sah der Mann sie nicht … Es war ihr eigener Vater, der wie ein Verrückter durch den Regen raste, und sie lief ihm direkt vor den Wagen. Sie wurde durch die Luft geschleudert und schlug mit dem Kopf auf …«

»Oh nein, das ist ja furchtbar!« Sally stockte der Atem, als ihr das ganze Ausmaß der Tragödie bewusst wurde.

»Manchmal glaube ich, wenn sie bei dem Unfall ihr Leben verloren hätte, wäre es für uns alle leichter gewesen«, sagte

Ben, und jedes Wort war völlig ausdruckslos, wie um die tiefe Trauer dahinter zu verbergen. »Sie lebte noch jahrelang in einer Art Koma, aus dem sie zwar manchmal erwachte. Dann lag sie nur benommen im Bett und starrte ins Leere. Ich glaube nicht, dass sie irgendjemanden von uns erkannte, obwohl ihre Augen manchmal glasig wurden, wenn sie mich sah. Dann fing sie an zu schreien. Irgendwie gab sie mir wohl die Schuld an ihrem Zustand und …« Er schüttelte den Kopf, weil er den Satz nicht zu Ende bringen konnte. »Sie muss sich nach und nach an einen Teil dessen erinnert haben, was mit ihr geschehen war, auch wenn die Ärzte meinten, dass das unmöglich sei – aber ich wusste einfach, dass sie mir die Schuld gab.«

»Was nicht fair war.«

Ben hatte Sallys Einwand nicht gehört, jedenfalls antwortete er nicht darauf und fuhr in demselben ausdruckslosen Tonfall fort: »Ihr Vater hat sich zu Tode getrunken. Er konnte mit seiner Schuld nicht weiterleben, und ich habe ihn beschimpft, ihn einen Idioten genannt und ihn beschuldigt, sie absichtlich angefahren zu haben. Natürlich wusste ich, dass dem nicht so war, aber ich musste einfach irgendjemandem die Schuld geben. Doch auch er gab sich ja längst selbst die Schuld an allem, und sein Ausweg war der Alkohol. Der hat ihn langsam umgebracht, aber Maribel ist trotzdem nicht gestorben, sondern hat in ihrem bemitleidenswerten Zustand weitergelebt, der für uns alle wie ein unentwegter Vorwurf war.«

»Das muss ja furchtbar schwer gewesen sein.« Für Sally war es, als bohrten sich Messer in ihr Herz, als sie begriff, dass die Qualen seiner Frau wie eine schwarze Wolke über ihm gehangen hatten.

»Es war schwer, das Geld für ihre Pflege aufzutreiben«, fuhr er leise fort. »Ich habe niemandem erzählt, dass ich das teure Pflegeheim bezahlte, in dem sie untergebracht war. Jenni wusste nicht einmal, dass Maribel gelähmt war, weil ich meiner

Familie nie von dem Unfall erzählt hatte, sondern nur, dass sie sehr schwach war und keine Menschen sehen wollte. Jenni war noch in der Schule und ging dann zu meinem Onkel nach New York, um dort zu arbeiten. Onkel Gerry gab auch mir Arbeit, nachdem ich meinen Stolz heruntergeschluckt und ihn darum gebeten hatte. Es gelang mir, meine Frau in dem besten aller Pflegeheime zu belassen. Schließlich kam sogar mein Vater zu mir und bot mir an, was er erübrigen konnte, aber ich war zu stolz, es anzunehmen. Als er starb, hinterließ er mir das Wenige, das er noch besaß, und ich kaufte damit ein paar Anteile am Geschäft meines Onkels. Dann beschloss mein Onkel, mir die Leitung der Londoner Filiale zu übertragen, und den Rest kennen Sie ja.«

»Oh, Ben«, flüsterte Sally. »Das alles tut mir schrecklich leid.«

»Maribels Zustand verschlechterte sich letztes Jahr, und so kehrte ich nach Hause zurück und besuchte sie in ihrem Pflegeheim. Sie schien mich damals zu erkennen und weinte jämmerlich. Jenni besuchte sie einmal kurz vor ihrem Tod. Bis dahin war sie noch nie bei ihr gewesen und wusste nicht, wie es um Maribel stand und was ihr widerfahren war. Sie wusste nichts von der ganzen Geschichte, bis ich ihr vor Kurzem alles erzählte.« Ben schüttelte den Kopf, als versuchte er, so die schmerzhaften Erinnerungen loszuwerden.

Sally wusste nicht, was sie antworten sollte, aber plötzlich sah sie die Dinge klarer, die sie verletzt hatten, und verstand, warum er ihr keinen Heiratsantrag hatte machen können.

»Maribel ist vor ein paar Wochen gestorben«, sagte Ben. »Und bis zum Schluss verbrachte ich so viel Zeit mit ihr, wie ich nur konnte, Sally. Ich gebe mir immer noch die Schuld daran, dass eine so schöne junge Frau wie sie zu der elenden, erbärmlichen Gestalt geworden war, die in diesem Bett lag. Sie hat mich lange gehasst, aber am Ende umklammerte sie weinend meine Hände. Ich glaube, irgendwie erinnerte sie sich doch noch, obwohl die Ärzte meinten, sie sei schon nicht mehr Herrin ihrer Sinne.«

»Die Ärzte haben nicht immer recht«, meinte Sally. »Ich empfinde großes Mitgefühl für euch, für all den Schmerz … Es ist furchtbar, was ihr zugestoßen ist.«

»Ja, das war es«, gab Ben zu. »Und trotzdem haben wir lange noch gehofft, dass sie wieder gesund wird, denn manchmal schien es ihr besser zu gehen.«

»Dann ruht sie also jetzt in Frieden«, sagte Sally, wobei sie nicht umhin konnte zu denken, dass Ben jetzt frei war, da seine Frau nun nicht mehr lebte – frei, sich wieder zu verlieben und zu heiraten, wenn er wollte.

»Ja, ich denke, sie hat ihren Frieden gefunden. Sie hatte sogar ein Lächeln im Gesicht, als sie dort in ihrem Sarg lag.« Ben drehte sich zu Sally um, und sein Gesicht war gezeichnet von Trauer und Bedauern. »Sie sah so schön aus, und ich wusste, dass sie noch viele, viele Jahre so hätte aussehen sollen – und quäle mich noch heute bei dem Gedanken daran, was das verhindert hat.«

»Nicht Sie haben sie angefahren, Ben.«

»Nein, aber ich war verärgert, und das machte sie unachtsam und zornig. In ihrer Wut rannte sie über die Straße, ohne sich umzusehen, und …« Er erschauderte. »Wie oft habe ich diesen Moment durchlebt und gewünscht, ich könnte ihn noch verhindern!«

»Jeder macht sich Vorwürfe, wenn Unfälle passieren«, sagte Sally und ging auf ihn zu. »Es war wirklich nicht Ihre Schuld, Ben. Maribel war alt genug. Sie wusste, was sie tat. Sie hätte wissen müssen, dass Sie ihr alles gaben, was in Ihren Möglichkeiten lag.«

»Dann halten Sie mich also nicht für ein herzloses Monster?« Er lächelte unsicher. »Maribels Mutter nannte mich einmal so, als sie erfuhr, dass ich mit einer Frau geschlafen hatte, während Maribel im Krankenhaus lag. Nachdem ich mich von ihr hatte beschimpfen lassen, ließ ich sie weinend am Bett ihrer Tochter zurück. Am nächsten Tag kam sie zu mir und flehte mich an, Maribels Krankenhaus- und Arztkosten weiter zu zahlen. Ihr Mann hatte ihr gesagt, dass sie die Kosten übernehmen müsse, wenn ich nicht mehr zahlen würde.«

»Sie haben getan, was Sie konnten«, sagte Sally und legte ihre Arme um seine Taille, um seinen Augen die Verzweiflung zu nehmen, die sie darin sah, und sie dachte dabei nicht einen einzigen Moment an ihre eigenen Gefühle. »Meinen Sie nicht, dass Sie sich selbst verzeihen sollten, Ben?«, fragte sie mitfühlend.

»Ja, und das habe ich getan. Schließlich konnte ich nicht ändern, was geschehen war, und ich tat anschließend alles, was in meiner Macht stand ...« Er blickte zu ihr herab und neigte den Kopf, Sally sah ihm verlangend in die Augen – dann küsste er sie. »Sally, ich liebe dich – aber das weißt du sicher längst. Ich wollte dir schon so lange von Maribel erzählen, aber ich konnte es einfach nicht.«

»Ich liebe dich auch«, erwiderte Sally leise. »Ich kannte dich nicht, aber jetzt, da ich dich kenne, liebe ich dich nur umso mehr.«

»Und was ist mit Mr. O'Sullivan?«

Sally blickte lächelnd zu ihm auf. »Mick ist nichts weiter als ein guter Freund«, sagte sie. »Ich habe ihn gern – aber das ist nicht dasselbe, wie jemanden zu lieben, nicht wahr?«

»Nein, das ist es nicht«, stimmte er ihr zu. »Was werden wir jetzt tun, Sally?«

»Was möchtest du denn tun?«, fragte sie, während sie sich noch fester an ihn schmiegte und tief seinen maskulinen Duft einatmete. »Ich denke, wir sollten zu deiner Kabine zurückgehen«, flüsterte sie.

»Oh Sally!«, murmelte Ben und drückte sie noch fester an sich. »Nach meiner Rückkehr wollte ich dich bitten, mich zu heiraten ... aber dann sah ich, wie dein Freund dich küsste und du durch den Regen zu deiner Tür hinüberliefst. Ich war hin- und hergerissen zwischen Wut und Furcht, was mich veranlasste, mich zurückzuziehen. Ich hätte dich lieber glücklich mit ihm gesehen als tot ...«

Seltsamerweise verstand Sally, was er meinte. Er hatte sie im strömenden Regen über die Straße rennen sehen, und das hatte ihn zu lebhaft an Maribels Unfall erinnert. Am Tag darauf, als sie sich im Geschäft begegneten, war er schlecht gelaunt gewesen, weil er geglaubt hatte, sie sorgte sich um Mick.

»Ich liebe dich«, flüsterte sie. »Komm mit in die Kabine, dort können wir weiterreden.«

***

Sally kuschelte sich an Bens warmen Körper, spürte seine Kraft und seufzte vor Zufriedenheit. Sie wusste, dass es das war, was ihr bestimmt war, und auch wenn er ihr nicht die Ehe versprochen hätte, wäre sie genauso glücklich gewesen. Es war das erste Mal, dass sie mit einem Mann geschlafen hatte, und obwohl ihr klar war, dass Ben vor ihr andere Frauen gehabt hatte, wusste sie doch, dass nur eine einzige ihm etwas bedeutet hatte. Maribels Schatten war irgendwo im Hintergrund noch anwesend, aber für den Augenblick war er verbannt, und Sally spürte, dass sie geliebt wurde, als Ben ihren Hals mit Küssen bedeckte und mit seiner Hand über ihren nackten Rücken strich.

»Ich liebe dich so sehr, Sally«, flüsterte er, »und ich möchte dich so bald wie möglich heiraten.«

»Ja«, murmelte Sally zustimmend, während er sie erneut an sich zog und sie sich seinem Kuss hingab und ihn fest umfangen hielt.

»Ich habe einen Ring für dich, Sally – ich habe ihn schon eine ganze Weile …«

»Oh Ben …« Sallys Augen waren feucht geworden. »Ich kann all dieses Glück gar nicht fassen!«

»Ich möchte dich so sehr zu meiner Frau machen … Du ahnst vermutlich nicht, wie sehr«, murmelte er mit rauer Stimme.

»Und ich kann es kaum erwarten, für immer zu dir zu gehören«, flüsterte sie, als er sie wieder in seine Arme zog.

»Aber ich kann unsere Verlobung nicht vor Beth' Hochzeit bekanntgeben«, sagte Sally dann. »Ich möchte, dass sie zuerst ihren Ehrentag feiert und ich für sie da sein kann – erst dann werden wir allen sagen, dass wir verlobt sind. Willst du bis Weihnachten warten oder schon vorher heiraten?«

»Ich möchte es diesmal richtig machen, Jenni muss es auch erfahren und zur Hochzeit kommen«, sagte er und lächelte, als sie liebevoll zu ihm aufblickte. »Also wird es vielleicht eine Weihnachtshochzeit, auch wenn es mir lieber wäre, wenn sie schon morgen stattfände. Wenn es nur um meine eigenen Wünsche ginge, würde ich dich schon hier in Paris heiraten!«

»Wir sollten noch eine Weile warten«, sagte Sally. »Rachel wird Zeit brauchen, um eine neue Mitbewohnerin zu finden, die sich mit ihr die Miete teilt. Beth geht weg, und wenn ich es jetzt auch noch tue, wird sie es allein nicht schaffen.«

»Wir könnten sie zur Etagenaufsicht befördern«, meinte Ben. »Mrs. Craven wurde mir ohnehin schon von Mr. Stockbridge als Miss Harts Nachfolgerin empfohlen, und ich könnte mir vorstellen, dass ihr das eine gute finanzielle Hilfe sein würde – aber ich stimme dir zu, dass wir Zeit brauchen werden, um alles richtig zu machen. Du solltest dir auch bald meine Wohnung anschauen, um zu sehen, ob sie dir zusagt. Oder vielleicht sollten wir woanders etwas suchen? Ich könnte einen Überbrückungskredit beantragen.«

»Ein Umzug wäre teuer, und du hast dein ganzes Geld in das Geschäft gesteckt«, erinnerte Sally ihn. »Wir werden später noch Zeit haben, über ein Haus mit einem Garten nachzudenken.«

»Meine Wohnung hat einen kleinen Garten«, sagte Ben. »Und eine Zeitlang wird er wohl ausreichen, denke ich.«

»Oh ja, bestimmt«, antwortete Sally und schmiegte sich wieder an ihn, woraufhin er leise stöhnte und sie erneut leidenschaftlich küsste. Sie schlang ihre Arme um ihn und schenkte sich ihm rückhaltlos. Ben zu lieben war so natürlich wie das Atmen, und sie begann eine prickelnde Begierde zu verspüren, als sie die schlanke Härte seines Schenkels an ihrem spürte. Er wusste genau, wie er ihr Herz und ihren Körper zum Singen bringen konnte, und sie sehnte sich danach, noch einmal in diesen glückseligen Zustand versetzt zu werden.

***

Gemeinsam erkundeten sie Paris, spazierten durch die alten Straßen und Gässchen und fuhren mit den kleinen Booten, die man mieten konnte, die Seine hinunter. Am Ufer saßen Künstler und zeichneten Stadtansichten, in der Hoffnung, dass die Touristen ihnen etwas abkaufen würden, aber Ben bat einen von ihnen, Sally zu zeichnen, und war von dem Ergebnis sehr begeistert.

»Eines Tages werden wir ein Porträt von dir malen lassen«, versprach er ihr, »aber diese Zeichnung hier sieht dir schon sehr ähnlich, meine Liebste. Der Künstler hat dein Lächeln und den schelmischen Blick in deinen Augen eingefangen.«

Sally konnte sich nicht erinnern, je glücklicher gewesen zu sein.

Sie verbrachten einige Stunden in den Arbeits- und Ausstellungsräumen einiger Modefabrikanten, sahen sich Modeschauen mit der aktuellen Winter- und Herbstkollektion 1913 an und bekamen manchmal sogar schon einen Vorgeschmack auf die Frühjahrskollektion 1914. Sally bestellte Anzüge und einige Abendkleider aus der Winterkollektion, fragte aber auch nach, ob man ihr Muster der Frühjahrskollektion schicken könne, sobald sie fertig sei. Bei einem Kaffee in einem kleinen Café unterhielten sie und Ben sich endlos lange über ihre Zukunftspläne, sowohl für Harpers wie auch für sich selbst.

»Ich möchte noch eine Weile arbeiten«, sagte Sally zu ihm. »Verlang also noch nicht von mir, dass ich Hausfrau werde, Ben.«

»Das würde mir im Traum nicht einfallen«, erwiderte er lächelnd. »Weißt du, wie hinreißend du aussiehst, wenn du in der Sonne sitzt? Die Sonne steht dir, Sally. Ich glaube, wir werden jedes Jahr nach Frankreich in den Urlaub fahren. Du blühst regelrecht auf in der Wärme, und Paris steht dir genauso gut.«

Er hatte recht. Sally genoss die Schönheit der alten Gebäude, schwelgte in der Atmosphäre der Altstadt und erfreute sich an den schönen Kirchen ebenso wie an den Cafés, in denen abends Musik gespielt wurde.

Sie schickten Jenni einen Gruß per Telegramm, in dem sie ihr auch von ihrer bevorstehenden Heirat berichteten und sie baten, an Weihnachten zu ihrer Hochzeit zu kommen. Bens Schwester bedeutete ihnen beiden sehr viel, und sie wollten ihr genügend Zeit geben, um ihre Vorbereitungen zu treffen. Ben telegrafierte auch seiner Tante und seinem Cousin, um sie ebenfalls einzuladen, obwohl er nicht daran glaubte, dass die beiden kommen würden.

»Meine Tante hasst das Reisen – und mein Cousin mag mich nicht besonders«, sagte Ben. »Also werde ich gar nicht erst mit ihnen rechnen – obwohl Onkel Geralds Frau uns möglicherweise ein Geschenk schickt.«

Ben hatte ihr an ihrem ersten Abend in Paris einen wunderschönen Diamantring geschenkt und um ihre Hand angehalten. Sally hatte angenommen und trug den Ring an ihrer linken Hand.

»Ich werde es niemandem sagen, wenn wir wieder in London sind, jedenfalls nicht sofort«, erinnerte sie ihn, »aber selbst, wenn ich den Ring abnehme, werde ich ihn in meinen Gedanken und in meinem Herzen tragen.«

Ben nickte. An diesen sonnenbeschienenen Tagen war er niemals schlecht gelaunt, sondern ein ganz anderer Mensch, immer lächelnd, glücklich und begierig darauf, Sally alles zu zeigen. Sie hätte sich den Mond wünschen können, und er hätte versucht, ihn für sie vom Himmel zu holen, aber alles, was sie wollte, war, mit ihm zusammen zu sein und jede Nacht leidenschaftlich von ihm geliebt zu werden.

»Ich werde das alles vermissen, wenn wir wieder zu Hause sind«, sagte sie ihm am Vorabend ihrer Abreise. »Es ist nicht leicht für mich, mit den Hochzeitsvorbereitungen zu warten, aber ich will es tun.«

»Ja, wir werden warten, Sally«, sagte er und küsste sie auf den Mund. »Hm, du schmeckst nach Champagner«, sagte er und strich mit der Zunge über seine Lippen. »Köstlich!«

Sally lachte, beugte sich vor und küsste ihn erneut. »Lass uns einen letzten Spaziergang im Mondschein machen«, schlug sie vor, »und dann gehen wir zu Bett.«

Kapitel 25

Mildreds Beerdigung fand am Tag vor Beth' Hochzeit statt. Es war ein seltsames Gefühl, in der Kirche zu stehen und an der Trauerfeier teilzunehmen, mitanzusehen, wie Minnie dabei mit den Tränen kämpfte, und dann nach Hause zu Beth' Junggesellinnenabschied zu gehen. Rachel gelang es jedoch, ihre Trauer um Minnie beiseitezuschieben und am Vorabend von Beth' Hochzeit mitzufeiern und mitzulachen. Sie hatten ihr mehrere kleine Geschenke gekauft. Sally hatte eine silberne Kaffeekanne und ein Teeservice aus Porzellan zu Großhandelspreisen besorgen können, und da all das nur etwas mehr als die Hälfte des Ladenpreises gekostet hatte, konnten sie Beth, die vor Freude überwältigt war, ein wirklich gutes Geschenk machen.

Da Sally das silberne Teeservice, das Beth' Tante ihr geschickt hatte, schon vorher gesehen hatte, war es ihr gelungen, eine dazu passende Kaffeekanne zu beschaffen, und Beth war begeistert, als sie alles zusammen auf dem silbernen Tablett stehen sah, das zu Tante Helens Teeservice gehörte.

»Das werde ich nur bei besonderen Anlässen benutzen und auf meiner Anrichte aufstellen«, sagte sie und lachte dann. »Falls ich irgendwann mal eine habe.«

»Aber das Porzellanservice kannst du auch täglich benutzen«, meinte Sally.

»So viele wunderbare Geschenke hätte ich nie erwartet!«, sagte Beth strahlend und umarmte sie. »Vielen, vielen Dank euch allen!«

Als Dankeschön hatte Jack allen drei Brautjungfern eine

Perlenkette geschenkt, die er in New York gekauft hatte und die aus großen, cremefarbenen Zuchtperlen mit Silberverschlüssen bestand. Alle drei hatten sie zu ihren Kleidern anprobiert und waren begeistert gewesen.

Zwei Abende vor der Hochzeit hatte er die Kisten mit Beth' Sachen zu seinem Vater gebracht, aber ansonsten hatte sie nicht viel von ihm gesehen, weil er mit seiner neuen Stelle beschäftigt gewesen war.

»Es tut mir leid, mein Liebling«, hatte er zu Beth gesagt. »Aber wenn wir erst einmal verheiratet sind, werden wir alle Zeit der Welt für uns haben.«

Jack hatte auch für Beth eine Perlenkette gekauft, doch ihre war doppelreihig und hatte einen goldenen Verschluss. Sie passte sehr gut zu dem quadratischen Ausschnitt ihres Brautkleids, in dem sie wunderschön aussah. Nach einem Abend voller Lachen und Reden gingen alle ins Bett, und irgendwann schlief sogar Beth ein.

* * *

Der nächste Morgen war hell und schön, und schon kurz nach dem Frühstück schien sogar die Sonne. Sally ging für eine Stunde zu Harpers, um sicherzugehen, dass dort alles in Ordnung war und die Mädchen, die ihre Freundinnen vertraten, alles richtig machten, während die anderen gemütlich mit Beth frühstückten.

Sally kam mit einem wehmütigen Gesichtsausdruck und verträumten Blick heim und brachte eine große Schachtel von Harpers mit, in der sich ein zum Teeservice passendes Tafelservice befand, das ein Geschenk von Mr. Harper war.

»Ich wette, dass du ihm gesagt hast, was er kaufen solltest«, bemerkte Beth, nachdem sie einen Blick auf das großzügige Geschenk geworfen hatte.

»Er hat mich gefragt, und ich habe es ihm gesagt, aber es war seine Idee, dir ein Geschenk zu kaufen.« Sallys Lächeln war geheimnisvoll, und Rachel fragte sich, was sich dahinter verbarg. Nur Beth bemerkte in der ganzen Aufregung kaum etwas davon.

Einige Kolleginnen und Kollegen hatten zusammengelegt und Beth Tischwäsche gekauft, aber das Tafelservice war etwas, womit sie wirklich nicht gerechnet hatte. Rachel war überrascht, dass Ben Harper einer jungen Nachwuchskraft ein so kostspieliges Geschenk machte, aber er hatte es bestimmt auf Sallys Drängen hin getan.

Bisher hatte Sally keiner von ihnen viel von ihrer Parisreise erzählt. Als Rachel sie fragte, ob sie eine schöne Zeit gehabt habe, hatte sie zurückhaltend geantwortet und nur gesagt, es habe ihr großen Spaß gemacht, bei der Herstellung der Kleidung zuzusehen. Rachel hatte gedacht, sie würde im Laufe des Abends in dieser Hinsicht etwas gesprächiger werden. Aber sie setzte sie nicht unter Druck.

Am Tag der Hochzeit folgten Rachel, Sally und Maggie Beth den Mittelgang hinunter zum Altar, und Rachel hielt vorübergehend ihren Brautstrauß, als sie für den Segen niederkniete. Sie fand, dass Beth sehr glücklich aussah, als sie und ihr Mann nach dem Unterschreiben des Registers aus der Sakristei kamen. Rachel stand mit den anderen Brautjungfern und Gratulanten draußen schon bereit, um die Braut mit Konfetti zu bewerfen. Sally hatte ein paar Rosenblätter und getrockneten Lavendel daruntergemischt, die einen angenehmen Duft verbreiteten.

»Beth sieht überglücklich aus, nicht wahr?«, flüsterte Sally, als die Braut ihr Gesicht dem frischgebackenen Ehemann zuwandte und er sie küsste, wonach sie zum Klang der Kirchenglocken und der triumphalen Orgelmusik den Mittelgang hinunterschritten. Das glückliche Paar hatte eindeutig nur Augen füreinander.

Vor der Kirche stand eine von Freds Nachbarinnen mit einem kleinen Mädchen, das nun vortrat, um Beth ein mit blauen Bändern geschmücktes Hufeisen als Glücksbringer zu überreichen. Von Freunden von Freds Familie erhielt Beth mehrere kleine Schmuckstücke. Am anschließenden Empfang nahmen dreißig Personen teil, von denen fast alle mit Jack befreundet waren. Auf Beth' Seite waren nur ihre drei Freundinnen von Harpers da und Fred, der sie als Stellvertreter ihres schon vor vielen Jahren verstorbenen Vaters zum Altar geführt hatte. Tante Helen dagegen war nirgendwo zu sehen und hatte auch nicht an Minnies Trauerfeier teilgenommen.

»Wo bleibt ihre Tante?«, flüsterte Rachel Sally zu, die mit den Schultern zuckte. »Sie sagte doch, sie freue sich schon auf die Hochzeit …«

»Ich wette, ihr Mann hat etwas damit zu tun«, murmelte Maggie. »Ich habe bemerkt, wie Beth sich umgesehen hat – und ich finde es nicht nett, sie ausgerechnet an ihrem Hochzeitstag so zu beunruhigen.«

»Vielleicht konnte ihre Tante ja nicht kommen«, meinte Sally stirnrunzelnd. »Leider hat sie kein Telefon, sonst würde ich sie anrufen.«

»Ich werde Beth sagen, dass eine von uns später bei ihr vorbeigehen und nachsehen wird, ob es ihr gut geht«, sagte Rachel.

Beth stand mit ihrem Mann da und begrüßte die Gäste, die zum Empfang gekommen waren. Als Rachel sie küsste, machte sie ein besorgtes Gesicht und fragte: »Habt ihr meine Tante gesehen?«

»Sie ist nicht hier, Beth – aber du musst dir keine Sorgen machen. Sally und ich werden heute Abend bei ihr vorbeigehen und sehen, wie es ihr geht …«

»Danke.« Immer noch sichtlich beunruhigt, runzelte Beth die Stirn. »Sie muss krank sein – oder er hat sie wieder in ihrem Zimmer eingeschlossen!«

»Das würde er doch bestimmt nicht tun – jedenfalls nicht an deinem Hochzeitstag, Beth?«

»Ich bin mir nicht sicher, ob ihn irgendetwas davon abhalten würde«, sagte Beth. »Ich wünschte, sie hätte ihn nie geheiratet!«

»Lass dir dadurch aber nicht deinen Hochzeitstag verderben, Liebes«, riet Sally ihr und blickte sie freundlich an.

»Nein, bestimmt nicht«, antwortete Beth mit einem Lächeln, das ihre Augen jedoch nicht erreichte. Im Stillen verfluchte Sally Beth' Tante dafür, dass sie sich nicht die Mühe gemacht hatte zu kommen, auch wenn Rachel sich sicher war, dass es nicht Helens Schuld war.

Abgesehen von der Abwesenheit von Tante Helen verlief die Hochzeit gut, die Sonne schien schier ununterbrochen, und alle sahen sehr schick und glücklich aus. Beth erzählte Rachel, dass sie Sallys Freund Mick im hinteren Teil der Kirche gesehen hatte, obwohl er nicht zu dem Empfang erschienen war. Er war Beth bisher nur einmal begegnet, aber sie erzählte Sally und Rachel später, dass er ihr ein Obstmesserset mit Perlmuttgriffen geschenkt hatte.

»Ich hätte nie erwartet, ein Geschenk von deinem Freund zu erhalten«, sagte Beth später zu Sally. »Ich habe ihn ja noch nicht einmal zur Hochzeit eingeladen.«

»Mick mochte dich ganz offensichtlich«, erwiderte Sally achselzuckend. »Und da er ein guter Freund ist, werde ich ihn so bald wie möglich treffen müssen. Ich muss ihm etwas erklären.«

Beth warf ihr einen fragenden Blick zu, aber Sally schüttelte den Kopf und flüsterte, sie werde ihr einiges zu erzählen haben, wenn sie aus den Flitterwochen zurückkommen würde …

Als die Hochzeitsfeier schließlich vorbei war und das Brautpaar in einer Wolke aus Rosenblättern abgereist war, beschlossen Rachel und Sally, gemeinsam herauszufinden, warum Tante Helen nicht gekommen war. Aber als sie das Haus erreichten, in dem Beth' Tante wohnte, waren sämtliche Fenster geschlossen und die Vorhänge zugezogen.

»Was ist denn hier los?«, fragte Sally Rachel. »Hier stimmt doch etwas nicht – ich glaube, ich werde mal nach nebenan gehen und mich dort nach Tante Helen erkundigen.«

»Gute Idee«, sagte Rachel. »Lass uns nebenan nachfragen!«

Und schon marschierten sie zur Rückseite des Nachbarhauses, und nach einer Weile kam eine Frau an die Tür. Sie schüttelte jedoch den Kopf, als Rachel sich nach Tante Helen und ihrem Mann erkundigte.

»Ich habe ihn seit über einer Woche nicht mehr gesehen«, sagte die Frau. »Genau genommen könnten es sogar schon zwei Wochen her sein – aber sie war vorgestern noch hier. Sie wollte heute bei der Hochzeit ihrer Nichte sein.«

»Sie ist aber nicht gekommen«, sagte Sally und holte einen Notizblock aus ihrer Tasche, auf dem sie schnell ihre Adresse aufschrieb und das Blatt der Nachbarin gab. »Könnten Sie mir bitte Bescheid geben, wenn sie wieder da ist?«

»Ja, kein Problem«, sagte die Frau. »Ich werde Ihnen schreiben.«

»Vielen Dank.« Sally gab ihr zwei Schilling für die Mühe und ging.

Rachel war inzwischen zur Rückseite von Tante Helens Haus gegangen, aber sie sah niemanden, und die Hintertür war fest verschlossen. Das an sich war schon sonderbar, denn die meisten Leute ließen ihre Küche unverschlossen, wenn sie nicht gerade außer Haus waren.

»Hier ist niemand«, sagte Rachel. »Ich weiß nicht, was ich davon halten soll.«

»Beth' Tante war am Donnerstag noch hier, sagt die Nachbarin, aber Gerald hat sie schon seit ein paar Wochen nicht mehr gesehen.«

»Komisch – aber das ist ja schon einmal passiert, und dann war Tante Helen plötzlich wieder da und sagte, alles sei in Ordnung.« Rachel runzelte die Stirn. »Ich kann nicht glauben, dass sie Beth derart enttäuscht hat.«

»Maggie hat mir erzählt, dass sie manchmal ein bisschen komisch war«, sagte Sally. »Jedenfalls können wir im Moment nicht mehr für sie tun, Rachel. Ich werde morgen Abend noch einmal vorbeikommen, um zu sehen, ob sie dann wieder da ist.«

Rachel warf einen Blick zum Haus zurück. Einen Moment lang glaubte sie zu sehen, wie einer der Vorhänge sich bewegte, aber dann dachte sie, dass sie es sich nur eingebildet hatte. Warum sollte sich Beth' Tante in ihrem Schlafzimmer verstecken? Und warum war sie nicht zur Hochzeit gekommen? Sie hatte die Kleider für die Brautjungfern genäht und Beth ein sehr schönes Geschenk gemacht – da hätte sie doch sicher auch in der Kirche dabei sein wollen?

Rachel konnte nur mit Beth mitfühlen, weil all das einen Schatten auf ihre Hochzeit geworfen hatte, auch wenn sie versuchte, sich davon nicht aus der Ruhe bringen zu lassen.

***

»Ich dürfte nicht zulassen, dass diese Sache dich so aufregt«, sagte Jack, als sie an jenem Abend im Zug saßen.

Beth hatte ihm erzählt, dass sie sich Sorgen um ihre Tante machte, aber als sie ihm vorschlug, zu ihr zu fahren, um herauszufinden, was dort los war, sträubte er sich.

»Du kannst sowieso nicht viel tun, Beth – und sagte deine Freundin nicht, sie würde abends bei ihr vorbeischauen?«

»Ja, Rachel und Sally wollten nachsehen, ob es ihr gut

geht«, bestätigte Beth. Außerdem wusste sie, dass sie das Hotel heute Abend nicht mehr erreichen konnten, wenn sie ihren Zug verpassen würden, und Jack hatte weder Kosten noch Mühen gescheut, um ihre Flitterwochen schön zu gestalten. Sie würden ihre Reise heute nur kurz unterbrechen, eine Nacht in einem Hotel in der Nähe von Oxford verbringen und dann am nächsten Morgen zu ihrem Urlaubsziel weiterreisen. Jack hatte alles als Überraschung für sie geplant, und Beth war fest entschlossen, sich das von ihrer Tante nicht verderben zu lassen. »Vermutlich fühlte sie sich nicht wohl«, sagte Beth. »Aber du hast recht, ich kann sowieso nichts tun, Jack. Ich hatte sie angefleht, diesen Gerald zu verlassen.«

Jack nickte mit einem grimmigen Zug um den Mund. »Deine Tante ist eine stolze und starrsinnige Frau, Beth. Wir haben versucht, ihr beizustehen, aber sie hat es nicht zugelassen – es tut mir nur leid, dass sie dich heute verärgert hat.«

»Nein, nein, das hat sie nicht.« Beth rückte näher an ihn heran und blickte lächelnd zu ihm auf, als sie seine Hand nahm und sie an ihre Wange drückte. »Ich liebe dich, Jack, und möchte hier bei dir sein. Außerdem weiß ich, dass Rachel und Sally sich um Tante Helen kümmern werden, falls irgendetwas mit ihr ist.« Sie schüttelte den Kopf. »Und von mir würde sie sich sowieso nicht helfen lassen.«

Jack legte seinen Arm um sie, zog sie an sich und schaute ihr in die Augen. »Versuch am besten, Tante Helen und ihren Mann zu vergessen, und lass uns unseren Urlaub genießen, Beth. Denn nach unserer Rückkehr werde ich hart arbeiten müssen, und wir werden nicht mehr viel Zeit haben, uns zu vergnügen.«

»Ich weiß.« Beth hob ihr Gesicht ein wenig an und küsste ihn. »Ich bin sehr, sehr glücklich, Jack. Und ich freue mich wirklich schon sehr auf unsere Woche am Meer.«

Er lächelte und küsste sie sanft, aber auch mit unterschwelliger Leidenschaft. »Ich habe mich darauf gefreut, seit wir uns kennengelernt haben«, sagte er, und sie wusste, dass er die körperliche Liebe meinte, die sie sich bisher versagt hatten. Beth hatte es vorgezogen, mit der Heirat zu warten, und Jack hatte nicht gewollt, dass ihre Hochzeit durch irgendetwas gestört wurde, und so hatten sie abgewartet, aber Beth wusste, wie sehr er sich auf die Hochzeitsnacht freute. Sie seufzte, lehnte sich an ihn und ließ sich von einem wundervollen Gefühl der Liebe übermannen. Beth hatte das Gefühl, Jack so gut zu kennen, dass seine Leidenschaft und die körperliche Liebe ihr keine Angst zu machen brauchten – und sollte damit recht behalten.

Sie trafen spätabends in dem Hotel in der Nähe von Oxford ein und gingen direkt auf ihr Zimmer, da sie schon im Speisewagen des Zugs eine leichte Mahlzeit zu sich genommen hatten. Das Zimmer, das Jack für ihre erste Nacht gebucht hatte, war etwas ganz Besonderes, auch wenn sie nur ein paar Stunden darin verbringen würden. Es war für ein Brautpaar hergerichtet worden, mit Blumen, Sekt, Schokolade und Bettwäsche, die nach Rosenblüten duftete. Es waren jedoch Jacks Behutsamkeit und Zärtlichkeit bei ihrem ersten Liebesakt, die Beth immer in Erinnerung bleiben würden. Sie hatte sich ihm furchtlos hingegeben, selbst als sie einen kurzen Schmerz verspürte. Und sie bemerkte, wie erleichtert er selbst darüber war. Jack hatte sie zweimal in dieser Nacht geliebt und ein weiteres Mal am Morgen, bevor sie aufstanden und zum Frühstück hinuntergingen. Beth empfand zwar nicht den ekstatischen Genuss, wie Jack ihn so offensichtlich in der körperlichen Liebe erlebte, aber sie war dennoch glücklich. Es war schön, zusammen im Bett zu liegen, miteinander zu kuscheln und sich zu küssen. Sie sprachen über die Zukunft, und sie war wunschlos glücklich und froh, dass sie verheiratet war und sich auf den Rest ihres Lebens freuen konnte.

Nach dem Frühstück im Hotel setzten sie ihre Reise fort, aßen im Speisewagen zu Mittag und erreichten ihr endgültiges Ziel in Torquay pünktlich zum Tee um halb vier. Das Hotel war klein, aber gemütlich und lag oben auf einem steilen Hügel, von dem aus sie einen herrlichen Ausblick auf das Meer hatten. Nach dem Tee zogen sie sich um und gingen zum Strand hinunter, wo sie eine Weile in der Sonne am Meer entlangspazierten. Jack erzählte ihr dabei von seinen Plänen, eines Tages ein Hotel am Meer zu besitzen, und Beth nickte, ließ ihn reden und genoss einfach nur die Sonne und das Gefühl des warmen Sands zwischen ihren Zehen.

»Bist du glücklich, Beth?«, fragte er schließlich, und sie nickte und blickte lächelnd zu ihm auf.

»Natürlich bin ich glücklich – wieso fragst du mich das überhaupt?«

»Ach, nur so. Ich fragte mich bloß ...« Dann unterbrach er sich und schüttelte den Kopf. »Aber das ist unwichtig.«

Beth lachte, riss sich von ihm los und begann, den Strand hinaufzulaufen. Jack stürmte hinter ihr her, fing sie ein und hob sie hoch, dann wirbelte er sie herum und küsste sie leidenschaftlich auf den Mund, als er sie wieder herabließ.

Beth umarmte ihn ganz fest und lächelte ihn an. »Ich liebe dich wirklich über alles, Jack«, versicherte sie ihm und sah das Feuer der Leidenschaft in seinen Augen aufglimmen.

Später, nachdem sie sich gewaschen und umgezogen hatten, besuchten sie eine Theatervorstellung in der Stadt und tranken nach ihrer Rückkehr eine Kanne Tee in ihrem Zimmer. In dieser Nacht schlief Jack wieder mit Beth, liebte sie sehr langsam und sehr zärtlich, um sie zu einem lustvollen Höhepunkt zu bringen, und tatsächlich empfand sie zum ersten Mal mehr als nur ein angenehmes Gefühl der Zugehörigkeit in seinen Armen. Als sie leise stöhnte, zog er sie noch fester an sich.

»Magst du es, wenn ich mit dir schlafe?«, flüsterte er ihr

ins Ohr, und sie drückte sich noch fester an ihn, bevor sie antwortete.

»Aber natürlich, Jack«, flüsterte sie und küsste ihn auf die Wange. »Ich liebe dich, das weißt du doch …«

Doch sie verspürte noch immer nicht die überwältigende Ekstase bei der körperlichen Liebe, die er empfand. Beth spürte, dass er ein bisschen enttäuscht über ihre Reaktionen auf sein Liebesspiel war, aber sie wusste nicht, wie sie darauf reagieren sollte oder was er eigentlich von ihr erwartete. Sie war glücklich, aber sie wusste auch, dass etwas fehlte, wenn sie miteinander schliefen, nur hatte sie keine Ahnung, was es war oder was sie tun musste, um es richtig zu machen.

* * *

In den ersten fünf Nächten schlief Jack jede Nacht mit ihr, doch in der sechsten gähnte er nur, sagte, er sei müde und schlief ein. Beth lag noch eine Weile wach und fragte sich, was sie getan hatte, um ihn so zu verstimmen.

Da der nächste Tag ihr letzter war, bevor sie nach London zurückkehren mussten, kauften sie am Vormittag noch kleine Geschenke für zu Hause ein, und den Nachmittag verbrachten sie faulenzend am Strand. Sie hatten eine kleine geschützte Bucht gefunden, die nur von wenigen Menschen besucht wurde. Auch an diesem Nachmittag war niemand in der Nähe, und nachdem sie ins Wasser gegangen waren, um sich abzukühlen, trocknete Jack Beth liebevoll den Rücken ab. Als er seine Lippen an ihrer Wirbelsäule hinunterwandern ließ, erschauerte Beth und stöhnte vor Vergnügen. Sie drängte sich enger an ihn, drehte sich dann in seinen Armen und presste sich verlangend an seinen Körper. Er schaute auf sie herab und lachte leise.

»Diesmal willst du mich wohl wirklich«, sagte er und zog

sie mit einem freudigen Blick in den Augen noch fester an sich. »Jetzt weiß ich, was dich erregt, mein Liebling ...«

Sie lachte ihn an, und Sekunden später lagen sie auf ihren Handtüchern und Jack liebte sie, aber diesmal presste sie sich verlangend an ihn, und plötzlich war alles gut. Ihr Körper bewegte sich unter dem seinem und bebte vor Vergnügen, als sie sich dem Verlangen hingab.

Danach, als sie aufgeschrien und sogar ein paar Tränen vergossen hatte, streichelte Jack ihre Wange. »Ich dachte schon, du wolltest mich nicht wirklich. Du hast so distanziert gewirkt, wenn ich dich berührte ...«, flüsterte er.

»Es ist nur so, dass ich nicht wusste, was ich tun sollte«, erwiderte Beth leise und küsste ihn. »Aber du machst mich glücklich, Jack.«

»Ich weiß«, sagte er und sah froh und zuversichtlich aus. »Aber jetzt sollten wir uns anziehen und zum Tee ins Hotel zurückgehen – und später gehen wir wieder tanzen.«

Sie waren in dieser Woche schon zweimal im Ballsaal gewesen. Weder sie noch er waren gute Tänzer, aber die Musik war schön, und sie konnten sich auf die langsameren Tänze beschränken und sich in den Armen halten, was eine sehr schöne Art war, den Abend zu verbringen. Beth wusste, dass sie daheim in London nur noch wenig Zeit für solche Dinge haben würden, und war froh, dass sie Jack am Strand die von ihm gewünschte Antwort gegeben hatte, auch wenn sie ihn hatte glauben lassen, dass sie mehr beim Liebesakt empfand, als es der Wahrheit entsprach ... aber immerhin wusste sie jetzt, wie sie ihn zufriedenstellen konnte.

Es waren wunderbare Flitterwochen gewesen, auch wenn sie nicht umhingekonnt hatte, sich ab und zu Gedanken über ihre Tante zu machen.

* * *

Am Abend nach ihrer Rückkehr nach London besuchte Beth ihre Freundinnen in ihrer einstigen Wohnung. Jack würde erst spät von der Arbeit zurückkommen, und sie hatte ihm gesagt, wohin sie gehen wollte. Sie nahm die Süßigkeiten mit, die sie auf der Reise gekauft hatten, und traf ihre Freundinnen auf dem Sofa an, wo sie Kakao tranken.

»Hast du eine schöne Zeit gehabt?«, fragte Sally. »Du hast sogar ein bisschen Farbe bekommen, Beth – wie gut, dass das Wetter die ganze Woche über schön war …«

»Ja, das war es, und wir waren auch fast jeden Tag am Strand. Ich hatte sehr viel Spaß …«, antwortete Beth und fügte dann hinzu: »Habt ihr herausgefunden, warum Tante Helen nicht bei meiner Hochzeit war?«

»Ach Beth, leider haben wir schlechte Nachrichten für dich«, sagte Sally.

»Es tut mir schrecklich leid, Beth. Wir haben nicht im Hotel angerufen, um dir nicht deine Flitterwochen zu verderben – aber Helen liegt im Krankenhaus«, sagte Rachel mit besorgter Miene. »Sie sagen, sie müsse die Treppe hinuntergefallen sein und dort ein paar Tage lang gelegen haben. Als Sally sie in der Nacht nach eurer Hochzeit nicht antraf, hat sie einen Polizisten geholt, der die Tür aufbrach. Er fand deine Tante bewusstlos am Fuß der Treppe liegend. Sie ist offenbar schwer verletzt und noch immer nicht bei Bewusstsein, und die Ärzte sind sich nicht sicher, ob sie jemals wieder zu sich kommen wird.«

»Oh nein!«, rief Beth entsetzt, und ein kalter Schauder durchlief sie. »Die arme Tante Helen – so ganz alleine dort zu liegen und keine Hilfe holen zu können …« Eine plötzliche Schwäche überkam sie, und sie setzte sich schnell.

»Es tut mir schrecklich leid«, wiederholte Rachel. »Können wir dir etwas zu trinken holen, meine Liebe? Ich weiß, was für ein furchtbarer Schock es für dich sein muss.«

»Aber wie?«, flüsterte Beth. »Wie konnte das passieren?«

Sie zitterte am ganzen Körper, und ihr wurde ein bisschen übel. Die arme Tante Helen hatte hilflos dagelegen nach ihrem Sturz, während sie ihre Flitterwochen genossen hatte! Beth fühlte sich schuldig, auch wenn sie wusste, dass das Unsinn war.

Sally berichtete mit grimmiger Miene weiter. »Dein Onkel kam am nächsten Tag nach Hause. Helens Nachbarin hatte mich wissen lassen, dass er zurück war, und so gingen Rachel und ich zu ihm. Er sagte, er mache sich Sorgen um seine Frau und wirkte nervös – aber ich glaube, er wusste sehr gut, dass sie am Fuß der Treppe lag … und ich glaube sogar, dass er sie selbst hinuntergestoßen hat!«, sagte Sally kühl.

»So etwas darfst du nicht sagen, Sally«, schimpfte Rachel und schüttelte den Kopf. »Wir haben keinen Beweis dafür, dass er im Haus war, als es geschah. Er sagt, er sei geschäftlich unterwegs gewesen und –«

»Er hat gelogen«, unterbrach Sally sie. »Du hast in der Nacht von Sallys Hochzeit doch auch gesehen, wie der Vorhang im Schlafzimmer sich bewegt hat! Es war also jemand dort – entweder hatte dieser Gerald Tante Helen dort oben eingeschlossen, oder sie lag bereits am Fuße der Treppe. Er muss sie dort zum Sterben liegengelassen haben.«

»Ja, ich hatte auch den Eindruck, dass der Vorhang sich bewegte, aber ich dachte, es wäre Beth' Tante, die uns die Tür nicht öffnen wollte. Daher sind wir schließlich wieder gegangen«, sagte Rachel mit schuldbewusster Miene. »Aber jetzt fühle ich mich schrecklich und wünschte, wir hätten damals schon die Polizei geholt … Aber wir konnten ja nicht wissen, was passiert war.« Sie zögerte. »Und dann wussten wir nicht, ob wir es dir sagen sollten, bevor du nach Hause kommen würdest.«

»Ich wollte nicht, dass Rachel im Hotel anruft«, sagte Sally. »Außerdem konnten wir ja auch nicht wissen, was geschehen war, und selbst als ich mich an die Polizei wandte, sagten sie mir, ich würde wahrscheinlich einen Fehler machen, aber ich hatte einfach ein sehr ungutes Gefühl. Deshalb sagte ich dem Polizisten, wenn er die Tür nicht aufbräche, würde ich es tun. Er war sehr hilfsbereit, als er sie fand, rief sofort einen Arzt und ließ sie ins Krankenhaus bringen. Dort wurde sie gut versorgt, und es gab nichts, was du für sie hättest tun können.« Sally machte ein unbehagliches Gesicht. »Es tut mir leid, falls ich mich geirrt haben sollte, aber ich wollte euch nicht die Flitterwochen verderben.«

»Wenn du angerufen hättest, hätte ich heimfahren wollen«, antwortete Beth. »Aber Jack hatte alles so wunderbar geplant, und deshalb war es wohl wirklich besser, dass du es nicht getan hast«, schloss sie seufzend. »Aber da ich morgen noch frei habe, werde ich sie gleich im Krankenhaus besuchen.« Tränen stiegen ihr in die Augen, aber sie wischte sie weg. »Es kann gut sein, dass du recht hast, Sally, aber wir können nicht beweisen, dass Gerald sie die Treppe hinuntergestoßen hat. Und sie würde uns nie Beweise gegen ihn liefern.«

»Manche Männer sind sich ihrer eigenen Stärke nicht bewusst«, warf Rachel ein. »Es könnte also auch ein Unfall gewesen sein.«

»Das bezweifle ich. Er war wütend, weil er das Gefühl hatte, dass sie ihm etwas vorgemacht hatte«, sagte Beth, deren Kehle sich zusammenzog. »Er dachte, sie hätte Geld, aber das hatte sie nicht – oder bei Weitem nicht so viel, wie er erwartet hatte. Mein Großvater besaß früher einmal ein großes Eisenwarengeschäft, verlor aber den größten Teil seines Gelds, bevor er starb, weil er in wertlose Aktien investiert hatte. Tante Helen erbte mehr als meine Mutter, weil sie Großvater gepflegt hatte, aber sie musste arbeiten, um sich ihren Lebensunterhalt zu verdienen – und das Haus hat niemals ihr gehört. Gerald dachte, sie hätte ein kleines Vermögen auf der Bank, aber es waren nur ein paar Hundert Pfund.«

»Die arme Tante Helen!« Sally runzelte die Stirn. »Man sollte ihn aufhängen, diesen Mistkerl!«

»Ich glaube, dass er sie misshandelt hat, ich weiß, dass er sie geschlagen hat«, antwortete Beth nachdenklich. »Aber wenn jemand anderes in der Nähe war, war er immer freundlich und fürsorglich zu ihr – und ich wette, es gibt Leute, die sagen werden, er könnte gar nicht dort gewesen sein.«

Rachel nickte. »Mit falschen Anschuldigungen wirst du nichts erreichen, Beth. Wenn deine Tante stirbt, was Gott verhüten möge, wird es mit Sicherheit zu einer Untersuchung kommen. Wir können nur hoffen, dass sich Anlass zu einem Verdacht ergibt – aber selbst dann wäre es schwierig, Gerald die Schuld nachzuweisen.«

»Ich werde es auch nicht versuchen – es sei denn, sie käme wieder zu sich und würde uns sagen, was er getan hat«, sagte Beth. »Und was würde es schon bringen, wenn sie stirbt? Ich nehme an, dass er dann vielleicht eine Zeitlang ins Gefängnis käme, aber das wird Tante Helen nicht wieder gesund machen oder ins Leben zurückbringen. Ach, ich wünschte wirklich, sie wäre ihm nie begegnet!«

Kapitel 26

Sally betrachtete noch einmal ihren Ring in seinem hübschen Kästchen, bevor sie an jenem Abend schlafen ging. Er war so schön, dass sie es kaum erwarten konnte, ihn ihren Freundinnen zu zeigen. Sie hatte ihnen erzählen wollen, was sich in Paris zugetragen hatte, wenn Beth aus den Flitterwochen zurückgekehrt war, aber die schlimmen Nachrichten von Tante Helen hatten sie davon abgehalten. Sie konnte den anderen nicht den wundervollen Ring zeigen, den Ben ihr geschenkt hatte, solange Beth so unglücklich war. Sie musste einen besseren Moment abwarten.

Ben wollte jedoch, dass sie den Ring trug, und das tat sie auch, wenn sie zusammen waren, aber es gab so schrecklich wenige Gelegenheiten, bei denen sie so zusammen sein konnten, wie sie es wollten. Ben hatte seiner Schwester schon zum zweiten Mal telegrafiert, um ihr mitzuteilen, dass er eine Woche vor Weihnachten heiraten würde. Bisher hatte Jenni noch nicht geantwortet, aber sie würde mit Sicherheit zur Hochzeit kommen, egal, wie beschäftigt sie auch sein mochte. Sally und Ben mussten also schon bald alle Vorbereitungen treffen. Wenn sie einen guten Veranstaltungsort reservieren wollten, mussten sie es sofort tun, bevor alles ausgebucht sein würde – was wiederum bedeutete, dass Sally ihren Freundinnen recht bald alles erzählen musste.

Sie seufzte, als sie zu Bett ging, und steckte das Kästchen mit dem Ring wieder in ihre Handtasche. Sie wusste, dass Ben sehr unglücklich darüber war, dass sie nachts nicht mehr zusammen sein konnten. In Paris hatten sie ihre eigenen, nebeneinanderliegenden Zimmer gehabt und jede Nacht das Bett geteilt. Sie vermisste ihn, wenn er nicht da war, und wusste, dass es ihm genauso ging.

»Ich will dich immer in meinem Bett haben«, hatte er voller Leidenschaft gesagt. »Kannst du nicht jetzt schon bei mir einziehen?«

»Du weißt, dass das nicht geht«, hatte Sally geantwortet. »Ich wünschte, ich könnte es, aber es wäre abscheulich von mir, Rachel und Maggie jetzt im Stich zu lassen …«

»Aber hattest du nicht gesagt, eine Freundin von Rachel sollte bei ihr einziehen?«

»Sie hat davon gesprochen, aber sie ist sich nicht sicher, ob Minnie das auch will. Die alte Dame hat den Verlust ihrer Schwester besser verkraftet, als Rachel zunächst dachte, und wird es vielleicht doch vorziehen, zu bleiben, wo sie ist.«

»Na ja, sobald ich Mrs. Craven die neue Stelle anbiete, wird sie es sich ohnehin leisten können, ihre Miete zu bezahlen …«

Sally hatte zustimmend genickt. Sie wusste, dass es stimmte, was Ben sagte, aber es war nur Ungeduld, die aus ihm sprach. Er wollte sie bei sich haben, aber sie wusste, dass sie Rachel Zeit geben musste, ihre Angelegenheiten in Ordnung zu bringen. Schließlich war es Sally gewesen, die den Vorschlag gemacht hatte, dass sie alle zusammen in diese Wohnung ziehen sollten. Und jetzt war auch Beth ausgezogen und lebte im Elternhaus ihres Ehemanns.

***

Am nächsten Morgen ging Sally wie üblich zur Arbeit. Sie war an ihrem Schreibtisch beschäftigt, als die Tür aufging und jemand eintrat. Sie war überrascht, Mr. Marco zu sehen, denn sie hatte keinen Termin mit ihm vereinbart und er kam nur selten ohne Voranmeldung. Seinem Gesicht war anzusehen, dass irgendetwas nicht in Ordnung war.

»Was gibt's?«, fragte sie, während sie aufstand und instinktiv zu ihm hinüberging. Er wirkte aufgewühlt, und Sally konnte ihm ansehen, dass er mit den Tränen kämpfte. »Etwas Schlimmes ist passiert, nicht wahr? Kommen Sie, Mr. Marco, und erzählen Sie es mir.« Sie nahm seinen Arm, führte ihn zu ihrem Stuhl und drängte ihn, sich hinzusetzen.

»Es geht um Julien«, sagte er mit erstickter Stimme, doch dann brach ein Schluchzen aus ihm heraus, und er ließ sich auf ihren Stuhl fallen. *»Mon Dieu!* Möge Gott mir verzeihen, denn ich werde es niemals können ...«

»Aber was ist denn passiert?«, fragte Sally, während ihr ein kalter Schauder über den Rücken lief.

»Sein Vater hat das mit uns herausgefunden ... Dass wir ein Paar waren, meine ich«, erwiderte Mr. Marco, während ihm Tränen über die Wangen liefen. »Ich war am Wochenende bei ihm zu Hause, um ihn zu sehen, bevor er zu seiner Reise aufbrach, und dann ... Dann konnten wir nicht anders. Wir lagen uns im Gartenhaus in den Armen, als sein Vater hereinkam und uns sah.«

»Das war Pech«, sagte Sally, »aber vielleicht wird er mit der Zeit verstehen ...«

»Nein – dazu ist es zu spät«, sagte Mr. Marco mit einem schmerzvollen Aufschluchzen. »Julien konnte es nicht ertragen, dass sein Vater über uns Bescheid wusste. Er sagte mir, ich solle gehen, und wie ich hörte, kam es danach zu einem furchtbaren Streit und dann ...« Sein Kummer erstickte ihn jetzt geradezu. »Dann kehrte Julien in das Gartenhaus zurück, in dem wir uns in der Nacht getroffen hatten ... und ... Er hat sich dort erhängt ...«

»Oh Gott, das ist ja grauenvoll!« Sally verschlug es den Atem, und ihr Herz verkrampfte sich vor Mitgefühl. »Nur weil er einen Mann geliebt hat … es ist nicht richtig, dass er sich deswegen schämen oder schlecht fühlen musste …«

Mr. Marcos Entsetzen stand ihm ins Gesicht geschrieben, als er zu Sally aufblickte. »Es tut mir leid, Sie damit zu belasten, Miss Ross – aber ich wusste, dass Sie verstehen würden. So wenige Menschen akzeptieren uns.«

»Das weiß ich, und es ist nicht fair«, erwiderte Sally. »Die Liebe kommt und geht, wohin sie will, und es war falsch von Juliens Vater, ihn deswegen zu verachten.«

»Er ist völlig verzweifelt, wurde mir gesagt – aber man hat mich auch gewarnt, nicht zur Beerdigung zu gehen. Sie wollen mich nicht in der Nähe haben und alles totschweigen.«

»Sie sollten warten, bis alle gegangen sind, und ihm nach der Beerdigung die letzte Ehre erweisen«, sagte sie und musterte ihn besorgt. »Aber können Sie so überhaupt arbeiten? Wollen Sie nicht lieber heimgehen, bis Sie sich beruhigt haben?«

»Ich könnte es jetzt nicht ertragen, allein zu sein«, antwortete er. »Sobald ich mit der Arbeit beginne, wird es mir besser gehen – schließlich ist sie alles, was ich jetzt noch habe.«

Sally nickte. Sie wusste genau, wie es war, so einsam zu sein, dass man arbeiten musste, um das zu vergessen. »Wenn ich irgendetwas für Sie tun kann …«

»Das kann niemand«, sagte er und zog ein weißes Taschentuch hervor, um sich das Gesicht abzuwischen. »Aber Sie haben mir sehr geholfen, vielen Dank dafür. Ich werde jetzt gehen und versuchen zu vergessen.«

Sally spürte, wie ihre Augen feucht wurden, als dieser tapfere Mann gegangen war. Die Gesetze, die die Liebe zwischen zwei Männern inakzeptabel machten, waren falsch! Mr. Marcos und Juliens Liebe zueinander war echt gewesen, und es war eine Tragödie, dass Voreingenommenheit und Vorurteile den Tod eines jungen Mannes verursacht hatten, nur weil seine Liebe als unnatürlich angesehen wurde.

In diesem Augenblick öffnete sich die Tür, und Ben trat ein. Als er Sallys Gesichtsausdruck sah, kam er um den Schreibtisch herum und nahm sie in die Arme. »Was hast du, Schatz?«

»Mr. Marco hat schlechte Nachrichten.« Sie zögerte, weil sie nicht wusste, was sie sagen sollte.

»Marco ist mein Freund«, sagte Ben. »Ich kenne seine Geheimnisse – was ist passiert?«

Sally erklärte es ihm so kurz wie möglich, und er runzelte die Stirn.

»Danke, dass du es mir gesagt hast. Ich werde zu ihm gehen und sehen, was ich für ihn tun kann.«

Sally tupfte sich die Augen ab. Sie war froh, dass Mr. Marco in Ben einen Freund hatte. So war er wenigstens nicht ganz allein.

Kapitel 27

Jack hatte Beth mit einem Ausdruck sprachlosen Entsetzens angestarrt, als sie ihm von dem Unfall ihrer Tante erzählte. Sie waren in ihrem Zimmer und wollten zu Bett gehen. Beth trug nur noch ihren Unterrock, und Jack stand ohne Hemd und mit herabbaumelnden Hosenträgern im Zimmer.

»Ich glaube, wir hätten schon an dem Tag, an dem wir das letzte Mal bei ihr waren, etwas tun sollen«, hatte er gesagt und sie entschuldigend angeschaut, aber Beth hatte den Kopf geschüttelt.

»Wie hätte ich verhindern können, was passiert ist? Ich habe Tante Helen angefleht, ihn zu verlassen – was hätte ich denn sonst noch tun können? Sie tut mir so leid, Jack. Sie hat all die Jahre allein gelebt, und es ist ihr immer gelungen, für sich selbst zu sorgen – und eine Zeitlang auch für mich –, und dann kam er daher und machte sie glauben, dass ihm wirklich etwas an ihr gelegen ist.«

»Er verdient eine ordentliche Tracht Prügel – und wenn es zum Schlimmsten kommt und deine Tante stirbt, sollte man ihn aufhängen!«, hatte Jack mit grimmiger Miene gesagt. »Aber dieser Mistkerl wird damit durchkommen! Er ist schlau und gerissen und wird sich aus der Sache herauslügen.«

»Nicht, wenn ich es verhindern kann!«, hatte Beth erwidert.

»Wir haben keine Beweise dafür, dass er es getan hat«, hatte Jack zu bedenken gegeben und dann, als er Beth' Blick sah, hinzugefügt: »Auch wenn ich mir sicher bin, dass er es war.«

»Und selbst wenn sie nur gefallen ist, dann seinetwegen.

Er hat sie sehr unglücklich und krank gemacht, und ich denke auch, dass er sie gestoßen hat.«

Jack hatte grimmig genickt. »Ich wette, dass er sich schon ein Alibi verschafft hat, um der Polizei beweisen zu können, dass er sich ganz woanders aufgehalten hat.«

»Ich weiß«, hatte Beth ihm seufzend zugestimmt. »Ich hoffe nur, dass Tante Helen wieder zu sich kommt, damit ich mit ihr reden und sie zur Vernunft bringen kann. Sie sollte ihn verlassen und wieder ein eigenes Geschäft gründen.«

»Wir werden ihr helfen«, hatte Jack versprochen und einen Arm um Beth gelegt. »Mach dir keine Sorgen, Liebes. Wir werden tun, was in unserer Macht steht, um sie in Zukunft zu beschützen.«

»Falls sie überhaupt noch eine Zukunft hat«, hatte Beth geflüstert, weil sie ein Frösteln in ihrem Nacken verspürte und sich ganz und gar nicht sicher war, ob Tante Helen sich je wieder von dem Sturz erholen würde …

***

Beth war sofort klar, warum sie plötzlich fröstelte, als sie der jungen Krankenschwester im Krankenhaus sagte, wer sie war und wen sie sehen wollte.

»Ach, Mrs. Burrows … Es tut mir schrecklich leid, aber Ihre Tante ist heute Morgen verstorben, so gegen fünf Uhr, wie ich hörte. Ich hatte selbst keinen Dienst, aber Sheila, die Nachtschwester, sagte mir, dass sie sehr ruhig und friedlich von uns ging.«

Beth schloss für einen Moment die Augen und fragte dann: »Hat sie noch etwas gesagt, bevor sie starb?«

»Nein, ich glaube, sie ist gar nicht mehr zu sich gekommen«, antwortete die Schwester. »Möchten Sie vielleicht mit Schwester Norris sprechen?«

»Ich möchte bitte meine Tante sehen, um mich von ihr zu verabschieden.« Beth kämpfte mit den Tränen, aber es gelang ihr, sie zurückzuhalten.

»Ja, ich bin sicher, dass die Oberschwester dafür sorgen wird«, antwortete die Schwester mitfühlend. »Bitte warten Sie hier in diesem Zimmer, Mrs. Burrows. Ich werde der Oberschwester sagen, dass Sie hier sind.«

Oberschwester Norris war eine dünne, tüchtig wirkende Frau, die Beth erklärte, dass Tante Helen irreversible Verletzungen bei dem Sturz davongetragen hatte. »Sie ist mit dem Kopf seitlich aufgeschlagen und hat sich die Wirbelsäule gebrochen. Ich glaube, der Tod war das Gnädigste, was ihr passieren konnte. Sie hätte gelähmt oder sogar geistig behindert sein können ... vielleicht war es am besten so, Mrs. Burrows.«

Beth antwortete nicht darauf. »Darf ich sie jetzt bitte sehen?«

»Sie ist nicht mehr hier«, sagte die Oberschwester stirnrunzelnd. »Ihr Mann war sehr tüchtig und ließ ihren Leichnam fast sofort in ein privates Bestattungsinstitut überführen – doch leider wurden mir weder der Namen noch die Adresse hinterlassen. Sie werden also ihren Ehemann kontaktieren müssen.«

»Aha.« Beth konnte ihre Wut kaum noch unter Kontrolle halten, aber da Oberschwester Norris keine Schuld traf, nickte sie nur, dankte ihr und ging.

Sie stieg sofort in den Bus, der zum Haus ihres angeheirateten Onkels fuhr und hämmerte dort wütend an die Haustür. Gerald öffnete. Er wirkte verlegen und schuldbewusst.

»Wo ist sie?«, fuhr Beth ihn an. »Ich möchte sie sehen.«

»Der Name des Bestattungsinstituts ist Winter Brothers«, sagte er kühl. »Es befindet sich in der Howard Street. Die Beerdigung findet nächste Woche statt. Ich werde sie einäschern lassen.«

»Ich glaube nicht, dass Tante Helen das gewollt hätte«, wandte Beth ein, aber Gerald sah sie nur abweisend an.

»Ich werde Ihnen die Einzelheiten mitteilen, wenn Sie an der Beerdigung teilnehmen möchten – und es wird eine Anzeige in der *Times* erscheinen«, sagte er, ohne zu dem vertrauteren Du zurückzukehren. »Und wenn Sie mich jetzt bitte entschuldigen, ich habe noch zu tun.« Und schon wurde Beth die Tür vor der Nase zugeschlagen.

Beth' Zorn und Empörung wuchsen ins Unermessliche. Kurz überlegte sie, einen Ziegelstein durch sein Wohnzimmerfenster zu werfen, aber sie wusste, dass er dann einen Grund hätte, ihr in Zukunft aus dem Weg zu gehen oder sogar die Polizei zu rufen und zu behaupten, sie belästige ihn.

Stattdessen stieß sie den Briefkastenschlitz in der Tür auf und schrie hinein: »Du hältst dich für sehr raffiniert, Gerald Greene, aber ich weiß, was du getan hast. Es kann eine Weile dauern, aber ich werde dafür sorgen, dass du dafür büßt, was du ihr angetan hast, du mordlüsterner Mistkerl!«

Ein Mann war auf der Straße stehen geblieben und starrte sie neugierig an. Beth warf ihm einen trotzigen Blick zu, bevor sie hocherhobenen Kopfes davonging. Ihr Wutausbruch hatte nichts geändert, aber immerhin fühlte sie sich ein bisschen besser, weil sie Gerald deutlich gesagt hatte, was sie von ihm hielt.

Beth fuhr mit dem Bus nach Hause. Doch das Haus war leer, da sowohl Jack als auch Fred bei der Arbeit waren. Es gelang ihr gerade noch, in der Küche den Wasserkessel aufzusetzen, bevor sie in ein heftiges Schluchzen ausbrach. Es war nicht fair! Warum sollte dieser Rohling mit dem Mord an Tante Helen davonkommen? Denn sie hegte nicht den geringsten Zweifel daran, dass er die Schuld am Tod ihrer Tante trug. Beth wünschte, sie hätte den Mut, zu ihm zu gehen und ihm etwas anzutun, doch sie wusste, dass sie es dem Gesetz überlassen musste, den Mörder ihrer Tante seiner gerechten Strafe zuzuführen. Er würde schon noch dafür bezahlen. Sie wusste nur noch nicht genau, wie sie das sicherstellen sollte.

* * *

Fred und Jack taten beide ihr Bestes, um sie zu trösten, als sie an jenem Abend nach Hause kamen. Sie hatte einen Eintopf für das Abendessen zubereitet, und es gelang ihr sogar, etwas davon zu essen, obwohl sie das Gefühl hatte, dass alles wie Asche schmeckte.

»Das Schlimmste ist Geralds Arroganz«, meinte sie. »Er ist sich absolut sicher, dass er mit einem Mord davongekommen ist.«

»Falls er es getan hat.« Freds Stimme war die der Vernunft.

»Ich weiß es einfach«, antwortete Beth. »Sie hatte Angst vor ihm, Fred. Keine Frau sollte vor ihrem Mann Angst haben müssen, nicht wahr?«

»Nein, Beth, ganz sicher nicht«, stimmte Fred ihr zu. »Wenn einer meiner Söhne eine Frau schlagen würde, würde ich ihn verstoßen. Brutalität in einer Ehe ist meiner Meinung nach die schlimmste Sünde, und ich verachte deinen Onkel dafür, aber das beweist noch lange nicht, dass er ein Mörder ist.«

»Das weiß ich auch.« Beth setzte ein merkwürdiges Lächeln auf. »Es war nur die Art, wie er mich ansah, als er mir heute Morgen die Tür öffnete. Er war noch nie freundlich zu mir, aber heute konnte er es kaum erwarten, mir die Tür vor der Nase zuzuschlagen.«

»Willst du, dass ich zu ihm gehe und die Wahrheit aus ihm herausprügele, Beth?«, fragte Jack.

»Nein, Jack, das will ich nicht!«, rief sie erschrocken. »Das ist das Allerletzte, was ich will – du würdest nicht nur dafür eingesperrt, sondern auch deine neue Anstellung verlieren. Er darf unser Leben nicht länger beeinflussen!«

»Das hat er längst getan.«

»Es wird mir bald wieder besser gehen«, sagte Beth und berührte dankbar seine Hand. »Ich bin nur sehr, sehr wütend und traurig. Wenn die Beerdigung vorbei ist, werde ich ihn nie wieder sehen müssen und werde mit der Zeit vergessen können.«

»Ich glaube, das alles wird dir noch lange zu schaffen machen«, sagte Jack. »Wir könnten einen Privatdetektiv engagieren, Beth. Jemanden, der herausfindet, wo er war, als deine Tante ihren sogenannten Unfall hatte. Vielleicht könnte er die Sache ja auf seine Weise klären ...«

»Meinst du, das wäre möglich?« Beth schaute Jack überrascht an. »Wäre das denn nicht sehr teuer?«

»Ja. Natürlich würde es Geld kosten, aber ich würde dieses Geld liebend gerne ausgeben, wenn ich wüsste, dass du so ein wenig Frieden findest.«

»Danke, Jack. Ich möchte mir nur sicher sein. Ich weiß, dass es eine Verschwendung deiner Ersparnisse wäre, aber ...«

»Wie ich schon sagte. Ich möchte auch, dass du Ruhe findest und das Gefühl hast, deine Tante wurde gerächt. Denn ich weiß, du würdest sonst nie wieder glücklich sein können.«

»Ich kenne da jemanden ...«, begann Fred zu ihrer beider Überraschung. »Er ist so alt wie ich, aber er war bei der Polizei, bis er in Rente ging. Ich habe gehört, dass er sich jetzt als Privatdetektiv betätigt – meistens in Scheidungsfällen, die oft ziemlich schmutzig sind, wie Harold meinte. Er würde euch auch nicht zu viel berechnen.«

»Wenn du mir seine Adresse gibst, gehe ich zu ihm«, antwortete Jack. Aber Fred schüttelte den Kopf.

»Ich werde selbst mit Harold sprechen. Wir sind schon zusammen zur Schule gegangen – und er ist mir noch etwas schuldig. Lasst mich das für euch tun. Ich helfe gern.«

»Oh, Fred, ich danke dir!«, sagte Beth und lächelte ihn an. »Ich will nur nicht, dass Gerald ungeschoren davonkommt. Das wäre einfach nicht fair.«

»Ich werde morgen Abend mit Harold sprechen«, versprach Fred. »Und jetzt hör auf, dir Sorgen zu machen, und genieß deinen Tee.«

Kapitel 28

Als Beth am nächsten Tag zur Arbeit kam, erzählte sie Rachel von ihren Plänen, und Rachel gefiel die Idee.

»Ich weiß, wie du dich fühlst, Beth. Dieser Mann muss bestraft werden, wenn er deine Tante getötet hat, und wenn ein Privatdetektiv euch dabei helfen kann, den Beweis für seine Schuld zu erbringen, wirst du endlich wieder Ruhe finden.«

»Ich weiß, dass es Tante Helen nicht zurückbringen wird«, sagte Beth. »Nichts kann etwas daran ändern, dass sie in den letzten Monaten ihres Lebens so unglücklich war, aber ich werde mich besser fühlen, wenn wir etwas unternehmen.«

»Die arme Tante Helen«, sagte Maggie, als sie erfuhr, dass Beth' Tante im Krankenhaus gestorben war. »Mein aufrichtiges Beileid, Beth – sie war immer so nett zu mir. Es ist wirklich traurig.«

»Ja.« Beth schluckte mühsam. »Aber ich bin vor allem wütend, Maggie – ganz furchtbar wütend. Wenn dieser hundsgemeine Dreckskerl sie ermordet hat, dann soll er dafür büßen.«

»Ja, das will ich auch«, stimmte Maggie ihr so erbittert zu, dass Beth lächeln musste und ihre Anspannung sich ein wenig löste.

Die Arbeit an diesem Vormittag an der Verkaufstheke half ihr ein wenig, ihren Kummer zu überwinden. Es machte ihr Freude, ihre Kundinnen zu bedienen, ihre Inventarliste auf dem neuesten Stand zu halten und ihre Auslagen neu zu gestalten.

Erst als sie sich abends auf den Heimweg machten, kam ihr der Gedanke, Maggie zu fragen, wie sie während ihrer Abwesenheit mit der Aushilfe zurechtgekommen waren. Sie standen auf dem Bürgersteig und warteten darauf, die Straße überqueren zu können. Es herrschte so viel Verkehr, dass sich eine lange Reihe Busse gebildet hatte, die alle darauf warteten, ihre Fahrgäste an der nahen Haltestelle aufnehmen zu können, und eine junge Frau überquerte so plötzlich die Straße, dass eines der Fahrzeuge fast mit ihr zusammenstieß.

»Es ging gut mit Janice«, beantwortete Maggie Beth' Frage. »Ich mag sie, aber sie ist nun mal nicht du, Beth. Marion ist mir lieber, aber sie hat sich schon dreimal krankgemeldet, seit sie hier zu arbeiten begonnen hat.«

»Ja, ich fragte mich schon, wo Marion ist«, sagte Beth, die das neue Mädchen wegen ihrer Flitterwochen noch nicht richtig kennengelernt hatte. »Wie lange war sie denn schon nicht mehr da?«

»Die drei Tage, während du weg warst – und heute Morgen schon wieder. Ich glaube, Rachel wird mit Mr. Stockbridge über sie sprechen. Ich meine, wir brauchen ja wirklich manchmal eine Aushilfskraft, aber sie ist uns nicht sehr nützlich, wenn sie die Hälfte der Zeit krankgemeldet ist.«

Auch wenn Maggie ein wenig übertrieb, so hatte sie dennoch recht, und Rachel würde den Geschäftsführer darauf aufmerksam machen müssen, wenn es so weiterging.

Beth' Bus hielt an der Haltestelle, und sie stieg ein und nickte Maggie zu, die die Straße hinunterging. Sie warf einen Blick auf die Abendzeitung, die sie zuvor gekauft hatte, und stellte fest, dass selbst in den Schlagzeilen von Todesfällen auf den Londoner Straßen durch Zusammenstöße mit Autobussen berichtet wurde. Beth fand es nicht verwunderlich, dass sich die Zahl der Todesfälle durch Autobusse seit 1907 verfünffacht hatte, wenn sie sah, wie achtlos manche Fußgänger einfach über die Straße liefen.

Fred kam an diesem Abend erst spät zum Essen. Beth hatte

nur ein einfaches Abendessen vorbereitet und bot ihm an, ein paar Käsetoasts für ihn zu machen, als er endlich kam, aber er schüttelte den Kopf.

»Ich habe mit Harold im Pub Pastete gegessen«, sagte er. »Er hat sich über meinen Besuch gefreut. Seine Frau ist vor sechs Monaten verstorben, und er ist immer noch ein bisschen niedergeschlagen – aber ich soll euch sagen, dass er uns gern helfen wird und sich schon sehr auf das Mittagessen am Sonntag freut. Glaubst du, du könntest uns Roastbeef machen, Beth? Ich weiß, wie gern der alte Harold Roastbeef isst.«

»Aber sicher«, sagte sie. Es war das Lieblingsessen der ganzen Familie. »Haben wir frischen Meerrettich im Garten für die Soße?«

»Ja, ich habe neulich gesehen, dass er gut gedeiht«, versicherte ihr Fred. Sein Gemüsegarten versorgte sie mit frischen Lebensmitteln aller Art. Er lieferte ihnen Tomaten und verschiedene Salatsorten, Erbsen, Stangenbohnen und Erdbeeren im Sommer sowie Kohl, Karotten, Sprossen, Kartoffeln und Pastinaken im Winter. Darüber hinaus gab es im Frühjahr auch ein Spargelbeet und einige Minze- und Meerrettichpflanzen, die wirklich köstlich waren.

Beth hatte sich mühelos in ihrem neuen Leben eingefunden. Das Haus war leicht in Ordnung zu halten, und Fred nahm ihr so viel Arbeit wie möglich ab, indem er Kohle und Koks für den Herd hereinbrachte und Holz hackte. Jack wusch oft das Geschirr ab oder brachte die Essensreste zu den Hühnern in den Stall hinaus, der am Ende des kleinen Gartens stand. Sie hatten einen Hahn und fünf Hennen. Die Hühner legten an den meisten Tagen Eier und wurden auch hauptsächlich zu diesem Zweck gehalten, nur ab und zu ließen sie einige Hühner ihre Eier ausbrüten und zogen ein paar Küken auf. Wenn sie das richtige Alter erreicht hatten, wurden die Hühner geschlachtet und gekocht. Fred konnte sich also selbst mit Lebensmitteln versorgen, auch wenn er abwechslungsreicher aß, jetzt da Jack und Beth mit im Haus wohnten.

An den meisten Abenden begnügte er sich mit Toast, und wenn Jack lange arbeitete, aß Beth mit ihm zusammen. An einem Abend in der Woche gab es jedoch eine richtige Mahlzeit, und sonntags, wenn Jack den größten Teil des Tags zu Hause war, kochte sie. Eigentlich kümmerte sich an den Sonntagen seine Assistentin um alles, aber an diesem ersten Sonntag, an dem Jack nach den Flitterwochen wieder arbeitete, ging er morgens für eine Stunde ins Büro, um sicherzustellen, dass alles reibungslos ablief.

»Es macht dir doch nichts aus?«, fragte er Beth und küsste sie, bevor er ging. »Ich weiß, dass es eigentlich mein freier Tag ist …«

»Geh und tu, was du tun musst, aber vergiss nicht, dass es heute ein köstliches Mittagessen geben wird und der Freund deines Vaters kommt!«

Jack versprach, sich nicht zu verspäten, und Beth machte sich an die Zubereitung des versprochenen Mittagessens. Freds Küche war groß und gemütlich, neben dem Ofen standen Sessel und an einer der Wände eine altmodische Couch. Der große Esstisch war aus blankpoliertem Kiefernholz, und auch die Stühle waren alle im sogenannten Landhausstil gehalten. Sie hatten hölzerne Lehnen und Sitze, die durch den Gebrauch schon ein bisschen abgenutzt und daher mit hellen Kissen bezogen waren, die Beth zu ihrem Einzug mitgebracht hatte.

Fred holte eine Meerrettichwurzel aus dem Garten und schabte die Schale ab, bevor er sie zerkleinerte und mit Essig und Sahne vermischte. Beth kostete die Soße, und sie war genauso scharf und köstlich, wie sie es mochte. Dazu gab es Stangenbohnen aus dem Garten, ein paar Baby-Karotten, die Fred geerntet hatte, solange sie noch jung und zart waren, und einige große Kartoffeln, die sie in der Pfanne röstete.

Das Fleisch garte langsam im Ofen, während sie den Teig für den Yorkshire-Pudding zubereitete, die Bohnen schnitt und die Möhren schabte, und alles duftete ganz köstlich. Für den Nachtisch hatte Beth einen mit Rübensirup getränkten Biskuitkuchen zubereitet, der langsam auf dem Herd durchzog, während sie die Zutaten für das Roastbeef zusammenstellte.

Als Harold Brooks, Freds Freund und pensionierter Kriminalbeamter von Scotland Yard, eintraf, öffnete Fred zur Begrüßung eine große Flasche Stout. Nachdem er seine Schwiegertochter und Harold einander vorgestellt hatte, machten sie mit ihren Biergläsern in der Hand eine Runde durch den Garten, und als sie zurückkamen, hatte Beth bereits den Tisch gedeckt. Das Gemüse befand sich schon in Schüsseln, während das Fleisch noch im Bräter ruhte und nur darauf wartete, aufgeschnitten zu werden. Sie warf einen besorgten Blick auf die Uhr, aber Jack verspätete sich nur knapp fünfzehn Minuten. Nach einer gemurmelten Entschuldigung küsste er Beth auf die Wange und reichte Harold die Hand.

Als alle vor einem Teller mit perfekt gebratenem Rindfleisch, Yorkshire-Pudding und Gemüse Platz genommen hatten, begannen sie, über ihr Anliegen zu sprechen. Beth fiel es leicht, sich mit dem Privatdetektiv zu unterhalten, weil es ein zwangloser Anlass war und alle sich an dem guten Essen erfreuten.

»Nach allem, was Sie mir erzählen, Mrs. Burrows, verhält sich Ihr Onkel wie ein typischer Tyrann«, sagte Harold, nachdem er ein Stück des zarten Rindfleischs probiert hatte. »Das Roastbeef ist übrigens köstlich und schön durch, so wie ich es mag«, bemerkte er und fuhr dann fort: »Und ich stimme Ihnen zu, dass Mr. Greene seine Frau durchaus getötet haben könnte, doch ob es ein geplanter Mord oder ein Unfall war, ist wahrscheinlich schwer zu sagen. Meiner Erfahrung nach bedarf es einer skrupellosen Intelligenz, um einen Mord perfekt zu planen. Tyrannische Männer können zwar auch töten, und es geschieht gar nicht so selten, aber dann normalerweise eher in einem Wutanfall oder weil sie mehr Gewalt anwenden, als es ihre Absicht war.«

»Ich glaube, er ist gefühllos und intelligent genug, um ihren Tod genau geplant zu haben«, sagte Beth, während sie ein Stück von dem in Soße getränkten Yorkshire-Puddings abschnitt. »Er sah aus, als ob er auch mich ermorden wollte, als ich dort war.«

»Dann würde ich Ihnen raten, sich von ihm fernzuhalten. Beobachten Sie ihn ruhig bei der Beerdigung – aber gehen Sie auf keinen Fall mit in sein Haus!«

»Ich will den Kerl nie wieder sehen«, sagte Beth. »Mein Vorgesetzter hat mir zwar für die Beerdigung meiner Tante nächste Woche freigegeben, aber ich werde mich dort von ihm fernhalten.«

»Ja, das wäre das Vernünftigste«, stimmte Harold zu. »Und ich werde mich sofort an den Fall machen. Ich habe zwar gerade ein paar Scheidungsfälle, aber die sind unkompliziert und überschaubar. Ihr Fall dagegen scheint meine Zeit wert zu sein und wird mich für eine Weile beschäftigen.« Er lächelte sie an. »Das Problem ist, dass wir ein Motiv brauchen. Ihre Tante besaß nicht viel Geld, also dürfte das vermutlich nicht genügen – es sei denn, Ihr Onkel hatte ein anderes Ziel vor Augen.«

Beth starrte ihn an. »Ich verstehe nicht – was meinen Sie mit einem anderen Ziel?«

»Da er sich Ihre Tante ja wegen ihres vermeintlichen Vermögens ausgesucht hat, hat er wahrscheinlich jemanden gesucht, den er heiraten oder anderweitig um sein Geld bringen konnte. Manche Männer haben sich dazu auf ältere Damen spezialisiert, die ein Vermögen geerbt haben und einsam sind.«

»Ja, diese Kriterien hätte Tante Helen erfüllt«, stimmte Beth ihm zu. »Sie erhielt den größten Teil dessen, was ihr Vater in seinem Testament hinterlassen hatte, aber es war nicht so viel, wie Gerald offenbar erwartet hatte …«

»Er ist ein sehr unsympathischer Mensch«, warf Jack ein. »Ich habe ihn nie gemocht, Inspektor.«

»Ach, nennen Sie mich doch bitte Harold, schließlich bin ich nicht mehr bei der Polizei«, sagte Harold lächelnd. »Aber der Mann Ihrer Tante scheint tatsächlich ein äußerst unangenehmer Zeitgenosse zu sein, und ich bin schon sehr gespannt darauf, ihn zu beobachten. Ich werde auch zu der Beerdigung kommen, Mrs. Burrows, aber bitte sprechen Sie mich nicht an, und lassen Sie sich auch nicht anmerken, dass Sie mich kennen. Dieses kleine Geheimnis sollten wir uns für Mr. Greene aufheben – er wird schon noch selbst dahinterkommen!«

»Tante Helen wäre mit Sicherheit noch am Leben, wenn sie ihm nicht begegnet wäre«, sagte Beth mit einem unterdrückten Schluchzen in der Stimme. »Er hat sie manipuliert und beherrscht, und sie hat es nicht erkannt, bis es zu spät war.«

»Ja, so wird es wohl gewesen sein«, stimmte ihr Harold zu. »Ich kann Ihnen nicht versprechen, dass ich schlüssige Beweise für seine Schuld finden werde, aber ich möchte auf jeden Fall die Wahrheit herausfinden, falls Ihnen das genügt.«

»Ja, ich danke Ihnen sehr dafür«, sagte Beth und betrachtete die leeren Teller auf dem Tisch. »Wenn alle so weit sind, werde ich den Nachtisch holen.«

* * *

Beth fühlte sich schon viel besser nach ihrem Gespräch mit Harold Brooks. Er hatte offensichtlich viele Jahre bei der Polizei gedient und wusste, wovon er sprach, und vor allem schien er die Denkweise von Verbrechern zu durchschauen. Später, als Beth in der Küche das Geschirr abgewaschen hatte, war er zu ihr gekommen und hatte gesagt, dass Kriminelle fast immer einen Fehler machten.

»Es wird schon irgendwo etwas zu finden sein«, hatte er gesagt. »Gut möglich, dass wir ihn für etwas drankriegen, das nichts mit dem Tod Ihrer Tante zu tun hat – dann könnte man von seiner Schuld in diesem Fall auf seine Schuld am Tod Ihrer Tante schließen, sodass er auch dafür bestraft würde. Überlassen Sie alles mir, Mrs. Burrows, aber falls sich irgendetwas ergibt, von dem Sie meinen, dass ich es wissen müsste, dann melden Sie sich bitte.«

»Ja, natürlich«, hatte Beth versprochen.

Sie glaubte zwar nicht, dass irgendetwas geschehen würde, was sie ihm berichten könnte, aber sie blieb wachsam bis zum Tag der Beerdigung. Sie hatte bei Harpers um Erlaubnis gebeten, sich freinehmen zu dürfen, doch da sie in letzter Zeit schon sehr oft frei gehabt hatte, war sie noch bis zum Mittag geblieben, um ein bisschen Arbeit aufzuholen.

»Ich hoffe, dass Sie es sich nicht zur Gewohnheit machen, sich jetzt, wo Sie verheiratet sind, andauernd freizunehmen, Mrs. Burrows. Ich stelle ohnehin nicht gern verheiratete junge Frauen ein, weil sie zu den denkbar ungünstigsten Zeiten Kinder bekommen«, hatte Mr. Stockbridge ein wenig streng hinzugefügt.

Beth hatte ihm jedoch versichert, dass sie noch nicht die Absicht hatte, eine Familie zu gründen. Aber sie hatte verstanden, dass es nicht gern gesehen war, um eine zusätzliche Auszeit zu bitten.

Am Morgen der Beerdigung von Tante Helen war es kühl, obwohl es erst Ende August war. Aber die angenehme Wärme des Sommers war schlagartig verschwunden, und eine Ahnung von Herbst lag in der Luft. Beth trug einen dunkelgrauen Mantel und dazu einen schwarzen Hut mit einem Schleier. Sie war sehr niedergeschlagen, weil nur Fred sich hatte freinehmen können, um bei ihr zu sein. Jack hatte sich entschuldigt, er war zu beschäftigt, Sally hatte Termine, die sie nicht absagen konnte, und Rachel wurde in der Abteilung gebraucht. Maggie hatte um Freistellung gebeten, die abgelehnt worden war. Man hatte ihr gesagt, eine abwesende Assistentin genüge, sie werde gebraucht.

Und so stand Beth nur in Freds Begleitung in der kalten Kirche und fror. Gerald saß in der Kirchenbank vor ihr und hatte zwei männliche Freunde an seiner Seite. Alle drei trugen dunkle Nadelstreifenanzüge und sangen mit ernsten Gesichtern und tiefen Stimmen die nüchternen Lieder, die Gerald ausgewählt hatte.

Er sah Beth kein einziges Mal an, weder während des Gottesdienstes noch danach, als sie der kleinen Prozession zum Grab folgten.

Ihr war bewusst, dass Harold das Geschehen aufmerksam beobachtete. Er hatte eine junge Frau bei sich, mit der er aber kein Wort sprach, obwohl Beth nach dem Gottesdienst bemerkte, dass er von Gerald angesprochen wurde. Harold gab ihm eine Antwort, die Gerald zufriedenzustellen schien, und dann fuhr er in Begleitung seiner Freunde in einem großen schwarzen Wagen davon, ohne Beth auch nur eines einzigen Blicks zu würdigen.

Er hatte sie nicht zum Empfang nach dem Begräbnis eingeladen, und sie bezweifelte sogar, dass irgendetwas in der Art stattfinden würde. Deshalb gingen sie und Fred auf eine Tasse Kaffee und ein Brötchen in ein Café, bevor sie zur Arbeit bei Harpers zurückkehrten.

»Du hattest recht, Beth«, sagte Fred, während sie aßen. »Er ist kein netter Mann – und ich würde sogar sagen, dass er zu allem fähig ist, aber lass dir davon nicht das Herz brechen, Liebes.«

»Nein.« Beth schüttelte den Kopf. »Ich werde keine Träne

mehr vergießen, Fred. Es nützt ja doch nichts. Ich kann Tante Helen damit nicht zurückbringen, aber ich hasse diesen Mann!«

»Nun, dann sollten wir jetzt besser zu Harpers zurückkehren. Ich muss arbeiten und du auch, Beth.«

Mit einem Bus fuhren sie zurück zur Oxford Street und gingen zu Harpers, wo Fred sich auf den Weg in seinen Kellerbereich machte und Beth in ihre Abteilung zurückging. Marion hatte bei den Schals die Stellung gehalten, während Maggie die Hüte übernommen hatte. Als Beth eintrat, übergab sie ihren Platz sofort.

»Wie war es?«, fragte sie mitfühlend.

»Ach, ich bin einfach nur froh, dass es vorbei ist«, antwortete Beth, und Maggie nickte verstehend.

»Ich habe heute Morgen zwei rote Hüte und einen schwarzen verkauft«, berichtete sie, um Beth auf andere Gedanken zu bringen. »Der schwarze hatte einen voluminösen Schleier, und der rote war mit Rosen und einer Feder verziert.«

Beth nickte nur. Sie konnte sehen, dass Maggie die Hüte auf dem Ständer durch einen violetten Glockenhut und einen blassblauen Filz-Schlapphut ersetzt hatte, der durch seine weiche breite Krempe sehr maskulin wirkte, aber eine große cremefarbene Schleife an der Seite hatte, um diesen Eindruck abzumildern. Nur wenige jüngere Frauen fühlten sich wohl in einem solchen Hut, und deshalb würde Beth ihn so bald wie möglich gegen etwas Hübscheres austauschen. Sally hatte ihn ausprobiert, weil sie den Kundinnen eine große Auswahl bieten wollte, aber Beth mochte diese Art von Design nicht und bevorzugte die feminineren Modelle.

Kaum hatte Beth ihren Mantel ausgezogen, waren auch schon Kundinnen zu bedienen. Sie war den ganzen Nachmittag über beschäftigt und verkaufte sechs Hüte, die meisten aus der neuen Herbstkollektion, die Sally kürzlich eingekauft hatte. Zu ihrer Überraschung wurde auch der schwarze Filzschlapphut an eine junge Dame verkauft, die die Farben der Frauenbewegung als Brosche am Revers ihres Anzugs trug. Ihre Jacke hatte einen eher männlichen Schnitt, und ihr Haar war im Nacken kurz geschnitten.

»Ich glaube, ich habe Sie schon einmal bei unseren Treffen gesehen«, sagte sie, als Beth ihr die schicke Schachtel überreichte. »Wir werden Mr. Asquith dafür bezahlen lassen, wie er Sylvia Pankhurst behandelt hat. Schauen Sie sich die Zeitungen an, dann werden Sie sehen, was ich meine.«

Beth nickte und lächelte, verzichtete aber auf einen Kommentar. Die Suffragetten waren den ganzen Monat damit beschäftigt gewesen, Versammlungen zu stören und Landhäuser von Ministern zu attackieren. Rachel hatte Beth jedoch eingeschärft, dass sie bei der Arbeit keine politische Meinung äußern durfte, selbst wenn sie von einem Kunden oder einer Kundin dazu aufgefordert wurde.

»Viel Glück«, sagte sie, als die junge Frau ging, und sah ihr Lächeln.

Danach versiegte der Kundenstrom, und es wurde Zeit, die Abteilung zu schließen. Beth drapierte Seidentücher über ihre Hüte, um sie vor Staub zu schützen, und sah sich ihr Bestandsbuch an, bevor sie ihren Mantel holte.

»Du warst heute Nachmittag ja sehr beschäftigt«, bemerkte Rachel und benutzte wieder das vertrautere Du, da sie allein in der Abteilung waren. »Aber gut, dass du hier warst, Beth. Maggie hat mehrere Paar Handschuhe verkauft, und auch ich hatte viel zu tun. Marion war zwar auch hilfreich, aber sie versteht noch nicht genug vom Geschäft, um längere Zeit allein zurechtzukommen.«

»Aber wenigstens ist sie zur Arbeit gekommen.«

»Ja, und ich habe ihr eingeschärft, dass sie dazu verpflichtet ist, und sie gewarnt, dass ich zu Mr. Stockbridge gehen werde, wenn sie weiterhin wegen Krankheit fehlt. Sie wurde rot und entschuldigte sich bei mir.« Rachel runzelte die Stirn. »Ich bezweifle, dass sie auch nur an einem der Tage krank war, an denen sie nicht gekommen ist, Beth. Sie verheimlicht etwas, aber sie wollte mir nicht sagen, was …«

»Möchtest du, dass ich mit ihr spreche und sie frage, was mit ihr los ist?«

»Maggie und sie sind altersmäßig nicht so weit auseinander und verstehen sich gut. Deshalb werde ich sie bitten, mit dem Mädchen zu sprechen. Morgen schicke ich sie zusammen in die Mittagspause.« Rachel schaute Beth fragend an. »Und du bist sicher froh, den heutigen Morgen hinter dir zu haben?«

»Die Beerdigung? Und ob!« Beth seufzte. »Ich kann noch immer nicht ganz glauben, dass Tante Helen tot ist. Früher war sie niemals krank. Meine Mutter war die Gebrechliche, aber meine Tante war stark und unerschütterlich. Ich denke immer noch …« Sie schüttelte den Kopf. »Aber ich muss und werde damit abschließen, Rachel. Schließlich habe ich jetzt einen Mann, einen Schwiegervater und ein Zuhause, um das ich mich kümmern muss.«

»Das freut mich.« Rachel lächelte sie an. »Übrigens war William heute Morgen hier. Er hat bei Marion ein paar Handschuhe und einen Schal gekauft – und dann meinte er, er müsse mir etwas Wichtiges sagen, und fragte mich, ob wir uns am Wochenende zum Mittagessen treffen könnten.«

»Und was hast du gesagt?«

»Nun ja … Ich entschloss mich, es zu tun.« Rachel zögerte und sagte dann: »Hat Sally dir gesagt, dass Miss Hart nicht zu Harpers zurückkehren wird?«

»Ich habe sie heute noch nicht gesehen.« Beth war sichtlich schockiert. »Geht es Miss Hart denn immer noch zu schlecht?«

»Die Ärzte sagen, sie würde ihren Arm vielleicht nie wieder richtig gebrauchen können und es wäre fraglich, ob sie wieder laufen kann. Anscheinend hat sie eine Cousine, die verwitwet ist und ihr angeboten hat, sie bei sich aufzunehmen, wenn sie aus dem Krankenhaus entlassen wird, aber …« Rachel schüttelte den Kopf. »Sie wird ihr Haus aufgeben müssen, und wir wissen doch, wie stolz sie immer darauf war. Sie sagte mir, es sei zwar klein, aber ganz so, wie sie es mag.«

»Ja, es ist traurig, wenn sie alles aufgeben muss, wofür sie ihr Leben lang gearbeitet hat …« Beth schwieg einen Moment, bevor sie hinzufügte: »Was wiederum für uns bedeutet, dass Harpers jemanden brauchen wird, der ihren Platz hier einnimmt.«

»Ja, das hat Sally auch gesagt, als ich sie vorhin sah. Sie wollen sie anscheinend durch jemanden ersetzen, der schon hier beschäftigt ist, und neue Mitarbeiterinnen für untergeordnete Positionen einstellen. Offenbar hält Mr. Harper es für besser, eigene Mitarbeiter zu befördern, um so deutlich zu machen, dass es hier Aufstiegsmöglichkeiten gibt.«

»Du könntest doch ihre Stelle übernehmen«, schlug Beth vor und sah Rachels leichtes Nicken. »Würdest du das nicht gern tun?«

»Es würde auf jeden Fall mehr Geld für mich bedeuten«, sagte Rachel. »Ich bin mir jedoch nicht sicher, ob ich mich bewerben soll oder nicht – aber es wäre definitiv ein Schritt nach oben.«

»Und wir bräuchten dann eine neue Abteilungsleiterin«, sagte Beth nachdenklich. »Das wäre eigentlich Sally gewesen …«

»Ja, aber auch du könntest die Abteilung leiten, Beth. Ich bin mir sicher, dass du mehr kannst als das, was du im Moment tust. Wenn ich mich bewerben würde und die Stelle bekäme, würde ich dich dafür vorschlagen.«

»Aber Rachel! Ich habe nicht annähernd so viel Erfahrung wie du oder Sally.«

»Du hattest eine gute Ausbildung bei mir. Wir könnten eine weitere Auszubildende einstellen – auch wenn Marion für eine Beförderung noch nicht infrage kommt.«

»Janice hat ihre Sache gut gemacht, als sie bei uns war.« Beth dachte über ihren Vorschlag nach. »Glaubst du denn, dass du dich bewerben wirst?«

»Ich wollte vorher mit dir reden – und natürlich auch mit Sally«, sagte Rachel. »Sie war bestürzt darüber, dass Miss Hart gekündigt hat, und ich möchte nicht, dass sie denkt, ich würde die Situation ausnutzen.«

»Das würde niemand denken«, versicherte ihr Beth. »Ich finde, du wärst genau die Richtige für die Stelle, und hoffe, dass du sie bekommst!« Sie lächelte, als Maggie auf sie und Rachel zukam.

»Ich wollte dir mein aufrichtiges Beileid aussprechen, Beth«, sagte Maggie zu ihr. »Ich konnte bei der Beerdigung leider nicht dabei sein, aber ich hoffe, du weißt, wie ich mich deswegen gefühlt habe?«

»Natürlich weiß ich das«, antwortete Beth. »Tante Helen hat dich sehr gemocht, und ich habe es sehr bedauert, dass du dir nicht freinehmen konntest.« Sie hakte sich bei Maggie unter. »Sollen wir stattdessen jetzt eine Tasse Kaffee miteinander trinken?«

***

Beth' Stimmung besserte sich in den Tagen nach der Beerdigung. Sie begann, ein wenig ruhiger zu werden und an ihre und Jacks Zukunft zu denken, anstatt sich mit dem traurigen Schicksal ihrer Tante auseinanderzusetzen. Jack liebte seine Arbeit und machte sie sehr gut, auch wenn er mehr arbeiten musste, als ihnen beiden lieb war. Doch wie er ganz richtig sagte, war das ein kleiner Preis für ihren zukünftigen Wohlstand, und wenn sie erst einmal ihr eigenes Hotel hätten, würden sie dort auch wohnen.

»Und dann werden wir uns öfter sehen, und du kannst dir selbst aussuchen, was du tun willst, Beth – irgendetwas, das sich mit der Gründung einer Familie vereinbaren lässt.«

Beth hatte ihm zugenickt und gelächelt. Er hatte seinen Arm um ihre Schultern gelegt und küsste ihren Nacken, was sie mit einer angenehmen Wärme erfüllte. Jack war ein leidenschaftlicher Ehemann, der gern so oft wie möglich mit ihr schlief, und da sie sich inzwischen daran gewöhnt hatte, fiel es ihr leichter, darauf einzugehen und die verzückten kleinen Geräusche von sich zu geben, die er von ihr zu erwarten schien. Sie ahnte zwar, dass sie nicht die erste Frau war, mit der er je im Bett gewesen war, und ein wenig ärgerte sie das … aber vernünftigerweise beschloss sie, dass das keine Rolle spielte, solange sie die letzte blieb. Jack war Seemann gewesen, und Seemänner waren nun mal dafür bekannt, dass sie in jedem Hafen eine Freundin hatten, was im Falle ihres Mannes wahrscheinlich nicht einmal stimmte. Dennoch war sie sich sicher, dass er die körperliche Liebe schon vor ihrer Ehe erlebt hatte. Da sie jedoch glücklich mit ihm war, zerbrach Beth sich nicht den Kopf über die Vergangenheit.

Es war eine Woche nach Tante Helens Beerdigung, als sie von der Arbeit kam und noch ein paar Minuten vor Harpers auf dem Bürgersteig stehen blieb, um ihren Freundinnen eine gute Nacht zu wünschen, als sie einen jähen Stoß im Rücken spürte und vom Bürgersteig auf die Straße stürzte. Glücklicherweise konnte der Lieferwagen, der auf sie zukam, seine Fahrt noch verlangsamen und kam Sekunden, bevor er sie erfasst hätte, mit kreischenden Bremsen zum Stehen.

»Beth! Ist alles in Ordnung?«

Rachel und Maggie kamen zu ihr auf die Straße gerannt, und einer ihrer männlichen Kollegen stellte sich mutig vor einen entgegenkommenden Bus und streckte seine Arme zu beiden Seiten aus, um den Verkehr aufzuhalten, bis Beth sich wieder sicher auf dem Bürgersteig befand.

»Was ist passiert?«, fragte Sally und kam auf sie zu. »Was ist mit dir, Beth?«

»Sie ist gestolpert und auf die Straße gestürzt«, sagte Maggie.

Beth zitterte, aber auf Maggies Erklärung hin hob sie den Kopf und sah ihre Freundinnen an. »Ich bin nicht gestolpert«, sagte sie. »Jemand hat mich gestoßen.«

»Oh nein!«, rief Maggie. »Du meinst, es hat dich jemand angerempelt?«

»Nein, ich glaube, es war Absicht«, antwortete Beth. »Ich spürte plötzlich einen harten Stoß von hinten, und dann flog ich auch schon auf die Straße.«

Der Fahrer des Lieferwagens war ausgestiegen und kam, um nachzusehen, was geschehen war. »Sie haben mich ganz schön erschreckt, Miss«, sagte er. »Ich habe gesehen, wie Sie buchstäblich auf die Straße flogen, nachdem dieser Strolch Sie angerempelt hatte.«

»Sie haben es also gesehen?«, fragte Sally, und er nickte. »Deshalb habe ich ja auch so scharf gebremst. Wenn ich es nicht gesehen hätte, wäre das wohl kaum mehr möglich gewesen.«

»Gut«, sagte Sally und nahm ihren Notizblock heraus. »Wir werden Sie vielleicht als Zeugen brauchen – wären Sie dazu bereit?«

»Aber ja, natürlich mach ich das!«, entgegnete er und nannte ihr seinen Namen und seine Adresse. »Gut, wenn solche Typen zur Rechenschaft gezogen werden!«

Sally bedankte sich bei ihm, und nachdem er sich noch einmal erkundigt hatte, ob Beth auch wirklich nicht verletzt war, ging er zu seinem Wagen zurück und fuhr wieder los. Eine neugierige kleine Menschenmenge hatte sich mittlerweile versammelt, die sich jedoch wieder auflöste, als die drei Freundinnen Beth in das Kaufhaus zurückführten und sich zu ihr setzten. Ihre Seidenstrümpfe waren zerrissen, und sie hatte eine kleine blutende Wunde am Schienbein, und sie hatte einen Schock erlitten und zitterte am ganzen Körper. Fred kam zu ihnen und fragte, was passiert sei. Er fluchte leise und machte ein wütendes Gesicht, als sie es ihm erzählten.

»Ich werde einen Brandy aus dem Büro holen«, sagte Sally, aber Beth hielt sie am Arm zurück.

»Nein, mir geht's schon wieder gut. Danke, dass ihr mir alle geholfen habt, aber es ist mir wirklich nichts passiert.«

»Wir fahren mit dem Taxi nach Hause«, entschied Fred und lächelte sie an. »Ihr anderen könnt nach Hause gehen. Beth wird hier ruhig sitzen bleiben, während ich abschließe, und dann lasse ich ein Taxi kommen, das uns nach Hause bringt.«

Sally bestand jedoch darauf, aus ihrem Büro ein Taxi anzurufen, und danach ging sie mit Rachel und Maggie hinaus. Fred machte schnell die Runde, um die Haupttüren abzuschließen, und dann verließen sie den Laden durch den Personaleingang. Als sie im Taxi saßen, schaute Fred sie beunruhigt an.

»Das war kein Unfall, Beth, nicht wahr?«

Sie schüttelte den Kopf. »Nein, ich glaube, es war Absicht. Jemand wollte, dass ich überfahren werde, Fred. Ich habe nur großes Glück gehabt, dass der Fahrer des Lieferwagens so aufmerksam war. Ich hätte dabei leicht getötet werden können. Er hat Sally seinen Namen und seine Adresse gegeben, weil er alles gesehen hat.«

»Wir sollten es der Polizei melden.«

»Was können wir ihnen schon sagen, außer dass mich jemand auf die Straße gestoßen hat? Es könnte ja auch ein Unfall gewesen sein … obwohl ich nicht daran glaube.«

»Ich auch nicht, Liebes«, sagte Fred und drückte ihre Hand.

»Und du weißt bestimmt schon, was ich denke – dein Onkel will nicht, dass gegen ihn ermittelt wird. Er wird herausgefunden haben, dass wir jemanden auf ihn angesetzt haben …«

Beth holte tief Luft. »Ja, vielleicht.« Sie sah Fred an und bekam auf einmal Angst. »Was hat er zu verbergen, Fred? Was glaubt er, was wir entdecken können?«

»Hoffen wir, dass Harold es in Erfahrung bringen kann«, sagte Fred grimmig. »Sobald ich dich sicher heimgebracht habe, werde ich bei ihm vorbeischauen, um ihm von dieser Entwicklung zu berichten – wenn jemand versucht hat, dich zu töten, wird er vielleicht auch versuchen, sich seiner zu entledigen.«

Beth nickte, obwohl ihr nicht ganz wohl dabei war. Ursprünglich schien es eine gute Idee gewesen zu sein, einen Privatdetektiv zu engagieren, doch nun fragte sie sich, was sie damit ins Rollen gebracht hatten.

Kapitel 29

Ich bin sicher, dass es entweder der Ehemann ihrer verstorbenen Tante Helen war, der sie auf die Straße gestoßen hat, oder jemand, den er angeheuert hatte, um die Drecksarbeit zu erledigen«, sagte Sally zu Ben, als sie später am Abend zusammensaßen. Er schaute sie einen Moment lang schweigend an, wobei ihm deutlich anzusehen war, dass er ihr nicht glauben wollte.

»Das klingt ein bisschen sehr dramatisch, Sally. Oder glaubst du wirklich, er würde sie umbringen, nur weil sie einen Privatdetektiv auf ihn angesetzt hat?«

»Dieser Gerald hat definitiv etwas zu verbergen«, entgegnete Sally. »Ich bin so schrecklich wütend. Wie konnte er nur so etwas Bestialisches tun?«

»Na ja, falls er seine Frau tatsächlich absichtlich die Treppe hinuntergestoßen hat, würde er wohl kaum zögern, die Nichte seiner Frau vor einen Lastwagen zu schubsen – und trotzdem muss er ein noch stärkeres Motiv haben. Selbst wenn er wütend auf sie war oder Angst davor hatte, was ihr Privatdetektiv herausfinden könnte, muss es noch einen anderen Grund geben, warum er auf diese Weise gegen sie vorgeht. Schließlich könnte er auch einfach von der Bildfläche verschwinden. Die Polizei würde ihn vielleicht nie finden, vor allem dann nicht, wenn er ins Ausland ginge.« Denn trotz der Fernschreiber und der Hilfe der Zeitungen war es für Verbrecher immer noch ein Leichtes, spurlos zu verschwinden, wenn sie das Land verließen.

»Geld«, sagte Sally. »Ich wette, dass es etwas mit Geld zu tun hat.«

»Ja, vielleicht – aber ich dachte, die Tante hätte nicht viel Geld gehabt?«

»Das sagt Beth, aber vielleicht gibt es da ja etwas, wovon sie nichts gewusst hat?«

»Vielleicht.« Ben runzelte die Stirn und sah Sally eindringlich an. »Hast du ihnen eigentlich schon von uns erzählt? Du wolltest ihnen doch sagen, dass wir uns verlobt haben?«

»Ich konnte es noch nicht«, gab Sally zu. »Beth war viel zu durcheinander – aber ich werde es ihnen morgen sagen«, schloss sie lächelnd. »Ich möchte sie auch einmal abends zum Essen einladen – und wir werden sie irgendwohin ausführen, wo es nett ist, aber dass wir verlobt sind, werde ich ihnen gleich morgen bei der Arbeit sagen.«

»Gut«, sagte Ben und streckte die Hände nach ihr aus, um sie zärtlich auf den Mund zu küssen. Er roch nach einer ganz leicht parfümierten Seife, deren frischer Duft sich mit seinem eigenen vermischte und ein angenehmes Kribbeln in ihr auslöste. »Hast du Hunger? Ich habe ein paar Steaks besorgt, wir könnten uns also selbst etwas zu essen machen, oder möchtest du lieber ausgehen?«

»Ja, lass uns etwas kochen«, sagte Sally und legte ihre Arme um ihn. »Hast du schon eine Antwort von Jenni erhalten?«

»Nein. Ich hatte erwartet, dass sie mir sofort zurücktelegrafieren würde«, sagte Ben. »Es ist gar nicht ihre Art, so etwas aufzuschieben – aber vielleicht war sie ja verreist. Sie würde ganz sicher antworten, wenn sie mein Telegramm erhalten hätte.«

»Ja, das sieht Jenni gar nicht ähnlich«, stimmte Sally ihm zu, und eine leise Sorge machte sich bei ihr bemerkbar. Es wäre schrecklich, wenn Jenni ihre Hochzeitspläne verärgert hätten.

Bens Schwester war immer ihre Freundin gewesen, und es beunruhigte sie ein wenig, dass sie nicht geantwortet hatte.

»Du bereitest den Salat vor, und ich brate die Steaks«, sagte Ben, während er für sie beide Wein einschenkte. »Wir haben sogar frisches Brot!«

Als Sally gerade die großen reifen Tomaten aufgeschnitten hatte, klingelte es an der Haustür. Da Ben mit den Steaks beschäftigt war, die inzwischen schon köstlich dufteten, ging Sally zur Tür, um sie zu öffnen, und traute ihren Augen kaum, als sie sah, wer vor ihr stand. Für einen Moment starrte sie die Besucherin ungläubig an, aber dann lächelte sie strahlend. »Jenni! Wir hatten keine Ahnung, dass du …«

Jenni trat vor und schlang ihre Arme um Sally. »Ich bin so schnell gekommen, wie ich eine Kabine kriegen konnte«, antwortete sie mit vor Freude leuchtenden Augen und einem Anflug von Belustigung.

»Wie schön!«, sagte Sally und lachte, weil es so typisch für Jenni war, etwas so Verrücktes und Wundervolles zu tun. »Wir haben uns schon gefragt, warum du Bens Nachricht nicht beantwortet hast.«

»Das ist eine lange Geschichte«, sagte Jenni, als sie eintrat und Sally ihr aus ihrem schicken Mantel half. »Ich habe euch etwas mitzuteilen – das ich euch nicht in einem simplen Telegramm übermitteln wollte.« Ihre Augen funkelten vor Belustigung. »Ihr seid nämlich nicht die Einzigen, die heiraten werden!«

»Was? Hat er dich endlich gefragt?«, rief Sally, weil sie seit Jennis letztem Besuch wusste, was sie für ihren General empfand.

»Ja, und er will so bald wie möglich heiraten, was bedeutet, dass ich Weihnachten nicht kommen kann … und ich euch fragen wollte, ob es euch etwas ausmachen würde, früher zu heiraten, damit ich dabei sein kann.«

»Jenni? Ach du meine Güte! Was ist los?«, fragte Ben und starrte sie erschrocken an. Er hatte nicht mitbekommen, was sie im Flur gesagt hatte, aber jetzt stürmte er durch die Küche, um seine Schwester zu umarmen. »Wir hatten uns schon gewundert, dass keine Antwort von dir kam!«

»Ich hatte das Glück, eine anständige Kabine auf einem Cunard-Dampfer zu ergattern, und da dachte ich, ich komme einfach her und überrasche euch.« Sie schnupperte. »Hm, das riecht ja köstlich – habt ihr genug für mich?«

»Aber sicher – diese Steaks sind riesig«, sagte Sally. »Wir beide teilen uns eins – aber komm, setz dich hin und erzähl mir von dir und deinem General. Hast du wirklich gesagt, ihr wollt zu Weihnachten heiraten?«

»Das wurde aber auch Zeit«, warf Ben grinsend ein. »Ich hatte mich schon gefragt, wann er endlich über seinen Schatten springt.«

»Ja!« Jenni lachte glücklich. »Henry hat mir vorletzte Woche einen Heiratsantrag gemacht, und ich habe Ja gesagt – aber er hat eben nur an Weihnachten Zeit. Er ist so ein vielbeschäftigter Mann, Sally! Wenn wir es jetzt nicht tun, werden wir noch ewig warten müssen.«

»Das ist wunderbar, Jenni«, sagte Ben und umarmte sie erneut. »Ich mag Henry – er war mir schon immer sehr sympathisch.«

»Und er war auch schon immer der Einzige für mich«, erwiderte Jenni und errötete ein wenig.

»Dann willst du also, dass wir früher heiraten?« Sally schaute Ben an und lachte. Jennis freudige Erregung war ansteckend. »Ich denke schon, dass wir die Hochzeit vorverlegen könnten …«

»Je eher, desto besser, was mich anbelangt«, sagte Ben. Dann schaute er Sally mit fragend erhobenen Augenbrauen an. »Ich weiß, dass du eine kirchliche Trauung willst, aber meinst du nicht, du könntest ein Kleid kaufen, anstatt es anfertigen zu lassen?«

»Wir werden zu einem der besten Modeschöpfer Londons gehen« sagte Jenni. »Dort findest du sicher etwas, das dir passt, Sally, und deine Brautjungfern können etwas von der Stange tragen.«

Sally zögerte, weil sie die Wochen vor ihrer Hochzeit in vollen Zügen genießen, in aller Ruhe sämtliche Vorbereitungen treffen und ihre Freundinnen einladen wollte. Aber sie wusste, dass all das auch früher erledigt werden konnte und dass sie Jenni auf keinen Fall enttäuschen wollte.

»Einverstanden«, sagte sie. »Wann musst du wieder zu Hause sein?«

»Ich bin für fünf Wochen hergekommen«, sagte Jenni, »weil ich dachte, ich könnte hier die Stellung halten, während ihr in den Flitterwochen seid – was nur fair wäre, wenn ihr mir zuliebe eure Hochzeit vorverlegt.«

»Ja, natürlich tun wir das«, sagte Sally und umarmte sie. »Und ich bin sehr, sehr froh, dass du zu unserer Hochzeit hier sein wirst.«

»Danke, Sally. Ich würde sie um nichts auf der Welt verpassen wollen«, antwortete Jenni. »Unsere Hochzeit wird nur eine kleine private Zeremonie mit einigen engen Freunden sein. Danach werden wir für ein paar Tage verreisen – aber Henry ist ja auch immer so beschäftigt, und ich hätte auch nie gedacht, dass er mich jemals fragen würde.«

»Und warum hat er dich gefragt, Jenni?«, erkundigte sich Ben. »Weil er dich liebt – oder weil sein Sohn eine Mutter braucht?«

Einen Moment lang dachte Sally, Jenni würde nicht darauf antworten, aber dann setzte sie ein strahlendes Lächeln auf. »Ich nehme an, dass es ein bisschen von beidem war«, gab sie zu, »aber er ist der einzige Mann, den ich je geliebt habe, und ich würde ihn zum Mann nehmen, was auch immer seine Gründe wären.«

Ben sah sie lange und eindringlich an und nickte dann. »Die Hauptsache ist, dass es dich glücklich macht«, sagte er und umarmte sie erneut. »Ich würde gerne bei dir sein, Liebes, aber an Weihnachten werden wir im Laden sehr viel zu tun haben, und diesmal möchte ich anwesend sein. Meine Abwesenheit im letzten Jahr hat nur Probleme verursacht.« Er schaute Sally an und lächelte. »Wir hatten vor, uns ein Wochenende freizunehmen und dann im neuen Jahr einen längeren Urlaub zu machen.«

»Dann kommt doch nach New York und bleibt bei uns, wenn ihr Zeit habt«, lud Jenni sie ein.

Ben brachte das Essen an den Tisch. Er hatte riesige T-Bone-Steaks gebraten, sodass die beiden Frauen genug mit einem hatten, während Ben mit dem anderen kurzen Prozess machte. Sally und Jenni ließen sich den Salat mit dem köstlichen Dressing schmecken und kümmerten sich dann zusammen um den Abwasch.

»Ihr zwei werdet euch mit den Hochzeitsvorbereitungen befassen müssen«, sagte Ben zu ihnen. »Und das wiederum bedeutet, dass du nicht länger damit warten kannst, es deinen Freundinnen zu sagen, Sally.«

»Ich werde es ihnen auf jeden Fall direkt morgen sagen«, stimmte Sally zu und nahm dankend das Glas Champagner an, das Ben ihr eingeschenkt hatte.

»Auf unser aller Wohl!«, sagte Ben. »Mögen die Götter unseren Eheschließungen wohlgesonnen sein und uns ein langes und glückliches Leben schenken!«

Die drei stießen miteinander an und lachten aufgeregt, da es nicht oft vorkam, dass in derselben Familie so unerwartet gleich zwei Hochzeiten stattfanden.

»Ich weiß, wie glücklich ich mich schätzen kann, Sally zu

heiraten, aber ich hoffe, dass auch dein General weiß, wie froh er sein kann, dich zu bekommen, Jenni Harper.«

* * *

»Es tut mir leid, dass ich es euch nicht früher erzählt habe«, sagte Sally, als sie am nächsten Morgen ihre Freundinnen um sich versammelte. »Wir wollten die Hochzeit eigentlich kurz vor Weihnachten feiern, aber jetzt wird sie schon im September stattfinden.«

»Na, das geht aber schnell!«, sagte Maggie und errötete dann. »Was ich meinte, ist, ob ihr in dieser kurzen Zeit noch alles schaffen werdet?«

»Ben kümmert sich heute Morgen um den Termin in der Kirche und um das Hotel«, antwortete Sally. »Jenni und ich werden uns heute Nachmittag ein paar Kleider ansehen ... und ich habe schon überlegt, ob wir die Brautjungfernkleider verwenden könnten, die Helen für Rachel und Maggie genäht hat. Beth als meine Trauzeugin würde natürlich etwas anderes tragen müssen.« Sally sah, wie Beth' Lächeln verblasste. »Ich wollte dich nicht verärgern, Beth. Ich dachte nur, es könnte eine Hommage an Helen sein, eine Erinnerung an ihre glücklicheren Zeiten.«

»Ich bin doch nicht verärgert!«, widersprach Beth entschieden. »Ich freue mich sehr für dich, Sally, und ich finde, es ist eine gute Idee, die von Helen genähten Kleider wiederzuverwenden. Ich könnte ja etwas Ähnliches tragen.« Sie lächelte. »Wann hat er dich um deine Hand gebeten?«

»In Paris«, sagte Sally. »Er hatte auch schon den Ring, aber wir hätten mit der Hochzeit bis Weihnachten gewartet, wenn Jenni nicht nach London gekommen wäre und uns gebeten hätte, sie vorzuziehen.«

»Wie aufregend«, sagte Rachel. »Gleich zwei Hochzeiten – nach der Tragödie mit der *Titanic* ist das schon etwas Besonderes. Jenni muss wirklich schwere Zeiten durchgemacht haben, nachdem ihre Freundin dabei ums Leben gekommen ist.«

»Ja, das hat sie«, stimmte Sally ihr zu. »Deshalb konnte ich sie auch nicht enttäuschen, als sie mich bat, unsere Hochzeit vorzuverlegen. Wir werden unsere Kleider gemeinsam aussuchen, dann haben wir ein wenig Spaß zusammen, aber ich weiß, dass alles sehr plötzlich kommt, und ich habe auch nicht vergessen, dass Beth gerade ganz andere Sorgen hat.«

»Mach dir darüber keine Gedanken«, sagte Beth und umarmte sie. »Ich werde Tante Helens Tod noch sehr lange nicht vergessen. Ich bin überzeugt davon, dass dieser Gerald sie ermordet hat, und solange er nicht seine gerechte Strafe erhalten hat …« Sie schüttelte den Kopf. »Aber das ist mein Problem und im Moment nicht wichtig. Ich freue mich sehr für dich, Sally, und für Jenni natürlich auch. Ich kenne sie zwar nicht so gut wie du, aber sie war immer nett, wenn sie unsere Abteilung besuchte, und deshalb wünsche ich ihr alles Gute.«

Danach sprachen alle darüber, welches Kleid Sally kaufen sollte, und über ihren herrlichen Diamantring, den sie zum ersten Mal zur Arbeit trug.

»Er ist wunderschön«, sagte Beth. »Und ich finde, du verdienst ihn, und ich freue mich schon darauf, deine Trauzeugin zu sein. Wird Jenni auch Brautjungfer sein?«

»Ja, ich denke schon«, sagte Sally voll freudiger Erregung. »Wir werden für die Kleider zu einem Modeschöpfer gehen, aber sie werden aus der bestehenden Kollektion sein – wir haben keine Zeit, alles speziell anfertigen zu lassen. Wenn wir die Kleider deiner Brautjungfern verwenden können, wird alles viel einfacher für mich sein.«

»Aber sicher.« Rachel nickte zustimmend. »Hauptsache, du bist glücklich damit. Ich finde, es ist wie ein Märchen, Sally. Ich hatte ja keine Ahnung – wie gut du das alles geheim gehalten hast!«

»Lange Zeit habe ich nicht geglaubt, dass es je geschehen würde«, sagte Sally und lächelte. »Es war zwar schon immer irgendetwas zwischen uns, aber ich hätte nie gedacht, dass Ben Harper einem Mädchen wie mir einen Heiratsantrag machen würde.«

»Aber warum denn nicht?«, sagte Rachel. »Du bist hübsch, Sally, ehrlich, fleißig – und die ideale Frau für einen Mann wie ihn.«

Sally schüttelte den Kopf. »Ben war jahrelang verheiratet«, erzählte sie traurig. »Aber seine Frau ist vor ein paar Monaten in einem Pflegeheim gestorben. Sie war viele Jahre lang invalide, ihr Tod war eine Erlösung für sie.«

»Und auch für alle, die sie liebten, könnte ich mir vorstellen«, sagte Rachel, und ein Schatten huschte über ihr Gesicht. »Auch mein Mann war lange krank. Es tat weh, mitansehen zu müssen, wie er sich quälte, und am Ende konnte ich nur dankbar sein, dass sein Leiden ein Ende hatte.«

»Wie furchtbar für dich«, sagte Beth und schaute sie mitfühlend an. »Ich wusste natürlich, dass du deinen Mann verloren hast, aber mir war nicht klar, wie schlimm es war.«

»Es ist nichts, worüber man gern spricht«, sagte Rachel. »Für Ben Harper war es sicher auch nicht leicht, über seine Erfahrungen zu sprechen.«

»Es war schwer für ihn«, räumte Sally ein, »aber er hat es mir erzählt – obwohl selbst Jenni bis vor Kurzem nicht die ganze Wahrheit kannte.«

Rachel nickte. »Die Betroffenen neigen dazu, diese Dinge für sich zu behalten«, sagte sie. »Aber es wird besser werden, nachdem das jetzt nicht mehr wie ein unheilvoller Schatten über ihm hängt.«

»Oh, nicht doch!«, sagte Maggie und erschauderte. »Verdirb Sallys gute Nachricht nicht durch solch traurige Dinge. Davon können wir schließlich alle ein Lied singen.«

»Ja«, sagte Rachel und legte einen Arm um ihre Taille, weil Maggie für eine junge Frau tatsächlich schon zu viel Kummer erlebt hatte. Der Tod ihrer Eltern und dann die Trennung von Ralf hatten sie verändert und ihren schönen Augen den jugendlichen Glanz genommen. »Wir alle hatten unsere eigenen Sorgen zu tragen, aber sie anderen anvertrauen zu können hat es leichter gemacht – wir, die Mädchen von Harpers, helfen uns selbstverständlich gegenseitig.«

»Und bald gehen wir auch zusammen zum Abendessen aus«, sagte Sally. »Nur wir vier und Jenni. Ben meinte, dass es so am besten wäre, aber er möchte uns auch zu einem ganz besonderen Abendessen einladen – glaubst du, Jack ist zu beschäftigt, um mitzukommen, Beth?«

»Ja, zum Abendessen wird er leider nicht kommen können«, stimmte sie zu. »Er hat nur sonntags frei und kommt jeden Abend spät nach Hause.«

In ihrer Stimme klang Bedauern mit, und deshalb nahm Rachel ihre Hand und drückte sie. »Er arbeitet hart, Beth, um euch eine bessere Zukunft zu ermöglichen.«

»Ja, das weiß ich – aber das Leben hat tatsächlich mehr Spaß gemacht, als wir noch öfter ausgehen konnten.«

»Jennis zukünftiger Ehemann hat auch kaum Zeit, mit ihr und seinem Sohn zu Hause zu sein. Deshalb mussten wir ja auch die Hochzeit umdisponieren«, sagte Sally. »Auch ich mag meine Arbeit und habe nicht vor, sie aufzugeben, nur weil ich verheiratet bin.«

»Und was ist, wenn du Kinder hast?«, fragte Beth.

»Dann werde ich schon eine Möglichkeit finden«, antwortete Sally. »Ich möchte zwar eine Familie, aber ich sehe nicht ein, warum ich meine Karriere bei Harpers aufgeben sollte.«

»Wie schön für dich«, sagte Beth und schüttelte den Kopf,

weil diese Einstellung sehr modern und radikal war. Von den meisten Frauen wurde erwartet, dass sie zu Hause blieben, sobald sie Kinder hatten. »Aber jetzt wollen wir lieber über Sallys Neuigkeiten sprechen und sie feiern.«

Kapitel 30

Maggie verkaufte gleich mehrere Paar Handschuhe und drei kostspielige Seidenschals an einen einzigen Herrn und war hocherfreut, als sie später von Beth erfuhr, dass sie zur Spitzenkraft der Woche ausgerufen worden war und somit auch eine entsprechende Bonifikation erhalten würde.

»Ich spare nämlich für einen neuen Mantel«, sagte sie freudestrahlend zu Beth. »Und in unserer Bekleidungsabteilung habe ich schon einen gesehen, für den ich jetzt wenigstens eine Anzahlung leisten kann. Mrs. James sagt, ich könnte jede Woche etwas dafür anzahlen, bis er abbezahlt ist, und sie würde ihn für mich aufbewahren.«

»Das ist aber nett von ihr«, sagte Beth. Da es nicht zu Harpers Geschäftspolitik gehörte, Waren zurückzulegen, musste die Leiterin der Bekleidungsabteilung Maggie schon sehr mögen, dass sie es trotzdem für sie tat. Beth versuchte, niemals um Gefälligkeiten zu bitten, aber Maggie war im ganzen Kaufhaus so beliebt, dass Mrs. James es ihr vermutlich sogar von sich aus angeboten hatte.

»Und wie läuft es mit dir und Tim?«, fragte Beth. »Ist alles gut bei euch?«

Maggie nickte, obwohl ihr Lächeln ein bisschen bedauernd war. »Ich sehe ihn leider nicht so oft, wie ich es gerne hätte, aber wenn er da ist, verstehen wir uns gut.«

Als Kundinnen die Abteilung betraten, kehrten die beiden Freundinnen an ihre Plätze zurück. Beth hatte viel zu tun und verkaufte an diesem Nachmittag sechs Hüte, doch obwohl sie so beschäftigt war, ging ihr Sallys Behauptung, dass sie nicht beabsichtige, ihre Arbeit aufzugeben, wenn sie Kinder habe, nicht mehr aus dem Kopf. Jack hatte ihr eindeutig zu verstehen gegeben, dass er von Beth erwartete, zu Hause zu bleiben und sich um die Kinder zu kümmern, sobald sie Eltern waren. Er hatte vage davon gesprochen, dass sie mit ihm in ihrem Hotel arbeiten könnte, sobald er ein eigenes Lokal gefunden hatte, aber sie glaubte, dass er davon ausging, dass die Kinder dann schon Kleinkinder oder sogar älter sein würden. Denn sobald sie die meiste Zeit des Tages in der Schule waren, würde Beth wieder Zeit haben, an der Rezeption oder in der Küche zu arbeiten.

Jetzt schon schwanger zu werden würde jedoch bedeuten, dass sie den ganzen Tag allein zu Hause in Freds kleinem Häuschen säße und sich so gut es ging um ein Baby kümmern müsste. Sie hätte keine Freundinnen in der Nähe, mit denen sie ihre Sorgen oder Erfolge teilen könnte – oder nur ganz selten einmal, wenn das Kind schlief und sie es für eine Weile bei Fred lassen konnte. Jack würde die meiste Zeit bei der Arbeit sein und sie allein.

Beth wollte natürlich eines Tages Kinder haben, aber noch war sie nicht bereit dazu. Schließlich war sie erst seit Kurzem verheiratet und liebte nichts so sehr, wie mit ihren Freundinnen zusammenzuarbeiten – ganz abgesehen davon, dass sie sich beim Gedanken an den Tod ihrer Tante ständig Sorgen machen würde, wenn sie zu viel allein war. Bei der Arbeit konnte sie das alles vergessen, aber zu anderen Zeiten musste sie doch immer wieder daran denken.

Es hatte ihr Angst gemacht, dass jemand versucht hatte, sie auf die Straße zu stoßen, und zwar mit voller Absicht, da war sie sich ganz sicher. Aber das hatte sie nicht davon abgehalten, weiterhin zur Arbeit zu gehen. Fred hatte mit seinem Freund gesprochen und ihn auf die mögliche Gefahr aufmerksam gemacht. Aber Harold schien der Meinung zu sein, dass derjenige, der Beth auf die Straße gestoßen hatte, es einfach nur getan hatte, weil sich zufällig die Gelegenheit ergeben hatte.

»Sag ihr, sie soll sich nicht allzu viele Sorgen machen«, hatte Harold gemeint. »Ich werde ein paar Männer, die ich kenne, auf den Fall ansetzen, und dann werden wir ja sehen, ob wir diesen Schurken nicht zur Strecke bringen können.«

Daraufhin hatten Beth' Ängste nachgelassen. Vielmehr machte sie sich inzwischen sogar mehr Sorgen, dass sie schon schwanger sein könnte. Wenn es so sein sollte, musste es in den Flitterwochen geschehen sein. Aber war das so schnell möglich? Rachel war zehn Jahre verheiratet gewesen und hatte kein Kind bekommen, und viele Frauen mussten Jahre darauf warten. Frauen, die sich verzweifelt nach einem Baby sehnten und die Hoffnung schon fast aufgegeben hatten. Da konnte sie selbst, die noch nicht bereit für die Mutterschaft war, doch nicht so schnell schwanger geworden sein? Das war einfach unmöglich, oder etwa nicht?

***

Fred bestand darauf, dass Beth nach dem Vorfall vor Harpers jeden Abend auf ihn wartete, und sorgte dafür, dass er ihren Arm fest im Griff hatte, wenn er sie zum Bus begleitete, und sie erst losließ, wenn sie einen sicheren Platz gefunden hatten. An diesem Abend schloss er ein paar Minuten später ab und entschuldigte sich bei Beth, weil er sie hatte warten lassen, aber sie schüttelte nur den Kopf.

»Ich warte gern auf dich, weil ich mich bei dir sicherer fühle«, sagte sie und lächelte ihm zu, als er in Begleitung des jungen Manns, der ihm im Lager half, herauskam. »Danke, dass du auf mich aufpasst, Fred. Ich hoffe nur, dass ich dir nicht zur Last falle.«

»Gute Nacht, Junge«, sagte Fred zu Willie. »Und verspäte dich morgen früh nicht!«

»Gute Nacht, Fred«, antwortete Willie mit einem frechen Grinsen. »Gute Nacht, Mrs. Burrows.«

Fred wandte sich Beth zu und sah sie an, als sein Gehilfe pfeifend davonging. »Du könntest keinem von uns zur Last fallen – weder Jack noch Tim noch mir. Wir alle sorgen uns um dich, Beth«, sagte er nachdrücklich. »Du bist jetzt meine Schwiegertochter, und ich würde alles tun, um dich vor diesem hinterhältigen Teufel zu beschützen. Es wird mich glücklich machen, ihn hinter Schloss und Riegel zu wissen.«

»Falls wir je beweisen können, dass er die Schuld am Tod meiner Tante trägt …«

»Gute Nacht, Fred und Mrs. Burrows.« Sie drehten sich beide um, als sie die Stimme von Mr. Marco hörten. »Ich warte auf ein Taxi, das mich zu einem Treffen mit befreundeten Schauspielern bringen soll.«

»Wie schön!«, rief Beth, als sein Taxi vorfuhr. »Viel Spaß dort, Mr. Marco.«

»Ich mag diesen höflichen und immer gutgelaunten jungen Mann«, bemerkte Fred lächelnd, als Mr. Marco ihnen noch einmal zuwinkte, bevor er in sein Taxi stieg. Sein Stirnrunzeln kehrte jedoch fast augenblicklich zurück, als er das Gespräch mit Beth wiederaufnahm. »Harold sagt, es könnte schwierig sein, die Schuld deines Onkels zu beweisen, denn soweit wir wissen, gab es keine Zeugen. Aber er wird nicht ungeschoren davonkommen, Beth. Harold glaubt, dass er ihm in anderen Dingen schon dicht auf den Fersen ist und er dich angegriffen hat, weil er offenbar hoffte, uns dadurch abzuschrecken.«

»Hat er dir gesagt, was er mit anderen Dingen meint?«, fragte Beth, die das Gefühl hatte, dass ihr ein kleines Rinnsal Eis den Nacken hinunterlief.

»Ich glaube, dass Gerald vielleicht nicht so gut darin ist,

seine Spuren zu verwischen, wie er glaubt«, antwortete Fred und lächelte geheimnisvoll. »Harold hat mir erzählt, dass er jemanden ausfindig gemacht hat, der unseren Mr. Greene von früher kennt, und dass er diese Woche mit ihm sprechen wird ... Wenn er die Antworten bekommt, die er für möglich hält, wird er die Beweise der Polizei vorlegen.«

»Also hat er früher schon schlimme Dinge getan?«, fragte Beth, und Fred nickte.

»Ja, ich glaube, dass deine Tante nicht die erste ahnungslose Frau war, die auf seine Zungenfertigkeit hereingefallen ist. Wenn Harold ihn erst einmal entlarvt hat, wird er für lange Zeit weggesperrt werden.«

Beth war nachdenklich, als sie nach Hause fuhren. Wie sie schon befürchtet hatte, war es eher unwahrscheinlich, dass Gerald der Mord an Tante Helen nachgewiesen werden konnte, aber falls sich beweisen ließ, dass er in der Vergangenheit ähnliche Verbrechen begangen hatte, würde das vielleicht schon reichen. Nichts würde Tante Helen zurückbringen oder ihr den Kummer nehmen, den dieser Mann ihr bereitet hatte, aber vielleicht konnte er aufgehalten werden, bevor er einer weiteren ahnungslosen Frau Schaden zufügen würde.

Zu Hause begann Beth, wie üblich zu kochen und zu putzen, und sie war gerade mit dem Abwasch fertig, als Jack nach Hause kam. Er entschuldigte sich dafür, dass er das Abendessen verpasst hatte. Er erklärte ihr, dass es auf der Arbeit eine kleine Krise gegeben habe.

»Ich musste bleiben, um die Sache selbst zu regeln«, sagte er. »Eine unserer Besucherinnen hatte ein wertvolles Goldarmband verloren. Wir durchsuchten das ganze Hotel und wollten gerade die Polizei rufen, als sich herausstellte, dass ihr Mann es zum Juwelier gebracht hatte, um den Verschluss reparieren zu lassen, ohne ihr etwas davon zu sagen.«

»Ach du meine Güte, Jack!«, sagte Beth und küsste ihn.

»Wie ärgerlich für dich! Du musst dir schreckliche Sorgen gemacht haben, dass es jemand gestohlen haben könnte.«

»Die Frau hat praktisch das Dienstmädchen beschuldigt, und das Mädchen wurde hysterisch. Aus so einer Situation konnte ich mich doch nicht einfach heraushalten. Ich konnte sie mit der Sache doch nicht alleinlassen, nicht wahr?«

»Nein, natürlich konntest du das nicht«, sagte Beth mitfühlend. »Du siehst müde aus, Jack – soll ich dir etwas zu essen machen? Ich könnte dir ein paar Eier mit Speck braten?«

»Ich habe vor einer Stunde noch ein paar belegte Brote gegessen und habe keinen Hunger, Beth«, antwortete er. »Ich ärgere mich nur, dass ich den Abend nicht mit dir verbringen konnte.« Er runzelte die Stirn. »Ich frage mich, ob wir nicht ein Zimmer im Hotel beziehen sollten. Ich hatte gehofft, dass es dort eine kleine Wohnung geben könnte, aber es gibt nur ein großes Doppelzimmer mit eigenem Bad.«

»Ich glaube nicht, dass mir das gefallen würde«, sagte Beth, und Jack nickte.

»Es wäre auch wirklich nicht zufriedenstellend«, stimmte er ihr zu. »Ich muss zwar im Hotel wohnen, Beth, aber ich kann nicht von dir verlangen, dass du in einem Zimmer lebst, das keine vernünftige Ausstattung besitzt. Ich werde versuchen, uns eine Unterkunft auf dem Gelände zu beschaffen.« Er nickte gedankenverloren. »Ich werde mit meinem Chef darüber sprechen.«

Beth lächelte, sagte jedoch nichts weiter dazu. Es machte ihr nichts aus, hier bei Fred zu leben, sie würde ihren Mann nur gern öfter sehen.

Später, als sie schlafen gehen wollten, schien Jack ganz ungewöhnlich ernst zu sein und setzte sich auf das Bett, um ihr beim Entkleiden zuzusehen. Sie löste die Nadeln aus ihrem dichten blonden Haar und ließ es in einer Fülle glänzender Locken auf ihre Schultern fallen.

»Ich liebe dein Haar«, sagte Jack. »Es ist wunderschön, Beth – und du siehst einfach hinreißend aus.« Sie stand in ihrem seidenen Unterrock vor ihm, und kein Korsett oder einengender Rock verdeckten ihren kurvenreichen Körper. »Du hast wundervolle Brüste …«

»Jack!«, Beth errötete heftig, weil sie sich selbst nach vier Wochen Ehe noch nicht an intime Bemerkungen wie diese gewöhnt hatte. Jacks Augen verengten sich, als er ihre Verwirrung sah.

»Du bereust doch nicht, was wir getan haben, Beth?«

Sie schaute ihn überrascht an und sah, wie besorgt er war. »Aber nein, natürlich nicht, Jack. Ich wünschte nur, wir hätten mehr Zeit füreinander – aber ich verstehe natürlich, dass du manchmal länger arbeiten musst.«

»Dafür führe dich am Sonntag irgendwohin aus, wo es schön ist«, sagte er und lächelte sie an. »Ich liebe dich, Beth, und möchte, dass alles perfekt ist.«

Sie ging zu ihm, um ihn zu küssen, und er zog sie zu sich herab, sodass sie auf das Bett fiel, wo er sie leidenschaftlich zu küssen und zu berühren begann und sie dann unter sich zog. »Ich liebe dich, Jack. Bitte zweifle nie daran … was immer auch geschieht.«

Beth überlegte, ob sie ihm sagen sollte, dass sie vielleicht schon schwanger war, aber es war noch zu früh, um sich sicher sein zu können. Sie würde sich bald einen Termin bei einem Arzt geben lassen, und falls sie tatsächlich schwanger war, würde sie es Jack sofort sagen.

Sie blickte zu ihm auf und bot ihm ihren Mund zum Kuss, atmete seinen Duft ein und schlang ihre Arme um ihn, um ihre Hände unter seinem Hemd über seinen Rücken wandern zu lassen.

»Weißt du, dass ich dich vergöttere?«

Beth lachte leise, als sie sich an ihn drückte und seinen

Hals mit Küssen bedeckte. Sie wusste, dass er erregt war und sie begehrte, und auch sie begehrte ihn. In diesem Augenblick war sie glücklich und wusste, dass Jack der Mann war, den sie wollte, und dass nichts anderes wirklich zählte.

Kapitel 31

Ich bin so froh, dass ich hergekommen bin!«, sagte Jenni, als sie das Brautkleid anprobierte, das sie mit Sally ausgesucht hatte. Es war ein sehr elegantes Modell aus duftigem Organza und seidig schimmernder Spitze, mit hoher Taille im Empirestil und knöchellangem Saum, in dem Jenni schön wie eine Prinzessin aussah. »Ich hätte zu Hause vielleicht sogar ein noch schöneres Kleid gefunden, aber es hat mir Spaß gemacht, es hier mit dir zusammen auszusuchen, Sally«, sagte sie.

»Ja!« Sally schenkte ihr ein liebevolles Lächeln. Sie selbst hatte sich ein schmales Kleid aus elfenbeinfarbenem Satin mit langen Ärmeln und einem tiefen V-Ausschnitt am Rücken ausgesucht, das von einem mit Strass besetzten Band zusammengehalten wurde, die Art von Kleid, die sie auch zum Tanzengehen tragen konnte, wenn sie wollte. Es war schlicht, aber stilvoll und verlieh ihr ein elegantes, ja beinahe majestätisches Aussehen, und sie hatte sofort gewusst, dass es das Richtige war, als sie es sah. »Ich bin auch sehr froh, dass du gekommen bist, Jenni. Ich wünschte nur, wir könnten auch bei deiner Hochzeit dabei sein – aber vielleicht können wir euch ja bald einmal besuchen.«

»Ich würde sehr gern mehr Zeit mit dir und Ben verbringen …«

»Aber du hast ein Geschäft zu führen«, schloss Sally für sie, und Jenni nickte.

»Ich habe zu Hause eine jüngere Angestellte ausgebildet, die mit der Zeit den Einkauf übernehmen wird, obwohl ich natürlich weiterhin an den Besprechungen teilnehmen und sie im Auge behalten werde, bis sie selbstständiger geworden ist. Aber dann überlasse ich das Thema ihr. Ich hoffe, einmal eine große Familie zu haben, und möchte nicht, dass die Arbeit mir dabei im Weg steht.«

»Dann wirst du nicht als Einkäuferin für Harpers in New York bleiben?«

»Nein, warum sollte ich?«, entgegnete Jenni mit einem sanften Lächeln, das ihr ganzes Glück verriet. »Mein Onkel hatte mich dazu gedrängt, und damals blieb mir keine andere Wahl, aber jetzt habe ich sie. Ich bin Miteigentümerin von Bens Geschäft und weiß, dass er damit Erfolg haben wird – und im Übrigen werde ich die Frau eines sehr wohlhabenden Mannes sein, Sally. Henry würde nicht wollen, dass ich arbeite, und ich werde genug damit zu tun haben, seine Freunde zu bewirten, mich um seine Kinder zu kümmern und seine Frau zu sein. Da brauche ich nicht auch noch die Verantwortung für Harpers.«

»Ich liebe Ben, aber meine Stellung als Einkäuferin möchte ich nicht aufgeben«, sagte Sally, während die Verkäuferin Jennis Kleid hinten aufknöpfte und es dann mitnahm, um es einzupacken. »Er versteht das und möchte auch, dass ich weiterarbeite. Natürlich werde ich Freizeit brauchen, wenn wir Kinder haben, aber zum Glück kann ich meine Arbeitszeiten selbst bestimmen, und Ben hat mir versprochen, dass wir eine Betreuerin für die Kinder haben werden, wenn ich zur Arbeit muss.«

»Ein Kindermädchen könnte ich natürlich auch haben«, sagte Jenni, »und vielleicht werde ich eins einstellen, weil ich nicht die ganze Zeit im Kinderzimmer verbringen will – aber arbeiten muss ich nicht, um zufrieden zu sein. Wahrscheinlich sind wir in dieser Hinsicht einfach unterschiedlich.«

»Ja, vermutlich schon«, stimmte Sally ihr zu. »Wohin wollt

ihr in den Flitterwochen – oder hat der General es dir noch nicht gesagt?«

»Er möchte irgendwohin zum Skilaufen«, sagte Jenni. »Das mögen wir alle – es macht Spaß, und den kleinen Tom nehmen wir mit.«

»Auf eure Hochzeitsreise?«

»Ja, ich möchte, dass er mitkommt. Es ist noch nicht so lange her, dass er seine Mutter verloren hat, Sally. Ich will nicht, dass er sich Sorgen macht, wir würden vielleicht auch nicht zurückkehren. Außerdem wird er sein eigenes Zimmer haben, und wir werden alle drei viel Spaß zusammen auf den Pisten haben – vielleicht in Vermont, obwohl es dort früher im Jahr besser ist als im Augenblick.« Jenni lächelte Sally zu, als sie zum Empfangsbereich gingen, um ihre Kleider zu bezahlen. »Hat Ben dir schon gesagt, wohin ihr beide fahren werdet?«

»Ich glaube, wir werden bloß ein Wochenende auf dem Land verbringen. Immerhin sind wir noch nicht sehr lange aus Paris zurück. Vielleicht fahren wir nach Weihnachten ja noch irgendwohin, wenn wir nicht zu viel zu tun haben.«

»Daheim in New York ist Weihnachten normalerweise unsere arbeitsreichste Zeit«, sagte Jenni. »Aber ich habe meinen Urlaub schon eingereicht, und dann werden sie eben allein zurechtkommen müssen.«

Jenni lächelte die Verkäuferin an, als sie ihr Kleid bezahlte, und gemeinsam verließen sie den Laden, nachdem sie veranlasst hatten, dass ihre Einkäufe zu Jennis Hotel geliefert wurden. »Ich brauche auch noch Schuhe, aber die muss ich nicht hier kaufen – und du, Sally?«

»Ich werde mir ein Paar Satinschuhe kaufen«, antwortete Sally. »Letzte Woche habe ich bei Harrods einige sehr schöne gesehen. Weißt du, ich sehe mich gern auch in all den anderen großen Kaufhäusern in London um – so weiß ich zumindest, was unsere Konkurrenz verkauft, auch wenn wir selbst es ja noch nie wirklich mit Schuhen versucht haben. Und ich verstehe eigentlich gar nicht, warum …«

»Weil Harpers in der Oxford Street einfach nicht genug Verkaufsfläche hat«, antwortete Jenni. »In New York haben wir eine größere Abteilung für Wäsche, Schuhe, Möbel und Vorhänge – aber das Kaufhaus ist auch etwa doppelt so groß wie Bens. Deshalb war es ja auch so schwer, es mit Ware zu füllen. Mein Onkel stand mir anfangs natürlich mit Rat und Tat zur Seite, aber bald schon brauchten wir einen Vollzeitassistenten für den Einkauf – und meiner Tante zuliebe werde ich noch eine Zeitlang ein Auge auf den Bestand haben.«

»Also wirst du die Arbeit doch nicht ganz aufgeben«, sagte Sally lachend und hakte sich bei Jenni unter. »Das freut mich sehr, weil Harpers nicht dasselbe wäre ohne dich.«

»Ach, sie werden es schon schaffen«, sagte Jenni. »Wir alle sind ersetzbar, Sally. Mein Onkel hat mir das gleich zu Anfang klargemacht. Er meinte, er würde mir eine Chance geben, in meiner Rolle zu glänzen, aber wenn ich ihn enttäuschte, würde er meine Stelle jemand anderem geben.«

»Er scheint mir ein ziemlicher Hitzkopf zu sein, nicht?«

»Ja, das war er in gewisser Weise auch, aber ich habe ihm auch zu verdanken, dass er mein Interesse für die Arbeit geweckt hat. Ich lernte schnell, weil ich wusste, dass seine Nichte zu sein keine Garantie dafür war, dass ich meine Stelle behalten würde. Bei Ben war es genauso. Mein Onkel hinterließ ihm einige Firmenanteile, aber nicht so viele, dass er entscheidenden Einfluss auf die Geschäfte hätte nehmen können – das sollte er sich verdienen, und keiner von uns war sicher, dass Ben es tun würde. Er hat nie jemandem erzählt, wo sein Geld geblieben ist. Keiner bei Harpers wusste, dass Maribel Tag und Nacht Betreuung brauchte.«

»Was sehr viel Geld gekostet haben muss.«

»Ein kleines Vermögen«, sagte Jenni. »Mein Onkel glaubte,

dass Ben sein Geld für Glücksspiele oder Frauen und dergleichen ausgab. Ich glaube, ich dachte wohl genau dasselbe, bis Ben mir sagte, dass Maribel im Sterben lag.«

»Die arme Frau«, sagte Sally mitfühlend. »Manchmal habe ich schreckliche Gewissensbisse, Jenni, weil ich so glücklich mit ihm bin und es nicht hätte sein können, solange sie noch lebte.«

»So darfst du nicht empfinden«, sagte Jenni. »Bei mir ist es das Gleiche – Henry hätte mich nie bemerkt, solange meine Freundin lebte. Er war in Marie verliebt, und ich war für ihn nur ihre Freundin. Ich konnte aber nicht gegen meine Gefühle für ihn angehen, obwohl ich zu Maries Lebzeiten keinem der beiden irgendetwas davon gezeigt habe. Manchmal frage ich mich jedoch, ob sie nicht doch etwas gespürt hat, obwohl ich immer sehr darauf geachtet habe, mir meine Gefühle nicht anmerken zu lassen.«

Sally legte ihren Arm um sie. »Das haben wir gemeinsam, Jenni – die zweite Frau zu sein. Glaubst du, ihre ersten Frauen beobachten uns und empfinden Eifersucht oder Verärgerung?«

»Vielleicht«, erwiderte Jenni achselzuckend. »Aber sie sind nicht mehr da, Sally, und du machst Ben sehr glücklich.«

»Er mich auch«, sagte Sally. »Ich hätte nie gedacht, dass das geschehen würde.«

Sie lächelten sich gegenseitig an. »Lass uns zurück ins Hotel gehen, dort warten Kaffee und Kuchen«, schlug Jenni vor. »Du hast doch heute keine Termine, oder?«

»Nein, ich habe mir den Tag extra freigehalten.«

»Gut.« Jenni nahm ihren Arm. »Ich bin froh, dass wir Schwägerinnen werden, Sally, denn so werden wir auch immer Freundinnen sein, was auch immer geschehen mag.«

Kapitel 32

Maggie verkaufte einer Kundin gerade einen zartrosa Seidenschal und weiße Baumwollhandschuhe, als sie ein junges Mädchen bemerkte, das sie beobachtete. Nachdem ihre Kundin gezahlt hatte und gegangen war, kam das Mädchen zögernd auf sie zu.

»Sind Sie Miss Margaret Gibbs?«, fragte sie schüchtern.

»Ja, die bin ich.« Maggie musterte sie neugierig. »Kann ich etwas für Sie tun?«

»Das kommt ganz darauf an, ob Sie es wollen«, war die etwas rätselhafte Antwort der jungen Frau. »Ich bin noch nicht ganz siebzehn Jahre alt, und da ich weiß, dass Sie schon achtzehn sind, bin ich mir nicht sicher, ob Sie interessiert wären …« Sie holte tief Luft und fuhr dann fort: »Ich bin Becky Stockbridge, und mein Vater sagt, Sie seien sehr nett zu ihm gewesen, als ich operiert wurde …«

»Becky Stockbridge!« Maggie lächelte erfreut. »Ich freue mich sehr, Sie kennenzulernen. Geht es Ihnen inzwischen besser?«

»Schon viel besser, danke«, versicherte ihr das Mädchen. »Es hat eine Weile gedauert, bis ich mich erholt hatte. Mir ging es nach meiner Entlassung aus dem Krankenhaus noch wochenlang nicht wieder gut – und deshalb gehe ich auch nicht mehr zur Schule. Mein Vater sagte, er würde mich zu Hause unterrichten lassen, was für mich jedoch bedeutet, dass ich keine Freundinnen mehr haben werde, und … na ja, da fragte ich mich, ob Sie am Sonntag vielleicht gern zu uns zum Tee kommen würden«, schloss sie schnell und schnappte nach Luft, als hätte es sie große Überwindung gekostet, diese Frage zu stellen.

»Aber ja, ich würde sehr gern zum Tee zu Ihnen kommen«, antwortete Maggie schnell, um die Kleine zu beruhigen. »Haben Sie Geburtstag?«, fragte sie dann lächelnd.

»Nein, wir wollen nur meine Genesung feiern«, sagte Becky. »Mein Vater meinte, ich könnte Sie dazu einladen, aber ich dachte, eine solche Feier wäre Ihnen vielleicht zu langweilig …«

»Aber ganz und gar nicht«, beruhigte Maggie sie schnell. »Ich habe Mr. Stockbridge gefragt, wie es Ihnen geht. Er sagte, dass Sie auf dem Weg der Besserung seien, und es freut mich wirklich sehr, wie gut Sie aussehen, Miss Stockbridge.«

»Oh nein! Sie müssen mich Becky nennen«, wandte das junge Mädchen lächelnd ein. »Und ich hoffe doch, dass ich Sie Margaret nennen darf?«

»Für meine Freunde bin ich Maggie – und ich denke, dass wir Freundinnen sein werden, Becky.«

»Oh ja, bitte!«, sagte die Jüngere der beiden erfreut. »Wissen Sie, ich möchte einmal Sekretärin werden, Maggie, deshalb lasse ich mich zu Hause unterrichten, weil ich ja zuerst meine Prüfungen bestehen muss, bevor ich mich um eine Ausbildung bewerben kann – und ich muss auch achtzehn sein, und das dauert noch mehr als ein Jahr, weil mein Geburtstag im Oktober ist.« Sie plapperte aufgeregt weiter, sichtlich erfreut, mit einem Mädchen ähnlichen Alters zu sprechen.

»Ich habe im August Geburtstag«, erzählte Maggie ihr. »Das liegt ja gar nicht so weit auseinander.« Dann sah sie eine Kundin in ihre Richtung kommen. »Entschuldigen Sie, Becky, aber jetzt muss ich weitermachen – lassen Sie mir aber auf jeden Fall Ihre Adresse da, dann komme ich am Sonntag.«

Becky lächelte, reichte ihr einen kleinen Umschlag und ging

gerade, als die Kundin auf sie zukam und nach einem blauen Seidenschal fragte. Danach war Maggie den ganzen Vormittag über beschäftigt und hatte bis zu ihrer Mittagspause keine Zeit, das kleine Kuvert mit der Einladung zum Tee und Beckys Adresse zu öffnen.

Sie lächelte bei dem Gedanken daran, dass sie nun eine weitere neue Freundin hatte, und es freute sie wirklich. Beth war inzwischen verheiratet, und Sally würde es in Kürze ebenfalls sein, sie konnten sich also nicht mehr so oft sehen wie bisher – und da Tim manchmal auch an den Wochenenden beim Royal Flying Corps Dienst hatte, wusste sie manchmal nicht viel mit sich anzufangen.

***

Beth beugte sich über die Toilette und erbrach sich in die Schüssel – und immer wieder stieg eine neue Welle der Übelkeit in ihr hoch. Es war der dritte Morgen in Folge, an dem sie sich so schlecht fühlte. Sie war auch ein bisschen dicker geworden, auch wenn sie das nur bemerkt hatte, weil ihr bester Humpelrock ihr um die Taille zu eng geworden war. Er hatte ihr immer gut gepasst, aber jetzt war er auf einmal gar nicht mehr bequem. Ihr wurde bang ums Herz, weil ihr Verdacht sich bestätigt hatte und es ganz so aussah, als ob sie schwanger wäre.

Und zu alledem fand in der nächsten Woche Sallys Hochzeit statt! Beth hoffte nur, dass sie sich in das wunderschöne blassblaue Kleid hineinzwängen konnte, das Sally ihr gekauft hatte. Jenni Harper hatte ein ganz ähnliches Kleid wie das ihre, weil ihr der Volant am Saum gefallen hatte, und so würden sie zwei Zweiergrüppchen bilden, weil Rachel und Maggie die Kleider tragen würden, die Tante Helen genäht hatte.

Beth wischte sich das Erbrochene von den Lippen und spülte sich den Mund mit kaltem Wasser aus, klopfte sich auf die Wangen und betrachtete sich im Spiegel. War ihr Zustand ihr schon anzumerken? Nein, sie sah noch gut aus, es waren nur ihr Magen und ihre morgendliche Übelkeit, sodass sie vielleicht nicht mehr würde frühstücken können.

Langsam ging sie die Treppe zur Küche hinunter. Fred hatte schon Brot getoastet und gebuttert und knabberte an einer mit Honig bestrichenen Scheibe. Er drehte sich um und blickte sie aus nachdenklichen Augen prüfend an.

»Fühlst du dich nicht wohl heute Morgen?«, fragte er.

»Ach, ich habe nur eine kleine Magenverstimmung«, antwortete Beth. »Ich weiß nicht, vielleicht war das, was wir gestern gegessen haben, nicht mehr ganz in Ordnung.«

Mit diesen Worten machte sie das wunderbare Abendessen schlecht, zu dem Sally sie gestern Abend eingeladen hatte. Sie waren in einem teuren französischen Restaurant, dem Mathieus, gewesen, wo sie als Vorspeise Garnelen gegessen hatten, die in einem perfekten Salatkörbchen mit einer rosa Cocktailsauce und weißem Spargel serviert worden waren. Danach hatte es Seezunge in Weißwein mit sautierten Kartoffeln und grünen Erbsen gegeben, die an Köstlichkeit nur noch von den Brandy Snaps übertroffen wurden, mit Schlagsahne, schwarzen Kirschen und einem Hauch von Likör gefüllten knusprigen Röllchen mit Ingwergeschmack. Das fabelhafte Essen hatte mit Kaffee und Petit Fours geendet, und Beth war sich sicher, noch nie etwas Vergleichbares gegessen zu haben.

»Mag sein«, stimmte Fred gutmütig zu, aber Beth sah den wissenden Blick in seinen Augen und begriff, dass sie es Jack nicht länger verheimlichen konnte. Es wäre nicht fair, wenn sein Vater die Wahrheit herausfände, bevor ihr eigener Mann auch nur eine Ahnung von ihrem Zustand hatte.

Beth nahm sich ein Stück Toast mit einem Klacks Honig, verzichtete aber auf die Butter, die sie einfach nicht mehr vertragen konnte. Schon der Geruch von geschmolzener Butter weckte in ihr den Wunsch, alles wieder zu erbrechen. Es war seltsam, aber tatsächlich war es eher der Geruch als der Geschmack, von dem ihr übel wurde.

Warum hatte sie aber auch riskieren müssen, so schnell schon ein Baby zu bekommen? Beth war denkbar schlechter Laune, als sie den Bus zur Arbeit nahm. Zum Glück litt sie bisher nur am frühen Morgen unter der verdammten Übelkeit.

Bis sie bei Harpers ankam, ging es ihr wieder gut, aber das würde wahrscheinlich nicht die gesamte Schwangerschaft über so bleiben, und wenn es ihr schlecht ging, konnte sie vielleicht doch nicht so lange arbeiten, wie sie gehofft hatte. Wenn sie zu dick wurde, wäre das nicht nur peinlich, sondern könnte auch die Kundinnen in Verlegenheit bringen, weil viele Damen solche Dinge lieber für sich behielten und vor anderen verbargen. Beth war sich sogar sicher, dass Mr. Stockbridge nicht zugestimmt hätte, sie zur neuen Abteilungsleiterin zu ernennen, wenn er geahnt hätte, dass Beth schwanger war.

Rachel war die Stelle als Etagenaufsicht angeboten worden, obwohl sie sich nicht einmal darum beworben hatte. Mr. Stockbridge hatte sie einfach eines Abends nach der Arbeit in sein Büro gerufen und ihr gesagt, dass sie die Stelle von Miss Hart übernehmen solle.

»Wir bedauern es sehr, dass Miss Hart nicht zu uns zurückkehren kann«, hatte er gesagt. »Aber ihre Krankheit hat sie in eine schwierige Lage gebracht, und sie war der Meinung, dass es besser wäre, ihre Altersrente jetzt schon zu beziehen, als zu versuchen, weiterzuarbeiten.«

Miss Hart hatte offenbar in eine private Rentenversicherung eingezahlt, die der Anwalt ihres verstorbenen Vaters für sie abgeschlossen hatte und die sie nun zusätzlich zu der kleinen Rente, die Harpers ihr versprochen hatte, erhalten würde.

»Ein Glück, dass sie die private Rentenversicherung hat«, hatte Sally zu Rachel gesagt, nachdem ihre Freundin die neue

Stelle angenommen hatte. »So kann sie für Kost und Unterkunft bei ihrer Cousine zahlen und muss nicht das Gefühl haben, ihr verpflichtet zu sein, wie es der Fall gewesen wäre, wenn sie sich in Geldschwierigkeiten befunden hätte …«

»Ich wusste nicht mal, dass das möglich ist«, hatte Rachel interessiert geantwortet. »Aber eine solche zusätzliche Rentenversicherung ist etwas, das ich vielleicht selbst in Betracht ziehen sollte …«

»Ich finde, das sollte jeder tun, wenn er kann«, sagte Sally. »Niemand weiß, ob und wann einem etwas Schlimmes zustößt. Ich bin mir sicher, dass Miss Hart damit gerechnet hat, noch mehrere Jahre arbeiten zu können.«

»Ja, wahrscheinlich schon«, antwortete Rachel. »Du bist jetzt verheiratet, daher ist das für dich nicht mehr so wichtig«, fuhr sie fort. »Aber ich werde auf jeden Fall über etwas in dieser Art nachdenken – schließlich ist ein bisschen zusätzliches Geld im Ruhestand eine gute Sache.«

»Zweifelsohne«, stimmte Beth ihr zu, obwohl ihre eigenen Gedanken sich weit entfernt von Renten und Ruhestand befanden.

Sie hatte gehofft, noch etwas länger arbeiten zu können, für die Zukunft zu sparen und ein wenig eigenes Geld beiseitelegen zu können, doch das war jetzt keine Option mehr. Alles, was sie mühsam hatte sparen können, würde jetzt für die Anschaffung all der Dinge benötigt werden, die das Baby brauchte. Sobald sie ihre Arbeit aufgegeben hatte, würde sie auf jeden Penny angewiesen sein, den Jack ihr gab. Er war zwar großzügig, und das Haushaltsgeld, das er ihr gab, war immer mehr, als sie brauchte, aber eigenes Geld zu haben war sehr nützlich gewesen und hatte ihr zudem ein Gefühl der Unabhängigkeit gegeben, was, wie sie selbst am besten wusste, ausgesprochen wichtig für sie war. Sie liebte ihren Mann und wollte auch seine Frau sein und Kinder mit ihm haben, aber es gab einen Teil von ihr, der mehr, viel mehr benötigte, doch leider war das etwas, das sie niemandem erklären konnte. Und falls sie es versuchte, würde es sich so anhören, als beklagte sie sich und wäre unzufrieden mit dem, was sie hatte, auch wenn das überhaupt nicht stimmte. Sie verstand es selbst nicht, warum sie die Dinge nie einfach akzeptieren und so nehmen konnte, wie sie waren, aber irgendwie hatten sich diese Gedanken einfach in ihrem Hinterkopf eingenistet.

Es war jedoch sinnlos, etwas zu bedauern, was sich nicht mehr ändern ließ. Beth liebte ihren Mann, und Jack war nun mal ein leidenschaftlicher Liebhaber. Sie wusste, dass er in dieser Hinsicht keine Zurückhaltung üben wollte, um die Wahrscheinlichkeit einer Schwangerschaft zu minimieren. Tatsächlich musste sie sogar damit rechnen, in den nächsten Jahren häufig zu gebären, falls sie sich nicht selbst um irgendeine Art von Verhütungsmittel bemühte – ein Thema, über das Beth jedoch überhaupt nichts wusste und das für viele Frauen tabu war. Im Übrigen glaubte sie auch nicht, dass ihr Mann es gutheißen würde, etwas zur Verhütung zu benutzen, selbst wenn sie einen verständnisvollen Doktor fand und konsultierte.

Sie hatte sich noch nicht daran gewöhnt, Ehefrau zu sein, und nun würde sie auch noch Mutter werden. Allein die Vorstellung war schon unheimlich. Ihre Zukunft war besiegelt, ob sie es wollte oder nicht, und sie konnte sich eines leichten Grolls deswegen nicht erwehren. Warum konnte sie nicht eine von den Frauen sein, die ein bisschen Zeit brauchten, um schwanger zu werden? Wäre sie ein oder zwei Jahre verheiratet gewesen, hätte sie sich darüber gefreut, aber im Moment war es ihr einfach noch zu früh.

»Sie sehen ein bisschen blass aus«, sagte Maggie zu ihr, als sie zu ihr herüberkam, um ihr zu sagen, dass sie an diesem Morgen als Erste Pause machen könne. »Ich komme schon zurecht, Mrs. Burrows, wenn Sie ein bisschen Ruhe brauchen.«

»Ach was, mir geht es gut«, versicherte Beth ihr, und das stimmte auch. Die Übelkeit hielt nie bis zum späten Morgen an, was ein Glück war, weil sie wusste, dass es einigen schwangeren Frauen weitaus schlechter ging als ihr. »Gehen Sie zuerst in die Pause, und danach können Janice und Marion zusammen gehen.«

Maggie lächelte und ging, kam aber schon bald wieder zurück. Beth schickte daraufhin die beiden anderen Mädchen in die Pause und wollte nach deren Rückkehr endlich selbst gehen, als eine Nachricht von Sally kam, dass sie Beth in ihrem Büro sehen wolle.

Beth fuhr mit dem Aufzug in den obersten Stock und fragte sich, worum es gehen könnte. Sie hatte doch hoffentlich nichts falsch gemacht? Sie war überrascht, aber auch sehr erfreut gewesen, als sie zur Abteilungsleiterin befördert worden war, obwohl sie inzwischen wusste, dass es nicht mehr lange dauern würde, bis sie die Leitung an jemand anderen abgeben musste.

Sally hatte in ihrem Büro schon ein Tablett mit Kaffee und Keksen bereitstehen. Sie lächelte, als Beth eintrat, und deutete mit einer Handbewegung an, dass sie sich setzen solle. »Ich wollte dir die Hüte zeigen, die ich für die Hochzeit gekauft habe«, sagte sie und zeigte auf einen Stapel eleganter Schachteln. »Ich glaube, sie werden gut zu euren Kleidern passen – und ich weiß, dass sie dir stehen werden, Beth.«

Die Schachteln enthielten vier identische Hüte aus Stroh, Seidenblumen und Schleier in einer Kombination aus Hellblau, Marineblau und Weiß. Beth nahm einen von ihnen heraus und probierte ihn vor dem Spiegel an.

»Oh, wie schön!«, sagte sie und drehte sich lächelnd zu ihrer Freundin um. »Ich wette, du freust dich schon auf nächste Woche, was?«

»Und wie!«, gab Sally zu. »Ich habe schon mein Kleid,

meine Schuhe und ein Kostüm für die Reise gekauft – aber ich habe auch noch viele neue Kleider von meiner Reise nach Paris. Einige der Modeschöpfer haben mir einige Sachen aus ihren Kollektionen geschenkt, sodass ich nicht viel zu kaufen brauchte.«

»Hat Jenni auch schon ihr Hochzeitskleid gekauft?«

»Ja, und sie war sehr zufrieden damit«, antwortete Sally. »Wie kommst du in der Abteilung zurecht? Ich weiß, dass Janice eine erfahrene Verkäuferin ist und Maggie immer selbstbewusster wird – aber Marion ist ja noch ein Lehrmädchen.«

»Sie lernt zwar nicht so schnell wie Maggie«, sagte Beth, »aber sie hat ein angenehmes, freundliches Wesen, und ich habe noch keine Beschwerden über sie gehört – du etwa?«

Sally schüttelte den Kopf. »Ich vermisse es, dass Rachel die ganze Zeit hier ist, aber ich bin froh, dass sie jetzt ein Auge auf die Etage hat. Sie hat die Beförderung wirklich verdient.«

»Und alle mögen Rachel. Ich muss zugeben, dass alle Mädchen zufriedener zu sein scheinen, seit sie die Etage beaufsichtigt. Miss Hart war nie wirklich beliebt, auch wenn die männlichen Angestellten komischerweise nichts gegen sie hatten.«

»Die arme Miss Hart«, sagte Beth und nickte zustimmend. »Sie war wirklich nicht sehr beliebt, fürchte ich – und zu dir war sie unmöglich. Nicht viele Frauen hätten sie im Krankenhaus besucht, um ihr zu helfen, wenn sie so mit ihnen gesprochen hätte, wie sie es mit dir getan hat.«

»Ich musste immer daran denken, dass mir dasselbe hätte passieren können wie ihr, wenn ich Ben nicht kennengelernt hätte«, sagte Sally. »Ich hätte genauso allein und verängstigt enden können wie sie.«

»Du meinst, Miss Hart hatte Angst?«

»Aber natürlich«, beharrte Sally. »Es war ihre Angst vor der Einsamkeit, die sie eifersüchtig auf uns gemacht hat, Beth. Sie sagte mir einmal, dass sie uns um unsere Kameradschaft und die Art und Weise, wie wir alle miteinander auskämen, beneidete.«

»Tja, ich nehme an, wir hatten einfach Glück«, gab Beth zu. »Es war gewissermaßen Vorsehung, dass wir uns alle zur gleichen Zeit um eine Stelle bei Harpers beworben haben und Freundinnen wurden.«

»Ja. Und ich glaube, wir werden auch immer Freundinnen bleiben.«

Beth nickte, und plötzlich entrang sich ihr ein Seufzen, das fast wie ein Schluchzen klang. »Wirst du mich besuchen, wenn ich mit einem Baby zu Hause festsitze?«

Sally sah sie eindringlich an und zog die Augenbrauen hoch. »Du bist doch nicht – oder doch? Das ging aber sehr schnell, Beth …«

»Als ob ich das nicht wüsste.« Beth verzog den Mund. »Ich liebe Jack, aber ich hatte gehofft, noch ein bisschen länger arbeiten zu können, bevor das passieren würde … Ich habe es ihm noch nicht gesagt, werde es aber heute Abend tun. Sein Vater hat es erraten, und deshalb muss ich es ihm jetzt sagen.«

Sally kam auf sie zu, und Beth stand auf. Sie umarmten sich, und Sally lachte. »Schau nicht so düster drein, meine Liebe. Du solltest nicht so schnell klein beigeben. Ich werde ganz sicher jede Woche vorbeikommen, und du musst auch uns besuchen, wenn du Zeit hast. Du wirst uns nicht verlieren, bloß weil du ein Baby hast.«

»Nein?« Beth starrte sie an, und Hoffnung keimte in ihr auf. »Ich hatte einfach das Gefühl, dass mein Leben damit zu Ende ist.«

»Du wirst immer eine von uns sein, ein Mädchen von Harpers«, sagte Sally. »Gut, du bist jetzt verheiratet, also wirst du Kinder haben, aber das werde ich auch – so Gott will –, aber ich werde auch dann ganz sicher mit meinen Freundinnen in Kontakt bleiben. Du, Rachel und Maggie, ihr seid meine besten Freundinnen. Jenni liebe ich wie meine Schwester, aber niemand kann dich und die anderen ersetzen. Ich werde mich auch in Zukunft an euch klammern, also glaubt bloß nicht, dass ich zum Abschied winke und zusehe, wie ihr für immer verschwindet!«

»Danke, Sally.« Beth fühlte sich schon sehr viel besser und warf einen Blick auf ihre Uhr. »Ach du liebe Güte, ich sollte jetzt besser gehen! Nun werde ich zum ersten Mal überhaupt zu spät zur Abteilung zurückkehren, und dabei soll ich den anderen doch ein gutes Vorbild sein!«

»Gib einfach mir die Schuld«, sagte Sally und lächelte Beth an. »Und jetzt geh schon, du dummes Ding, und sei glücklich. Du hast so viel, wofür du dankbar sein kannst – einen Mann, der dich anbetet, einen Schwiegervater, der dich für das Beste hält, was seiner Familie je passiert ist, und jetzt bekommst du auch noch ein Baby. Ich denke, das ist nahezu perfekt.«

Beth lachte auf dem Weg zur Tür. »Ja, so gesehen kann ich mich wohl glücklich schätzen. Du wusstest schon immer, wie du mich aufheitern kannst, Sally.«

***

Jack war überglücklich, als Beth ihm an jenem Abend alles erzählte. Er strahlte über das ganze Gesicht, umarmte sie, küsste sie und hob sie ausgelassen in die Höhe.

»Woher weißt du es?«, fragte er. »Warst du schon beim Arzt? Was hat er gesagt? Wann kommt es auf die Welt?«

»Oh, Jack«, rief Beth lachend und war in diesem Moment sehr glücklich, weil Jack sich so freute. »Eine Frage nach der anderen. Mir war in den letzten drei Tagen jeden Morgen schrecklich übel, und meine Periode ist seit drei Wochen überfällig. Der Arzt sagte, er würde einen Test machen, er hat mir die Schwangerschaft noch nicht bescheinigt. Aber ich weiß es einfach. Und ich habe auch schon ein bisschen zugenommen.«

»Dann lass uns hoffen, dass du noch in das Kleid passt, das Sally dir für ihre Hochzeit gekauft hat«, sagte Jack und grinste noch immer über das ganze Gesicht. »Ich bin so glücklich, Beth! Ich wusste, dass wir eines Tages Kinder haben würden – aber das ging ja unglaublich schnell!«

»Wahrscheinlich ist es in den Flitterwochen passiert«, sagte Beth und kicherte, weil seine Begeisterung so ansteckend war. »Was uns nicht überraschen sollte, so wie wir uns benommen haben.«

»Ich bin ein Glückspilz«, rief Jack und umarmte sie, diesmal aber sanft, um ihr nicht wehzutun. »Du wirst von jetzt an weniger arbeiten und auf dich und das Baby aufpassen müssen, Beth.«

»Ach was, mir geht es gut, Jack. Ich muss erst in den letzten zwei oder drei Monaten aufhören zu arbeiten. Es ist besser für mich zu arbeiten, als zu Hause herumzusitzen und Däumchen zu drehen. Außerdem bin ich jetzt Abteilungsleiterin und werde mich bestimmt nicht überanstrengen.«

»Pass einfach gut auf dich auf, ja«, sagte er mit ernster Miene.

»Fred kümmert sich um mich«, erwiderte Beth mit nicht minder ernster Miene. Sie verstand Jacks Besorgnis. Sie war sowohl für sie selbst als auch für das Baby sehr real. Denn Gerald Greene lauerte irgendwo im Schatten, sodass alles Mögliche passieren konnte.

Kapitel 33

Auch wenn das Wetter im September manchmal alles andere als schön sein konnte, herrschte am Tag von Sallys Hochzeit strahlender Sonnenschein, der den perfekten Hintergrund für all die Eleganz und Pracht des Ereignisses schuf. Auch Sally selbst war strahlend schön in ihrem schlichten cremefarbenen Seidenkleid mit den Spitzeneinsätzen. Sie wirkte elegant und heiter, als sie mit ihrem Blumenbouquet in den Händen vor ihren vier Brautjungfern zum Altar schritt.

Sonnenstrahlen fielen durch die Buntglasfenster der alten Kirche, wärmten deren kalte Steinböden und warfen Myriaden von Farben auf alles, was sie berührten. Die mächtigen weißen Säulen, die mit dem Alter grau geworden waren, funkelten im Licht, und die Blumen in den hohen Vasen bildeten einen duftenden Hintergrund für die feierlichen Gelübde von Braut und Bräutigam. Die alten Eichenbänke waren mit elegant gekleideten Gästen besetzt, und der Duft von Lilien und Rosen vermischte sich mit dem der alten Kirche. Juwelen funkelten im Licht der Kerzen und der dezenten Deckenbeleuchtung, denn einige der Gäste waren reiche Freunde der Harpers.

Sally lächelte während der gesamten Zeremonie, und ein überwältigendes Glücksgefühl erfasste sie, als sie Ben anschaute und die Wärme in seinen Augen sah, während sie zu Mann und Frau erklärt wurden, und auch später noch, bei der Unterzeichnung in der Sakristei, war dieses Glücksgefühl so übermächtig, dass es ihr den Atem raubte. Draußen in der hellen Sonne sah sie all ihre Freunde und viele andere Menschen, Freunde von Jenni und Ben, die sie selbst kaum kannte. Maggie hatte man ausgerichtet, dass sie eine Freundin mitbringen dürfe, und sie hatte sich für Becky, die Tochter von Mr. Stockbridge, entschieden, mit der sie sich erst kürzlich angefreundet hatte. Das Mädchen stand bei den Angestellten von Harpers und warf Rosenblüten. Eine leichte Brise trug den Duft schwerer Parfüms von Frauen in teuren Kleidern und mit wundervollen Hüten durch die Luft.

Sally drehte sich zu ihrem frischgebackenen Ehemann um und war überaus stolz, als sie sah, wie attraktiv und selbstbewusst er dort im Sonnenschein wirkte. Wie war es möglich, dass ein solches Glück gerade ihr zuteilgeworden war – einem Mädchen aus einem Waisenhaus, das nie die Liebe der eigenen Familie erfahren durfte? Plötzlich hatte sie einen Ehemann, eine Schwägerin und Freundinnen, die sie alle anlächelten, und wieder platzte ihr fast das Herz vor Glück.

Und dann fuhren die Wagen vor, die sie alle zu dem von Ben gebuchten Empfang in ein Hotel brachten. Sally lächelte, bis ihre Wangen schmerzten, als sie in dem Saal standen, der von drei langen Tischen dominiert wurde, mit dem exquisiten Büfett darauf und einer wunderschönen dreistöckigen Hochzeitstorte, die in der Mitte thronte, perfekt glasiert und mit winzigen Figuren von Braut und Bräutigam. Es war noch mehr Konfetti geworfen worden, das jetzt den glänzenden Parkettboden bedeckte. Überall im Raum standen Schalen mit weißen Rosen, deren Duft Sally jedes Mal entgegenwehte, wenn sich die Tür öffnete, um eine weitere Bedienung mit neuen Speisen einzulassen.

Ben hatte für den Empfang keine Kosten und Mühen gescheut, und jedes noch so kleine Häppchen war so köstlich und delikat, dass es sofort Appetit auf das nächste machte: Garnelen im knusprigen Teig mit einer rosa Cocktailsauce, Jakobsmuscheln auf einem Bett aus grünem Spargelpüree und Hummer in einer cremigen Sauce, die auf der Zunge zerging. Natürlich gab es auch Salate jeder Art, Reis und zu kleinen Türmchen aufgeschichtetes knackiges Obst, Schinken mit reifen roten Tomaten, kalte Grillhähnchen und zarte grüne Erbsen sowie frischgebackenes Brot und knusprig gebratene Kartoffeln.

Und natürlich fehlten auch nicht die Desserts: Baisers und Sahne und Erdbeeren, schwarze Kirschen in Kirschwasser und Ananasscheiben in einem süßen Likör, Brandy-Snap-Röllchen und Kuchen, die so leicht waren, dass sie auf der Zunge zergingen. Begleitet wurde das ganze Festmahl von Champagner und einer kühlen Fruchtbowle für diejenigen, die keinen Alkohol mochten.

»Was für eine schöne Hochzeit!« Eine Frau, deren intensives Parfüm Sally entgegenwehte, kam gegen Ende des Empfangs, als die Reden beendet waren, auf sie zu und küsste sie auf die Wange. »Was für ein Glück Sie hatten, Sally, dass Ben Ihnen ins Netz gegangen ist … und wie können wir Ihnen ein Geschenk kaufen, liebster Ben, wo Sie doch selbst ein ganzes Kaufhaus besitzen?«

»Ein halbes Kaufhaus, Lady Bridges«, entgegnete Ben augenzwinkernd. »Die andere Hälfte gehört meiner Schwester Jenni – haben Sie sie noch nicht gesehen? Ich bin sicher, dass sie gerne ein paar Worte mit Ihnen wechseln würde …«

Sally hatte sich nicht einmal mehr an den Namen der Frau erinnern können, obwohl sie wusste, dass Jenni ihn ihr ins Ohr geflüstert hatte, als die Frau zu Beginn des Empfangs am Arm eines ziemlich kleinen Mannes mit schütterem Haar hereingekommen war. Jetzt starrte sie Ben an und sah leicht verärgert aus, bevor ihr Mann sie wegführte.

Sofort stand Jenni neben ihr. »Beachte sie am besten gar nicht, Liebes«, riet sie ihr. »Margery hätte nie eine Chance bei Ben gehabt, selbst wenn sie nicht schon mit dem armen Rodney verheiratet gewesen wäre. Ich wette, dass der alte Knabe bei ihr die Hölle auf Erden durchlebt.«

»Ist sie Amerikanerin?«, fragte Sally, weil sie bei ihr einen leichten Akzent zu hören geglaubt hatte.

»Ja. Sie hat früher einmal für meinen Onkel in seinem Büro gearbeitet, bis sie Sir Rodney Bridges kennenlernte. Er ist ein reicher Mann, und sie konnte es kaum erwarten, ihn sich zu schnappen, aber sie hatte auch ein Auge auf Ben geworfen. Sie würde liebend gern mit ihm ins Bett gehen, wenn er interessiert wäre, was er zu ihrem Ärger aber noch nie war.«

Sally spürte, wie Lady Bridges' grüne Augen ihr folgten, als sie zwischen ihren Gästen hin und her ging, sie auf die Wangen küsste und sich bei ihnen für die Geschenke bedankte und vor allem auch dafür, dass sie ihre Hochzeit so vollkommen gemacht hatten.

Rachel, Maggie und Beth hatten Sally ein kleines goldenes Medaillon an einer passenden Kette geschenkt. Sie wussten, dass Ben die meisten Dinge, die das Paar benötigen würde, schon in seiner Wohnung hatte, und wollten Sally deshalb ein Andenken an diesen Tag schenken. Sie hatte vor Freude geweint und die drei geküsst, als sie ihr das kleine Kästchen überreichten, und erklärt, dass sie ihr Geschenk immer in Ehren halten würde. Und sie hatte es gleich umgelegt. Ben hatte ihr zur Hochzeit eine mit Diamanten besetzte Platinuhr geschenkt, die Sally nun am Handgelenk trug.

»Sollen wir jetzt gehen?«, fragte er und legte zärtlich einen Arm um ihre Taille. »Wir könnten ewig bleiben und immer weiterreden – aber ich meine, wir sollten langsam aufbrechen.«

Sally schaute zu ihm auf und lächelte. »Ich habe mich gerade von den Mädchen verabschiedet«, antwortete sie. »Die anderen Leute spielen für mich keine Rolle – die meisten von ihnen kenne ich ja nicht einmal.«

»Ich auch nicht«, sagte Ben mit lachenden Augen. »Jenni

meinte, wir sollten alle einladen, die wir in London kennen, um den Empfang zu etwas Besonderem zu machen, also habe ich es getan – aber wir beide wissen genau, wer uns hier wirklich wichtig ist.«

Sally schaute ihn an und nickte mit einem kleinen Lächeln auf den Lippen. Dann nahm sie seine Hand, und unter dem Beifall einiger männlicher Freunde, die er eingeladen hatte, verließen sie den Saal. Ben erhob seine Hand zum Gruß, hielt aber nicht mehr inne. Sie verließen den Saal, der anfangs so makellos ausgesehen hatte und nun mit Konfetti, Essensresten und schmutzigem Geschirr übersät war, und fuhren schnell mit dem Lift in den Raum hinauf, den Ben für sie zum Umziehen reserviert hatte.

Sallys Kostüm, ihr Hut und ihre Schuhe, Handschuhe und Tasche lagen schon auf dem Bett bereit. Ben wechselte seinen maßgeschneiderten Anzug gegen eine Hose und ein legeres Jackett, während Sally ihr Brautkleid ablegte und das schicke Kostüm anzog.

»Du sahst hinreißend aus in diesem Kleid«, bemerkte Ben und küsste sie auf die Lippen. »Wirst du es eines Tages ganz allein für mich noch einmal tragen?«

»Wann immer du willst«, antwortete Sally und lachte, als sie die Hitze in seinem Blick bemerkte. Sie wusste, was sie bedeutete, doch wenn sie dem Drang nachgeben würden, sich zu lieben, würden sie die ganze Nacht hierbleiben. »Wir sollten gehen …«

»Ja, das sollten wir.« Sein glühender Blick ließ sie nicht los, und ein wohliges Erschauern durchlief sie, als er mit einem Finger über ihre Wange strich und ihn zu ihrem Hals hinuntergleiten ließ, worauf sie sich seiner Liebkosung entgegendrängte … bereit, all ihre Pläne dafür aufzugeben, dass er ihren Körper mit seinen Lippen liebkoste.

»Ben«, flüsterte sie.

»Wir gehen jetzt, Sally«, sagte Ben jedoch schmunzelnd. »Ich will vor sechs Uhr unterwegs sein, sonst werden wir nie ankommen.«

Er hatte für sie einen Kurzurlaub an der Küste von Sussex in der Nähe von Hastings-on-Sea arrangiert, und Sally wusste, dass alles ebenso perfekt sein würde, wie es heute bei ihrer Hochzeit gewesen war. Sie griff nach ihrer Tasche, ihren Handschuhen und ihrem Hut. Die Koffer befanden sich bereits in dem Wagen, der sie draußen erwartete. Da Ben nicht selbst fahren wollte, hatte er einen Mietwagen mit Chauffeur besorgt, ein langes schwarzes Gefährt mit einem hohen Dach, das nach Leder roch.

Einige ihrer Freunde hatten draußen auf sie gewartet, und wieder wurden sie mit Rosenblüten überschüttet, als sie in den Wagen stiegen und sich auf den bequemen Polstern niederließen. Sally drehte sich um und winkte ihren Freundinnen zu, die ihr in letzter Minute ein glückbringendes Hufeisen in die Hand gedrückt hatten. Dann wandte sie sich lächelnd Ben zu.

»Wir sind verheiratet«, sagte sie und lachte vor Freude. »Ich habe eine Weile gebraucht, um es zu begreifen, aber jetzt ist es Wirklichkeit!«

»Ja, ich bin ein wahrer Glückspilz«, sagte er und beugte sich vor, um ihr einen Kuss zu geben. »Ich liebe dich, Sally, und bin überglücklich, dich an meiner Seite zu haben. Lange Zeit glaubte ich, mein Leben sei vorbei …«

»Nein«, flüsterte sie und ließ ihre Finger an seinem Nacken hinauf in sein dichtes Haar gleiten. »Für uns ist dies erst der Anfang, Ben. Wir werden Harpers zu großem Erfolg führen, viele Kinder haben und glücklich bis ans Ende unserer Tage leben.«

Ben grinste und zog sie an sich. »Wenn du es sagst, Sally, dann glaube ich es auch.«

»Vergiss die Vergangenheit und den Schmerz«, flüsterte sie.

»Von jetzt an gibt es nur noch uns, und alles wird gut werden.« Sie sprach mit solch überschäumender Zuversicht, dass niemand an ihrer Aufrichtigkeit zweifeln konnte.

***

»Sah sie nicht entzückend aus?«, sagte Maggie, als sie, Beth und Rachel ihre Sachen zusammensuchten und den Saal verließen. Mr. Stockbridge war noch rechtzeitig zum Empfang gekommen, und auf Bens Anweisung hin hatte er Harpers früher geschlossen, damit die Angestellten an dem Empfang teilnehmen konnten, wenn sie wollten, oder sich einfach nur ein paar freie Stunden gönnen konnten. Als er wieder ging, hatte er Becky mit nach Hause genommen, obwohl sie lieber bei Maggie geblieben wäre.

»Ja, sie sah wunderschön aus«, stimmte Rachel zu. »Und glücklich – was die Hauptsache ist. Ich bin so froh, dass Sally endlich bekommen hat, was sie wollte. Ich glaube, sie war sehr einsam in diesem Waisenhaus und als sie es verließ … bis wir uns gefunden haben.«

»Sie nennt uns die Mädchen von Harpers«, sagte Maggie und sah Beth an, als das Taxi sich auf den Weg durch die belebten Straßen machte. »Haben wir dir eigentlich schon erzählt, dass Minnie bei uns einziehen wird?«

»Ich wusste, dass Rachel es ihr angeboten hatte«, sagte Beth. »Aber dass sie zugestimmt hat, wusste ich noch nicht.«

»Ja, sie hat sich dazu entschlossen, Rachels Zimmer mit ihr zu teilen, und ich soll euer ehemaliges Zimmer bekommen, Beth. Vielleicht werden wir in Zukunft noch eine weitere Mitbewohnerin aufnehmen, um die Miete für uns alle zu verringern, aber im Moment noch nicht, denn es müsste schon die richtige Person sein.«

»Minnie hat bei Harpers eine Stelle in der Änderungsschneiderei bekommen«, sagte Rachel. »Damit hat sie jetzt ein festes Einkommen und kann trotzdem noch für ihre alten Kundinnen sticken, wenn sie möchte. Ich habe ihr geraten, den Kontakt zu ihnen bis auf Weiteres aufrechtzuerhalten.«

»Dann ist sie jetzt also auch eines der Mädchen von Harpers«, sagte Beth. »Was hältst du davon, Maggie?«

»Ich mag sie wirklich«, antwortete Maggie lächelnd. »Rachel hat mich gefragt, ob es mir tatsächlich nichts ausmacht, bevor sie Minnie angeboten hat, zu uns zu ziehen. Aber Minnie ist wirklich sehr nett und im Übrigen fest entschlossen, gute Arbeit an ihrer neuen Stelle zu leisten.«

»Es wird ein völlig neues Leben für sie sein.« Rachel sah Beth an, als das Taxi vor ihrer Wohnung hielt. »Möchtest du mit hinaufkommen, Beth, oder lieber heimfahren?«

»Ich glaube, ich komme noch ein wenig mit euch«, sagte Beth. »Da Fred bestimmt schon nach Hause gegangen ist, werde ich einen späteren Bus nehmen.«

Nachdem sie das Taxi bezahlt hatten, gingen sie zu dritt ins Haus. Beth nahm sofort die Veränderungen in der Wohnung wahr. Sallys Sachen waren nicht mehr da, und alles wirkte ein wenig leer, was nicht nur daran lag, dass sie ihre Möbel mitgenommen hatte. Auch die anderen mussten diese Veränderung bemerkt haben – aber vielleicht würde es helfen, dass Minnie jetzt bei ihnen lebte, auch wenn sie nicht Sally Ross war.

Rachel kochte Kaffee, und sie sprachen über die Hochzeit. Beth blieb, bis sie merkte, dass die Geschäfte bald schließen würden, und erst dann verließ sie ihre Freundinnen und eilte durch die Straßen, in denen noch immer viele Menschen unterwegs waren. In einem Lebensmittelladen kaufte sie noch schnell eine Tüte Zucker, weil ihr plötzlich eingefallen war, dass sie daheim zu wenig davon hatten. Ein- oder zweimal hatte sie das ungute Gefühl, verfolgt zu werden, doch als sie einen schnellen Blick über die Schulter warf, konnte sie nichts

Beunruhigendes feststellen. Als sie sich schließlich der Haltestelle näherte, sah sie gerade noch, wie der Bus abfuhr, und fluchte leise murmelnd vor sich hin.

Es war zu weit, um zu Fuß nach Hause zu gehen, und da die Hitze des Tages schon verflogen war, lag ein dünner Nebelschleier in der Luft. Es war gut möglich, dass er in Regen überging. Sie würde also entweder auf den nächsten Bus warten oder ein Taxi nehmen müssen, doch als sie sich umschaute, war auch kein Taxi mehr zu sehen. Ein kalter Schauder lief ihr über den Rücken, als sie sich erneut beobachtet fühlte. Zum ersten Mal wurde sie richtig nervös. Die nächste Telefonzelle befand sich auf halbem Weg die Straße hinunter, und sie war sich nicht einmal sicher, ob sie den Namen des Taxiunternehmens kannte. Während sie noch zögernd dastand und schon die ersten Regentropfen auf den Wangen spürte, hielt ein kleiner Wagen am Straßenrand, und ein Mann blickte sie aus dem offenen Fenster heraus an.

»Kann ich dich irgendwohin mitnehmen, Beth?«

Sie blickte auf und sah, dass es Mark war, der sie vom Wagen aus anlächelte. Bei ihrer letzten Begegnung, als sie mit Sally in Urlaub gewesen war, war er sehr aufgebracht gewesen, und deshalb zögerte sie jetzt, aber die Alternative bestand darin, hier im Regen auf den Bus zu warten. Und dann fiel ihr Blick auch noch auf einen Mann im Schatten, der sie anzustarren schien. Also ging sie schnell zum Auto, und Mark stieg aus und öffnete ihr die Tür.

»Steig ein, dann fahre ich dich nach Hause«, sagte er. »Du wirst sonst noch klatschnass – und dieses Kleid ist auch nicht gerade dazu gemacht, um am Bus anzustehen.«

»Nein, gewiss nicht. Ich war damit auf einer Hochzeit«, gab Beth zu. »Danach habe ich mit meinen Freundinnen noch Kaffee getrunken und so den Bus verpasst. Und ich habe tatsächlich keine Lust, eine halbe Stunde auf den nächsten zu warten.«

»Das brauchst du auch nicht. Ich weiß ungefähr, wo du jetzt wohnst – auf der anderen Seite des Flusses, richtig?«

»Ja. Wir hatten das Glück, dass der Garten hinter Freds Cottage an den Fluss angrenzt. Es liegt am Ende einer kleinen Straße, die sich St. James' Terrace nennt, und unser Haus ist die Nummer fünf.« Einen Garten zu haben, der groß genug war, um etwas Gemüse anpflanzen zu können, war ein Luxus in London – und ein weiterer Grund dafür, dass Beth nicht in ein Zimmer in Jacks derzeitigem Hotel ziehen wollte.

»Ich möchte mich eigentlich nur verabschieden, weil ich aus London weggehe«, sagte Mark zu ihrer Überraschung.

»Wirst du wieder ins Ausland gehen?«, fragte Beth.

»Ja, ich denke schon«, antwortete er. »Mir wurde eine Stelle in einem deutschen Krankenhaus angeboten. Sie möchten mich für drei Assistenzjahre verpflichten, weil ich Erfahrung mit psychologischen Problemen habe …«

»Na dann viel Glück, wo immer du auch hingehst.«

»Danke, Beth. Es bedeutet mir etwas, das aus deinem Mund zu hören.«

Eine Weile fuhren sie schweigend weiter. Mark hatte inzwischen die Brücke überquert und bog nun in ein Labyrinth von Straßen ein, bis er schließlich in einer Sackgasse mit kleinen Reihenhäusern zum Stehen kam. Der Geruch des Flusses war penetrant nach der Hitze des Tages, und der dunkle wolkenverhangene Himmel spiegelte sich in ihm, sodass alles noch bedrückender wirkte als sonst.

»Danke, Mark – du warst mir eine große Hilfe«, sagte Beth. »Pass auf dich auf und werde glücklich.«

»Du auch – ich freue mich, dass du mit deinem Ehemann so glücklich bist, Beth. Er ist ein anständiger Kerl.«

»Ja, das ist er, vielen Dank.«

Beth stieg aus, griff nach ihren Sachen und lief über die Straße, um Freds Häuschen durch die Küche zu betreten. Ihr

Schwiegervater kochte gerade eine Kanne Tee. Er lächelte Beth an und wollte ihr etwas sagen, als die Tür zum Flur aufging und Jack hereinstürmte.

»Wo zum Teufel warst du?«, fuhr er sie wütend an. »Wir haben uns furchtbare Sorgen um dich gemacht!«

»Wirklich?«, erwiderte Beth, verblüfft über die Wut in seiner Stimme. »Nachdem Sally in die Flitterwochen abgereist war, bin ich noch mit zu Rachels Wohnung gefahren, und dann habe ich noch Zucker eingekauft und so meinen Bus verpasst.«

»Und wer hat dich nach Hause gebracht?«, fragte Jack, was ihr verriet, dass er sie aus Marks Auto hatte aussteigen sehen.

»Jetzt beruhig dich, Jack«, warf sein Vater ein. »Beth steht hier nicht vor Gericht.«

»Ich will wissen, mit wem sie zusammen war!«, beharrte Jack.

»Das war Mark«, sagte sie. »Er hielt plötzlich in der Nähe der Bushaltestelle an und fragte, ob ich mitfahren wolle. Und da es gerade zu regnen begonnen hatte, sagte ich Ja.«

»Du hättest nach der Hochzeit direkt im Taxi herkommen sollen.« Jack starrte sie wütend an. »Schließlich hätte dir und dem Baby etwas passieren können.«

»Es tut mir leid, aber es ist einfach so spät geworden«, erwiderte sie, obwohl sie wusste, was für eine lahme Ausrede das war. »Außerdem hatte ich nicht erwartet, dass du schon zu Hause bist.«

»Ich hatte mir extra freigenommen, weil ich dachte, wir könnten irgendwo zusammen etwas essen gehen – aber dafür ist es jetzt zu spät«, knurrte Jack.

»Wieso ist es zu spät?«, fragte Beth. »Es ist doch noch nicht mal sieben Uhr.«

»Weil ich es sage«, murmelte Jack. »Jetzt kann ich auch genauso gut wieder zur Arbeit gehen.«

»Sei nicht albern, Junge«, mahnte Fred, aber Jack warf ihm

einen Blick zu, der zu töten schien, ging hinaus und schlug die Tür hinter sich zu.

»Jack!« Beth wollte ihm nacheilen, aber Fred hielt sie am Arm zurück.

»Lass ihn gehen, Kindchen. Er war schon schlecht gelaunt, als ich nach Hause kam. Mit Vernunft ist ihm nicht beizukommen, bis sein Ärger sich gelegt hat.«

»Er ist wütend, weil Mark mich heimgefahren hat, aber bei ihm war ich zumindest sicher«, sagte Beth. »Es war nicht schön, dort ganz allein zu stehen, als das Licht wegen der Gewitterwolken schwächer wurde und ich bemerkte, dass jemand mich beobachtete. Ich dachte, es wäre nicht schlimm, wenn Mark mich mitnimmt – er weiß ja, dass es zwischen uns vorbei ist. Schließlich habe ich mich für Jack entschieden …«

»Natürlich hast du das, aber irgendetwas lässt dem Jungen keine Ruhe«, sagte Fred. »Ich glaube, dass es mit seiner Arbeit zu tun hat, aber er wollte es mir nicht sagen.«

»Ja, vielleicht.« Beth seufzte. »Es war so eine schöne Hochzeit, Fred. Ich wünschte, er wäre da gewesen.«

»Das hätte er sein sollen«, gab Fred ihr recht. »Keine Arbeit ist es wert, dass man sich die Freuden des Lebens versagt. Ich weiß, dass er alles richtig machen will, aber er hätte sich den Tag auch freinehmen können, wenn er darauf bestanden hätte.«

Beth nickte, aber auch sie wusste, dass Jack sich um seine Arbeitsstelle sorgte. Er trug eine große Verantwortung, und die Eigentümer des Hotels erwarteten, dass es einen beträchtlichen Gewinn erwirtschaftete. Und wenn die Dinge nicht so liefen, wie sie sollten, würde Jack sich dafür verantwortlich fühlen …

***

Beth wurde wach, als sie ein Geräusch unten im Haus vernahm. In ihrem Nacken begann es zu kribbeln, und sie tastete nach Jack, aber er lag nicht neben ihr. Beunruhigt stieg sie aus dem Bett, zog ihren dicken Bademantel an, schlüpfte in ihre Schuhe und ging leise die Treppe hinunter. Die Geräusche waren jetzt lauter und hörten sich so an, als würde jemand gegen etwas stoßen …

Als sie die Küche betrat, sah Beth, wie Jack dort herumtorkelte, offensichtlich war er so betrunken, dass er nicht mehr geradeaus gehen konnte. Er stieß gegen einen Stuhl und fluchte, dann ließ er sich auf die alte Liege fallen und schloss die Augen.

»Jack?« Beth berührte seine Schulter, aber er war schon in einen tiefen Schlaf gefallen. Behutsam zog sie ihm seine Schuhe aus und deckte ihn dann mit seinem Mantel zu, der an einem Haken an der Hintertür hing. Da sie keine Möglichkeit sah, ihn ins Schlafzimmer hinaufzubringen, würde er eben in der Küche seinen Rausch ausschlafen müssen.

Als sie gerade gehen wollte, kam Fred herein und runzelte die Stirn, als er seinen Sohn ansah. »Es ist Jahre her, seit Jack das letzte Mal betrunken war«, sagte er. »Er ist ein Narr, Beth. Ich hoffe nur, dass er dir gegenüber nicht ausfallend geworden ist?«

»Nein, nein, er ist nur herumgetorkelt und dann auf der Liege zusammengebrochen. Glaubst du, dass er so die Nacht verbringen kann?«

»Ja, lass ihn nur ausschlafen. Morgen früh wird es ihm leidtun.«

»Ich kann mir jetzt schon vorstellen, dass er schreckliche Kopfschmerzen haben wird.« Beth lächelte ihren Schwiegervater an. »Ich wollte gerade wieder ins Bett gehen, aber ich könnte Tee machen, falls du Lust darauf hast?«

»Nein, lassen wir ihn lieber schlafen«, sagte Fred. »Morgen früh wird er sich entschuldigen, Beth. Dieses Benehmen sieht

Jack gar nicht ähnlich – und ich glaube auch nicht, dass das alles nur daher rührt, dass du zu spät gekommen bist.«

Beth nickte und ging in ihr Zimmer zurück. Es dauerte eine Weile, bis sie zur Ruhe kam, aber schließlich schlief sie ein und wurde am Morgen wach, als jemand die Vorhänge aufzog, und als sie die Augen öffnete, sah sie Jack mit einem Tablett mit Tee am Bett stehen.

Er sah furchtbar aus, und jegliche Verärgerung, die sie über sein Verhalten empfunden haben mochte, verflog. »Es tut mir leid, Beth«, sagte er. »Es war dumm von mir, mich gestern Abend so aufzuregen, und mich zu betrinken war ein noch viel schlimmerer Fehler.«

»Hast du irgendetwas eingenommen, das dir helfen könnte?«

»Dad hat mir ein rohes Ei in Milch mit einem Schuss Whisky gegeben – wovon mir schlecht geworden ist, aber jetzt fühle ich mich tatsächlich schon ein bisschen besser.«

»Ich glaube, dieses Gemisch soll den Magen beruhigen«, sagte Beth. »Du Armer.«

»Hast du die Nase voll von mir?«, fragte er mit einem entschuldigenden Lächeln.

Auch Beth lächelte und klopfte einladend auf das Bett. Er setzte sich, und sie schenkte Tee ein. »Natürlich habe ich nicht die Nase voll von dir, Jack. Es tut mir leid, dass du dir Sorgen gemacht hast – oder falls du dachtest, es sei etwas zwischen mir und Mark.«

»Das habe ich ganz sicher nicht gedacht, und ich weiß auch, dass du das nicht tun würdest – aber ich habe mir Sorgen gemacht wegen dieses verdammten Mistkerls, der ja schon einmal versucht hat, dir etwas anzutun.«

»Genau darum habe ich mich von Mark nach Hause bringen lassen. Ich hatte das Gefühl, beobachtet zu werden«, gab sie zu. »Ich hätte nach der Hochzeit gleich nach Hause kommen müssen, aber es sollte mir doch eigentlich freistehen, zu gehen, wohin ich will.«

»Ja, das sollte es. Vielleicht hätten wir zur Polizei gehen sollen, als es passiert ist, Beth.«

»Aber hätten sie uns geglaubt?«

»Wahrscheinlich nicht.« Er seufzte, zögerte und zuckte dann resigniert mit den Schultern. »Es hilft alles nichts – ich muss es dir sagen. Es ist gut möglich, dass ich meine Stelle verlieren werde.«

»Aber wieso das denn?« Beth starrte ihn betroffen an. »Du hast praktisch pausenlos gearbeitet, um einen guten Job zu machen – warum sollten sie dich entlassen?«

»Es ist nicht meine Schuld, Beth. Das Hotel läuft einfach nicht. Das war aber schon so, bevor ich die Stelle angenommen habe. Don hat mir gesagt, er habe gehofft, dass ein neuer Geschäftsführer alles wieder in Ordnung bringen könnte, aber jetzt hat die Bank ihm mitgeteilt, dass er einen Teil seines Kredits zurückzahlen muss, und ich glaube nicht, dass er das kann.«

»Oh nein, Jack – all deine Hoffnung hat daran gehangen, und du wirst dir wieder Arbeit suchen müssen, falls sie schließen!«

»Es gab noch andere Stellen, die ich hätte annehmen können, aber Don bot mir das beste Gehalt und mehr Freiheiten, etwas zu gestalten. Ich dachte, ich könnte das Geschäft wieder zum Laufen bringen, Beth, und das habe ich ja auch – aber dieses Hotel hat einfach zu viele Baustellen. Wenn es nach mir ginge, würde ich in allen Schlafzimmern neue Bäder und Waschbecken einbauen und den Essbereich und die Rezeption schöner gestalten. Ich habe einige Mitarbeiter entlassen, die zu faul waren, sich an die Vorgaben zu halten, und plötzlich waren wir in der letzten Woche nahezu wieder voll belegt. Ich glaubte, es könnte gut laufen – aber dann erhielt ich gestern einen sehr formellen Brief von Don, in dem er mir mitteilte, das Hotel würde geschlossen, falls ich den Gewinn in den nächsten drei Monaten nicht verdoppeln kann.« Er schüttelte den Kopf. »Aber das ist schlicht unmöglich, Beth.«

»Oh Gott, das tut mir leid, Jack.« Sie beugte sich vor und küsste ihn. »Und was wirst du tun, falls es schließt? Hast du dir darüber schon Gedanken gemacht?«

»Ich werde schon Arbeit finden, und wenn ich wieder auf einem Schiff anheuern muss – aber ich habe so viel gelernt, und ich dachte, es könnte eine gute Idee sein, in das Hotel zu investieren. Ich hätte Don vielleicht sogar angeboten, etwas Geld beizusteuern, aber die Schulden bei der Bank übersteigen bei Weitem meine Ersparnisse.«

»Ach du liebe Güte«, sagte Beth. »Ich weiß, dass du enttäuscht bist, Jack, aber das ist nicht das Ende der Welt. Du wirst eine andere Stelle finden. Du darfst niemals einfach aufgeben. Such weiter nach einer Wohnung für uns – vielleicht erweist es sich ja als Glück im Unglück.«

»Beth, mein Liebling«, sagte Jack gerührt. »Womit habe ich dich verdient? Ich hatte Angst, dich im Stich zu lassen – dich und unser Kind. Ich hatte dir ein eigenes Heim versprochen, und alles, was ich dir geben konnte, ist ein Bett im Haus meines Vaters.«

»Ich bin glücklich hier«, antwortete Beth. »Dein Vater ist einer der nettesten Männer, die ich kenne, und er gibt mir das Gefühl, hier willkommen zu sein. Kopf hoch, Jack. Es wird sich alles zum Guten wenden.«

»Gott segne dich, meine Liebe«, sagte er und küsste sie – jedenfalls war das seine Absicht gewesen. Doch Beth kletterte aus dem Bett und eilte zur Toilette, weil sie sich wieder einmal heftig übergeben musste.

Als sie ins Schlafzimmer zurückkehrte, war ihr ein bisschen schwindlig, und sie sah Jack entschuldigend an. »Tut mir leid, mein Lieber. Das ist die morgendliche Übelkeit. In einer Stunde ist es vorbei. Ich habe Freds Frühstück gerochen, und da musste ich mich sofort erbrechen.«

»Du Arme«, sagte er mitfühlend. »Warum bleibst du heute Morgen nicht länger im Bett? Du siehst aus, als könntest du ein bisschen Ruhe gebrauchen.«

»Wenn der Geruch weg ist, geht es mir wieder gut«, erwiderte sie bedauernd. »Ich liebe gebratenen Speck, aber nicht im Augenblick. Eine Scheibe Toast mit Honig ist alles, was ich morgens essen kann.«

»Soll ich dir eine machen?«

»Wenn ich hinunterkomme«, sagte Beth. »Musst du heute Morgen nicht zur Arbeit gehen und nach dem Rechten sehen?« Obwohl heute sein freier Tag war, ging er normalerweise für etwa eine Stunde dorthin, aber diesmal schüttelte er den Kopf.

»Wenn sie nicht mal einen Tag ohne mich auskommen, dann sollten sie wirklich schließen«, sagte er. »Ich habe das gesamte Personal gut geschult, und sie brauchen mich nicht ständig. Ich wollte nur, dass der Laden gut läuft.« Er lächelte sie an. »Du solltest einmal zum Tee herüberkommen, Beth. Ich möchte, dass du dir das Hotel ansiehst – denn ich bin mir sicher, mit einer nicht allzu großen Investition könnte es sehr viel besser laufen.«

»Ja, das kann ich mir vorstellen«, sagte sie. »Es tut mir so leid, dass dein Traum geplatzt ist, Jack.«

»Ich werde mich eben einfach wieder auf die Suche machen müssen.«

Nachdem Jack gegangen war, dachte Beth eine Weile nach, aber es gab nichts, was sie tun konnte, um Jack zu helfen, eine eigene Wohnung zu finden, und es wäre für sie beide sehr enttäuschend, wenn er auf See zurückkehren müsste.

Sie seufzte, als sie aufstand und hinunterging. Wenn sie ihr eigenes Hotel gefunden und gekauft hätten, könnten sie in einer modernen Umgebung leben, und alle anderen Unannehmlichkeiten würden ihr dann nichts mehr ausmachen. Natürlich lebten viele Frauen in Häuschen wie dem von Fred, und manche waren noch viel schlimmer als das seine, das zumindest trocken und warm war und in dem nicht bei jeder Berührung Ungeziefer aus den Wänden krabbelte. Andere Frauen zogen ihre Kinder in regelrechten Slums auf und hätten nur zu gerne mit ihr getauscht … Sie arbeiteten in Fabriken und in Wäschereien für weniger Geld, als sie zu Anfang bei Harpers verdient hatte, und wurden oft von ihren Ehemännern verprügelt. Beth wusste, dass sie sich glücklich schätzen konnte, sowohl Jack als auch Fred zu haben. Es war nur so, dass sie schon bessere Zeiten erlebt und gehofft hatte, dass ihr eigenes Heim ein wenig so sein würde, wie das Haus von Tante Helen gewesen war.

Jack räumte gerade die Küche auf, als sie die Treppe hinunterkam. Er machte ihr Toast und eine frische Kanne Tee und sagte ihr, wie sehr er sie liebte. Beth lächelte. Sie hatte das Glück, eine so liebevolle Familie zu haben, die sich um sie kümmerte, also würde sie einfach das Beste aus der Situation machen müssen.

Kapitel 34

Sally streckte sich und seufzte vor Zufriedenheit, als sie Ben beobachtete, der vor dem Schlafzimmerfenster stand und einige seiner Dehnübungen machte. Inzwischen wusste sie, dass er diese Übungen jeden Morgen machte, um sich fit zu halten. Er war ein starker, gutaussehender Mann, und ihr Blick glitt liebevoll und mit einem intensiven Glücksgefühl über seinen Körper. Sie hatte nicht gewusst, ja nicht einmal geahnt, dass sie je so glücklich sein könnte, wie sie es gerade war.

Als Ben sich umdrehte, sah er, dass sie ihn beobachtete, und kam lächelnd auf sie zu, beugte sich zu ihr herab und küsste sie zärtlich auf den Mund.

»Schlafmütze«, tadelte er sie mit einem Lachen in den Augen. »Ich bin schon seit einer halben Stunde auf und wollte gerade am Strand eine Runde laufen gehen …«

Ihr Hotel war keins der großen, die Hastings-on-Sea aufzuweisen hatte, sondern ein kleineres, landhausähnliches mit komfortablen Zimmern, gemütlichen Sitzplätzen auf einer hübschen Veranda mit Blick auf die Küste und herrlich weichen Betten, in denen man sich nur wohlfühlen konnte. Die in hellen, wie verblasst wirkenden Pink-, Grün- und Blautönen gehaltenen Zimmer mit einem Hauch von leuchtendem Orange hießen die Besucher ebenso freundlich willkommen wie die charmanten Gastgeber. Mrs. und Mr. Stevens führten ein Familienhotel, wie sie es nannten, und die Hälfte des Personals war schon jahrelang bei ihnen, und auch ihre Söhne und Töchter arbeiteten dort. Das Essen bereitete Mrs. Stevens mit ihrer ältesten Tochter zu, und es war immer ausgezeichnet, auch wenn es sich nur um einfache, regionale Speisen handelte, aber natürlich stand auf der Speisekarte auch täglich frischer Fisch.

Sally und Ben stiegen jeden Tag zu den hohen Klippen hinauf, von denen man einen fabelhaften Ausblick auf den Ferienort hatte. Viele der Strände waren keine Sandstrände, sondern mit grobem Kies bedeckt, und es gab lange, bis ins Meer hinausreichende Wellenbrecher, die dafür sorgten, dass allzu starke Wogen sich in weißem, hoch in die Luft aufsteigendem Schaum auflösten. Es war ein unruhiges Meer, und die Winde, die oft über die Küste fegten, machten es manchmal so tückisch, dass leichtsinnige Schwimmer bei Flut an einem windigen Tag in arge Schwierigkeiten geraten konnten.

Das Hotel verfügte jedoch über einen Pfad, der zu einer geschützten kleinen Bucht hinunterführte, in der nicht nur das Schwimmen sicherer war, sondern in der es auch ein Fleckchen goldenen Sandstrands gab, wo Ben Sally geduldig ihre ersten Schwimmzüge beigebracht hatte. Sie war noch nicht sehr gut, hatte aber keine Angst vor dem Wasser, wenn er an ihrer Seite war, um sie zu halten, und er war sich ziemlich sicher, dass sie in der Lage sein würde, im warmen Mittelmeer zu schwimmen, sobald ihre Zeit es ihnen erlaubte, auch einmal Urlaub im Ausland zu machen.

»Wenn du wartest, komme ich mit«, sagte Sally und sprang aus dem Bett, ohne sich darum zu scheren, dass sie splitternackt war. Jegliche Scheu, die sie in Bezug auf ihren Körper gehabt hatte, war längst verflogen, und sie lief unbekleidet durch das Zimmer, obwohl sie wusste, dass Ben sie beobachtete und ihr Anblick ihn erfreute. Sie waren im wahrsten Sinne des Wortes ein Liebespaar, ihre Körper passten zueinander, als sei es ihnen schon immer so bestimmt gewesen, und Sally hatte eine Flut lustvoller Gefühle entdeckt, von denen sie nicht einmal zu träumen gewagt hatte. Ben war ein rücksichtsvoller, starker und leidenschaftlicher Geliebter, und sie betete ihn an. Sie wusste, dass kein anderer Mann je solche Gefühle in ihr hätte wecken können, und fragte sich oft immer noch, wieso sie so viel Glück gehabt hatte.

Doch nun zog sie sich schnell an, ergriff Bens Hand und ging mit ihm hinunter, wo sie sich durch den Hintereingang hinausschlichen, um nicht von ihren freundlichen Gastgebern gesehen zu werden. Ein schneller Lauf würde ihnen Appetit auf das ausgiebige Frühstück machen, das in etwa einer Stunde serviert wurde. Es blieb ihnen also noch Zeit genug, um ein Stück am Sandstrand entlangzulaufen, ins Hotel zurückzukehren, sich im warmen Bad zu waschen und frische Kleidung anzuziehen, bevor sie in den Speisesaal hinuntergingen. Die beiden letzten Male hatten sie im Bett gefrühstückt, doch diesmal würden sie zur Abwechslung unten essen.

Sally spürte die kühle Brise, als sie die wohlige Wärme des Hotels verließen. Bei ihrer Ankunft war es warm gewesen, aber nun war es schon fast Ende September, und man konnte erahnen, dass sich das Wetter ändern würde, als ob der Herbst die Menschen mit einer kleinen Kostprobe dessen, wozu Mutter Natur imstande war, auf die winterliche Kälte vorbereiten wollte.

Sie liefen schnell zum Strand hinunter und lachten wie die Kinder, als Sally mit Bens langen Beinen Schritt zu halten versuchte, was ihr natürlich nicht gelang. Sie wusste, dass er sie in diesen Dingen immer schlagen würde, und wie erwartet erreichte er das Meer vor ihr und blieb stehen, um zum Horizont hinüberzuschauen und tief die belebende Seeluft einzuatmen. Hier in der Bucht war man geschützter als an den Hauptstränden, doch zum Schwimmen war es an diesem Tag zu kalt, und dennoch hatte Ben seine Sandalen ausgezogen und paddelte mit den Füßen im Wasser, wobei seine Hose völlig durchnässt wurde. Er winkte Sally zu, sich ihm anzuschließen, aber sie schüttelte den Kopf und schaute ihm nur zu. Er war mutiger als sie, und sie wusste, dass das Wasser heute sehr kalt sein würde.

»Feigling«, forderte er sie heraus, aber sie lachte nur, und er lief zu ihr zurück, nahm sie in die Arme und trug sie in das schäumende graue Wasser, wo er sie hin- und herschaukelte und ihr drohte, sie fallenzulassen. Sally schrie und klammerte sich an ihn, aber dann lachte sie, als er sie zum Strand zurücktrug. »Zeit zum Frühstücken«, sagte er, und sie reichten sich die Hände und gingen zurück. »Es ist wundervoll, zu leben«, sagte Ben und konnte seinen Blick nicht von ihr abwenden, weil sie es war, die es so wundervoll machte, was er ihr mit jedem seiner Atemzüge zu verstehen gab. »Ich hoffe, dass Jenni genauso glücklich ist, wenn sie ihren General heiratet.«

»Glaubst du, dass sie es sein wird?«, fragte Sally mit einem nachdenklichen Blick. »Ich weiß, dass sie ihn liebt und seine Frau und die Mutter des kleinen Toms sein möchte – oder tut sie es vielleicht nur aus Mitleid, weil seine Frau mit der *Titanic* untergegangen ist?«

»Nein, nein, sie liebt Henry«, sagte Ben. »Ich weiß, dass sie denkt, seine Frau zu werden sei das, was sie will – aber ich bin mir nicht sicher, ob sie mit ihm glücklich werden wird. Er ist ein Mann, der sich seiner Arbeit verschrieben hat und andauernd auf Reisen ist. Manchmal wird sie ihn begleiten können, aber oft wird sie auch zu Hause bleiben müssen. Ich bin mir nicht sicher, ob ihr das genügen wird. Sie hat gearbeitet, seit sie sechzehn war, und ich könnte mir vorstellen, dass sie die Hektik des Geschäftslebens vermissen wird.«

»Ja, das habe ich mich auch schon gefragt«, sagte Sally. »Glaubst du, dass Henry sie liebt? Oder könnte es sein, dass er nur eine Mutter für seinen Sohn sucht?«

»Das ist meine größte Angst«, gestand Ben. »Ich könnte es

nicht ertragen, wenn sie unglücklich wäre, Sally. Sie war immer so liebevoll zu mir – das einzige Mitglied meiner Familie, von dem ich das Gefühl hatte, dass sie wirklich auf meiner Seite stand und immer noch steht.«

»Und trotzdem hast du ihr nicht erzählt, dass Maribel im Krankenhaus lag.«

»Sie hätte mir dann helfen wollen, die Kosten zu tragen«, antwortete er. »Ich konnte sie nicht darum bitten, Sally – und ich wollte nicht, dass sie sich Sorgen macht.«

»Ja, das verstehe ich«, erwiderte Sally und drückte seine Hand. »Wir können Jenni nicht vorschreiben, was sie mit ihrem Leben anfangen soll, Ben, aber wir können für sie da sein, wenn sie uns braucht.«

»Ja, genau wie sie für uns da sein würde«, sagte Ben. »Ich mache mir wirklich ein bisschen Sorgen um sie, obwohl ich weiß, dass sie es mir verbieten würde … Aber Jenni ist stark, und was immer auch geschehen mag, sie wird es überleben.«

Sally spürte, wie ihr in diesem Moment ein kalter Schauder über den Rücken lief und sie zu frösteln begann. Besorgt schaute sie zum Himmel auf. Er hatte sich bewölkt, und die Wolken wurden immer dunkler. Es war ein so plötzlicher Wetterumschwung, dass sie dachte, es müsste jeden Moment zu regnen beginnen, und vielleicht würde sogar ein Sturm aufkommen. Noch während sie darüber nachdachte, donnerte es plötzlich, und ein Blitz zuckte über den Himmel und über die See.

»Kein Wunder, dass die Brandung so rau war«, sagte Ben. »So wie es aussieht, ist es jetzt vorbei mit unserem schönen Wetter, Sally. Wir sollten lieber zum Hotel zurücklaufen, bevor wir pitschnass werden.«

Kapitel 35

An jenem Sonntagnachmittag suchte Harold Fred in seinem Cottage auf.

»Tut mir leid, dass ich unangemeldet vorbeikomme«, entschuldigte er sich, nahm aber gern die Einladung an, zum Tee zu bleiben. »Ich habe eine Neuigkeit für dich und dachte, ich komme am besten gleich vorbei und erzähle dir alles.«

»Haben Sie herausgefunden, ob Gerald an dem Tag, als meine Tante starb, in London war?«, fragte Beth, aber Harold schüttelte den Kopf.

»Nein, er wird seine Spuren gut verwischt haben«, antwortete er. »Ich bedaure, Sie enttäuschen zu müssen, Beth, aber ich glaube nicht, dass wir ihm den Mord an Ihrer Tante nachweisen können – aber möglicherweise können wir ihn für die Ermordung einer anderen Frau drankriegen …«

»Gute Arbeit, Harold«, lobte ihn Fred.

»Wie haben Sie das geschafft?«, fragte Jack erstaunt.

Beth starrte Harold an. Sie wollte, dass Gerald dafür bestraft wurde, dass er ihre Tante in den letzten Wochen ihres Lebens so unglücklich gemacht hatte, wie genau das geschah, war ihr egal. »Was wollen Sie damit sagen?«

»Der Kerl war insgesamt dreimal verheiratet«, antwortete Harold und sah sehr zufrieden mit sich aus, als sie ihn erstaunt anschaute. »Und sein Name war auch nicht immer Greene. Sein Geburtsname ist Gerald Makepeace, und vor zehn Jahren heiratete er in Margate eine Frau namens Elizabeth Jenkins. Sie besaß einen kleinen Gasthof und hatte ein paar hundert Pfund, die ihr erster Mann ihr hinterlassen hatte, auf der Bank liegen. Achtzehn Monate nach ihrer Heirat verstarb sie – angeblich an einem Herzanfall, wie die Ärzte sagten –, und sechs Monate später verkaufte ihr Mann den Gasthof und verließ die Stadt.« Harold hielt inne und sah die anderen abwartend an. »Aber wenn sie an einem Herzanfall gestorben ist, wieso hat man dann Gerald die Schuld daran gegeben?«, fragte Beth.

»Das konnte man natürlich nicht«, sagte Harold. »Aber ein paar Wochen nach Geralds Verschwinden kehrte ihr Bruder von einer Reise nach Südafrika zurück und schöpfte Verdacht. Er überredete die Polizei zu einer Exhumierung der Leiche seiner Schwester, und obwohl bei ihrer Autopsie keine Vergiftung nachgewiesen werden konnte, hielt der Coroner es für unwahrscheinlich, dass sie eines natürlichen Todes gestorben war. Er sagte, ihr Herz sei absolut gesund gewesen und die Untersuchung deute auf eine unnatürliche Todesursache hin …«

»Das beweist aber noch nicht, dass sie ermordet wurde«, warf Fred ein, als er Beth' zweifelnden Blick sah.

»Nein, aber Geralds zweite Frau ist erst vor knapp zwei Jahren nach einer rätselhaften Krankheit gestorben«, sagte Harold, »und ich habe ihrem ältesten Sohn gesagt, dass ich davon ausgehe, dass ihr Tod möglicherweise kein natürlicher gewesen ist. Er war ohnehin schon misstrauisch und fand es gar nicht gut, dass Gerald das Haus sofort verkauft und die Gegend dann verlassen hatte. Auch er verlangte eine Exhumierung der Leiche seiner Mutter, und diesmal wurde tatsächlich Arsen gefunden, genug, um davon ausgehen zu können, dass sie damit vergiftet wurde. Und deshalb wird Gerald Makepeace jetzt wegen Mordes von der Polizei in Bournemouth gesucht.«

»Aber woher wissen Sie von den anderen Verbrechen?«, fragte Beth.

»Ich habe meine Kontakte bei der Polizei genutzt und

Frauen im Alter deiner Tante ausfindig gemacht, die erst vor Kurzem verstorben sind. Dabei entdeckte ich mindestens zwei Fälle, bei denen von einer unnatürlichen Todesursache ausgegangen wurde, und vielleicht gibt es ja noch weitere, von denen wir noch nichts wissen ...«

Beth schnappte nach Luft und konnte förmlich spüren, wie das Blut aus ihren Wangen wich. »Sind Sie sicher, dass es sich um denselben Mann handelt?«, fragte sie. Ihr Puls begann zu rasen, ihr wurde ein bisschen übel, und sie rang nach Atem. »Können wir das beweisen?«

»Das ist es ja gerade«, sagte Harold. »Ich war mir ziemlich sicher, dass es sich bei den beiden Männern um ein und dieselbe Person handelt, aber ich konnte es nicht beweisen – doch jetzt kann ich es endlich.«

»Und wie?«

»Als Ihre Tante Gerald Greene heiratete, wurde ein Foto gemacht«, erklärte Harold. »Er hatte Ihrer Tante gesagt, er wolle keinen Fotografen, und hat dann selbst mit einer kleinen Kamera Fotos von ihr und ihren Gästen gemacht, da er nicht auf den Fotos zu sehen sein wollte ... Aber ich habe eine Aufnahme von den beiden in einer Lokalzeitung gefunden, die von einem der Reporter gemacht worden war. Sie, Beth, hatten dafür gesorgt, dass über die Hochzeit berichtet wurde, und der ehrgeizige junge Reporter hat daraufhin ein Foto von dem glücklichen Paar gemacht. Ihr Onkel hatte es offensichtlich nicht in der Zeitung gesehen.«

»Aber ich«, sagte Beth. »Er war darauf nicht sehr deutlich zu erkennen, weil er sein Gesicht abgewandt hatte.«

»Aber in der Redaktion der Zeitung hatten sie noch zwei weitere Fotos«, sagte Harold triumphierend. »Und darauf ist sein Gesicht perfekt zu erkennen. Man war so freundlich, mir Kopien zu überlassen, und der Sohn seiner zweiten Frau, Anne Morton, hat ihn sofort erkannt. Er brachte sie als Beweise zur

Polizei vor Ort, und die hat sich mit der Polizei hier in London in Verbindung gesetzt, um nach dem Kerl zu fahnden. Gerald Makepeace wird also einiges zu erklären haben, wenn sie ihn finden!«

»Oh, das ist ja wunderbar!« Beth sah Harold anerkennend an. »Er wird also für einen Mord verhaftet werden, obwohl er wahrscheinlich sogar drei Frauen getötet hat!«

»Das sind die, von denen wir wissen«, erwiderte Harold grimmig. »Als ich noch bei der Polizei war, habe ich sehr oft die Erfahrung machen müssen, dass solche Männer immer wieder töten. Es ist fast so, als ob sie sich für unbesiegbar halten. Wenn sie einmal damit durchkommen, tun sie es immer wieder, aber diesmal hat dieser Gerald einen großen Fehler gemacht. Er hat eine Frau geheiratet, die eine misstrauische Nichte hatte, und deshalb wird er nicht ungestraft davonkommen.«

»Dank Ihrer Bemühungen«, sagte Beth und lächelte ihn an. »Dafür bin ich Ihnen unendlich dankbar. Ich kann kaum glauben, was Sie alles getan und erreicht haben! Ich war mir nicht einmal sicher, dass mein Verdacht zutrifft.«

»Ich habe es nur getan, weil Sie mich darum gebeten hatten«, erwiderte Harold lächelnd. »Übrigens habe ich auch mit einigen meiner Kollegen gesprochen, die jetzt hier in London nach ihm Ausschau halten werden.«

»Ich glaube, er ist noch hier, denn ich bin mir beinahe sicher, dass er mir neulich abends gefolgt ist, als ich aus der Wohnung meiner Freundinnen kam. Ich frage mich nur, warum? Es wäre für ihn doch sicher besser gewesen, von hier zu verschwinden und sich noch einmal eine neue Identität zuzulegen?«

»Das habe ich mich auch gefragt, aber Mrs. Mortons Sohn sagte, er habe eine Lebensversicherung von fünftausend Pfund für sie abgeschlossen …«

»Auch meine Tante erwähnte einmal eine solche Versicherungspolice!« Beth sog scharf den Atem ein, und Freds Gesicht verfinsterte sich. »Sie sagte, sie habe dafür gesorgt, dass er nichts weiter von ihr bekommen würde – oder so ähnlich. Ich habe nicht weiter darauf geachtet, weil ich mir mehr Sorgen um sie machte als um das Geld aus der Versicherung.«

Fred schnaubte vor Entrüstung. »Das ist es also, worauf der Mistkerl aus ist! Er muss in der Nähe bleiben, um das Geld in die Finger zu bekommen.«

»Was aber nicht erklärt, warum jemand Beth auf die Straße gestoßen hat, um sie umzubringen«, wandte Jack stirnrunzelnd ein. »Er muss gewusst haben, dass seine Vergangenheit ihn irgendwann einholen würde.«

»Zufälligerweise kenne ich auch darauf die Antwort«, sagte Harold. »Da Mrs. Mortons Sohn nach ihrem Tod misstrauisch geworden war und unangenehme Fragen gestellt hatte, ging Gerald diesmal raffinierter vor und brachte deine Tante dazu, eine Lebensversicherung für sie beide auf ihren eigenen Namen abzuschließen. Sie versicherte ihn für fünftausend Pfund und sich selbst für den gleichen Betrag, obwohl er ihr gesagt hatte, er besäße eine eigene Police.«

»Und er dachte, das würde jeglichen Verdacht von ihm ablenken«, sagte Beth stirnrunzelnd.

»Ja, aber er war längst nicht so raffiniert, wie er glaubte«, sagte Harold. »Ihre Tante hat nämlich ein Testament gemacht, und in diesem Testament hat sie Ihnen nicht nur das Geld der Lebensversicherung vermacht, sondern auch jeden Penny, den sie selbst besaß.«

Beth schaute ihn ungläubig an. »Wenn meine Tante mir Geld vererbt hätte, wäre doch bestimmt ihr Anwalt auf mich zugekommen?«

»Ja, und der Anwalt sagt, er habe Ihnen unmittelbar vor Ihrer Hochzeit geschrieben – aber entweder ist der Brief in der Post verlorengegangen, oder Gerald muss ihn irgendwie abgefangen haben.«

»Er könnte ihn im Eingangsbereich meiner früheren Wohnung gestohlen haben«, nickte Beth. »Der Postbote hinterlässt die Briefe in Kästchen, etwa so wie in einem Hotel. Eine von uns hat die Post dann immer mit hinaufgenommen, wenn wir nach Hause kamen – aber wenn jemand in den Hausflur gelangt ist, könnte er den Brief gestohlen haben, denke ich.«

»Vielleicht ist er auch einfach nur verlorengegangen«, sagte Harold. »Am Ende läuft es auf dasselbe hinaus – wenn Sie tot wären, bekäme Gerald alles, vorausgesetzt natürlich, er käme mit dem Mord an Ihrer Tante davon. Falls es keine Beweise dafür gibt, dass ihr Tod etwas anderes als ein Unfall war, zahlt die Versicherung, und laut Testament geht das Geld an Sie – aber es würde von Rechts wegen wahrscheinlich an ihn zurückfallen, wenn Sie nicht mehr lebten.«

»Wohl kaum?«, warf Fred stirnrunzelnd ein. »Wenn Beth lange genug leben würde, um das Geld zu erben, würde es per Gesetz doch sicherlich an ihren Mann gehen.«

»Das stimmt allerdings«, gab Harold ihm recht. »Dieser Punkt verwirrt auch mich. Vielleicht hat er Sie nur aus Bosheit oder Wut angegriffen, weil er das Gefühl hatte, von Ihnen um das betrogen worden zu sein, was ihm hätte gehören müssen.«

»Nun, da hat er sich wohl für schlauer gehalten, als er war«, sagte Jack. »Aber das spielt auch keine Rolle mehr. Helen ist unter verdächtigen Umständen gestorben, und die Versicherung hätte sich sicher ohnehin geweigert zu zahlen.«

»Ja, aber vielleicht besaß Ihre Tante ja auch noch etwas anderes, das sie vor ihrem Mann versteckt hielt.« Harold zuckte mit den Schultern. »Ich bin mir nicht sicher, warum er Sie angegriffen hat, Beth – aber es wurde ihm zum Verhängnis. Diese Tat hat Sie zu mir geführt, und ich besitze einen guten Ruf, wenn es um die Aufklärung solcher Fälle geht.«

Beth nickte traurig. »Meine Tante hatte also recht – er hat sie wirklich nur des Geldes wegen geheiratet. Als er herausfand, dass ihr das Haus nicht gehörte und sie nur ein paar hundert Pfund auf der Bank hatte, beschloss er, eine Lebensversicherung für sie abzuschließen, aber Tante Helen schöpfte Verdacht und hat mich als Begünstigte eingesetzt. Ich nehme an, das hat ihn so wütend gemacht, dass er mir etwas antun wollte, auch auf die Gefahr hin, dass er das Geld nicht bekommen konnte … und hätte ich nicht geheiratet, hätte er es vielleicht trotzdem bekommen, weil er mein engster Verwandter ist.«

»Wer weiß schon, was in dem Kopf eines solchen Mannes vor sich geht?«, murmelte Fred.

»Ich glaube, ein Krimineller ist völlig ichbezogen und denkt nur an sich selbst und an nichts anderes«, sagte Harold. »In meiner langen Zeit als Polizeibeamter habe ich festgestellt, dass Menschen, die vorsätzlich töten, fast immer kalt, berechnend und dazu äußerst arrogant sind.«

»Danke, dass Sie uns das alles erzählt haben«, sagte Beth. »Ich verstehe jetzt und bete, dass er für seine Verbrechen hängen wird – aber ich wünschte, Tante Helen wäre ihm nie begegnet. Sie hielt ihn anfangs für so freundlich und großzügig, die Arme …«

»Er weiß, wie man Frauen umgarnt«, sagte Harold. »Aber in Ihnen hat er sich geirrt, Beth. Er hätte versuchen sollen, Ihr Freund zu werden, anstatt Sie gegen sich aufzubringen.«

»Ich konnte ihn von Anfang an nicht leiden. Das muss er gespürt haben, auch wenn ich es mir nicht anmerken ließ.«

»Tja, und jetzt suchen mehrere Polizeidienststellen nach ihm, und die Fotos, die ich von ihm habe, werden in Umlauf gebracht werden. Ganz gleich, wo er hingeht, irgendjemand wird ihn erkennen – es sei denn, er ändert sein Aussehen, was er aber in der Vergangenheit noch nie getan hat.«

»Ich habe neulich jemanden in meiner Nähe gesehen, der sich eine Mütze fast bis über die Augen gezogen hatte, aber ich weiß nicht, ob er es war«, erzählte Beth und erschauderte bei der Erinnerung daran. »Er ist also immer noch da draußen, beobachtet mich und wartet auf eine Gelegenheit, mich allein zu erwischen.«

»Also vergiss nicht, immer auf Dad zu warten, wenn du abends von der Arbeit kommst!« Jack machte ein finsteres Gesicht. »Ich werde erst wieder ruhig schlafen können, wenn Sie diesen mörderischen Bastard hinter Schloss und Riegel gebracht haben.«

»Darüber werden wir alle froh sein«, sagte Harold. Dann aß er den Rest seines Kuchens und erhob sich. »Und jetzt gehe ich besser wieder, denn heute Abend bekomme ich Besuch. Ihre Angelegenheit, Beth, hat mich wieder auf den Geschmack gebracht, und einer meiner Kollegen vom Revier möchte, dass ich ihm bei der Lösung eines anderen Falls helfe.«

Beth brachte ihn selbst zur Tür. Er reichte ihr die Hand, aber sie küsste ihn impulsiv auf die Wange. »Vielen Dank für alles, was Sie für mich getan haben«, sagte sie. »Ich bin so froh, dass wir Sie um Hilfe gebeten haben.«

»Es war ein interessanter Fall, und es hat mir Spaß gemacht, meinen Verstand an dem von Mr. Makepeace zu messen. Ich glaube nicht, dass Sie sich allzu viele Sorgen machen müssen, Beth, denn meine Freunde bei Scotland Yard werden diesen Schurken schon bald hinter Schloss und Riegel gebracht haben.«

»Das ist gut.« Sie lächelte und sah ihm hinterher, bevor sie in die warme Küche zurückkehrte, wo sich ihr Mann und ihr Schwiegervater ernsthaft unterhielten. Beide sahen sie an, als sie den Raum betrat.

»Setz dich ans Feuer, Liebes«, forderte Jack sie auf. »Papa und ich haben überlegt, ob du nicht eine Weile zu Hause bleiben solltest – nur bis sie diesen Teufel in Gewahrsam haben.«

»Nein, diesen Erfolg gönne ich ihm nicht«, sagte Beth und

reckte das Kinn. »Ich werde an den Anwalt schreiben, Harold hat uns die Adresse hiergelassen.« Sie nahm ein Blatt Papier vom Tisch und las laut vor: »Pickford und Söhne, Rechtsanwälte, London. Ich werde ihnen sagen, dass wir den Verdacht haben, meine Tante sei ermordet worden, und dass sie das Geld aus der Versicherung nicht einfordern sollen. Ich will kein Blutgeld.«

»Selbstverständlich nicht«, stimmte Fred ihr zu. »Das ist das einzig Richtige, Beth. Es ist zwar eine Menge Geld, aber du würdest dich nicht gut fühlen, wenn du es annähmst.«

»Das könnte ich gar nicht.« Allein der Gedanke ließ sie erschaudern. »Dieser abscheuliche Mann – wenn ich daran denke, dass er drei Frauen für Geld das Leben genommen hat und immer noch nicht genug hatte.«

»Es macht einen ganz krank«, sagte Jack. »Ich wünschte, deine Tante hätte es dir nicht vermacht. Das muss einfach der Grund dafür sein, dass Gerald dich angegriffen hat, und das, obwohl er gewusst haben muss, dass er es nie bekommen würde.«

»Er hat es aus Rache oder Wut getan.« Fred schüttelte den Kopf. »Und dennoch ist es mir ein Rätsel, weil er gar nicht darauf hoffen konnte, es zu bekommen, wenn ihr erst einmal verheiratet wart.«

»Genau. Es muss also noch mehr dahinterstecken«, sagte Jack. »Ein kaltblütiger Mörder, als den Harold ihn beschrieben hat, würde sich doch nicht von Wut sein Urteilsvermögen trüben lassen.«

»Bitte lasst uns nicht mehr über ihn reden«, sagte Beth. »Wenn ich daran denke, was er getan hat, möchte ich ihm die Augen auskratzen – aber ich weiß, dass er für seine Verbrechen hängen wird, und das ist das Einzige, was wirklich zählt.«

Und so wechselten sie das Thema, und Beth begann, das Teegeschirr in die Spülküche zu bringen. Als Jack sich neben sie stellte und einen Porzellanteller nahm, um ihn abzutrocknen, schaute sie ihn unsicher an.

»Es tut mir leid wegen des Geldes, Jack. Ich weiß, wie hilfreich es gewesen wäre, und dass du damit alles hättest anschaffen können, was du für dein eigenes kleines Hotel brauchst, dass wir uns damit ein Leben hätten aufbauen können ...«

»Nein, nein, du hattest schon recht, als du es als Blutgeld bezeichnet hast.« Er lächelte sie an. »Ich würde auch nicht von dir erwarten, dass du es annimmst, selbst wenn es ausgezahlt würde.« Er beugte sich zu ihr vor und küsste sie. »Ich bin stolz auf dich, meine Liebste.«

Beth nickte und seufzte. »Es ist schade, dass sie es getan hat, obwohl sie in ihrem Herzen doch gewusst haben musste, warum er sie gebeten hatte, die Versicherungen abzuschließen.«

»Vielleicht hat sie nicht richtig nachgedacht«, gab Jack zu bedenken.

Doch Beth versuchte erneut, das Thema zu wechseln. »Und was wirst du jetzt bezüglich deiner Stelle tun?«, fragte sie. »Da der Arzt mir meine Schwangerschaft bestätigt hat, werde ich wohl höchstens noch ein paar Monate arbeiten können.«

»Und ich werde in Ruhe abwarten, dann müssen sie mich feuern«, sagte er mit einem störrischen Zug um den Mund. »Warum sollte ich es ihnen leichtmachen? Ich werde meinen Lohn kassieren und mir in der Zwischenzeit etwas anderes suchen.«

Beth wischte sich die Hände ab. »Ich glaube, ich werde heute früh ins Bett gehen ...«

»Ich komme mit«, sagte er und legte seinen Arm um sie. »Und mach dir keine Sorgen, Beth – wir werden schon zurechtkommen.«

Kapitel 36

Rachel zog ihren Schal noch fester um den Hals. Es wehte ein kalter Wind, sie fröstelte und sehnte sich nach ihrem warmen Zuhause. Sie war in dem kleinen Eckladen in der Nähe ihrer Wohnung gewesen und hatte ihren Einkaufskorb bis zum Rand gefüllt. Er hing so schwer an ihrem Arm, dass sie ihn zum anderen wechseln musste, und unwillkürlich seufzte sie und fühlte sich ein bisschen deprimiert. Eigentlich gab es keinen Grund dafür, weil ihre Arbeit ihr Spaß machte und sie auch gern mit Maggie und Minnie zusammenlebte, obwohl sie Beth und Sally abends immer noch vermisste. Maggie war nach Feierabend häufig unterwegs, entweder mit Tim Burrows oder zu Besuch bei Becky Stockbridge, wenn sie nicht gerade zu ihren Erste-Hilfe-Kursen ging, mit denen sie kurz nach dem tragischen Tod ihrer Mutter begonnen hatte, und die kleine Minnie saß oft stundenlang an ihren Handarbeiten.

»Dieser Korb sieht schwer aus – darf ich Ihnen vielleicht helfen?« Rachel wandte den Kopf und entdeckte William Bailey hinter sich. »Sie haben viel eingekauft.«

»Ja. Wir hatten nur noch wenig Butter, Tee und andere notwendige Dinge im Haus. Früher haben Beth und Sally regelmäßig eingekauft, aber seit sie nicht mehr da sind, übernehme ich das meistens.«

William streckte eine Hand aus und nahm ihr den Korb ab. »Ich hatte gehofft, Sie schon früher zu sehen, Rachel, aber offenbar hatten Sie Harpers schon verlassen, als ich dort eintraf. Ich war zu Besuch bei jemandem hier in der Gegend, und da ich wusste, dass auch Sie hier irgendwo leben …« Er schenkte ihr ein etwas unsicheres Lächeln. »Ich wollte Sie fragen, ob Sie am Sonntag vielleicht gern mit mir zu Mittag essen würden? Ich werde nämlich eine ältere Tante in Hampstead besuchen, der ich Sie sehr gern vorstellen würde, da es ihr größter Wunsch ist, dass ich eine nette Frau kennenlerne und eine Familie gründe …« Jetzt sah sie ein Lachen in seinen Augen. »Würden Sie das für mich tun? Ich würde Sie um halb elf abholen.«

Rachel zögerte zunächst, entspannte sich dann aber. Wenn sie sich nicht endlich erlaubte, Freundschaften zu schließen, würde sie es vielleicht ihr Leben lang bereuen. »Also gut, William«, sagte sie. »Ich hoffe nur, dass Sie mich hinsichtlich der Frauenbewegung nicht wieder enttäuschen.«

»Ich versichere Ihnen, dass ich bekehrt bin! Außerdem habe ich den Entschluss gefasst, mich für eine andere Sache einzusetzen – für eine, von der ich annehme, dass Sie sie gutheißen werden. Ich will bessere Arbeitsbedingungen für die Bergarbeiter in Großbritannien schaffen.«

»Das ist in der Tat ein Vorhaben, dem ich von Herzen zustimme«, sagte Rachel. »Ich glaube, dass es wirklich furchtbare Bedingungen sind, die diese Männer ertragen müssen … Vielleicht würden Sie heute ja gern mit Minnie und mir zu Abend essen? Es wird nur eine Suppe und Sandwiches geben, fürchte ich – aber ich verspreche Ihnen, dass es einfach, aber gut sein wird.«

»In Ihrer Gesellschaft würde mir alles schmecken«, versicherte er ihr lächelnd. »Vielen Dank für die Einladung – und ich werde auch gern bei der Zubereitung helfen, wenn ich kann.«

»Nein, nein, ich glaube nicht, dass wir Sie für Ihr Abendessen arbeiten lassen werden«, sagte Rachel lächelnd. »Aber Sie könnten uns beim Essen mehr über Ihr neues Projekt erzählen, wenn Sie möchten.«

Rachel lächelte im Stillen. Einen weiteren guten Bekannten zu haben würde ihr helfen, die Leere zu füllen, die Sally und Beth hinterlassen hatten. Sie wusste, dass die beiden glücklich waren, und wünschte ihnen auch weiterhin alles Gute – aber sie vermisste sie.

***

Zwei Tage, nachdem sie dem Anwalt ihrer Tante geschrieben hatte, erhielt Beth schon einen Antwortbrief. Man dankte ihr für ihre Ehrlichkeit und versprach, die Angelegenheit an die Versicherung weiterzuleiten. Aus demselben Brief erfuhr sie auch, dass ihre Tante ihr noch ein weiteres kleines Vermächtnis hinterlassen hatte:

> *Der verstorbene Vater Ihrer Tante – Ihr Großvater – hatte vor etwa zwanzig oder dreißig Jahren in eine Goldmine in Südafrika investiert. Seine Anteile wurden allerdings als wertlos eingestuft, als man glaubte, die Mine sei erschöpft. Als Ihre Tante die Anteile erbte, wurde ihr mitgeteilt, dass sie nichts wert wären, aber vor Kurzem wurde in der Mine ein anderes wertvolles Edelmetall namens Palladium entdeckt. Es ist noch nicht sicher, wie umfangreich das Flöz ist, aber man hat uns bereits ein Angebot für die Anteile Ihres Großvaters gemacht. Dieses Angebot beläuft sich auf zweitausend Pfund. Wir lassen uns diesbezüglich jedoch noch beraten und würden auch Ihnen empfehlen, im Moment noch abzuwarten. Es ist möglich, dass wir zu einem späteren Zeitpunkt mindestens das Doppelte dieser Summe erhalten können. Vielleicht würden Sie ja gern vorbeikommen und die Möglichkeit eines zukünftigen Verkaufs mit uns besprechen?*

Beth öffnete und las den Brief im Bus zur Arbeit. Fred saß neben ihr, und plötzlich umklammerte sie seinen Arm und drückte ihm das Schreiben in die Hand. Er las es und starrte sie dann mit freudiger Überraschung in den Augen an.

»Was für eine fabelhafte Überraschung für dich, Beth! Diese Aktien deines Großvaters sind eine Menge Geld wert.«

»Ich kann es nicht glauben!« Beth schüttelte den Kopf. »Ich bin mir sicher, dass meine Mutter auch einige dieser Anteile besaß, und sie müssten bei ihren Sachen sein, weil nach ihrem Tod all ihr persönliches Hab und Gut an mich ging. Sie sagte, ihr Vater habe die Aktien unter seinen Töchtern aufgeteilt und ihnen geraten, sie sicher aufzubewahren, da die Mine eines Tages wieder eröffnet werden könnte.«

»Wenn es die gleichen Anteile sind, bekommst du vielleicht sogar doppelt so viel …« Fred starrte sie an. »Dann wirst du eine reiche Frau sein, Beth.«

»Wir werden beide reich sein, Jack und ich«, sagte sie lächelnd. »Jack wird alles investieren, was wir bekommen, und so wird er sich endlich etwas Eigenes kaufen können.«

»Ich freue mich so für dich«, sagte Fred. »Überleg dir nur gut, was du willst, bevor du ihm sagst, dass er das Geld haben kann, Beth. Vielleicht solltest du auch etwas für dich und das Baby beiseitelegen.«

»Ein paar Pfund vielleicht«, stimmte sie zu. »Ich werde mein Gehalt vermissen, wenn ich aufhöre zu arbeiten, aber das meiste Geld wird in Jacks Geschäft fließen.« Das Lächeln wich aus ihren Augen. »Ich frage mich nur, ob Tante Helen wusste, dass diese Anteile an der Mine etwas wert waren. Meine Mutter hielt sie jedenfalls für wertlos, sie dachte, es wäre einfach eine weitere von Großvaters leichtsinnigen Unternehmungen gewesen. Er hatte ein gutlaufendes Geschäft und war ein reicher Mann – bis er alles verlor …«

»Es heißt, ein Dummkopf ist sein Geld bald wieder los«,

sagte Fred und nickte traurig. »Das ist ein weiterer Grund, warum du etwas von dem Geld behalten solltest, Beth. Ein solch warmer Regen wird nicht wiederkommen, Kind.«

»Es ist so viel Geld – selbst die zweitausend …« Beth runzelte die Stirn. »Ich frage mich, ob Gerald von diesen Aktien wusste. Wenn ja, wird er glauben, dass sie von Rechts wegen ihm gehören sollten, kein Wunder also, dass er wütend ist. Er hat schon das Geld aus der Versicherungssumme nicht bekommen und jetzt auch noch die Aktien …«

»Wir können nur hoffen, dass die Justiz angemessen mit ihm verfährt«, sagte Fred. »Und lass dir durch das Unglück deiner Tante nicht die Freude verderben, Beth. Diese Aktien gehörten deinem Großvater, und unter den gegebenen Umständen würde er sicher wollen, dass du sie bekommst.«

»Oh, *diese* Erbschaft werde ich bestimmt nicht ausschlagen«, sagte Beth und lächelte. »Das Geld aus der Versicherung konnte ich nicht annehmen, weil ich wusste, dass Tante Helen dafür ermordet worden ist – aber diese Aktien sind etwas ganz anderes. Sie werden unser Leben sehr verändern.«

Fred sah sie nachdenklich an. »Wirst du bis kurz vor der Geburt deines Babys weiterarbeiten? Ich weiß, dass du daran gedacht hast – aber jetzt wird es nicht mehr nötig sein.«

»Aber ich liebe meine Arbeit, besonders seit ich befördert wurde«, widersprach Beth und seufzte, weil sie wusste, dass er recht hatte. »Lass uns abwarten und sehen, was geschieht. Solange wir das Geld nicht wirklich haben, kann ich mir nicht sicher sein.«

»Deine Anwälte wissen, was sie tun«, sagte Fred und klopfte ihr beruhigend auf den Arm. »Und jetzt sollten wir besser aussteigen, Beth. Bei der ganzen Aufregung hätten wir fast unsere Haltestelle verpasst. Und heute Abend wirst du mit Jack sprechen müssen, um zu hören, was er zu deinen Neuigkeiten zu sagen hat.«

»Ja.« Dann runzelte Beth die Stirn. »Aber da ich heute meinen freien Nachmittag habe, werde ich mir nach der Arbeit wohl besser ein Taxi nehmen, denke ich. Und eigentlich könnte ich auch versuchen, Jack von der Telefonzelle am Ende der Straße anzurufen. Er wird vor Aufregung ganz aus dem Häuschen sein!« In freudiger Erregung lächelte sie ihren Schwiegervater an. »Er war so aufgebracht wegen seiner Probleme im Hotel – aber die spielen ja jetzt keine Rolle mehr.«

»Nein, bestimmt nicht«, erwiderte Fred und nahm ihren Arm, um sie sicher durch den Eingang in das Kaufhaus zu geleiten. »Wir sehen uns dann heute Abend, meine Liebe.«

Beth nickte, als sie sich trennten und Fred in den Keller ging, um sich um die Bestände zu kümmern. Sie selbst ging in den ersten Stock hinauf. Die guten Nachrichten brannten ihr auf der Zunge, aber sie hatte sich fest vorgenommen, sie keiner ihrer Freundinnen zu verraten, bevor sie nicht ihrem Mann davon erzählt hatte.

Es fiel ihr heute schwer, sich zu beruhigen und sich um die Kundinnen zu kümmern. Ihre Gedanken schweiften ständig ab, und sie musste sich immer wieder zusammenreißen, weil sie einen klaren Kopf brauchte, wenn sie mit den teuren Handtaschen und dem Silberschmuck umging. An diesem Morgen verkaufte sie jedoch nur eine Ledertasche und zwei Armreife, und als ihr Feierabend nahte, übergab sie an Rachel, die sie nachmittags vertreten und die Abteilung im Auge behalten würde.

Beth hatte Glück und entdeckte sofort ein leeres Taxi, als sie draußen stand. Sie winkte es heran. Früher hatte sie es immer als Extravaganz empfunden, ein Taxi zu nehmen, weil die Heimfahrt dann doppelt so teuer war wie mit dem Bus, doch heute zerbrach sie sich nicht den Kopf darüber. Da Fred sie nicht nach Hause begleiten konnte, war sie bei einem Taxifahrer sicherer. Er unterhielt sich freundlich mit ihr und erzählte ihr zuerst von der Explosion des Zeppelins L2, bei der achtundzwanzig Passagiere ums Leben gekommen waren, dann sprach er über die Art und Weise, wie die Behörden versucht hatten, Emmeline Pankhurst aus Amerika auszuweisen.

»Ich finde es abscheulich, wie sie die Lady behandelt haben«, sagte er. »Sie setzt sich schließlich nur für ihre Rechte ein, sagt meine Frau.«

»Und Ihre Frau hat recht«, antwortete Beth.

Sie gab ihm eine Drei-Penny-Münze als Trinkgeld, als er sie an der Telefonzelle am Ende der Straße absetzte. Die Telefonkabine war erst vor ein paar Monaten dort aufgestellt worden, und Beth war ein bisschen nervös, als sie sie betrat und den Anweisungen folgte, einen bestimmten Knopf zu drücken und nach einem Piepton ihr Geld einzuwerfen.

»Sie sind mit der Rezeption des Hotels Maddison verbunden«, meldete sich die Stimme einer jungen Frau.

»Könnte ich bitte mit Mr. Burrows sprechen?«

»Mr. Burrows ist im Augenblick beschäftigt, Madam. Kann ich ihm etwas ausrichten?«

»Ja, sagen Sie ihm bitte, dass seine Frau mit wichtigen Neuigkeiten angerufen hat – und dass ich dankbar wäre, wenn er heute Abend früher gehen könnte.«

»Wie Sie wünschen, Madam«, hörte sie, und dann war die Leitung so schnell tot, dass Beth den Apparat verblüfft anstarrte. Wie seltsam! Die junge Frau war wirklich nicht höflich gewesen. Wenn das ihre Art war, mit Anrufern zu sprechen, war sie keine Bereicherung für das Hotel.

Beth ging die wenigen Meter bis zu ihrem Zuhause und betrat es durch die Küche. Nachdem sie ihren Mantel aufgehängt und ihre Tasche auf den Tisch gestellt hatte, schürte sie als Erstes das Feuer und setzte Teewasser auf. Dann ging sie in die Waschküche hinüber, um die morgens abgezogenen und im Spülbecken eingeweichten Bettlaken in die Zinnwanne zu befördern. In dem großen Kupferkessel auf dem Herd befand sich warmes Wasser, das sie nun über die Laken in der Wanne goss, bevor sie Seifenflocken hinzufügte und das Ganze mit einem Holzstiel umrührte. Dieser Holzstiel war am besten dazu geeignet, Wäsche in heißem Wasser zu bewegen, und so rührte sie alles in der Wanne gründlich um, bevor sie die Laken erneut einweichen ließ. Als sie in die Hauptküche zurückkehrte, kochte das Wasser im Kessel bereits, und Beth bereitete sich eine Kanne Tee zu.

Während sie ihn trank, las sie den Brief des Anwalts noch einmal durch, war aber immer noch zu geschockt von seinem Inhalt, um wirklich zu begreifen, wie sehr er ihr Leben verändern würde. Sie hatte nie damit gerechnet, jemals so viel Geld zu haben, obwohl sie wusste, dass ihr Großvater ein wohlhabender Mann gewesen war. Er hatte seinen Töchtern ein kleines Treuhandvermögen hinterlassen, ein paar Schmuckstücke seiner verstorbenen Frau und die Beteiligungen an den Minen, die in ihren Augen keinen Penny wert gewesen waren. Und so war es ja bis vor Kurzem auch gewesen. Doch wenn Beth' Anwalt recht hatte, waren sie inzwischen sogar sehr viel wert.

Nachdem sie ihren Tee getrunken hatte, lief Beth die Treppe hinauf und holte die Aktenmappe ihrer Mutter unter dem Bett hervor. Sie hatte sie sicherheitshalber dort versteckt, weil sie persönliche Papiere enthielt, ein paar Schmuckstücke, die sie nicht tragen wollte, und die Beteiligungen an den Minen. Auch nachdem Beth sie gründlich gelesen hatte, war sie sich nicht sicher, ob es sich um die besagten Anteile handelte oder nicht – aber das würden die Anwälte für sie in Erfahrung bringen. Das Beste wäre, ihnen zu schreiben und mitzuteilen, dass sie nächste Woche an ihrem freien Nachmittag zu ihnen in die Kanzlei kommen würde.

Beth verfasste und unterschrieb ihren Brief, adressierte das Kuvert und frankierte es. Als all das erledigt war, beschloss sie, den Brief noch rasch einzuwerfen, bevor sie mit der Wäsche weitermachte. Sie schlüpfte in ihre Jacke, lief zum Briefkasten in der Gasse und zurück nach Hause und winkte ihrem Nachbarn, der Unkraut in seinem Garten jätete und ihr einen fröhlichen Gruß zurief.

Beth ging wieder ins Haus zurück und spülte und wrang ihre Wäsche aus, bis das Wasser klar war und sie sie in einen Binsenkorb legen konnte, um sie in den Garten zu bringen. Während sie sie aufhängte, schaute sie besorgt zum Himmel hinauf. Er war bewölkt, aber da auch ein frischer Wind wehte, war es besser, die Wäsche hier zu trocknen, als es drinnen tun zu müssen. Als sie in die Küche zurückging, streckte sie sich, um ihren schmerzenden Rücken zu entlasten. All das Auswringen war harte Arbeit, aber als sie sich aufzurichten versuchte, legte sich ein Arm um ihren Hals, und sie stieß einen erstickten Schrei aus, denn eine Stimme zischte ihr etwas ins Ohr.

»Du verdammtes Luder.« Geralds Stimme war leise und rau, als er flüsterte: »Du dachtest wohl, du kämst damit durch, meine Pläne zu durchkreuzen, aber mir ist niemand gewachsen!«

Beth versetzte ihm einen harten Tritt, der ihn am Schienbein traf. Er schrie auf vor Schmerz, fluchte und griff erneut nach ihr. Beth duckte sich und versuchte, die Tür zu erreichen, aber er war noch vor ihr da und versperrte ihr mit seinem Arm den Weg. Anzüglich und triumphierend grinste er sie an, als er ihre Verzweiflung sah.

»Sie werden das Geld nicht bekommen, wenn Sie mich umbringen«, sagte sie verzweifelt. »Ich habe mein Testament gemacht, alles geht an Jack.«

»Ich pfeife auf das Geld«, spottete Gerald. »Ich werde eine andere Frau für das bezahlen lassen, was du mir gestohlen hast – aber du wirst dafür bezahlen, dass du die Polizei auf mich gehetzt hast, bevor ich mit dir fertig war!« Wieder stürzte er sich auf sie, packte sie an der Taille und rang mit ihr, um sie zu Fall zu bringen.

Beth, die ahnte, was er vorhatte, schrie so laut sie konnte. Dann stieß er sie plötzlich zurück, und sie spürte die versengende Hitze des Herds an ihrem Rücken.

Blitzschnell griff sie hinter sich nach dem Kessel, in dem sie das Teewasser gekocht hatte, holte aus und schlug ihm den heißen Kessel ins Gesicht. Sofort taumelte er zurück und fluchte laut, als ihm der Rest des heißen Wassers in die Augen lief. Wütend stürzte er auf sie zu. Beth schrie gellend auf vor Schreck, schaffte es aber, ihm auszuweichen und die Hintertür aufzureißen, um lauthals um Hilfe zu schreien. Falls ihr Nachbar noch in seinem Garten war, würde er sie vielleicht hören …

Gerald fluchte und war sofort wieder bei ihr. Sein Gesicht war gerötet und sah wund aus, wo ihn das Wasser getroffen hatte, aber er hatte sich bereits so weit erholt, um sie von hinten zu ergreifen. Bevor sie ihm erneut entkommen konnte, lag sein Arm um ihren Hals und erstickte ihre Hilfeschreie. Der letzte Schrei erstarb in ihrer Kehle, als er sie auf den Boden schleuderte, um sich mit gespreizten Beinen grinsend über sie zu stellen, dann begann er an seinen Hosenknöpfen herumzuhantieren …

»Nein!«, schrie Beth wieder und wieder, versuchte, sich aufzurichten, um ihn abzuschütteln, aber er war schon auf ihr, sein Gewicht drückte sie zu Boden, und seine Absicht war mehr als klar: Er wollte sie demütigen, sie vergewaltigen und ihr so viel Schmerz wie möglich zufügen.

Beth biss ihm in die Hand, wand sich unter ihm und versuchte, ihn zu treten, um ihn von sich herunterzuwerfen, aber seine Hände umklammerten ihren Rock, und ihre Kräfte waren nahezu verbraucht. Sie wusste, dass er seinen Willen durchsetzen würde, weil sie nichts mehr tun konnte, um ihn aufzuhalten … Aber dann hörte sie plötzlich Stimmen, Menschen stürmten durch die Hintertür, und vage wurde ihr bewusst, dass jemand Geralds schweren Körper von ihr herunterzog. Sie hörte noch Rufe, Schreie und ein gequältes Stöhnen, das sich ihr entrang, bevor sie das Bewusstsein verlor.

Als sie kurze Zeit später die Augen öffnete, beugte Jack sich mit besorgter Miene über sie, und ihr Nachbar stand mit einer Mistgabel in der Hand da und starrte auf ihren Angreifer herab. Gerald kniete mit gesenktem Kopf auf dem Boden, und ein anderer Mann, der hinter ihm stand, legte ihm mit einem klickenden Geräusch Handschellen an. Dann schaute er sie an, nickte ihr zu und ging, um den Vorfall bei der Polizei zu melden, während Freds Nachbar Bob den Übeltäter mit seiner Mistgabel bewachte.

»Jack ...« Beth versuchte aufzustehen, aber ihr wurde wieder schwindlig, und sie fiel auf die Kissen der alten Liege zurück. Jemand musste sie dort hingebracht haben, nachdem sie ohnmächtig geworden war. »Wie ... Wann bist du hierhergekommen?«

»Ich habe mich sofort auf den Weg gemacht, nachdem Phyllis mir im Hotel Bescheid gegeben hatte«, sagte Jack. »Bob, der dich schreien hörte, war schon unterwegs, um nachzusehen, was los war. Wir haben uns um den Kerl gekümmert, und Harolds Mann, der auf der Straße patrouillierte, war ebenfalls Sekunden später hier. Gerald war irgendwie an ihm vorbeigekommen, wahrscheinlich vom Fluss her durch die Gärten. Harolds Mann ist schon unterwegs, um die Polizei zu rufen.«

Beth wurde von einer plötzlichen Übelkeit befallen, gab sich aber alle Mühe, sie zu unterdrücken. Es gelang ihr, sich mühsam hochzustemmen, um an die Kissen gelehnt sitzen zu können. Sie sah Jack an. »Ich bin so froh, dass du gekommen bist«, flüsterte sie. Ihre Kehle schmerzte, wo Geralds Arm sie zu Boden gedrückt hatte. »Als ich vorhin im Hotel anrief, hatte ich gute Nachrichten – aber dann schlich sich plötzlich dieser Schuft von hinten an mich heran. Er muss ins Haus gelangt sein, als ich draußen war, um die Wäsche aufzuhängen.« Beth tat einen unsicheren Atemzug, da sie am ganzen Körper zitterte. Sie hatte gespürt, dass jemand sie beobachtete, als sie zum Briefkasten am Ende der Straße gegangen war, aber Gerald musste die Nachbargärten durchquert haben, sodass der Mann, der die Straße überwachte, ihn nicht entdecken konnte. Sie warf dem Witwer ihrer Tante einen angeekelten Blick zu.

In diesem Moment kam der Mann, der vorhin gegangen war, mit einem stämmigen jungen Polizisten zurück.

»Was ist denn hier los?«, fragte der Polizist und blickte von Gerald, der noch immer abgekämpft und beklommen auf den Knien lag, zu Beth. »Ist alles in Ordnung mit Ihnen, Ma'am?«

»Meine Frau wurde von diesem Mann in unserem eigenen Haus überfallen!«, sagte Jack erbost. »Der Kerl ist ein Mörder, Officer, und Ihre Leute suchen schon nach ihm …«

»Vielleicht würden Sie mir sagen, was passiert ist, Ma'am?«

Beth nickte und atmete tief durch, um ihr Zittern unter Kontrolle zu bringen. »Dieser Mann hat mich von hinten angegriffen, und ich glaube, er wollte mich missbrauchen. Ich habe vergeblich versucht, ihn abzuwehren, aber dann kam zum Glück mein Mann.« Sie tat einen unsicheren Atemzug. »Er nennt sich Gerald Greene, aber das ist nicht sein wahrer Name. Wir haben Beweise, dass er mindestens einmal, ja, vielleicht sogar dreimal oder öfter getötet hat. Er wollte mich dafür bestrafen, dass ich ihm die Polizei auf den Hals gehetzt habe …« Beth zitterte am ganzen Körper, obwohl sie mit aller Kraft versuchte, dagegen anzukämpfen. »Wenn Jack und Bob nicht gekommen wären …«

»Wir sind aber gekommen, und jetzt wird er dafür bezahlen«, sagte Jack und schaute mit grimmiger Miene zu, wie der Polizist Gerald seine Rechte vorlas und ihn dann grob am Arm packte. Grinsend wandte der Beamte sich dann Jack zu.

»Mein früherer Chef, Hauptkommissar Brooks, wird mit mir zufrieden sein – und mein jetziger Chef auch. Ich schätze mal, dass ich sogar eine Belobigung erhalten werde.«

»Ich danke Ihnen«, sagte Beth. »Vielen Dank euch allen, dass ihr mir geholfen habt!«

Der Beamte stieß Gerald vor sich her und schwenkte seinen Gummiknüppel. »Und jetzt versuch, mir zu entkommen, du Strolch. Versuch es ruhig«, sagte der Polizist mit einem Gesichtsausdruck, als würde ihm bereits die bloße Vorstellung, ihn verprügeln zu können, Freude bereiten.

Gerald hatte schon einen blauen Fleck im Gesicht, mehrere Schnittwunden an Mund und Wange, und seine Hand blutete. Jemand hatte sie ihm mit einem Taschentuch verbunden. Außerdem hinkte er und zuckte bei jedem Schritt zusammen. Er wirkte kaum so, als könnte er sich aus dem Staub machen, aber Bob sagte dem Polizisten, er werde ihn auf die Wache begleiten, und auch Harolds Mann ging mit, um seine Sicht der Ereignisse zu schildern.

Bob hielt Gerald die Mistgabel entgegen und grinste selbstzufrieden. »Ich hab sie heute Morgen erst geschärft«, sagte er. »Willst du mal fühlen?«

Gerald blickte missmutig in die Runde, ohne Bob einer Antwort zu würdigen. Dann, an der Tür, drehte er sich noch einmal um und spuckte in Beth' Richtung. »Du Biest«, murmelte er. »Das werde ich dir nicht vergessen …«

»Darüber kannst du nachdenken, während du auf den Henker wartest«, sagte Jack und schloss die Tür hinter den Männern, bevor er sich wieder Beth zuwandte. »Es tut mir schrecklich leid, Liebling, dass es so lange gedauert hat, bis ich deine Nachricht erhalten habe.«

»Du bist früher hier gewesen, als ich gehofft hatte. Ich wollte ja gar nicht, dass du sofort kommst – aber ich hatte ja auch nicht damit gerechnet, dass Gerald hier war und mich beobachtete. Ich hatte gute Nachrichten, die ich dir erzählen wollte, Jack – aber jetzt bin ich nur noch froh, dass du so schnell hier warst!« Ein ersticktes Aufschluchzen entrang sich ihrer Kehle, und nun, da sie allein waren, liefen ihr die Tränen ungehindert über die Wangen. »Ich habe nicht daran gedacht, die Küchentür abzuschließen, als ich hinausging, um die Wäsche aufzuhängen …«

»Das sollte auch nicht nötig sein«, sagte Jack erbittert. »Zumindest in deinem eigenen Haus müsstest du sicher sein. Setz dich, und ich hole dir einen Schuss Brandy gegen den Schock.«

»Ich hätte lieber einen heißen Kakao«, sagte Beth, und er nickte.

»Was immer du willst, Liebes.« Er sah blass und aufgebracht aus. »Wenn ich daran denke, was dieser Bastard dir hätte antun können …«

»Er hat es aber nicht getan«, sagte Beth, »weil du kamst und auch Bob und Harolds Mann – ich wusste gar nicht, dass er jemanden draußen auf Patrouille hatte …«

»Harold meinte, dass er noch ein paar Tage die Augen aufhalten würde, bis Gerald gefasst worden wäre – aber sein Mann war leider keine große Hilfe.«

Beth schüttelte den Kopf. »Woher wusste Gerald überhaupt, wo wir wohnen?«

»Wahrscheinlich ist er dir irgendwann nach Hause gefolgt.« Jack goss Milch und Wasser in einen kleinen Kochtopf und stellte ihn auf den Herd. Dann holte er zwei Tassen und löffelte Kakaopulver hinein, bevor er die warme Milch darüber goss. »Ist alles in Ordnung mit dir – oder hat er dir wehgetan?«

»Ein bisschen«, gab sie zu. »Ich habe wohl ein paar blaue Flecken, aber mach dir deswegen keine Sorgen, sondern hör dir lieber die guten Neuigkeiten an.« Beth kämpfte gegen ihr Zittern an, weil sie Gerald keine Macht mehr über sich geben wollte. Mühsam stand sie auf, ging zum Tisch und schob Jack den Brief des Anwalts zu. »Lies das. Und dann sind da auch noch ein paar Aktien in Moms Kiste, die das Gleiche wert sein könnten.«

Jack las den Brief und starrte sie danach in fassungslosem Schweigen an. »Zweitausend ist ein großer Betrag, Beth – und sie könnten sogar noch mehr wert sein.«

»Vielleicht sogar doppelt so viel, wenn es sich bei meinen Anteilen um die gleiche Aktie handelt.«

»Was wirst du damit tun?«, fragte er, noch immer fassungslos über die Neuigkeiten.

»Was wir uns erträumt haben«, antwortete sie. »Zusammen mit deinen Ersparnissen können wir den Besitz erwerben, von dem du immer geträumt hast, Jack. Unser eigenes Hotel …«

»Es ist dein Geld – bist du sicher, dass es das ist, was du willst? Ein Hotel zu führen ist nicht immer einfach, Beth. Wir werden zwar Geld damit verdienen, aber es könnte dir noch mehr einbringen, wenn du es in weitere Anteile reinvestieren würdest.«

»So hat mein Großvater das Vermögen verloren, das er geerbt hatte«, sagte Beth. »Nein, Jack, wir werden es in ein Geschäft investieren, von dem wir wissen, dass es uns Geld einbringen wird. Ich will keinen Reichtum, sondern Sicherheit und ein Leben, das wir miteinander teilen können.«

Jack sah sie noch ein weniger länger prüfend an, und dann lächelte er. »Wir werden das Geld gut anlegen, Beth. Wie du schon sagtest – wir wollen ein gutes Auskommen und ein schönes Leben haben. Ein familiengeführtes Hotel, das ich zum Laufen bringen werde, das verspreche ich dir.

»Ich weiß, dass du das tun wirst«, sagte sie lächelnd. »Es ist das, was du verdienst, Jack – was wir beide verdienen.«

»Es ist eine Belohnung für deine Ehrlichkeit«, sagte er und lachte. »Wer hätte das gedacht – ich kann es kaum glauben! Ich selbst hätte mir nie so etwas Großartiges kaufen können.

Ich komme mit, wenn du zu deinem Anwalt gehst, Beth. Wir werden ihn bitten, für uns zu verhandeln, er soll die Anteile so gut wie möglich verkaufen. Und dann werden wir wissen, wie unser nächster Schritt aussieht.«

»Ja, genau so wollte ich es machen«, sagte Beth, und er schloss sie in die Arme. »Es ist wunderbar, Jack. Ich bin so glücklich …«

»Nicht halb so sehr wie ich«, antwortete Jack. »Und nun trink deinen Kakao, bevor er kalt wird. Ich werde dich heute nicht mehr allein lassen. Du hast einen schlimmen Schock erlitten, und ich werde bei dir bleiben, bis es dir wieder besser geht.«

***

Beth ließ es zu, dass Jack sich um sie kümmerte, sie nicht mehr aufstehen ließ und das Feuer schürte, damit sie es warm und gemütlich hatte. Er holte sogar die Wäsche aus dem Garten herein, und erst als Fred nach Hause kam, verließ Jack das Haus, um einige Pasteten zum Abendessen zu holen. Keiner der beiden erlaubte Beth, auch nur einen Finger zu rühren. Sie versuchte, die beiden davon zu überzeugen, dass es ihr wieder gut ging, doch sie hörten nicht auf sie, und als sie später in der Nacht von krampfartigen Schmerzen geweckt wurde, wusste sie, dass die Männer recht gehabt hatten. Beth kämpfte sich aus dem Bett, umklammerte ihren Bauch und krümmte sich, als der ziehende Schmerz auch ihren Unterleib ergriff. Sie spürte die Nässe an ihren Schenkeln, und als sie an sich herabblickte, sah sie das Blut auf ihrem Nachthemd – im selben Moment, als auch Jack erwachte und ihre Qualen sah. Er war im Nu aus dem Bett, und Beth schaute ihn mit Tränen in den Augen an.

»Du holst besser den Arzt«, flüsterte sie. »Ich glaube, ich verliere unser Kind.«

»Dieser verdammte Bastard«, murmelte Jack, und für einen Moment erschien ein wilder Blick in seinen Augen. Wäre Gerald in diesem Moment noch da gewesen, so hätte Jack ihn umgebracht, das wusste sie.

Jack verließ das Zimmer, während Beth vor Schmerzen wimmerte. Sie hörte, wie er seinen Vater weckte und ein kurzer Streit entbrannte. Dann kam Jack ins Schlafzimmer zurück.

»Dad holt den Arzt. Er sagt, ich solle bei dir bleiben. Kannst du dich hinlegen, Liebes?«

Beth schüttelte den Kopf. Ihr war, als ob der Schmerz sie innerlich zerreißen würde. »Geh runter und setz den Kessel auf«, flehte sie ihn an, weil sie lieber allein sein wollte.

Da es im Obergeschoss keine Toilette gab, stand ein Nachtstuhl in einer Nische neben ihrem Zimmer, und dorthin ging Beth, als sie allein war, und setzte sich darauf. Sie verspürte den Drang zu pressen, und dann bemerkte sie plötzlich, wie sich etwas von ihr löste, und ihr brach das Herz, als ihr bewusst wurde, dass es Jacks Kind war. Er würde ihr nie verzeihen, dass sie ihr Baby verloren hatte …

Sie warf einen Blick auf den blutigen Klumpen aus Fleisch und Blut, auf das, was in sieben Monaten ein Kind gewesen wäre. Dann taumelte sie zurück zum Bett, brach darauf zusammen und schloss die Augen. Sie brach in Tränen aus, die ihr jetzt ganz ungehindert über die Wangen liefen. Als Jack mit dem Tee zurückkam, konnte sie ihn weder ansehen noch sprechen, aber die Tränen erzählten ihre eigene Geschichte. Sie schämte sich und fühlte sich ganz furchtbar elend. Es war ihre Schuld. Sie hatte die Schwangerschaft nicht gewollt, und jetzt war genau das eingetreten – was ihr Baby hätte sein sollen, war nur noch ein Haufen Blut in einem Nachttopf.

»Was ist mit dir, Beth?«, fragte Jack, der sich verzweifelt bemühte, ihr beizustehen. Es gelang ihr, auf den Nachtstuhl zu zeigen, und sie hörte, wie er nach Luft schnappte, als er den

Beweis für ihre Schuld entdeckte. »Oh, Beth, meine Liebste, es tut mir ja so leid – dieser verfluchte Teufel ist schuld daran.«

»Ich habe unser Baby verloren …«, brachte sie mühsam hervor. »Es war meine Schuld –«

»Niemals«, sagte Jack sofort. »Er war es – mit dem, was er dir angetan hat. Der Doktor kommt gleich, Beth, und wird dir genau dasselbe sagen. Es ist ganz sicher nicht deine Schuld.«

Aber Beth wusste es besser. Sie hatte einfach noch kein Kind gewollt. Sie hatte es zu früh empfangen und hätte lieber das Leben mit ihrem Mann noch genossen, bevor sie mit Kindern ans Haus gebunden war. Deshalb war es ihre Schuld, dass sie das Baby verloren hatte, und das würde sie sich nie verzeihen.

Kapitel 37

Sally nahm das Telefonat in ihrem Büro entgegen. Sie war soeben erst hereingekommen, und Jacks Nachrichten schockierten sie, machten sie wütend und schrecklich traurig.

»Liebe Grüße an Beth und richte ihr bitte aus, dass sie zu Hause bleiben soll, bis es ihr besser geht«, sagte sie. »Es tut mir schrecklich leid, Jack. Gibt es irgendetwas, was ich für euch tun kann – oder Ben? Ich weiß, dass er gerne helfen würde, wo er kann.«

»Vielen Dank, Beth, aber das wird nicht nötig sein. Die Polizei hat Gerald hinter Schloss und Riegel gebracht und wird ihn nicht mehr aus den Augen lassen. Die Beweise gegen ihn häufen sich, und wie es scheint, hat er noch mehr Frauen um ihre Ersparnisse betrogen. Einige von ihnen sind noch am Leben und können gegen ihn aussagen. Sein Foto wurde an andere Polizeidienststellen weitergeleitet, und er wurde von den Frauen als Täter identifiziert.«

»Wenn er doch bloß schon früher gefasst worden wäre!«, sagte Sally, und Jack unterstrich ihre Worte mit einem Laut, der wie ein Knurren klang. »In ein paar Tagen, wenn es Beth ein bisschen besser geht, werde ich sie besuchen.«

»Danke, Sally. Darüber würde sie sich sicher freuen«, antwortete Jack. »Ich habe mir ein paar Tage freigenommen, auch wenn Beth behauptet, es sei alles in Ordnung …«

»Das ist ja wohl kaum möglich«, widersprach Sally. »Wie sollte es?«

Jack murmelte etwas und legte auf.

Sally saß einen Moment nur da und starrte die Wand an, aber dann öffnete sie die silberne Puderdose, die Ben ihr zur Hochzeit geschenkt hatte, und betrachtete sich in dem kleinen Spiegel, um ihr Haar zu ordnen, das sie etwas länger hatte wachsen lassen, weil ihr Mann ihr Haar so liebte. Nachdem sie sich vergewissert hatte, dass keine Tränenspuren mehr in ihrem Gesicht zu sehen waren, ging sie in die Hutabteilung hinunter. Beth' Freundinnen mussten erfahren, was geschehen war. Sie musste Rachel und Maggie erzählen, dass Beth soweit in Ordnung war – auch wenn natürlich eigentlich gar nichts in Ordnung war. Sie war gerade erst brutal überfallen worden und hatte eine Fehlgeburt erlitten. Jack hatte nicht lange darüber gesprochen, aber in Sallys Augen war es das Schmerzlichste von allem. Beth war zwar vor dem Schlimmsten bewahrt worden, was ihr Onkel ihr hatte antun wollen, doch der Verlust ihres Babys war für sie mit Sicherheit noch viel entsetzlicher. Das alles musste sie schrecklich durcheinandergebracht haben.

Sally beschloss, in ihrer Mittagspause in einem Blumenladen einen schönen Strauß zusammenstellen zu lassen und ihn ihrer Freundin zu schicken. Heute würde sie den ganzen Tag über beschäftigt sein, sich am nächsten Morgen aber die Zeit nehmen, Beth zu besuchen, weil sie wusste, dass sie ihren Schmerz so tief in sich verschließen würde, dass er mit der Zeit zu einer nicht mehr zu heilenden Wunde werden würde.

Rachel und Maggie waren beide fassungslos, als sie die schlimmen Nachrichten erfuhren, und bestanden darauf, sich an den Blumen für Beth zu beteiligen. Außerdem versprachen beide, sie noch im Laufe dieser Woche zu besuchen. Sally sprach noch ein paar Minuten mit ihnen und machte sich dann auf den Weg zu einem Termin in Hatton Garden. Da die Schmuckabteilung bei Harpers sehr gut lief, überlegte sie, ob sie sie nicht erweitern sollten. Janice Browning, die ihnen zugeteilt worden war, um Beth während ihrer Abwesenheit zu vertreten, war Sallys Meinung nach jedoch mit dem Verkauf von kostspieligen Taschen und wertvollem Schmuck noch überfordert. Jenni, die nicht damit gerechnet hatte, dass die silbernen Armreife und Anhänger, die sie eingeführt hatte, sich so gut verkaufen würden, teilte Sallys Meinung, dass es vielleicht an der Zeit war, die Abteilung für Hüte und Accessoires umzugestalten. Das würde allerdings schwierig werden, falls Beth für längere Zeit ausfiel. Entweder brauchten sie eine weitere Verkaufstheke, oder die Handtaschen müssten im Erdgeschoss bei den Koffern und anderen Lederwaren ausgestellt werden. Außerdem würde Sally Mr. Stockbridge fragen müssen, was er davon hielt, und natürlich musste sie auch mit Ben darüber sprechen, weil es sich um eine wichtige Entscheidung handelte.

Es war Bens Idee gewesen, Rachel die Position der Etagenaufsicht anzubieten, als Miss Hart aus gesundheitlichen Gründen in den Ruhestand gehen musste. Die Arbeit in der Abteilung war so jedoch nicht leichter geworden. Maggie machte ihre Sache an der eigenen Theke gut, war aber noch nicht so weit, die Verantwortung für die ganze Abteilung zu übernehmen, und auch Janice konnte diese Aufgabe in Sallys Augen noch nicht bewältigen. Vielleicht sollten sie sich für den Posten der Etagenaufsicht wieder nach einer älteren Frau umsehen, die nicht kündigen würde, um eine Familie zu gründen.

Nicht zum ersten Mal bedauerte Sally, dass Miss Hart nicht mehr da war. Sie hatte sich zwar nicht immer mit den anderen Angestellten verstanden, aber sie war eine hervorragende Mitarbeiterin gewesen, und Bens Kaufhaus brauchte gute Leute. Sally überlegte, ob sie nicht einfach für ein paar Tage selbst Beth' Platz einnehmen sollte, wenn es nicht anders ging.

Sie stand auf dem Gehweg vor dem Laden, um ein Taxi zu rufen, als ein Auto neben ihr hielt. Sie sah, dass Mick am Steuer saß und sie angrinste. »Kann ich dich irgendwohin mitnehmen, Sally?«, fragte er.

»Das ist lieb von dir«, antwortete sie lächelnd. »Aber ich habe mir ein Taxi bestellt – und da kommt es ja auch schon. Aber trotzdem danke für das Angebot.«

Sie ging auf das Taxi zu, öffnete die Tür und gab dem Fahrer die gewünschte Adresse in Hatton Garden an. Sie hatte die Enttäuschung in Micks Augen gesehen, doch sie blickte sich nicht mehr zu ihm um. Ben wäre verärgert, wenn sie sich von dem Iren mitnehmen ließe. Ihr Mann war immer noch eifersüchtig, obwohl er wusste, dass kein Grund dazu bestand. Dennoch hatte er sie gefragt, ob sie Mick zu ihrer Hochzeit einladen wolle, und sie hatte ihm tatsächlich eine Einladung geschickt – er war auch in der Kirche erschienen, aber nicht bei dem Empfang.

Sally hatte nicht mit seinem Kommen gerechnet, und weil sie sich deshalb vielleicht ein bisschen schuldig fühlte, wollte sie jetzt keine längere Fahrt mit ihm in seinem Auto machen. Er war sehr nett zu ihr gewesen, als sie einsam und enttäuscht gewesen war, und sie hatte sich ein paarmal von ihm ausführen lassen. Womöglich glaubte er, das Recht zu haben, gekränkt zu sein, weil sie Ben geheiratet hatte. Aber da sie keinen Streit mit ihm riskieren wollte, war sie ihm aus dem Weg gegangen, auch wenn sie sich deswegen ein bisschen wie ein Feigling fühlte. Mick war ein Freund, aber er hatte mehr sein wollen, und sie hätte ihm von Anfang an klarmachen müssen, dass es niemals dazu kommen würde. Vielleicht war sie tatsächlich nicht fair ihm gegenüber gewesen.

***

»Was für ein verdammtes Pech für die beiden«, sagte Ben an jenem Abend, als sie mit einem Glas Wein in ihrer Wohnung saßen und Sally ihm von Beth' Verlust erzählt hatte. »Es tut mir wirklich leid für deine Freundin, Sally, und vielleicht wäre es unter den gegebenen Umständen das Beste, wenn du eine Vertretung einstellen würdest, um Beth Zeit zu geben, über ihren Verlust hinwegzukommen.«

»Ich bin mir sicher, dass sie zurück an ihre Arbeit will«, sagte Sally. »Wir haben Rachel befördert, und dadurch fehlt es meiner alten Abteilung ein bisschen an erfahrenem Personal. Janice Browning ist eine gute Verkäuferin, aber ich glaube nicht, dass sie schon so weit ist, die Abteilung zu leiten. Der Schmuck ist teuer und muss gut beaufsichtigt und kontrolliert werden, weil er sonst leicht abhandenkommen könnte …«

»Sprich mit Stockbridge«, sagte Ben und lächelte sie an. »Ich glaube, du könntest dieses Kaufhaus auch sehr gut ohne mich führen …«

Sally warf ihm einen schiefen Blick zu. »Das glaubst du doch nicht wirklich, Ben? Ich möchte nämlich nicht, dass du denkst, ich würde versuchen, den Laden zu übernehmen.«

Ben brach in schallendes Gelächter aus. »Mach nicht so ein Gesicht, mein Schatz. Ich wusste schon immer, wie talentiert du bist, und ich bin stolz auf das, was du bei Harpers erreicht hast.«

Sally umarmte ihn und hatte das absurde Gefühl, in Tränen ausbrechen zu müssen. Vielleicht lag es daran, dass Beth ihr Baby verloren hatte, Bens Worte bewegten sie jedenfalls tief.

»Sollen wir heute Abend ausgehen?«, fragte er. »Oder wäre es dir lieber, wenn wir uns gemeinsam etwas kochen?«

»Lass uns etwas kochen«, sagte Sally und sprang auf, um ihn auf die Beine zu ziehen. »Wir haben ein paar schöne Koteletts, die nicht lange brauchen werden – und ich könnte ein paar Bohnen und Kartoffeln in Béchamel-Sauce dazu machen.«

»Und ich mache uns einen leckeren Salat zur Vorspeise«, versprach er und folgte ihr in die Küche, wo er seine Arme um ihre Taille schlang und ihren Nacken küsste, während sie das Gemüse zubereitete.

Sally drehte sich um und küsste ihn. »Ich liebe dich unendlich – und bin die glücklichste Frau der Welt«, sagte sie. »Ich werde jemanden suchen, der Beth für ein paar Tage vertreten kann, weil ich nicht alles noch schlimmer für sie machen will, indem ich jemanden über ihren Kopf hinweg einstelle – aber ich werde Mr. Stockbridge bitten, sich nach einer weiteren Verkäuferin umzusehen.«

»Was immer du willst«, sagte Ben und lächelte, als er mit der Zubereitung des Salats begann. »Aber deine Freundin will vielleicht gar nicht mehr zurückkehren …«

* * *

Beth bat Jack, am nächsten Tag wieder arbeiten zu gehen. »Ich komme schon wieder allein zurecht«, versicherte sie ihm, obwohl ihr das Herz nach dem großen Verlust noch schmerzte. »Du solltest der Arbeit jetzt nicht zu lange fernbleiben, denn es wird eine Zeitlang dauern, bis wir ein eigenes Hotel kaufen können, Jack. Selbst wenn es dem Anwalt gelingt, alle Anteile an den Minen zu verkaufen, wird es dauern, bis du findest, was du willst.«

»Ja, das weiß ich.« Jack sah sie forschend an. »Aber bist du dir auch wirklich sicher, dass es dir schon wieder gut genug geht, Liebling?«

Beth atmete tief durch und zwang sich zu einem Lächeln. »Ja, ja, mir geht es gut«, log sie. »Ehrlich, Jack, ich habe keine Angst mehr, hier zu sein – außerdem glaube ich, dass auch ich morgen wieder zur Arbeit gehen werde …«

»Der Doktor hat gesagt, du sollst dich mindestens eine Woche ausruhen«, erinnerte er sie. »Was passiert ist, muss dich sehr mitgenommen und geschwächt haben. Du solltest wirklich ein paar Tage langsam machen, um wieder zu Kräften zu kommen.«

»Also gut, dann nehme ich mir noch einen freien Tag«, gab Beth nach. »Aber ich werde in unserer Abteilung gebraucht, und ich bin wirklich lieber dort, als hier untätig herumzusitzen.«

Jack sah sie an und seufzte. »Wenn es das ist, was du wirklich willst, Liebste, werde ich dich nicht aufhalten – und das weißt du …«

»Ja, das weiß ich«, sagte Beth und lächelte ihn an. Diesmal war das Lächeln echt, und Jack küsste sie. »Ich liebe dich, Jack, aber ich muss ein bisschen allein sein – und dann werde ich wieder zur Arbeit gehen. Wenn du so viel Wirbel um mich machst, werde ich nur immer wieder daran erinnert.« Sie schüttelte den Kopf, weil ihr die Tränen in die Augen stiegen.

»Ich habe es dir doch schon so oft gesagt, Beth. Es war nicht deine Schuld, dass du das Kind verloren hast. Ich hätte besser sofort den Arzt geholt.«

»Aber er hat doch selbst gesagt, dass er es nicht hätte verhindern können.«

»Er sagte mir, es hätte auch passieren können, wenn Gerald dich nicht angegriffen hätte, weil ein Baby sich manchmal nicht so entwickelt, wie es sollte …« Jacks Augen verdüsterten sich. »Vielleicht war es das Beste so, Beth … und eines Tages werden wir andere Kinder haben.«

»Ja, vielleicht«, stimmte Beth ihm zu, und als sie seinen Gesichtsausdruck sah, sagte sie: »Jetzt ist es einfach noch zu früh, daran zu denken.«

»Ich wollte dich nur aufmuntern, Liebes.«

»Ich weiß«, erwiderte sie seufzend. »Aber ich komme schon klar – es tut mir nur so leid.«

Jack nickte und fuhr sich mit den Fingern durch das Haar, und sie wusste, dass er es tat, weil er nicht wusste, was er sagen sollte. Und genau diese Unsicherheit gab ihr das Gefühl, dass sie lieber eine Weile allein sein wollte.

»Geh du nur«, bedrängte sie ihn. »Ich verspreche dir, dass mit mir alles in Ordnung ist. Ich muss noch ein bisschen Wäsche bügeln, und ich verspreche dir, dass ich mich danach hinsetzen und ausruhen werde.«

»Na gut«, stimmte Jack zu und küsste sie auf die Wange. »Ich gehe für ein paar Stunden, aber ich werde früh zurück sein.«

Nachdem er gegangen war, beschäftigte sich Beth mit kleinen Arbeiten, die nicht anstrengend waren. Man hatte ihr gesagt, sie solle sich ausruhen, aber wenn sie sich ausruhte, beschäftigte sie sich nur umso mehr mit ihrem Verlust und ihren Schuldgefühlen. Jack war so gut zu ihr und versuchte, sie aufzumuntern, aber sie wusste, dass er insgeheim auch wütend war. Er war so stolz darauf gewesen, Vater zu werden, und nun ... Beth schluckte, um ein Aufschluchzen zu unterdrücken. Der Arzt hatte ihr gesagt, dass es nach dem, was geschehen war, einige Zeit dauern könnte, bis sie wieder schwanger werden würde, und als sie sich daran erinnerte, dass sie ein Einzelkind gewesen war, fragte Beth sich, ob dies vielleicht sogar ihre einzige Chance gewesen war, Mutter zu werden.

Sie hatte sich gerade mit einer Näharbeit hingesetzt, als es an der Haustür klopfte. Als sie hinging, um zu öffnen, holte sie tief Luft, um sich zu beruhigen. Nun, da Gerald hinter Gittern saß, würde ihr niemand mehr etwas antun. Und als sie dann Sally mit einem riesigen Strauß Rosen und Nelken vor der Tür stehen sah, schrie sie freudig auf und umarmte sie, wobei sie die zarten Blüten beinahe zerdrückte.

»Komm herein«, sagte sie mit Tränen auf den Wangen. »Ich hatte ja keine Ahnung, wer da an der Haustür war, weil hier alle den Hintereingang zur Küche benutzen.«

»Ich bin ja auch zum ersten Mal hier«, sagte Sally lächelnd. »Das nächste Mal werde ich daran denken.«

Beth lächelte und schüttelte den Kopf, als sie in die gemütliche kleine Küche voranging, in der es nach sauberer Wäsche und Gebackenem roch. »Es spielt keine Rolle, durch welche Tür du gehst, Sally. Es ist einfach wunderbar, dich hier zu sehen.«

Sally lächelte sie an. »Rachel und Maggie lassen dich grüßen. Maggie möchte auch kommen, aber sie war sich nicht sicher, ob du schon Besuch haben wolltest. Immerhin hast du einen schlimmen Schock erlitten.«

»Ja«, gab Beth zu. »Jack und sein Vater sind sehr liebevoll zu mir und machen viel Trara um mich, was es jedoch irgendwie noch schlimmer macht. Ich bin froh, wenn ich wieder zur Arbeit gehen kann. Ich glaube, ich werde morgen schon wieder da sein.«

»Bist du sicher, dass du dazu in der Lage bist, Beth? Wir freuen uns natürlich, wenn du zurückkommst. Janice ist noch nicht so weit, die Abteilung zu leiten, und Maggie auch nicht. Beide sind gut im Verkauf, aber wie du weißt, erfordert die Leitung einer Abteilung sehr viel mehr.«

»Ja, und es macht mir sehr viel Spaß«, sagte Beth, »aber du wirst dich vielleicht nach jemand anderem umsehen müssen, der die Abteilung übernimmt. Ich habe nämlich sowohl gute als auch schlechte Nachrichten erhalten, Sally.« Sie erzählte ihrer Freundin von ihrem überraschenden Glück mit den Aktien. »Großvaters Investition kommt also endlich zum Tragen«, schloss sie, »was bedeutet, dass Jack eher früher als später sein eigenes Unternehmen gründen kann. Er war besorgt, dass er seine Stelle verlieren könnte, aber jetzt wird er die Zeit, die ihm noch bleibt, nutzen, um sich nach einem Hotel oder einer Pension umzusehen, die uns beiden gefällt. Ich werde wahrscheinlich an der Rezeption arbeiten und hoffe, einen Teil der Leitung übernehmen zu können – oder ich werde vielleicht auch ein bisschen kochen, aber das hängt ganz davon ab, ob wir einen wirklich guten Chefkoch finden.«

»Dann werden wir dich also in ein paar Monaten bei Harpers verlieren?«, fragte Sally stirnrunzelnd.

»Nicht vor Weihnachten«, antwortete Beth, die wusste, dass die arbeitsreichste Jahreszeit bereits begonnen hatte. »Ich werde bis zum Frühjahr bleiben und mich um alles kümmern. Auch Jack hat einen Vertrag zu erfüllen und kann nicht einfach gehen – also werden wir wohl erst im nächsten August unser eigenes Hotel eröffnen können.«

Sally nickte und bedankte sich, dass Beth sie darüber informiert hatte. »Jetzt, wo wir Bescheid wissen, können wir es einplanen, Beth. Meinst du, du könntest Maggie so weit ausbilden, dass sie deine Position übernehmen kann, wenn du gehst?«

Beth überlegte einen Moment. »Ich wüsste nicht, was dagegen spricht – aber wenn du mich fragst, wäre eine ältere Frau für den Posten als Abteilungsleiterin vielleicht besser geeignet. Wir haben alle zu Rachel aufgeschaut, und bei einer älteren Frau ist es auch unwahrscheinlicher, dass sie schwanger wird oder kündigt, um zu heiraten.«

»Ja, das ist wahr«, stimmte Sally ihr zu. »Aber ich habe ja noch etwa zehn Monate Zeit, um dieses Problem zu lösen. Und ich befördere gerne andere Frauen, obwohl das nicht immer leicht ist. In anderen Abteilungen hat es keine Veränderungen gegeben, was vermutlich daran liegt, dass sie außer der Modeabteilung alle von Männern geleitet werden, und Mrs. Chambers eine Witwe ist, die so lange da sein wird, bis man sie zwingt aufzuhören.« Dann lachte sie. »Aber du hast mich überzeugt, Beth. Ich war mir nicht sicher, was ich tun sollte – und vor allem wollte ich dich nicht verärgern.«

»Ich hätte nichts dagegen, wenn du jemanden fändest, der die Leitung übernimmt«, versicherte ihr Beth. »Ich weiß, dass du an Harpers denken musst, und ich … Na ja, ich könnte ja noch ein Kind bekommen …« Sie tat einen unsicheren Atemzug, woraufhin Sally sie eindringlich ansah.

»Hat der Arzt gesagt, es sei vielleicht nicht mehr möglich?«

»Er sagte nur, dass es eine Weile dauern könnte, bis ich wieder schwanger werde.«

»Also ist es nicht ausgeschlossen.« Sallys betrachtete Beth' Gesicht. »Machst du dir deshalb Vorwürfe – weil du denkst, dass du vielleicht keine weitere Chance mehr bekommst?«

Beth nickte, und ihre Gesichtszüge waren gezeichnet von unterdrückten Emotionen. »Meine Mutter hatte nur ein Kind, und auch mein Vater war ein Einzelkind ... Ich glaube, es war meine Schuld, Sally. Ich war noch nicht dazu bereit, ein Kind zu bekommen. Ich wollte meine Arbeit nicht so schnell aufgeben, um hier Tag für Tag allein zu sein und mich um den Haushalt und ein Kind zu kümmern.«

Sally machte ein nachdenkliches Gesicht. »Ja, ich kann verstehen, warum du so denkst, meine Liebe, aber das war nicht der Grund für diese Fehlgeburt. Das Baby war vielleicht nicht so, wie es hätte sein sollen – und dieser brutale Übergriff auf dich war nur der Auslöser für die Fehlgeburt.« Sie beugte sich vor und ergriff Beth' Hände. »Du bist an gar nichts schuld, Beth, und du wirst noch ein Kind bekommen. Das verspreche ich dir.«

Beth lachte unsicher. »Bei dir fühle ich mich immer gleich besser. Ich glaube dir, Sally, auch wenn ich weiß, dass du das alles nur sagst, um mich zu beruhigen.«

»Absolut nicht«, sagte Sally. »Ich habe so etwas noch nie zu dir oder jemand anderem gesagt, Beth – aber es gibt Zeiten, in denen ich das Gefühl habe, dass etwas passieren wird, und dann passiert es auch. Das ist manchmal etwas beunruhigend, vor allem, wenn es ein ungutes Gefühl ist ...« Sie erschauderte ein wenig und schüttelte dann den Kopf. »Ich weiß einfach, dass du eines Tages ein Kind haben wirst, das du lieben wirst, vielleicht sogar mehr als eins, auch bei mir wird es so sein, und wir werden dennoch immer beste Freundinnen bleiben. Selbst wenn du Harpers verlässt, wirst du immer eines der ersten Mädchen von Harpers sein. Das macht dich zu etwas Besonderem für mich.«

»Ach, Sally!« Beth begann plötzlich zu weinen, aber ihre Tränen lösten all den in ihr aufgestauten Kummer, den Schmerz, den sie über ihr verlorenes Baby empfand und darüber, dass ihre Tante getötet worden war. Und dann war da noch der wesentlich ältere Schmerz wegen des Leids, das die lange Krankheit ihrer Mutter mit sich gebracht hatte. Es war, als ob ein Damm gebrochen wäre und ihre Gefühle auf einmal nicht mehr betäubt waren. »Ich hab dich wirklich lieb, Sally. Auch du bist etwas ganz Besonderes für mich – so etwas wie die Schwester, die ich niemals hatte.« Beth lächelte. »Ich fühle mich jetzt schon so viel besser – und ja, wir werden immer Freundinnen sein und in Kontakt bleiben, auch wenn Jack sein Hotel findet und ich Harpers verlassen werde.«

»Gut«, sagte Sally, »und glaubst du, jetzt könnten wir eine Tasse Tee trinken und ein Stück von dem köstlichen Gebäck essen, das mich dort unter der Kuchenglocke anlacht?«

»Oh ja, und du kannst so viele Stücke haben, wie du willst«, antwortete Beth und stand auf, um den Kessel aufzustellen. »Aber jetzt erzähl mir bitte von all deinen Plänen, die du für das kommende Weihnachtsfest bei Harpers gemacht hast.«

Kapitel 38

Über vierhundert Männer wurden durch eine Explosion unter Tage eingeschlossen«, berichtete Rachel Beth, als sie einige Tage später in ihrer Mittagspause bei einer Tasse Tee zusammensaßen. »Hatte ich dir übrigens schon erzählt, dass William sich mittlerweile für die Bergarbeiter einsetzt?«

»Heute Morgen während der Busfahrt habe ich die Schlagzeilen gesehen«, antwortete Beth. »Sie alle besagten, dass die Grube brennt. Aber leider bin ich noch nicht dazu gekommen, mir eine Zeitung zu kaufen, weil wir den ganzen Morgen sehr beschäftigt waren.«

»Die Grube liegt im Aber Valley in Wales, und die Explosion war bis nach Cardiff zu hören, und das ist elf Meilen entfernt. Der Schachteingang und Teile des Bergwerks wurden zerstört. Für die Männer unter Tage und ihre Familien muss es grauenvoll gewesen sein …«

»Ja, entsetzlich«, stimmte ihr Beth erschaudernd zu. »Diese Bergleute haben ein sehr hartes Leben.«

»Das kann man wohl sagen! Soweit ich weiß, konnten viele von ihnen in Sicherheit gebracht werden, aber für all die, die noch verschüttet sind, gibt es wohl kaum noch Hoffnung.«

Die beiden Freundinnen sahen sich bekümmert an. »Das bringt einem erst so richtig zu Bewusstsein, was für ein Glück wir haben«, sagte Beth und griff nach der Hand ihrer Freundin.

Rachel seufzte. »William kam vorbei, um mir zu sagen, dass er dorthin fahren wird, um die Familien vor Ort zu unterstützen, so gut er kann. Für diese armen, dort unten eingeschlossenen Männer kann er nichts tun, aber er wird einen Fonds für ihre Witwen und Kinder einrichten und sich auch bei der Regierung dafür einsetzen, dass etwas unternommen wird. Er wurde in Wales ins Regionalparlament gewählt und wird bei der nächsten Wahl für das Unterhaus kandidieren, und er wird sich dabei vor allem um die missliche Lage der Bergleute kümmern – und das ist etwas, das ich mit ihm teilen kann, Beth.« Sie drückte die Hand ihrer Freundin. »Du hast deine eigene Tragödie erlebt. Ich habe bisher nicht darüber gesprochen, weil ich weiß, wie es ist, ein Kind auf diese Weise zu verlieren.«

»Oh ja, Rachel, ich glaube, du hast es mir erzählt. Und es tut mir schrecklich leid für dich.«

»Ich spreche nur selten darüber – und es ist ja auch schon lange her.«

»Ja.« Beth berührte lächelnd ihre Hand. »Ich bin froh, dass du dich mit William angefreundet hast, Rachel. Es ist immer gut, Freunde zu haben.«

»Das ist es«, stimmte Rachel ihr zu und lächelte sie an. »William ist ein solcher Freund. Vielleicht wird mit der Zeit mehr daraus, weil seine Tante möchte, dass er mich heiratet – sie ist ein wahrer Schatz und hat mich eingeladen, einmal mit ihr allein zu Mittag zu essen. Sie sagte, sie könne es kaum erwarten, dass William wieder heiratet, und wie es scheint, akzeptiert sie mich als seine zukünftige Frau.«

»Und du? Willst du wieder heiraten?«

»Vielleicht. Früher konnte ich mir das nicht vorstellen … aber inzwischen …« Rachel nickte. »Ja, inzwischen könnte ich es mir vorstellen.«

Beth warf einen Blick auf die Wanduhr. »Tut mir leid, aber ich muss zurück in die Abteilung.«

»Und ich zu meinen Runden.« Rachel nickte, als sie beide aufstanden. »Wir müssen ein Vorbild für die jüngeren Mitarbeiterinnen sein, Beth – vor allem, da Harpers immer weiter wächst. Ich frage mich, wie lange es dauern wird, bis Mr. Harper sich nach größeren Räumlichkeiten umsehen wird.«

* * *

Die Wochen seit Beth' Fehlgeburt waren schnell vergangen, und inzwischen war es fast schon Weihnachten. Bei Harpers war dieses Fest etwas ganz Besonderes, dachte Beth, während sie ihren Blick durch das Erdgeschoss gleiten ließ. Die fantastischen Schaufenster, die Mr. Marco gestaltet hatte und in denen Pantomimen weihnachtliche Szenen darstellten, zogen große Menschenmengen an, die trotz der Kälte lange vor den Fenstern standen, um seine zauberhaften Szenerien zu bewundern. Im Erdgeschoss standen ein prachtvoller Weihnachtsbaum und brennende Laternen, und alles war mit Christbaumkugeln dekoriert. In einem festlich hergerichteten Teil des Erdgeschosses wartete der Weihnachtsmann auf die Kinder. Ben Harper hatte Spielzeug, Süßigkeiten, Puzzles, Bilderbücher und Spiele gekauft, und er hatte gemeinsam mit Sally Stunden damit verbracht, sie hübsch einzupacken und mit bunten Bändern zu verschnüren. Der Weihnachtsmann saß auf seinem Schlitten, ein großer Sack stand neben ihm und vor dem Schlitten die lebensgroße Figur eines Rentiers. Eine kleine Reihe Kinder stand mit ihren Müttern und Kindermädchen an, um den Weihnachtsmann zu sehen, alle hatten blitzsaubere Gesichter, trugen hübsche Kleider und wirkten schrecklich aufgeregt.

Beth gefiel das Poster an der Wand, auf dem die Geschichte des heiligen Nikolaus nachzulesen war, wie er die Armen bei Wind und Schnee besuchte und ihnen einen Schlitten voll Brennholz und Lebensmitteln mitbrachte. Es war der Ursprung der Legende vom Weihnachtsmann, die bereits so viele Jahrhunderte alt war. Sally hatte das Poster mit der Geschichte darauf bestellt, und ein talentierter junger Künstler aus der Belegschaft von Harpers hatte es wunderschön illustriert. Es war etwas ganz Besonderes, und viele Leute lasen es und riefen verwundert aus, sie hätten gar nicht gewusst, woher die Legende stammte. Den Kindern allerdings war das ziemlich egal. Für sie zählte nur, dass sie für einen Schilling mit dem Weihnachtsmann sprechen konnten, wozu die Mutigeren sich sogar auf seinen Schoß setzten, um ihm ihre Weihnachtswünsche zuzuflüstern. Ben, der unter dem wattierten roten Anzug und dem weißen Bart steckte, hatte Sally erzählt, dass die meisten Jungen sich einen Satz Bleisoldaten oder eine Eisenbahn wünschten, während die Mädchen um Puppen, einen Puppenwagen oder ein hübsches Kleid baten.

»Zumindest bekommen die Mütter hier einen guten Gegenwert für ihren Schilling«, hatte Ben zu Sally gesagt, als sie die Päckchen packten, denn jedes enthielt nicht nur Süßigkeiten, ein Bilderbuch oder ein hochwertiges Puzzle, eine Blechpfeife oder eine Perlenkette, sondern auch eine silberne Sixpence-Münze.

Beth wusste, was in den Päckchen war, da Sally es ihr erzählt hatte. An den meisten Tagen nahm sie sich die Zeit, Beth zu besuchen oder jemanden zu ihr hinabzuschicken, um sie zu einem Kaffee in ihr Büro einzuladen.

»Ich habe ihm gesagt, dass er so ganz sicher nichts verdient!« Sally hatte Beth gestanden, dass sie mit ihrem Mann geschimpft hatte, als er ihr den Inhalt der Päckchen gezeigt hatte.

»Na klar«, hatte Beth erwidert und sie ausgelacht, weil sie wusste, dass Sally nur scherzte. »Und was hat Ben gesagt?«

»Er hat mich nur angegrinst – und was glaubst du, was er dann gesagt hat?«

»Ich habe keine Ahnung«, gestand Beth.

»Genau das, was ich erwartet hatte: ›Das hatte ich auch gar nicht vor‹, hat er gesagt und über das ganze Gesicht gelacht. Und dann hat er es mir erklärt: ›Ich hoffe, dass die Mütter wiederkommen werden, um Weihnachtsgeschenke für ihre Lieben und Kleidung für sich selbst zu kaufen. Ich binde sie also einfach nur an das Kaufhaus, Sally, denn ich möchte Harpers zu einem Geschäft machen, das seinen Kunden ein echtes Einkaufserlebnis bietet und für sie da ist …‹ Was hätte ich dazu noch sagen können?«

»Das Beste wäre gewesen, ihn zu küssen«, hatte Beth erwidert und gelacht, da sie Sally ansah, dass sie genau das getan hatte.

»Ich habe ihm gesagt, dass wir das ohnehin schon tun – aber ich finde es wunderbar, dass er auch an die Kinder gedacht hat. Das geschieht nämlich viel zu selten. Und der Nachmittag vor Heiligabend wird noch viel besser, weil wir dann für die ganze Belegschaft eine Party geben werden! Wir schließen die Abteilungen im Obergeschoss früher, und alle können zu der Feier ins Parterre hinunterkommen. Ben hat mit einem Waisenhaus vereinbart, all seine Schützlinge hierher zu bringen, und alle werden Geschenke bekommen – und natürlich auch Getränke und belegte Brötchen. Abgesehen davon wird es auch hübsch glasierte und verzierte Biskuitkuchen für die Kinder und das Personal geben. Außerdem Orangenlimonade für die Kinder und Sherry für das Personal.«

Beth hatte gelächelt und genickt. Es war einfach nicht zu übersehen, wie glücklich Sally war, das Glück strahlte geradezu aus ihr heraus. Beth' eigenes Leben war jetzt einfacher, und auch sie war glücklicher und zufriedener als je zuvor. Es hatte ihr großen Spaß gemacht, bei Harpers Überraschungsgeschenke für Jack, Fred, Tim und ihre Freundinnen zu kaufen und auch ihr Zuhause weihnachtlich zu schmücken, was sie in den Jahren der Krankheit ihrer Mutter sehr vermisst hatte.

Heute war der Tag vor Heiligabend, und die Kunden und Kundinnen standen schon am frühen Morgen Schlange. Auch Beth' Abteilung war mit geschmackvollem Weihnachtsschmuck verziert, den sie und ihre Mitarbeiterinnen zu Hause selbst gebastelt hatten. Es gab einen Weihnachtsbaum aus buntem Papier mit viel Lametta und kleinen Glaskugeln sowie einen großen Weihnachtsmann aus Pappmaché, an dem Beth und Fred abends lange gearbeitet hatten, während Jack noch im Hotel war. Neben dieser großen Figur stand ein Sack, eigentlich eine in rotes Papier eingeschlagene Schachtel, aus der Schals, Handschuhe und eine Handtasche herausschauten, um sie so den Kunden als passende Geschenke anzupreisen.

»Wie läuft es mit den Hüten, Janice?«, fragte Beth, als sie am Vormittag eine kurze Pause machten.

»Ich habe einige der Baskenmützen aus Samt und drei Filzhüte verkauft«, berichtete Janice. »Es ist jedoch leider nicht die beste Zeit für Hüte, Mrs. Burrows, die werden sich im Frühjahr und im Sommer sicher viel besser verkaufen.«

»Ja, da stimme ich Ihnen zu«, sagte Beth. »Sie können sich um die Taschen und den Schmuck kümmern, während ich zum Mittagessen gehe. Marion und ich sind den ganzen Morgen schwer auf Trab gehalten worden.«

»Das habe ich gemerkt«, antwortete Janice mit einem Anflug von Neid in ihrer Stimme. Sie hatte lockiges rotbraunes Haar, das dazu neigte, ihr ins Gesicht zu fallen, obwohl sie es jeden Morgen straff zurückkämmte und feststeckte. Doch gegen Mittag löste es sich bereits aus seinen Fesseln, was ihr eigentlich gut stand, da es ihr einen etwas koboldhaften Gesichtsausdruck verlieh.

»Danke, Mrs. Burrows. Ich kümmere mich nur allzu gern um diesen wunderbaren Schmuck. Er ist von solch hervorragender Qualität und so ausgefallen. So etwas habe ich zuvor noch nie gesehen.«

»Gut, dann überlasse ich Ihnen eine Zeitlang die Verantwortung dafür, und Marion wird Ihnen helfen. Vergessen Sie aber nie die goldene Regel: Es dürfen immer nur zwei

Schmuckstücke zugleich auf der Theke liegen, und lassen Sie sie niemals unbeaufsichtigt …«

»Das werde ich nicht vergessen«, versicherte Janice ihr lächelnd. »Und nochmals vielen Dank, dass Sie mir diese Chance geben.«

Danach war Beth zum Erdgeschoss hinuntergegangen, um zu sehen, wie der Rest des Ladens lief. An allen Verkaufstheken herrschte Hochbetrieb, und überall surrte das Flaschenzugsystem, mit dem größere Geldbeträge direkt zur Buchhaltung hinaufbefördert wurden. Es war eine sehr sichere Methode, da das Geld so nicht zu lange auf den Verkaufsetagen blieb. Aber da das System auch relativ langsam funktionierte, fragte Beth sich, ob es sich dabei wirklich um die effizienteste Methode handelte. Sie nahm sich vor, nach Weihnachten mit Sally darüber zu sprechen und sich ihre Meinung dazu anzuhören. Sally hatte schon viele Änderungen bei Harpers eingeführt, und es würden im Laufe der Zeit bestimmt noch mehr werden.

Beth trank noch schnell eine Tasse Tee mit Fred und kehrte dann gleich zu ihrer Abteilung zurück. Sofort bemerkte sie eine lange Warteschlange vor der Schmucktheke. Natürlich eilte sie sogleich hinüber, um zu helfen, da es mehr Kunden als Personal in der Abteilung gab und die beiden jüngeren Mädchen Schwierigkeiten hatten, mit dem Andrang fertigzuwerden. Er hielt bis etwa halb fünf an und begann dann langsam nachzulassen. In all dieser Zeit war kein einziger Hut anprobiert oder auch nur angeschaut worden, obwohl Maggie viele Schals und Handschuhe verkauft hatte, die sich ja auch wirklich sehr gut als Geschenke eigneten. Janice hatte so frustriert gewirkt, dass Beth Marion zu ihr hinübergeschickt hatte, um sie abzulösen. Sie hatte ihr gesagt, sie könne auch gerne Maggie unterstützen, falls sie gerade keine Kundinnen hatte. Janice und sie selbst bedienten derweil schier ununterbrochen an der Schmucktheke. Am Ende hatte sie Marion zu Hilfe gerufen und den Verkaufstisch mit den Hüten unbesetzt gelassen, da sich ja ohnehin niemand dafür interessierte.

»Das war wirklich anstrengend!«, bemerkte Maggie, als die Etage sich zu leeren begann und schließlich – fast wie durch Zauberhand – alle Kundinnen verschwunden waren. »Ich weiß nicht, wie Sie Ihre Theken bewältigt haben, Mrs. Burrows.«

»Na ja, leicht war es nicht«, antwortete Beth. Dann lächelte sie Marion und Janice an. »Danke, dass Sie beide mir zu Hilfe gekommen sind, allein hätte ich es nicht geschafft.«

»Es hat Spaß gemacht«, meinte Janice strahlend. »Alle waren gut gelaunt und wünschten uns ein frohes Fest, es war eher ein Vergnügen als Arbeit.«

»Es war alles ein bisschen hektisch«, räumte Marion ein, »und ich fragte mich schon, ob uns die silbernen Armreife ausgehen würden – aber ich konnte ja auch nicht wissen, dass Sie oben im Tresor noch mehr davon hatten, Mrs. Burrows.«

»Die hatten wir extra für Weihnachten zurückgelegt«, erklärte Beth. »Mrs. Harper hatte im letzten Monat mehr als üblich davon eingekauft, und wir hatten beschlossen, einige der Schmuckstücke in Reserve zu halten, weil die Vitrinen sonst jetzt schon leer gewirkt hätten.«

»Ist es nicht komisch, dass die meisten Kundinnen ganz ähnliche Artikel haben wollen?«, bemerkte Janice. »Ich weiß, dass es von den Armreifen verschiedene Modelle gab, aber ich habe mindestens zehn ganz ähnliche verkauft, und ich glaube, bei Ihnen waren es genauso viele oder sogar noch mehr.«

»Bei mir waren es fünfzehn, und Marion hat auch noch zwei und dazu drei Broschen verkauft«, sagte Beth. Sie achtete eigentlich immer noch peinlich genau darauf, die Mädchen mit ihren Nachnamen anzusprechen, wenn noch jemand anderes in der Abteilung war, aber nach Feierabend lockerte sie diese Regel, weil sie den Eindruck hatte, dass die Mädchen sich so wohler fühlten. Am liebsten würde Beth sie immer nur mit ihren Vornamen ansprechen, wenn es diese Regel bei Harpers nicht gegeben hätte.

»Ich habe auch ein goldenes Armband verkauft und dazu noch einen sehr eleganten, mit Rubinen und Perlen besetzten Ring«, berichtete Marion stolz. »Und natürlich habe ich alles im Bestandsbuch abgehakt, Mrs. Burrows.«

»Du meine Güte – waren die etwa alle für diesen einen Herrn, der so viel Zeit damit verbracht hat, Geschenke auszusuchen?«

»Ja.« Marion strahlte sie an. »Er fragte mich, welche der Ringe mir gefielen, und ich zeigte sie ihm, woraufhin er den besagten Ring und das Armband sowie zwei silberne Broschen aussuchte – für seine Tante, sagte er.« Eine leichte Röte stieg ihr in die Wangen. »Er bedankte sich bei mir und sagte, ich sei ein sehr freundliches und hilfsbereites Mädchen und er werde vor dem Geburtstag seiner Nichte wiederkommen ...«

»Das war wirklich nett von ihm«, sagte Beth, und Marion errötete noch heftiger. Sie meldete sich nicht allzu oft zu Wort und tat normalerweise nur das, was ihr aufgetragen wurde, wenn sie in der Abteilung war. In den letzten Tagen hatte sie es sogar geschafft, pünktlich zur Arbeit zu erscheinen, und Beth hatte sie kein zweites Mal darauf hinweisen müssen, dass ständiges Zuspätkommen zur Entlassung führen konnte.

»So, ich denke, wir machen jetzt am besten Schluss, damit ihr alle früh nach Hause und ins Bett kommt«, sagte Beth. »Denn morgen wird nur bis zwei Uhr gearbeitet, und dann werden diese und alle anderen oberen Abteilungen geschlossen, und wir gehen zur Weihnachtsfeier mit den Kindern aus dem Waisenhaus hinunter. Mrs. Harper möchte, dass wir alle Spaß haben und das Essen und die Getränke genießen, aber wir sollten auch bei der Betreuung der Kinder mithelfen und dafür sorgen, dass alle ihre Geschenke und ihr Essen bekommen.«

»Ich freue mich schon darauf«, sagte Marion schüchtern.

»Meine kleine Schwester wollte auch den Weihnachtsmann begrüßen, aber Ma konnte keinen Schilling erübrigen, obwohl ich ihr erklärt habe, dass er es mehr als wert ist –« Sie unterbrach sich und wurde wieder rot.

Beth sah sie einen Moment lang schweigend an. »Sagen Sie Ihrer Mutter, dass sie morgen Nachmittag mit Ihrer kleinen Schwester herkommen soll, dann können sie den Weihnachtsmann umsonst begrüßen.«

»Wirklich?« Marion schaute Beth sichtlich unbehaglich an. »Meine Mutter wird nicht kommen, aber meine andere Schwester wird Milly gern herbringen. Kathy ist schon zwölf und kümmert sich um Milly, wenn sie nicht gerade Ma versorgen muss.« Marion holte tief Luft. »Meiner Mutter geht es nicht gut, Mrs. Burrows, und an manchen Tagen steht sie nicht mal auf … Dann kümmern Kathy und ich uns um Milly und die beiden Jungs, die elf und dreizehn sind, und unser Ältester arbeitet schon unten im Holzlager.«

So viel hatte sie noch nie zuvor an einem Stück gesprochen, und Beth blickte sie überrascht an, weil sie jetzt verstand, warum das Mädchen so oft zu spät zur Arbeit kam. »Sie haben uns nie gesagt, dass Sie sich um Ihre Geschwister kümmern müssen, Marion.«

»Nein, Mrs. Burrows. Unsere Mutter ist eine sehr stolze Frau – und sie mag es nicht, wenn ich über unsere Familie spreche. Aber Milly möchte so gern den Weihnachtsmann sehen …«

»Dann richten Sie Kathy bitte aus, sie soll mit der Kleinen und auch mit Ihren Brüdern herkommen, Marion«, sagte Beth. »Ich werde sie alle zu einem Besuch bei unserem Weihnachtsmann einladen, und sie werden natürlich auch etwas zu essen bekommen. Betrachten Sie es als kleine Belohnung für Ihren Fleiß und Ihre gute Arbeit.«

Marion starrte sie zunächst unsicher an, aber dann erhellte

ein Lächeln ihr Gesicht. »Vielen, vielen Dank, Mrs. Burrows! Ich verspreche Ihnen auch, dass ich nie wieder zu spät kommen werde!«

»Versprechen Sie nichts, was Sie vielleicht nicht halten können«, entgegnete Beth lächelnd. »Wenn Ihre Mutter mal wieder krank ist und alles schiefgeht, werde ich Verständnis dafür haben – aber sagen Sie es mir, und versuchen Sie nicht, all Ihre Probleme für sich zu behalten!«

Marions Augen füllten sich mit Tränen, aber sie hielt sie zurück.

Dann sah Beth Maggie auf sich zukommen, und die beiden Freundinnen entfernten sich ein wenig und unterhielten sich ein Weilchen. Maggie hatte Beth schon vorher einige Päckchen gezeigt, die sie für Marions Familie vorbereitet hatte, und erzählte ihr nun, was sie enthielten.

»Es sind hauptsächlich ein paar Kleinigkeiten vom Markt und ein kleiner silberner Handspiegel, der meiner Mutter gehört hat und den jetzt Marion haben soll«, erzählte Maggie Beth. »Ich habe noch einige Sachen von meiner Mutter, und da ich weiß, dass Marion es daheim nicht leicht hat, dachte ich, ich verschönere ihnen allen das Weihnachtsfest ein bisschen …«

»Wie reizend von dir, Maggie!«, sagte Beth und lächelte sie an. »Auch dir wünsche ich frohe Weihnachten, meine Liebe – und ich hoffe, dass du zumindest einen Teil des Fests bei uns verbringen wirst. Auch Tim wird für ein paar Tage nach Hause kommen, also besuch uns am besten, wenn er da ist.«

»Ja, das werde ich«, stimmte Maggie zu. »Du, Sally und Rachel seid jetzt schließlich meine Familie – und ich würde sehr gerne vorbeikommen, wenn Tim zu Hause ist …«

»Oh, oh, wir sollten jetzt besser weitermachen«, sagte Beth, als noch ein paar letzte Kunden die Abteilung betraten.

Auch zwei Männer eilten im letzten Moment herein, als Beth ihre Mitarbeiterinnen gerade zum Schließen der Abteilung auffordern wollte. Sie und Janice bedienten die Herren, weil beide sich für Schmuck interessierten. Beth verkaufte ein großes silbernes Medaillon an einer Kette sowie ein goldenes Gliederarmband und Janice die letzten beiden von den silbernen Armreifen mit direkt ins Metall eingelassenen Steinen. Selbst im Tresor des Büros befanden sich nun keine weiteren Armreife mehr.

Nachdem diese letzten beiden Kunden gegangen waren, wurde die Abteilung aufgeräumt. Beth sah sich ihre Silbervitrine an und beschloss, die Auslage am nächsten Morgen neu zu gestalten, bevor die Kunden kamen, weil sie ein bisschen kahl wirkte und es fast keine Armreife mehr gab.

Schließlich holten alle ihre Mäntel und Taschen und machten sich auf den Weg nach Hause. Beth ging hinunter und traf dort Fred bereits an. Sie hatte es sich angewöhnt, auf ihn zu warten, bis er alles abgeschlossen hatte, und dann fuhren sie gemeinsam heim, entweder mit dem Bus oder mit dem Taxi, wenn das Wetter kalt und nass war. An diesem Abend war es zwar kalt, aber trocken, und sie waren beide schön warm eingepackt.

»Wir wurden heute ganz schön auf Trab gehalten«, erzählte Beth, als sie zusammen im Bus saßen. »Und wie war es bei dir?«

»Ich habe Waren zur Damen- und Herrenmodeabteilung hinaufgebracht – es gab einen regelrechten Ansturm auf die Hemden und Wollsachen, hat mir Mr. Stockbridge erzählt, und auch Socken verkaufen sich natürlich immer gut zu Weihnachten.«

Beth lächelte ihn an. Fred war in vielerlei Hinsicht wie ihr Vater – freundlich, fürsorglich und rücksichtsvoll. Er hatte ihre Fehlgeburt nie erwähnt, obwohl sie wusste, wie sehr es ihn aus der Fassung gebracht hatte, aber er war zu nett, um etwas zu sagen, was ihr Kummer bereiten könnte.

Auf dem Heimweg unterhielten sie sich angeregt und blickten sich überrascht an, als sie Licht in Freds Häuschen brennen sahen. Beide fragten sich, was dort los sein mochte, da es für Jack sehr untypisch war, schon so früh daheim zu sein.

Als sie die Küche betraten, roch es nach Fisch und Pommes frites, die auf Tellern im Ofen standen, und auch das Wasser im Kessel kochte. Jack, der vor dem Herd stand, grinste die beiden an.

»Ihr kommt genau richtig«, sagte er. »Aber ich dachte mir schon, dass ich nicht ganz falschliege.«

»Was ist denn los?«, fragte Beth. »Haben sie das Hotel geschlossen oder so?«

Jack schüttelte den Kopf. »Ganz im Gegenteil, Beth. Don, mein Chef, hat mir heute gesagt, dass wir über den Berg sind, und mir einen Vorschlag gemacht … Für zweitausend Pfund bietet er mir eine fünfzigprozentige Partnerschaft an …«

»Aber Jack!« Beth war sich nicht sicher, was sie davon halten sollte, und starrte ihn verwundert an. »Ist es das, was du willst? Du hast doch immer gesagt, du möchtest dein eigenes Unternehmen haben …«

»Mit der Zeit wird es das auch sein«, antwortete Jack. »Don ist jetzt sechzig und nimmt an, dass er in drei bis fünf Jahren in Rente gehen wird – und wenn wir das Geschäft auf Vordermann gebracht haben, werde ich ihn auszahlen können, wenn es so weit ist.«

»Aber …« Beth schaute ihn verwundert an. »Ich dachte, dir läge derzeit nur daran, Erfahrungen zu sammeln. Möchtest du da wirklich einen Partner haben, Jack? Bedeutet das nicht, dass man sich über alles Mögliche einig sein muss? Erst vor ein paar Monaten hast du deinen Chef noch verwünscht, weil du ihn für einen Idioten hieltest.«

»Don ist kein guter Geschäftsmann, Beth. Er hat die Dinge schleifen lassen, aber ich habe das Hotel wieder auf Kurs gebracht, sodass es nun endlich Profit abwirft. Zwar nicht viel, aber immerhin. Und ich glaube, dass ich es noch ausbauen und verbessern kann – und dann wird es genau das sein, was ich will. Auf diese Weise brauche ich auch nicht so viel von deinem Geld – zumindest nicht, bis wir seinen Anteil übernehmen können.«

»Die Entscheidung liegt bei dir, Jack«, sagte Beth. »Sorg nur bitte dafür, dass der Vertrag wasserdicht ist. Meine Anwälte werden ihn für dich prüfen, wenn du willst. Ich würde diesem Don nicht allzu sehr vertrauen, immerhin könnte es sein, dass du das Geschäft aufbaust und er dann doppelt so viel für seinen Anteil verlangt.«

Jack grinste sie an. »Ich werde es zu einem sehr günstigen Preis bekommen«, sagte er beruhigend. »Übrigens liegt dort auf dem Tisch ein Brief von deinem Anwalt …«

Beth hob ihn auf und las ihn mit einem leichten Stirnrunzeln. »Man hat uns sechstausend Pfund für alle Aktien geboten. Mein Anwalt hat tausend Pfund mehr dafür bekommen können, und meine Aktien waren anscheinend genauso viel wert wie ihre. Das ist viel mehr Geld, als ich je zu besitzen glaubte. Wir könnten uns ein eigenes Grundstück kaufen, wenn du willst.«

Jack nickte und machte ein zufriedenes Gesicht. »Das freut mich für dich, Beth, und wenn wir etwas von deinem Geld brauchen sollten, werden wir es verwenden. Ich habe fünfhundert gespart und kann mir noch etwas von der Bank leihen. Dein Anwalt kann dir helfen, den Rest sicher anzulegen – allerdings nicht in Aktien. Wir werden über Weihnachten darüber nachdenken und im neuen Jahr eine Entscheidung treffen, das habe ich Don versprochen.«

»Also gut.« Beth schnupperte genüsslich, als die Teller mit dem Abendessen aus dem Backofen geholt wurden. »Ich sterbe vor Hunger. Wir hatten so viel zu tun, und ich habe mir nur ein

Sandwich unten bei Dad gegönnt.« Beth sah Fred lächeln, als sie ihn so nannte. Es hatte eine Weile gedauert, bis sie es über die Lippen gebracht hatte, aber inzwischen war er wirklich so etwas wie ein Vater für sie, und sie mochte ihn einfach schrecklich gerne.

»Sind noch von den Essigzwiebeln da, die du gemacht hast, Beth?«, fragte ihr Schwiegervater. »Sie sind die besten, die ich je gegessen habe, und sie würden gut zu diesem Essen passen.«

Beth lachte und ging in die Speisekammer, um das Glas zu holen. Jack hatte sie mit seiner Idee überrumpelt. Sie war sich nicht sicher, warum sie sie für so riskant hielt, aber in ihrem Kopf läuteten die Alarmglocken … Warum hätte er dem Mann auch trauen sollen, der ihm zuerst eine gute Stelle versprochen und dann das Hotel nach ein paar Monaten fast aufgegeben hatte. Dieser Don war die Art von Mann, der von Jacks harter Arbeit profitieren und ihn dann um sein Geld betrügen würde, wenn er konnte – zumindest sagte das ihr Bauchgefühl.

»Kommst du morgen zu unserer Weihnachtsfeier, Dad?«, fragte sie. »Sie wird bestimmt sehr schön, glaube ich.«

»Und ich werde sie mir auf gar keinen Fall entgehen lassen«, antwortete Fred. »Mrs. Harper kam sogar zu mir herunter, um mich persönlich einzuladen. Sie hat ein wirklich reizendes Lächeln, diese junge Frau.«

* * *

»Das ist wirklich sehr, sehr lieb von Mr. Harper«, sagte Beth am nächsten Tag zu Sally, als sie zusahen, wie die Kinder des Waisenhauses sich in einer ordentlichen Reihe aufstellten, um ihre Geschenke vom Weihnachtsmann entgegenzunehmen.

»Für Marions Familie hast du ja auch deinen Teil beigetragen«, antwortete Sally und nickte in Richtung der kleinen

Gruppe Kinder mit den Päckchen, die nun Biskuitkuchen aßen und Orangenlimonade tranken. »Und du hättest auch nichts bezahlen müssen – Ben hätte sie gern umsonst herkommen lassen.«

»Aber dann hätte Marion sie nicht mitgebracht«, widersprach Beth. »Ich habe ihr gesagt, der kleine Betrag sei ein Bonus für sie, weil sie gestern so fleißig war, und das hat sie akzeptiert, also ist alles in Ordnung.«

»Ja, wie ich hörte, hattet ihr gestern einen ganz schönen Ansturm«, stimmte Sally zu. »Die Verkaufstheken waren heute Morgen beinahe leer, nicht wahr?«

»Ja, die Kundinnen und Kunden waren alle gestern schon da, um sicherzugehen, dass sie bekommen würden, was sie gerne haben wollten. Heute haben wir nur noch ein paar Kleinigkeiten verkauft, vor allem Schals, Taschen und Handschuhe. Ein Kunde war enttäuscht, dass er keinen dieser silbernen Armreife mit den Halbedelsteinen mehr bekommen konnte, aber stattdessen hat er eine teure Lederhandtasche gekauft.« Beth machte ein nachdenkliches Gesicht. »Und dann hat er noch einen schweren Silberarmreif mit Saphiren oder Aquamarinen für den nächsten Monat bestellt. Seine Tochter hat Geburtstag, und er möchte ihn ihr schenken. Ich habe ihm versichert, dass wir nach Weihnachten neue Ware hereinbekommen und er sich dann die neuen Armreife anschauen soll.«

»Ja, dann werde ich die Bestände wohl besser mal auffüllen.« Sally lächelte sie an. »Du und deine Mädchen habt euch wirklich gut geschlagen, Beth. Vielen Dank dafür – und ein frohes Fest für dich und Jack. Ich hoffe, dass euch unsere Geschenke gefallen werden … Ben hat das für Jack sogar selbst ausgesucht.«

»Wir werden sie morgen auspacken«, sagte Beth. »Und hoffentlich habt ihr auch Freude an unserem Geschenk.«

Beth hatte bei Harrods eine exquisite Bleiglasvase für Sally und Ben gekauft und bei einem renommierten Floristen Blumen für sie bestellt, die jedoch erst geliefert werden sollten, wenn sie von der Arbeit heimkamen. Außerdem hatte sie eine Karte geschickt und für Sally einen hübschen roten Schal in einem Geschäft in der Bond Street ausgesucht.

Natürlich hatte Beth auch für Rachel und ihre Mitarbeiterinnen Geschenke gekauft, von denen einige aus ihrer eigenen Abteilung stammten, denn wann immer es möglich war, nutzte sie ihren Personalrabatt. Jack hatte ihr fünf Pfund für ihre Weihnachtseinkäufe gegeben, und darüber hinaus hatte sie selbst noch einige Ersparnisse gehabt. Das Geld von ihrer Tante würde bis auf ein paar Pfund nicht angerührt werden, solange sie es nicht benötigten. Was Beth anging, würden sie bis dahin von Jacks und ihrem eigenen Gehalt leben, wie sie es schon seit ihrer Hochzeit taten.

»Ganz bestimmt«, versicherte ihr Sally lächelnd und drückte ihre Hand. »Und nun muss ich weiter, da ich mit allen ein paar Worte wechseln möchte, Beth. Genießt die Feiertage – du und Fred, ihr könnt natürlich auch gehen, wenn ihr so weit seid.«

»Ich denke, wir bleiben noch, bis die Kinder gehen«, antwortete Beth und ging, um mit einigen der anderen zu sprechen. Es herrschte eine wunderbar weihnachtliche Atmosphäre, und es war eine der wenigen Gelegenheiten, bei denen die Mitarbeiter von Harpers sich ungestört mit ihren Kolleginnen und Kollegen unterhalten konnten. Alle lachten und redeten, und Beth genoss vor allem die Gespräche mit den Verkäuferinnen aus der Modeabteilung. Später sprach sie noch kurz mit Mr. Stockbridge und seiner Tochter Becky und anschließend ein wenig mit Rachel. Bevor sie wusste, wie ihr geschah, kam plötzlich Mr. Marco mit einem Mistelzweig auf sie zu und küsste sie auf die Wange.

»Fröhliche Weihnachten, Mrs. Burrows«, sagte er, und sie

lachte, als er weiterging und auch Rachel mit seinem Mistelzweig erwischte.

»Wie läuft es bei euch?«, fragte Beth ihre Freundin. »Hat sich Minnie gut bei euch eingelebt? Ihre Arbeit scheint ihr jedenfalls Spaß zu machen, ich habe sie in der Damenabteilung gesehen, wo sie mit einer Kundin über eine Änderung sprach – sie wirkte sehr beschäftigt und sah glücklich und zufrieden aus.«

»Ja, ich glaube, das ist sie auch«, stimmte Rachel ihr zu. »Und wie geht es dir, Beth – fühlst du dich schon etwas besser?«

»Danke, ja.« Beth wollte nicht mehr als nötig über ihre Fehlgeburt sprechen, nicht einmal mit Freundinnen wie Rachel. Sally war die Einzige, der sie wirklich ihr Herz ausgeschüttet hatte, doch normalerweise neigte sie dazu, jegliche Erwähnung dieses tragischen Ereignisses schnell abzutun, obwohl es tief in ihrem Inneren noch immer schmerzte. »Ich hatte viel zu tun, Rachel, und keine Zeit, mich damit zu befassen.«

»Das ist gut. Ich denke auch immer, es ist das Beste, sich zu beschäftigen. Arbeit ist die beste Medizin«, stimmte ihr Rachel zu. »Diese Erfahrung habe ich nach dem Tod meines Mannes auch gemacht.«

Beth nickte und sah sie fragend an. »Und du – warst du noch einmal mit deinem Freund aus? Er war gestern in der Abteilung und hat ein paar Sachen eingekauft.«

»Er hat mich zum Mittagessen ausgeführt und mir die Rede gezeigt, die er im Parlament halten will, falls er bei der nächsten Nachwahl gewählt wird, Beth. Mir scheint, dass er sich jetzt zu unserer Sache und auch zu der der Bergarbeiter bekennt.« Rachel lächelte und errötete ein wenig. »Ich denke, dass ich möglicherweise auch meinen Teil dazu beigetragen habe – und bin froh darüber. Wir brauchen Männer, die sich für uns einsetzen und der Welt vor Augen führen, dass wir als Gleichberechtigte behandelt werden müssen. Frauen sind in vielerlei Hinsicht genauso stark wie Männer, nur eben anders. Denn nur weil wir unsere verwundbaren Seiten haben, heißt das noch lange nicht, dass wir schwächer oder weniger anerkennenswert sind. Außerdem sind nicht alle von uns mit der Militanz innerhalb der Frauenrechtsbewegung einverstanden.«

»Und hat dein Freund das inzwischen auch eingesehen?«

Rachel lachte leise. »Oh ja, das hat er – und seine reizende Tante ist ganz und gar auf meiner Seite.«

»Na, das klingt doch gut.« Beth lächelte sie an. »Frohe Weihnachten, Rachel. Ich hoffe, ihr habt ein wunderbares Fest.«

»Bestimmt. Am ersten Weihnachtstag werde ich Minnie und Maggie zum Mittagessen ins Restaurant einer Freundin einladen, und am zweiten Weihnachtsfeiertag werden wir den ganzen Tag zusammen bei William sein. Er hat uns alle eingeladen, und auch wenn Maggie zum Tee zu Becky Stockbridge gehen wird, weiß ich, dass es ein perfekter Tag werden wird.«

»Jack hat für den ersten Weihnachtstag ein Mittagessen für uns in seinem Hotel bestellt«, erzählte Beth. »Er meinte, so könnten wir uns ein bisschen Ruhe gönnen, aber am zweiten Weihnachtsfeiertag werde ich trotzdem zu Hause einen großen Rinderbraten für uns zubereiten.«

Nach einer Weile trennte sie sich von Rachel und entdeckte in der Menge ein weinendes kleines Kind, zu dem sie schnell hinüberging, um nachzuschauen, was los war. Ein kurzer Besuch auf der Toilette ließ die Tränen versiegen, und als sie wieder nach draußen traten, strömten die anderen Kinder bereits auf den Ausgang zu, die Bäuche gut gefüllt mit Weihnachtsleckereien und ihren Geschenken in den klebrigen Händen.

Als das Erdgeschoss sich schließlich leerte, machten Fred und Ben Harper gemeinsam einen Rundgang durch den Laden, um sich zu vergewissern, dass kein Kind verlorengegangen war oder versehentlich eingeschlossen werden würde. Ben hatte sein Weihnachtsmannkostüm abgelegt, weil ihm, wie er sagte, gegen Ende der Feier doch zu warm darin geworden war. Beth nutzte die Gelegenheit, um den Mitarbeitern ein frohes Weihnachtsfest zu wünschen, als sie einzeln, zu zweit oder manchmal auch mit Freunden aus anderen Etagen das Haus verließen. Als Ben und Fred zurückkamen, waren fast alle bis auf Rachel und Maggie fort, die geblieben waren, um sich von Sally zu verabschieden.

»Das ist ja alles erstaunlich gut gelaufen«, sagte Ben, als sie sich endlich verabschiedeten. »Und da ich heute Abend selbst abschließen werde, können Sie ruhig schon nach Hause gehen, Fred. Ich wünsche Ihnen ein frohes Weihnachtsfest – und Ihnen natürlich auch, Beth. Und ich möchte Ihnen allen für Ihre Anstrengungen und harte Arbeit danken. Wir hatten heute ein wunderbares Weihnachtsfest bei Harpers, zu dem Sie alle Ihren Teil beigetragen haben.« Er lächelte Beth und Sally zu, die sich umarmten. »Übrigens habe ich ein Telegramm von Jenni bekommen, in dem sie schreibt, ihre Hochzeit sei wundervoll gewesen und sie würde uns Fotos davon schicken.«

»Oh, die würde ich gerne sehen«, sagte Beth. »Sally erzählte mir, es würde eine richtige Weihnachtshochzeit werden …«

»Ja, es ist jammerschade, dass wir sie verpasst haben«, antwortete Ben bedauernd. »Aber wir werden sie auf jeden Fall im neuen Jahr besuchen.«

»Gute Nacht, Mr. Harper – und frohe Weihnachten.« Fred hielt Beth die Tür auf, und mit den Armen voller Päckchen und Tüten gingen sie hinaus. Fred rief ein Taxi, das auf der gegenüberliegenden Straßenseite wartete.

»Wir werden uns heute Abend etwas gönnen, meine Liebe«, sagte er. »Mr. Harper hat mir vorhin einen Fünf-Pfund-Bonus gegeben und mir versprochen, dass ich im neuen Jahr eine Gehaltserhöhung bekommen werde. Er sagte, ohne mich würde der Laden nicht halb so gut laufen.«

Fred sah sehr erfreut und selbstzufrieden aus, und auch Beth lächelte glücklich. Es waren Dinge wie diese, die sie stolz darauf machten, bei Harpers zu arbeiten. Sie fand es wunderbar, ein Mädchen von Harpers zu sein, und hoffte, dass ihr Leben sich nicht allzu schnell verändern würde. Jack hatte sich dazu entschlossen, sich in das Hotel einzukaufen, leider gab es dort keinen Wohnraum für sie.

Er hatte Beth jedoch versprochen, sich nach einem Häuschen oder einer Wohnung in der Nähe umzusehen, ihm schwebe bereits etwas vor, hatte er gesagt und sie dann gefragt, ob sie sehr enttäuscht wäre, wenn sie vorerst noch bei seinem Vater wohnen würden.

»Ich fühle mich hier sehr wohl«, hatte Beth geantwortet und es auch so gemeint. Da Tim nicht mehr zu Hause wohnte, wäre Fred auf sich allein gestellt, wenn sie ausziehen würden, was sie als ungerecht empfunden hätte. Irgendwann würden sie sich etwas einfallen lassen, aber im Moment wohnte sie sehr gern auch weiterhin bei Fred.

Am zweiten Weihnachtsfeiertag kam Tim auf ein paar Tage Urlaub nach Hause, und Beth hatte sich vorgenommen, dann mit ihm darüber zu sprechen. Sie wusste, dass er hin und wieder immer noch mit Maggie ausging, aber sie hatte keine Ahnung, ob sie schon ein Paar waren. Vielleicht hatte Tim ihnen ja etwas zu sagen, aber Beth würde ihn nicht drängen, er würde sich ihr schon anvertrauen, wenn er bereit dazu war.

Sie seufzte, als sie spürte, wie sich die Müdigkeit bemerkbar machte, nachdem die ganze Aufregung vorüber war, und sie war froh, dass sie am nächsten Tag in Jacks Hotel zu Abend essen würden, weil sie sich so ein bisschen ausruhen konnte.

Sally hatte ihr gesagt, wie sehr sie sich darauf freute, ihr erstes Weihnachtsessen in ihrem eigenen Heim zu kochen. Sie hatte alles Mögliche eingekauft, um die Wohnung zu schmücken, und auch ganz besondere Leckerbissen für die Gäste, die sie zum zweiten Weihnachtstag eingeladen hatte.

Beth lächelte, als sie daran dachte, wie viele Geheimnisse sie einander anvertraut hatten, und sie hoffte, dass Sally auch ihrem Mann an diesem Abend das wichtigste von allen verraten würde.

***

»Und was meinst du, wie unser erstes gemeinsames Weihnachtsfest bei Harpers verlaufen ist?«, fragte Ben, als er die Beine ausstreckte und es sich in dem Taxi bequem machte, das sie nach Hause brachte. »Hat es deinen Freundinnen gefallen – und dir auch?«

»Es war wunderbar, Ben«, sagte Sally und griff in dem schummrigen Innenraum des Wagens nach seiner Hand. »Ich habe jede Minute genossen und die Kinder auch. Übrigens habe ich Marions Geschwistern ein paar Sachen für zu Hause mitgegeben – ein bisschen was zu essen und so weiter. Damit es ihnen nicht peinlich war, habe ich gesagt, es wäre eine Schande, weil es hier doch nur weggeworfen würde.«

»Das überrascht mich nicht«, antwortete er und beugte sich vor, um sie zu küssen. »Geben Sie schon wieder all meine Einkünfte aus, Mrs. Harper?«

»Ha! Das musst du gerade sagen – glaubst du, ich hätte nicht bemerkt, wie du den Kindern glänzende Schillingmünzen in die Hand gedrückt hast?«

»Schuldig im Sinne der Anklage«, gab Ben schmunzelnd zu. »Ich kann es nun mal nicht ändern – ich liebe Kinder …«

»Das ist gut«, sagte Sally und kuschelte sich an ihn. »Weil du nämlich selbst bald eines haben wirst … so in sieben, acht Monaten …« Sie kicherte, als er auf seinem Sitz nach vorne schoss und sie mit großen Augen ansah. »So schockiert, Mr. Harper? So etwas kommt vor. Vor allem, wenn …«

Was auch immer Sally als Nächstes sagen wollte, wurde von einer ungestümen Umarmung erstickt und von einem Freudenschrei übertönt, der den Taxifahrer zu einem Blick in den Rückspiegel und einem Grinsen veranlasste über das, was sich auf dem Rücksitz seines Autos abspielte.

ENDE

Willkommen bei Harpers! Treten Sie ein, und staunen Sie!

Rosie Clarke
SHOP GIRLS -
AUFBRUCH IN EIN
NEUES LEBEN
Roman
Aus dem Englischen
von Ulrike Moreno
416 Seiten
ISBN 978-3-404-18590-0

London, 1911. Das neue Warenhaus auf der Oxford Street sucht neue Mitarbeiterinnen. Was für eine Chance für zahlreiche junge Frauen aus der Arbeiterschicht, ins Berufsleben zu starten! Auch Sally, Beth, Margaret und Rachel wünschen sich nichts sehnlicher, als für »Harpers Emporium« zu arbeiten. Zu ihrem Glück werden sie eingestellt und finden sich sogar in derselben Abteilung wieder. Zwischen feinen Hüten, edlen Handschuhen und Schmuck freunden sie sich an und unterstützen einander bei Problemen mit schwierigen Kundinnen. Doch das sind längst nicht die einzigen Herausforderungen, denen sie sich in ihrem neuen Leben stellen müssen ...

Lübbe

Prächtige Kleider, rauschende Bälle, aufgeregte junge Damen – und die Suche nach dem, was im Leben zählt

Julia Kelly
DER LETZTE TANZ
DER DEBÜTANTIN
Roman
Aus dem Englischen
von Barbara Röhl
448 Seiten
ISBN 978-3-404-18923-6

1958 soll das letzte Jahr sein, in dem junge Damen als Debütantinnen am Hof der Queen präsentiert werden können. Deshalb bemühen sich Hunderte ehrgeiziger Mütter und hoffnungsvoller Töchter um eine der Einladungen. Ihrer verwitweten Mutter zuliebe stürzt sich auch Lily ins bunte Treiben. Als Außenseiterin tut sie sich anfangs schwer, Kontakte zu knüpfen. Doch bald findet sie Freundinnen, echte und solche, vor denen sie sich besser in Acht nehmen sollte. Und noch etwas beschäftigt Lily, während von mehreren Seiten um sie geworben wird: Es scheint ein Familiengeheimnis zu geben, das ihre Mutter erpressbar macht und Lilys eigene Identität und Stellung infrage stellt …